ein Ullstein Buch

Raymond Chandler

Einer weiß mehr

Roman

Spanisches Blut
Ärger wegen Perlen
Auf Noon Street aufgegriffen

Drei Kurzgeschichten

ein Ullstein Buch

ein Ullstein Buch
Nr. 22749
im Verlag Ullstein GmbH,
Frankfurt/M – Berlin
›Einer weiß mehr‹
Titel der Originalausgabe:
»The Lady in the Lake«
Übersetzt von Mary Brand
›Spanisches Blut‹
Titel der amerikanischen
Originalausgabe:
»The Simple Art of Murder«
Übersetzt von Wilm W. Elwenspoek

Neu eingerichtete Ausgabe
der Ullstein Bücher
10025 und 10242

Umschlagentwurf: Hansbernd Lindemann
Foto: Mall Photodesign

Printed in Germany 1991
Druck und Verarbeitung:
Ebner Ulm
ISBN 3 548 22749 X

Oktober 1991

Die Deutsche Bibliothek –
CIP-Einheitsaufnahme

Chandler, Raymond:
Einer weiß mehr: Roman / [Übers. von
Mary Brand]. Spanisches Blut (u. a.) /
(übers. von Wilm W. Elwenspoek).
3 Kurzgeschichten / Raymond Chandler. –
Neueingerichtete Ausg. der
Ullstein-Bücher 10025 und 10242. –
Frankfurt/M; Berlin: Ullstein, 1991
(Ullstein-Buch; Nr. 22749)
Einheitssacht.: The lady in the lake
<dt.>
Einheitssacht. des beigef. Werkes: The
simple art of murder <dt.>
ISBN 3-548-22749-X
NE: Chandler, Raymond: [Sammlung
<dt.>]; GT

Raymond Chandler

Einer weiß mehr

Roman

I

Das Treloarhaus stand und steht an der Olive Street, in der Nähe der Sechsten Avenue, auf der Westseite. Der Bürgersteig davor war mit weißen und schwarzen Gummiplatten belegt. Kürzlich wurden sie herausgenommen und einer Materialsammlung der Regierung zu militärischen Zwecken zur Verfügung gestellt; ein blasser Mann ohne Hut und mit einem Gesicht wie ein Hausverwalter beaufsichtigte die Arbeit und machte eine Miene, als ob ihm das Herz bräche.

Ich ging an ihm vorüber durch eine Arkade mit Luxusläden in eine große Vorhalle, die ganz in Schwarz und Gold gehalten war. Die Gillerlain-Gesellschaft war oben im siebenten Stockwerk, nach der Straßenfront, hinter schwingenden Glastüren aus doppeltem Kristallglas in Platinfassung. Der Empfangsraum hatte chinesische Teppiche, stumpf silberne Wände, modern-eckige, aber gut gearbeitete Möbel, scharfe, blitzende, surrealistische Skulpturen auf dunklen Ständern und in einer Ecke eine große dreikantige Vitrine mit ausgestellten Waren. Auf Vorsprüngen und Inseln und Stufen aus blankem Spiegelglas schien sie jede Luxusparfümflasche und jede fantastisch geformte Schachtel zu enthalten, die je entworfen worden war. Da gab es Cremes und Puder und Seifen und Toilettenwasser für jede Gelegenheit und jede Jahreszeit. Die Parfüms waren in hohen schlanken Flaschen, die aussahen, als ob sie von einem Hauch zerspringen könnten, oder in kleinen pastellfarbenen Phiolen, die mit ihren großen Seidenschleifen wirkten wie kleine Mädchen in der Tanzstunde. Die Krönung des Ganzen aber schien etwas sehr Kleines, Einfaches in einem flachen bernsteinhellen Flakon zu sein. Dieser Flakon stand in der Mitte, gerade in Augenhöhe, mit ziemlich viel freiem Raum um sich, und trug das Etikett »Gillerlain-Regal – die Königin der Parfüms«. Es war ganz offenkundig das Wünschenswerteste. Ein Tropfen davon auf das Ohrläppchen – und die dazugehörigen rosa Perlen mußten auf die betreffende Frau herabfallen wie Sommerregen ...

Eine nette Blondine hockte hinten in einer entfernten Ecke an einem kleinen Klappenschrank, wohlbehütet hinter einem Gitter. Vor einem flachen Schreibtisch in gleicher Höhe mit der Tür saß eine großgewachsene, schlanke, dunkelhaarige Schönheit, deren Name nach dem schrägen, erhaben gearbeiteten Schildchen darauf Miss Adrienne Fromsett lautete.

Sie trug ein stahlgraues Jackenkleid und unter dem Jackett eine dunkelblaue Hemdbluse mit einem etwas helleren Herrenschlips. Die Kanten des zusammengefalteten Taschentuchs in der Brusttasche sahen scharf genug aus, um Brot damit zu schneiden. Ihr einziger Schmuck war ein Kettenarmband. Das dunkle Haar teilte sich in der Mitte und fiel in losen, aber sorgsam gepflegten Wellen herab. Sie hatte glatte elfenbeinfarbene Haut und große dunkle

Augen, die vielleicht zur rechten Stunde und am rechten Platz warm werden konnten.

Ich legte meine gewöhnliche Karte (ohne die kleine Pistole in der oberen Ecke) auf ihren Tisch und bat um eine Unterredung mit Mr. Derace Kingsley.

Sie sah auf die Karte: »Sind Sie bestellt?«

»Nein.«

»Es ist schwierig, Mr. Kingsley ohne vorherige Vereinbarung zu sprechen.«

Darüber konnte ich mit ihr nicht streiten.

»Welcher Art ist Ihr Anliegen, Mr. Marlowe?«

»Persönlicher Art.«

»Ach so. Sie sind Mr. Kingsley bekannt?«

»Ich glaube nicht. Vielleicht hat er meinen Namen gehört. Sie können ihm sagen, ich käme von Leutnant M'Gee?«

»Und kennt Mr. Kingsley Leutnant M'Gee?«

Sie legte meine Karte neben einen Stoß frisch geschriebener Briefe. Dann lehnte sie sich zurück, stützte einen Arm auf den Schreibtisch und klopfte leicht mit einem kleinen goldenen Bleistift auf die Holzplatte.

Ich mußte lachen. Die kleine Blondine am Klappenschrank in der Ecke spitzte ihr muschelförmiges Ohr und konnte ein leises flüchtiges Lächeln nicht unterdrücken. Sie sah verspielt und zierlich aus, aber nicht ganz selbstsicher – wie ein neues Kätzchen in einem Haus, in dem man sich nicht allzuviel aus Katzen macht.

»Ich hoffe, er kennt ihn«, sagte ich. »Aber es wäre vielleicht am einfachsten, ihn danach zu fragen.«

Sie unterschrieb rasch drei Briefe, um nicht ihren goldenen Bleistift nach mir zu werfen. Dann sagte sie, ohne aufzusehen:

»Mr. Kingsley ist in einer Konferenz. Ich werde Ihre Karte hineinschicken, sobald sich eine Gelegenheit bietet.«

Ich dankte ihr, ging weg und setzte mich in einen der Chrom- und Ledersessel, der erheblich bequemer war, als er aussah. Die Zeit verstrich, und Schweigen senkte sich über die Szene. Niemand ging hinein oder kam heraus. Miss Fromsetts elegante Hand glitt über ihre Papiere, aus der Ecke hörte man ab und zu die gedämpfte Stimme des Kätzchens am Klappenschrank und das Geräusch der Stöpsel, die sie bediente.

Ich zündete mir eine Zigarette an und zog einen Ständer mit einem Aschenbecher neben meinen Sessel. Auf Zehenspitzen schlichen die Minuten vorbei und hielten förmlich den Zeigefinger an die Lippen. Ich sah mich im Raum um. Man konnte keine Schlüsse ziehen aus der Aufmachung. Vielleicht verdiente die Gesellschaft Millionen, vielleicht saß hinten im Privatbüro der Gerichtsvollzieher, den Stuhl vor den Geldschrank geschoben.

Eine halbe Stunde und drei oder vier Zigaretten später öffnete sich eine Tür hinter Miss Fromsetts Schreibtisch, und zwei Männer kamen lachend heraus. Ein dritter hielt ihnen die Tür auf und lachte mit. Sie schüttelten einander herzlich die Hände, die beiden Männer gingen durch das Büro auf den Ausgang zu. Der dritte Mann ließ das Lachen von seinem Gesicht herabfallen und sah so hart aus, als hätte er noch nie im Leben auch nur gelächelt. Er war ein langer Kerl in grauem Anzug, der keinerlei dummes Zeug dulden würde...

»Jemand angerufen?« fragte er mit scharfer Vorgesetztenstimme.

Miss Fromsett erwiderte sanft: »Nein, nur Mr. Marlowe hier, der Sie sprechen möchte. Von Leutnant M'Gee. In persönlicher Angelegenheit.«

»Nie von ihm gehört«, knurrte der Große. Er nahm meine Karte, ohne mich auch nur anzusehen, und ging in sein Büro zurück. Die Tür schloß sich hinter ihm mit dem leisen »Pfüüüh« des automatischen Türschließers. Miss Fromsett schenkte mir ein süßes Lächeln, das ich ihr in Form eines ziemlich unverschämten Grinsens wiedergab. Ich vertilgte eine weitere Zigarette, und wieder schlichen die Minuten dahin. Die Gillerlain-Gesellschaft fing geradezu an, mir ans Herz zu wachsen.

Zehn Minuten später öffnete sich dieselbe Tür. Wieder kam der lange Bursche heraus, diesmal mit dem Hut auf dem Kopf, und knurrte, er wolle zum Haarschneiden gehen. Mit schwungvollem Sportlerschritt ging er über den chinesischen Teppich halbwegs bis zur Tür, wandte sich dann scharf um und kam auf meinen Sessel zu.

»Sie wünschen mich zu sprechen?« bellte er kurz.

Er war etwa sechs Fuß zwei Zoll und drahtig wie eine Stahlfeder. Seine Augen waren stahlgrau mit Fünkchen kalten Lichtes darin. Der Anzug, aus weichem grauem Wollstoff mit schmalen hellen Streifen, saß ihm ausgezeichnet. Er wirkte sehr elegant. Seine Manieren kündeten an, daß es nicht so einfach sei, mit ihm umzugehen.

Ich stand auf. »Ja. Vorausgesetzt, daß Sie Mr. Kingsley sind.«

»Wer, zum Teufel, sollte ich sonst sein?«

Ich ließ ihm den Spaß seiner Rolle und gab ihm erst jetzt die andere Karte mit meinem Firmenzeichen. Er packte sie mit seiner großen Faust und sah sie mürrisch an. »Wer ist M'Gee?« fuhr er mich an.

»Ein Mensch wie Sie und ich.«

»So was hab' ich gern!« sagte er und blickte zurück nach Miss Fromsett, die diese kleine Szene sehr genoß. Sie genoß sie, wirklich. »Vielleicht würden Sie mir noch einen weiteren kleinen Wink über ihn geben?«

»Gewiß, sein Spitzname ist ›Veilchen-M'Gee‹. Weil er immer kleine Hustenpastillen kaut, die nach Veilchen riechen. Er ist ein großer Mann mit weichem Silberhaar und einem hübschen kleinen Mund – so ein Baby-Kußmündchen. Als ich ihn zuletzt sah, trug er einen dunkelbraunen Anzug,

braune Schuhe mit breiter Spitze und einen grauen Filzhut. Er rauchte aus einer Shagpfeife Opium.«
»Ihr Ton gefällt mir nicht«, meinte Kingsley mit einer Stimme, die Paranüsse zersägt hätte.
»Das macht nichts. Ich verkaufe ihn auch nicht«, sagte ich.
Er warf den Kopf zurück, als hinge ein wochenalter Hering unter seiner Nase. Einen Augenblick später drehte er mir den Rücken zu und warf über die Schulter hin: »Ich gebe Ihnen drei Minuten. Gott weiß warum!«
Er schoß über den Teppich hinter Miss Fromsetts Pult vorbei zu seiner Tür, riß sie auf und ließ sie mir ins Gesicht zurückschwingen. Auch das gefiel Miss Fromsett, aber mir war, als säße hinter ihren Augen ein verschmitztes kleines Lachen.

2

Das Privatbüro war so gehalten, wie man es von einem Privatbüro verlangen konnte. Lang und dämmerig und ruhig und mit einer Klimaanlage versehen, die Fenster waren ganz und die grauen Rolljalousien halb geschlossen, um die Juliglut auszusperren. Die grauen Vorhänge paßten zu dem schweren grauen Teppich. In der Ecke standen ein großer schwarzer und silberner Safe und eine niedrige Reihe genau dazu passender Aktenständer. An der Wand hing die große kolorierte Fotografie eines älteren Herrn mit Hakennase, Backenbart und hohem Kragen. Ein kleines Schild darunter trug die Inschrift: *Mr. Matthew Gillerlain, 1860–1934.*
Derace Kingsley trat mit raschem, festem Schritt hinter einen Schreibtisch, der seine achthundert Dollar wert war, pflanzte seine Kehrseite in einen Ledersessel von beachtlichem Ausmaß und nahm eine Importe aus einer Mahagonikiste mit Kupferbeschlägen. Er schnitt die Spitze ab und entzündete sie an einem dicken kupfernen Feuerzeug, das auf dem Tisch stand. Er ließ sich Zeit dazu. Auf meine Zeit kam es nicht an. Als er damit fertig war, lehnte er sich zurück, blies eine kleine Rauchwolke in die Luft und sagte:
»Ich bin Geschäftsmann. Machen Sie keine albernen Witze. Sie sind Ihrer Karte nach amtlich zugelassener Detektiv. Zeigen Sie mir Ihre Ausweise.«
Ich zückte meine Brieftasche und zeigte ihm die nötigen Dinge. Er sah sie durch und warf sie auf den Schreibtisch. Das Zelluloid-Etui mit der Fotografie meiner Lizenz fiel auf den Boden. Er nahm sich nicht die Mühe, sich zu entschuldigen.
»Ich kenne M'Gee nicht«, sagte er. »Ich kenne Sheriff Petersen. Ich bat ihn um den Namen eines zuverlässigen Mannes – ich habe einen Auftrag für ihn. Ich nehme an, Sie sind der Mann.«

»M'Gee ist in der Unterabteilung Hollywood, die zum Bezirk des Sheriffs gehört«, sagte ich. »Sie können rückfragen.«

»Nicht nötig. Ich glaube, Sie werden meinem Wunsch entsprechen. Aber unterlassen Sie mir gegenüber die dummen Redensarten. Und denken Sie daran: Wenn ich einen Mann engagiere und bezahle, so ist er *mein* Mann. Er hat genau das zu tun, was ich anordne, und muß absolut verschwiegen sein. Sonst fliegt er. Ist das klar? Ich hoffe, ich bin Ihnen nicht zu grob.«

»Diese Frage möchte ich offenlassen«, erwiderte ich höflich.

Er runzelte die Stirn, dann sagte er scharf: »Wie teuer sind Sie?«

»Fünfundzwanzig pro Tag und die Spesen. Macht bei meinem Wagen acht Cent pro Meile.«

»Lächerlich«, sagte er. »Viel zuviel! Fünfzehn pro Tag auf den Tisch. Das ist reichlich. Meilengeld innerhalb gewisser Grenzen will ich zahlen, wie die Dinge liegen. Aber keine Vergnügungsfahrten!«

Ich blies ein graues Wölkchen Zigarettenrauch in die Luft und fächelte es mit der Hand weg. Ich sagte nichts. Er schien etwas überrascht durch mein Schweigen.

Dann lehnte er sich über den Schreibtisch und wies mit der Zigarre auf mich. »Ich habe Sie noch nicht engagiert«, sagte er. »Wenn ich es tue, so ist der Auftrag absolut vertraulich. Kein Gerede darüber mit Ihren Freunden von der Polizei! Verstehen Sie?«

»Um was für einen Auftrag handelt es sich denn?« fragte ich.

»Das kann Ihnen gleichgültig sein. Sie übernehmen doch jede Detektivarbeit, oder nicht?«

»Oder nicht! Nur die einigermaßen ehrlichen Fälle.«

Er starrte mir gerade in die Augen, die Zähne zusammengebissen. Seine grauen Augen schillerten.

»Zunächst einmal übernehme ich keine Scheidungssachen«, fuhr ich fort. »Und ich bekomme hundert Dollar bar als Anzahlung – von Fremden.«

»Gut, gut«, sagte er mit plötzlich sanfter Stimme. »Schon gut.«

»Und was Ihre Grobheit gegen mich anbelangt – nun, die meisten meiner Klienten fangen damit an, daß sie sich an meinem treuen Busen ausweinen oder daß sie mich anschnauzen, um zu zeigen, wer der Herr ist. Aber gewöhnlich endet unser Geschäft in sehr vernünftiger Tonart – wenn meine Klienten noch leben.«

»Schon gut«, sagte er wieder mit derselben sanften Stimme und fuhr fort, mich anzustarren. »Verlieren Sie viele Klienten?«

»Nicht, wenn sie mich richtig behandeln«, lächelte ich.

»Nehmen Sie eine Zigarre?«

»Danke.« Ich nahm eine und steckte sie in die Tasche.

»Ich möchte, daß Sie meine Frau finden«, sagte er. »Sie ist seit einem Monat – vermißt.«
»Gut«, sagte ich, »ich werde Ihre Frau finden.«
Er trommelte mit den Fingern auf den Schreibtisch und sah mich weiter fest an. »Ich glaube, es wird Ihnen gelingen«, sagte er. Dann grinste er. »Seit Jahren hat mich niemand so heruntergeputzt!«
Ich sagte nichts.
»Verdammt noch mal«, sagte er, »es hat mir Spaß gemacht. Viel Spaß.« Er fuhr mit der Hand durch sein dichtes dunkles Haar. »Seit einem vollen Monat ist sie weg. Sie verschwand aus einem Wochenendhäuschen, das wir oben in den Bergen haben. In der Nähe von Puma Point. Kennen Sie Puma Point?«
»Ja«, sagte ich.
»Das Haus ist drei Meilen vom Dorf entfernt«, fuhr er fort, »die Straße, die hinführt, ist zum Teil privat. Es liegt an einem See, der auch Privateigentum ist, am Kleinen Fawn-See. Wir drei Anlieger haben einen Damm aufgeführt, um das Gelände abzusichern. Der Landstrich gehört mir und zwei andern Männer. Er ist ziemlich groß, aber verborgen und abseits, er wird jetzt auch natürlich noch eine ganze Zeit unentdeckt bleiben. Meine Freunde haben Holzhäuser, und ich habe auch ein Holzhaus. In einem weiteren lebt ein Mann namens Bill Chess mit seiner Frau – mietfrei, um den Platz in Ordnung zu halten. Er ist Kriegsbeschädigter und bezieht eine Pension. Das sind die einzigen, die dort oben wohnen. Meine Frau ging Mitte Mai hinauf, kam noch zweimal zum Wochenende nach Hause und war eigentlich am 12. Juni zu einer Gesellschaft fällig – sie ist nicht gekommen. Niemand weiß, wo sie geblieben ist.«
»Und was haben Sie unternommen?« fragte ich.
»Nichts. Absolut nichts. Ich bin noch nicht einmal dort oben gewesen.« Er wartete, anscheinend wünschte er, daß ich ihn fragte.
»Warum?« sagte ich.
Er schob den Stuhl zurück und schloß ein Schubfach auf. Er entnahm ihm ein zusammengefaltetes Papier und reichte es mir. Ich entfaltete ein Telegramm. In *El Paso* aufgegeben, und zwar am 14. Juni 9.19 Uhr morgens. Die Adresse lautete:
Derace Kingsley, 965 Carson Drive, Beverly Hills. Der Text:
»fahre nach mexiko wegen schneller scheidung stop werde chris heiraten stop viel glück und lebewohl crystal«
Ich legte das Telegramm auf meine Seite des Schreibtisches. Wortlos reichte er mir eine große und sehr scharfe Liebhaberaufnahme auf Glanzpapier. Ich betrachtete ein Paar, das unter einem Sonnenschirm im Sande saß. Der Mann trug Badehosen, die Frau ein sehr gewagtes weißes Haifischhautbadekostüm. Eine schlanke lächelnde Blondine, jung und gut gebaut. Der Mann war ein

athletischer, hübscher brünetter Bursche mit breiten Schultern und wohlgeformten Beinen, glattem dunklem Haar und weißen Zähnen. Jeder Zoll der Typ eines Ehe- und Herzensbrechers. Mit Armen zum Festhalten und dem bißchen Verstand, das er besaß, auf dem Gesicht. Er hielt eine Sonnenbrille in der Hand und lächelte routiniert und gefällig in die Kamera.
»Das ist Crystal«, sagte Kingsley, »und das da ist Chris Lavery. Von mir aus kann er sie haben und sie ihn. Der Teufel soll sie beide holen.«
Ich legte das Foto zu dem Telegramm. »Gut – und was haben Sie für Anhaltspunkte?«
»Oben ist kein Telefon«, sagte er, »und die Gesellschaft, zu der sie herunterkommen wollte, war ohne Belang. Infolgedessen bekam ich das Telegramm, bevor ich viel nachgedacht hatte, wo sie ist. Ich war auch nicht allzu überrascht über den Inhalt. Crystal und ich stehen seit Jahren nicht auf gutem Fuß. Sie lebt ihr Leben und ich das meine. Sie hat ihr eigenes Geld – und ausreichend Geld. Etwa zwanzigtausend im Jahr aus einem Familienunternehmen, dem wertvolle Ölquellen in Texas gehören. Sie flirtet herum – und ich weiß, daß Lavery einer ihrer Flirts war. Ich war vielleicht etwas verdutzt, daß sie ihn tatsächlich heiraten wollte, denn der Mann ist nichts als ein professioneller Weiberjäger. Aber das Bild sieht ganz glaubwürdig aus, nicht? Sie verstehen?«
»Und dann?«
»Dann hörte ich zwei Wochen nichts. Bis das Prescott-Hotel in San Bernardino sich mit mir in Verbindung setzte: ein Packard, Sporttyp, unter dem Namen Crystal Kingsley mit meiner Adresse eingetragen, stehe unabgeholt in der Garage, und was mit ihm geschehen solle. Ich ordnete an, daß er dort bleiben sollte, und schickte einen Scheck für die Garage. Auch dabei war noch nichts Verdächtiges. Ich nahm an, sie seien noch in Mexiko – und wenn sie überhaupt per Wagen hingefahren waren, dann sicher in Laverys. Vorgestern aber traf ich Chris Lavery vor dem Sportklub, gleich hier an der Ecke. Und er sagte mir, er wüßte nicht, wo Crystal sei.«
Kingsley warf mir einen raschen Blick zu und griff nach einer Flasche. Er stellte zwei bunte Gläser auf den Schreibtisch, goß ein und schob das eine Glas herüber. Das seine hielt er gegen das Licht und sagte langsam:
»Lavery behauptet, er sei nicht mit ihr weggegangen, hätte sie zwei Monate nicht gesehen, keinerlei Verbindung mit ihr gehabt.«
Ich fragte: »Und glaubten Sie ihm?«
Er nickte stirnrunzelnd, trank sein Glas aus und schob es zur Seite. Ich nippte ein wenig. Es war Scotch. Kein erstklassiger Scotch.
»Ich glaubte ihm«, sagte Kinsley, »und ich hatte wahrscheinlich unrecht damit. Ich glaubte ihm nicht etwa, weil er ein zuverlässiger Mensch ist. Nichts weniger als das. Sondern weil er ein verdammter Taugenichts ist, der sich

noch etwas darauf zugute hielt, die Frauen seiner Freunde zu verführen und sich damit zu brüsten. Ich hatte das Gefühl, es sei ihm geradezu ein Vergnügen gewesen, mir recht boshaft beizubringen, daß meine Frau mit ihm durchgebrannt sei und mich sitzengelassen habe. Ich kenne diese – Sorte. Und besonders ihn! Er hat eine Zeitlang einen von unsern Distrikten bereist, und es gab eine Ungelegenheit nach der andern. Er konnte die Hände von keinem Büromädchen lassen. Und abgesehen von allem andern hatte ich aus El Paso das Telegramm über Crystals Wagen. Ich erzählte ihm davon. Wozu, frage ich Sie, hätte er sich die Mühe machen sollen, zu lügen?«

»Vielleicht hat sie ihn abgehängt«, sagte ich, »das hätte ihn an seiner empfindlichsten Stelle getroffen: in seinem Casanova-Komplex!«

Kingsley schien etwas, aber nur etwas, erleichtert zu sein. Dann schüttelte er den Kopf. »Ich glaube ihm immer noch mehr als 50 Prozent«, sagte er. »Sie müßten mir schon Beweise bringen. Gerade deshalb, zum Teil wenigstens, brauche ich Sie. Aber wir müßten noch einen anderen Gesichtspunkt beachten, einen, der für mich recht heikel ist. Ich habe einen guten Posten hier – aber es ist nur ein Posten. Ich kann mir keinen Skandal leisten. Ich würde fliegen, ehe ich mich's versähe, wenn meine Frau in eine Polizei-Affäre verwickelt wird.«

»In eine Polizei-Affäre?« fragte ich erstaunt.

»Ja. Unter ihren anderen Betätigungen« – Kingsley sprach grimmig – »findet meine Frau ab und zu Zeit, in Warenhäusern und Läden etwas mitgehen zu lassen. Ich glaube, es ist eine verrückte Laune, wenn sie zuviel getrunken hat – aber es kommt immer wieder vor, und wir hatten ein paar höchst peinliche Szenen in den Büros verschiedener Geschäftsführer. Bisher konnte ich es verhüten, daß jemals Anzeige erstattet wurde – aber wenn so etwas in einer fremden Stadt vorkommt, wo niemand sie kennt...« – er hob die Hände und ließ sie wieder auf den Tisch fallen –, »ja, dann kann es leicht passieren, daß man sie hinter Schloß und Riegel steckt, oder?«

»Sind jemals irgendwo ihre Fingerabdrücke genommen worden?«

»Nein, bisher wurde sie nie verhaftet.«

»Das meine ich nicht. Wenn Warenhäuser sich bereit erklären, eine Anzeige auf Ladendiebstahl fallenzulassen, stellen sie oft die Bedingung, die Fingerabdrücke zu nehmen. Das schreckt die Amateure ab und versorgt das Warenhaus gleichzeitig mit einer Kartei der Kleptomanen. Wiederholt sich der Fingerabdruck mehrmals, so ist der Betreffende geliefert.«

»Ich wüßte nicht, daß es jemals dazu kam.«

»Nun, ich glaube, wir können vorläufig diesen Punkt fallenlassen«, sagte ich. »Wenn sie verhaftet worden wäre, so hätte man erfahren, wer sie ist. Auch wenn man ihr gestattet haben würde, bei der Verhandlung unter einem falschen Namen zu erscheinen, so hätte die Polizei sich doch mit Ihnen in Verbindung gesetzt. Außerdem hätte sie selbst Laut gegeben und um Hilfe gerufen, wenn sie sich so in die Tinte gesetzt hätte!« Ich tippte auf das blauweiße Telegrammformular. »Und das Ding ist einen Monat alt. Wenn etwas derartiges um diese Zeit passiert wäre, so wäre es jetzt schon erledigt und ausgestanden. Ohne Vorstrafe müßte sie mit Verwarnung und Bewährungsfrist davongekommen sein.«

Er goß sich noch ein Glas voll, um sich über seinen Kummer wegzuhelfen. »Sie beruhigen mich etwas«, sagte er.

»Außerdem gibt es zu viele andere Dinge, die vorgekommen sein können. Entweder sie ging mit Lavery weg, und sie verkrachten sich. Oder sie ging mit einem andern Mann weg, und das Telegramm soll Sie in die Irre führen. Oder sie ging allein weg – oder mit einer anderen Frau. Oder sie hat zu viel getrunken und steckt in einem Sanatorium, um eine Kur zu machen. Oder sie geriet in eine Klemme, von der wir keine Ahnung haben. Oder sie ist in ein Verbrechen verwickelt ...«

»Großer Gott – sagen Sie nicht so etwas!« rief Kingsley.

»Warum nicht? Man muß es jedenfalls auch in Betracht ziehen. Ich habe eine vage Vorstellung von Mrs. Kingsley – jung, hübsch, leichtsinnig und wild. Sie trinkt und tut gefährliche Dinge, wenn sie betrunken ist. Sie ist ein Typ, auf den die Männer fliegen, und ist imstande, sich mit dem ersten besten Fremden einzulassen, der sich als Schuft entpuppen kann. Stimmt das ungefähr?«

Er nickte. »Wort für Wort!«

»Wieviel Geld dürfte sie bei sich haben?«

»Gewöhnlich trug sie ziemlich viel bei sich herum. Sie hat ihr eigenes Bankkonto. Sie konnte ungefähr jeden Betrag abheben.«

»Haben Sie Kinder?«

»Nein, Kinder haben wir nicht.«

»Und führen Sie ihre Geschäfte?«

Er schüttelte den Kopf. »Geschäfte hat sie keine – außer Schecks auszustellen und sich Geld auszahlen zu lassen, um es zu verschwenden. Anlegen – nein, sie legt nie etwas an. Keinen Cent. Und ich habe noch nie einen Nutzen aus ihrem Geld gezogen, wenn Sie das etwa denken.« Er machte eine Pause und sagte dann: »Glauben Sie nicht, daß ich es nicht versucht hätte. Ich bin auch nur ein Mensch, und es ist kein Spaß zuzusehen, wie eine Frau zwanzigtausend jedes Jahr durch die Gurgel jagt und nichts dabei herauskommt als Katzenjammer und Liebschaften mit Jungens von der Sorte Chris Lavery.«

»Wie stehen Sie mit ihrer Bank? Könnten Sie eine Aufstellung der Schecks bekommen, die sie in den letzten Monaten gezogen hat?«

»Nein. Ich bekäme keine Auskünfte. Ich versuchte es einmal, als ich den Verdacht hatte, daß sie erpreßt würde. Ich bekam eine eiskalte Ablehnung.«

»Wir können die Aufstellung bekommen«, sagte ich, »und es wird vielleicht

notwendig sein. Das bedeutet freilich, sich an die Abteilung für vermißte Personen zu wenden. Wäre Ihnen das unangenehm?«
»Wenn es mir angenehm wäre, hätte ich Sie nicht gerufen«, sagte er.
Ich nickte, sammelte meine Siebensachen ein und steckte sie in die Tasche. »Es gibt mehr Möglichkeiten in so einer Sache, als sich anfangs übersehen läßt«, sagte ich. »Aber ich fange auf jeden Fall bei Lavery an. Dann fahre ich hinauf zum Fawn-See und ziehe dort Erkundigungen ein. Ich brauche zunächst Laverys Adresse und ein paar Worte für den Mann, der Ihr Sommerhaus beaufsichtigt.«
Er zog einen Briefblock aus dem Schreibtisch, schrieb und reichte mir das Blatt. Es lautete: »Lieber Bill! Der Überbringer ist Mr. Philip Marlowe, der sich meinen Besitz anzusehen wünscht. Bitte zeigen Sie ihm mein Haus und seien Sie ihm in jeder Weise behilflich. Frdl. Gruß Derace Kingsley.«
Ich faltete den Bogen zusammen und steckte ihn in den Umschlag, den er adressiert hatte, während ich las. »Wie steht es mit den andern Häusern da oben?« fragte ich.
»Bis jetzt ist noch niemand dort. Der eine Besitzer hat bei der Regierung in Washington zu tun, und der andere ist in Fort Leavenworth. Ihre Frauen sind bei ihnen.«
»Und jetzt bitte Laverys Adresse.«
Er sah auf einen Punkt an der Wand über meinem Kopf. »In Bay City. Ich könnte das Haus finden, aber die Adresse habe ich vergessen. Ich glaube, Miss Fromsett kann sie Ihnen geben. Es geht sie nichts an, wozu Sie sie brauchen. Wahrscheinlich ahnt sie es ohnedies. Und Sie benötigen hundert Dollar, sagten Sie?«
»Ach wo«, lachte ich. »Das habe ich doch bloß gesagt, weil Sie mich angeschnauzt hatten.«
Er lachte auch. Ich stand auf, zögerte einen Augenblick vor dem Schreibtisch, sah ihn an. Dann sagte ich: »Sie halten nicht etwas zurück, Mr. Kingsley – etwas Wichtiges?«
Er blickte auf seinen Daumen. »Nein. Ich halte nichts zurück. Ich bin in Sorge. Möchte, daß Sie herausbringen, wo sie ist. Ich bin sehr in Sorge ... Wenn Sie irgend etwas finden, kommen Sie jederzeit oder rufen Sie an – zu jeder Tages- oder Nachtzeit.«
Ich versprach es, wir schüttelten uns die Hände. Dann ging ich zurück in das kühle Büro, zu Miss Fromsett, die elegant an ihrem Schreibtisch saß.
»Mr. Kingsley meint, Sie könnten mir Mr. Laverys Adresse geben.« Ich beobachtete ihr Gesicht.
Sie griff sehr langsam nach einem braunledernen Adreßbuch und blätterte darin. Ihre Stimme war knapp und kalt, als sie sprach.
»Die Adresse, die wir haben, ist: 623 Altair Street in Bay City. Telefon Bay

City 12523. Mr. Lavery ist schon seit mehr als einem Jahr nicht mehr bei uns. Vielleicht ist er umgezogen.«

Ich dankte ihr und ging zur Tür. Rasch sah ich mich noch einmal um. Sie saß sehr still, die Hände auf dem Pult gefaltet, und blickte ins Leere. Auf ihren Wangen brannten zwei rote Flecke. Ihre Augen waren abweisend und bitter. Ich gewann den Eindruck, daß Chris Lavery nicht gerade zu ihren angenehmsten Erinnerungen gehörte.

3

Die Altair Street zog sich über den V-förmigen Hang eines tiefen Cañons hin. Nördlich zeigte sich der kühle blaue Streifen der Bucht von Malibu. Im Süden breitete sich die Stadt Bay City aus, auf einem Felsen über der Autostraße längs des Strandes.

Die Altair Street reichte kaum mehr als drei oder vier Blocks weit, sie endete vor einem hohen eisernen Zaun, der einen großen Besitz umschloß. Über den vergoldeten Spitzen des Zaunes sah ich Bäume und Büsche, ein Stück Rasen und einen Teil des gewundenen Einfahrtweges, das Haus jedoch blieb verborgen. Auf der inneren Seite der Altair Street waren die Häuser gut gehalten und ziemlich groß, aber die wenigen verstreuten Bungalows am Rande des Cañons waren nicht viel wert. Auf dem kurzen halben Block, der mit dem Zaun abschloß, standen nur zwei Häuser. Rechts und links von der Straße gelegen, kehrten sie ihre Fronten einander zu. Das eine gehörte Lavery.

Ich wendete auf dem halbrunden Parkplatz am Ende der Straße und fuhr zurück, um vor dem gegenüberliegenden Grundstück zu parken. Laverys Haus lag etwas weiter unten. Es war eins von jenen Häusern, die durch wilden Wein hübsch wirken. Die Vordertür lag tiefer als die Straße, es hatte einen Dachgarten, die Schlafräume waren im Untergeschoß, und an der Seite stand wie angeklebt eine Garage. Rote Kletterrosen bedeckten die vordere Wand und rankten sich über die flachen Steine der Einfahrt, die mit koreanischem Moos abgegrenzt war. Die Tür war schmal, mit einem Eisengitter davor, und endete in einem Spitzbogen. Unter dem Gitter lag ein eiserner Klopfer. Ich nahm ihn zur Hand und hämmerte drauflos.

Nichts regte sich. Ich drückte auf die Klingel und hörte sie innen, nicht weit von der Tür, anschlagen. Nichts. Ich nahm wieder den Klopfer. Immer noch nichts. Ich schritt den Weg zur Garage entlang und guckte durch einen Türspalt. Drinnen stand ein Wagen mit weißgerandeten Reifen. Es mußte jemand da sein. Ich ging zur Haustür.

Ein hübsches schwarzes Cadillac-Coupé kroch aus der Garage jenseits der Straße, schob zurück, wendete und kam an Laverys Haus vorbei. Es verlangsamte die Fahrt. Der hagere Mann mit dunkler Brille, der am Steuer saß, sah mich scharf an, als parkte ich an einem verbotenen Platz. Ich sah ihn kalt an, und er fuhr weiter.

Wieder beschäftigte ich mich mit dem Klopfer. Diesmal hatte ich Erfolg. Das kleine Fenster neben der Tür ging auf, und ein hübscher scharfäugiger Kerl blickte durch das Eisengitter. »Sie machen einen verteufelten Lärm«, sagte eine ärgerliche Stimme.

»Mr. Lavery?«

»Was soll's?« Ich steckte eine Karte durchs Gitter. Eine große braune Hand griff danach. Die scharfen braunen Augen kehrten zu meinem Gesicht zurück, und die Stimme sagte: »Bedaure unendlich. Habe heute keinen Bedarf an Detektiven.«

»Ich arbeite für Mr. Kingsley.«

»Der Teufel soll Sie beide holen«, sagte er, und dann schlug das Fenster zu.

Ich lehnte mich gegen die Klingel und holte eine Zigarette aus der Tasche; gerade strich ich das Zündholz am Holzrahmen der Tür an, als sie aufflog und ein großer Bursche in einem weißen Bademantel mit Badehosen und Strandsandalen herausgestürzt kam.

Ich ließ die Klingel los und grinste. »Was ist los?« fragte ich. »Beleidigt?«

»Drücken Sie noch einmal auf die Klingel«, sagte er, »und Sie liegen auf der Straße.«

»Seien Sie nicht kindisch«, sagte ich. »Sie wissen ganz genau, daß ich mit Ihnen sprechen werde – und daß Sie mit mir sprechen werden!«

Ich holte das blauweiße Telegramm aus der Tasche und hielt es vor seine scharfen braunen Augen. Er las es verdrießlich durch, biß sich auf die Lippen und knurrte:

»Also in Gottes Namen – kommen Sie herein.«

Er hielt die Tür weit offen, und ich ging an ihm vorbei in einen dämmerigen hübschen Raum mit aprikosenfarbenem chinesischem Teppich, der kostbar aussah, tiefen Sesseln, ein paar weißen Metallampen, einem großen Schreibtisch in der Ecke, einem Diwan aus blaßbraunem Rips mit dunklen Streifen und einem Kamin mit kupfernem Gitter und einem Sims von hellem Holz. Hinter dem Schirm war ein Feuer vorbereitet, halb verborgen durch einen großen Busch Manzanitablüten. Stellenweise wurden sie schon gelblich, aber sie waren immer noch hübsch. Ein Tablett mit einer Flasche Whisky und mehreren Gläsern und ein kupferner Eiskübel standen auf einem niedrigen runden Walnußtisch mit Glasplatte. Der Raum ging gerade durch bis zur Rückwand des Hauses, unterbrochen von einem flachen Bogen, durch den man drei schmale Fenster und das weiße Eisengeländer einer Treppe sah, die nach unten führte.

Lavery schlug die Tür zu und ließ sich auf den Diwan fallen. Er nahm eine Zigarette aus einer gehämmerten silbernen Schachtel, setzte sie in Brand und sah mich gereizt an. Ich setzte mich ihm gegenüber und betrachtete ihn näher. Er sah mindestens so gut aus wie auf dem Bild. Er hatte einen mächtigen Brustkasten und feste Schenkel, seine Augen waren nußbraun, und das Weiße darin hatte einen Schimmer von Grau. Das Haar war ziemlich lang und an den Schläfen leicht gelockt. Seine braune Haut zeigte keine Spuren der Ausschweifung. Er stellte ein hübsches Stück Fleisch dar – mehr konnte ich in ihm nicht sehen. Aber ich verstand, daß Frauen wild nach ihm waren.

»Warum sagen Sie uns nicht, wo sie ist?« eröffnete ich das Gespräch. »Wir finden sie doch, früher oder später, und wenn Sie es uns jetzt sagen, so brauchen wir Sie nicht mehr zu ärgern!«

»Mich ärgern? Na, dazu gehört schon mehr als ein Privatspitzel!« sagte er.

»O nein, da sind Sie auf dem Holzwege. Ein Privatspitzel kann jeden Menschen ärgern und belästigen. Er ist beharrlich und durchaus gewohnt, schlecht behandelt zu werden. Seine Zeit wird ihm bezahlt, und er kann sie genausogut dazu benutzen, Sie zu belästigen, wie zu jedem anderen Vergnügen!«

»Also hören Sie«, sagte er, sich vorwärts lehnend und mit seiner Zigarette auf mich weisend, »ich weiß, was in dem Telegramm steht, aber es ist Schwindel. Ich bin nicht mit Crystal Kingsley nach El Paso gefahren. Ich habe sie lange nicht gesehen – länger als das Datum des Telegramms alt ist. Ich habe auch keinerlei Verbindung mit ihr. Das habe ich Kingsley bereits gesagt.«

»Er brauchte es Ihnen nicht zu glauben.«

»Warum sollte ich ihn belügen?« Er sah überrascht aus.

»Warum sollten Sie das nicht?« fragte ich zurück.

»Nein, sehen Sie«, sagte er ernst, »Ihnen mag das so vorkommen – aber Sie kennen Crystal nicht. Kingsley kann sie doch nicht an die Kette legen. Wenn ihm ihr Benehmen nicht gefällt, so kann er sich ja schadlos halten. Diese besitzwütigen Ehemänner machen mich krank!«

»Ja, wenn Sie nicht mit ihr nach El Paso gingen«, sagte ich, »warum schickte sie dann das Telegramm?«

»Keine Ahnung!«

»Sie könnten besser antworten«, sagte ich. Ich wies auf den Strauß Manzanitablüten. »Die haben Sie doch am Kleinen Fawn-See gepflückt?«

»Die Berge hier ringsum sind voller Manzanitablüten«, sagte er verächtlich.

»Aber hier unten blühen sie nicht so schön.«

Er lachte. »Ich war in der dritten Maiwoche oben. Wenn Sie es genau wissen wollen. Ich nehme an, Sie können das nachprüfen. Und damals sah ich sie zum letztenmal.«

»Hatten Sie nicht die Absicht, sie zu heiraten?«

Er blies ein paar Ringe in die Luft: »Ich habe daran gedacht, ja. Sie hat Geld. Geld kann man immer brauchen. Aber auf diese Art wäre es doch zu schwer verdient.«

Ich nickte, aber sagte nichts. Er blickte auf den Manzanitazweig, lehnte sich zurück, um den Rauch in die Luft zu blasen, und zeigte mir dabei die starke braune Linie seiner Kehle. Nach einer Weile, als ich immer noch nichts sagte, wurde er unruhig. Er blickte auf die Karte, die ich ihm gegeben hatte:
»Sie lassen sich also dazu engagieren, Dreck aufzuwühlen? Rentiert sich's wenigstens?«
»Nicht nennenswert. Hier ein Dollar, da ein Dollar.«
»Und alle ziemlich schmierig«, sagte er.
»Hören Sie, Mr. Lavery«, sagte ich, »wir brauchen uns nicht zu streiten. Kingsley denkt, Sie wissen, wo seine Frau ist, wollen es ihm aber nicht sagen. Entweder aus Gemeinheit oder aus Zartgefühl.«
»Wie herum wäre es ihm denn lieber?« fragte der hübsche brünette Bursche höhnisch.
»Das ist ihm gleichgültig, wenn er nur überhaupt eine Nachricht bekommt. Er macht sich nicht viel daraus, was Sie und seine Frau zusammen treiben – wohin Sie gehen und ob sie sich scheiden läßt oder nicht. Er wünscht nur Gewißheit zu haben, daß alles in Ordnung ist und sie nicht irgendwie in einer schlimmen Situation steckt.«
Lavery sah interessiert aus. »In einer schlimmen Situation? Welcher Art?« Er leckte sich die Lippen und kostete das Wort aus.
»Vielleicht gibt es schlimme Situationen für sie, von denen Sie keine Ahnung haben.«
»Sagen Sie es mir doch«, bat er sarkastisch. »Ich würde zu gern von schlimmen Situationen hören, die ich nicht kenne!«
»Sie benehmen sich großartig«, sagte ich zu ihm. »Keine Zeit, eine geschäftliche Frage zu beantworten, aber immer Zeit für faule Witze! Und wenn Sie vermuten, wir könnten Sie anzuzapfen versuchen, weil Sie mit ihr über die Grenze gegangen sind, so lassen Sie diesen Gedanken nur fallen!«
»Brechen Sie sich bloß keine Verzierung ab, weiser Meister! Beweise müssen Sie bringen, Beweise, sonst ist nichts zu machen!«
»Mit dem Telegramm ist schon etwas zu machen«, sagte ich beharrlich. Ich glaubte, schon mehrmals etwas Ähnliches gesagt zu haben.
»Es ist wahrscheinlich ein großer Schwindel. Ein Schabernack. Sie steckt voll solcher kleiner Tricks, von denen alle dumm und manche bösartig sind.«
»Ich finde aber keine Pointe darin!«
Er ließ seine Zigarettenasche achtlos auf die Glasplatte fallen, musterte mich rasch von oben bis unten und sah sofort wieder weg.
»Ich habe sie versetzt«, sagte er langsam. »Vielleicht beabsichtigt sie, sich damit irgendwie an mir zu rächen. Sie hatte mich zu einem Wochenende oben erwartet. Ich bin nicht gekommen. Ich hatte sie über.«
Ich sagte »Uh-huh« und starrte ihn lange und fest an. »Das gefällt mir

nicht besonders. Ich fände es netter, Sie wären mit ihr nach El Paso gefahren und hätten dort Krach bekommen und sich überworfen. Können wir es nicht in diese Form bringen?«

Er wurde dunkelrot unter seiner Bräune.

»Verdammt noch mal – ich habe Ihnen doch gesagt, daß ich nicht mit ihr weggefahren bin. Nirgends hin. Können Sie sich das nicht merken?«

»Ich werde es mir merken, sobald ich es Ihnen glaube.«

Er beugte sich vor, um seine Zigarette auszudrücken. Dann stand er mit einer leichten Bewegung auf, ohne jede Hast, zog den Gürtel seines Bademantels fest und ging zum anderen Ende des Diwans.

»Gut«, sagte er mit klarer Stimme. »Jetzt aber raus! An die frische Luft mit Ihnen! Ich habe genug von Ihren Dritten-Grad-Methoden! Sie verschwenden meine Zeit und Ihre Zeit – das heißt, wenn die etwas wert ist!«

Ich stand auf und lachte ihm ins Gesicht. »Nicht sehr viel, aber für das, was sie wert ist, werde ich bezahlt. Übrigens, Sie können nicht beispielsweise durch Mrs. Kingsley in eine kleine Ungelegenheit in einem Laden geraten sein, sagen wir bei Strümpfen oder Schmucksachen?«

Er sah mich sehr genau an, zog die Augenbrauen herunter.

»Ich verstehe Sie nicht«, sagte er, aber seine Stimme klang nachdenklich.

»Mehr wollte ich nicht wissen«, warf ich hin, »schön, daß Sie mich angehört haben. Nebenbei – was für ein Geschäft betreiben Sie eigentlich, seit Sie von Kingsley weg sind?«

»Was, zum Teufel, geht Sie das an?«

»Nichts. Aber das kann ich natürlich immer feststellen«, sagte ich und machte ein paar Schritte nach der Tür zu – aber nicht viele.

»Zur Zeit tue ich gar nichts«, sagte er kalt. »Ich erwarte jeden Tag meine Einberufung zur Marine.«

»Sie täten gut daran, sie zu bekommen«, antwortete ich.

»Ja. Und nun Adieu, Sie Schnüffler. Und bemühen Sie sich nicht noch einmal. Ich werde nicht zu Hause sein.«

Ich ging zur Tür. Sie klemmte unten an der Schwelle, wohl von der feuchten Luft des Strandes. Als ich sie offen hatte, blickte ich zu ihm zurück. Er stand mit zusammengezogenen Brauen da.

»Vielleicht muß ich wiederkommen«, rief ich ihm zu. »Aber dann nicht, um die Erklärung für einen Schabernack zu finden. Sondern um etwas festzustellen, was unbedingt besprochen werden muß.«

»Sie denken also immer noch, ich lüge!« sagte er wild.

»Ich denke, daß Sie etwas auf dem Herzen haben. Ich habe in zu viele Gesichter gesehen, um das nicht zu bemerken. Vielleicht wird es nicht *meine* Sache sein. Und wenn das zutrifft, werden Sie mich wahrscheinlich wieder hinauswerfen müssen.«

»Mit Vergnügen«, sagte er. »Und das nächstemal bringen Sie lieber jemanden mit, der Sie nach Hause fahren kann. Falls Sie nämlich auf Ihrem Kohlrabi landen und sich das Genick brechen.«

Und plötzlich – ich konnte weder Sinn noch Verstand darin sehen – spuckte er auf den Teppich zu seinen Füßen.

Es schlug mich geradezu vor den Kopf. Es war, als sähe ich eine Schlange sich häuten und ein zähes Etwas auf der Straße zurücklassen. Oder als hörte ich eine scheinbar empfindsame, bildschöne Frau auf einmal gemeine Schimpfworte sprechen.

»Auf Wiedersehen, Sie hübscher Muskelprotz«, sagte ich und ließ ihn stehen. Ich schloß die Tür; ich mußte mich anstrengen, um sie zuzubekommen. Dann ging ich den Einfahrtsweg entlang zur Straße. Auf dem Bürgersteig blieb ich stehen und sah nach dem Hause auf der anderen Seite der Fahrbahn.

4

Es war ein großes niedriges Haus mit verblichenen Stuckwänden, die eine zartrosa Pastelltönung zeigten; die Fensterrahmen waren mattgrün abgesetzt. Das Dach zeigte rauhe, runde, grüne Ziegel. Die Haustür, in eine tiefe Nische eingelassen, war von buntem Mosaik eingerahmt. Ein kleiner Blumengarten lag davor, nach der Straße abgegrenzt durch eine niedrige Stuckmauer mit einem eisernen Gitterzaun, dessen Stäbe durch die feuchte Seeluft schon zu rosten anfingen. Außerhalb der Einfriedung lag zur Rechten eine Garage für drei Wagen, deren Tür zum Hof hinausging.

In den Zaunpfosten war eine Bronzetafel eingelassen; sie trug die Aufschrift: Dr. med. Albert S. Almore.

Während ich stand und über die Straße starrte, kam der schwarze Cadillac, den ich schon vorhin gesehen, um die Ecke und fuhr den Block entlang. Er verlangsamte die Fahrt und wollte nach außen biegen, wohl um die Kurve zur Garage besser zu nehmen. Offenbar stand ihm aber mein Wagen im Wege, denn er fuhr bis zum Ende der Straße weiter und wendete auf dem erweiterten Platz vor dem abschließenden Gitter. Dann kam er langsam zurück und lenkte in das leere Drittel der Garage.

Der hagere Mann mit der Sonnenbrille ging auf dem Seitenweg dem Hause zu; er trug eine Arzttasche. Auf halbem Weg verlangsamte er den Schritt und starrte mich an. Ich ging indessen weiter bis zu meinem Wagen. An der Haustür zog er einen Schlüssel heraus, schloß auf und sah wieder zu mir herüber.

Ich stieg in meinen Chrysler, saß rauchend und überlegte, ob es sich lohnen

würde, jemanden zu engagieren, der Lavery beobachtete. Nein – wie die Dinge bisher lagen, war es unnötig.
An dem niedrigen Fenster neben der Tür, durch die Dr. Almore ins Haus gegangen war, bewegten sich die Gardinen. Eine hagere Hand zog sie beiseite, und ich bemerkte das Aufblitzen des Lichtes auf einer Brille. Die Gardine wurde eine ganze Weile auseinandergehalten, bevor sie wieder zusammenschlug.
Ich blickte über die Straße nach Laverys Haus. Von hier aus sah ich, daß die hintere Veranda in eine gestrichene Holztreppe auslief, die auf einen schrägen Betonweg führte – dann kamen ein paar Betonstufen, die unten in der gepflasterten Allee endeten.
Wieder betrachtete ich Dr. Almores Haus und sann müßig darüber nach, ob er wohl gut Freund mit Lavery sei. Wahrscheinlich kannte er ihn, denn die beiden Häuser waren die einzigen auf dem Block. Da er jedoch Arzt war, würde er mir keine Auskunft über ihn geben. Ich sah nochmals hinüber – die Gardinen, die vorher beiseite gezogen wurden, waren jetzt ganz geöffnet. Die Mitte des dreiteiligen Fensters, das sie abgeschlossen hatten, war ohne Scheibengardinen. Dahinter stand Dr. Almore und sah zu mir herüber, das hagere Gesicht ärgerlich verzogen. Ich stäubte meine Zigarettenasche aus dem Fenster. Er drehte sich rasch um und setzte sich an den Schreibtisch. Die Aktentasche hatte er vor sich liegen. Er saß kerzengerade und trommelte nervös neben der Tasche auf die Tischplatte. Seine Hand griff nach dem Telefon, berührte es und zog sich wieder zurück. Er zündete sich eine Zigarette an und machte das Streichholz mit ein paar heftigen Armbewegungen aus, stand auf, schritt wieder auf das Fenster zu und starrte zu mir heraus.
Wenn das überhaupt für mich von Interesse war, dann nur deshalb, weil er Arzt war. Ärzte sind in der Regel von allen Menschen am wenigsten neugierig. Schon als Assistenzärzte hören sie so viele Geheimnisse, daß ihr Bedarf auf Lebenszeit gedeckt ist. Doktor Almore aber schien sich stark für mich zu interessieren. Es war mehr als Interesse, was er zeigte – es war Ärger.
Ich griff schon nach dem Zündschlüssel, als sich Laverys Haustür öffnete; ich zog die Hand wieder weg und lehnte mich zurück. Lavery kam munter den Einfahrtsweg zu seinem Haus herauf, warf einen Blick über die Straße und wandte sich, um in die Garage zu gehen. Er war noch genauso gekleidet wie vorhin, als ich bei ihm war. Über seinem Arm hingen ein Frottiertuch und ein Bootsteppich. Ich hörte, wie die Garagentür aufgemacht wurde und sich wieder schloß, dann das Brummen des angelassenen Wagens. Er fuhr rückwärts die schräge Böschung zur Straße hinauf, weiße Wolken kamen aus dem Auspuff. Es war ein netter kleiner Sportwagen mit offenem Verdeck, Laverys hübscher dunkler Kopf ragte gerade heraus. Er trug jetzt eine sehr schicke Sonnenbrille mit breiter weißer Fassung. Der Sportwagen sauste den Block

entlang und tanzte um die Ecke. Das war unwichtig für mich. Mr. Christopher Lavery fuhr an den Strand des großen Pazifik, um in der Sonne zu liegen und den Mädchen seinen Anblick zu gewähren.
Ich widmete meine Aufmerksamkeit wieder dem Hause Dr. Almores. Er stand jetzt am Telefon – er sprach nicht, sondern hielt den Hörer ans Ohr, rauchte und wartete. Dann beugte er sich etwas vor – wie man es tut, wenn die Antwort kommt, lauschte, hängte ab und schrieb etwas auf einen Block neben dem Telefon. Dann erschien ein dickes Buch mit gelbem Schnitt auf dem Schreibtisch. Er schlug es ungefähr in der Mitte auf. Während er blätterte, warf er einen raschen Blick gerade auf den Chrysler.
Er fand, was er suchte, beugte sich über das Buch, und ein paar hastige Rauchwölkchen erschienen in der Luft über den Blättern. Er schrieb wieder etwas, legte das Buch weg und griff nochmals nach dem Telefon. Dann wählte er und begann schnell zu sprechen.
Das Gespräch war zu Ende, er hängte ab. Zurückgelehnt saß er in seinem Sessel und grübelte, auf sein Pult starrend, ohne jedoch zu vergessen, jede halbe Minute aus dem Fenster zu sehen. Er wartete – und ich wartete mit ihm, eigentlich ohne jeden Grund. Ärzte telefonieren oft und mit allen möglichen Leuten. Ärzte schauen auch aus ihrem Fenster auf die Straße, Ärzte runzeln die Stirn, Ärzte kommen einem nervös vor. Ärzte haben allerhand im Kopf und sind abgespannt. Ärzte sind Menschen wie wir alle, für das Leid geboren, und sie führen ihren bitteren Kampf, wie wir auch ...
Aber im Benehmen dieses Arztes lag etwas, das mich irritierte. Ich sah auf die Uhr, stellte fest, daß es höchste Zeit war, etwas zu essen, steckte eine neue Zigarette an – und fuhr nicht weg.
Etwa fünf Minuten mochten verstrichen sein, als ein grüner Sedan um die Ecke schoß. Er fuhr vor Dr. Almores Haus an die Bordschwelle, seine lange rutenartige Antenne zitterte. Ein großer Mensch mit aschblondem Haar stieg aus. Er ging zu Dr. Almores Haustür und klingelte. Dann beugte er sich wieder, um auf den Stufen ein Zündholz anzustreichen. Sein Kopf fuhr dabei herum: er starrte auf die Straße, genau dahin, wo mein Wagen stand.
Die Tür ging auf, und er trat ins Haus. Eine unsichtbare Hand raffte die Gardinen am Fenster von Dr. Almores Studierzimmer wieder zusammen und verschloß den Raum vor meinem Blick. Ich saß im Wagen und sah auf die dunklen Falten der Gardinen. Wieder verstrichen ein paar Minuten. Dann ging die Haustür auf. Der große Mann kam müßig die Stufen heruntergeschlendert und ging auf das Tor zu. Er warf seinen Zigarettenstummel weg, fuhr sich durchs Haar, zuckte die Achseln, strich sich mit der Hand übers Kinn und kam dann schräg über die Straße. In der herrschenden Stille klangen seine Schritte klar und deutlich. Dr. Almores Gardinen wurden hinter ihm wieder beiseite gezogen. Dr. Almore stand am Fenster und sah heraus.

Eine schwere sommersprossige Hand erschien auf dem Rahmen des Wagenfensters neben meinem Ellbogen. Ein großes zerfurchtes Gesicht hing darüber. Der Mann hatte Augen von metallenem Blau. Er sah mich fest an und sprach dann mit tiefer rauher Stimme.

»Warten Sie auf jemanden?«

»Ich weiß nicht«, sagte ich. »Warte ich?«

»*Ich* frage – nicht *Sie*!«

»So«, sagte ich, »verdammt! Das ist also die Antwort auf die Pantomime.«

»Was für eine Pantomime?« Er sah mich scharf und unfreundlich an.

Ich deutete mit der Zigarette über die Straße. »Der nervöse Bursche da drin und das Telefon! Ruft die Polizei, nachdem er aus meiner Autonummer im Autoklub meinen Namen festgestellt und ihn dann wahrscheinlich im Telefonbuch gefunden hat. Was soll das?«

»Zeigen Sie erst einmal Ihren Führerschein!«

Jetzt erwiderte ich seinen dreisten Blick. »Ihr Burschen versucht es immer auf die gleiche grobe Tour«, sagte ich. »Unverschämtheit ist wohl der einzige Ausweis, den Sie gebrauchen?«

»Wenn Sie unverschämt werden, Junge, so werden Sie's am eigenen Leibe zu spüren bekommen!«

Ich beugte mich vor, nahm den Zündschlüssel und drückte auf den Starter. Der Motor sprang an und lief leise.

»Stellen Sie den Motor ab«, sagte er wütend und setzte seinen Fuß auf das Trittbrett.

Ich stellte den Motor ab, lehnte mich zurück und sah ihn an.

»Gottverdammich«, sagte er, »soll ich Sie erst herausziehen aus Ihrer Karre und Sie aufs Pflaster setzen?«

Ich zog meine Brieftasche heraus und reichte sie ihm. Er nahm die Zelluloidhülle heraus, zog meinen Führerschein hervor und betrachtete ihn. Dann drehte er das Etui um und sah die Fotokopie meiner anderen Lizenz auf der Rückseite. Verächtlich stieß er es in die Brieftasche zurück und reichte sie mir. Ich steckte sie ein. Seine Hand tauchte in seine Tasche und kam mit dem blau-goldenen Polizeiabzeichen zurück.

»Degarmo, Leutnant der Kriminalpolizei.« Eine schwere brutale Stimme.

»Freut mich, Sie kennenzulernen, Leutnant«, sagte ich.

»Reden Sie nicht. Erzählen Sie jetzt, warum Sie Dr. Almores Haus bespitzeln.«

»Ich bespitzele Dr. Almores Haus gar nicht, wie Sie das zu nennen belieben, Leutnant. Ich habe noch niemals etwas von Dr. Almore gehört und ich wüßte keinerlei Grund, um sein Haus zu ›bespitzeln‹.«

Er hob den Kopf und spuckte aus. Ich hatte es heute offenbar mit Lamas zu tun.

»Was suchen Sie dann hier? Wir brauchen keine Schnüffler. Nicht in unserer Stadt, bitte!«
»So, wirklich? Wie interessant.«
»Ja, wirklich. Also machen Sie keine Geschichten, sondern sagen Sie die Wahrheit. Oder wollen Sie mit zur Polizei, es unter der Blendlampe ausschwitzen?«
Ich gab ihm keine Antwort.
»Sind Sie von ihrer Familie engagiert?« fragte er.
Ich schüttelte den Kopf.
»Der letzte Bursche, der es versucht hat, endete im Kittchen, mein Lieber!«
»Ich wette, das ist ein guter Witz«, sagte ich, »wenn ich nur die Pointe kapierte! Der was versuchte?«
»Der versuchte, ihn zu erpressen«, sagte er kurz.
»Zu dumm, daß ich nicht weiß, wie«, sagte ich. »Er scheint ein zäher Brocken zu sein, zum Erpressen nicht geeignet!«
»Mit diesem Geschwätz kommen Sie bei mir nicht weiter!«
»Gut«, sagte ich, »fassen wir es in eine andere Form. Ich kenne Dr. Almore nicht, habe nie von ihm gehört, und er interessiert mich auch nicht. Ich bin hier unten, um einen Freund zu besuchen, und sehe mir die schöne Aussicht an. Wenn ich etwas anderes tue, so ist das nicht Ihre Sache. Wenn Ihnen das nicht paßt, so tun Sie gut daran, zu Ihrem Hauptquartier zu fahren und mit dem Captain vom Dienst zu sprechen.«
Schwerfällig bewegte er den Fuß auf dem Trittbrett und machte eine zweifelnde Miene. »Ehrlich gesprochen?« fragte er langsam.
»Ehrlich gesprochen.«
»Ach, zum Kuckuck, der Mann ist ja verrückt!« sagte er plötzlich und blickte über die Schulter nach dem Haus. »Sollte selber mal zum Arzt gehen!« Er lachte, aber es war keine Spur von Heiterkeit in diesem Lachen. Er fuhr sich durch sein sprödes Haar.
»Los, hauen Sie ab!« sagte er. »Und bleiben Sie gefälligst weg aus unserem Revier, verstanden? Dann machen Sie sich keine Feinde.«
Ich drückte wieder auf den Starter. Als der Motor leise lief, sagte ich: »Wie geht es eigentlich Al Norgaard?«
Er sah mich groß an. »Kennen Sie Al Norgaard?«
»Ja. Wir haben vor ein paar Jahren zusammen einen Fall hier unten bearbeitet. War damals Polizeichef.«
»Al ist in der Militärpolizei. Ich wünschte, ich wär's auch!« sagte er bitter. Er machte sich ans Weggehen und drehte sich dann scharf auf dem Absatz um. »Los – türmen Sie – ehe ich mir's anders überlege!« rief er ärgerlich. Er ging mit schweren Schritten über die Straße und dann wieder durch Dr. Almores Gartentor.
Ich schaltete den Gang ein und fuhr weg. Auf der Rückfahrt zur Stadt

lauschte ich auf meine Gedanken. Sie schossen schnell hin und her, wie Dr. Almores nervöse Hände am Rande seiner Gardinen...

In Los Angeles angekommen, aß ich meinen Lunch und begab mich in mein Büro im Caluengahaus, um zu sehen, was für Post gekommen sei. Ich rief Kingsley dann an.

»Ich war bei Lavery«, erzählte ich ihm. »Er hat so grob geschimpft, daß es ehrlich klang. Ich habe es mit ein paar Sticheleien versucht, aber es ist nichts dabei herausgekommen. Ich habe immer noch die Idee, daß sie sich gestritten haben und auseinander sind. Sieht aus, als ob's ihm leid tut.«

»Dann muß er aber wissen, wo sie ist«, sagte Kingsley.

»Er *kann* es wissen – aber es ist nicht unbedingt nötig. Nebenbei, eine ziemlich sonderbare Sache passierte mir in Laverys Straße. Es stehen nur zwei Häuser da. Das andere gehört einem Dr. Almore.« Und ich berichtete ihm kurz den ganzen merkwürdigen Zwischenfall.

Er schwieg einen Augenblick, dann sagte er: »Handelt es sich um Dr. Albert Almore?«

»Ja – und?«

»Er war eine Zeitlang Crystals Arzt. Er kam mehrmals ins Haus, als sie... nun, als sie zu viel getrunken hatte. Ich fand ihn etwas zu schnell bei der Hand mit seiner Spritze. Seine Frau... warten Sie mal – es war doch irgend etwas mit seiner Frau –, ja richtig, sie beging Selbstmord.« – »Wann?«

»Das weiß ich nicht mehr. Es muß schon ziemlich lange her sein. Gesellschaftlich habe ich ihn nie gekannt. Und was wollen Sie nun unternehmen?«

Ich sagte ihm, daß ich zunächst nach dem Puma-See wollte, obwohl es schon etwas spät am Nachmittag war. Er meinte, ich hätte noch reichlich Zeit. Im Gebirge sei es ohnedies eine Stunde länger hell.

»So? Das ist ja schön«, sagte ich, und wir hängten ein.

5

San Bernardino schmorte und glänzte in der Nachmittagshitze. Die Luft war so heiß, daß ich förmlich Blasen auf der Zunge bekam. Ich saß keuchend in meinem Wagen, hielt einen Augenblick, um mir eine Flasche Whisky zu kaufen, falls ich schlapp machen würde, bevor ich ins Gebirge kam, und lenkte meinen Wagen auf die lange Steigung nach Crestline. In fünfzehn Meilen kletterte die Straße fünftausend Fuß hoch, aber selbst dort oben war es alles andere als kühl. Dreißig Meilen in den Bergen brachten mich zu den hohen Föhrenwäldern und zu einem Ort, der sich Bubbling Springs nannte. Er hatte einen schindelgedeckten Laden und eine Tankstelle, aber er kam mir vor wie ein Paradies. Von dort an war es den ganzen Weg über kühl.

Auf dem Damm des Puma-Sees stand an jeder Seite und in der Mitte eine Wache. Als ich zur ersten kam, mußte ich alle Wagenfenster zumachen, ehe sie mich auf den Damm fahren ließ. Etwa hundert Meter vom Damm schwamm ein Seil mit Korkstücken, um die Vergnügungsboote am Weiterfahren zu hindern. Jenseits dieses Bezirks schien der Krieg noch nicht nach dem Puma-See gedrungen zu sein.
Auf dem blauen Wasser paddelten Kanus, Ruderboote mit Außenbordmotor tuckerten, und Rennboote, die sich wichtig taten wie freche Jungen, hinterließen weite Schaumschwaden und machten haarscharfe Wendungen, und die Mädchen darin kreischten und streiften die Hände durchs Wasser. Im Kielwasser der Rennboote schwankten die Kähne von Leuten, die zwei Dollar für einen Angelschein bezahlt hatten und nun versuchten, wenigstens einen Nickel davon an fad schmeckenden Fischchen herauszuholen.
Die Straße glitt an einem riesenhaften Granitfelsen entlang und fiel dann ab zwischen Wiesen mit kurzem Gras, in denen noch ein paar blaue Iris und weiße und rote Lupinen blühten, dazwischen standen Günsel und Minze und Akelei und Weidenröschen. Hohe Tannen ragten in den klaren blauen Himmel. Die Straße fiel noch weiter ab bis zum Seeufer, und bald war die Landschaft voll braungebrannter Mädchen mit schicken Strandanzügen und Stirnbändern und Bauernkopftüchern und dicksohligen Sandalen und prallen Schenkeln. Leute auf Fahrrädern schwankten vorsichtig über die Straße, ab und zu puffte ein Unglücksvogel auf einem Motorrad vorbei.
Etwa eine Meile vor dem Dorf mündete eine andere, schmalere Straße in die Chaussee, die wieder zu den Bergen hinanstieg. Ein einfaches Holzschild unter dem Straßenschild besagte: »Kleiner Fawn-See 1½ Meilen«. Ich schlug diesen Weg ein. An den Hängen lagen verstreut einzelne Hütten. Nach etwa einer Meile zweigte eine noch schmalere Straße ab, und eine andere Holztafel besagte: »Kleiner Fawn-See. Privatstraße. Verboten.«
Ich lenkte den Chrysler in diesen Weg, und wir krochen sorgsam um große kahle Granitfelsen, an einem kleinen Wasserfall vorbei durch eine Wildnis von Schwarzeichen und Eisenbaum und Manzanita. Tiefes Schweigen. Ein Eichelhäher krächzte auf einem Zweig. Ein Eichhörnchen schimpfte mich aus und schlug mit einer Pfote ärgerlich auf den Tannenzapfen, den es mit der anderen umklammerte. Ein Rotspecht hielt inne in seiner Arbeit an der Baumrinde, lugte mit seinen schwarzen Perlenaugen und versteckte sich hinter dem Stamm, um mich von der anderen Seite zu betrachten. Dann kam ich zu einem Gatter aus fünf Stämmen und einer weiteren Holztafel.
Hinter dem Gatter wand sich die Straße ein paar hundert Meter durch die Bäume, und plötzlich lag unter mir ein kleiner ovaler See, tief in Bäumen und Felsen und wildem Gras, wie ein Tautropfen in einem gekrümmten Blatt. An dem Ufer, das mir zunächst lag, war ein Zementdamm aufgeführt; ein

Seil diente als Geländer, und an einer Seite befand sich ein altes Mühlrad. In der Nähe stand ein kleines Blockhaus aus ungeschälten Kiefernstämmen.

Jenseits des Sees, der Straße am fernsten und dem Ende des Damms am nächsten, bemerkte ich ein großes Rotholzhaus, das über dem Wasser zu hängen schien, und weiter hinten, in einiger Entfernung voneinander, standen zwei andere Holzhäuser. Alle drei waren abgeschlossen und still, mit zugezogenen Gardinen. Das große hatte orangefarbene Jalousien und ein zwölfscheibiges Fenster zum See hinaus.

Am anderen Ende des Sees, vom Damm entfernt, lag so etwas wie ein kleiner Pier mit einem Pavillon. Ein windschiefes Holzschild trug in weißen Buchstaben die Aufschrift: *Camp Kilkare.* Ich begriff die Zusammenhänge dieser Landschaft nicht, also stieg ich aus dem Wagen und wandte mich zur nächsten Hütte. Irgendwo dahinter hörte ich die Schläge einer Axt.

Ich klopfte an die Tür des Blockhauses. Die Axt schwieg. Eine Männerstimme rief etwas herüber. Ich setzte mich auf einen Felsen und zündete eine Zigarette an. Um die Ecke des Hauses kamen Schritte, ungleiche Schritte. Ein Mann mit scharfem Gesicht und schwärzlicher Haut kam in mein Blickfeld; er trug eine doppelschneidige Axt.

Er war stämmig gebaut, aber nicht groß, und hinkte beim Gehen – er schwenkte das rechte Bein ein wenig nach außen und zog den Fuß in flachem Bogen nach vorn. Er hatte ein dunkles, unrasiertes Kinn, feste blaue Augen und angegrautes Haar, das sich über den Ohren lockte und dringend der Schere bedurfte. Er trug blaue Baumwollhosen und ein blaues offenes Hemd, das seinen braunen muskulösen Hals zeigte. Eine Zigarette hing ihm im Mundwinkel. Seine Stimme klang gewöhnlich und städtisch.

»Hallo – was wollen Sie?«

»Mr. Bill Chess?«

»Jawohl, der bin ich.«

Ich stand auf und nahm Kingsleys Brief aus der Tasche und reichte ihn hin. Er schielte auf das Papier, hinkte dann ins Blockhaus und kam mit einer Brille auf der Nase wieder. Sorgsam las er den Brief und überlas ihn noch einmal. Dann steckte er ihn in die Tasche seines Hemds, knöpfte sie zu und streckte die Hand aus.

»Freut mich, Sie kennenzulernen, Mr. Marlowe.«

Wir schüttelten uns die Hand. Die seine war wie eine Holzraspel.

»Sie wollen Kingsleys Haus sehen, wie? Ich zeig's Ihnen gern. Er verkauft es doch nicht etwa – um Gottes willen?« Er sah mich fest an und wies mit dem Daumen über den See.

»Vielleicht doch«, sagte ich. »In Kalifornien ist alles zu verkaufen.«

»Das stimmt leider! Das Haus da drüben ist es – das aus Rotholz. Und was für ein Haus! Mit Zirbelkiefer abgesetzt, Ziegeldach, steinernes Fundament

und steinerne Terrassen, Wannen- und Brausebad, Jalousien auf allen vier Seiten, großer Kamin, Ölofen im Schlafzimmer und – Sie, man braucht es hier im Frühling und Herbst! – kombinierte Holz- und Gasheizung. Alles erstklassig. Kostet ungefähr achttausend – das ist allerhand Geld für ein Wochenendhaus. Und in den Bergen ein eigenes Wasserreservoir!«
»Wie steht es mit elektrischem Licht und Telefon?« fragte ich, um nicht unfreundlich zu erscheinen.
»Elektrisches Licht ist natürlich da«, sagte er, »aber kein Telefon. Ist jetzt nicht zu haben. Und wenn man es kriegt, kostet die Leitung bis hier heraus eine Unmasse Geld.«
Er sah mich fest aus seinen blauen Augen an, und ich erwiderte seinen Blick. Trotz seines wetterharten Äußeren machte er den Eindruck eines Trinkers. Er hatte die verdickte, glasige Haut, die allzu sichtbaren Adern und den scharfen Glanz in den Augen.
Ich fragte ihn: »Wohnt jetzt jemand hier oben?«
»Keine Seele! Mrs. Kingsley war vor ein paar Wochen hier. Ist wieder hinuntergefahren. Kann jeden Tag zurückkommen, glaube ich. Sagte er nichts darüber?«
Ich machte ein überraschtes Gesicht: »Wie – ist denn Mrs. Kingsley zusammen mit dem Haus zu verkaufen?«
Er sah mich schief an, dann warf er den Kopf zurück und brach in derbes Lachen aus. Es klang wie aus dem Auspuff eines Traktors. Es riß das Schweigen des Waldes in Fetzen.
»Jesus, wenn das kein Witz ist!« Er schnappte nach Luft. »Ob sie mit dem Haus . . .«, noch einmal erklang seine brüllende Lachsalve, dann brach er plötzlich ab und schloß den Mund wie eine Falle.
»Ja, es ist ein schickes Wochenendhaus«, sagte er und beäugte mich argwöhnisch.
»Sind die Betten bequem?« fragte ich.
Er beugte sich vor und lächelte bösartig. »Sie haben wohl lange keine geschwollene Backe gehabt?«
Ich starrte ihn mit offenem Mund an. »Den Witz hab' ich noch nicht erfaßt«, sagte ich. »So fix bin ich nicht!«
»Woher soll ich wissen, ob die Betten bequem sind?« fuhr er mich an. Er beugte sich etwas vor, um seine Rechte kampfbereit zu haben, wenn es soweit kam.
»Ich begreife nicht, warum Sie es nicht wissen sollten«, sagte ich. »Aber ich bestehe nicht auf diesem Punkt. Ich kann es ja selbst ausprobieren.«
»Allerdings«, sagte er böse. »Denken Sie, ich erkenne einen Spitzel nicht, wenn er vor mir steht? Ich hab' in jedem Staat der Union mit ihnen Haschen gespielt. Reingefallen, mein Lieber. Und reingefallen, Mr. Kingsley! Mietet

er sich doch einen Spitzel, der hier raufkommt und nachkontrolliert, ob ich seine Pyjamas trage! Hören Sie, alter Knabe: Wenn ich auch ein steifes Bein hab', aber was die Weiber anlangt, die ich haben kann ...«
Ich hob die Hand und hoffte nur, daß er sie nicht gleich abreißen und in den See werfen würde.
»Sie verlieren den Faden«, sagte ich zu ihm. »Ich bin nicht hergekommen, um meine Nase in Ihre Liebesaffären zu stecken. Ich habe Mrs. Kingsley noch nie gesehen und Mr. Kingsley heute morgen zum erstenmal. Was ist denn in Sie gefahren?«
Er senkte die Augen und schlug sich mit dem Handrücken heftig auf den Mund, als wollte er sich weh tun. Dann hielt er die Hand vor seine Augen, ballte sie zu einer harten Faust, öffnete sie wieder und starrte auf die Finger. Sie zitterten leicht.
»Es tut mir leid, Mr. Marlowe«, sagte er langsam. »Nichts für ungut! Ich war gestern abend schwer betrunken und habe heute einen Kater wie sieben Schweden. Ich bin jetzt fast einen Monat ganz allein hier oben, da hab' ich angefangen, Selbstgespräche zu halten. Mir ist nämlich allerhand passiert.«
»Etwas, wogegen ein Gläschen gut wäre?« fragte ich.
Seine Augen blickten mich scharf an; sie glitzerten. »Haben Sie etwas?« fragte er.
Ich zog den Whisky aus der Tasche und hielt ihn so, daß er das grüne Etikett sehen konnte.
»Das hab' ich nicht verdient«, sagte er. »Gottverdammich, wirklich nicht. Soll ich zwei Gläser holen, oder kommen Sie mit ins Haus?«
»Es ist ganz hübsch hier draußen. Die Aussicht gefällt mir.«
Sein lahmes Bein schwingend, ging er in der Blockhaus und kam mit zwei kleinen Gläsern zurück. Er setzte sich auf den braunen Felsen neben mich. Er roch nach getrocknetem Schweiß.
Ich schraubte die Flasche auf und goß ihm einen Whisky ein, für mich selbst nur einen kleinen. Wir stießen an und tranken. Er rollte den Whisky auf der Zunge hin und her, und ein blasses Lächeln brachte etwas Sonnenschein in sein Gesicht.
»Mann, der kommt aus der richtigen Flasche«, sagte er. »Möcht' bloß wissen, warum ich so hochgegangen bin! Ich glaube, man wird verrückt, so allein hier oben! Keine Gesellschaft, keine Freunde, keine Frau.« Er machte eine Pause und setzte mit einem Seitenblick hinzu: »Besonders keine Frau!«
Ich ließ meine Augen auf dem blauen Wasser des kleinen Sees ruhen. Unter einem überhängenden Felsen kam ein Fisch in einem Lichtstrahl an die Oberfläche und zog einen Kreis, dessen kleine Ringe immer weiter rollten. Ein leichter Wind bewegte die Kronen der Bäume – es klang wie eine ganz ferne leise Brandung.

»Sie hat mich verlassen«, sagte er langsam. »Vor einem Monat hat sie mich verlassen, Freitag, den zwölften Juni. Ein Tag, den ich nicht vergessen werde.«
Ich merkte auf, vergaß aber nicht, ihm noch einen weiteren Whisky in sein leeres Glas zu gießen. Freitag der zwölfte Juni war genau der Tag, an dem Mrs. Crystal Kingsley in der Stadt zu einer Gesellschaft erwartet wurde.
»Na, Sie werden die Geschichte nicht hören wollen«, sagte er. Und in seine blaßblauen Augen kam das heftige Verlangen, sich mitteilen zu wollen – es war unverkennbar.
»Es gehört nicht zu meinem Geschäft«, sagte ich lächelnd, »aber wenn Sie meinen, es tut Ihnen gut ...«
Er nickte scharf. »Auf einer Bank im Park trafen sich zwei Männer«, sagte er, »und fingen an, von Gott zu sprechen. Haben Sie so was mal erlebt? Männer, die zu ihrem besten Freund nicht über Gott sprechen würden!«
»Doch, doch – ich kenne das auch.«
Er trank und blickte über den See. »Sie war ein süßes Ding«, sagte er leise. »Manchmal hatte sie bloß eine scharfe Zunge – aber ein süßes Ding. Es war Liebe auf den ersten Blick bei Muriel und mir. Ich traf sie in einer Bar in Riverside – vor einem Jahr und drei Monaten. Eigentlich kein Lokal, wo man erwartet, Mädels wie Muriel zu treffen – aber so kam es. Wir heirateten. Ich liebte sie. Und ich war so blöde, daß ich fremd ging!«
Ich bewegte mich ein wenig, um ihm zu zeigen, daß ich noch da sei, aber sagte nichts – ich hatte Angst, seine Stimmung zu zerstören. Mein Glas hielt ich unberührt in der Hand. Ich trinke gern etwas – aber nicht gerade, wenn mich jemand als Tagebuch gebraucht.
Traurig fuhr er fort: »Na, Sie wissen ja, wie es mit der Ehe ist – mit jeder Ehe. Nach einer Weile möchte ein Kerl wie ich – ein Taugenichts wie ich – wieder mal Weiberfleisch fühlen – anderes Weiberfleisch. Kann sein, daß das hundsgemein ist – aber es ist so.«
Er sah mich an. Ich sagte, ich hätte seine Meinung zur Kenntnis genommen. Er goß sein zweites Glas hinunter. Ich reichte ihm die Flasche. Ein Eichelhäher sprang in einer Baumkrone von Ast zu Ast, ohne die Flügel zu bewegen oder das Gleichgewicht zu verlieren.
»Tja ...« Bill Chess sprach weiter: »Alle Hinterwäldler sind halb verrückt – und mir geht's nicht anders. Hier sitze ich hübsch auskömmlich, mietfrei, jeden Monat meine gute Pension, die Hälfte meiner Kriegslöhnung in Anleihen, bin mit einer hübschen kleinen Blondine verheiratet, wie man sie sich nicht hübscher wünschen kann – und die ganze Zeit bin ich verrückt und weiß es nicht mal! Und werfe ein Auge da hinüber!« Er wies hart auf das große Holzhaus über dem See. Jetzt, im späten Nachmittagslicht, war es dunkel rostrot. »Vor meiner eigenen Haustür, direkt unter meinen eigenen Fenstern, und eine aufgeputzte kleine Hure, aus der ich mir weniger mache als

aus einem Grashalm! Jesus, was für ein Esel – was für ein Schweinehund kann ein Mann sein!«

Er goß sein drittes Glas hinunter und stellte die Flasche auf den Felsen. Dann fischte er eine Zigarette aus dem Hemd, strich am Daumennagel ein Zündholz an und rauchte heftig. Ich atmete mit offenem Munde, schweigsam wie ein Einbrecher hinter der Gardine.

»Teufel, Teufel«, sagte er endlich, »Sie werden meinen, wenn ich schon fremd gehe, bliebe ich wenigstens weg vom Gewohnten und suchte einen anderen Typ. Aber nicht mal das ist das Frauenzimmer von da drüben! Sie ist blond wie Muriel, ungefähr die gleiche Größe, die gleiche Figur, der gleiche Typ – sogar fast genau die gleiche Augenfarbe! Hübsch – sicher; aber nicht hübscher als andere – und für mich nicht halb so hübsch wie Muriel. Na, ich bin drüben und verbrenne Reisig – damals morgens – und kümmere mich um nichts anderes – da kommt sie an die Hintertür, in einem Pyjama, so dünn, daß man die Brustwarzen rosa unter dem Stoff sieht! Und sagt in ihrer trägen, unguten Stimme: »Komm rein, trink ein Glas, Bill! An so einem schönen Morgen brauchst du doch nicht so zu schuften!« Und ich – na ja, ich mach' mir viel zuviel aus einem Whisky – ich gehe zur Küchentür und lass' mir einen geben. Und sie gibt mir noch einen – und noch einen – und dann bin ich im Haus. Und je näher ich ihr komme, um so mehr macht sie Schlafzimmeraugen!«

Er schwieg und streifte mich mit einem harten, höhnischen Blick.

»Sie fragten, ob die Betten bequem sind – und ich ging hoch. Und Sie hatten sich gar nichts dabei gedacht. Ich hatte bloß zu viele Erinnerungen... Ja, das Bett war äußerst bequem!«

Er hörte auf zu reden und ließ seine Worte in der Luft hängen. Sie fielen langsam, dann trat Schweigen ein. Er beugte sich über die Flasche und starrte sie an. Er schien im Geiste mit ihr zu kämpfen. Der Whisky gewann, wie immer. Er nahm einen langen wilden Zug aus der Flasche und schraubte sie dann fest zu, als ob das etwas besagen würde. Dann hob er einen Stein auf und warf ihn ins Wasser.

»Ich kam über den Damm zurück«, fing er wieder an, und seine Stimme war schon schwer von Alkohol. »Ich bin gewiß gerissen in solchen Sachen! Ich denke also, ich werd' schon glatt damit durchkommen. Na, wir Männer können uns verdammt irren mit so was – ich war schwer reingefallen damit – aber schwer. Nette Sachen hat mir Muriel gesagt – und dabei hat sie nicht mal laut gesprochen. Aber sie hat Sachen über mich gesagt, die mir nicht im Traum eingefallen wären. Verdammt, ich hab' nicht schlecht was auf den Kopf bekommen!«

»Und dann ist sie fortgelaufen?« fragte ich.

»Denselben Abend. Ich war nicht mal zu Hause. Ich kam mir doch zu dreckig vor, als daß ich auch nur halbnüchtern bleiben wollte. Ich setzte mich in meinen Ford, fuhr nach der Nordseite des Sees, griff mir ein paar andere Lumpen wie ich und soff mich toll und voll. Nicht, daß es mir gutgetan hätte. Nachmittags gegen vier komme ich zurück – und Muriel ist weg, hat ihren Koffer gepackt und ist weg. Nichts war mehr von ihr da als ein Zettel auf der Kommode und etwas Coldcreme auf dem Kopfkissen.«

Er zog ein Stück Papier mit Eselsohren aus seiner Brieftasche und reichte es mir. Es war blauliniiertes Papier, mit Bleistiftschrift stand drauf: »Es tut mir leid, Bill, aber ich will lieber sterben, als länger mit dir zusammen leben! Muriel.«

Ich gab ihm den Zettel zurück. »Na – und was wurde aus der Sache drüben?« fragte ich mit einem Blick über den See.

Bill Chess hob einen flachen Stein auf und versuchte, ihn mehrmals im Wurf auf dem Wasser aufspringen zu lassen, aber er sprang nicht.

»Nichts – mit der da drüben«, sagte er. »Sie packte und verschwand in derselben Nacht. Ich hab' sie nicht wiedergesehen. Ich will sie auch nicht wiedersehen! Und von Muriel habe ich den ganzen Monat nicht ein Wort gehört, nicht ein einziges Wort. Hab' keine blasse Ahnung, wo sie hin sein kann. Vielleicht zu einem andern Mann. Ich hoffe, er behandelt sie besser als ich!«

Er stand auf, zog die Schlüssel aus der Tasche und schüttelte sie: »Wenn Sie also hinübergehen und sich Kingsleys Haus ansehen wollen, so hindert Sie nichts. Und schönen Dank, daß Sie sich mein Gerede angehört haben. Und für den Whisky vor allem. Hier!« und er hob die Flasche auf und reichte sie mir mit dem Rest, der noch drin war.

6

Wir schritten den Hang zum See hinunter und gingen den schmalen Damm entlang. Bill Chess schwang sein steifes Bein vor sich her; er hielt sich am Seil fest, das in eisernen Trägern hing. An einer Stelle überspülte das Wasser in trägem Wirbel den Damm. »Ich hab' heute früh durch das Rad etwas Wasser abgelassen«, erklärte er über die Schulter. »Das ist das einzige, wozu das verdammte Ding noch nütze ist. Ist von einer Filmgesellschaft stehengeblieben, die mal vor Jahren hier gedreht hat. Der kleine Pier da drüben gehörte auch dazu. Das meiste, was sie aufgebaut haben, wurde abgebrochen und weggeschafft, aber Kingsley wollte, daß der Pier und das Mühlrad stehenblieben. Das gibt so 'ne gewisse Note, meinte er.«

Ich folgte ihm eine Reihe schwerer Holzstufen hinauf zur Terrasse von Kingsleys Haus. Er schloß die Tür auf, eine stickige Wärme flutete uns entgegen.

In Streifen fiel das Licht durch die Jalousienstäbe auf den Boden. Das Wohnzimmer war groß und freundlich, mit indianischen Teppichen, Bauernmöbeln mit Beschlägen, Chintzgardinen, einem einfachen Hartholzboden, vielen Lampen und einer kleinen eingebauten Bar mit runden Stühlen in einer Ecke. Der Raum war sauber und aufgeräumt, er machte nicht den Eindruck, als ob jemand hastig aufgebrochen sei.
Wir gingen in die Schlafzimmer; zwei hatten je zwei gleiche Betten, das eine ein breites Doppelbett mit einer cremefarbenen Decke, die mit pflaumenblauer Wolle bestickt war. Das sei das Schlafzimmer des Herrn, sagte Bill Chess. Auf einem Spiegeltisch von lasiertem Holz standen Toiletteartikel und Zubehör aus Jade, grünem Email und blankem Stahl, dazu eine Sammlung allerlei kosmetischer Kleinigkeiten. Zwei Coldcremedosen trugen das geschwungene goldbraune Etikett der Gillerlain-Company. Eine ganze Wand des Zimmers bestand aus Schränken mit Schiebetüren. Ich öffnete eine und sah hinein. Der Schrank schien voller Damenkleider – von der Art, wie man sie zum Wochenende trägt. Bill Chess beobachtete mich verkniffen, als ich sie befühlte. Ich schob die Tür wieder zu und öffnete den tiefen Schuhschrank darunter. Mindestens ein halbes Dutzend neuer Schuhpaare stand darin. Ich machte die Lade wieder zu und richtete mich auf.
Bill Chess hatte sich gerade vor mir aufgepflanzt, das Kinn hochgeworfen und die knorrigen Hände in die Hüften gestemmt.
»Und wozu wollen Sie die Kleider von Mrs. Kingsley sehen?« fragte er. Seine Stimme klang ärgerlich.
»Ich habe meine Gründe«, sagte ich. »Beispielsweise: Mrs. Kingsley ist nicht nach Haus gekommen, als sie von hier wegfuhr. Ihr Mann hat sie nachher nicht mehr gesehen. Er weiß nicht, wo sie ist.«
Er ließ die Arme sinken und ballte langsam die Fäuste. »Verflucht!« fuhr er mich an. »Der erste Eindruck ist immer der richtige! Ich hab's mir bloß selbst wieder ausgeredet. Und ich altes Waschweib packe alles vor Ihnen aus! Als reuiger armer Sünder! Junge, Junge, was bin ich für ein Esel!«
»Ich kann Vertrauen respektieren wie jeder andere Mensch«, sagte ich und ging um ihn herum in die Küche.
Sie enthielt einen großen kombinierten Küchenschrank aus lasierter gelber Kiefer, einen Durchlauferhitzer, und auf der anderen Seite öffnete sie sich nach einem freundlichen, hellen Frühstückszimmer mit vielen Fenstern und einem kostbaren Keramikservice. Die Wandregale sahen bunt und lustig aus mit ihren farbigen Schüsseln und Gläsern und einem Satz englischer Zinnteller.
Alles war peinlich aufgeräumt. Nirgends stand eine gebrauchte Tasse, ein schmutziges Glas oder eine leere Flasche. Und weder Fliegen noch Ameisen waren zu sehen. Wenn Mrs. Kingsley auch in einem ziemlich lockeren Leben

schwelgte – sie war weggefahren, ohne das gewöhnliche Tohuwabohu einer hastigen Abreise zu hinterlassen.
Ich ging ins Wohnzimmer zurück, dann auf die vordere Terrasse und wartete dort auf Bill Chess, damit er die Haustür wieder abschloß. Als er damit fertig war und sich mit noch immer grimmiger Miene zu mir wandte, sagte ich: »Ich hab' Sie nicht aufgefordert, mir Ihr Herz auszuschütten – aber ich habe auch nicht versucht, Sie daran zu hindern. Kingsley braucht nicht zu wissen, daß seine Frau einen Seitensprung mit Ihnen gemacht hat, falls nicht hinter alledem viel mehr steckt, als ich bisher sehen kann.«
»Ach, scheren Sie sich zum Teufel«, knurrte er, und sein Gesicht blieb grimmig wie zuvor.
»Ja; ja, ich werde mich zum Teufel scheren – aber sagen Sie mal: Besteht die Möglichkeit, daß Ihre Frau und Mrs. Kingsley zusammen fortgefahren sind?«
»Nicht daß ich wüßte«, sagte er.
»Nachdem Sie weggegangen waren, um Ihren Gram zu ersäufen, können sie sich vielleicht zuerst gestritten haben, um sich dann weinend in die Arme zu fallen. Und dann könnte Mrs. Kingsley Ihre Frau mitgenommen haben. Sie mußte doch schließlich eine Fahrgelegenheit haben, nicht wahr?«
Das klang albern, aber er nahm es immerhin ernst.
»Unsinn, Muriel fällt niemand weinend in die Arme. Als Muriel geschaffen wurde, hatte man die Tränendrüsen vergessen. Und wenn sie in irgendwelchen Armen weinen wollte, dann hätte sie sich nicht diese Hure ausgesucht. Und zum Runterfahren hatte sie ihren eigenen Ford. Sie konnte meinen nicht gut fahren, weil er mit Rücksicht auf mein steifes Bein umgebaut ist.«
»Es fiel mir nur so ein . . .«, sagte ich.
»Wenn Ihnen wieder etwas einfällt, nur heraus damit«, sagte er.
»Für einen Mann, der einem Wildfremden sein Herz ausschüttet, sind Sie verdammt empfindlich!«
Er machte einen Schritt auf mich zu. »Wollen Sie's mal probieren?«
»Sehen Sie mal, Freundchen«, sagte ich, »ich gebe mir verdammte Mühe, Sie für einen anständigen Kerl zu halten. Warum machen Sie mir's so schwer?«
Einen Augenblick atmete er hart, dann ließ er die Hände fallen und machte eine hilflose Bewegung. »Ich muß eine angenehme Gesellschaft sein«, seufzte er. »Wollen wir zurück um den See gehen?«
»Gern, wenn es nicht zuviel für Ihr Bein ist.«
»Hab' den Weg schon oft gemacht, und es war mir nie zuviel.«
Seite an Seite machten wir uns auf den Weg, freundlich und verträglich. Wahrscheinlich würde das fünfzig Meter vorhalten. Die Straße, kaum breit genug für einen Wagen, hing über die Seefläche und wand sich durch Felsen. Auf halbem Wege ungefähr lag das nächste Blockhaus, das auf einen Felsvorsprung gebaut war, und das dritte stand jenseits des See-Endes auf fast

ebenem Gelände. Beide waren abgeschlossen und sahen aus, als stünden sie schon lange leer.

Nach ein paar Minuten sagte Bill: »Und das freche kleine Stück ist also abgehauen, ja?«

»Sieht so aus.«

»Sind Sie ein Polizei- oder bloß ein Privatdetektiv?«

»Ach, bloß Privatdetektiv.«

»Ist sie mit einem Mann durchgebrannt?«

»Das halte ich für sehr wahrscheinlich.«

»Na, todsicher! Das ist leicht zu erraten. Darauf hätte Kingsley auch selber kommen können. Sie hatte viele Freunde.«

»Hier oben?«

Er antwortete nicht.

»War zufällig einer dabei, der Lavery hieß?«

»Kann ich nicht sagen«, meinte er.

»Na, was das betrifft – der war kein Geheimnis«, sagte ich. »Sie schickte ein Telegramm aus El Paso, sie ginge mit Lavery nach Mexiko.« Ich zog das Telegramm heraus und reichte es ihm. Er kramte in den Taschen, bis er seine Brille fand, blieb stehen und las es. Dann gab er mir das Papier zurück, steckte die Brille wieder ein und starrte über das blaue Wasser.

»Um Ihr Vertrauen zu erwidern«, sagte ich.

»Ja – Lavery war einmal hier oben«, gestand er zögernd ein.

»Er gibt zu, daß er sie vor ein paar Monaten getroffen hat, wahrscheinlich hier oben. Seitdem behauptet er, sie nicht mehr gesehen zu haben. Wir wissen nicht – sollen wir ihm glauben oder nicht. Wir haben weder zu dem einen noch zu dem andern einen rechten Grund.«

»Und jetzt ist sie nicht bei ihm?«

»Er sagt nein.«

»Ich dachte gar nicht, daß die sich lange mit Heiraten und solchen Kleinigkeiten aufhält«, meinte er nüchtern. »Ein Monat Flitterwochen in Florida paßt mehr zu ihrem Stil.«

»Aber können Sie mir keine bestimmte und genaue Auskunft geben? Sie sahen sie nicht wegfahren und haben auch nichts Verdächtiges gehört?«

»Nichts. Und wenn es so wäre, so bezweifle ich, daß ich es sagen würde. Ich bin ein dreckiger Hund – aber so dreckig doch nicht.«

»Na, schönen Dank für Ihre Mühe«, sagte ich.

»Sie schulden mir keinen Dank«, sagte er. »Scheren Sie sich doch zum Teufel – Sie und alle verdammten Schnüffler!«

»Na also, da sind wir wieder, wo wir angefangen haben«, sagte ich.

Jetzt waren wir am Ende des Sees angekommen. Ich ließ ihn stehen und ging bis zum Ende des kleinen Piers. Ich lehnte mich über die hölzerne Brüstung und sah, daß der scheinbare Musikpavillon nur aus zwei Stücken Mauer bestand, die im flachen Winkel gegen den Damm aufeinanderstießen. Ein etwa zwei Fuß überhängendes Dach war auf eine Wand gesetzt wie eine Mauerkappe. Bill Chess war mir nachgekommen und lehnte sich neben mir über die Brüstung.

»Ich hab' mich noch nicht für den Whisky bedankt«, sagte er.

»Schon gut. Gibt's Fische hier?«

»Ja, ein paar überschlaue alte Forellen. Keine neue Brut. Für mich selbst geh' ich nicht fischen, ich mach' mir nichts draus. Entschuldigen Sie, daß ich wieder grob wurde.«

Ich grinste und lehnte mich über die Reling und starrte in das tiefe stille Wasser. Es schien grün, wenn man von oben hineinschaute. Plötzlich entstand eine wirbelnde Bewegung im Wasser, und eine flinke grünliche Gestalt schoß vorbei.

»Das ist Opa«, sagte Bill Chess, »sehen Sie sich bloß die Größe von dem alten Burschen an! Der sollte sich schämen, so fett zu werden!«

Unten im Wasser sah der Seegrund aus, als sei er mit Brettern gedielt. Ich konnte mir nicht denken, wozu die Bretter da seien, und fragte Bill.

»Das war eine Anlegestelle, bevor der Damm errichtet wurde. Durch den Damm stieg der Wasserspiegel so hoch, daß der alte Platz nun sechs Fuß darunter liegt.«

An einem Pfosten des Piers war ein Boot mit flachem Boden vertäut, es lag fast unbeweglich im Wasser. Die Luft war ruhig und sonnig, und es herrschte ein Frieden, den die Stadt nicht kennt. Ich hätte am liebsten stundenlang so dagestanden und vergessen, daß ein Derace Kingsley und eine Mrs. Crystal Kingsley und ihre Liebhaber existierten.

An meiner Seite gab es eine jähe Bewegung, und Bill Chess schrie mit einer Stimme, die wie Donner in den Bergen grollte: »Sehen Sie – da!«

Seine Finger gruben sich so tief in das Fleisch meines Arms, daß es sehr weh tat. Er hatte sich weit über die Brüstung gebeugt und starrte hinunter wie ein Irrer, und sein Gesicht war so fahl, wie das tiefe Braun es nur zuließ. Ich blickte mit ihm hinunter.

An der Kante dieses grünen, abgesunkenen Bretterbodens trieb die schwache Bewegung des Wassers etwas Weißes aus dem Dunkel hervor, das einen Augenblick ruhte und langsam wieder zurückgespült wurde.

Und dieses Etwas hatte nur allzusehr einem menschlichen Arm geglichen. Bill Chess richtete sich steif auf, wandte sich wortlos um und hinkte über den Pier zurück. Er beugte sich über einen Haufen loser Felsbrocken, hievte einen hoch – sein keuchender Atem war bis zu mir zu hören – und kam damit zurück. Der Stein mochte annähernd einen Zentner wiegen. Bills Nacken-

muskeln standen wie Stricke heraus unter seiner zähen braunen Haut; er hatte die Zähne zusammengebissen und stieß die Luft schwer dazwischen heraus.
Er erreichte das Ende des Piers. Er machte sich steif und stemmte den Stein hoch. Einen Augenblick hielt er ihn, die Augen starr nach unten gerichtet, und zielte. Ein schwacher Klagelaut brach aus seinem Mund, sein Körper schwang vorwärts gegen das morsche Geländer, und der schwere Stein schlug ins Wasser. Es spritzte über uns beide weg. Der Stein fiel haarscharf auf die Kante des unter Wasser liegenden Bretterbodens, fast genau an die Stelle, wo wir das Ding hin- und herschwanken sahen ...
Einen Augenblick lang war das Wasser ein schäumender Wirbel, dann wurden die Kreise weiter, immer weiter, etwas Schaum zeigte sich in der Mitte. Und dann hörte man den dumpfen Ton des unter Wasser splitternden Holzes – ein Ton, der uns viel später aufzusteigen schien, als er eigentlich hätte kommen müssen. Eine alte verrottete Planke schoß plötzlich an die Oberfläche, stieß ein Stück ihres ausgebrochenen Endes in die Luft, fiel mit einem flachen Klatschen zurück und trieb weg.
Die Tiefe klärte sich wieder. Unten bewegte sich etwas, was kein Stück Holz war. Es stieg langsam hoch, mit unendlich sorgloser Schlaffheit – ein großes, dunkles, gekrümmtes Etwas, das sich träge im Wasser hin- und herdrehte, während es aufstieg. Gelegentlich brach es durch den Wasserspiegel – leicht, ohne Hast. Ich sah nasse schwarze Wolle, eine Lederjacke, schwärzer als Tinte, ein Paar Breeches. Ich sah Schuhe und etwas, was widerlich zwischen den Schuhen und dem unteren Rande der Breeches aufquoll. Ich sah eine Welle blonden Haars im Wasser glatt werden und einen Augenblick still liegen, wie für eine gute berechnete Wirkung, und dann wieder in ein blondes Gewirr zurückverschwinden.
Noch einmal drehte das Etwas sich herum, und ein Arm kam knapp über die Wasseroberfläche – der Arm endete in einer gedunsenen Hand, die Hand eines Monstrums. Dann kam ein Gesicht. Eine geschwollene, teigige, grauweiße Masse ohne Gesichtszüge, ohne Augen, ohne Mund. Ein Stück grauer Teig, ein Alptraum mit menschlichem Haar ...
Eine schwere Kette aus grünen Steinen umschlang das, was einmal ein Hals gewesen, halb eingebettet in diese Masse; große grüne Steine mit goldglitzernden Gliedern dazwischen.
Bill Chess hielt sich am Geländer fest. Seine Finger waren polierte Knochen.
»Muriel!« hörte ich ihn schluchzen. »Herrgott im Himmel ... es ist Muriel!«
Seine Stimme klang wie von weit her, über einen Berg, durch das lastende schweigende Grün der Bäume.

7

Hinter dem Fenster der Holzbaracke war das Ende eines langen Tisches voll aufgehäufter staubiger Akten zu sehen. Die obere Hälfte der Tür war von Glas, mit schwarzer Farbe stand darauf: *Polizeichef. Feuerwehrhauptmann. Stadthauptmann. Handelskammer.* In den unteren Ecken steckten eine USA-Karte und ein Rot-Kreuz-Abzeichen.

Ich ging hinein. Ein dickbäuchiger Ofen stand in der einen, ein Schreibtisch mit Rolldeckel in der anderen Ecke hinter dem langen Tisch. An der Wand hing eine große Blaudruckkarte des Bezirks, daneben ein Brett mit vier Haken; an einem davon baumelte ein abgenütztes, vielfach gestopftes Tuch. Auf dem langen Tisch neben den staubigen Akten der übliche Federhalter, ein abgegriffener Tintenlöscher und eine beschmierte Flasche mit Tinte. Die Wand neben dem Tisch war mit Telefonnummern bedeckt – tiefeingekratzte Zahlen, die so lange dauern würden wie die Holzwände selbst, und aussahen, als ob ein Kind sie eingekratzt hätte.

Ein Mann saß vor dem langen Tisch in einem hölzernen Armstuhl, dessen Beine an Längsbrettern recht und links wie an zwei Skiern verankert waren. Ein Spucknapf, groß genug, um einen Feuerwehrschlauch darin unterzubringen, stand neben dem rechten Fuß des Mannes.

Er hatte seinen durchgeschwitzten Filzhut nach hinten geschoben und die großen haarlosen Hände bequem auf dem Bauch gefaltet, über dem Gurtbund einer Khakihose, die schon seit vielen Jahren abgewetzt war. Sein Hemd paßte zu den Hosen – nur sah es noch zerschlissener aus. Es war fest um den dicken Hals des Mannes zugeknöpft und ohne den Schmuck eines Schlipses. Sein Haar war graublond, nur an den Schläfen zeigte es die Schattierung alten Schnees. Er hatte sein Körpergewicht mehr auf die linke Seite verlagert, weil er in seiner rechten Seitentasche eine Extratasche hatte, aus der der Griff seines fünfundvierziger Revolvers hervorsah, der lästig sich in seinen Rücken bohrte. Der Stern auf seiner linken Brustseite war in der Mitte eingedellt.

Er hatte große Ohren und freundliche Augen, seine Kinnbacken bewegten sich langsam; er sah nicht gefährlicher aus als ein Eichhörnchen und noch weniger nervös. Ich lehnte mich an den langen Tisch und sah ihn an, und er sah mich an und nickte. Dann spuckte er eine Portion braunen Tabaksaft hart an seinem rechten Bein entlang in den Spucknapf. Es klang unappetitlich – als ob etwas ins Wasser fiele.

Ich steckte eine Zigarette an und sah mich nach einem Aschenbecher um.

»Nehmen Sie den Fußboden, mein Junge«, sagte der große Mann freundlich.

»Sind Sie Sheriff Patton?«

»Kommandant und Deputierter Sheriff Patton – alles, was wir hier an Behörden haben, bin *ich*. Die Wahl kommt ohnedies bald. Diesmal sind ein paar famose Burschen gegen mich aufgestellt, kann sein, ich ziehe den kürzeren. Das Pöstchen bringt achtzig pro Monat, Blockhaus, Holz und Elektrizität. Hier in den Bergen nicht in die hohle Hand gespuckt.«

»Sie ziehen nicht den kürzeren«, sagte ich. »Sie stehen im Begriff, ein berühmter Mann zu werden.«

»Ach nein«, sagte er gleichgültig und beugte sich wieder über den Spucknapf.

»Das heißt, wenn Ihr Bezirk bis zum Kleinen Fawn-See hinaufreicht.«

»Bis zu Kingsley. Klar. Irgendwas los da oben, mein Junge?«

»O ja. Eine tote Frau im See.«

Das gab ihm einen Ruck. Seine gefalteten Hände lösten sich, und er kratzte sich hinter dem Ohr. Die Stuhllehne festhaltend, kam er auf die Füße und gab dem Stuhl einen kräftigen Stoß nach hinten. Jetzt, als er aufrecht stand, sah ich, daß er ein gewaltiger Kerl war – und eisern. Das Fett war nur eine Arabeske.

»Jemand, den ich kenne?« fragte er unsicher.

»Muriel Chess. Sie kennen sie. Die Frau von Bill Chess.«

»Tja ... Bill Chess kenn' ich auch.« Seine Stimme klang wieder hart.

»Sieht aus wie Selbstmord. Sie hinterläßt einen Zettel, der so klingt, als ob sie einfach weggehen wollte. Aber es kann genausogut eine Selbstmorddrohung sein. Sie sieht nicht sehr appetitlich aus. Hat lange im Wasser gelegen, rund einen Monat, nach den Umständen zu urteilen.«

Er kratzte sein zweites Ohr. »Und was für Umstände wären das?« fragte er. Seine Augen durchforschten jetzt mein Gesicht, langsam und ruhig, aber scharf. Er schien keine Eile zu haben, Alarm zu geben.

»Sie haben sich vor einem Monat gestritten. Bill ging zum Nordufer und blieb lange weg. Als er heimkam, war sie fort. Er sah sie nie wieder.«

»Verstehe schon. Und wer sind Sie, mein Freund?«

»Mein Name ist Marlowe. Ich komme von Los Angeles herauf – sollte mir Kingsleys Haus ansehen. Ich hatte einen Brief von ihm an Bill Chess mit. Er führte mich um den See, und wir gingen zusammen auf den kleinen Pier, den die Filmleute mal gebaut haben. Wir lehnten uns über die Brüstung und sahen ins Wasser hinunter, und auf einmal erschien etwas wie ein winkender Arm unter dem Bretterboden unten im Wasser – unter der alten Anlegestelle. Bill Chess warf einen schweren Stein hinein, und die Leiche trieb an die Oberfläche.«

Patton sah mich an, ohne mit einem Muskel zu zucken.

»Sagen Sie, Sheriff – sollen wir nicht schnell hinüberfahren? Der Mann ist halb verrückt von dem Schrecken, und er ist ganz allein!«

»Wieviel Schnaps hat er noch oben?«

»Sehr wenig, als ich wegfuhr. Ich hatte eine kleine Flasche mit, aber wir haben beim Reden das meiste ausgetrunken.«
Er ging zu dem Rollschreibtisch und schloß die Lade auf. Er holte drei oder vier Flaschen heraus und hielt sie gegen das Licht.
»Na, die hier ist halb voll«, sagte er und beklopfte die eine. »Mount Vernon. Genug, um ihn aufrecht zu halten. Die Regierung bewilligt mir kein Geld für Alkoholika – da muß ich hie und da was beschlagnahmen. Nicht für mich. Ich hab' nie begriffen, warum sich Leute mit so was aufputschen.«
Er schob die Flasche in seine linke Hüfttasche und hob die Durchgangsklappe des langen Tisches. Dann befestigte er eine Karte an der inneren Seite der Glastür. Als wir hinausgingen, sah ich mir die Karte an. Es stand darauf: *»In zwanzig Minuten zurück – oder auch nicht!«*
»Ich laufe bloß schnell hinüber und hole Doktor Hollis«, sagte er. »Bin sofort wieder da und hole Sie ab. Ist das Ihr Wagen?«
»Ja.«
»Dann können Sie losfahren, ich komme nach.«
Er stieg in den Wagen, der mit einer Sirene, zwei roten Stoplichtern, zwei Nebellampen, einer rot-weißen Feuersirene, einem neuen Luftüberfallhorn, drei Äxten, zwei schweren Seilrollen und einem Feuerlöscher versehen war, alles hinten auf dem Rücksitz; auf dem Rahmen des Trittbretts standen Reservekanister mit Benzin, Öl und Wasser, hinten war ein Reservereifen. Aus der Polsterung kroch in schmutzigen Büscheln die Füllung, ein halber Zoll Staub bedeckte die Reste der Lackierung.
In der rechten unteren Ecke der Windschutzscheibe steckte eine weiße Karte mit Blockschrift:
»Wähler, Achtung! Behaltet JIM Patton als Kommandanten! Zur Arbeit ist er zu alt!«
Er wendete den Wagen und sauste in einem Staubwirbel davon.

8

Vor einem weißen Haus auf der anderen Straßenseite hielt er, ging hinein und kam gleich darauf mit einem Mann wieder, der sich auf dem Rücksitz zwischen den Äxten und den Seilrollen verstaute. Der Polizeiwagen kam zurück, und ich hielt mich hinter ihm. Wir fuhren die Hauptstraße entlang, zwischen Strandanzügen und Shorts und Matrosenmützen und geknoteten Stirnbändern und nackten Schenkeln und gemalten Lippen. Hinter dem Ort ging es einen steilen Hügel hinauf, dann hielten wir vor einem Blockhaus. Patton berührte leicht die Sirene, und ein Mann in verblichenem Overall erschien in der Tür.

»Einsteigen, Andy. Dienstlich.«
Der Mann im blauen Overall nickte verdrießlich und schlurfte ins Haus. Als er wiederkam, trug er einen austergrauen Löwenjägerhut und schob sich hinter das Steuer von Pattons Wagen, während Patton zur Seite rutschte. Er war etwa dreißig Jahre alt, dunkel, geschmeidig, mit einem Stich ins Unterernährte und Ungepflegte wie alle Eingeborenen.
Als wir hinauf zum Kleinen Fawn-See fuhren – ich dicht hinter Pattons Wagen –, schluckte ich genug Staub, um Kuchen daraus zu backen. Beim Gatter mit den fünf Balken stieg Patton aus und ließ uns durch; dann fuhren wir hinunter zum See. Wieder stieg Patton aus, trat an den Rand des Wassers und sah hinüber zu dem kleinen Pier. Bill Chess saß nackt auf dem Boden, den Kopf in den Händen. Auf den Planken neben ihm lag etwas ausgestreckt. »Wir können noch ein Stück fahren«, sagte Patton.
Die beiden Wagen fuhren zum See-Ende, und dann gingen wir alle zum Pier, hinter Bill Chess' Rücken. Der Doktor stand still, um krächzend in sein Taschentuch zu husten, das er dann sinnend betrachtete. Er war ein eckiger Mann mit dunklen Knopfaugen und traurigem, krankem Gesicht.
Dieses Ding, das einst eine Frau gewesen, lag mit dem Gesicht nach unten auf den Brettern, mit einem Strick unter den Armen. Bills Kleider lagen auf der Seite. Sein steifes Bein, flach und mit vernarbtem Knie, war vor ihm ausgestreckt, das andere Bein gebeugt. Er hatte die Stirn darauf gelegt und regte sich nicht, als wir hinter ihn traten.
Patton nahm die Flasche aus der Hüfttasche und entkorkte sie.
»Nimm einen tüchtigen Schluck, Bill!«
Es war ein grauenhafter, übelmachender Geruch in der Luft. Bill Chess schien ihn nicht zu bemerken, auch Patton und der Arzt nicht. Der Mann, den Patton Andy nannte, nahm eine verstaubte braune Decke aus dem Wagen und warf sie über die Leiche. Dann ging er wortlos zu einem Baum und übergab sich.
Bill Chess nahm einen langen Zug und blieb sitzen, die Flasche neben seinem Knie. Dann begann er mit langsamer hölzerner Stimme zu sprechen – er sah dabei niemanden an und sprach auch nicht zu einem einzelnen. Er erzählte von seinem Streit und was nachher geschehen war. Aber nicht, warum sie sich gestritten hatten. Er erwähnte Mrs. Kingsley nicht einmal flüchtig. Dann fuhr er fort: nachdem ich weggefahren sei, habe er sich ein Seil geholt, sich ausgezogen, sei ins Wasser gegangen und habe die Leiche herausgeholt. Er habe sie ans Ufer gezogen, sie auf den Rücken genommen und herauf auf den Pier getragen. Er wisse nicht warum. Dann sei er noch einmal ins Wasser gegangen. Er brauchte uns nicht zu erzählen, weshalb.
Patton schob einen Priem in den Mund und kaute schweigsam; in seinem ruhigen Blick stand nichts zu lesen. Dann biß er die Zähne zusammen und zog die Decke von dem Körper. Er drehte ihn behutsam um, als ob er zerfallen

könnte. Die späte Nachmittagssonne blitzte auf der Halskette aus grünen Steinen, die tief in die gequollene Masse eingebettet lag. Ein goldenes Sicherheitskettchen und ein Schloß, mit kleinen Brillanten besetzt, hielten die Enden zusammen. Patton streckte seinen breiten Rücken und schneuzte sich in ein braunes Taschentuch.

»Was meinen Sie dazu, Doktor?«

»Wozu?« schnarrte der knopfäugige Mann.

»Ursache und Zeit des Todes.«

»Fragen Sie doch nicht so dumm, Patton.«

»Können Sie nichts dazu sagen, he?«

»Wenn ich mir ... das da ... anseh' ... Großer Gott!«

Patton seufzte. »Sieht natürlich aus wie ertrunken«, sagte er. »Aber was weiß man? Es hat Fälle gegeben, wo ein Opfer erstochen oder vergiftet war oder sonst was. Und dann haben sie's ins Wasser geschmissen, damit nichts mehr davon zu sehen war.«

»Sie haben wohl oft solche Fälle hier?« fragte der Arzt boshaft.

»Großes Ehrenwort – der einzige Mord, den ich jemals im Distrikt hatte«, sagte Patton und betrachtete Bill Chess aus dem Augenwinkel, »war der alte Vater Meacham drüben am Nordufer. Er hatte eine Hütte im Sheedy Canyon, und im Sommer wusch er ein bißchen Gold, in einem alten Claim, den er hinten im Tal bei Belltop besaß. Die Leute hatten ihn im Spätherbst 'ne ganze Weile nicht gesehen, dann kam ein schwerer Schneefall und drückte sein Dach auf der einen Seite zusammen. Na, da gingen wir rüber und wollten es ein bißchen stützen. Wir dachten, Vater Meacham wäre für den Winter talwärts gegangen, ohne jemandem was zu sagen – die alten Goldwäscher sind meistens Sonderlinge. Na und? Bei Gott, der Alte war überhaupt nicht heruntergegangen. Er lag im Bett, und eine blanke Axt steckte tief in seinem Hinterkopf. Wir haben nie herausbekommen, wer es getan hat. Manche Leute meinten, er habe vom Waschen im Sommer einen kleinen Beutel Gold bei sich gehabt.«

Gedankenvoll sah er Andy an. Der Mann mit dem Löwenjägerhut befühlte einen Zahn in seinem Munde. Er sagte:

»Unsinn – klar wissen wir, wer es getan hat. Guy Pope war's. Bloß Guy war gerade vor neun Tagen an Lungenentzündung gestorben, als wir Vater Meacham fanden.«

»Elf Tage«, verbesserte Patton. – »Neun«, sagte der andere.

»Mensch, Andy, es ist jetzt schon sechs Jahre her. Also sollst du recht haben. Wie kamst du drauf, daß es Guy Pope war?«

»In Guys Hütte fanden wir ungefähr drei Unzen Gold in Nuggets zwischen seinem Goldstaub. Auf Guys Sandclaim war niemals etwas anderes als Goldstaub. Aber Vater Meacham hatte oft Stücke von Pennygewicht, sehr oft sogar.«

»Na ja, das ist der Lauf der Welt«, sagte Patton. Er lächelte mir unbestimmt zu. »Etwas vergessen die Burschen immer, nicht? Und wenn sie noch so vorsichtig und gerissen sind.«
»Polizeiquatsch«, sagte Bill Chess verächtlich. Er zog seine Hosen an und setzte sich wieder, um in Hemd und Strümpfe zu fahren. Als er sie anhatte, stand er auf und griff wieder nach der Flasche. Er nahm einen guten Schluck und stellte sie sorgfältig auf die Planken. Dann schüttelte er seine haarigen Handgelenke gegen Patton.
»Das ist alles, was ihr dabei fühlt, ihr Kerle: Handschellen anlegen – und der Fall ist für euch erledigt!«
Patton beachtete ihn nicht; er ging zur Reling und sah hinab. »Sonderbarer Platz für eine Leiche«, sagte er. »Keine nennenswerte Strömung – nur das Wasser, das gegen den Damm treibt.«
Bill Chess senkte die Handgelenke wieder und sagte ruhig: »Sie hat es doch selbst getan, ihr Dummköpfe. Muriel war eine famose Schwimmerin. Sie ist getaucht und selbst unter die Bretter geschwommen, hat dann Wasser geschluckt. Anders kann's nicht sein. Keinesfalls. Nur so war's möglich.«
»Will ich nicht durchaus behaupten«, sagte Patton sanft. Seine Augen waren leer wie frischgewaschene Teller.
Andy schüttelte den Kopf. Patton sah ihn mit schlauem Grinsen an. »Na, wieder Kopfzerbrechen, Andy?«
»Es waren neun Tage, glauben Sie's doch. Ich habe grade nachgerechnet«, sagte der Mann mit dem Löwenjägerhut mürrisch.
Der Arzt warf den Arm hoch und ging weg, eine Hand am Kopfe. Er hustete in sein Taschentuch und betrachtete es wieder mit großer Aufmerksamkeit.
Patton blinzelte mir zu und spuckte über die Reling. »Wollen jetzt lieber zu diesem Fall hier übergehen, Andy«, sagte er.
»Haben Sie mal versucht, einen Körper sechs Fuß unter Wasser zu ziehen?«
»Kann ich nicht behaupten, Andy! Liegt ein Grund vor, der ausschließt, daß es mit einem Seil geschehen ist?«
Andy zuckte die Achseln. »Wenn ein Seil benutzt wurde, muß man es an der Leiche sehen. Wenn man sich selbst so verrät, warum dann die Mühe, es zu verbergen?«
»Frage der Zeit«, sagte Patton. »Der Mann hatte seine Vorkehrungen zu treffen.«
Bill Chess blickte sie höhnisch an und griff wieder zur Flasche. Ich sah in ihre ernsten Gebirglergesichter und konnte nicht erraten, was sie wirklich dachten.
Abwesend bemerkte Patton: »Jemand hat doch was von einem Zettel gesagt?«
Bill Chess kramte in seiner Brieftasche und zog das gefaltete liniierte Papier heraus. Patton nahm es und las es aufmerksam durch.

»Scheint kein Datum draufzustehen«, sagte er.
Düster schüttelte Bill Chess den Kopf. »Nein. Sie ging genau vor 'nem Monat. Am 12. Juni.«
»Sie war doch schon mal von dir weggelaufen – oder?«
»Mmjaa.« Bill Chess starrte ihn fest an. »Ich war betrunken und war bei 'ner Hure geblieben. Letzten Dezember, kurz vor dem ersten Schnee. Da war sie 'ne Woche weg – und kam mächtig verschönert wieder. Sagte, sie wollte einfach 'ne Weile weg von hier, und war bei einer Freundin geblieben, mit der sie in Los Angeles gearbeitet hat.«
»Weißt du, wie die Freundin hieß?« fragte Patton.
»Hat sie mir nie erzählt – hab' auch nie danach gefragt. Was Muriel tat, war alles in Ordnung für mich.«
»Versteh' schon. Damals hat sie keinen Zettel hinterlassen?« fragte Patton.
»Nein.«
»Der Zettel sieht nämlich ziemlich alt aus«, sagte Patton und hielt ihn hoch.
»Ich hab' ihn einen Monat bei mir getragen«, brummte Bill Chess. »Wer hat Ihnen überhaupt gesagt, daß sie schon mal weg war?«
»Weiß ich nicht mehr«, bemerkte Patton. »Du weißt ja, wie's in so 'nem Nest wie bei uns zugeht. Da gibt's kaum was, was nicht jeder bemerkt. Außer vielleicht im Sommer, wenn die vielen Fremden da sind.«
Eine Weile lang schwiegen wir alle, schließlich meinte Patton wieder abwesend: »Am 12. Juni ist sie weggefahren, sagtest du? Oder du dachtest wenigstens, sie ist weggefahren. Hast du nicht gesagt, die Leute von da drüben waren damals hier?«
Bill Chess sah mich an, und sein Gesicht verdunkelte sich wieder. »Fragen Sie doch den Spitzel da – wenn er Ihnen nicht schon alles gepfiffen hat!«
Patton sah mich gar nicht an. Sein Blick ruhte auf der Linie der fernen Berge über dem See. Dann sagte er ruhig: »Mr. Marlowe hat mir überhaupt nichts gesagt, Bill, außer, daß die Leiche aufgetaucht ist aus dem Wasser und wer es war. Und daß Muriel seines Wissens weggefahren ist und einen Zettel hinterließ, den du ihm zeigtest. Ich wüßte nicht, daß da etwas Unrechtes dabei ist – oder?«
Wieder herrschte Schweigen. Bill Chess blickte auf den zugedeckten Körper, der ein paar Fuß neben ihm lag. Er krampfte die Hände zusammen, und ein paar dicke Tränen rollten über seine Wangen.
»Mrs. Kingsley war hier«, sagte er. »Und sie ist am selben Tag weggefahren. In den anderen Häusern war niemand. Perries und Farquars waren in diesem Jahr überhaupt noch nicht hier oben.«
Patton nickte und schwieg. Eine Art schwerer Leere hing in der Luft, als würde ein Wort nicht ausgesprochen, das doch alle wußten und das auszusprechen überflüssig war.

Dann sagte Bill Chess wild: »Verhaftet mich doch, ihr Hurensöhne, ihr verfluchten! Natürlich hab' ich's getan! Hab' sie eigenhändig ersäuft! Sie war mein Mädel, und ich hab' sie geliebt. Ich bin ein Schweinehund, war immer ein Schweinehund, aber geliebt hab' ich sie doch Vielleicht können solche Burschen wie ihr das nicht verstehen. Na, gebt euch erst keine Mühe! Verhaftet mich doch, verdammt noch mal!«
Niemand sprach ein Wort.
Bill Chess blickte nieder auf seine harten braunen Fäuste. Plötzlich holte er mit der einen aus und schlug sich mit aller Kraft ins Gesicht.
»Ich Hund – ich verfluchter dreckiger Hund«, stöhnte er.
Langsam fing seine Nase an zu bluten. Er stand still, das Blut lief ihm auf die Lippen, an seinem Mund entlang, bis auf die Spitze des Kinns. Ein Tropfen fiel auf sein Hemd.
Patton sagte ruhig: »Ich muß dich natürlich hinunternehmen, zum Verhör. Das weißt du auch. Wir beschuldigen dich nicht, keiner von uns, aber das Gericht unten muß dich befragen.«
Schwer sagte Bill Chess: »Kann ich mich umziehen?«
»Natürlich. Du gehst mit ihm hinein, Andy, und suchst, ob du was finden kannst, in das wir – dieses hier einschlagen können.«
Wir gingen den Weg am Ufer entlang. Der Doktor räusperte sich, sah aufs Wasser und seufzte. »Wollen wir die Leiche nicht in meiner Ambulanz hinunterfahren, Jim – was meinen Sie?«
Patton schüttelte den Kopf. »Unsinn. Das ist ein armes Land hier, Doktor. Ich finde, die Dame kann billiger hinunterfahren, und wir sparen Ihre Ambulanz.«
Ärgerlich trat der Arzt von ihm weg und sagte über die Schulter weg: »Lassen Sie mich bloß wissen, ob ich vielleicht auch das Begräbnis zahlen soll!«
»Machen Sie doch nicht solche Redensarten, Doktor!« seufzte Patton.

9

Das Indian Head Hotel war ein großes, braunes Eckgebäude an einer Ecke. Gegenüber lag ein neueröffnetes Tanzlokal. Ich parkte davor und benutzte den Waschraum, um mir Gesicht und Hände zu waschen und die Tannennadeln aus dem Haar zu kämmen, ehe ich in den Speisesaal ging, der sich an die Halle anschloß. Der Raum war zum Brechen voll: Männer im Abendanzug, Whisky trinkend, und Frauen mit schrillem Lachen, ochsenblutroten Fingernägeln und schmutzigen Knöcheln. Der Manager des Ausschanks, ein kleiner lederzäher Kerl in Hemdsärmeln und mit einer zerkauten Zigarre, beobachtete mit wachsamen Augen. An der Kasse bemühte sich ein hellhaariger Mann, einem kleinen Radio die neuesten Nachrichten zu entlocken, aber der Apparat war voller Störungen. In der tiefen Hinternische des Raumes saß eine ländliche Kapelle, aus fünf Mann bestehend, in schlechtsitzenden weißen Jacken und roten Hemden. Sie versuchten krampfhaft, den Lärm der Bar zu übertönen. Die Musikanten lächelten glasig in den Zigarettendunst und das Gewirr der alkoholisierten Stimmen. Der Sommer, diese liebliche Jahreszeit, stand in Puma Point in voller Blüte.

Ich schlang herunter, was als »Abendmenü« auf der Karte stand, trank einen Brandy, um es einigermaßen bekömmlich zu machen, und ging dann auf die Hauptstraße. Noch war heller Tag, aber ein paar Lichtreklamen waren bereits angeschaltet, und der Abend dröhnte vom hellen Klang der Autohupen. Kinder kreischten, Bowlkugeln klapperten, .22er knallten lustig in den Schießbuden, Musikautomaten spielten wie besessen, und hinter alledem hörte man vom See her das harte Bellen der Rennboote, die ziellos herumjagten und taten, als liefen sie ein Wettrennen mit dem Tode.

In meinem Chrysler saß ein schlankes, ernstaussehendes, braunhaariges Mädchen in dunklen Strandhosen, rauchte eine Zigarette und plauderte mit einem jungen Burschen, der, wie ein Cowboy gekleidet, auf meinem Trittbrett hockte. Ich ging um den Wagen und stieg ein. Der Cowboy zog seine Hosen hoch und trollte sich. Das Mädchen jedoch rührte sich nicht vom Fleck.

»Ich bin Birdie Keppel«, sagte sie freundlich. »Tagsüber arbeite ich im Schönheitssalon und abends beim ›Puma-Point-Banner‹, unserer Zeitung. Entschuldigen Sie, daß ich einfach in Ihrem Wagen sitze.«

»Schon gut«, sagte ich. »Wollen Sie bloß so sitzen bleiben, oder möchten Sie, daß ich Sie irgendwohin fahre?«

»Vielleicht fahren Sie ein Stück die Straße hinunter – wo es stiller ist! Wenn Sie überhaupt so liebenswürdig sein wollen, mit mir zu sprechen!«

»Sie haben ja einen netten Informationsdienst hier!« bemerkte ich und trat auf den Starter.

Ich lenkte den Wagen am Postamt vorbei bis zur Ecke, wo ein blau-weißer Pfeil mit der Aufschrift *›Telefon‹* in eine enge Straße wies, die zum See hinunterführte. Ich bog hinein, fuhr am Telefonamt vorbei, einer Holzbaracke mit einem kleinen eingezäunten Rasenplatz davor, an einem anderen Holzbau vorüber, und hielt endlich unter einer großen Eiche, die ihre Zweige über die ganze Straße breitete und gute fünfzig Fuß darüber ragte.

»Recht so, Miss Keppel?«

»Ach, mich nennt jeder Birdie – tun Sie's auch! Hier ist es fein. Freut mich, Sie kennenzulernen, Mr. Marlowe. Ich sehe, Sie kommen aus Hollywood, diesem Sündenbabel.«

Sie streckte mir eine feste braune Hand hin, und ich schüttelte sie.

»Ich habe nämlich mit Doktor Hollis gesprochen«, sagte sie, »über die arme

Muriel Chess. Ich dachte, Sie könnten mir noch ein paar Einzelheiten erzählen – soviel ich hörte, haben Sie die Leiche gefunden?«
»Genaugenommen fand sie Bill Chess. Ich war bloß dabei. Haben Sie Jim Patton gesprochen?«
»Noch nicht. Er ist weiter hinuntergefahren. Immerhin glaube ich nicht, daß er mir viel erzählen wird.«
»Wer weiß«, sagte ich, »er hat sich zur Wiederwahl aufstellen lassen! Und schließlich sind Sie von der Presse!«
»Jim ist kein Politiker, Mr. Marlowe. Und ich kann kaum sagen, daß ich ›von der Presse‹ bin. Das kleine Blatt, das wir hier herausgeben, ist eine ziemlich dilettantische Angelegenheit.«
»Nun, und was möchten Sie gern wissen?« Ich bot ihr eine Zigarette an und gab ihr Feuer.
»Vielleicht erzählen Sie mir die ganze Geschichte.«
»Ich kam mit einem Brief von Derace Kingsley herauf, um mir seinen Besitz anzusehen. Bill Chess führte mich herum, erzählte mir, daß seine Frau ihn verlassen hatte, und zeigte mir den Zettel, den sie zurückließ. Ich hatte eine Flasche mit – und benützte sie. Er wurde langsam betrunken. Der Whisky lockerte seine Zunge – er war einsam und brannte ohnehin darauf, sich auszusprechen. So kam es. Ich kannte ihn gar nicht. Auf dem Rückweg kamen wir am Ende des Sees an den Pier, und Bill entdeckte einen Arm, der unter den Planken hervorwinkte, die am Grunde des Sees lagen. Es stellte sich heraus, daß dieser Arm zu dem gehörte, was einmal Muriel Chess gewesen war. ... Das ist alles, glaube ich.«
»Ich verstand Doktor Hollis so, daß sie ziemlich lange im Wasser gelegen haben muß. Ziemlich arg verwest ... und so ...«
»Ja. Wahrscheinlich den ganzen Monat, seit sie von zu Hause fortging. Es liegt kein Grund vor, etwas anderes zu vermuten. Der kleine Abschiedsbrief, den sie hinterließ, war der Brief eines Selbstmörders.«
»Zweifelt denn jemand daran, Mr. Marlowe?«
Ich sah sie von der Seite an. Nachdenkliche dunkle Augen betrachteten mich unter einer Locke braunen Haares. Jetzt begann die Dämmerung zu sinken, sehr langsam. Es war aber noch nicht viel mehr als eine schwache Veränderung des Lichts.
»Ich glaube, die Polizei setzt Zweifel in *alle* Fälle«, sagte ich.
»Und wie steht's mit Ihnen?«
»Ich habe keine besondere Ansicht.«
»Nun, immerhin – mich interessiert auch die ›nicht besondere‹.«
»Ich habe Bill Chess ja erst heute nachmittag gesehen«, sagte ich. »Er machte auf mich den Eindruck eines – sehr impulsiven Menschen, und seinem eigenen Bericht nach ist er kein Heiliger. Aber er scheint seine Frau sehr gern gehabt

zu haben. Und ich kann ihn mir nicht vorstellen, wie er einen Monat lang dort oben herumstreicht und weiß, daß sie im Wasser unter dem Pier aufweicht. Daß er aus seinem Blockhaus tritt und auf das sanfte blaue Wasser hinausschaut und dabei im Geiste sieht, was darunter ist und was damit vorgeht ... Und daß er sie selbst dorthin gebracht hat ... nein, ich kann es mir nicht denken.«

»Ich auch nicht«, sagte Birdie Keppel sanft. »Kein Mensch kann es. Und doch wissen wir, daß solche Dinge schon vorgekommen sind und daß sie immer wieder vorkommen werden. Sind Sie Grundstücksmakler, Mr. Marlowe?«

»Nein.«

»Darf ich fragen, in welchem Beruf Sie tätig sind?«

»Das möchte ich lieber nicht sagen.«

»Das ist fast genausogut, als ob Sie es sagten«, bemerkte sie. »Außerdem hat Dr. Hollis gehört, wie Sie Jim Patton Ihren vollen Namen nannten. Und wir haben ein Telefonbuch von Los Angeles im Büro. Aber ich habe zu niemandem darüber gesprochen.«

»Nett von Ihnen«, sagte ich.

»Und noch netter: wenn Sie nicht wünschen, daß ich es tue, werde ich es auch weiterhin bleibenlassen.«

»Und was kostet mich das? Umsonst ist nur der Tod!«

»Nichts«, sagte sie. »Gar nichts. Ich will nicht behaupten, daß ich ein guter Reporter bin. Und wir würden auch niemals etwas drucken, was Jim Patton nicht recht wäre. Jim ist das Salz der Erde hier. Aber Sie werden es schon herausbringen, meinen Sie nicht?«

»Ziehen Sie keine falschen Schlüsse«, sagte ich. »Ich habe keinerlei Interesse an Bill Chess.«

»Und keinerlei Interesse an Muriel Chess?«

»Warum sollte ich mich für Muriel Chess interessieren?«

Sie drückte ihre Zigarette sorgsam im Aschenbecher am Schaltbrett aus. »Wie Sie wollen«, sagte sie. »Aber da gibt es noch etwas, über das Sie vielleicht gern nachdenken werden, falls Sie es noch nicht wissen. Vor sechs Wochen war ein Polizist namens De Soto aus Los Angeles hier, ein Grobian mit reichlich schlechten Manieren, ein großer brutaler Kerl. Wir mochten ihn nicht, und wir haben ihm nichts gesagt. Ich meine, wir drei in der Redaktion des ›Banner‹. Er hatte ein Foto bei sich und suchte eine gewisse Mildred Haviland. Das Foto sah Muriel Chess ungemein ähnlich. Das Haar wirkte wie rötlich und war ganz anders frisiert, als sie es hier trug, die Augenbrauen waren bis auf ganz schmale Bogen ausrasiert, und das verändert eine Frau ziemlich. Aber das Bild sah doch fast genauso aus wie Bill Chess' Frau.«

Ich trommelte mit den Fingern und fragte einen Augenblick später: »Und was haben Sie ihm erzählt?«

»Nichts haben wir ihm erzählt. Erstens waren wir nicht ganz sicher, und zweitens mißfielen uns seine Manieren. Drittens, auch wenn er uns samt seinen Manieren gefallen hätte, hätten wir ihn doch nicht auf sie losgelassen. Warum sollten wir? Sicher hat jeder Mensch mal was getan, was ihm später leid tut. Sehen Sie mich an. Ich war verheiratet – mit einem Professor für klassische Sprachen an der Redland-Universität.« Sie lachte leise.

»Sie hätten einen guten Artikel daraus machen können.«

»Sicher. Aber hier oben sind wir mehr Menschen als Reporter.«

»Hat dieser Polizist De Soto auch Jim Patton gesehen?«

»Sicher hat er. Aber Jim hat nichts davon gesagt.«

»Hat er Ihnen seine Legitimation gezeigt?«

Sie dachte nach, dann schüttelte sie den Kopf. »Ich erinnere mich nicht, daß er es getan hätte. Wir haben ihm geglaubt – nach dem, was er sagte. Er benahm sich genauso wie ein recht dickfelliger Großstadtpolizist.«

»Ich finde, das spricht eigentlich dafür, daß er keiner war. Hat jemand Muriel von diesem Mann erzählt?«

Sie zögerte, einen Augenblick ruhig durch die Windschutzscheibe sehend, bevor sie den Kopf zu mir wandte und nickte.

»Ja, ich. Meinen Sie nicht, daß es meine verdammte Pflicht und Schuldigkeit war?«

»Und was antwortete sie?«

»Gar nichts. Sie lachte etwas sonderbar und verlegen, als hätte ich einen schlechten Witz gemacht. Dann ging sie weg. Aber ich hatte den Eindruck, daß ein seltsamer Blick in ihren Augen war – eine Weile wenigstens. Nun? Interessieren Sie sich immer noch nicht für Muriel Chess, Mr. Marlowe?«

»Warum sollte ich? Ich habe nie etwas von ihr gehört, bis ich heute nachmittag hier herauf kam. Bestimmt. Und von einer Frau namens Mildred Haviland habe ich auch nichts gehört. Wollen Sie zur Stadt zurück?«

»O nein, danke. Ich werde gehen. Es sind nur ein paar Schritte. Und haben Sie vielen Dank. Ich hoffe immer noch, daß Bill nicht in die Klemme kommt. Besonders in eine so üble Klemme wie die hier!«

Sie stieg aus dem Wagen und wandte plötzlich, noch mit einem Fuß auf dem Trittbrett, den Kopf zu mir und lachte. »Man behauptet, ich wäre eine erstklassige Kraft im Schönheitssalon. Hoffentlich stimmt's. Als Interviewer dürfte ich eine Katastrophe sein! Gute Nacht!«

Ich sagte gute Nacht, und sie ging in den Abend hinein. Ich blieb sitzen und blickte ihr nach, bis sie an der Hauptstraße war und ich sie aus den Augen verlor. Dann stieg ich aus dem Chrysler und ging zurück zum Fernsprechamt, in das kleine primitive Gebäude.

Eine zahme Rehkuh mit einem Lederhalsband wanderte vor mir über die Straße. Ich streichelte ihr rauhes Fell und trat ins Fernsprechamt. Eine kleine Person saß an einem Pult und arbeitete an ihren Büchern. Sie verband mich mit Beverley Hills und gab mir Kleingeld für den Automaten. Die Telefonzelle war außerhalb, an der Vorderseite der Baracke.
»Ich hoffe, es gefällt Ihnen hier!« sagte sie. »Es ist sehr ruhig, sehr erholsam!«
Ich schloß mich in die Telefonzelle ein. Für neunzig Cent konnte ich fünf Minuten lang mit Derace Kingsley sprechen. Er war zu Hause, und die Verbindung kam rasch zustande – aber die Leitung war voller Störungen.
»Na – haben Sie oben was gefunden?« fragte er mich mit einer Dreimal-Whisky-Soda-Stimme. Es klang wieder unverschämt und scharf.
»Ja ... ich habe ein bißchen zuviel gefunden«, sagte ich. »Aber nichts von dem, was wir suchen. Sind Sie allein?«
»Was tut das zur Sache?«
»Von mir aus nicht. Aber *ich* weiß, was ich sagen will. *Sie* nicht!«
»Na, raus damit, was es auch ist!«
»Ich hatte eine lange Unterhaltung mit Bill Chess. Er war einsam. Seine Frau hat ihn vor einem Monat verlassen. Er hatte Krach mit ihr, ging weg und betrank sich – und als er wiederkam, war sie fort. Sie hinterließ einen Zettel, auf dem stand, sie wollte lieber tot sein, als weiter mit ihm leben.«
»Ich fürchte, Bill trinkt zuviel«, sagte Kingsleys Stimme sehr weit weg.
»Als er zurückkam, waren die beiden Frauen fort. Er hatte keine Ahnung, wohin Mrs. Kingsley gefahren war. Im Mai war Lavery einmal hier oben gewesen, seither aber nicht. Das gab auch Lavery selbst zu. Lavery kann natürlich inzwischen hier gewesen sein, während Bill betrunken war – aber eigentlich weist nichts darauf hin –, außerdem müßten dann zwei Wagen hinuntergefahren sein. Und ich vermutete schon, daß Frau Kingsley und Muriel Chess zusammen fortgefahren sind – aber Muriel hatte ihren eigenen Wagen. Außerdem ist dieser Gedanke, der sowieso nicht viel Wahrscheinlichkeit hatte, von einer anderen Entdeckung über den Haufen geworfen worden. Muriel Chess ist überhaupt nicht vom Kleinen Fawn-See weggegangen. Sie ist *in* Ihren privaten Kleinen Fawn-See gegangen. Und heute kam sie zurück, an die Oberfläche. Ich war dabei.«
»Großer Gott!« Kingsleys Stimme klang ehrlich erschrocken. »Sie meinen, sie hat sich ertränkt?«
»Vielleicht. Der Zettel, den sie zurückließ, deutet auf Selbstmord. Man kann ihn aber auch anders lesen. Die Leiche war unter die Holzbretter der alten Anlegestelle geklemmt, unten am Pier. Bill war es selbst, der einen Arm be-

merkte, der sich unten im Wasser bewegte, während wir uns oben über die Brüstung lehnten und hinuntersahen. Er hat sie herausgezogen – jetzt ist er verhaftet. Der arme Kerl hat einen schönen Knacks bekommen.«
»Großer Gott!« sagte Kingsley wieder. »Dazu hat er alle Ursache! Macht es den Eindruck, daß er sie ...« Die Stimme blieb plötzlich fort. Die Vermittlung meldete sich und verlangte weitere fünfundvierzig Cent. Ich steckte zwei weitere Münzen ein, und die Leitung war wieder frei.
»Ob es was für einen Eindruck machte?« fragte ich.
Plötzlich klang Kingsleys Stimme ganz nah und klar. »Als ob er sie ermordet hätte?«
Ich sagte: »Ja. Ziemlich. Jim Patton, den Sheriff hier, stört es, daß der Abschiedsbrief nicht datiert ist. Es sieht so aus, als hätte sie ihn schon einmal wegen einer anderen Frau verlassen. Patton hat einen gewissen Verdacht, Bill hätte den Zettel von damals aufgehoben. Jedenfalls haben sie Bill nach San Bernardino hinunter zum Verhör gebracht und die Leiche zur Untersuchung.«
»Und was meinen Sie?« fragte Kingsley langsam.
»Nun, Bill hat die Leiche selbst gefunden. Er hatte es nicht nötig, mich an den Pier zu führen. Sie hätte noch viel länger, vielleicht für immer da unten im Wasser bleiben können. Der Zettel konnte abgegriffen sein, weil Bill ihn bei sich in der Tasche herumtrug und ihn sicher oft herausgeholt und darüber gegrübelt hat. Er konnte damals genauso undatiert sein wie heute. Leute, die solche Zettel schreiben, haben es vielleicht eilig und kümmern sich nicht um das Datum.«
»Die Leiche muß doch schon ziemlich stark verwest sein. Was kann man bei der Sektion noch finden?«
»Ich weiß nicht, wie gut sie eingerichtet sind in San Bernardino. Sie können feststellen, ob der Tod durch Ertrinken eingetreten ist – glaube ich wenigstens. Und ob irgendwelche Zeichen einer Gewalttat vorliegen, die das Wasser nicht ausgelöscht haben kann und die auch nicht durch Verwesung verschwinden. Sie können sagen, ob sie erstochen oder erschossen wurde. Wenn der Kehlkopf eingedrückt ist, können sie sagen, daß sie erdrosselt wurde. Aber was für uns die Hauptsache ist: ich muß jetzt erklären, warum ich hierhergekommen bin. Ich muß als Zeuge beim Verhör aussagen.«
»Das ist übel«, grollte Kingsley. »Sehr übel. Und was haben Sie für Pläne?«
»Auf dem Rückweg will ich beim Prescotthotel absteigen und sehen, ob ich dort etwas erfahre. Stand Ihre Frau mit Muriel Chess auf gutem Fuß?«
»Ich glaube schon. Crystal ist oberflächlich genug, um mit den meisten Leuten gut auszukommen. Ich selbst kenne Muriel Chess kaum.«
»Haben Sie jemals eine Frau namens Mildred Haviland gekannt?«
»Wen bitte?«
Ich wiederholte den Namen.

»Nein«, sagte er. »Besteht irgendein Grund, der das vermuten läßt?«
»Auf jede Frage, die ich stelle, fragen Sie zurück«, sagte ich. »Nein, es liegt kein Grund zu der Annahme vor, daß Sie Mildred Haviland kennen. Besonders, wenn Sie Muriel Chess nur flüchtig kannten. Ich rufe Sie morgen an.«
»Tun Sie das«, sagte er und zögerte. »Es tut mir leid, daß Sie in eine solche Sache hineingeraten sind«, fügte er hinzu. Dann zögerte er wieder. Schließlich sagte er »Gute Nacht« und hängte ab.
Sofort darauf klingelte es wieder. Die Kontrollbeamtin sagte mit scharfem Tadel, daß ich fünf Cent zuviel in den Automaten gesteckt hätte. Ich antwortete, ich hätte einen Dreck in den Automaten gesteckt, und das mißfiel ihr erst recht.
Als ich aus der Zelle trat, atmete ich erst ein paarmal tief durch. Das zahme Reh mit dem Lederhalsband verstellte die Zauntür am Ende des Weges. Ich versuchte, es beiseite zu schieben, aber es lehnte sich gegen mich und wollte spielen. Es ließ mich einfach nicht durch die Pforte; ich stieg also über den Zaun, setzte mich in meinen Chrysler und fuhr zurück zur Stadt.
In Pattons Hauptquartier brannte zwar eine Hängelampe, aber die Baracke war leer, und die Karte *»In zwanzig Minuten zurück«* heftete noch immer hinter der Glastür. Ich ging weiter bis zu einer Anlegestelle. Ein paar Motorboote und einige Rennboote trieben sich noch auf dem seidigen Wasser herum. Jenseits des Sees brannten winzige gelbe Lichter in Spielzeughäuschen, die wie an Miniaturhängen klebten. Ein einziger heller Stern glänzte tief im Nordosten über der Bergkette. Im hohen Gipfel einer hundert Fuß großen Tanne saß ein Rotkehlchen und wartete, bis es ihm dunkel genug war, um sein Abendlied zu singen.
Nach einer kleinen Weile war es soweit. Es sang bezaubernd, dann flog es fort – verschwand in den unsichtbaren Tiefen des Himmels. Ich warf meine Zigarette in das reglose Wasser, kletterte in meinen Wagen und fuhr wieder in Richtung nach dem Kleinen Fawn-See zurück.

11

Das Gatter vor dem Privatweg war zugesperrt. Ich stieg darüber hinweg, nachdem ich den Chrysler zwischen zwei Tannen abgestellt hatte. Dann schlich ich mich am Straßenrand entlang, dicht am Wald, bis plötzlich ein Schimmer des kleinen Sees zu meinen Füßen sichtbar wurde. Die Hütte von Bill Chess war dunkel. Die Häuser auf der anderen Seite des Sees standen wie zusammenhanglose Schatten gegen den fahlen Granithintergrund. Wo das Wasser über die Spitze des Dammes rieselte, glänzte es weiß, dann fiel es beinahe lautlos

über die Außenschräge hinab in den Abflußbach. Ich lauschte – aber dieses Rieseln war das einzige Geräusch.
Die Vordertür von Bills Hütte war verschlossen. Ich tastete mich weiter zur Hintertür und fand sie mit einem wahren Ungetüm von Hängeschloß versperrt. Dann untersuchte ich die Fensterläden. Sie waren alle festgemacht. Nur ein Fenster hatte keinen Laden, ein schmales Fenster halbwegs oben an der Nordwand. Auch das war geschlossen. Ich stand unbeweglich und lauschte wieder. Aber es regte sich kein Hauch, und die Bäume waren so still wie ihre Schatten.
Ich versuchte, die Klinge meines Messers zwischen die beiden Hälften des kleinen Fenster zu schieben. Vergeblich – der Riegel gab nicht nach. Ich lehnte mich gegen die Wand und überlegte. Dann bückte ich mich, hob einen ziemlich großen Stein auf und schleuderte ihn gegen die Stelle, wo sich die beiden Rahmen in der Mitte trafen. Mit einem knarrenden Geräusch brach der Riegel aus dem trockenen Holz. Das Fenster öffnete sich nach innen in die Dunkelheit; ich zog mich hoch, hakte ein Bein über das Fensterbrett und zwängte mich durch die Öffnung. Ich rollte herum und ließ mich ins Zimmer gleiten. Von der Anstrengung leise keuchend, lauschte ich wieder.
Ein stechender Lichtstrahl brannte in meinen Augen.
Eine sehr ruhige Stimme sagte: »Bleiben Sie mal ruhig stehen, mein Junge; Sie sind ja ganz außer Atem.«
Der Lichtstrahl nagelte mich an die Wand wie eine zerquetschte Fliege. Dann hörte ich das Knipsen eines elektrischen Schalters, die Tischlampe brannte, und der Lichtstrahl verschwand. Jim Patton saß in einem alten braunen Mohairsessel neben dem Tisch. Ein ausgefranster brauner Schal hing über die Kante des Tisches und berührte seine starken Knie. Er trug die gleichen Kleider wie am Nachmittag, nur eine Lederjacke darüber, die gewiß auch einmal neu gewesen war – vielleicht zu Zeiten seines Urgroßvaters. Seine Hände waren leer bis auf die Taschenlampe. Ebenso leer sahen seine Augen aus. Nur seine Kinnladen bewegten sich in ruhigem Rhythmus.
»Na, mein Junge, was haben Sie auf dem Herzen – außer einem kleinen Einbruch hier?«
Ich zog mir einen Stuhl heran, setzte mich rittlings darauf und legte die Arme auf die Lehne; dann sah ich mich im Zimmer um.
»Ich hatte eine Idee«, sagte ich. »Es schien mir zuerst eine recht gute Idee zu sein – aber ich glaube jetzt, ich lasse sie lieber fallen.«
Das Blockhaus war größer, als es von außen aussah. Das Zimmer, in dem wir saßen, war das Wohnzimmer. Es enthielt bescheidenes Mobiliar, einen Flickenteppich auf dem Tannenholz-Fußboden, einen runden Tisch mit zwei Stühlen an der Rückwand. Durch die offene Tür sah man die Ecke eines großen Küchenherdes.

Patton nickte, und seine Augen musterten mich ohne Groll. »Ich hörte einen Wagen kommen«, sagte er. »Ich wußte, daß er hierherkam. Immerhin, Sie sind rasch gegangen. Und hier draußen habe ich Ihre Schritte überhaupt nicht gehört. Ich war schon einigermaßen neugierig auf Sie, mein Junge.«
Ich sagte nichts.
»Ich hoffe, Sie nehmen es mir nicht übel, daß ich ›mein Junge‹ sage«, meinte er. »Ich dürfte eigentlich nicht gleich so familiär sein, aber es ist eine dumme Angewohnheit von mir, die ich nicht wieder abschütteln kann. Jeder Mensch, der nicht gerade einen langen Bart und Arterienverkalkung hat, ist ›mein Junge‹ für mich.«
Ich sagte ihm, er könne mir gern jeden Kosenamen geben, der ihm passend erscheine. Ich sei nicht wählerisch.
Er grinste. »Herrje«, sagte er, »im Telefonbuch von Los Angeles stehen vielleicht eine Menge Detektive! Aber Gott sei Dank heißt nur einer davon Marlowe.«
»Warum haben Sie nachgesehen?«
»Nennen Sie es ruhig pure Neugierde. Dazu kommt noch, daß Bill Chess etwas von einem Schnüffler erwähnte. Sie selbst hatten sich nicht die Mühe gegeben, mich zu informieren.«
Ich zog meine Brieftasche heraus und zeigte ihm meine Ausweise.
»Hm ... Sie sind gut ausgerüstet für Ihre Arbeit«, sagte er befriedigt. »Und Ihr Gesicht verrät nicht viel. Ich vermute, Sie hatten die Absicht, das Holzhaus ein bißchen zu durchsuchen.«
»Ja.«
»Ich habe schon selbst gründlich herumgerochen. Bin bloß zurückgefahren und dann direkt hierhergekommen. Das heißt, ich hielt einen Augenblick bei meinem Wigwam, und dann kam ich her. Ich glaube aber, ich darf Ihnen nicht erlauben, das Haus zu durchsuchen.« Er kratzte sich hinterm Ohr. »Das heißt – verdammt will ich sein, wenn ich wüßte, ob ich darf oder nicht. Können Sie mir sagen, in wessen Auftrag Sie arbeiten?«
»Im Auftrag Derace Kingsleys. Um seine Frau zu finden. Sie ist seit einem Monat aus seinem Gesichtsfeld verschwunden. Von hier ist sie weggefahren. Wahrscheinlich mit einem Mann. Der Mann leugnet es. Da dachte ich, ich fahre am besten hier herauf, um vielleicht eine Spur zu finden.«
»Nun – und fanden Sie etwas?«
»Nein. Sie ist mit ziemlicher Sicherheit bis San Bernardino und dann bis El Paso zu verfolgen. Da hört die Spur auf. Aber ich habe erst heute angefangen.«
Patton stand auf und öffnete die Tür des Blockhauses. Der würzige Duft der Tannen drang herein. Er spuckte ins Freie, setzte sich wieder hin und fuhr sich mit der Hand durch sein aschblondes Haar unter dem Filzhut, dann nahm

er ihn ab. Sein Kopf sah ohne Hut irgendwie nackt aus, wie das oft der Fall ist bei Köpfen, die selten ohne Hut sind.
»Und an Bill Chess haben Sie kein Interesse?«
»Gar keins.«
»Ich nehme an, ihr Jungens habt 'ne ganze Menge Scheidungssachen«, sagte er. »Für meinen Geschmack keine angenehme Arbeit.«
Ich ließ den Satz unbeantwortet.
»Kingsley konnte nicht die Polizei zu Hilfe nehmen, um seine Frau zu finden – oder?«
»Nicht gut«, sagte ich. »Er kennt sie zu genau.«
»Nichts von allem, was Sie sagen, erklärt Ihren Wunsch, Bills Haus zu durchsuchen«, sagte er sachkundig.
»Ich bin leider eine neugierige Natur, Sheriff!« sagte ich.
»Na«, knurrte er, »ich habe schon geschicktere Antworten gehört.«
»Also sagen wir, ich habe auch an Bill Chess Interesse. Aber nur, weil er so im Druck ist und weil er mir leid tut – obwohl ich ihn für einen ziemlichen Lumpen halte. Wenn er seine Frau ermordet hat, so muß hier etwas sein, was darauf hinweist. Wenn er es nicht tat, so muß hier etwas sein, was auf seine Unschuld hinweist.«
Er hielt den Kopf schräg wie ein lauschender Vogel. »Beispielsweise – an was für Dinge denken Sie da?«
»Kleider, persönliche Schmucksachen, Toilettenartikel – alles, was eine Frau mitnimmt, wenn sie weggeht, um nicht wiederzukommen.«
Er lehnte sich langsam zurück. »Aber sie ist nicht weggegangen, mein Junge«!
»Dann muß das ganze Zeug hier sein. Und wenn alles hier ist, so hätte Bill gemerkt, daß sie es nicht mitgenommen hat. Dann hätte er gewußt, daß sie nicht weggegangen ist.«
»Bei Gott – es sieht böse aus, so oder so.«
»Wenn er sie ermordet hat«, fuhr ich fort, »dann mußte er die Sachen loswerden, die sie vermutlich mitgenommen hätte, wenn sie weggegangen wäre!«
»Und wie stellen Sie sich das vor, mein Junge? Wie soll er das angefangen haben?« Das gelbe Lampenlicht warf einen bronzenen Schimmer auf die eine Seite seines Gesichts.
»Ich entnahm Bills Reden, daß sie einen eigenen Ford hatte. Bis auf diesen Ford hätte er in diesem Falle alles verbrannt, was zu verbrennen war, und den Rest hier im Wald vergraben. Muriels Sachen in den See zu werfen, wäre gefährlich gewesen. Aber den Wagen konnte er weder verbrennen noch vergraben. Konnte er ihn fahren?«
Patton sah überrascht auf. »Natürlich«, antwortete er. »Er kann zwar sein rechtes Bein im Knie nicht beugen und deshalb nicht gut eine Fußbremse be-

dienen – aber er konnte ja die Handbremse nehmen. Der ganze Unterschied zwischen einem normalen Wagen und Bills Auto ist das Bremspedal. Das seine ist an der linken Seite dicht neben der Kupplung angebracht, so daß er beides mit einem Fuß bedienen kann.«
Ich klopfte die Asche von meiner Zigarette in eine kleine blaue Schale, die ihrem Etikett nach einmal ein Pfund Orangenhonig enthalten hatte.
»Sein großes Problem wäre in diesem Fall gewesen, sich des Wagens zu entledigen. Gleichviel, wohin er ihn fuhr: zurück mußte er zu Fuß laufen, und auf diesem Heimweg durfte er nicht gesehen werden. Hätte er ihn einfach auf einer Straße stehen lassen, sagen wir unten in San Bernardino, so wäre er schnell gefunden und identifiziert worden. Auch das mußte ihm unerwünscht sein. Das Schlaueste war natürlich, ihn an einen Aufkäufer abzustoßen, der Wagen ausschlachtet – aber wahrscheinlich kannte er keinen. Also bleibt nur die Chance, daß er ihn im Wald versteckte – und zwar nicht weiter weg von hier, als daß er zu Fuß zurückkommen konnte. Und diese Entfernung ist bei ihm kurz bemessen.«
»Für jemanden, der behauptet, nicht interessiert zu sein, haben Sie sich das alles ganz hübsch zurechtgelegt«, bemerkte Patton trocken. »Also – der Wagen ist im Wald versteckt. Und weiter?«
»Dann mußte er die Möglichkeit bedenken, daß er gefunden wird. Die Wälder sind einsam, aber Jäger und Holzfäller durchstreifen sie doch von Zeit zu Zeit. Und wird der Wagen gefunden, so sieht's besser aus für Bill, wenn Muriels Sachen drin sind. Das gäbe ihm allerlei Ausflüchte – keine sehr glänzenden, aber immerhin mögliche. Zunächst, daß sie durch einen Unbekannten ermordet wurde, der die Sache so aufzog, daß Bill schuldig erschien, wenn der Mord herauskam. Zweitens, daß Muriel tatsächlich Selbstmord beging und Bill schuldig erscheinen lassen wollte. Selbstmord mit Racheakt, sozusagen.«
Patton überlegte alles in Ruhe und sehr sorgsam. Wieder ging er zur Tür und spuckte hinaus, setzte sich und fuhr sich durchs Haar. Er betrachtete mich mit erheblicher Skepsis.
»Das erste ist möglich, genau wie Sie sagen«, gab er zu. »Nur wüßte ich niemanden, der dafür in Frage käme. Immerhin bliebe dann die Sache mit dem Zettel in der Luft hängen.«
Ich schüttelte den Kopf. »Sie meinten selbst, Bill hätte den Zettel vielleicht vom vorigen Mal. Sagen wir, sie ging weg – so dachte er wenigstens –, ohne einen Zettel zu hinterlassen. Nachdem ein Monat vergangen war, ohne daß er ein Wort von ihr hörte, wurde er vielleicht bedrückt und unsicher und holte den alten Zettel hervor, um sich dadurch zu schützen, für den Fall, daß ihr etwas passiert war. Er hat nichts davon gesagt – aber er könnte es so vorgehabt haben.«
Patton schüttelte den Kopf. Die Theorie gefiel ihm nicht. Ehrlich gesagt – mir

auch nicht sehr. »Und was Ihre zweite Möglichkeit betrifft, so ist sie einfach absurd. Sich selbst umbringen und alles so arrangieren, daß ein anderer des Mordes bezichtigt wird – nein, das paßt nicht in meine simplen Ideen von der menschlichen Natur im allgemeinen.«

»Dann sind Ihre Ideen von der menschlichen Natur wirklich zu simpel«, sagte ich. »Denn es ist schon vorgekommen, und wenn es vorgekommen ist, war es fast immer eine Frau, die so handelte.«

»Unsinn«, sagte er, »ich bin jetzt siebenundfünfzig Jahre und habe allerlei Leute erlebt, allerlei verrückte Leute auch – aber für diese Theorie gebe ich nicht einen Cent. Mir kommt es am wahrscheinlichsten vor, daß sie den Zettel schrieb und wirklich weggehen wollte, daß er sie aber erwischte, bevor sie weg war, rot sah und sie umbrachte. Und dann mußte er alle die Dinge tun, über die wir gerade geredet haben.«

»Ich habe sie nie gesehen«, sagte ich. »Also habe ich keine Vorstellung, wie sie wahrscheinlich handeln mußte. Bill sagte, er traf sie vor mehr als einem Jahr in einem Lokal in Riverside. Sie kann zuvor eine lange und verwickelte Geschichte gehabt haben. Bill sagt, sie war sehr temperamentvoll. Was für eine Art von Mensch war sie eigentlich?«

»Eine sehr muntere kleine Blondine, wenn sie gut zurechtgemacht war. Sie ist sozusagen unter ihren Stand gesunken, als sie Bill heiratete. Eine gerissene Frau, mit einem Gesicht, das seine Geheimnisse zu wahren wußte. Bill sagt allerdings, daß sie zornig werden konnte. Ich habe es nie erlebt. Bei ihm selbst dagegen habe ich schon viele sehr häßliche ›Temperamentsausbrüche‹ erlebt.«

»Und glauben Sie, daß sie aussah wie die Fotografie eines Mädchens namens Mildred Haviland?«

Jetzt hörte er auf zu kauen, und sein Mund wurde schmal. Nur langsam setzten sich seine Kinnladen wieder in Bewegung.

»Hol's der Teufel«, sagte er, »ich muß verdammt vorsichtig sein, wenn ich heute abend ins Bett krieche! Um sicher zu sein, daß nicht Sie da sind! Woher haben Sie diese Information?«

»Ein hübsches junges Mädchen gab sie mir – sie nannte sich Birdie Keppel. Sie interviewte mich, infolge ihrer kleinen Nebenbeschäftigung als Journalistin. Und sie sagte mir, daß ein Polizist aus Los Angeles, namens De Soto, das Bild hier herumgezeigt hat.«

Patton schlug sich auf sein breites Knie und ließ die Schultern nach vorn fallen. »Das habe ich verkehrt gemacht«, sagte er nüchtern. »Das war einer meiner beliebten Fehler. Dieser Flegel zeigte das Bild ungefähr in der ganzen Stadt herum, bevor er zu mir kam. Das nahm ich ihm krumm. Es sah Muriel schon ähnlich – aber nicht ausreichend, um absolut sicherzugehen. Er sagte, er sei Polizist. Ich antwortete ihm, ich sei in derselben Branche tätig, freilich nur in aller ländlichen Unschuld. Er sagte, er habe den Auftrag festzustellen, wo die Dame sei – das sei alles, was er wüßte. Vielleicht war es verkehrt von ihm, zu mir so unverbindlich zu sein. Und ich meinerseits tat unrecht daran, ihm zu sagen, daß ich keinen Menschen, der seinem hübschen kleinen Bildchen auch nur annähernd glich, kennen würde.«

Der große ruhige Mann lächelte unsicher zur Decke hinauf, senkte dann wieder die Augen und blickte mich fest an.

»Ich nehme an, Sie respektieren mein Vertrauen, Mr. Marlowe. Und Ihre Schlußfolgerungen treffen absolut zu. Waren Sie zufällig einmal drüben am Waschbären-See?«

»Nie davon gehört.«

»Ungefähr eine Meile weiter hinten«, er wies mit dem Daumen über die Schulter, »ist eine ganz schmale Fahrstraße, die nach Westen abbiegt. Man kann sich nur knapp zwischen den Bäumen durchschlängeln. Auf etwa eine Meile Wegs steigt sie ungefähr fünfhundert Fuß und kommt dann beim Waschbären-See heraus. Wunderhübscher kleiner Platz. Manchmal gehen Leute zum Picknick hinauf – aber nicht oft. Es geht sehr über die Reifen her. Es sind zwei oder drei kleine flache Seen voller Ried. An den schattigen Stellen liegt jetzt sogar noch Schnee. Dort gibt es ein paar einfache Blockhütten, aber sie fallen jährlich mehr ein, soviel ich weiß, und dann noch ein großes, verfallenes Fachwerkgebäude, das die Montclair-Universität vor etwa zehn Jahren einmal als Sommercamp hingestellt hatte. Dieses Gebäude liegt ein Stück abseits in dichtem Gehölz. Auf der Rückseite ist ein Waschhaus angebaut, mit einem alten rostigen Waschkessel; daran schließt sich ein großer Holzschuppen mit einer Schiebetür, die auf Rollen läuft. Er war als Garage gedacht, aber man hat dann Holz darin aufgestapelt. Außerhalb der Saison ist der Schuppen verschlossen. Fertig gemachtes Holz ist das einzige, was hierzulande gestohlen wird, aber die Leute, die es zwar vom offenen Holzhaufen wegholen, würden kein Schloß deswegen aufbrechen. Ich glaube, Sie können sich schon denken, was ich in dem Schuppen gefunden habe.«

»Ich dachte, Sie wären mit hinunter nach San Bernardino?«

»Hatte mir's anders überlegt. Es schien mir doch nicht richtig, Bill hinunterzufahren – mit der Leiche seiner Frau hinten im Wagen. So schickte ich die Leiche in der Ambulanz des Doktors, und Bill fuhr mit Andy. Ich dachte, es wäre nicht dumm, mich etwas genauer umzusehen, bevor ich den Fall dem Untersuchungsrichter vortrage.«

»Muriels Wagen war also im Holzschuppen?«

»Ja. Und im Wagen lagen zwei unverschlossene Koffer. Vollgepackt mit Kleidern und, wie es schien, hastig hineingestopft. Damenkleidung. Der springende Punkt, mein Junge, ist der: diesen Ort konnte kein Fremder kennen!«

Ich pflichtete ihm bei. Er steckte die Hand in die schräge Tasche seiner Lederjacke und brachte ein in Seidenpapier gewickeltes kleines Päckchen zum Vorschein. Er öffnete es auf seinem Handteller und hielt es mir auf der flachen Hand hin. »Sehen Sie sich das mal an.«

Ich trat näher. Auf dem Seidenpapier lag ein dünnes Goldkettchen mit einem winzigen Schloß, kaum größer als ein Kettenglied. Die Kette war durchgeknipst, das Schloß war intakt geblieben. Weißes Pulver klebte an Kette und Papier.

»Raten Sie, wo ich das fand«, sagte Patton.

Ich hob die Kette hoch und versuchte, die Enden aneinanderzupassen. Sie paßten aber nicht. Ich machte keine Bemerkung darüber, sondern feuchtete einen Finger an, berührte das Pulver und kostete es.

»In einem Paket Einmachzucker«, sagte ich. »Die Kette ist ein Fußkettchen. Manche Frauen tragen es und nehmen es niemals ab, wie einen Ehering. Wer es auch war, der diese Kette abgenommen hat – den Schlüssel dazu besaß er nicht.«

»Was schließen Sie daraus?«

»Nicht viel«, sagte ich. »Es hätte gar zu wenig Sinn, zu glauben, daß Bill dieses Kettchen von Muriels Fuß abgenommen hat, während er ihr das Halsband ließ. Und ich wüßte auch nicht, weshalb Muriel es selbst abgenommen und versteckt haben soll, damit man es später finden konnte. Eine Durchsuchung, die gründlich genug war, um dieses Kettchen zu finden, wäre nie vorgenommen worden, zumindest nicht, bevor ihre Leiche auftauchte. Wenn Bill es abnahm, würde er es in den See geworfen haben. Wenn aber Muriel es gern behalten und doch vor Bill verstecken wollte, dann hat dieses Versteck schon einen Sinn.«

Diesmal sah Patton verwirrt aus: »Warum denn?«

»Weil es ein echt weibliches Versteck ist. Einmachzucker verwendet man nur zum Einmachen. Ein Mann würde das Paket nie in die Hand nehmen. Sehr gescheit von Ihnen, Sheriff, daß Sie darauf gekommen sind!«

Er grinste etwas verlegen. »Ach nein – ich warf die Packung versehentlich um und verschüttete dabei den Zucker«, sagte er. »Wenn das nicht passiert wäre – ich wäre nie auf den Gedanken gekommen.« Er rollte das Papier wieder zusammen und ließ es in seine Tasche gleiten. Dann stand er mit einer abschließenden Geste auf.

»Bleiben Sie hier oder fahren Sie zurück nach Los Angeles, Mr. Marlowe?«

»Ich fahre zurück zur Stadt, bis Sie mich zum Verhör brauchen. Ich nehme an, Sie brauchen mich.«

»Das liegt am Richter. Wenn Sie freundlichst das Fenster wieder zumachen wollen, das Sie angeknackt haben, mache ich die Lampe aus und schließe ab.«

Ich tat, was er sagte, und er knipste die Tischlampe aus und seine Taschenlampe an. Wir gingen hinaus, und er drückte gegen die Haustür, um sicher

zu sein, daß das Schloß auch gefaßt hatte. Leise schloß er den Fensterladen. Dann stand er still und blickte auf den mondbeleuchteten See.
»Ich kann mir nicht denken, daß Bill sie töten *wollte*«, sagte er traurig. »Er konnte leicht eine Frau erwürgen, *ohne es zu wollen,* mit seinen starken Händen! Und nachdem es einmal passiert war, hatte er das Recht, das bißchen Hirn, das Gott ihm gegeben hat, dazu zu gebrauchen, die Spuren zu verwischen. Die ganze Geschichte tut mir leid, wahrhaftig – aber ich kann weder die Tatsachen noch die Wahrscheinlichkeiten ändern. Das ist einfach und natürlich, und die einfachen und natürlichen Dinge sind schließlich auch immer die richtigen.«
Ich sagte: »Ich möchte annehmen, daß er weggelaufen wäre. Ich glaube nicht, daß er es ausgehalten hätte, hierzubleiben.«
Patton spuckte in den schwarzen samtenen Schatten eines Manzanitastrauches. Langsam sagte er: »Er hat eine Pension, die ihm in unserm Bezirk ausgezahlt wird. Wenn er wegliefe, so liefe er auch von seiner Rente weg. Und die meisten Menschen *können* aushalten, was sie aushalten *müssen,* wenn es an sie herantritt und es kein Ausweichen gibt. Das zeigt sich ja gerade jetzt in der ganzen Welt. Nun, gute Nacht, Mr. Marlowe. Ich gehe noch mal zu dem kleinen Pier und setze mich dort ins Mondlicht und fühle mich unglücklich. Eine solche Nacht – und wir müssen einen Mordfall verfolgen!«
Langsam schritt er in den Schatten der Bäume, bis er selbst ein Schatten war. Ich blieb stehen, bis ich ihn nicht mehr sah, dann ging ich bis zum Gatter und stieg hinüber. Ich setzte mich ans Steuer und fuhr langsam die Straße hinunter, auf der Suche nach einem guten Versteck für meinen Wagen.

12

Etwa dreihundert Meter vom Gatter bog ein rauher Pfad, noch vom letzten Herbst mit braunem Eichenlaub bedeckt, um einen Granitblock und verschwand im Wald. Ich lenkte den Wagen hinein und rumpelte fünfzig oder sechzig Fuß zwischen den Steinen entlang, fuhr dann den Wagen um einen Baum und schob ihn auf den Weg zurück, auf dem ich gekommen war. Ich schaltete Licht und Motor ab, blieb sitzen und wartete.
Eine halbe Stunde verging. Ohne Tabak kam sie mir sehr lang vor. Dann hörte ich ziemlich entfernt das Starten eines Motors, das Geräusch wurde lauter, und endlich erschienen die weißen Scheinwerfer auf der Straße unter mir. Dann verklang alles wieder in der Ferne, nur ein schwacher Staub- und Benzingeruch hing noch in der Luft.
Ich stieg aus, ging zum Gatter zurück und stand bald wieder vor Bill Chess' Haus. Diesmal öffnete ein kräftiger Stoß das beschädigte Fenster. Ich stieg

zum zweiten Male ein, ließ mich auf den Boden fallen und durchleuchtete mit meiner Taschenlampe den Raum. Dann knipste ich die Tischlampe an und lauschte einen Augenblick. Als ich nichts hörte, ging ich hinaus in die Küche. Über dem Spültisch hing eine elektrische Birne, die ich anknipste.

In der Holzkiste neben dem Ofen war sauber gespaltenes Holz aufgeschichtet. Im Spültisch stand kein gebrauchtes Geschirr, auf dem Herd kein übelriechender Topf. Bill Chess hielt sein Haus gut instand, ob er einsam war oder nicht. Aus der Küche führte eine Tür ins Schlafzimmer, von dort ein schmales Türchen in ein winziges Badezimmer, das sichtlich erst kürzlich eingebaut worden war. Das Badezimmer sagte mir nichts.

Im Schlafzimmer standen ein Doppelbett, ein Toilettentisch aus Hartholz, darüber ein runder Spiegel an der Wand, eine Kommode, zwei gradlinige Stühle und ein Wäschepuff. An jeder Seite des Bettes lag ein ovaler Teppich. Bill Chess hatte ein paar Karten vom Kriegsschauplatz mit Reißzwecken an der Wand befestigt. Am Toilettentisch stand eine kitschige rot-weiße Falbelgarnitur.

Ich durchsuchte die Schubläden. Ein Schmuckkästchen aus imitiertem Leder mit allerlei billigem Maskenschmuck war dageblieben. Ebenso allerlei Dosen und Fläschchen und Schachteln, wie sie die Frauen für Gesicht und Fingernägel und Augenbrauen brauchen – und ich fand, es war reichlich viel davon da. Aber das war nur eine Vermutung. Die Kommode enthielt Herren- und Damenwäsche, von beidem nicht viel. Unter anderem besaß Bill Chess ein schreiend buntes Hemd mit gestärktem, dazu passendem Kragen. Unter einer Schicht blauen Seidenpapiers in einer Ecke fand ich etwas, was mir nicht gefiel. Eine anscheinend ganz neue seidene Damengarnitur, aprikosenfarben, mit Spitzen daran. Eine Frau, die ihre fünf Sinne beisammen hat, läßt so etwas nicht liegen, wenn sie wegfährt. Das sah schlecht aus für Bill Chess. Ich grübelte, was Patton wohl darüber gedacht hatte.

Dann ging ich wieder in die Küche und sah in die unverschlossenen Schubläden und auf die Bretter über und neben dem Spültisch. Sie standen dicht voll mit Büchsen und Gläsern und Haushaltsdingen. Der Einmachzucker befand sich in einer braunen Tüte mit einer eingerissenen Ecke. Patton hatte versucht, wieder hineinzutun, was er verschüttet hatte. Neben dem Zucker standen Salz, Borax, Backpulver, Stärkemehl, brauner Zucker und so weiter. Jeder dieser Behälter konnte ein Versteck sein.

Es war etwas abgeknipst worden von einem Fußkettchen, dessen Enden nicht zusammenpaßten ...

Ich schloß die Augen und ließ meine Finger auf gut Glück wandern – sie blieben auf dem Backpulver ruhen. Ich holte mir eine Zeitung aus der Holzkiste, breitete sie aus und schüttete das Backpulver darauf. Ich rührte es mit einem Teelöffel durch. Es schien eine unvernünftige Menge Backpulver zu

sein! Mehr aber konnte ich nicht entdecken. Ich tat es in die Schachtel zurück und versuchte es mit dem Borax. Nichts als Borax. Na, das dritte Mal bringt Glück. Ich war bei dem Stärkemehl angelangt, Es war zu fein, keine Klumpen, nichts – nur Stärkemehl.
Der Klang ferner Schritte ließ mich bis ins Innerste erstarren. Ich knipste rasch das Licht aus, schlich zurück ins Wohnzimmer und wollte die Lampe dort löschen. Natürlich viel zu spät, als daß es noch etwas nützen könnte, dachte ich. Wieder hörte ich die Schritte – langsam – vorsichtig ... mir lief eine Gänsehaut über den Rücken.
Ich wartete im Dunkeln, die Taschenlampe in der Hand. Tödlich lange zwei Minuten krochen vorbei. Den größten Teil dieser kleinen Ewigkeit wagte ich kaum einmal zu atmen.
Es konnte nicht Patton sein. Er würde einfach zur Tür hereinkommen und mich hinauswerfen. Die vorsichtigen leisen Schritte bewegten sich bald hierhin, bald dorthin – bald gab es eine Bewegung, bald eine lange Pause. Ich schlich über den Fußboden und drehte ganz leise am Türknopf. Dann stieß ich die Tür mit einem Ruck auf und leuchtete scharf hinaus.
Der Lichtstrahl verwandelte ein Augenpaar in goldene Lampen. Dann hörte ich etwas springen und plötzlich das Stampfen von Hufen zwischen den Bäumen. Es war nur ein Reh gewesen.
Ich schloß die Tür wieder und ging mit meiner Taschenlampe in die Küche. Der kleine Lichtkreis blieb auf der Tüte mit dem Einmachzucker hängen.
Ich machte wieder Licht, nahm das Paket herunter und leerte es auf das Zeitungsblatt. Patton hatte nicht tief genug gesucht. Nachdem er zufällig etwas gefunden hatte, nahm er an, es sei alles. Er hatte ja nicht gewußt, daß noch etwas dazu gehörte.
Ein weiteres winziges Päckchen aus weißem Seidenpapier zeigte sich in dem feinen weißen Zucker. Ich schüttelte den Zucker ab und entfaltete es. Es enthielt ein winziges goldenes Herz, nicht größer als der Fingernagel einer Frau.
Mit dem Löffel füllte ich den Zucker wieder in die Tüte, stellte sie auf das Wandbrett zurück, ballte das Zeitungspapier zusammen und steckte es in den Ofen. Dann ging ich ins Wohnzimmer und machte die Tischlampe an. Bei dem helleren Licht konnte ich gerade ohne Lupe die Gravierung auf der Rückseite des goldenen Herzens entziffern. Ich las: *Al für Mildred. 28ten Juni 1938. In Liebe.*
Al für Mildred! Al Soundso für Mildred Haviland. Mildred Haviland war also Muriel Chess. Muriel Chess war tot – zwei Wochen, nachdem ein Polizist namens De Soto sie hier gesucht hatte.
Ich stand da, hielt das kleine Herz in der Hand und grübelte, was ich damit anfangen sollte. Ich grübelte, ohne daß mir der geringste Einfall kam. Also wickelte ich es wieder ein, verließ das Blockhaus und fuhr in den Ort zurück.

Patton war in seinem Büro und telefonierte, als ich unten ankam. Die Tür war verschlossen. Ich mußte warten, solange er sprach. Nach einer Weile hängte er ein und kam, um die Tür aufzuschließen.

Ich ging an ihm vorbei hinein, legte das Seidenpapier auf seinen Schreibtisch und entfaltete es.

»Sie sind nicht tief genug in den Einmachzucker gestiegen«, sagte ich.

Er blickte abwechselnd auf mich und das kleine goldene Herz; dann nahm er eine Lupe aus dem Schubfach. Er studierte die Rückseite, legte das Glas nieder und sah mich stirnrunzelnd an: »Hätte mir denken können, daß Sie ebenfalls fest entschlossen waren, das Haus zu durchsuchen – und daß Sie tun, was Sie sich in den Kopf setzen«, sagte er brummig. »Machen Sie mir keine Ungelegenheiten, mein Junge – verstanden?«

»Sie hätten merken müssen, daß die abgezwickten Enden der Kette nicht zusammenpaßten«, belehrte ich ihn.

Betrübt sah er mich an. »Lieber Junge, ich habe nicht mehr Ihre Augen.« Er schob das Herz zu mir hin. Dabei starrte er mich an und sagte nichts.

Ich sagte: »Sie dachten, das Fußkettchen war etwas, worauf Bill eifersüchtig sein konnte – nun ja, und das dachte ich auch. Vorausgesetzt, daß er es je zu Gesicht bekam. Aber ich möchte meinen Kopf wetten, daß er es nie gesehen hat und daß er vor allem nie etwas von Mildred Haviland gehört hat!«

Langsam meinte Patton: »Hm ... es sieht fast aus, als sei ich diesem Flegel De Soto eine Abbitte schuldig, nicht?«

Er schenkte mir noch einen langen leeren Blick – und ich erwiderte ihn genauso. »Sagen Sie nichts, mein Junge«, meinte er. »Lassen Sie mich ganz von selbst darauf kommen, daß Sie eine funkelnagelneue Theorie für diesen Fall bereit haben!«

»Stimmt. Bill hat seine Frau nicht ermordet.«

»Nicht?«

»Nein. Sie wurde von jemandem aus ihrer Vergangenheit umgebracht. Jemand, der ihre Spur verloren hatte, sie dann wieder entdeckte, hörte, daß sie mit einem anderen Mann verheiratet sei, und dem das höchlichst mißfiel. Jemand, der das Land hier oben genau kannte – wie Hunderte von Leuten, die nicht hier wohnen – und ein gutes Versteck für ihren Wagen und ihre Koffer wußte. Jemand, der hassen und heucheln konnte. Der sie überredete, mit ihm wegzugehen, und sie, als alles vorbereitet und der Zettel geschrieben war, an der Kehle packte und behandelte, wie sie es seines Erachtens verdiente. Der sie dann im See versenkte und seiner Wege ging. Was meinen Sie dazu?«

»Tja ...«, sagte er verständnisvoll, »aber es kompliziert unseren Fall ein bißchen, meinen Sie nicht? Zwar ist es durchaus nicht unmöglich – durchaus nicht unmöglich. Keineswegs unmöglich!«

»Wenn Sie es verdaut haben, geben Sie mir Bescheid. Ich habe noch etwas auf Lager«, sagte ich.
»Der Teufel soll mich holen, wenn Sie einmal nichts auf Lager haben«, sagte er, und zum ersten Male, seit ich ihn kennengelernt hatte, lachte er.
Ich sagte ihm wieder gute Nacht und ließ ihn zurück, unsere Fragen mit jener zähen Energie in seinem Kopf bewegend, mit der ein Siedler alte Baumwurzeln rodet.

13

Es war gegen elf, als ich unten im Tal ankam und in einer der Querstraßen neben dem Prescotthotel in San Bernardino parkte. Ich nahm meine Reisetasche aus dem Kofferraum meines Wagens und hatte gerade drei Schritte auf das Hotel zu gemacht, als auch schon ein Hausdiener mit goldbetreßten Hosen, weißem Hemd und schwarzem Schlips neben mir auftauchte und sie mir aus der Hand riß.
Der diensthabende Nachtportier war ein eierköpfiger Mann, der weder an mir noch an sonst etwas Interesse zeigte. Er trug einen weißen Leinenanzug ohne Jacke und gähnte, als er mir das Fremdenbuch hinschob – er blickte dabei in die Ferne, als gedächte er seiner Kindheit.
Der Hausdiener fuhr mich im Lift zum zweiten Stock und führte mich dunkle Gänge entlang um mehrere Ecken. Beim Gehen wurde es heißer und heißer. Dann schloß er ein Zimmer auf, ein Zimmerchen in Kinderformat, mit einem Fenster nach dem Luftschacht. Der Ventilator, der in einer Ecke oben an der Decke eingelassen war, hatte die Größe eines Damentaschentuches. Das Seidenband daran flatterte nur schwach – man konnte gerade erkennen, daß sich etwas bewegte.
Der Hausdiener war groß und dünn und gelb und nicht mehr jung und kühl wie ein Stück Aal in Aspik. Er schob seinen Kaugummi im Munde hin und her, stellte meine Tasche auf den Stuhl, sah zum Gitter des Luftschachtes und blickte dann mich an. Seine Augen hatten die Farbe von Trinkwasser.
»Vielleicht hätte ich besser ein Dollarzimmer nehmen sollen«, sagte ich. »Dieses hier ist ein bißchen eng geraten.«
»Ich glaube, Sie müssen froh sein, daß Sie überhaupt eins bekommen haben. Die Stadt ist so voll, daß sie fast aus den Nähten platzt.«
»Na, dann bringen Sie uns mal ein Ginger und Gläser und Eis.«
»Uns, sagten Sie?«
»Natürlich – wenn Sie nicht zufällig Abstinenzler sind.«
»Nun, ein Glas könnte um diese Nachtzeit nicht schaden.«
Er verschwand. Ich zog Rock, Schlips, Hemd und Unterzeug aus und stolzierte

in der warmen Zugluft umher, die von der offenen Tür kam. Sie roch nach heißem Eisen. Ich ging ins Badezimmer nebenan – wenn man es ein Badezimmer nennen wollte – und wusch mich mit dem lauwarmen Wasser.

Als der lange Hausdiener mit einem Tablett träge hereinkam, atmete ich etwas freier. Er schloß die Tür. Ich zog eine Flasche Whisky aus meiner Tasche. Er mischte zwei Gläser, und wir lächelten das übliche unechte Lächeln und tranken uns zu. Mir lief der Schweiß vom Nacken das Rückgrat hinunter, und er war schon unterwegs zu meinen Socken, bevor ich das Glas abgesetzt hatte. Trotzdem war mir jetzt wohler. Ich setzte mich aufs Bett und sah den Hausdiener an.

»Wie lange haben Sie Zeit?«

»Zeit? Wozu?«

»Ihr Gedächtnis aufzufrischen.«

»Damit ist es bei mir schlecht bestellt.«

»Ich habe zuviel Geld und will unbedingt etwas loswerden«, sagte ich. Ich holte die Brieftasche aus meiner hinteren Hosentasche und streute ein paar zerknitterte Dollarnoten aufs Bett.

»Entschuldigen Sie«, sagte der Hausdiener, »ich taxiere, Sie sind so etwas wie ein Spitzel.«

»Seien Sie kein Narr«, sagte ich. »Ich glaube, Sie haben noch nie gesehen, daß ein Spitzel mit seinem eigenen Geld Solitär spielt. Nennen Sie mich lieber einen Forscher.«

»Hm – ich könnte mich vielleicht dafür interessieren. Whisky frischt mein Gedächtnis etwas auf.«

Ich gab ihm eine Dollarnote. »Probieren Sie's mal. Ich irre doch nicht, wenn ich Sie für einen waschechten Texaner halte?«

»Nein, ich bin aus Amarillo«, sagte er. »Aber es ist nicht so wichtig. Wie gefällt Ihnen mein waschechter Texasakzent? Mir wird selbst ganz schlecht dabei, aber es zahlt sich aus bei den Gästen.«

»Dann behalten Sie ihn nur bei«, sagte ich. »Jedenfalls hat er noch niemanden um einen Dollar Trinkgeld gebracht.«

Er grinste und steckte die Dollarnote sauber gefaltet in die Uhrentasche seiner Hose.

»Was haben Sie Freitag, den 12. Juni, gemacht?« fragte ich ihn. »Am Spätnachmittag oder Abend. Jedenfalls war es ein Freitag.«

Er nippte an seinem Glas und dachte nach, schüttelte das Eis herum und behielt beim Trinken seinen Kaugummi im Mund. »Ich war hier – Dienst von sechs bis zwölf Uhr nachts.«

»Es handelt sich um eine Frau – schlank, ziemlich blond; sie ist hier abgestiegen und blieb bis zum Nachtzug nach El Paso. Ich nehme an, daß sie den Nachtzug benutzte, da sie Sonntag morgen in El Paso war. Sie kam in einem

Packard-Sportwagen, der auf Crystal Kingsley, 965 Carson Drive, Beverley Hills, eingetragen war. Sie kann sich unter diesem Namen, aber auch unter einem anderen, hier gemeldet haben – vielleicht hat sie sich überhaupt nicht angemeldet. Ihr Wagen steht noch in der Hotelgarage. Ich würde gern mit den Pagen reden, die sie hereinkommen und weggehen sahen. Es bringt noch einen Dollar ein – das bloße Nachdenken über diesen Fall!«

Ich nahm einen zweiten Dollar von der Dollarschau auf dem Bett, und er verschwand in seiner Tasche mit dem Geräusch einer sich sträubenden Raupe.

»Wird gemacht«, sagte der Hausdiener ruhig.

Er stellte sein Glas hin und verließ das Zimmer, die Tür hinter sich schließend. Ich trank meinen Whisky aus und goß mir noch einen ein. Dann ging ich wieder ins Badezimmer und bespülte meinen Körper mit Wasser. Währenddessen klingelte in meinem Zimmer das Telefon. Ich klemmte mich in den winzigen Raum zwischen Bett und Badezimmertür, um es abzunehmen.

Die Texasstimme sagte: »Es war Sonny. Er hatte letzte Woche Dienst. Ein anderer Page, den wir Les nennen, hat sie hinausgebracht. Er ist hier.«

»Gut. Schicken Sie ihn herauf, ja?«

Ich spielte mit meinem zweiten Whisky und dachte bereits an den dritten, als es klopfte; ich öffnete die Tür, und eine kleine, grünäugige Ratte mit schmalem, femininem Mund erschien.

Tänzelnd trat der Page ein und blieb in der Tür stehen, mich nicht ohne Spott betrachtend.

»Whisky?« fragte ich.

»Klar«, sagte er kalt. Er goß sich selber reichlich ein, fügte einen kleinen Schuß Ginger hinzu, goß die Mischung mit einem langen Zug hinunter, steckte eine Zigarette zwischen seine schmalen Lippen und strich ein Streichholz an. Er blies den Rauch vor sich hin und fuhr fort, mich anzustarren. Aus den Augenwinkeln schielte er nach dem Geld auf dem Bett, ohne direkt hinzusehen. Über der Tasche seiner Bluse war statt einer Nummer das Wort *Captain* eingestickt.

»Bist du Les?« fragte ich.

»Nein.« Er machte eine Pause. »Wir haben hier nichts übrig für Spitzel. Wir halten uns selber keine, und uns liegt auch nichts an Spitzeln, die für andere Leute arbeiten.«

»Danke«, sagte ich. »Das war alles.«

»He?« Der zu kleine Mund zuckte unangenehm.

»Schluß! Raus!«

»Ich dachte, Sie wollten mich sprechen?«

»Du bist der Oberpage?«

»Jawohl. Fragen Sie nach.«

»Ich wollte dir ein Glas Whisky schenken. Und einen Dollar. Hier.« Ich hielt ihm das Geld hin. »Danke fürs Raufkommen.«
Er nahm den Dollar und steckte ihn ohne ein Wort des Dankes ein. Er klebte noch immer an der Tür und blies den Rauch durch die Nase, seine Augen waren halb zugekniffen und gemein.
»Was ich sage, gilt hier.«
»Soweit du mitzureden hast«, antwortete ich. »Und das ist nicht sehr weit. Du hast deinen Whisky gehabt und dein Trinkgeld bekommen. Und jetzt haust du ab – etwas schnell, bitte!«
Mit einem raschen Achselzucken drehte er sich um und glitt lautlos aus der Tür.
Etwa vier Minuten vergingen, dann klopfte es wieder, diesmal sehr leise. Der Lange, Dünne kam grinsend herein. Ich trat zurück von der Tür und setzte mich wieder aufs Bett.
»Ihr Gast hat Ihnen nicht sehr gefallen, taxiere ich?«
»Nicht übermäßig. Hat er genug?«
»Wahrscheinlich. Sie wissen ja, wie die Oberpagen sind. Sie müssen ihren Schnitt machen. Vielleicht fragen Sie lieber mich, Mr. Marlowe.«
»Sie haben also ihre Abmeldung eingetragen?«
»Nein. War alles Schwindel. Sie hat sich überhaupt nicht eingetragen. Aber ich erinnere mich an ihren Packard. Sie gab mir einen Dollar dafür, daß ich ihn in die Garage brachte und auf ihr Gepäck aufpaßte, bis der Zug kam. Sie hatte hier gegessen. Für einen Dollar erinnert man sich an jemanden, hier in der Stadt. Und es ist auch viel darüber gesprochen worden, daß der Wagen so lange hierblieb.«
»Wie sah sie denn aus?«
»Sie trug ein weiß-schwarzes Kostüm, mehr weiß als schwarz, und einen Panama mit weiß-schwarzem Band. Eine hübsche, ziemlich blonde zierliche Dame, ganz wie Sie sagen. Später nahm sie eine Taxe zum Bahnhof. Ich reichte ihr das Gepäck hinein. Es war auch ein Monogramm auf dem Gepäck – aber so leid mir's tut, ich kann mich nicht daran erinnern.«
»Gut, daß Sie es nicht können«, sagte ich. »Das wäre nämlich zuviel des Guten. Hier haben Sie noch einen Whisky. Wie alt war sie?«
Er spülte das andere Glas aus und mischte sich ein normales Getränk.
»Verdammt schwer heutzutage, das Alter einer Frau zu erraten«, sagte er. »Ich glaube, sie war ungefähr dreißig, vielleicht etwas darüber oder darunter.«
Ich griff in meinen Rock nach der Aufnahme von Crystal und Lavery am Strande und reichte sie ihm. Er sah sie fest an, hielt sie dicht an die Augen und dann ein Stück weg.
»Na, Sie müssen es nicht beschwören«, sagte ich.

»Tät' ich auch ungern«, entgegnete er. »Diese kleinen Blonden sind so sehr nach einer Schablone, daß ein Kleiderwechsel oder andere Beleuchtung oder andere Schminke sie alle verändert oder alle egal macht.« Er zögerte und sah noch immer auf das Bild.

»Na, was ist? Heraus mit der Sprache!«

»Ich sehe mir den Herrn auf dem Bilde an. Hat er was mit Ihrer Sache zu tun?«

»Sprechen Sie sich ruhig aus!«

»Ich glaube, der Mann sprach sie in der Halle an und hat dann mit ihr gegessen. Ein großer, gutaussehender Schürzenjäger – ungefähr ein guter Mittelgewichtler. Er stieg auch mit ihr in die Taxe.«

»Sind Sie sicher?«

Er sah nach dem Geld auf dem Bett.

»Na also, was soll es kosten?« fragte ich verdrossen.

Er stutzte, legte das Bild hin und zog die zwei zusammengefalteten Dollarnoten wieder aus der Tasche und warf sie aufs Bett.

»Ich danke sehr für den Whisky«, sagte er, »und der Teufel soll Sie holen!« Er wandte sich zur Tür.

»Ach, setzen Sie sich und seien Sie nicht gar so empfindlich«, knurrte ich.

Er sah mich starr und kühl an und setzte sich.

»Und seien Sie nicht ein so verdammt stolzer Südländer«, sagte ich. »Ich habe genug mit Hotelhausdienern zu tun gehabt, jahrelang. Und wenn ich jetzt einmal einen kennenlerne, der nicht käuflich ist, so ist das großartig. Aber Sie können nicht verlangen, daß ich darauf gefaßt bin, einen zu treffen, der nicht käuflich ist!«

Er grinste langsam und nickte dann. Dann nahm er wieder das Bild zur Hand und sah mich über den Rand hin an. »Dieser Herr ist gut zu fotografieren«, sagte er, »viel besser als die Dame. Aber es gab noch einen Zwischenfall, durch den ich mich an sie erinnere. Ich hatte nämlich den Eindruck, daß es der Dame sehr peinlich war, als er sie hier in der Halle vor allen Leuten ansprach.«

Ich überlegte seine Worte und kam dann zu der Ansicht, daß sie nicht viel bedeuteten. Vielleicht hatte er sich nur verspätet, oder er hatte eine frühere Verabredung nicht eingehalten. Ich sagte:

»Das hatte seinen Grund. Haben Sie gesehen, was für Schmuck die Dame trug? Ringe, Ohrringe – irgend etwas, was besonders auffallend oder kostbar aussah?«

Ihm sei nichts aufgefallen, meinte er.

»Wie trug sie das Haar? Lang oder kurz? Glatt oder in Wellen? Oder kraus? Naturblond oder gebleicht?«

Er lachte. »Na, auf Ihre letzte Frage kann kein Mensch eine Antwort geben«,

sagte er. »Auch wenn die Damen heute blond sind, Mr. Marlowe, wollen sie noch viel blonder sein! Was das übrige anbetrifft – soviel ich mich erinnere, war es ziemlich lang, wie es jetzt getragen wird, unten am Rande eingerollt und fast glatt. Aber ich kann mich irren.« Er sah wieder auf das Bild.
»Das stimmt«, sagte ich. »Und ich habe Sie auch nur aus dem Grunde gefragt, weil ich sicher sein wollte, daß Sie kein Phantast sind. Menschen, die alle Kleinigkeiten zu genau sehen, sind ebenso unzuverlässige Zeugen wie Menschen, die überhaupt nichts sehen. Goldene Mittelstraße – die ist immer am besten. Sie haben ganz richtig beobachtet – in Anbetracht der Umstände. Nochmals besten Dank.«
Ich gab ihm seine zwei Dollar zurück und legte noch einen Fünfer dazu, der ihnen Gesellschaft leisten sollte. Er bedankte sich, trank sein Glas aus und ging leise hinaus. Auch ich trank aus, wusch mich noch einmal und beschloß, lieber nach Hause zu fahren, als in diesem Loch zu schlafen. Ich zog Hemd und Rock wieder an und ging mit meiner Tasche die Treppe hinunter.
Nur die rotköpfige Ratte war in der Halle. Ich trug meine Tasche bis zum Office; er machte keine Miene, sie mir abzunehmen. Der eierköpfige Portier trat heraus und verlangte, ohne auch nur einen Blick auf mich zu werfen, zwei Dollar von mir.
»Was – zwei Dollar, um die Nacht in einem Einmannloch zu stecken?« fragte ich. »Wo ich doch gratis und franko in jeder netten luftigen Müllkiste übernachten kann?«
Der Portier gähnte, reagierte plötzlich etwas verspätet und sagte freundlich: »Oh, gegen drei Uhr morgens ist es ziemlich kühl hier. Von drei bis acht oder sogar bis neun ist es ganz angenehm.«
Ich wischte mir wieder den Schweiß aus dem Nacken und stolperte zu meinem Wagen. Selbst das Wagenpolster war heiß, jetzt um Mitternacht.
Um zwei Uhr fünfundvierzig kam ich nach Hause – und Hollywood war kühl wie ein Eisschrank. Sogar in Pasadena war es schon kühl gewesen.

14

Ich träumte, ich läge tief unten in eisgrünem Wasser und hielte eine Leiche im Arm. Sie hatte langes blondes Haar, das mir fortwährend über das Gesicht strich. Ein riesiger Fisch mit hervorquellenden Augen, aufgedunsenem Körper und fäulnisleuchtenden Schuppen schwamm herum und lächelte wie ein ältlicher Roué. Als ich nahe daran war, an Luftmangel zu bersten, wurde die Leiche in meinem Arm lebendig und machte sich von mir los. Und dann kämpfte ich mit dem Fisch, und der Körper rollte im Wasser weiter und weiter, eingehüllt in sein langes Haar.

Ich wachte auf und hatte einen Zipfel meines Kopfkissens im Munde und beide Hände um die Kopfwand des Bettes geklammert und zog daran, was ich konnte. Die Muskeln schmerzten, als ich losließ und die Arme ausstreckte. Ich stand auf, ging im Zimmer auf und ab, steckte mir eine Zigarette an und empfand es als Wohltat, unter den nackten Zehen den Teppich zu spüren. Als ich zu Ende geraucht hatte, ging ich wieder ins Bett.

Es war neun Uhr, als ich zum zweitenmal erwachte. Die Sonne schien auf mein Gesicht, es war heiß im Zimmer. Ich duschte und rasierte mich und zog mich halbwegs an; dann machte ich mir in meiner Kochnische Toast und Kaffee und Eier. Als ich frühstückte, klopfte es an der Tür des Apartments.

Ich ging, den Mund noch voll, zur Tür, um zu öffnen. Es war ein hagerer, seriös aussehender Herr in grauem Anzug.

»Floyd Greer, Leutnant, Zentrales Detektivbüro«, sagte er und trat ins Zimmer.

Er streckte mir eine trockene Hand hin. Dann setzte er sich auf die Kante eines Stuhles, wie das diese Burschen so an sich haben, drehte den Hut in den Händen und starrte mich mit dem berühmten gelassenen Detektivblick an.

»Wir sind aus San Bernardino angerufen worden – wegen der Sache da oben am Puma-See. Die ertränkte Frau. Sie waren gerade da, wie es heißt, als die Leiche entdeckt wurde?«

Ich nickte: »Tasse Kaffee gefällig?«

»Danke, nein, ich habe schon vor zwei Stunden gefrühstückt.«

Ich schenkte mir Kaffee ein und setzte mich. Die Breite des Zimmers lag zwischen uns.

»Wir wurden gebeten, Sie aufzusuchen«, sagte er. »Man interessiert sich für Sie.«

»Natürlich.«

»Deshalb kam ich her. Was uns betrifft, liegt nichts gegen Sie vor. Komischer Zufall, daß ein Mann in Ihrer Branche gerade da war, als man die Leiche fand.«

»Ja, ich bin ein kleiner Hans im Glück«, sagte ich.

»Also dachte ich, ich könnte ja mal vorbeikommen und Ihnen guten Tag sagen.«

»Nett von Ihnen«, antwortete ich, »freut mich, Sie kennenzulernen.«

»Tja ... komischer Zufall«, wiederholte er kopfnickend. »Waren Sie – sozusagen – geschäftlich oben?«

»Falls ich sozusagen geschäftlich oben war, Leutnant«, sagte ich, »hatte dieses Geschäft nichts mit der Dame zu tun, die dort ertrunken ist – soweit ich weiß.«

»Sicher wissen Sie das nicht?«

»Bevor ein Fall nicht aufgeklärt und erledigt ist, kann man nie mit Sicherheit

wissen, wie weit verzweigt er ist«, entgegnete ich. »Oder können Sie es vielleicht?«
»Sie haben recht.« Er drehte seine Hutkrempe in den Fingern wie ein verschämter Cowboy. Aber in seinen Augen war keine Spur von Verschämtheit. »Ich möchte gern Ihre Zusage, daß Sie uns Mitteilung machen, falls diese Verzweigungen, von denen Sie sprechen, sich bis zu dem Fall der toten Frau erstrecken.«
»Ich hoffe, Sie verlassen sich darauf!«
Er fuhr sich mit der Zunge über die Unterlippe. »Wir ... nun, wir hätten gern etwas mehr als diese Hoffnung. Aber zur Zeit möchten Sie noch nicht darüber sprechen?«
»Zur Zeit weiß ich von alledem absolut nichts, was Patton nicht auch wüßte.«
»Wer ist Patton?«
»Der Sheriff in Puma Point.«
Der hagere seriöse Herr lächelte nachsichtig. Er knackte mit seinen Fingerknöcheln und sagte nach einer Pause: »Der D. A. in San Bernardino wird Sie wahrscheinlich sprechen wollen, noch vor der offiziellen Gerichtsverhandlung. Aber das dauert noch einige Zeit. Sie sind gerade dabei, Fingerabdrücke zu nehmen. Wir haben ihnen einen Spezialisten geschickt.«
»Das wird schwierig sein. Die Leiche ist schon ziemlich verwest.«
»Man kann es trotzdem tun«, sagte er. »In New York hat man eigens ein System dafür ausgearbeitet, weil sie es dort oft mit Wasserleichen zu tun haben. Sie nehmen Hautstücke von den Fingern, erhärten sie in einer Art Gerblösung und machen dann die Abdrücke. Gewöhnlich funktioniert es ausgezeichnet.«
»Meinen Sie, daß diese Frau in den Polizeiakten geführt wird?«
»Nun – wir nehmen auf alle Fälle Fingerabdrücke von solchen Leichen«, sagte er, »das müßten Sie doch wissen.«
Ich sagte: »Ich kannte diese Frau nicht. Wenn Sie meinen, ich kannte sie und sei ihretwegen da oben gewesen, so ist das ein Irrtum.«
»Aber Sie beabsichtigen nicht, uns zu sagen, *warum* Sie tatsächlich dort waren?« fragte er beharrlich.
»Sie glauben also, ich belüge Sie.«
Er drehte seinen Hut auf seinem knochigen Zeigefinger. »Sie mißverstehen mich völlig, Mr. Marlowe! Wie könnten wir das glauben! Unser Amt ist, zu fragen und festzustellen. Diese Dinge sind nur Formsache. Auch das müßten Sie wissen. Sie sind doch kein Neuling.« Er stand auf und setzte den Hut wieder auf. »Bitte, teilen Sie es uns mit, wenn Sie die Stadt verlassen. Ich wäre Ihnen sehr verbunden dafür!«
Ich versprach es und begleitete ihn bis zur Tür – mit geducktem Kopfnicken

und einem melancholischen halben Lächeln ging er hinaus. Ich sah ihm nach, wie er langsam durch die Halle schlenderte, beim Lift stehenblieb und auf den Knopf drückte.
Ich ging wieder zu meiner Kochnische, um zu sehen, ob noch Kaffee da sei. Meine Tasse war gerade dreiviertel voll. Ich tat Zucker und Sahne hinein und ging mit meinem Kaffee hinüber zum Telefon. Ich wählte das Polizei-Hauptquartier unten in der Stadt, ließ mich mit dem Detektivbüro verbinden und fragte nach Leutnant Floyd Greer.
Eine Stimme sagte: »Leutnant Greer ist nicht im Büro. Soll ich Ihnen seinen Stellvertreter geben?«
»Ist De Soto da?«
»Wer bitte?«
Ich wiederholte den Namen.
»Welchen Rang hat er? In welcher Abteilung bitte?«
»Polizeileutnant, Detektiv-Abteilung, soviel ich weiß.«
»Bleiben Sie am Telefon.«
Ich wartete. Die schnurrende Männerstimme kam nach einer Weile wieder und fragte: »Was soll der Scherz? Wir haben hier nirgends einen De Soto. Wer spricht da überhaupt?«
Ich hängte ab, trank meinen Kaffee aus und wählte die Nummer von Derace Kingsleys Büro. Die elegante, kühle Miss Fromsett sagte, er sei soeben gekommen, und verband mich ohne weiteren Kommentar.
»Nun«, sagte er, laut und kräftig zu Beginn des neuen Tages, »was haben Sie im Hotel gefunden?«
»Sie war wirklich dort. Und Lavery hat sie auch dort getroffen. Der Hausdiener, von dem ich meine Weisheit habe, kam von selbst auf Lavery, ohne daß ich nach ihm gefragt hätte. Er hat mit ihr gespeist und fuhr mit ihr in einer Taxe zum Bahnhof.«
»Weiß Gott, ich hätte mir denken können, daß er log«, sagte Kingsley langsam. »Und doch – ich hatte den Eindruck, als sei er wirklich überrascht, als ich von dem Telegramm aus El Paso sprach. Man hat überscharfe Eindrücke, wenn man aufgeregt ist. Sonst etwas?«
»In San Bernardino nicht. Aber heute früh besuchte mich ein Polizeileutnant, stellte die üblichen Fragen und warnte mich, die Stadt zu verlassen, ohne Bescheid zu geben. Er versuchte herauszubekommen, warum ich nach Puma Point gekommen war. Ich sagte ihm nichts. Er hatte nicht einmal eine Ahnung von Jim Pattons Existenz – es ist also offensichtlich, daß Patton zu niemandem geredet hat.«
»Jim tut bestimmt sein Bestes, in der Sache so diskret wie möglich vorzugehen«, sagte Kingsley. »Warum haben Sie mich gestern abend nach diesem Namen gefragt ... Mildred, glaube ich, oder so ähnlich – Mildred Soundso?«

Ich berichtete ihm kurz, was vorgefallen war. Ich erwähnte auch Muriel Chess' Wagen und Koffer und wo sie gefunden wurden.
»Das sieht übel aus für Bill«, sagte er. »Ich kenne den Waschbären-See, aber es wäre mir nie in den Sinn gekommen, diesen alten Holzschuppen zu benutzen. Ja, ich wußte überhaupt nicht, daß ein alter Holzschuppen vorhanden war. Das sieht nicht nur übel aus, sondern wie vorsätzlicher Mord.«
»Da bin ich nicht Ihrer Meinung. Vorausgesetzt, er kannte das Gelände gut genug, so brauchte er keine lange Überlegung, um ein solches Versteck zu finden. Zumal er darauf angewiesen war, daß dies Versteck nicht zu weit weg lag.«
»Kann sein. Und was haben Sie jetzt vor?«
»Ich fahre natürlich wieder zu Lavery.«
Er stimmte mir bei – das sei bestimmt das richtige; dann fügte er hinzu: »Diese andere Sache, so tragisch sie ist, geht uns ja eigentlich nichts an, nicht wahr?«
»Nein – wenn nicht Ihre Frau etwas damit zu tun hat.«
Seine Stimme klang scharf, als er sagte: »Hören Sie mal, Marlowe: ich kann ganz gut verstehen, daß es für einen Detektiv Instinktsache ist, alles, was passiert, zu einem festen Knoten zusammenzuschürzen – aber lassen Sie diesen Instikt nicht mit sich durchgehen. Das Leben ist nämlich nicht so, absolut nicht – wenigstens das Leben, das ich kennengelernt habe. Überlassen Sie die Angelegenheiten der Familie Chess ruhig der Polizei und widmen Sie Ihren Scharfsinn der Familie Kingsley.«
»Wird gemacht«, sagte ich.
»Ich will Ihnen natürlich keine Vorschriften machen«, sagte er.
Ich lachte herzlich, verabschiedete mich und hängte ein. Dann kleidete ich mich fertig an und ging hinunter zur Garage zu meinem Chrysler. Ich fuhr wieder nach Bay City.

15

Ich fuhr an der Kreuzung der Altair Street vorüber bis zu der Wuer Street, die bis ans Ende des Cañons weiterlief und in einem halbkreisförmigen Parkplatz endete, dessen Randweg mit einem weißen Holzzaun an einen Garten stieß. Dort saß ich eine kleine Weile im Wagen und dachte nach, blickte auf die See hinaus und bewunderte die graublauen Berghänge, die zum Ozean abfielen. Ich versuchte, zu einem Entschluß zu kommen: Sollte ich Lavery mit Samtpfötchen behandeln oder lieber mit meinem Handrücken – oder vielleicht überhaupt nur mit spitzer Zunge? Ich entschied mich dafür, daß eine Annäherung ›auf die liebenswürdige Tour‹ ja nichts verderben könnte. Wenn es nicht

wirkte – und dessen war ich ziemlich sicher –, dann mochte die Natur ihren Lauf nehmen, und wir durften zu den Stuhlbeinen greifen.
Die gepflasterte Allee war leer. Erst an der nächsten Straße spielten ein paar Kinder. Sie schleuderten einen Bumerang zum Hang hin und jagten ihm mit dem üblichen Ausmaß von Ellbogenpüffen und gegenseitigen Beschimpfungen nach. Weiter unten lag noch ein Haus, in Bäume eingebettet, mit einer roten Ziegelmauer. Ein paar Wäschestücke schimmerten an der Leine aus dem Hof, zwei Tauben trippelten auf dem Dachfirst hin und her und nickten mit den Köpfen. Ein blauweißer Bus trudelte die Straße entlang und hielt in der Nähe der Ziegelmauer. Ein sehr alter Mann stieg langsam und bedächtig aus, stellte sich fest auf den Boden und stieß ein paarmal mit seinem schweren Stock auf die Erde, bevor er sich daran machte, den Hang hinaufzusteigen. Die Luft war klarer als gestern und der Morgen voller Frieden. Ich ließ den Wagen stehen und ging die Altair Street entlang bis zu Nummer 623.
An den Straßenfrontfenstern waren die Jalousien heruntergelassen, das ganze Haus sah verschlafen aus. Ich ging über das koreanische Moos und zog die Klingel. Dann sah ich, daß die Tür nicht ganz verschlossen war. Sie hatte sich in ihrem Rahmen gesenkt, wie das die meisten Türen tun, und der Federbolzen drückte leicht gegen die untere Kante der Schließplatte. Ich erinnerte mich, daß sie tags zuvor geklemmt hatte, als ich weggegangen war.
Ich gab der Tür einen leichten Stoß. Sie ging mit einem leisen Schnappen des Federbolzens auf. Der Raum dahinter war dämmerig, aber vom westlichen Fenster kam etwas Licht. Niemand antwortete auf mein Klingeln. Ich klingelte auch kein zweitesmal. Ich machte die Tür ganz auf und trat ein.
Es roch warm und etwas stickig – wie es am späten Vormittag in einem Hause riecht, wenn noch nicht gelüftet ist. Die Whiskyflasche auf dem runden Tisch neben dem Diwan war fast leer, eine volle Flasche stand daneben und wartete. In dem kupfernen Eiskübel bedeckte nur etwas Wasser den Boden. Zwei gebrauchte Gläser und ein Siphon Sodawasser standen auf dem Tisch. Ich brachte die Tür wieder in die Lage, wie ich sie vorgefunden hatte, dann blieb ich stehen und lauschte. Wenn Lavery wirklich fort war, konnte ich die Gelegenheit benützen, das Haus etwas in Augenschein zu nehmen. Es lag zwar nicht viel gegen ihn vor, aber vielleicht doch etwas, das ihn daran hinderte, die Polizei zu holen.
Die elektrische Uhr auf dem Kaminsims tickte leicht und trocken, fern auf dem Aster-Drive tutete eine Autohupe, hoch über dem Cañon hörte man das schwache Dröhnen eines Flugzeuges, und zwischen alledem das leise Summen des Kühlschranks von der Küche her.
Ich ging tiefer ins Zimmer hinein, sah mich um und horchte auf die kleinen Geräusche des Hauses, die nichts mit den Menschen darin zu tun haben. Ich betrat den Läufer, der zu dem Rundbogen führte, hinter dem die Treppe lag.

Eine behandschuhte Hand erschien auf der Schräge des weißen Metallgeländers, dicht neben dem Rundbogen, wo die Treppe nach unten führte. Sie erschien und blieb dann still liegen.
Dann bewegte sie sich. Zuerst sah ich einen Hut, dann den Kopf. Eine Frau kam leise die Treppe herauf. Sie kam bis ganz nach oben, trat durch den Rundbogen und schien mich immer noch nicht zu sehen. Es war eine schlanke Frau unbestimmten Alters. Ihr braunes Haar war ungepflegt, ihr Mund nachlässig und auffallend geschminkt, zuviel Rouge lag auf den Backenknochen, zuviel Schatten unter den Augen. Sie trug ein blaues Tweedkostüm, das zu dem roten Hut, der so schief wie möglich auf ihrem Kopf saß, überhaupt nicht paßte.
Sie kam mir entgegen, ohne ihre Miene im geringsten zu verändern. Langsam trat sie ins Zimmer, die rechte Hand vom Körper weghaltend. Ihre Linke trug den braunen Handschuh, den ich auf dem Treppengeländer gesehen hatte. Der Handschuh ihrer rechten Hand, der zu dem andern gehörte, war um den runden Griff einer kleinen Pistole gewickelt.
Sie stand plötzlich still, ihr Körper zuckte zurück, als sie mich sah, und ein kleiner Schreckenslaut kam aus ihrem Mund. Dann kicherte sie ein hohes, nervöses Kichern. Sie richtete die Pistole auf mich und kam langsam näher.
Ich blickte starr auf die Pistole und brauchte alle meine Kraft, um nicht zu schreien.
Die Frau trat dicht an mich heran. Als sie nahe genug war, um vertraulich flüstern zu können, richtete sie die Pistole auf meinen Magen:
»Ich wollte nichts weiter als die Miete. Das Haus scheint ganz gut gehalten zu sein. Nichts kaputt. Er war immer ein guter, ordentlicher Mieter. Ich wollte bloß, daß er nicht zu sehr mit der Miete im Rückstand bleibt.«
Eine mühsame und unglückliche Männerstimme – war es meine eigene? – fragte sehr höflich: »Wie lange ist er schon im Rückstand?«
»Drei Monate«, sagte sie. »Zweihundertvierzig Dollar. Achtzig Dollar ist ein sehr bescheidener Preis für ein nett eingerichtetes Haus, und ich hatte schon ein paarmal Schwierigkeiten, das Geld zu bekommen. Aber er hat es immer noch aufgebracht. Für heute vormittag hatte er mir einen Scheck versprochen. Telefonisch. Ich meine, er hatte mir versprochen, mir heute morgen den Scheck zu geben.«
»Gewiß«, sagte ich. »Telefonisch. Heute morgen.«
Ich versuchte, mich unverdächtig etwas zur Seite zu bewegen. Mein Gedanke war, so dicht an sie heranzukommen, daß ich die Pistole beiseite schlagen konnte. Ich hatte zwar mit diesem Trick nie Glück gehabt, aber es blieb mir manchmal keine andere Möglichkeit, als ihn nochmals zu versuchen. Und jetzt schien der gegebene Moment da zu sein.
Ich hatte mich ungefähr sechs Zoll vorwärts geschoben, aber noch nicht nahe

genug zu einem raschen Schlag. Ich fragte: »Sie sind die Hausbesitzerin, nicht wahr?« und vermied, direkt auf die Pistole zu starren. Ich hatte eine schwache Hoffnung, daß sie gar nicht wußte, auf was sie zielte ...

»Natürlich. Ich bin Mrs. Fallbrook. Für wen hielten Sie mich denn?«

»Nun, ich vermutete schon, daß Sie die Hausbesitzerin seien«, sagte ich. »Nachdem Sie von der Miete und Ihrem Scheck sprachen. Aber ich kannte Ihren Namen nicht.« Wieder acht Zoll. Nette saubere Arbeit. Ein Jammer, wenn sie umsonst sein würde.

»Und wer sind Sie, wenn ich fragen darf?«

»Ich kam bloß wegen der Wagenrate«, sagte ich. »Sie ist auch fällig. Die Tür war einen ganz kleinen Spalt offen, und da bin ich eben hereingekommen. Ich weiß auch nicht recht, warum.«

Ich machte ein Gesicht wie der Kassierer einer Autofirma, der Raten einmahnt. Etwas verdrießlich, aber bereit, im nächsten Augenblick auf das sonnigste zu lächeln.

»Heißt das, daß Mr. Lavery auch mit seinen Autoraten im Rückstand ist?« fragte sie mit bekümmerter Miene.

»Ja. Nicht sehr – ein bißchen bloß«, sagte ich begütigend.

Jetzt hatte ich die richtige Stellung. Ich mußte bloß zuspringen und schnell sein. Nichts mehr war nötig als ein rascher Schlag, der die Pistole nach außen drehte. Ich begann meinen rechten Fuß vom Teppich zu heben.

»Ach, wissen Sie«, sagte die Frau, »das ist so komisch ... mit der Pistole. Ich fand sie auf der Treppe. Häßliche, ölige Dinger, nicht wahr? Und der Treppenläufer ist aus zartem hellgrauem Velours. Ziemlich teuer!«

Und sie reichte mir die Pistole.

Meine Hand griff danach, steif wie eine Eierschale und fast ebenso zerbrechlich. Ich nahm die Pistole. Sie schnupperte voll Abscheu an dem Handschuh, den sie um den Griff gewickelt hatte. Und dabei sprach sie im gleichen Ton, nüchtern-vernünftig und doch irgendwie schief, meine Knie knackten, entspannten sich.

»Ja, sehen Sie«, meinte sie, »für Sie ist es viel leichter. Mit dem Wagen, meine ich. Sie brauchen ihn ja nur mitzunehmen, wenn es sein muß. Aber ein Haus mit so netter Einrichtung kann man nicht einfach abholen. Es gehört Zeit und Geld dazu, einen Mieter zu evakuieren. Dabei gibt es Verstimmung und Ärger, und dann werden die Möbel beschädigt, manchmal direkt absichtlich. Der Teppich hier am Boden kostet zweihundert Dollar, und das aus zweiter Hand. Es ist nur ein einfacher Teppich, aber entzückend in der Farbe. Finden Sie nicht? Man würde nie denken, daß er nicht echt und daß er aus zweiter Hand ist. Aber das ist so ein dummer Standpunkt – sobald man etwas benützt, ist es ja sowieso aus zweiter Hand. Und ich bin zu Fuß hergegangen – man muß doch heute für die Regierung Reifen sparen. Natürlich hätte ich den

Bus nehmen können, aber das ekelhafte Ding kommt nie, wenn man es braucht, und dann noch in der falschen Richtung!«
Ich hörte kaum, was sie sagte. Es war wie eine ferne Brandung, die man nicht sah. Mich interessierte die Pistole.
Ich nahm das Magazin heraus. Es war leer. Ich drehte die Waffe um und spähte ins Rohr. Auch der Lauf war leer. Ich beroch die Mündung. Sie roch nach verbranntem Pulver.
Ich ließ sie in meine Tasche gleiten. Eine Sechs-Schuß-Pistole Kaliber 25. Ausgeleert. Leergeschossen, und erst vor kurzem. Immerhin nicht in der letzten halben Stunde.
»Ist damit geschossen worden?« fragte Mrs. Fallbrook harmlos.
»Gab es denn einen Grund, um damit zu schießen?« fragte ich. Meine Stimme klang schon ganz normal, obwohl mein Hirn sich noch immer zu drehen schien.
»Nun, sie lag auf der Treppe«, sagte sie. »Und schließlich ist sie ja zum Schießen da.«
»Wie wahr sprechen Sie doch!« bemerkte ich. »Aber Mr. Lavery hatte wahrscheinlich ein Loch in seiner Tasche. Er ist wohl nicht zu Hause?«
»O nein.« Sie schüttelte den Kopf und sah enttäuscht drein. »Und ich finde das nicht nett von ihm, wirklich nicht nett. Er hatte mir doch den Scheck versprochen, und nun komme ich extra zu Fuß herüber ...«
»Wann hatte er sie angerufen?« fragte ich.
»Wieso? Nun, gestern abend.« Sie runzelte die Stirn. Sie schien nicht gern ausgefragt zu werden.
»Vielleicht ist er weggerufen worden«, sagte ich.
Sie starrte auf die Stelle zwischen meinen schönen braunen Augen.
»Hören Sie mal, Mrs. Fallbrook«, sagte ich, »jetzt einmal Spaß beiseite, Mrs. Fallbrook! Nicht, daß ich keinen Humor hätte. Außerdem sage ich so etwas nicht gern. Aber ... Sie haben ihn doch nicht etwa erschossen, oder? Wegen der drei Monate Miete?«
Sehr langsam setzte sie sich auf die Kante eines Stuhls und fuhr sich mit der Spitze ihrer Zunge über den scharlachroten Spalt ihres Mundes.
»Lieber Gott, was für eine gefährliche Frage«, sagte sie ärgerlich. »Ich finde, Sie sind wirklich nicht nett. Sagten Sie nicht, die Pistole ist nicht abgefeuert?«
»Alle Pistolen werden gelegentlich abgefeuert. Und alle Pistolen werden zuweilen geladen. Aber diese hier ist im Augenblick *nicht* geladen!«
»Also, dann ...« Sie machte eine ungeduldige Geste und schnupperte wieder an ihrem ölbefleckten Handschuh.
»Nun schön, mein Gedanke war falsch. Bloß eine dumme Redensart. Mr. Lavery war ausgegangen, und Sie sahen sich das Haus an. Als Hausbesitzerin hatten Sie einen Schlüssel. Stimmt das?«

»Ich hatte nicht die Absicht, einzudringen«, sagte sie und biß sich auf einen Finger. »Vielleicht hätte ich es nicht tun sollen. Aber ich habe ein Recht zu kontrollieren, wie meine Sachen gehalten werden.«
»Nun ja, das haben Sie gesehen. Sind Sie ganz sicher, daß er nicht hier ist?«
»Ich habe weder unter die Betten noch in den Kühlschrank gesehen«, sagte sie kalt. »Ich rief von der Treppe her, als mein Klingeln nicht beantwortet wurde. Dann ging ich in die untere Diele und rief noch einmal. Ich habe sogar ins Schlafzimmer geguckt.« Verschämt schlug sie die Augen nieder und drehte die Hand auf dem Knie hin und her.
»Hm ... so war das also«, sagte ich.
Sie nickte eifrig. »Ja, so war das. Und wie war doch Ihr Name? Wie sagten Sie?«
»Vance«, sagte ich. »Philo Vance.«
»Und für welche Firma arbeiten Sie, Mr. Vance?«
»Momentan bin ich gerade ohne Arbeit«, sagte ich. »Bis die Polizei mal wieder nicht weiter kann.«
Sie sah erschrocken aus. »Aber Sie sagten doch, Sie kommen wegen einer Ratenzahlung für Mr. Laverys Auto!«
»Das mache ich nur nebenbei«, sagte ich. »Kleine Nebenbeschäftigung.«
Sie erhob sich, blieb stehen und sah mich fest an. Ihre Stimme war kalt, als sie sagte: »In diesem Falle halte ich es für besser, wenn Sie sich jetzt entfernen.«
Ich antwortete: »Ich glaube, ich werde mich erst ein wenig umsehen, wenn Sie nichts dagegen haben. Vielleicht sehe ich etwas, was Ihnen entgangen ist.«
»Das halte ich für überflüssig«, sagte sie. »Dies ist mein Haus. Ich wäre Ihnen dankbar, wenn Sie jetzt gingen, Mr. Vance.«
»Und wenn ich nicht gehe, suchen Sie sich vielleicht einen Dümmeren. Nehmen Sie ruhig wieder Platz, Mrs. Fallbrook! Ich werfe nur einen schnellen Blick durchs Haus ... Denn diese Pistole – und das wissen Sie auch – diese Pistole ist etwas ziemlich Sonderbares!«
»Aber ich sagte Ihnen doch, ich fand sie auf der Treppe«, rief sie ärgerlich. »Sonst weiß ich nichts darüber. Ich verstehe überhaupt nichts von Waffen. Ich – ich habe noch nie im Leben geschossen!« Sie machte ihre große blaue Tasche auf, zog ein Taschentuch heraus und betupfte ihre Augen.
»Das ist *Ihre* Geschichte«, sagte ich. »Man kann sie glauben oder auch nicht!«
Mit pathetischer Geste wies sie mit ihrer linken Hand auf mich. »Oh, ich hätte niemals hereinkommen dürfen«, sagte sie schluchzend. »Es war unpassend von mir! Ich weiß, Mr. Lavery wird außer sich sein.«
»Sie hätten nur eins nicht tun dürfen«, sagte ich, »Sie durften mich nämlich nicht wissen lassen, daß die Pistole leergeschossen war. Bis dahin haben Sie Ihre Sache tadellos gemacht.«

Sie stampfte mit dem Fuß auf. Das war das einzige, was an der Szene noch gefehlt hatte. Nun war sie vollkommen.
»Ach, Sie scheußlicher, widerlicher Mensch«, kreischte sie. »Wagen Sie nicht etwa, mich anzufassen! Unterstehen Sie sich nicht, auch nur einen Schritt zu mir her zu machen! Keine Minute länger bleibe ich mit Ihnen in einem Haus! Wie können Sie es wagen, mich so zu beleidigen!«
Ihre Stimme überschlug sich und schnappte ab wie ein Gummiband. Dann senkte sie den Kopf tief, hielt den Arm vor ihren roten Hut und rannte nach der Tür. Als sie an mir vorbeikam, holte sie mit dem Arm aus, als wollte sie zuschlagen. Aber sie war nicht nah genug, und ich rührte mich nicht. Sie stieß die Tür weit auf und schoß hinaus auf den Weg zur Straße. Langsam fiel die Tür zurück, und über diesem Geräusch hörte ich noch ihre sich eilig entfernenden Schritte.
Ich fühlte mit dem Fingernagel über meine Zähne und strich über mein Kinn. Hübsch, daß ich noch da war. Ich horchte. Aber ich hörte nichts, worauf ich horchen konnte. Eine Sechs-Schuß-Pistole – leergeschossen.
»Etwas«, sagte ich laut, »etwas ist oberfaul an dieser Szene.«
Jetzt schien das Haus geradezu unnatürlich still. Ich ging über den aprikosenfarbenen Teppich und durch den Rundbogen zur Treppe. Blieb stehen und lauschte.
Dann zuckte ich die Achseln und ging ruhig die Treppe hinunter.

16

Die untere Halle hatte eine Tür an jedem Ende und zwei dicht nebeneinanderliegende in der Mitte. Hinter einer dieser beiden Türen befand sich der Wäscheschrank, die andere war verschlossen. Ich ging bis zum Ende der Halle und sah in ein Gäste-Schlafzimmer mit zugezogenen Vorhängen, das keine Spur einer Benutzung aufwies. Dann trat ich durch die gegenüberliegende Tür in ein zweites Schlafzimmer mit breitem Bett, einem mokkafarbenen Teppich, modernen eckigen Möbeln aus hellem Holz, einem Toilettentisch mit großem Spiegel und einer langen schillernden Lampe darüber. In der Ecke stand ein Tisch mit Spiegelglasplatte, darauf ein Windhund aus Fayence und eine Kristalldose mit Zigaretten.
Auf dem Toilettentisch lag Gesichtspuder verstreut. Ein danebenhängendes Handtuch zeigte Spuren eines dunklen Lippenstiftes. Den beiden Kissen auf dem Bett war anzusehen, daß hier zwei Menschen geschlafen hatten. Unter einem Kopfkissen guckte ein Damentaschentuch hervor, am Fußende lag ein glatter schwarzseidener Pyjama. Und in der Luft hing, fast zu stark und zu schwer, der Duft von Chypreparfüm.

Ich lächelte – was hatte Mrs. Fallbrook wohl bei alledem gedacht?
Dann drehte ich mich um und betrachtete mich selbst in dem langen eingelassenen Spiegel einer Schranktür. Sie war weiß gestrichen und hatte einen Kristallknopf. Ich drehte den Knopf mit meinem Taschentuch auf und blickte in den Wandschrank. Er war innen mit Zedernholz furniert und steckte voll Herrenkleidung. Es roch sympathisch und solide nach Tweed. Aber es war nicht nur Herrenkleidung, was hier im Schrank hing. Auch ein Damenkostüm war da – ein weiß-schwarzes Damenkostüm, mehr weiß als schwarz; darunter ein Paar weiß-schwarze Damenschuhe, und auf dem Hutbrett darüber ein Damen-Panama mit weiß-schwarzem Band. Auch noch ein paar andere Damensachen, aber die interessierten mich nicht.
Ich schloß die Schranktür und verließ das Schlafzimmer, mit dem Taschentuch in der Hand für weitere Türknöpfe.
Die Tür neben dem Wäscheschrank, die verschlossen war, mußte ins Badezimmer führen. Ich rüttelte daran, aber sie ging nicht auf. Ich beugte mich nieder und sah, daß in der Mitte des Türknopfes eine kleine, schlitzförmige Öffnung war. Nun wußte ich, daß die Tür dadurch verschlossen wurde, daß man eine runde Scheibe in der Mitte des Knopfes nach innen drückte und daß die schlitzförmige Öffnung für einen kleinen Metallschlüssel da war, der die Scheibe bewegte und das Schnappschloß öffnete, falls jemand im Badezimmer ohnmächtig wurde oder Kinder sich einschlossen und nicht wieder heraus konnten.
Ein solcher Schlüssel mußte eigentlich im obersten Fach des danebenstehenden Wäscheschrankes liegen – aber das war nicht der Fall. Ich versuchte es mit meiner Messerklinge, aber sie war zu dünn. Ich ging ins Schlafzimmer und fand eine flache Nagelfeile auf dem Toilettentisch. Die funktionierte. Ich öffnete die Tür des Badezimmers.
Über einem Wandhalter aus weißem Schleiflack hing der sandfarbene Pyjama eines Mannes. Auf dem Boden daneben stand ein Paar hellgrüner Hausschuhe. An der Seite des Waschtisches lag ein Rasierapparat, daneben eine Tube Rasiercreme mit abgeschraubtem Verschluß. Das Fenster des Badezimmers war geschlossen, und in der Luft hing jener stechende Geruch, der mit keinem anderen Geruch der Welt vergleichbar ist ...
Drei leere Patronenhülsen lagen blank und kupfern auf den nilgrünen Fliesen des Fußbodens, und in der Milchglasscheibe des Fensters war ein sauberes rundes Loch. An der linken Seite des Rahmens und etwas darüber befanden sich zwei Stellen im Holz, wo die Farbe weg war und das weiße Holz sichtbar wurde, wo also so etwas wie eine Kugel eingeschlagen hatte. Der Vorhang der Duschecke war aus weißgrünem Seidenöltuch an blanken Chromringen. Er war zugezogen. Ich schlug ihn beiseite, die Ringe machten ein dünnes kratzendes Geräusch, das aus irgendeinem Grunde unanständig laut klang.

Ich fühlte einen kleinen Knacks im Genick, als ich mich niederbeugte. Natürlich! Wo hätte er sonst sein sollen? Er kauerte in der Ecke unter den blanken Wasserhähnen, und das Wasser rieselte langsam von oben aus der verchromten Brause über seine Brust.

Seine Knie waren angezogen, aber schlaff. Die beiden Löcher in der Brust waren dunkelblau, und beide nah genug am Herzen, um ihn zu töten. Das Blut war weggespült.

Seine Augen hatten einen seltsamen hellen, erwartungsvollen Blick, wie wenn er den Geruch des Morgenkaffees gespürt und sich angeschickt hätte, herauszukommen.

Nette, geschickte Arbeit. Man hat sich gerade rasiert und ausgezogen, um zu brausen, teilt den Vorhang und probiert die Temperatur des Wassers. Hinten öffnet sich die Tür, und jemand kommt herein. Dieser Jemand ist eine Frau. Sie hat eine Pistole. Man starrt die Pistole an, und sie schießt.

Drei Schüsse gehen fehl. Das erscheint fast unmöglich, auf so kurze Entfernung. Und doch ist es so. Vielleicht geht es oft so. Ich habe zu wenig Erfahrung.

Ja – und dann weiß man nicht, wohin. Man könnte sich auf sie stürzen und sein Glück versuchen – wenn man so veranlagt und gegen so etwas gewappnet wäre. Aber wenn man gerade vorgebeugt nach den Wasserhähnen greift und den Vorhang auseinanderhält, hat man kein Gleichgewicht. Außerdem könnte man ja auch vor Schrecken gelähmt sein, wenn man nicht anders ist als alle Menschen. Also kann man nirgendwohin ausweichen, außer in die Duschecke.

Und dorthin weicht man zurück – in die hinterste Ecke. Aber eine Duschecke ist eine kleine Zelle, und man steht gleich an der gekachelten Wand. Man ist an diese Kachelwand gedrückt. Der Raum ist weg, das Leben ist weg – und dann knallen noch zwei Schüsse, vielleicht sogar drei, und man gleitet an der Wand nieder, und selbst in den Augen steht jetzt kein Schrecken mehr. Es sind nur noch leere Augen – die leeren Augen eines Toten.

Die Frau greift zu und dreht den Wasserhahn ab. Sie schließt das Schloß der Badezimmertür. Auf ihrem Weg aus dem Haus wirft sie die leere Pistole auf den Treppenläufer. Sie macht sich keine Sorgen darum. Vermutlich ist es sogar die Pistole des Toten.

Stimmt das? Es wäre besser, wenn es stimmte ...

Ich beugte mich nieder und zog an seinem Arm. Kein Eis konnte kälter sein. Ich verließ das Badezimmer und schloß nicht ab. Keine Ursache mehr, es abzuschließen ... Bloß nur Mehrarbeit für die Polizei.

Ich ging ins Schlafzimmer und zog das Damentaschentuch unter dem Kopfkissen hervor. Es war ein winziges Stückchen feines Leinen mit Spitzenkante und rotgesticktem Monogramm in einer Ecke: A. F.

»Adrienne Fromsett«, sagte ich laut. Ich lachte. Aber es war kein sehr vergnügtes Lachen.
Ich schüttelte das Taschentuch, um etwas von dem Chypreduft herauszuschütteln, packte es in ein Stück Seidenpapier und steckte es in meine Tasche. Dann ging ich wieder nach oben, ins Wohnzimmer, und sah mich in den Fächern des Schreibtisches um. Ich fand weder interessante Briefe noch Telefonnummern noch sonst etwas Verdächtiges. Vielleicht war es da, und ich fand es nur nicht.
Ich ging zum Telefon auf dem kleinen Wandtisch neben dem Kamin. Es hatte eine lange Schnur, so daß Mr. Lavery beim Telefonieren bequem auf seinem Diwan auf dem Rücken liegen konnte, die Zigarette zwischen den hübschen vollen Lippen, ein gutes kühles Glas Whisky-Soda neben sich und viel Zeit für sein Gespräch mit einer schönen Freundin. Ein leichtes, oberflächliches, verliebtes, neckisches, nicht zu tiefes und zu nichts verpflichtendes Gespräch – gerade das, was er wahrscheinlich liebte.
Ja, damit war es nun aus. Ich trat ins Freie und zog die Haustür vorsichtig hinter mir zu, nicht ganz, damit das Schloß nicht zuschnappte und ich wieder hineinkommen konnte. Der Gartenweg führte zur Straße hinauf, gegenüber lag Dr. Almores Haus.
Niemand schrie, niemand stürzte aus der Tür. Niemand trillerte auf der Polizeipfeife. Alles war voller Sonne und Ruhe und Frieden. Keinerlei Grund zur Aufregung. Bloß Mr. Marlowe, Privatdetektiv, hat schon wieder eine Leiche gefunden. Darin ist er jetzt groß, Leichen-Marlowe, ein Stück pro Tag – ein hübscher Spitzname für ihn. Hinter ihm her fährt die Ambulanz, um einzusammeln, was er findet.
Der nette Kerl – und so findig, so findig!
Ich ging zurück zur Kreuzung, stieg in meinen Wagen, startete, stieß zurück und verließ den Schauplatz meiner Tätigkeit ...

17

Der Portier des Sportklubs kam nach drei Minuten wieder und nickte mir zu – ich solle hereinkommen. Wir fuhren zum vierten Stock hinauf, gingen um eine Ecke, und dann wies er auf eine halboffene Tür.
»Drüben links, mein Herr. Und bitte recht leise! Ein paar Klubmitglieder schlafen.«
Ich trat in die Bibliothek des Sportklubs. Sie enthielt viele Bücher hinter Glastüren, Zeitungen und Zeitschriften auf einem langen Mitteltisch und ein großes Porträt des Klubgründers. Aber der wahre Zweck der Bibliothek diente dem Schlaf. Bücherregale trennten den Raum in viele kleine Nischen, und in

diesen Nischen standen Lehnstühle von unglaubhafter Größe und Weichheit. In einer ganzen Anzahl dieser Stühle nickten alte Knaben, friedlich, die Gesichter blaurot von zu hohem Blutdruck, und aus ihren Nasen drangen lautere oder leisere Schnarchtöne.
Ich stieg vorsichtig über mehrere Beinpaare und stahl mich nach links. Derace Kingsley saß im letzten Alkoven, am entferntesten Ende des Raumes. Er hatte zwei Sessel nebeneinandergestellt, mit der Vorderseite nach der Ecke. Sein großer dunkler Kopf ragte gerade noch über die Lehne des einen. Ich setzte mich in den anderen und nickte ihm kurz zu.
»Sprechen Sie recht leise«, sagte er. »Dieser Raum dient der Mittagsruhe! Nun, was gibt's. Als ich Sie engagierte, tat ich es mit der Absicht, mir Sorgen zu ersparen, nicht um die zu vergrößern, die ich ohnedies habe! Ihretwegen mußte ich eine wichtige Verabredung absagen!«
»Ich weiß«, sagte ich, und schob mein Gesicht nahe an das seine. Er roch nicht unangenehm nach einem leichten Getränk. »Sie hat ihn erschossen.«
Seine Augenbrauen sprangen fast bis zur Mitte der Stirn, und sein Gesicht sah aus wie versteinert. Er biß die Zähne zusammen und atmete gepreßt. Seine große Hand umkrampfte das Knie.
»Weiter«, sagte er – seine Stimme war klein wie eine Murmel.
Ich spähte über den Rücken meines Sessels. Der nächste alte Herr schlief fest, und die grauen Härchen in seinen Nasenlöchern wehten beim Atmen ein klein wenig hinein und heraus.
»Keine Antwort, als ich bei Lavery klingelte. Die Tür stand einen kleinen Spalt offen. Ich machte sie auf. Das Zimmer war dunkel, zwei Gläser, aus denen getrunken worden war. Das Haus merkwürdig still. Plötzlich taucht eine schlanke dunkle Person auf, die sich Mrs. Fallbrook, Hausbesitzerin, nennt – sie kommt die Treppe herauf, den Handschuh um einen Revolver gewickelt. Behauptet, sie hat ihn auf der Treppe gefunden. Und wollte die rückständige Miete von drei Monaten einkassieren. Sie hatte ihren Schlüssel benutzt, um hereinzukommen. Ich folgerte, sie hatte die Gelegenheit ergriffen, das Haus zu durchschnüffeln und sich umzusehen. Ich nahm ihr die Pistole ab und sah, daß er kürzlich abgefeuert war, aber das sagte ich ihr nicht. Sie sagte, Lavery sei nicht zu Hause. Ich wurde sie los, indem ich sie ärgerte, bis sie voller Wut weglief. Sie kann die Polizei rufen – aber es ist wahrscheinlicher, daß sie hinausging und Schmetterlinge fing und die ganze Geschichte vergaß – bis auf ihre Miete.«
Ich machte eine Pause. Kingsleys Kopf war mir zugewandt, und seine Kinnmuskeln sprangen heraus – so hatte er die Zähne verkrampft. In seinen Augen stand ein kranker Blick.
»Ich ging nach unten. Lauter Anzeichen, daß eine Frau die Nacht hier verbracht hatte! Pyjamas, Puder, Parfüm und so weiter. Das Badezimmer zu-

gesperrt, aber ich brachte die Tür auf. Drei leere Patronenhülsen auf dem Fußboden, zwei Schüsse im Fensterrahmen, einer im Fenster. Lavery in der Duschecke, nackt und tot.«

»Mein Gott«, flüsterte Kingsley. »Wollen Sie sagen, er hatte in der Nacht eine Frau bei sich, und sie hat ihn heute früh im Badezimmer erschossen?«

»Was sonst hätte ich damit sagen wollen? Warum fragen Sie?«

»Sprechen Sie leise«, stöhnte er. »Es ist ein Schock für mich – natürlich. Warum im Badezimmer?«

»Sprechen Sie selbst leise«, antwortete ich. »Warum *nicht* im Badezimmer? Können Sie sich einen andern Platz ausdenken, wo ein Mann so absolut wehrlos und geliefert ist?«

Er sagte: »Sie wissen nicht, ob er von einer Frau erschossen wurde. Ich meine, Sie sind nicht sicher – nicht wahr?«

»Nein«, sagte ich, »das ist wahr. Es kann jemand gewesen sein, der eine kleine Waffe benutzte und sie absichtlich leer schoß, um Frauenarbeit vorzutäuschen. Der Baderaum ist im Souterrain, das Fenster geht zur Berglehne – ich kann mir vorstellen, daß man die Schüsse kaum außerhalb des Badezimmers gehört hat. Die Frau, die mit Lavery die Nacht verbracht hat, kann weggegangen sein – und es muß überhaupt nicht unbedingt eine Frau dagewesen sein. Die Beweise können vorgetäuscht sein – *Sie selbst* können ihn erschossen haben!«

»Warum sollte ich ihn erschossen haben?« Er brüllte beinahe und umklammerte seine Kniescheibe noch fester. »Ich bin doch ein zivilisierter Mensch!«

Dieses Argument schien mir keinen Streit wert. Ich sagte also: »Besitzt Ihre Frau einen Revolver?«

Er wandte mir ein verzerrtes, elendes Gesicht zu und sagte hohl: »Guter Gott, Mann ... *das* können Sie doch nicht ernstlich glauben!«

»Hat sie einen – oder hat sie keinen?«

Er würgte die Worte in jämmerlichen kleinen Stücken heraus: »Ja. Sie hat einen. Einen kleinen Taschenrevolver.«

»Sie haben ihn hier am Ort gekauft?«

»Ich ... ich habe ihn gar nicht gekauft. Ich nahm ihn einmal einem Betrunkenen ab, bei einer Gesellschaft in Frisco, vor ein paar Jahren. Er fuchtelte damit herum und bildete sich ein, das sei witzig. Ich habe ihn nicht zurückgegeben.« Seine Finger griffen so hart um sein Knie, daß die Knöchel weiß wurden. »Er erinnert sich wahrscheinlich nicht einmal, wann und wie er ihn los wurde. Er war sinnlos betrunken.«

»Das paßt alles beinahe zu gut zusammen«, sagte ich. »Würden Sie die Waffe wiedererkennen?«

Er dachte scharf nach, das Kinn vorgeschoben, mit halbgeschlossenen Augen. Ich spähte wieder über die Stuhllehne. Einer der ältlichen Herren war von seinem eigenen Schnarchen aufgewacht, das ihn fast aus dem Stuhl geblasen hatte. Er hustete, kratzte sich die Nase mit einer dünnen, trockenen Hand und zog eine goldene Uhr aus seiner Westentasche. Er sah mit düsterem Blick auf das Zifferblatt, steckte die Uhr weg und schlief wieder ein.

Ich griff in die Tasche und legte den Revolver in Kingsleys Hand. Kläglich starrte er ihn an. »Ich weiß nicht«, sagte er. »Es kann sein; er ist ähnlich – aber ich bin nicht sicher.«

»Auf der Seite ist die Seriennummer«, sagte ich.

»Kein Mensch erinnert sich doch an die Seriennummer einer Waffe!«

»Ich hoffte auch, daß Sie sich nicht erinnern«, sagte ich. »Es hätte mich aufrichtig bekümmert!«

Seine Hand schloß sich um den Revolver, er legte ihn neben sich in den Sessel. »Der dreckige Hund«, sagte er leise. »Er muß sie tief gekränkt haben!«

»Ich komme nicht ganz mit«, sagte ich. »Dieses Motiv kam für Sie nicht in Frage, weil Sie ein zivilisierter Mensch sind. Für Ihre Frau aber kommt es sehr wohl in Frage!«

»Es ist nicht dasselbe Motiv«, sagte er gereizt. »Frauen sind eben impulsiver als Männer!«

»Ja, ja. Und Katzen sind impulsiver als Hunde!«

»Wie?«

»Gewisse Frauen sind impulsiver als gewisse Männer. Mehr besagt eine solche Redensart nicht. Wir brauchen ein besseres Motiv, wenn Sie beweisen wollen, daß Ihre Frau es getan hat.«

Er drehte mir den Kopf zu, um mir einen kalten Blick zu schenken, in dem keine Belustigung über mein Bonmot war. Weiße Halbmonde gruben sich scharf um seine Mundwinkel.

»Ich gestehe, daß mir nicht sehr scherzhaft zumute ist«, sagte er. »Die Polizei darf diesen Revolver nicht finden. Crystal hatte einen Waffenschein, und die Waffe war eingetragen. Also wird die Polizei die Nummer wissen, auch wenn ich sie nicht weiß. Sie darf sie nicht in die Hand bekommen!«

»Aber Mrs. Fallbrook weiß, daß ich die Pistole habe.«

Eigensinnig schüttelte er den Kopf. »Das müssen wir riskieren. Ja, ich weiß, Sie laufen da natürlich ein Risiko. Ich beabsichtige, Ihnen dieses Risiko gut zu bezahlen. Wenn die Umstände so wären, daß sie einen Selbstmord zuließen, würde ich sagen, tragen Sie die Pistole zurück. Aber wie Sie es beschreiben, ist das unmöglich.«

»Ja. Er hätte sich selbst bei den ersten drei Schüssen verfehlen müssen. Aber ich gebe mich nicht dazu her, einen Mord zu verschleiern, auch nicht für eine Zehn-Dollar-Verschleierungsprämie! Die Pistole kommt an seinen alten Platz.«

»Ich dachte an ... eine beträchtliche Summe«, sagte er ruhig. »Ich dachte an fünfhundert Dollar.«

»Und was wollen Sie mit Ihren fünfhundert Dollar kaufen?«
Er beugte sich dicht zu mir. Seine Augen waren ernst und finster, aber nicht hart. »Ist noch etwas in Laverys Haus, außer der Pistole, was darauf hinweist, daß Crystal kürzlich dort war?«
»Ein weiß-schwarzes Kostüm mit einem Hut, genau wie es der Hausdiener in San Bernardino beschrieb. Und vielleicht ein Dutzend kleine oder große Dinge, die ich nicht kenne. Mit ziemlicher Sicherheit Fingerabdrücke: Sie sagen, es wurden keine Abdrücke von ihr genommen – aber das besagt nicht, daß es nicht in Zukunft im Verlaufe der Untersuchung geschieht. Auch zu Hause bei Ihnen – im Schlafzimmer Ihrer Frau müssen genug Fingerabdrücke zum Vergleich sein. Auch in Ihrem Blockhaus am Kleinen Fawn-See. Und an ihrem Wagen.«
»Den Wagen könnten wir abholen ...«, fing er an, aber ich unterbrach ihn. »So etwas hat keinen Sinn. Es gibt zu viele andere Orte. Was für ein Parfüm hat sie benutzt?«
Einen Augenblick war er verdattert. »Oh – Gillerlain-Regal, ›Die Königin der Parfüms‹«, sagte er hölzern.
»Wie riecht das Zeug ungefähr?«
»Eine Art Chypre. Sandelholz-Chypre.«
»Davon raucht das Schlafzimmer förmlich«, sagte ich. »Aber mir roch es nach billigem Parfüm. Natürlich bin ich kein Kenner.«
»Billig?« fragte er, an seiner empfindlichsten Stelle getroffen. »Mein Gott, billig? Wir bekommen dreißig Dollar für eine Unze!«
»Na, das Zeug, das ich roch, kostet eher drei Dollar pro Doppelliter!«
Er legte seine Hände wieder fest um sein Knie und schüttelte den Kopf. »Da wir von Geld sprechen«, sagte er, »fünfhundert Dollar. Per Scheck. Hier auf der Stelle.«
Ich ließ die Bemerkung auf den Boden fallen wie eine schmutzige Feder. Einer der alten Herren hinter uns kam mühsam auf die Beine und stolperte müde aus der Bibliothek.
Kingsley sagte ernst: »Ich habe Sie engagiert, um mich vor einem Skandal zu bewahren, und natürlich auch, um meine Frau zu beschützen, wenn sie es nötig hat. Ohne Ihre Schuld ist die Möglichkeit, einen Skandal zu vermeiden, in die Brüche gegangen. Jetzt handelt es sich um den Kopf meiner Frau. Ich glaube nicht, daß sie Lavery erschossen hat. Ich habe keinen Grund zu dieser Annahme, gar keinen. Es ist eine rein gefühlsmäßige Überzeugung. Sie ist vielleicht in der letzten Nacht bei ihm gewesen, und die Waffe kann sogar ihre Waffe sein. Das beweist noch nicht, daß sie ihn tötete. Sie war bestimmt mit Waffen genauso unordentlich und unachtsam wie mit jedem anderen Ding. Die Pistole konnte Gott weiß wem in die Hände fallen.«
»Die Polizei wird sich nicht sonderlich anstrengen, um zu dieser Überzeugung

zu kommen«, sagte ich. »Nach dem einen Burschen, den ich dort als Kostprobe genossen habe, zu schließen, greifen sie nach dem ersten Kopf, den sie fassen können, und schwingen ihre Gummiknüppel. Und nach Lage der Dinge wird der Kopf Ihrer Frau der erste sein, den sie zu fassen kriegen.«

Er preßte die Handwurzeln aneinander. Sein Elend hatte die theatralische Nuance, die echtes Unglück so oft hat.

»Bis zu einem gewissen Punkt gehe ich mit Ihnen konform«, sagte ich. »Auf den ersten Blick ist nämlich die ganze Szene zu gut eingefädelt. Sie läßt die Kleider da, in denen man sie im Hotel gesehen hat und die leicht wiederzuerkennen sind. Sie läßt die Pistole auf der Treppe. Es ist geradezu schwierig zu glauben, daß eine Frau so dumm sein könnte.«

»Ein kleiner Trost«, lächelte Kingsley trüb.

»Aber das alles bedeutet nichts. Denn wir gehen vom Standpunkt der Berechnung aus, und Menschen, die Verbrechen aus Leidenschaft oder aus Haß begehen, begehen sie einfach und entfernen sich. Alles, was ich bis jetzt von Ihrer Frau gehört habe, weist darauf hin, daß sie eine törichte und leichtsinnige Person ist. In der Begebenheit da unten ist keine Spur eines wohlbedachten Plans. Im Gegenteil, es sind alle Spuren absoluter Planlosigkeit da. Aber selbst wenn es keine einzige Spur gäbe, die auf Ihre Frau hinweist, so würde die Polizei sie doch mit Lavery in Verbindung bringen. Sie werden seine Verhältnisse, seine Lebensumstände, seine Freunde, seine Freundinnen feststellen. Und dabei muß ihr Name auftauchen, und wenn er auftaucht, werden sie aufhorchen bei der Tatsache, daß sie seit einem Monat verschwunden ist – ich sehe sie ordentlich, wie sie sich ihre schwieligen Hände reiben. Und der Pistole gehen sie ohnedies nach, und wenn es ihre Pistole ist, so ...«

Seine Hand griff nach der Waffe im Stuhl neben ihm.

»Unsinn«, sagte ich. »Die Waffe bekommen sie. Ihr Freund Marlowe ist vielleicht sehr geschäftstüchtig, und Sie sind ihm vielleicht überdies persönlich recht sympathisch, aber ein Beweismittel wie diese Pistole, mit dem ein Mensch getötet wurde – nein, so etwas zu unterdrücken, das kann und darf niemand riskieren. Das einzige, was ich tun kann, ist, den Beweis zu erbringen, daß Ihre Frau zwar verdächtig erscheint, daß dieser Verdacht aber verkehrt sein kann.«

Er seufzte und reichte mir mit seiner großen Hand die Pistole. Ich nahm sie und steckte sie ein. Dann zog ich sie wieder hervor und bat ihn: »Leihen Sie mir Ihr Taschentuch. Ich will meines nicht dazu nehmen. Ich könnte durchsucht werden.«

Er gab mir sein frisches weißes Taschentuch, und ich wischte die Waffe gründlich und sorgfältig ab, dann ließ ich sie wieder in meine Tasche gleiten. Das Taschentuch gab ich ihm zurück.

»Meine Fingerabdrücke sind in Ordnung«, sagte ich, »aber Ihre dürfen nicht darauf sein. Nun hören Sie, was ich tun kann und tun will: Ich fahre zurück, lege die Pistole wieder hin und rufe die Polizei. Ich fahre mit den Burschen hin und lasse sie tun, was sie wollen. Die Geschichte muß herauskommen: was ich dort gesucht habe und warum. Im schlimmsten Fall wird man sie finden und ihr nachweisen, daß sie ihn getötet hat. Im besten Fall findet man sie sehr viel schneller, als ich das kann, und läßt mich meine Möglichkeiten zu dem Beweis benutzen, daß sie ihn nicht getötet hat – das heißt mit anderen Worten: ich könnte vielleicht den Beweis erbringen, daß es jemand anders tat. Machen Sie auf dieser Basis mit?«

Er nickte langsam. Dann sagte er: »Und die fünfhundert bleiben. Wenn Sie beweisen, daß Crystal ihn nicht getötet hat.«

»Ich habe wenig Hoffnung, sie zu verdienen«, sagte ich, »das muß ich Ihnen offen sagen. Wie weit kannte denn Miss Fromsett Lavery? Außerhalb der Bürostunden?«

Sein Gesicht verschloß sich wie eine Auster. Seine Fäuste ballten sich. Er schwieg.

»Sie machte ein ziemlich sonderbares Gesicht, als ich sie gestern früh nach seiner Adresse fragte«, sagte ich.

Er atmete schwer.

»Als ob sie auf etwas Schlechtschmeckendes gebissen hätte«, vollendete ich. »Wie eine Romanze, die häßlich endet. Bin ich zu deutlich?«

Seine Nasenflügel zitterten etwas, und er atmete noch immer schwer und hörbar. Dann entspannte er sich und sagte ruhig:

»Sie kannte ihn ziemlich gut. Früher einmal. Sie ist eine Frau, die in dieser Beziehung ihre eigenen Wege geht. Lavery war, glaube ich, faszinierend für Frauen.«

»Ich muß mit ihr sprechen«, sagte ich.

»Warum?« fragte er kurz. Rote Flecken brannten auf seinen Backenknochen.

»Kümmern Sie sich nicht darum«, sagte ich. »Es ist mein Beruf, alle möglichen Leute alle möglichen Dinge zu fragen.«

»Gut, sprechen Sie mit ihr.« Seine Stimme klang gezwungen. »Tatsache ist, daß sie die Almores kannte. Sie kannte Almores Frau, die sich umgebracht hat. Auch Lavery kannte sie. Könnte das mit der Sache jetzt irgendwie zusammenhängen?«

»Ich weiß es noch nicht. Sie lieben sie, nicht wahr?«

»Ich würde sie morgen heiraten, wenn ich könnte«, sagte er gepreßt.

Ich nickte und stand auf. Ich sah mich nochmals in der Bibliothek um. Sie war fast leer. Nur am entferntesten Ende ertönte noch das sanfte Schnarchen einiger ältlicher Herren. Die übrigen hatten sich zurückgetappt zu den Beschäftigungen, denen sie nachgingen, wenn sie bei Bewußtsein waren.

»Ja – eins wäre noch«, sagte ich und sah zu Kingsley hinunter. »Die Polizei ist verdammt empfindlich, wenn es eine Verzögerung gibt, bevor sie zu einem Mordfall gerufen wird. Und diesmal *ist* es eine Verzögerung, und sie wird sogar noch länger dauern, denn ich möchte hinfahren und so tun, als sei es mein erster Besuch heute. Ich glaube, es wird gelingen – wenn ich die Dame Fallbrook nicht erwähne.«

»Fallbrook?« Er wußte kaum, wovon ich sprach. »Wer, zum Teufel, ist ...? Ach ja, natürlich, Sie sagten es ja, die Hausbesitzerin.«

»Vergessen Sie es«, sagte ich. »Ich bin fast sicher, daß sie selbst nichts sagen wird. Sie gehört nicht zu der Sorte, die sich freiwillig etwas mit der Polizei zu schaffen macht.«

»Ich verstehe«, sagte er.

»Geben Sie genau acht, daß Sie richtig handeln! Es werden Fragen an Sie gestellt werden, *bevor* man Ihnen sagt, daß Lavery tot ist, *bevor* mir gestattet wird, mich mit Ihnen in Verbindung zu setzen – ihrer Meinung nach wenigstens. Gehen Sie in keine Falle! Wenn es Ihnen doch passiert, wird es mir unmöglich, einen Ausweg zu finden. Dann bin ich selbst in der Klemme.«

»Sie hätten mich vom Haus dort unten anrufen können, bevor Sie die Polizei riefen«, bemerkte er sehr vernünftig.

»Ich weiß. Aber es würde nicht sehr zu meinen Gunsten sprechen. Und das erste, was sie tun werden, ist natürlich, den Telefongesprächen der letzten Stunden nachzugehen. Und wenn ich Sie von einer anderen Stelle aus angerufen hätte, so könnte ich auch gleich zugeben, daß ich zu Ihnen hierher gekommen bin.«

»Ich verstehe«, sagte er. »Und Sie können mir vertrauen, ich sehe mich vor!«

Wir schüttelten uns die Hände, und ich ließ ihn im Klub zurück.

18

Der Sportklub war einen halben Block vom Treloarhaus entfernt, auf der anderen Seite der Straße. Ich kreuzte hinüber und ging auf das Portal zu. Die Arbeiter hatten inzwischen rosenfarbenen Beton aufgetragen, wo vorher Gummiplatten lagen. Das Stück Bürgersteig war noch eingezäunt und ließ nur einen schmalen Weg in das Gebäude frei. Dieser Weg war voll von Angestellten, die vom Lunch kamen.

Der Empfangsraum der Gillerlain-Gesellschaft sah noch leerer aus als gestern. Dieselbe kleine nette Blondine saß in der Ecke hinter ihrem Klappenschrank. Sie schenkte mir ein rasches Lächeln, und ich antwortete ihr mit dem beliebten Verbrechergruß – einen steifen Zeigefinger auf sie zugestreckt, die drei unteren Finger darunter eingekrümmt und den Daumen auf und ab bewegend

wie ein Pistolenheld aus dem Wilden Westen. Sie lachte herzlich, aber lautlos. Es schien für sie der größte Spaß einer langweiligen Woche zu sein.
Ich wies auf Miss Fromsetts leeren Schreibtisch, und die kleine Blonde nickte, stieß einen Stöpsel in den Klappenschrank und sprach. Gleich darauf öffnete sich eine Tür, und Miss Fromsett glitt elegant herein, ging zu ihrem Tisch und sah mich mit kühlen, aufmerksamen Augen an.
»Ja, Mr. Marlowe? Ich fürchte, Mr. Kingsley ist nicht hier.«
»Ich komme eben von Mr. Kingsley. Wo können wir miteinander sprechen?«
»Sprechen?«
»Ich habe Ihnen etwas zu zeigen.«
»Ach – wirklich?« Sie sah mich nachdenklich an. Wahrscheinlich hatten schon zahlreiche Kavaliere versucht, ihr etwas zu zeigen, inklusive bunte Scheine ... Bei einer anderen Gelegenheit hätte ich mich wahrscheinlich geschmeichelt gefühlt.
»Geschäftlich«, sagte ich. »In Angelegenheiten von Mr. Kingsley.«
Sie stand auf und öffnete die Tür zu Kingsleys Büro. »Ich glaube, wir gehen dazu am besten in sein Zimmer.«
Wir traten ein. Sie hielt die Tür für mich offen. Als ich an ihr vorbeiging, schnupperte ich ... Sandelholz. Ich sagte:
»Gillerlain-Regal, ›die Königin der Parfüms‹ ...?«
Sie lächelte leicht, noch immer in der Tür stehend. »Bei meinem Gehalt?«
»Von Ihrem Gehalt habe ich nichts gesagt. Sie sehen nicht aus wie ein Mädchen, das sich ihr Parfüm selbst kaufen muß!«
»In diesem Fall haben Sie recht«, sagte sie. »Und wenn Sie es gern wissen wollen: ich hasse es, im Büro parfümiert zu sein. Mr. Kingsley wünscht es.«
Wir gingen durch den langen kühlen Raum. Sie nahm einen Sessel am Ende des Schreibtisches, ich setzte mich auf denselben Platz wie gestern. Wir sahen einander an. Heute trug sie lichtbraun, mit einem gefälteten Jabot. Sie sah nicht ganz so kühl aus, aber immer noch nicht wie ein Präriefeuer.
Ich bot ihr eine von Kingsleys Zigaretten an. Sie nahm sie, entzündete sie an seinem Feuerzeug und lehnte sich zurück.
»Wir wollen uns nicht lange mit der Vorrede aufhalten«, bemerkte ich. »Sie wissen, wer ich bin und was ich zu tun habe. Wenn Sie es gestern nicht schon wußten, dann sicher nur deshalb, weil er es liebt, große Effekte zu erzielen!«
Sie sah auf ihre Hände, die auf ihren Knien lagen, hob dann die Augen und lächelte fast schüchtern.
»Er ist ein so famoser Mensch«, sagte sie, »trotz seiner Schwäche für pompöse Aufmachung. Er ist nämlich der einzige, der wirklich darauf hereinfällt. Und wenn Sie auch nur ahnten, was er von diesen kleinen Straßenmädchen auszustehen hat –« sie schwenkte ihre Zigarette hin und her –, »nun, viel-

leicht ist es besser, ich übergehe das. Und weshalb wollten Sie mich sprechen, Mr. Marlowe?«

»Kingsley sagte, Sie kennen die Almores.«

»Ich kannte Mrs. Almore. Das heißt, ich habe sie ein paarmal gesellschaftlich getroffen.«

»Wo?« – »Im Hause eines Bekannten. Warum?«

»In Laverys Haus?«

»Ich hoffe, Sie werden nicht impertinent, Mr. Marlowe. Ich möchte doch bitten!«

»Ich weiß nicht, was Sie impertinent nennen. Ich habe sachlich mit Ihnen zu sprechen, und sachlich und geschäftlich hat nichts zu tun mit internationaler Diplomatie.«

»Schon gut.« Sie nickte leicht. »Im Hause Chris Laverys. Ja. Ich pflegte häufiger dort zu sein – damals. Er gab nette Cocktailpartys.«

»Demnach kannte Lavery die Almores – oder mindestens Mrs. Almore?«

Sie errötete kaum merklich. »Ja. Sehr gut sogar.«

»Und eine Menge anderer Frauen – auch sehr gut sogar? Ich bezweifle es nicht. War Mrs. Kingsley mit Mrs. Almore bekannt?«

»Ja. Viel besser, als ich sie kannte. Sie nannten sich sogar mit Vornamen. Mrs. Almore ist tot – das wissen Sie wohl. Sie beging Selbstmord. Vor etwa anderthalb Jahren.«

»War es einwandfrei Selbstmord?«

Sie zog die Augenbrauen hoch, aber es kam mir gemacht vor. Als sei es sozusagen die schickliche Form, auf meine Frage zu reagieren.

»Haben Sie einen besonderen Grund, diese Frage zu stellen und in dieser Form dazu? Hat sie irgend etwas mit . . . nun, mit *unserem* Fall hier zu tun?«

»Das hätte ich zuerst nicht geglaubt. Ich bin auch noch nicht sicher. Aber gestern rief Dr. Almore einen Polizisten, bloß weil ich mir sein Haus von der Straße aus betrachtete, nachdem er durch mein Nummernschild telefonisch festgestellt hatte, wer ich bin. Der Polizist wurde ziemlich grob zu mir – bloß weil ich da war. Er wußte nicht, was ich wollte, und ich sagte ihm nicht, daß ich bei Lavery war. Aber Dr. Almore muß es gewußt haben, denn er hatte mich vor Laverys Haus gesehen. Nun – warum hielt er es dann für nötig, die Polizei zu rufen? Und warum glaubte der Polizist sehr pfiffig zu sein, als er mir sagte, der letzte Kerl, der versucht hätte, Dr. Almore zu erpressen, sei ›im Kittchen‹ gelandet? Und warum fragte er mich, ob ich vielleicht von ihren Leuten geschickt sei? Von Mrs. Almores Familie? Ob sie mich engagiert hätten? Wenn Sie mir einige dieser Fragen beantworten können, kann ich Ihnen genau sagen, ob es etwas mit *unserem* Fall zu tun hat.«

Sie dachte einen Augenblick nach, sah mich dabei rasch und prüfend an und blickte wieder weg.

»Ich habe Mrs. Almore nur zweimal getroffen«, sagte sie dann langsam. »Aber ich glaube, ich kann Ihre Fragen beantworten. Sogar alle. Das letztemal traf ich sie in Laverys Haus, wie ich schon sagte, und es waren ziemlich viele Leute dort. Es wurde viel getrunken und viel geredet. Die Frauen waren nicht mit ihren Männern da, und die Männer nicht mit ihren eigenen Frauen. Auch ein gewisser Brownwell war da – und er war sehr betrunken. Er ist jetzt bei der Marine, hörte ich. Er fing eine Stichelei mit Mrs. Almore an wegen der Praxis ihres Mannes. Der Grund schien der zu sein: Dr. Almore ist anscheinend einer von den Ärzten, die die ganze Nacht mit gefüllter Morphiumspritze in der Tasche herumlaufen und die Lebewelt der Stadt auf diese Weise davor bewahren, am nächsten Morgen beim Frühstück als Ruhestörer und dergleichen die Wände der Polizeiwache zu betrachten. Florence Almore sagte, es sei ihr ganz gleichgültig, auf welche Weise ihr Mann sein Geld verdiene – Hauptsache, daß er *viel* Geld verdiene und daß sie es verbrauchen könne. Auch sie war betrunken – und meines Erachtens auch in nüchternem Zustand alles andere als sympathisch. Eines von diesen überschlanken schillernden Weibchen, die zuviel lachen und sich in jedem Sessel herumräkeln und zuviel von ihren Beinen zeigen. Sehr blond – *zu* blond – und mit zu grellen Farben und unanständig großen blauen Babyaugen. Nun, Brownwell sagte zu ihr, sie brauche keine Sorgen zu haben, *dies* Geschäft gehe immer glänzend. Fünfzehn Minuten für jeden Patienten, hin und zurück, und für jeden dieser Besuche zwischen zehn und fünfzig Dollar! Ihm sei nur eins nicht klar – wie ein Arzt sich soviel Morphium beschaffen könne, ohne mit der Unterwelt Kontakt zu haben. Er fragte Mrs. Almore, ob sie oft nette Gangster zu Tisch einladen müsse. Da warf sie ihm ihr Glas ins Gesicht.«

Ich lachte. Miss Fromsett aber nicht. Sie zerdrückte ihre Zigarette in Kingsleys großem Aschenbecher aus Kristall mit Kupferrand und sah mich trocken an.

»Nicht unverständlich«, sagte ich. »Da sie keine große harte Faust hatte, um ihm damit ins Gesicht zu fahren.«

»Ja. Ein paar Wochen später fand man Florence Almore nachts tot in der Garage. Die Tür war geschlossen, und der Motor lief.« Sie hielt inne und befeuchtete ihre Lippen. »Es war Chris Lavery, der sie fand. Als er um Gott weiß welche Stunde gegen Morgen nach Hause kam. Sie lag im Pyjama auf dem Boden der Garage, den Kopf unter einer Decke, die über den Auspuff ihres Wagens gezogen war. Dr. Almore war nicht zu Hause. Die Zeitungen brachten nichts über die Sache – nur, daß sie plötzlich gestorben sei. Alles wurde gut vertuscht.«

Sie hob ihre verschlungenen Hände leicht und ließ sie dann langsam wieder in den Schoß fallen. Ich sagte:

»Stimmte etwas nicht – Ihrer Meinung nach?«

»Die Leute redeten in diesem Sinne – aber die Leute reden immer. Eine Weile später hörte ich, was den Vermutungen der Leute nach dahinter steckte. Ich traf diesen Brownwell auf der Vine Street, und er lud mich zu einem Cocktail ein. Er gefiel mir nicht, aber ich hatte gerade eine freie halbe Stunde. Wir setzten uns hinten in Levys Bar. Er fragte mich, ob ich mich der Person erinnerte, die ihm ihr Glas ins Gesicht geworfen hatte. Ja, ich erinnerte mich. Und dann entspann sich ungefähr folgende Unterhaltung, auf die ich mich sehr genau besinne. Brownwell sagte: ›Na, unser Freund Chris Lavery braucht sich ja jetzt keine Sorgen mehr zu machen, wenn ihm mal die Freundinnen ausgehen, aus denen er seine Renten ziehen kann!‹ Ich antwortete: ›Ich glaube, ich verstehe nicht ganz, was Sie damit sagen wollen!‹ Und Brownwell antwortete: ›Teufel, Sie wollen bloß nicht verstehen! In der Nacht, als Mrs. Almore starb, war sie drüben in Lou Condys Lokal gewesen und hatte ihr letztes Geld im Roulette verspielt. Sie kriegte einen Wutanfall, schrie, sie sei betrogen worden, und machte eine Riesenszene. Condy mußte sie tatsächlich in sein Büro schleppen. Durch die Nachtdienstzentrale bekam er schließlich Dr. Almore ans Telefon. Nach einer Weile kam der Doktor herüber. Er spritzte sie mit einer seiner fleißigen Nadeln. Dann fuhr er weg und überließ es Condy, sie nach Hause zu schaffen. Er schützte einen sehr dringlichen Krankheitsfall vor. Also brachte Condy sie nach Hause. Die Sprechstundenhilfe des Doktors empfing sie – der Doktor hatte sie angerufen –, Condy trug sie nach oben, und die Pflegerin brachte sie zu Bett. Condy fuhr zurück zu seinem Roulette. Sie war also in ihr Bett getragen worden – und dennoch stand Florence in derselben Nacht wieder auf, ging hinunter in die Garage und machte mit sich selbst ein Ende – durch Monoxyd. Was denken Sie darüber?‹ fragte mich Brownwell. Ich antwortete: ›Ich weiß nichts von alledem – woher wissen Sie es?‹ Und er erzählte weiter: ›Ich kenne einen Reporter von diesem Käseblatt, das sie Zeitung nennen. Es hat keine Untersuchung stattgefunden und keine Autopsie. Wenn wirklich Proben gemacht wurden, so wurde nichts darüber bekannt. Sie haben da unten keinen ordentlichen Coroner. Die Leichenbestatter erfüllen gelegentlich die Funktionen des Coroners. Sie sind natürlich untertänig und gefügig gegenüber der herrschenden politischen Partei. In so einer kleinen Stadt kann man solch ein Ding ganz leicht drehen, wenn jemand, der etwas zu sagen hat, es drehen will. Und Condy hatte ziemlich viel zu sagen. Er wollte ein öffentliches Verfahren vermeiden – und der Doktor wollte es erst recht.‹«

Miss Fromsett hielt inne und wartete, was ich sagen würde. Als ich schwieg, fuhr sie fort: »Ich glaube, Sie wissen, was für eine Rolle Brownwell dabei spielte?«

»Natürlich. Brownwell wollte sich rächen. Er erledigte sie am Roulette und machte sie betrunken, und das war zwischen ihm und Condy abgekartetes

Spiel. So etwas passiert auch in saubereren kleinen Städten als Bay City. Aber es ist noch nicht die ganze Geschichte, oder doch?«

»Nein. Mrs. Almores Eltern hatten anscheinend einen Privatdetektiv engagiert. Es war ein Mann, der bei Nacht dort unten Wachdienst versah und nach Chris Lavery als zweiter in jener Nacht auf der Szene erschien. Brownwell sagte, er müsse etwas wie einen Beweis gefunden haben, aber er hatte keine Gelegenheit, ihn vorzubringen. Er wurde verhaftet, weil er in betrunkenem Zustand chauffiert hatte, und zu einer Gefängnisstrafe verurteilt.«

Ich fragte: »Ist das alles?«

Sie nickte. »Und wenn Sie denken, ich erinnere mich allzu gut – nun, zu meiner Stellung hier gehört es, mich an Gespräche zu erinnern.«

»Nein, ich glaube nur, daß es nicht allzuviel zur Sache tut. Ich sehe noch nicht, inwiefern Lavery damit zu schaffen hat, selbst wenn er derjenige war, der sie fand. Ihr gesprächiger Freund Brownwell scheint zu denken, daß dieser Todesfall jemandem die Möglichkeit gibt, den Doktor zu erpressen. Aber dazu müßte er Beweise haben, noch dazu, wenn er versucht, einen Mann zu erpressen, der sich vor dem Gesetz gerechtfertigt hat.«

Miss Fromsett nickte: »Das glaube ich auch. Und ich möchte mir gern die Illusion erhalten, daß Erpressung einer der wenigen häßlichen Kniffe war, die Chris Lavery nicht anwendete. Ich glaube, das ist alles, was ich Ihnen sagen kann, Mr. Marlowe. Und jetzt muß ich wieder an meinen Schreibtisch.«

Sie stand auf, um zu gehen. Ich sagte: »Nein, es ist noch nicht alles. Ich habe Ihnen noch etwas zu zeigen.«

Ich zog das kleine parfümierte Taschentuch heraus, das unter Chris Laverys Kopfkissen gelegen hatte, beugte mich vor und legte es auf den Schreibtisch vor sie hin.

19

Sie blickte auf das Taschentuch, sah mich an, hob es mit ihrem Bleistift auf und stocherte mit dem Gummiende in dem Stückchen Leinen.

»Was ist das für ein Parfüm?« fragte sie. »Scheußlich!«

»Eine Art Sandelholz, denke ich.«

»Billige Imitation. Widerlich ist gelinde gesagt. Und warum wünschten Sie mir dies Taschentuch zu zeigen, Herr Marlowe?« Sie lehnte sich zurück und musterte mich mit gleichgültigen und kühlen Augen.

»Ich fand es in Chris Laverys Haus, unter dem Kopfkissen seines Bettes. Es ist ein Monogramm eingestickt.«

Sie entfaltete es, wieder ohne es zu berühren, mit dem Bleistift. Ihr Gesicht wurde streng und steif. »Es sind zwei Buchstaben eingestickt«, sagte sie mit kalter, ärgerlicher Stimme. »Und zwar sind es dieselben Anfangsbuchstaben, die ich habe. Meinen Sie das?«

»Allerdings«, sagte ich. »Wahrscheinlich kennt er ein halbes Dutzend junger Damen mit den gleichen Anfangsbuchstaben.«

»Sie werden also doch boshaft«, sagte sie ruhig.

»Es ist doch Ihr Taschentuch – oder nicht?«

Sie zögerte. Dann griff sie sehr ruhig hinüber auf den Schreibtisch, nahm sich eine zweite Zigarette und entzündete sie mit einem Streichholz. Sie sah zu, wie das kleine blaue Flämmchen am Holz entlangkroch.

»Ja, es ist mein Taschentuch«, sagte sie. »Ich muß es dort verloren haben. – Aber das ist schon lange her. Und ich versichere, daß ich es bestimmt nicht unter das Kopfkissen seines Bettes gesteckt habe. Ist es das, was Sie wissen wollten?«

Ich sagte nichts, und sie fügte hinzu: »Er muß es einer Frau geliehen haben, die ... die diese Art von Parfüm liebt.«

»Ich kann mir im Geist ein Bild von dieser Frau machen«, sagte ich. »Und das paßt eigentlich nicht recht zu Lavery.«

Ihre Oberlippe kräuselte sich ein wenig. Es war eine lange Oberlippe. Mir gefallen lange Oberlippen.

»Ich glaube«, sagte sie, »Sie müssen an Ihrem geistigen Bild von Lavery noch einige Korrekturen vornehmen. Jede feinere Note daran, die Ihnen aufgefallen sein mag, ist reine Zufallssache.«

»Von Toten soll man nichts Schlechtes reden«, sagte ich.

Einen Augenblick saß sie da und sah mich an, als hätte ich gar nichts gesagt und als wartete sie, daß ich sprechen würde. Dann fing ihre Kehle an zu zittern, und dies Zittern überlief ihren ganzen Körper. Ihre Hände verkrampften sich, die Zigarette zerbrach. Sie sah sie an und warf sie mit einer raschen Armbewegung in den Aschenbecher.

»Er wurde in seinem Badezimmer erschossen«, sagte ich. »In der Duschecke. Und es hat den Anschein, als hätte es eine Frau getan, die die Nacht mit ihm verbrachte. Er hatte sich gerade rasiert. Die Frau ließ den Revolver auf der Treppe liegen – und dies Taschentuch in seinem Bett.«

Sie bewegte sich ein klein wenig in ihrem Sessel. Jetzt starrten ihre Augen vollkommen leer. Ihr Gesicht war kalt wie das einer Statue.

»Und erwarteten Sie, daß ich in der Lage sei, Ihnen nähere Informationen zu geben?« fragte sie bitter.

»Hören Sie, Miss Fromsett – ich wäre auch lieber glatt und höflich und feinfühlig in solchen Dingen. Ich würde dieses Spiel gern so spielen, daß eine Dame Ihrer Mentalität sich nicht dadurch verletzt fühlt. Aber ich kann es nicht, weder die Klienten noch die Polizei, noch die Leute, gegen die ich spiele, lassen es zu. Was ich auch anstelle, um liebenswürdig zu sein, ich ende immer damit, daß ich die Nase im Dreck und meine Daumen auf irgend jemandes Augäpfeln habe!«

Sie nickte, als habe sie mich kaum gehört. »Wann wurde er erschossen?« fragte sie, und dann zitterte sie wieder leise.

»Heute früh, nehme ich an. Nicht lange, nachdem er aufgestanden war. Ich sagte ja schon – er hatte sich rasiert und wollte gerade unter die Brause treten.«

»Das war vermutlich, wie ich ihn kenne, nicht sehr früh am Tage. Und ich bin bereits seit acht Uhr dreißig hier.«

»Ich glaube auch nicht, daß Sie ihn erschossen haben.«

»Danke, sehr liebenswürdig. Aber es ist mein Taschentuch, nicht wahr? Allerdings nicht mein Parfüm. Aber ich fürchte, die Polizei ist nicht allzu feinfühlig betreffs der Qualität eines Parfüms. Oder in irgendwelchen anderen Dingen.«

»Nein. Und diese Jacke paßt auch für Privatdetektive«, sagte ich. »Amüsiert Sie dieser Ton sehr?«

»Großer Gott«, sagte sie und preßte den Handrücken fest gegen ihren Mund.

»Es wurde fünf- oder sechsmal auf ihn geschossen«, sagte ich, »und alle Schüsse, bis auf zwei, gingen daneben. Er war in die Duschecke gedrängt. Es war eine ziemlich häßliche Szene, glaube ich. Es muß ein großer Haß dabei gewesen sein. Oder ein sehr kaltblütiger Verstand.«

»Es war leicht, ihn zu hassen«, sagte sie leer. »Und tödlich leicht, ihn zu lieben. Frauen – sogar anständige Frauen – machen manchmal solche peinlichen Mißgriffe mit Männern.«

»Aus alledem höre ich, daß Sie einmal geglaubt haben, ihn zu lieben, daß Sie ihn jetzt nicht mehr lieben und daß Sie ihn nicht erschossen haben!«

»Ja?« Ihre Stimme war jetzt leicht und trocken, wie das Parfüm, das sie nicht gern im Büro benutzte. »Ich bin sicher, Sie werden mein Vertrauen respektieren.« Sie lachte kurz und bitter. »Tot«, sagte sie, »dieser arme, egoistische, billige, schlechte, hübsche, falsche Bursche! Tot und kalt und erledigt. Nein, Mr. Marlowe, ich habe ihn nicht erschossen.«

Ich wartete, bis sie damit fertig wurde. Nach einer Weile sagte sie ruhig: »Weiß es Mr. Kingsley?«

Ich nickte.

»Und die Polizei natürlich auch?«

»Noch nicht. Wenigstens von mir nicht. Ich habe ihn gefunden. Die Haustür war nicht ganz geschlossen. Ich ging hinein und fand ihn.«

Sie nahm ihren Bleistift und stocherte wieder an dem Taschentuch herum. »Weiß Mr. Kingsley etwas von diesem parfümierten Lappen?«

»Nein. Davon weiß niemand als Sie und ich. Und natürlich derjenige, der ihn da hingesteckt hat.«
»Nett von Ihnen«, sagte sie trocken. »Und nett von Ihnen, so zu denken, wie Sie dachten!«
»Sie haben eine gewisse Note von Hochmut und Würde, die ich gern mag«, sagte ich. »Aber übertreiben Sie es nicht. Was können Sie denn von mir erwarten? Daß ich das Taschentuch unter dem Kopfkissen eines toten Mannes vorziehe, es berieche und ausbreite und denke: ›So, so – Miss Fromsetts Monogramm und alles – Adrienne Fromsett. Miss Fromsett muß Lavery gekannt haben, vielleicht sehr intim. Sagen wir so intim, wie meine häßliche Phantasie sich das ausmalt. Und das wäre verdammt intim. Aber dieses billige synthetische Sandelholzparfüm – nein, Miss Fromsett würde *nie* ein billiges Parfüm benützen! Und das Taschentuch lag doch unter Laverys Kopfkissen – und Miss Fromsett würde *nie* ihr Taschentuch unter das Kopfkissen eines Mannes stecken! Und deshalb kann das alles nichts mit Miss Fromsett zu tun haben – absolut nichts! Es ist nur eine optische Täuschung!«
»Ach, hören Sie doch auf!« sagte sie.
Ich grinste.
»Was denken Sie eigentlich, was für eine Frau ich bin?« fuhr sie mich an.
»Ihnen das zu sagen, bin ich leider ein paar Posttage zu spät gekommen!«
Sie errötete, aber diesmal sehr zart, über das ganze Gesicht. Dann fragte sie: »Haben Sie eine Ahnung, wer es getan haben kann?«
»Ahnungen, ja. Und Theorien. Aber das ist auch alles. Ich fürchte, die Polizei wird die Sache einfacher finden. In Laverys Schrank hängen ein paar Kleider von Mrs. Kingsley. Und wenn sie die ganze Geschichte kennen – einschließlich dessen, was sich gestern am Kleinen Fawn-See zugetragen hat – so werden sie, fürchte ich, keine großen Umstände machen und schlichtweg zu den Handschellen greifen. Natürlich müssen sie sie erst finden. Aber das dürfte ihnen nicht allzu schwer fallen.«
»Crystal Kingsley«, sagte sie tonlos. »Mein Gott – bleibt ihm nicht einmal das erspart!«
Ich sagte: »Sie muß es nicht unbedingt gewesen sein. Es kann ein völlig anderes Motiv vorliegen – etwas, wovon wir noch nichts wissen. Es kann zum Beispiel jemand wie Dr. Almore gewesen sein.«
Sie sah rasch auf, dann aber schüttelte sie den Kopf. »Doch, das könnte sein«, sagte ich beharrlich. »Wir wissen nichts, was direkt gegen ihn spricht. Nur war er gestern reichlich nervös für einen Mann, der nichts zu fürchten hat. Aber natürlich – man kann auch was fürchten, ohne schuldig zu sein.«
Ich stand auf, klopfte gegen die Schreibtischkante und sah zu ihr nieder. Sie hatte einen wunderschönen Hals. Sie deutete auf das Taschentuch. »Und was geschieht hiermit?« fragte sie stumpf.

»Wenn es mir gehörte, würde ich schleunigst den billigen Geruch herauswaschen«, sagte ich lächelnd.

»Aber es hat doch etwas zu bedeuten, oder nicht? Es kann vielleicht sehr viel bedeuten!«

Ich lachte. »Ich glaube nicht, daß es irgendwie wichtig ist. Frauen lassen immer und überall ihre Taschentücher liegen. Ein Bursche wie Lavery sammelt sie und tut sie in einen Behälter mit Sandelholzduft. Und dann findet eine Frau den hübschen kleinen Vorrat und nimmt eins zum Gebrauch heraus. Oder er lieh ihr eins und freute sich, mit dem Monogramm einer anderen Frau prahlen zu können. Für diese Sorte halte ich ihn. Nun adieu, Miss Fromsett – und schönen Dank für die Unterredung!«

Ich wollte gehen, hielt aber noch einmal inne und fragte sie: »Wissen Sie zufällig den Namen des Reporters oder der Reporterin, von dem Brownwell seine Informationen bekommen hat?«

Sie schüttelte den Kopf.

»Oder den Namen der Eltern von Mrs. Almore?«

»Auch das nicht. Aber das könnte ich vielleicht für Sie herausbekommen. Ich will es gern versuchen.«

»Wie denn?«

»Nun, solche Dinge stehen gewöhnlich in Todesanzeigen, nicht wahr? Und bestimmt war auch in einer Zeitung von Los Angeles eine Todesanzeige.«

»Das wäre sehr freundlich von Ihnen«, sagte ich. Ich ließ einen Finger an der Kante des Schreibtisches entlanggleiten und sah sie von der Seite an. Blasse, elfenbeinerne Haut, dunkle, schöne Augen, ihr Haar schimmerte im Licht so hell, wie Haar nur schimmern kann, und dabei war es dunkel wie die Nacht.

Ich ging durch das Zimmer und hinaus. Die kleine Blonde am Klappenschrank blickte mich erwartungsvoll an, ihre roten Lippen öffneten sich halb, sie schien auf einen Scherz zu warten.

Mir war nicht mehr zum Scherzen zumute. Ich ging hinaus.

20

Vor Laverys Haus stand kein Polizeiwagen, niemand lungerte auf dem Bürgersteig herum, und als ich die Haustür aufstieß, war kein Zigarren- oder Zigarettenrauch zu verspüren. Die Sonne schien nicht mehr durch die Fenster, und eine Fliege summte leise über einem der leeren Whiskygläser. Ich ging durch den Raum bis ans Ende und lehnte mich über das Geländer, das nach dem Souterrain führte. Nichts regte sich in Mr. Laverys Haus. Das einzige kaum vernehmbare Geräusch kam unten aus dem Badezimmer – das ruhige Tropfen des Wassers, das auf die Schultern eines Toten fiel.

Ich ging zum Telefon und schlug im Telefonbuch die Nummer des Polizeidepartements auf. Ich wählte, und während ich auf eine Antwort wartete, nahm ich den Revolver aus der Tasche und legte ihn auf den kleinen Tisch neben das Telefon.

Als sich eine Männerstimme meldete: »Polizei Bay City – hier Smooth«, sagte ich: »In Nummer 623 Altair Street hat es eine Schießerei gegeben. Hier wohnt ein Mann namens Lavery. Er ist tot.«

»Sechs–zwei–drei – Altair Street. Wer sind Sie?«

»Marlowe. Ich heiße Marlowe.«

»Sind Sie in dem Haus?«

»Ja.«

»Bitte berühren Sie nichts.«

Ich hängte ein, setzte mich auf den Diwan und wartete. Nicht sehr lange. Von fern heulte eine Sirene, die immer lauter wurde. Reifen quietschten an der Ecke, das Heulen der Sirene erstarb zu einem metallischen Grunzen, dann schwieg es ganz, und die Reifen quietschten wieder, diesmal vor dem Haus. Na ja, die Polizei von Bay City sparte Gummi. Dann Schritte auf dem Seitenweg. Ich ging zur Haustür und öffnete.

Zwei Polizisten in Uniform polterten herein. Sie hatten das übliche Riesenformat und die üblichen wettergebräunten Gesichter und mißtrauischen Augen. Einer von ihnen trug eine Nelke zwischen seine Kappe und sein rechtes Ohr gesteckt. Der andere war älter, sah ziemlich grau und streng aus. Sie standen und musterten mich aufmerksam. Dann fragte der Ältere kurz: »Also – wo ist es?«

»Unten im Badezimmer – hinter dem Vorhang der Duschecke.«

»Eddie, du bleibst hier bei ihm.«

Er ging rasch durch das Zimmer und verschwand. Der andere sah mich fest an und sagte aus dem Mundwinkel: »Mach keine leichtsinnigen Bewegungen, mein Junge!«

Ich setzte mich wieder auf den Diwan. Der Polizist suchte den Raum mit seinen Augen ab. Dann hörte man unten Geräusche, Schritte. Der Polizist bei mir im Zimmer entdeckte den Revolver, der auf dem Telefontischchen lag. Er stieß wie ein Habicht darauf zu.

»Ist das die Mordwaffe?« schrie er fast.

»Ich nehme es an. Sie ist abgeschossen.«

»Ha!« Er beugte sich darüber, fletschte die Zähne gegen mich und legte die Hand an seine Revolvertasche. Seine Finger knöpften schnell die Taschenklappe auf und faßten den Griff seines schwarzen Revolvers.

»Was nehmen Sie an?« bellte er.

»Ich nehme an, daß es die Todeswaffe ist.«
»Gut! Sehr gut!« höhnte er. »Kein schlechter Witz!«
»So gut finde ich ihn gar nicht«, sagte ich.
Er wich etwas zurück. Seine Augen bewachten mich weiter.
»Warum haben Sie ihn erschossen?« grollte er.
»Ich grüble und grüble darüber – ich weiß selbst nicht, warum!«
»Auch noch faule Witze – werden Sie nicht unverschämt!«
»Wir wollen uns lieber hinsetzen und auf die Mordkommission warten«, sagte ich. »Bis dahin hebe ich mir meine Verteidigung auf.«
»Kommen Sie nicht mit solchen Redensarten.«
»Ich komme Ihnen weder mit Redensarten noch mit sonst etwas. Wenn ich ihn erschossen hätte, so wäre ich nicht hier. Ich hätte Sie auch nicht angerufen. Und Sie hätten den Revolver nicht gefunden. Verschwenden Sie nicht so viel Mühe an den Fall! Sie haben ihn doch nicht länger in der Hand als zehn Minuten!«
Beleidigt sah er mich an. Er nahm seine Kappe ab, und die Nelke fiel zur Erde. Er bückte sich, hob sie auf und zwirbelte sie in den Fingern herum, dann warf er sie hinter das Kamingitter.
»Tun Sie das lieber nicht«, warnte ich ihn. »Man könnte meinen, es sei eine Spur, und viel Zeit daran verschwenden!«
»Ach, scheren Sie sich zum Teufel!« Er beugte sich über das Gitter, holte die Nelke wieder heraus und steckte sie in die Tasche. »Sie wissen wohl auf alles eine Antwort, he?«
Der andere Polizist kam ernst über die Treppe zurück. Er blieb mitten im Zimmer stehen, sah auf seine Armbanduhr und machte eine Anmerkung in seinem Notizbuch; dann sah er aus dem Fenster, indem er die Jalousie an der einen Seite etwas hochschob.
Der Jüngere, der bei mir geblieben war, fragte: »Kann ich mir's jetzt ansehen?«
»Ach, laß es bleiben, Eddie. Nichts für uns. Hast du den Coroner angerufen?«
»Ich dachte, das besorgt die Mordkommission.«
»Ja, ist schon gut. Captain Webber wird dabei sein – und der macht am liebsten alles selbst.« Er sah mich an: »Und Sie heißen Marlowe?«
Ich sagte ja, ich hieße Marlowe.
»Der hat ein Mundwerk – weiß auf jedes Wort 'ne Antwort!« sagte Eddie.
Der ältere sah mich abwesend an, sah Eddie abwesend an, aber die Pistole auf dem Telefontisch, die er plötzlich entdeckte, sah er durchaus nicht abwesend an.
»Ja, das ist die Waffe«, sagte Eddie. »Ich habe sie nicht angefaßt.«

Der andere nickte. »Heutzutage sind die Jungens nicht so fix. Was haben Sie hier zu tun, Mister? Freund von – dem da unten?« Er deutete mit dem Daumen nach unten.
»Ich sah ihn gestern zum erstenmal. Ich bin Privatdetektiv aus Los Angeles.«
»So.« Er sah mich scharf an. Der andere Polizist betrachtete mich mit abgründigem Mißtrauen.
»Verdammt noch mal – das heißt, daß hier allerlei aufgerollt wird!« sagte er. Es war die erste vernünftige Bemerkung, die er gemacht hatte. Ich grinste ihn freundlich an.
Der ältere sah wieder aus dem Fenster. »Du, da gegenüber – das ist Doktor Almores Haus, Eddie!« sagte er.
Eddie ging zum Fenster und sah auch hinaus. »Stimmt«, sagte er, »man kann das Schild lesen. Du, sag mal, der Bursche da unten – ist das nicht am Ende der Mann, der ...«
»Maul halten«, sagte der andere und ließ die Jalousie fallen. Sie wandten sich beide vom Fenster ab und starrten mich hölzern an.
Ein Wagen kam den Block entlang, hielt, eine Wagentür knallte, und Schritte kamen den Gartenweg herunter. Der ältere Polizist von der Streife machte zwei Männern in Zivil die Tür auf. Einen von ihnen kannte ich bereits.

21

Der zuerst Eintretende erschien mir reichlich klein für einen Polizeimenschen. Er war mittleren Alters und hatte ein schmales, übermüdetes Gesicht. Seine Nase war scharf und etwas schief nach einer Seite gebogen, als habe er einmal eins mit dem Ellbogen abbekommen, während er sie in etwas Unliebsames hineinsteckte. Den Hut hatte er sehr gerade auf, und kalkweißes Haar wurde darunter sichtbar. Er trug einen dunkelbraunen Anzug. Die Hände hingen in den Seitentaschen seines Jacketts, nur die Daumen ragten heraus.
Der Mann hinter ihm war Degarmo, der große Polizeileutnant mit dem aschblonden Haar, den metallisch blauen Augen und dem wilden, zerfurchten Gesicht, der sich so gar nicht darüber gefreut hatte, mich vor Doktor Almores Haus zu sehen.
Die beiden uniformierten Männer blickten den älteren, kleineren an und berührten ihre Kappen.
»Die Leiche ist im Souterrain, Captain Webber«, berichtete der eine.
»Zweimal getroffen, nach ein paar Fehlschüssen – so sieht es aus. Schon eine ganze Weile tot. Und dieser Mann hier heißt Marlowe. Er ist Privatdetektiv aus Los Angeles. Weiter habe ich ihn nichts gefragt.«
»Gut«, sagte Captain Webber scharf. Er sah mich mit mißtrauischem Blick an

und nickte kurz. »Ich bin Captain Webber«, sagte er, »und das ist Leutnant Degarmo. Wir wollen erst die Leiche in Augenschein nehmen.«
Er schritt durch das Zimmer. Degarmo sah mich an, als erblickte er mich zum erstenmal, und folgte ihm. Sie gingen nach unten, der ältere Polizist von der Streife begleitete sie. Der Polizist Eddie und ich starrten uns eine Weile müßig an.
Ich sagte: »Es geht nur gerade über die Straße von hier zu Doktor Almores Haus, nicht?«
Jeder Ausdruck wich aus seinem Gesicht. Da war nicht viel zu holen, das sah ich. »Ja. Und?«
»Ach, nichts weiter«, sagte ich.
Er blieb schweigsam. Von unten hörte man Stimmen, verworren und unklar. Der Polizist spitzte die Ohren und sagte etwas freundlicher: »Sie kannten den Fall?«
»Ja ... entfernt ...«
Er lachte. »Den haben sie fein totgeschwiegen«, sagte er. »Und sauber eingewickelt und hübsch hinten in den Wandschrank gelegt. Aber auf das oberste Brett. Wo man ohne Leiter nicht hinlangen kann!«
»Das haben sie, weiß Gott«, sagte ich. »Möchte bloß wissen, warum!«
Der Polizist sah mich finster an. »Es lagen gute Gründe vor, Kamerad! Denken Sie nicht, es geschah ohne guten Grund! Kannten Sie diesen Lavery näher?«
»Nein – näher nicht.«
»Sind Sie wegen irgendwas hinter ihm her?«
»Tja ... er spielt ein bißchen hinüber in einen meiner Fälle«, sagte ich. »Kannten Sie ihn?«
Der Polizist namens Eddie schüttelte den Kopf. »Kein Gedanke«, sagte er. »Ich erinnerte mich bloß, daß es ein Mann aus diesem Haus war, der damals nachts Mrs. Almore in der Garage fand.«
»Vielleicht war Lavery damals nicht hier?« fragte ich.
»Wie lange wohnt er denn schon hier?« fragte er zurück.
»Das weiß ich nicht.«
»Hm ... es war ungefähr vor anderthalb Jahren«, sagte er nachdenklich. »Haben sich die Zeitungen in Los Angeles überhaupt damit befaßt?«
»Wahrscheinlich unter der Rubrik ›Neues aus der Umgegend‹«, sagte ich, nur um den Mund zu bewegen.
Er kratzte sich hinter dem Ohr und horchte. Schritte kamen die Stufen herauf. Sein Gesicht wurde wieder leer, er rückte von mir ab und saß kerzengerade.
Captain Webber eilte zum Telefon, wählte eine Nummer und sprach, dann hielt er den Hörer vom Ohr weg und blickte über die Schulter zurück. »Wer ist diese Woche Coroner vom Dienst, Al?«
»Ed Garland«, sagte der große Leutnant hölzern.

»Rufen Sie Ed Garland«, sagte Webber wieder ins Telefon. »Er möchte sofort herüberkommen. Und er soll den Fotografen auch gleich mitbringen.«
Er stellte das Telefon weg und fragte scharf: »Wer hat die Pistole angefaßt?«
Ich antwortete: »Ich.«
Er kam herüber und wippte auf den Absätzen, vor mir stehend, und stieß sein kleines scharfes Kinn energisch nach vorn. Die Pistole hielt er sorgsam in einem Taschentuch in der Hand.
»Wissen Sie nicht so viel, daß man am Schauplatz eines Verbrechens eine Waffe nicht anfassen darf, wenn man sie findet?«
»Freilich weiß ich das«, sagte ich. »Nur wußte ich, als ich sie anfaßte, nicht, daß ein Verbrechen vorlag. Ich wußte auch nicht, daß sie abgefeuert war. Sie lag auf der Treppe, und ich nahm an, jemand hätte sie verloren.«
»Klingt sehr wahrscheinlich«, sagte Webber bitter. »Sie haben wohl in Ihrem Beruf allerlei mit solchen Dingen zu tun?«
»Mit was für Dingen bitte?«
Er blickte mich weiter starr an und sagte nichts.
Ich sagte: »Wie wäre es, wenn ich Ihnen meine Geschichte erzählte, wie sie sich zugetragen hat?«
Wie ein Kampfhahn fuhr er auf mich los. »Vielleicht beantworten Sie meine Fragen genauso, wie ich sie zu stellen beliebe!«
Dazu hatte ich nichts zu sagen. Webber drehte sich hart auf dem Absatz um und sagte zu den beiden Männern in Uniform: »Ihr Jungens geht jetzt zurück zu eurem Wagen und schickt die Ambulanz her.«
Sie grüßten und gingen hinaus, die Tür leise hinter sich zuziehend, bis sie an die Stelle kamen, wo sie klemmte, um dann an ihr ihre Wut auszulassen. Webber lauschte, bis der Wagen wegfuhr, dann richtete er wieder seine finsteren, harten Augen auf mich. »Zeigen Sie mir Ihre Ausweise.«
Ich reichte ihm meine Brieftasche, und er suchte darin herum. Degarmo saß in einem Sessel, kreuzte die Beine und starrte zur Decke. Er zog ein Streichholz aus der Tasche und kaute darauf herum. Webber gab mir die Brieftasche zurück. Ich steckte sie weg.
»Leute in Ihrer Branche machen viele Ungelegenheiten«, sagte er.
»Nicht unbedingt«, sagte ich.
Seine Stimme wurde lauter. Sie war schon vorher scharf genug gewesen. »Ich sage, sie machen Ungelegenheiten, und damit meine ich, Sie machen viele Ungelegenheiten, verstanden? Aber lassen Sie sich's gesagt sein: In Bay City werden Sie uns keine Ungelegenheiten machen!«
Ich antwortete nicht. Er schüttelte den Zeigefinger.
»Sie kommen aus der Großstadt«, sagte er, »Sie denken, Sie sind zähe, und Sie denken, Sie sind sehr klug. Nur keine Angst! Wir werden mit Ihnen fertig. Wir sind eine Kleinstadt, aber wir sind intakt und halten zusammen. Wir

haben keine politischen Kleinkriege. Wir arbeiten ohne krumme Wege, und wir arbeiten schnell. Unseretwegen brauchen Sie sich kein Kopfzerbrechen zu machen, mein Herr!«

»Ich mache mir kein Kopfzerbrechen«, sagte ich. »Ich wüßte auch nicht, worüber. Ich mache lediglich den Versuch, ein paar hübsche runde Dollar anständig zu verdienen.«

»Keine schnippischen Redensarten, bitte«, sagte er, »das liebe ich nicht!«

Degarmo löste seine Augen von der Decke und krümmte einen Zeigefinger, um auf den Nagel zu starren. Dann sagte er mit schwerer, gelangweilter Stimme: »Hören Sie, Chef: Der Bursche da unten heißt Lavery. Er ist tot. Ich kannte ihn flüchtig. Er war ein Schürzenjäger.«

»Was hat das damit zu tun?« bellte Webber, ohne den Blick von mir abzuwenden.

»Die ganze Aufmachung deutet auf eine Dame hin«, sagte Degarmo. »Sie wissen ja, was für Sachen diese Privatspitzel bearbeiten. Scheidungssachen. Vielleicht arbeitet er uns in die Hand, wenn Sie ihn nicht einschüchtern.«

»Wenn ich ihn einschüchtere«, sagte Webber, »so würde ich das gern merken! Ich sehe nämlich keinerlei Anzeichen dafür.«

Er ging zum vorderen Fenster und zog die Jalousie hoch. Fast blendend fiel die Sonne ins Zimmer, nach dem langen Dämmerlicht. Er kam zurück, wippte wieder auf den Absätzen, wies mit einem dünnen harten Finger auf mich und sagte: »Reden Sie.«

Ich sagte: »Ich arbeite für einen Geschäftsmann in Los Angeles, der es vermeiden muß, in einen Skandal verwickelt zu werden. Darum hat er mich engagiert. Vor einem Monat ist seine Frau weggelaufen, und ein Telegramm von ihr besagte, sie sei mit Lavery fortgefahren. Aber vor einigen Tagen traf mein Klient Lavery in der Stadt – und Lavery leugnete es. Der Klient glaubte ihm immerhin genug, um sich Sorgen zu machen. Die Dame ist allem Anschein nach ziemlich leichtsinnig. Sie kann in schlechte Gesellschaft geraten und irgendwie in einer schlimmen Lage sein. Ich bin hergekommen, um Lavery zu fragen, aber er verneinte es auch mir gegenüber. Ich habe ihm halbwegs geglaubt, aber später bekam ich den Beweis, daß er an dem Abend, an dem sie ihr Wochenendhaus im Gebirge verließ, mit ihr in San Bernadino im Hotel gesehen wurde. Mit dieser Weisheit in der Tasche kam ich zurück, um Lavery nochmals zu fragen. Aber auf mein Klingeln antwortete niemand, und da die Tür einen Spalt offen stand, kam ich herein, sah mich um, fand die Pistole und durchsuchte das Haus. Ich fand seine Leiche. Genauso, wie sie jetzt ist.«

»Sie hatten kein Recht, das Haus zu durchsuchen«, sagte Webber kalt.

»Freilich nicht«, mußte ich zugeben. »Aber ich brachte es nicht übers Herz, diese Chance ungenützt zu lassen.«

»Der Name des Klienten, für den Sie arbeiten?«

»Kingsley.« Ich gab ihm die Privatadresse in Beverley Hills. »Er ist Direktor einer kosmetischen Gesellschaft im Treloarhaus an der Olive Street. Gillerlain-Gesellschaft.«

Webber blickte auf Degarmo. Degarmo schrieb träge etwas auf einen Briefumschlag. Webber blickte wieder auf mich: »Was sonst?«

»Ich fuhr zu dem Landhaus, wo die Dame gewesen war. Es ist ein Ort, der direkt am Kleinen Fawn-See liegt, nahe bei Puma Point, sechsundvierzig Meilen in den Bergen, von San Bernardino aus gerechnet.«

Ich sah hinüber zu Degarmo. Er schrieb langsam. Seine Hand hielt eine Sekunde inne und schien steif in der Luft zu hängen, dann ließ er sie wieder auf den Briefumschlag sinken und schrieb weiter. Ich fuhr fort:

»Vor etwa einem Monat hatte die Frau des Verwalters von Kingsleys Haus dort oben einen Streit mit ihrem Mann und verließ ihn – wenigstens glaubten das alle. Gestern wurde sie ertrunken im See gefunden.«

Webber schloß die Augen beinahe und schaukelte weiter auf seinen Hacken. Fast sanft fragte er: »Warum erzählen Sie mir das? Wollen Sie andeuten, daß da ein Zusammenhang besteht?«

»Es besteht ein zeitlicher Zusammenhang. Und Lavery ist oben gewesen. Andere Zusammenhänge wüßte ich nicht, aber ich hielt es für korrekter, sie zu erwähnen.«

Degarmo saß immer noch sehr still und blickte teilnahmslos vor sich hin. Sein Gesicht war hart und wirkte fast noch wilder als sonst.

Webber sagte: »Das ist die ertrunkene Frau, nicht wahr? Selbstmord?«

»Selbstmord oder Mord. Sie hinterließ ein paar Abschiedsworte. Aber ihr Mann wurde als verdächtig verhaftet. Er heißt Chess. Bill und Muriel Chess, seine Frau.«

»Ich möchte darüber nichts Näheres hören«, sagte Webber scharf. »Beschränken wir uns auf das, was hier vorging.«

»Ich weiß nicht, was hier vorging«, sagte ich und blickte auf Degarmo. »Ich bin zweimal hier gewesen. Das erstemal habe ich mit Lavery gesprochen und habe nichts erreicht. Das zweitemal habe ich nicht mit ihm gesprochen und auch nichts erreicht.«

Webber sagte langsam: »Ich habe Sie etwas gefragt, und ich wünsche eine ehrliche Antwort. Sie werden sie nicht gern geben, aber die Gelegenheit ist für Sie jetzt günstiger als später. Sie wissen, daß ich die Antwort doch bekomme. Die Frage ist die: Sie haben das Haus durchsucht (und ich nehme an, ziemlich gründlich) – haben Sie etwas entdeckt, was darauf hinweist, daß diese Mrs. Kingsley hier gewesen ist?«

»Die Frage ist nicht fair«, sagte ich. »Sie verlangt eine Schlußfolgerung des Zeugen.«

»Ich wünsche eine Antwort darauf«, sagte er finster. »Wir sind hier kein Gerichtshof.«
»Die Antwort lautet Ja«, sagte ich. »Unten im Schrank hängen Damenkleider, die mir als die beschrieben wurden, die sie an jenem Abend in San Bernardino trug, als sie Lavery dort traf. Die Beschreibung war allerdings nicht genau. Ein weiß-schwarzes Kostüm, mehr weiß als schwarz, und ein dazu passender Panama.«
Degarmo schnippte mit dem Finger gegen das Kuvert, das er in der Hand hielt. »Sie sind ja ein großartiger Detektiv für den Klienten, für den Sie arbeiten«, sagte er. »Damit führt die Spur der Frau direkt in ein Haus, wo ein Mord begangen wurde – und sie ist die Frau, von der man glaubte, daß sie mit ihm durchgebrannt ist. Ich glaube nicht, daß wir uns noch lange nach dem Mörder umsehen müssen, Chef!«
Webber sah mich noch immer fest an, mit wenig oder gar keinem Ausdruck in seinem Gesicht – nur mit einer Art gespannter Aufmerksamkeit. Er nickte abwesend zu Degarmos Worten.
Ich sagte: »Für so dumm halte ich die Kriminalpolizei nicht. Die Kleider stammen von einer Firma, und innen ist das Firmenschild. Ich habe Ihnen höchstens eine Stunde Arbeit damit erspart, daß ich es Ihnen sagte – eventuell überhaupt nur einen Telefonanruf.«
»Sonst noch etwas?« fragte Webber ruhig.
Bevor ich antworten konnte, hielt ein Wagen draußen vor dem Haus, dann ein zweiter. Webber ging hinaus, um die Tür zu öffnen. Drei Männer kamen herein, voran ein kleiner mit lockigem Haar, dann ein großer, stark wie ein Ochse – beide mit schweren Lederkoffern –, und hinter ihnen ein großer Dürrer in grauem Anzug mit schwarzem Schlips. Er hatte sehr scharfe Augen und ein häßliches Gesicht.
Webber deutete mit dem Finger auf den Kraushaarigen und sagte: »Unten im Badezimmer, Busoni. Ich brauche eine Menge Fingerabdrücke, aus dem ganzen Haus, besonders alle, die von einer Frau zu stammen scheinen. Das wird ziemlich lange dauern.«
»Ich werde damit schon fertig«, brummte Busoni. Er ging mit dem Ochsentyp durch das Zimmer und die Treppe hinunter.
»Und für Sie haben wir eine Leiche, Garland«, sagte Webber zu dem dritten, »wir wollen schnell mal hinuntergehen und sie ansehen. Haben Sie den Wagen bestellt?«
Der Häßliche nickte kurz. Er und Webber gingen zusammen hinunter zu den beiden anderen.
Degarmo steckte Kuvert und Bleistift weg. Hölzern starrte er mich an.
Ich sagte: »Soll ich über unsere gestrige Unterhaltung sprechen – oder war das ein privates Unternehmen?«

»Sprechen Sie darüber, so viel Sie wollen«, sagte er. »Es ist unsere Aufgabe, die Bürger zu schützen.«
»Da Sie es so nennen – ich würde gern etwas mehr über den Fall Almore wissen«, sagte ich.
Er lief langsam rot an, und seine Augen wurden gemein. »Sie sagten doch, Sie kennen Almore nicht?«
»Gestern kannte ich ihn noch nicht«, sagte ich, »und ich wußte auch nichts von ihm. Seither aber habe ich erfahren, daß Lavery Mrs. Almore gekannt hat, daß sie Selbstmord beging, daß Lavery sie tot aufgefunden hat und daß Lavery zum mindesten verdächtigt wird, Almore erpreßt zu haben – oder in der Lage gewesen zu sein, ihn zu erpressen. Auch Ihre beiden Polizisten von der Streife schienen sich dafür zu interessieren, daß Almores Haus gerade hier gegenüberliegt. Und einer von ihnen sagte, daß der Fall totgeschwiegen wurde – so ähnlich drückte er sich aus.«
Degarmo sagte in tödlich langsamem Ton: »Ich werde dafür sorgen, daß der Hund sein Polizeiabzeichen verliert. Alles, was sie tun können, ist, die Mäuler zu wetzen. Gottverfluchte hohlköpfige Hunde.«
»Dann stimmt die Idee also nicht?« fragte ich.
Er sah auf seine Zigarette. »Welche Idee?«
»Die Idee, daß Almore seine Frau ermordet hat und genug Einfluß besaß, um alles zu vertuschen?«
Degarmo kam auf die Füße und zu mir herüber; er beugte sich langsam vorwärts: »Sagen Sie das noch einmal«, sagte er leise.
Ich sagte es noch einmal.
Er schlug mir mit der offenen Hand quer über das Gesicht. Er stieß mir den Kopf herum. Mein Gesicht fühlte sich heiß und rot an.
»Sagen Sie es noch einmal«, sagte er leise.
Ich sagte es noch einmal. Seine Hand holte aus und schlug mir wieder den Kopf zur Seite.
»Sagen Sie es noch einmal.«
»Nein«, sagte ich. »Aller guten Dinge sind nicht unbedingt drei. Sie könnten diesmal daneben hauen.« Ich hob die Hand und rieb meine Wange.
Er stand vorgebeugt, die Lippen von den Zähnen gezogen, einen harten tierischen Glanz in seinen sehr blauen Augen.
»Jedesmal, wenn Sie so zu einem Polizisten im Dienst reden«, sagte er, »wissen Sie in Zukunft, was Ihnen blüht. Versuchen Sie es noch einmal, und Sie machen Bekanntschaft mit meiner Hand, wenn sie nicht offen ist.«
Ich biß mir auf die Lippen und rieb meine Wange.
»Stecken Sie Ihre große Nase nicht in unsere Angelegenheiten«, sagte er, »sonst wachen Sie einmal im Straßengraben auf, und die Hunde bellen Sie an.«

Ich schwieg noch immer. Er ging weg und setzte sich wieder, er atmete schwer. Ich stand und rieb mein Gesicht und hielt meine Hand und massierte langsam meine Finger; sie waren so verkrampft, daß ich sie kaum lösen konnte.
»Ich werde daran denken«, sagte ich. »Auf zweierlei Art.«

22

Es war noch früh am Abend, als ich nach Hollywood und ins Büro zurückkam. Das Gebäude hatte sich schon geleert, die Korridore lagen still. Überall standen Türen offen, und in den Zimmern arbeiteten die Putzfrauen mit ihren Staubsaugern und Staubtüchern.
Ich schloß meine Tür auf und hob einen Brief auf, der durchgesteckt worden war. Ich ließ ihn auf den Schreibtisch fallen, ohne ihn anzusehen. Ich riß die Fenster auf und lehnte mich hinaus, sah die ersten Lichtreklamen aufleuchten, atmete die warme, würzige Luft, die von nebenan aus der Mokkadiele aufstieg.
Dann legte ich Rock und Schlips ab und setzte mich an den Schreibtisch; ich nahm die Whiskyflasche aus der Tiefe der Schublade und lud mich zu einem Glas ein. Es half nichts. Ich trank ein zweites, mit dem gleichen Resultat.
Jetzt dürfte Webber schon mit Kingsley gesprochen haben. Und jetzt oder wenigstens in aller Kürze würde die große Razzia nach seiner Frau anfangen. Für die Polizei schien der Fall sonnenklar. Eine häßliche Affäre zwischen zwei ziemlich widerlichen Menschen – zu viel Alkohol, zu viel Intimität –, sie endet in wildem Haß, mörderischen Impulsen und endlich mit dem Tod.
Aber das alles ist etwas zu einfach, dachte ich.
Ich griff nach dem Brief und machte ihn auf. Er war ohne Marke und lautete: »Mr. Marlowe. Die Eltern von Florence Almore sind Mr. und Mrs. Eustace Grayson. Sie wohnen zur Zeit in Rossmore Arms, 640 South Oxford Avenue. Ich habe das durch Anruf der Telefonnummer festgestellt. Ihre Adrienne Fromsett.«
Eine elegante Handschrift, elegant wie die Hand, die sie schrieb. Ich schob den Brief zur Seite und trank noch ein Glas. Jetzt erst fing ich an, mich nicht mehr ganz so elend zu fühlen. Ich warf die Sachen auf dem Schreibtisch durcheinander. Meine Hand war schwer und heiß und ungeschickt. Ich fuhr mit dem Finger über die Tischplatte, blickte auf den Strich, den ich im Staub gemacht hatte, sah meinen Finger an und wischte ihn ab. Ich blickte auf die Uhr. Ich blickte auf die Wand. Ich blickte auf gar nichts.
Dann schloß ich die Whiskyflasche weg und ging zum Waschtisch, um das Glas auszuspülen. Ich wusch mir die Hände und badete mein Gesicht in kaltem Wasser. Die Röte auf der linken Wange war verschwunden, aber sie sah etwas

verschwollen aus. Nicht sehr, aber genug, um mich wieder in Wut zu bringen. Als ich mir das Haar bürstete, achtete ich auf die grauen Fäden. Es wurden allmählich immer mehr. Das Gesicht unter dem Haar sah krank und fremd aus, und es war ein Gesicht, das mir mißfiel.

Ich ging zum Schreibtisch und nahm noch einmal Miss Fromsetts Brief. Ich strich ihn auf der Glasplatte glatt, roch daran, faltete ihn zusammen und steckte ihn in meine Rocktasche.

Dann setzte ich mich hin und lauschte, wie draußen auch der Abend vor dem offenen Fenster still wurde. Und langsam, ganz langsam wurde auch ich wieder ruhig.

23

Rossmore Arms war trotz des klangvollen Namens ein düsterer Haufen roter Ziegelmauern um einen riesigen Vorhof. In der Halle standen plüschbezogene Bänke und Blattpflanzen in Kübeln, ein gelangweilter Kanarienvogel hockte in einem Käfig, groß wie eine Hundehütte, der Geruch alter Teppiche voller Staub und der müde Duft verwelkter Gardenien hing in der Luft.

Die Graysons wohnten im fünften Stock nach vorn heraus, im Nordflügel. Sie saßen zusammen in einem Zimmer, das mindestens zwanzig Jahre hinter der Zeit zurück zu sein schien. Es war mit hartgestopften Polstermöbeln und eierförmigen Türknöpfen aus Messing, mit einem großen goldgerahmten Wandspiegel, einem Tisch mit Marmorplatte in der Fensternische und roten Plüschportieren an beiden Seiten der Fenster ausgestattet. Es roch nach Tabakrauch, und dahinter schwebten Erinnerungen an ein Mittagessen aus Hammelkoteletts mit Rosenkohl.

Mrs. Grayson war eine untersetzte Frau, die einmal große blaue Kinderaugen gehabt haben mochte. Jetzt waren sie verblichen, sahen trübe durch eine Brille und standen ein wenig heraus. Sie hatte wolliges weißes Haar. Die plumpen Fußgelenke gekreuzt, saß sie und stopfte Strümpfe; ihre Füße reichten gerade bis auf den Boden, und im Schoß hatte sie einen großen geflochtenen Korb.

Grayson war ein langer gebeugter Mann mit gelbem Gesicht und hohen Schultern, borstigen Augenbrauen und beinahe keinem Kinn. Der obere Teil seines Gesichts sprach von Geschäften. Der untere sagte nur gerade Lebewohl. Er trug doppelt geschliffene Augengläser und las mißmutig in der Abendzeitung. Ich hatte im Stadtadreßbuch nachgeschlagen – er war amtlicher Bücherrevisor, und er sah auch so aus. Seine Finger zeigten Tintenflecken, in der Tasche seiner offenen Weste steckten vier Bleistifte. Er las meine Karte sorgfältig zum siebentenmal durch, sah mich von oben bis unten an und fragte dann langsam:

»Warum wünschen Sie uns zu sprechen, Mr. Marlowe?«
»Ich habe Interesse an einem Mann namens Lavery. Er wohnt in derselben Straße wie Doktor Almore, ihm gerade gegenüber. Ihre Tochter war mit Dr. Almore verheiratet. Lavery ist der Mann, der Ihre Tochter gefunden hat, in der Nacht, als sie – starb.«
Die beiden horchten auf wie Wachhunde, als ich vor dem letzten Wort nachdrücklich zögerte. Grayson blickte seine Frau an, und sie schüttelte den Kopf.
»Wir sprechen nicht gern davon«, sagte Grayson prompt. »Es ist zu schmerzlich für uns.«
Ich wartete einen Augenblick und machte dieselbe düstere Miene wie sie. Dann sagte ich: »Das kann ich Ihnen nicht verdenken. Ich will auch keine Fragen an Sie richten. Ich möchte mich nur gern mit dem Mann in Verbindung setzen, den Sie damals engagiert hatten, um der Sache nachzugehen. Das ist alles.«
Wieder sahen sie sich an. Diesmal schüttelte Mrs. Grayson nicht den Kopf.
Grayson fragte: »Warum, wenn ich fragen darf?«
»Ich glaube, es ist besser, wenn ich Ihnen mehr von meiner Geschichte erzähle.« Dann sagte ich ihnen, zu welchem Zweck Kingsley mich engagiert hatte, ohne seinen Namen zu nennen. Ich erzählte ihnen den Zwischenfall mit Degarmo vor Almores Haus am Tag zuvor. Dabei horchten sie wieder auf.
Grayson sagte scharf: »Wenn ich Sie richtig verstehe, kannten Sie Dr. Almore nicht. Sie haben sich ihm in keiner Weise genähert oder ihn belästigt. Trotzdem rief er einen Polizeibeamten – weil Sie mit Ihrem Wagen vor seinem Haus standen?«
Ich sagte: »Ja, so ist es. Ich stand rund eine Stunde vor seinem Haus. Das heißt, genaugenommen mein Wagen.«
»Das ist allerdings sonderbar«, sagte Grayson.
»Ich sagte mir, der Mann muß sehr nervös sein«, fuhr ich fort, »und Degarmo fragte mich, ob ich ›von ihren Leuten‹ – er meinte die Familie Ihrer Tochter – engagiert sei. Das sieht so aus, als ob er sich immer noch nicht ganz sicher fühlte, nicht?«
»Sicher – wieso sicher?« Grayson sah mich bei dieser Frage nicht an. Er steckte seine ausgegangene Pfeife wieder in Brand – sehr langsam, stopfte dann den Tabak mit dem Ende seines großen Metallstiftes fest und nahm nochmals Feuer.
Ich zuckte die Achseln und schwieg. Er musterte mich rasch und blickte wieder weg. Mrs. Grayson wagte nicht aufzusehen, aber ihre Nasenflügel zitterten.
»Wieso wußte er denn, wer Sie sind?« fragte Grayson plötzlich.
»Er schrieb sich meine Autonummer auf, rief beim Autoklub an und suchte sich dann im Telefonbuch meinen Namen. So hätte ich es wenigstens an seiner

Stelle gemacht – und nach dem, was ich durch das Fenster beobachten konnte, hat er es auch so gemacht, nach seinen Bewegungen zu urteilen.«
»Also arbeitet die Polizei *für* ihn«, sagte Grayson.
»Nicht unbedingt. Aber wenn sie damals einen Fehler gemacht hat, so wird sie nicht wünschen, daß es jetzt herauskommt.«
»Fehler?« Er lachte fast schrill.
»Nun gut«, sagte ich, »das Thema ist schmerzlich für Sie – aber etwas frische Luft kann nicht schaden. Sie haben doch immer geglaubt, daß er sie ermordet hat? Und deshalb engagierten Sie damals diesen Polizeidetektiv?«
Frau Grayson sah mit raschem Blick auf, duckte dann schnell wieder den Kopf und rollte ein Paar gestopfte Socken zusammen. Grayson schwieg.
Ich sagte: »Hatten Sie irgendwelche Anhaltspunkte – oder geschah es nur, weil er Ihnen nicht sympathisch war?«
»Es waren Anhaltspunkte da«, sagte Grayson bitter. Und mit einer plötzlich ganz klaren Stimme – als habe er sich entschlossen, jetzt doch davon zu sprechen – fuhr er fort: »Es muß Beweise gegeben haben. Das wurde uns gesagt. Besonders ein Beweisstück. Aber wir haben es nie erfahren. Dafür hat die Polizei gesorgt.«
»Ich hörte, sie haben den Mann verhaftet und wegen Trunkenheit am Steuer ins Gefängnis gesteckt.«
»Da haben Sie richtig gehört.«
»Aber er hat Ihnen nie gesagt, auf welchen Beweis er sich stützen wollte?«
»Nein.«
»Das gefällt mir nicht«, sagte ich. »Das sieht so aus, als sei der Bursche unentschieden gewesen, ob er seinen Beweis Ihnen zur Verfügung stellen oder lieber behalten wollte, um eine Schraube für den Doktor in der Hand zu haben.«
Grayson sah wieder zu seiner Frau hinüber. Sie sagte ruhig: »Diesen Eindruck hat mir Mr. Talley eigentlich nicht gemacht. Er war ein stiller, bescheidener kleiner Mensch. Aber natürlich kann man so etwas nie wissen, nicht?«
Ich sagte: »Also Talley hieß er. Das war das eine, was ich von Ihnen erfahren wollte.«
»Und was war das andere?« fragte Grayson.
»Wie kann ich Talley finden? Und wo liegt die innerste Ursache Ihres Verdachtes? Sie müssen diesen Verdacht längst gehegt haben, sonst hätten Sie Talley nicht engagiert – wenn er Ihnen nicht in Aussicht stellte, einen sicheren Anhaltspunkt zu besitzen.«
Grayson lächelte sehr dünn und etwas gekünstelt. Er griff an sein kleines Kinn und rieb es mit seinen langen gelben Fingern.
»Morphium«, sagte Mrs. Grayson.
»Sie meint das buchstäblich«, sagte Grayson sofort, als sei dieses eine Wort

das grüne Licht gewesen, das die Schleusen öffnete. »Almore war und ist ohne Zweifel noch immer ein Morphiumspezialist. Das hat uns unsere Tochter erklärt. Sogar in seiner Gegenwart. Es war ihm sehr unangenehm.«

»Was verstehen Sie unter einem Morphiumspezialisten, Mr. Grayson?«

»Ich verstehe darunter einen Arzt, dessen Praxis größtenteils aus Leuten besteht, die hart am Rande eines nervösen Zusammenbruchs stehen – wegen Trunk und Ausschweifung. Leute, die schon lange Narkotika und Schlafmittel bekommen haben. Es tritt der Augenblick ein, da ein ehrenhafter Arzt sich weigert, sie weiter zu behandeln – das heißt, außerhalb eines Sanatoriums. Aber nicht Ärzte wie Dr. Almore. *Sie* behandeln weiter, solange Geld daraus zu machen ist, solange der Patient am Leben bleibt und geistig nicht absolut gestört ist, auch wenn er zum hoffnungslosen Trinker und Morphinisten wird. Eine lukrative Praxis«, sagte er affektiert, »jedoch nicht ganz ungefährlich für den Arzt.«

»Zweifellos«, sagte ich. »Aber eine, bei der viel Geld zu machen ist. Kannten Sie einen Mann namens Condy?«

»Nein. Wir wissen nur, wer er war. Florence vermutete, daß Almore von ihm seine Rauschgifte bezog.«

»Kann schon sein«, sagte ich. »Wahrscheinlich wollte er nicht selbst allzu viele Rezepte schreiben. Kannten Sie Lavery?«

»Wir haben ihn nie gesehen, aber wir wissen, wer er ist.«

»Ist Ihnen jemals der Gedanke gekommen, daß Lavery vielleicht versuchte, Dr. Almore zu erpressen?«

Dieser Gedanke war ihnen neu. Grayson fuhr sich mit der Hand über den Kopf und ließ sie dann über das Gesicht gleiten, um sie endlich auf sein knochiges Knie fallen zu lassen. Er schüttelte den Kopf.

»Nein. Warum sollte er?«

»Er war der erste bei der Leiche Ihrer Tochter. Was es auch war, was Talley gefunden hat – Lavery muß es ebenso aufgefallen sein.«

»Ist Lavery denn solch ein Mensch?«

»Ich weiß es nicht. Jedenfalls hat er kein nachweisbares Einkommen, keine Stellung, kein Geschäft. Und lebt dabei einen sehr guten Tag – besonders bei Frauen.«

»Das ist freilich ein Gesichtspunkt«, nickte Grayson. »Und diese Dinge können ja sehr unauffällig gehandhabt werden.« Er lächelte trocken. »In meinem Beruf bin ich solchen Sachen gelegentlich auf die Spur gekommen. Darlehen ohne Sicherheiten, lang überzogene Termine, Kapitalanlagen, die ganz offensichtlich wertlos waren, von Leuten, denen man nie eine unsichere Kapitalanlage zugetraut hätte. Faule Schulden, die längst eingeklagt sein müßten und doch nicht eingeklagt wurden, aus Angst, dadurch eine unliebsame Untersuchung herauszufordern. O ja, solche Dinge lassen sich leicht arrangieren.«

Ich sah Frau Grayson an. Ihre Hände arbeiteten pausenlos. Sie hatte ein Dutzend Paar Socken gestopft. Graysons harte knochige Füße waren wahrscheinlich katastrophal für seine Socken.
»Was passierte Talley? Hat man ihn hereingelegt?«
»Ich glaube es bestimmt. Seine Frau war sehr erbittert. Sie behauptete, er habe in einer Bar ein Getränk mit Rauschgift bekommen. Einer von der Polizei soll es ihm gegeben haben. Sie sagte, ein Polizeiwagen habe auf der anderen Straßenseite auf ihn gewartet, bloß auf den Augenblick, daß er startete, und habe ihn sofort aufgegriffen. Sie behauptete auch, daß man ihn nur aufs oberflächlichste untersucht habe.«
»Das will nicht viel heißen. Das hat er ihr erzählt, nachdem er arrettiert wurde. Natürlich hat er ihr da automatisch die Sache so dargestellt.«
»Ach, ich finde den Gedanken schrecklich, daß die Polizei nicht ehrlich ist«, meinte Grayson. »Aber solche Dinge kommen tatsächlich vor, und jeder Mensch weiß, daß sie vorkommen.«
Ich sagte: »Es ist nicht unmöglich, daß sie einen ehrlichen Irrtum bei dem Tode Ihrer Tochter begingen – und dann wollten sie vermeiden, daß Talley ihn aufdeckte und sie blamierte. Denn das bedeutete, daß mehrere Beamte ihren Posten verloren hätten. Und wenn sie glaubten, daß er tatsächlich auf Erpressung aus war, so werden sie wohl nicht sehr wählerisch mit ihren Methoden gewesen sein. Wo ist Talley jetzt? Denn die Quintessenz der ganzen Sache ist doch: Wenn es tatsächlich einen Beweis gab, so hat er ihn entweder gehabt oder er war ihm zumindest auf der Spur und wußte, wo er ihn zu suchen hatte.«
Grayson antwortete: »Wir wissen nicht, wo er steckt. Er hat damals sechs Monate bekommen, aber die sind längst vorbei.«
»Und wie steht es mit seiner Frau?«
Wieder sah er zu seiner Frau hin. Sie sagte kurz: »1618½ Westmorestraße, Bay City. Eustace und ich haben ihr ein wenig Geld geschickt. Sie blieb in ziemlicher Not zurück.«
Ich notierte mir die Adresse, lehnte mich in meinen Stuhl zurück und sagte: »Lavery ist heute früh in seinem Badezimmer erschossen worden.«
Frau Graysons fleißige Hände blieben still auf dem Rande ihres Flickkorbes liegen. Grayson saß mit offenem Munde, die Pfeife in der Hand. Er machte ein Geräusch, als räuspere er sich leise, wie man es wohl in Gegenwart des Todes tut. Langsam, ganz langsam schob er seine alte schwarze Pfeife wieder zwischen die Zähne.
»Natürlich hieße es ... Vermutungen zu weit treiben«, sagte er, ließ dann den Satz in der Luft hängen und blies ihm eine kleine blasse Rauchwolke nach, »wenn man darin einen Zusammenhang mit Dr. Almore suchen wollte.«
»Mir liegt diese Vermutung nicht fern«, sagte ich, »und mir käme eine solche

Lösung sehr gelegen. Zweifellos spricht die Lage der Häuser dafür. Die Polizei denkt, die Frau meines Klienten hat ihn erschossen. Sie haben einen klaren Fall, wenn sie sie erwischen. Wenn aber Almore etwas damit zu tun hat, so geht das sicherlich zurück auf den Tod Ihrer Tochter. Und deshalb versuche ich, darüber mehr in Erfahrung zu bringen.«
Grayson sagte: »Ein Mann, der einmal einen Mord beging, hat sicher nur noch fünfundzwanzig Prozent der natürlichen Hemmungen, wenn es sich um einen zweiten handelt.« Er sprach, als habe er solche Fragen eingehend studiert.
»Das kann schon sein«, gab ich zu. »Was könnte aber das wirkliche Motiv des ersten Mordes gewesen sein?«
»Florence war wild und leichtsinnig«, sagte er traurig. »Ein wildes, schwieriges Mädchen. Sie war extravagant und verschwenderisch, suchte sich immer neue und oft sehr zweifelhafte Freunde, sprach zu viel und zu laut und handelte gewöhnlich töricht. Eine solche Frau kann sehr gefährlich sein für einen Mann wie Albert S. Almore. Aber ich glaube nicht, daß dies der Hauptgrund war – oder, Lettie?«
Er sah auf seine Frau, aber sie blickte ihn nicht an. Sie stocherte mit einer Nadel in einem Wollknäuel herum und sagte nichts. Grayson seufzte und fuhr fort: »Wir hatten Grund zu der Annahme, daß Almore Beziehungen zu seiner Sprechstundenhilfe unterhielt und daß Florence ihm mit einem offenen Skandal gedroht hatte. Und den durfte er nicht riskieren, nicht wahr? Denn ein Skandal – gleichviel welcher Art – führt rasch zu einem anderen.«
Ich sagte: »Und wie kann er sie ermordet haben?«
»Mit Morphium natürlich. Er hatte es immer, und er benutzte es immer. Er ist ein Experte in der Anwendung von Morphium. Und als sie dann in tiefer Betäubung lag, brachte er sie in die Garage, legte sie unter den Wagen und ließ den Motor laufen. Es hat keine Leichenschau stattgefunden, müssen Sie wissen. Denn sonst wäre es bekanntgeworden, daß sie in dieser Nacht eine Morphiumspritze bekommen hatte.«
Ich nickte. Er lehnte sich befriedigt zurück, strich sich wieder mit der Hand über den Kopf. Auch diesem Gesichtspunkt hatte er offenbar besondere Aufmerksamkeit gewidmet.
Ich betrachtete die beiden. Ein ältliches Ehepaar, das ruhig in seiner altmodischen Wohnung saß und das Gift des Hasses in der Seele nährte, anderthalb Jahre nach dem Geschehenen. Sie wären froh, wenn Almore Lavery erschossen hätte. Sie wären glücklich darüber. Es würde ihre alten trockenen Seelen mit tiefer Freude erfüllen ...
Nach einer Pause sagte ich: »Sie glauben an vieles, weil Sie wünschen, daß es wahr ist. Es ist immerhin möglich, daß sie Selbstmord beging und daß die Vertuschungsmanöver nur in Szene gesetzt wurden, um Condys Spiel-

klub und seinen Rauschgifthandel zu decken und um ein öffentliches Verhör Almores zu unterdrücken.«

»Unsinn«, sagte Grayson scharf. »Er hat sie einwandfrei ermordet. Sie lag im Bett und schlief.«

»Das wissen Sie nicht. Vielleicht hat sie selbst ein Schlafmittel genommen, und das hat vielleicht nicht lange genug vorgehalten. Sie kann mitten in der Nacht aufgewacht sein und sich im Spiegel angesehen haben – und in solchen Fällen schaut manchmal der Teufel aus dem Glas heraus. Auch solche Dinge passieren.«

»Ich glaube, Sie haben jetzt unsere Zeit genug beansprucht«, sagte Grayson.

Ich stand auf und bedankte mich bei beiden. In der Tür fragte ich noch: »Sie haben nichts Weiteres erfahren, nachdem Talley verhaftet wurde?«

»Doch – ich sprach mit einem Bezirksanwalt namens Leach«, knurrte Grayson. »Ohne jedes Resultat. Er sah keinen Punkt, an dem er zwecks eines Einspruchs einhaken konnte. Hatte nicht einmal Interesse für die Rauschgifte. Aber Condys Spielklub wurde einen Monat später geschlossen. Das kann daraufhin geschehen sein.«

»Nun, vermutlich tat es die Polizei von Bay City, um etwas Staub aufzuwirbeln, der niemandem weh tat. Wenn man es geschickt anstellte, könnte man Condys Spielklub sicherlich an anderer Stelle finden. Mit intakter Originalausstattung.«

Wieder wandte ich mich zur Tür, aber diesmal erhob sich Grayson aus seinem Stuhl und kam mir nach. Auf seinem gelben Gesicht lag eine leichte Röte.

»Ich wollte nicht unhöflich sein«, sagte er. »Ich glaube, es ist unrecht, daß Lettie und ich immer wieder über das alles nachgrübeln – und mit soviel Bitterkeit.«

»Sie hatten sehr viel Geduld mit mir«, sagte ich. »War noch irgend jemand in den Fall verwickelt, dessen Name noch nicht gefallen ist?«

Er schüttelte den Kopf und blickte wieder auf seine Frau. Ihre Hände hielten regungslos die Socke, die jetzt an der Reihe war, auf dem Stopfpilz, sie neigte den Kopf leicht zur Seite. Sie sah aus, als horchte sie auf etwas – aber nicht auf unsere Worte.

»Soweit ich Sie richtig verstanden habe, hat die Sprechstundenhilfe Dr. Almores in jener Nacht Ihre Tochter zu Bett gebracht. War das dasselbe Mädchen, mit dem er vermutlich eine Liebschaft hatte?«

Frau Grayson sagte scharf: »Warten Sie einen Augenblick. Wir haben das Mädchen selbst niemals gesehen. Aber sie hatte einen hübschen Namen. Warten Sie einen Augenblick – er muß mir gleich einfallen.«

Wir warteten. »Mildred Soundso«, sagte sie dann und biß die Zähe aufeinander.

Ich atmete tief. »Kann es – Mildred Haviland gewesen sein, Mrs. Grayson?«

Sie lächelte erleichtert und nickte. »Natürlich. Mildred Haviland. Erinnerst du dich nicht, Eustace?«
Er erinnerte sich nicht. Er machte ein Gesicht wie ein Pferd, das in einen falschen Stall geraten ist. Er öffnete die Tür für mich: »Was tut es überhaupt zur Sache?«
»Und Sie sagten, Talley war ein kleiner Mann«, bohrte ich weiter, »man könnte ihn keinesfalls mit einem lauten, frechen, anmaßenden Riesenkerl verwechseln?«
»O nein, bestimmt nicht!« sagte Mrs. Grayson. »Mr. Talley ist kaum mittelgroß, ein Mann in mittleren Jahren, mit bräunlichem Haar und einer sehr ruhigen Stimme. Er sieht etwas ... ja, etwas bekümmert aus. Ich meine nicht nur durch sein Unglück, sondern immer.«
»Scheint alle Ursache dazu zu haben«, sagte ich.
Grayson streckte mir seine knochige Hand entgegen – es war, als ob ich einen Handtuchständer schüttelte.
»Wenn Sie ihn festnageln können«, sagte er und krampfte seinen Mund hart um das Mundstück seiner Pfeife, »kommen Sie wieder und präsentieren Sie eine Rechnung. Ich meine natürlich Almore.«
Ich erwiderte, ich hätte verstanden, daß er Almore meinte, und von einer Rechnung könne keine Rede sein.
Ich ging durch die stille Vorhalle zurück. Auch der Fahrstuhl mit Selbstbedienung war mit rotem Plüsch ausgestattet. Ein ältlicher Geruch hing darin – wie wenn drei Witwen Tee tränken.

24

Das Haus in der Westmore Street war ein kleiner Fachwerkbau hinter einem größeren Gebäude. Es trug keine Hausnummer, aber über der Tür des großen Hauses hing ein Emailschild unter einem Lämpchen: 1618. Ein schmaler Fußweg führte an der Hauswand entlang nach hinten. Das kleine Haus hatte eine winzige Porch, auf der ein einziger Stuhl stand. Ich drückte auf die Klingel.
Man hörte sie ganz in der Nähe anschlagen. Die Vordertür hinter dem Windfang stand offen, aber es war kein Licht im Haus. Aus der Dunkelheit fragte eine weinerliche Stimme: »Was gibt's denn?«
Ich sprach in die Dunkelheit hinein: »Ist Herr Talley zu Hause?«
Die Stimme wurde hart und tonlos: »Wer möchte ihn sprechen?«
»Ein Freund.«
Die Frau in dem dunklen Hause machte ein kleines Geräusch, das vielleicht ein Lachen sein sollte. Vielleicht aber hatte sie sich auch nur geräuspert.

»Gut«, sagte sie. »Und wieviel macht es?«

»Diesmal ist es keine Rechnung, Mrs. Talley«, sagte ich. »Ich nehme an, Sie sind Mrs. Talley?«

»Ach, gehen Sie weiter und lassen Sie mich in Ruhe«, sagte die Stimme. »Mr. Talley ist nicht hier. Ist nicht hier gewesen. Wird nicht hier sein!«

Ich drückte meine Nase gegen die Windfangtür und versuchte, in den Raum dahinter zu spähen. Ich erkannte undeutlich die Möbel. In der Richtung, aus der die Stimme kam, sah ich die vagen Umrisse einer Couch, auf der eine Frau lag. Sie schien auf dem Rücken zu liegen und zur Decke hinaufzusehen. Sie bewegte sich nicht

»Ich bin krank«, sagte die Stimme. »Ich habe Kummer genug gehabt. Gehen Sie doch weiter und lassen Sie mich in Ruhe!«

Ich sagte: »Ich komme gerade von einem Gespräch mit den Graysons.«

Eine kleine Pause entstand. Aber es bewegte sich nichts. Endlich ein kleiner Seufzer: »Ich habe nie etwas von ihnen gehört.«

Ich lehnte mich gegen den Rahmen des Windfangs und sah auf den schmalen Weg zurück, der zur Straße führte. Gegenüber stand ein Wagen mit abgeblendeten Scheinwerfern. Auch andere Wagen standen längs des Blocks.

Ich sagte: »Doch, Sie haben von ihnen gehört. Ich arbeite für die Graysons, Mrs. Talley. Sie haben immer noch ihren alten Kummer. Und wie steht's mit Ihnen? Möchten Sie nicht wieder Ihr altes Leben führen?«

»Ruhe will ich haben«, schrie die Stimme.

»Ich brauche eine Auskunft«, sagte ich, »und ich werde sie bekommen. Friedlich, wenn es geht. Weniger friedlich, wenn es sein muß.«

Wieder die weinerliche Stimme: »Was – schon wieder ein Polizist?«

»Sie wissen, daß ich kein Polizist bin, Mrs. Talley«, sagte ich. »Die Graysons würden sich nicht einem Polizisten anvertrauen. Rufen Sie sie an, und fragen Sie nach.«

»Ich kenne keine Graysons, und wenn ich sie kennen würde – ich habe kein Telefon. Gehen Sie doch weiter, Sie Polizist! Ich bin krank. Schon seit einem Monat.«

»Mein Name ist Marlowe«, sagte ich. »Philipp Marlowe. Ich bin Privatdetektiv aus Los Angeles. Ich habe mit den Graysons gesprochen. Ich habe durch sie verschiedenes in der Hand, aber ich muß Ihren Mann selbst sprechen.«

Die Frau auf der Couch ließ ein leises hysterisches Lachen hören, das kaum bis zur Tür drang. »Sie haben verschiedenes in der Hand. Dieselbe Redensart! Lieber Gott, genau dieselbe. Sie haben verschiedenes in der Hand. Auch George Talley hatte verschiedenes in der Hand – früher einmal!«

»Er kann seine Chancen wiedergewinnen«, erklärte ich, »wenn er seine Kar-

ten richtig ausspielt.« – »Wenn es darauf ankommt«, sagte sie, »so streichen Sie ihn nur gleich von Ihrer Liste.«
Ich lehnte mich gegen den Türrahmen und strich mir über's Kinn. Auf der Straße hatte jemand eine scharfe Taschenlampe angeknipst – warum, war nicht ersichtlich. Sie ging wieder aus. Es schien ganz nah bei meinem Wagen zu sein.
Der helle Fleck des Gesichts auf der Couch bewegte sich und verschwand. Man sah nur noch undeutlich das Haar. Die Frau hatte das Gesicht zur Wand gedreht. »Ich bin müde«, sagte sie, und ihre Stimme klang noch undeutlicher, da sie gegen die Wand sprach. »Ich bin so unendlich müde. Geben Sie's auf, junger Mann. Seien Sie nett, und gehen Sie!«
»Könnte etwas Geld Ihnen nützlich sein?« fragte ich.
»Riechen Sie denn nicht den Zigarrenrauch?«
Ich schnupperte – ich roch keinen Zigarrenrauch. »Nein«, sagte ich.
»Sie sind hier gewesen. Sie sind über zwei Stunden hier gewesen. Mein Gott, hab' ich das alles satt! Gehen Sie doch endlich!«
»Was soll das, Mrs. Talley ...«
Sie drehte sich auf der Couch um, und ich sah wieder den hellen Fleck ihres Gesichtes. »Ja, was soll das?« meinte sie. »Ich kenne Sie nicht. Ich wünsche Sie auch nicht zu kennen. Ich habe Ihnen nichts zu sagen. Und ich würde Ihnen nichts sagen, auch wenn ich etwas zu sagen hätte. Ich lebe hier, junger Mann – wenn Sie so etwas ›leben‹ nennen wollen. Immerhin ist es dem Leben so ähnlich, wie ich es schaffen kann. Ich will nichts als mein bißchen Ruhe und Frieden. Und jetzt gehen Sie endlich und lassen Sie mich allein.«
»Bitte, lassen Sie mich ins Haus«, bat ich. »Wir müssen darüber sprechen. Ich glaube, ich kann Ihnen beweisen ...«
Sie sprang plötzlich auf von der Couch, und ihre Füße stampften auf den Boden. Eine kalte Wut war in ihrer Stimme. »Wenn Sie jetzt nicht machen, daß Sie wegkommen, dann schreie ich um Hilfe, was ich schreien kann. Aber sofort! Sofort!«
»Schon gut«, sagte ich rasch. »Ich stecke Ihnen meine Karte unter die Tür, damit Sie meinen Namen nicht vergessen. Sie könnten anderen Sinnes werden.«
Ich zog die Karte heraus und steckte sie in eine Ritze unter der Windfangtür. Ich sagte: »Recht gute Nacht, Mrs. Talley.«
Keine Antwort. Ihre Augen sahen mich durch das dunkle Zimmer an, sie schimmerten ganz matt. Ich ging die Stufen hinunter und den schmalen Weg zur Straße zurück.
Jenseits der Straße brummte ein Motor leise in jenem Wagen, der mit abgeblendeten Scheinwerfern dastand. Nun ja – Motore brummen in tausend Wagen auf tausend Straßen –, was war dabei.

Die Westmore Street führte von Norden nach Süden – auf der »verkehrten« Stadtseite. Ich fuhr nordwärts. An der nächsten Ecke rumpelte ich über ausgediente Straßenbahnschienen und landete gleich darauf in einem Autofriedhof. Hinter Holzgittern lagen die ausgeschlachteten Leichname zahlloser alter Automobile in grotesken Haufen, wie auf einem modernen Schlachtfeld. Stöße von verrosteten Einzelteilen waren im Mondlicht zu dachhohen Stapeln geschichtet, und dazwischen liefen richtige Straßen.
In meinem Rückspiegel tauchten Scheinwerfer auf. Sie wurden größer. Ich trat aufs Gas, zog die Schlüssel aus der Tasche und schloß das kleine Fach am Schaltbrett auf. Ich nahm meinen .38er heraus und legte ihn auf den Sitz dicht neben mich.
Hinter dem Autofriedhof erstreckte sich eine Ziegelei. Der große Schornstein des Brennofens rauchte nicht, er ragte weit über das öde Gehöft. Haufen von dunklen Ziegeln, ein hoher Holzschuppen ohne Schild – Leere, keine Bewegung, keine Menschen, kein Licht.
Der Wagen hinter mir gewann Terrain. Das leise Heulen einer kaum berührten Sirene durchschnitt die Nacht. Der Ton rollte über die Ausläufer eines verrotteten Golfplatzes im Osten, über den Ziegeleihof im Westen. Ich gab noch mehr Gas, aber es nützte nichts. Der Wagen hinter mir kam schnell nach vorn, und ein großes rotes Stoplicht schien grell über die ganze Straße.
Der Wagen kam in gleiche Höhe mit mir und schickte sich an, mir den Weg abzuschneiden. Ich warf den Chrysler herum, schwenkte hinter dem Polizeiwagen aus und machte einen U-Bogen mit knapp einem Zoll Spielraum. Dann drehte ich auf und fuhr, was der Wagen hergab, in entgegengesetzter Richtung. Hinter mir hörte ich Bremsen quietschen, Schaltungen kratzen, ein wütendes Aufheulen des Motors, und das rote Stoplicht fegte wieder weithin über den Hof der Ziegelei.
Es hatte keinen Zweck. Sie waren hinter mir und kamen schnell näher. Mir fiel kein Ausweg mehr ein. Ich wollte nur zurück – bis ich wieder zwischen den Häusern war, unter Menschen, die vielleicht herauskamen und sich später vielleicht erinnerten ...
Es war nichts zu machen. Der Polizeiwagen schob sich an meine Seite, und eine grobe Stimme schrie: »Stop – oder wir schießen!«
Ich fuhr an die Bordschwelle und zog die Bremsen an. Den Revolver legte ich wieder in das kleine Fach und schloß ab. Der Polizeiwagen schwankte in seinen Federn genau vor meinem linken Schutzblech. Ein fetter Kerl sprang heraus und brüllte:
»Haben Sie noch nie eine Polizeisirene gehört? Raus aus dem Wagen!«
Ich stieg aus und stand im Mondlicht neben dem Chrysler. Der fette Kerl

hatte einen Revolver in der Hand. »Her mit Ihrem Führerschein!« bellte er mit einer Stimme, die so hart war wie Stahl.
Ich zog ihn wortlos heraus und reichte ihn ihm. Der andere Polizist glitt hinter dem Steuer seines Wagens hervor, kam auf meine andere Seite und nahm, was ich hinhielt. Er knipste seine Taschenlampe an und las.
»So, Marlowe heißt er«, sagte er. »Teufel, der Kerl ist Privatdetektiv! Stell dir das vor, Cooney!«
Cooney sagte: »Weiter nichts? Na, dann werd' ich den nicht brauchen.« Er steckte seinen Revolver wieder in die Hüfttasche und knöpfte sie zu. »Ich denke, mit dem Kerl werd' ich auch so fertig«, sagte er. »Auch ohne Waffe.«
Der andere grinste: »Na ja. Fünfundfünfzig gefahren und betrunken! Sollte mich nicht wundern!«
»Na, schnupper doch mal, wie der Hund riecht!« meinte Cooney.
Der andere beugte sich noch immer höhnisch grinsend vor und sagte höflich: »Gestatten der Herr Privatdetektiv?«
Er roch an meinem Atem.
»Hm«, sagte er. »Er duftet nicht, das muß ich zugeben.«
»Ziemlich kühl für 'ne Sommernacht. Laden Sie den Burschen doch zu einem kräftigen Trunk ein, Leutnant Dobbs.«
»Keine schlechte Idee«, sagte Dobbs. Er ging zum Wagen und zog eine Halbliterflasche heraus. Er hielt sie hoch. Sie war zu einem Drittel voll. »Nur eine leichte Mischung«, sagte er. Hielt mir die Flasche hin. »Trinken Sie nur – auf Ihr eigenes Wohl!«
»Und wenn ich es vorziehe, nicht zu trinken?«
»Sagen Sie das nicht«, grinste Cooney. »Sonst kommen wir auf den häßlichen Gedanken, Sie hätten lieber ein paar Fußabdrücke auf Ihrem Magen!«
Ich nahm die Flasche, entkorkte sie und roch daran. Sie roch nach Whisky. Purem Whisky.
»Sie können nicht immer wieder dasselbe Ding drehen«, sagte ich.
Cooney ließ sich nicht stören. »Es ist genau acht Uhr und siebenundzwanzig. Schreiben Sie es auf, Leutnant Dobbs.«
Dobbs ging zum Wagen und beugte sich hinein, um eine Anmerkung in seinem Bericht zu machen. Ich hielt die Flasche hoch und sagte zu Cooney: »Sie bestehen darauf, daß ich das trinke?«
»Nein. Ich kann Ihnen ebensogern ein paar Fußtritte verabfolgen.«
Ich hielt die Flasche an den Mund, schloß die Kehle fest zu und füllte den Mund mit Whisky. Cooney stieß vor und landete seine Faust in meiner Magengrube. Ich spuckte den Whisky aus und beugte mich vor und würgte. Die Flasche ließ ich fallen.
Ich bückte mich, um sie aufzuheben, und sah Cooneys fettes Knie dicht vor meinem Gesicht. Ich sprang zur Seite, richtete mich auf und schlug ihn mit

aller Kraft und meinem ganzen Gewicht auf die Nase. Seine linke Hand fuhr in sein Gesicht, seine Stimme heulte auf, und seine Rechte griff nach der Revolvertasche. Dobbs rannte mich von der Seite an und schwang seinen Arm nach unten. Der Gummiknüppel traf mich in die linke Kniekehle, das Bein war betäubt, und ich setzte mich hart auf die Erde, zähneknirschend und Whisky spuckend.

Cooney zog seine Hand vom Gesicht. Sie war voll Blut.

»Jesus«, jammerte er mit krächzender dicker Stimme, »das ist Blut! *Mein* Blut!« Er stieß ein wildes Gebrüll aus und schwang seinen Fuß gegen mein Gesicht.

Ich rollte gerade weit genug, um den Tritt nur in die Schulter zu bekommen. Das genügte. Dobbs schob sich zwischen uns und sagte:

»Schluß, Charlie. Wir haben, was wir brauchen. Wir wollen die Sache lieber nicht übertreiben.«

Cooney stolperte drei Schritte rückwärts, setzte sich auf das Trittbrett des Polizeiwagens und hielt sich das Gesicht. Er suchte nach einem Taschentuch und betupfte behutsam seine Nase.

Dobbs sagte: »Stell dich nicht an. Wir haben genug. Es ist programmgemäß verlaufen.« Er klopfte mit dem Gummiknüppel sanft gegen sein Bein. Cooney stand vom Trittbrett auf und stolperte vorwärts. Dobbs hielt ihm die Hand vor die Brust und schob ihn zurück. Cooney versuchte, die Hand wegzustoßen.

»Blut will ich sehen«, brüllte er. »Der dreckige Hund! Blut!«

Dobbs sagte scharf: »Nichts zu machen. Reg dich ab. Wir haben, was wir brauchen.«

Cooney wandte sich um und ging schwerfällig auf die andere Seite des Polizeiwagens. Er lehnte sich dagegen und murmelte etwas in sein Taschentuch.

Dobbs sagte zu mir: »Los, aufgestanden, Freundchen.«

Ich stand auf und rieb mir die Kniekehle. Der Nerv darin raste wie ein wildgewordener Affe. »Rein in den Wagen«, sagte Dobbs.

Ich ging hinüber und stieg in den Polizeiwagen.

Dobbs sagte: »Du fährst die andere Karre, Charlie.«

»Gottverdammich, wenn ich ihr nicht alle Kotflügel abreiße!« brummte Cooney.

Dobbs hob die Whiskyflasche auf, warf sie über den Zaun und setzte sich in den Wagen neben mich. Er drückte auf den Starter. »Das geht auf Ihre Kosten, Freundchen«, sagte er. »Sie hätten ihn lieber nicht schlagen sollen.«

»Und warum nicht?« fragte ich.

»Er ist ein guter Kerl«, sagte Dobbs. »Nur etwas heftig.«

»Aber nicht witzig, keineswegs witzig.«

»Sagen Sie das nicht vor ihm«, meinte Dobbs. Der Polizeiwagen fuhr an. »Damit treten Sie ihm auf die Hühneraugen!«
Cooney knallte die Tür des Chrysler zu, startete und haute die Gänge hinein, als versuchte er, sie zu zerbrechen. Dobbs wendete den Polizeiwagen geschickt und fuhr wieder nordwärts am Hof der Ziegelei entlang.
»Ihr neues Gefängnis wird Ihnen gefallen«, sagte er.
»Wie lautet Ihre Anzeige?«
Er überlegte einen Augenblick, vorsichtig und elegant fahrend, und beobachtete gleichzeitig im Spiegel Cooney, der im Chrysler folgte.
»Zu schnell gefahren«, sagte er. »Weigerung, anzuhalten. Und vor allem SB.« SB ist ein Polizeiausdruck für »schwer betrunken«.
»Wie wäre es: ›Vor den Magen geschlagen, in die Schulter getreten, unter Androhung von Körperbeschädigung zum Trinken gezwungen, mit dem Revolver bedroht und mit dem Gummiknüppel geschlagen, während ich unbewaffnet war‹?«
»Ach, quatschen Sie nicht«, sagte er verdrießlich. »Glauben Sie vielleicht, ich kann mir keinen netteren Zeitvertreib denken?«
»Ich dachte, diese Stadt wäre einmal ausgemistet worden, wenigstens so weit, daß ein anständiger Mensch nachts ohne kugelsichere Weste durch die Straßen gehen kann.«
»Ja, ausgemistet haben sie schon, aber nicht allzu gründlich. Dann gäb's ja keinen schmierigen Dollar mehr zu verdienen.«
»Sagen Sie so etwas nicht«, bemerkte ich. »Es könnte Sie Ihre Charge kosten.«
Er lachte: »Der Teufel soll sie allesamt holen. In zwei Wochen bin ich Soldat!«
Für ihn war der kleine Zwischenfall erledigt. Er bedeutete ihm nichts. Er war alltäglich und natürlich. Er verspürte nicht einmal einen bitteren Nachgeschmack.

26

Die Zelle war fast funkelnagelneu. Die eisengraue Farbe der Stahlwände und der Tür hatte noch den ersten Glanz der Frische – nur an zwei oder drei Stellen etwas mit Tabaksaft besudelt. Das Oberlicht war in die Decke eingelassen, eine schwere Drahtglasscheibe. Auf der einen Seite der Zelle standen zwei Pritschen; auf der oberen schnarchte ein Mann, eine dunkelgraue Decke um sich gewickelt. Da er schon so früh schlief und nicht nach Whisky oder Gin roch und sich außerdem die obere Pritsche ausgesucht hatte, wo er nicht im Wege war, nahm ich an, daß es sich um einen alten Logiergast handelte.
Ich setzte mich auf das untere Bett. Sie hatten mich nach Waffen abgefühlt, aber nicht meine Taschen umgedreht. Ich holte eine Zigarette heraus und rieb

mir die brennende Schwellung in der Kniekehle. Der Schmerz strahlte bis ins Fußgelenk aus. Der Whisky, den ich auf die Vorderseite meines Rockes gehustet hatte, roch schal und widerlich. Ich hielt den Stoff hoch und blies meinen Zigarettenrauch hinein. Der Rauch flutete empor zu dem flachen Viereck von hellem Glas in der Decke. Das Gefängnis war sehr still. Irgendwo – es klang sehr entfernt – machte eine Frau schrillen Lärm, wohl in einem andern Teil des Gebäudes. Mein Teil war ruhig wie eine Kirche.

Die Frau schrie, wo sie auch sein mochte. Es war ein dünner, scharfer, unwirklicher Ton, ähnlich wie die Kojoten im Mondlicht heulen. Nach einer Weile verstummte sie.

Ich rauchte zwei Zigaretten bis zu Ende und warf die Stummel in die kleine Toilette in der Ecke. Der Mann im oberen Bett schnarchte noch immer. Alles, was ich von ihm zu sehen bekam, war ein Büschel feuchtes, fettiges Haar, das über den Rand der Decke heraussah. Er schlief auf dem Bauch. Er schlief fest. Er gehörte zur guten Sorte.

Ich setzte mich wieder auf die Pritsche. Sie war aus Stahlfedern, mit einer harten dünnen Matratze. Zwei dunkelgraue Decken lagen sauber gefaltet darauf. Kein schlechtes Gefängnis, wirklich. Es lag im zwölften Stock des neuen Rathauses. Ein nettes Rathaus, wirklich. Und ein nettes Städtchen, dieses Bay City. Leute lebten dort, und sie fanden das Leben nett. Wenn ich hier wohnte, wäre ich wahrscheinlich derselben Meinung. Ich würde die hübsche blaue Bucht sehen, die Klippen, den Yachthafen, die stillen Straßen mit den ruhigen Häusern – alten Häusern, die unter alten Bäumen träumten, und neuen Häusern mit scharf grünen Rasen und Drahtzäunen und frischgepflanzten Stecklingen längs der Wege, die durch die Gärten zu den Häusern führten. Ich kannte ein Mädchen, das in der fünfundzwanzigsten Straße wohnte. Eine nette Straße. Ein nettes Mädchen. Sie mochte Bay City gern.

Sie dachte bestimmt mit keinem Gedanken an die Elendsviertel der Neger und Mexikaner mit ihren häßlichen Mietskasernen südlich der alten Straßenbahnschienen. Auch nicht an die Hafenkneipen am flachen Ufer südlich der Klippen, die schweißriechenden kleinen Tanzlokale, die Marihuanaschenken, die schlauen Fuchsgesichter über den Zeitungen allzu stiller Hotelhallen, die Taschendiebe und Zuhälter, die betrunkenen Matrosen und Schieber und Kupplerinnen und Straßendirnen.

Ich ging durch die Zelle und blieb an der Tür stehen. Niemand kam über den Korridor. Die Lichter im Zellenblock waren abgeblendet und verschwiegen. Offenbar war kein großer Betrieb im Gefängnis.

Ich sah auf meine Uhr. Neun Uhr vierundfünfzig. Zeit, nach Hause zu gehen, in die Hausschuhe zu fahren und eine Partie Schach zu spielen. Zeit für ein nettes kühles Getränk und eine lange gemütliche Pfeife. Zeit, die Beine auf den Stuhl gelegt, still zu sitzen und an nichts zu denken. Zeit, gähnend in

einer Illustrierten zu blättern. Zeit, ein Mensch zu sein – ein Hausvater, ein Hausherr, ein Mann, der nichts zu tun hat als sich auszuruhen, die Nachtluft einzuatmen und sich für morgen vorzubereiten.
Ein Beamter in blaugrauer Gefängnisuniform kam zwischen den Zellen entlang und las die Nummern. Er stand vor meiner Zelle still, schloß die Tür auf und sah mich mit dem harten Ausdruck an, den sie sich verpflichtet fühlen, immer und immer und immer auf ihren Visagen zu tragen. Ich bin von der Polizei, Freundchen. Ich bin zähe. Sieh dich vor, Bruder, oder wir richten dich zu, daß du nicht mehr weißt, ob du Männchen oder Weibchen bist. Raus mit der Sprache, Bruder, raus mit der Wahrheit, raus damit, raus damit – vergiß nicht, daß wir zähe Burschen sind. Wir sind von der Polizei und tun mit Lumpen, wie du einer bist, was wir wollen.
»Raustreten«, sagte er.
Ich trat aus der Zelle, er schloß die Tür wieder zu und wies mit dem Daumen geradeaus. Wir gingen zu einem großen Stahlgitter, das er aufschloß und wieder hinter uns zusperrte; seine Schlüssel klimperten lustig an dem großen Stahlring. Nach einer Weile traten wir durch eine Stahltür, die von außen wie eine Holztür und von innen wie ein Kriegsschiff gestrichen war.
Degarmo stand an einer Schranke und sprach mit dem Sergeanten vom Dienst. Er wandte seine metallisch blauen Augen zu mir: »Na, wie geht's?«
»Gut.«
»Gefällt Ihnen unser Gefängnis?«
»Ihr Gefängnis gefällt mir ausgezeichnet.«
»Captain Webber wünscht mit Ihnen zu sprechen.«
»Sehr erfreut«, sagte ich.
»Andere Worte als Worte des Lobes stehen Ihnen wohl nicht zur Verfügung?«
»Im Augenblick nicht«, sagte ich, »hier nicht.«
»Sie hinken ja, Sie Armer? Sind Sie etwa gestolpert?«
»Ja«, sagte ich, »über einen Gummiknüppel. Der sprang hoch und biß mich in die linke Kniekehle.«
»Wie bedauerlich«, sagte Degarmo mit leerem Blick. »Lassen Sie sich vom Schreiber Ihre Sachen wiedergeben.«
»Ich habe sie«, sagte ich. »Man hat sie mir nicht abgenommen.«
»So, das ist ja gut«, sagte er.
»Ja, das ist gut«, erwiderte ich.
Der Schreiber vom Dienst hob den zottigen Kopf und sah uns beide mit einem langen Blick an. »Sie sollten bloß mal Cooneys hübsche kleine irische Nase sehen«, sagte er. »Dann sehen Sie wirklich was Nettes. Sie ist über sein ganzes Gesicht geklebt wie Sirup über eine Waffel.«
Abwesend fragte Degarmo: »Was ist los? Ist er in eine Schlägerei geraten?«

»Kann ich nicht sagen«, meinte der Schreiber. »Vielleicht war es derselbe Gummiknüppel, der hochgesprungen ist und ihn gebissen hat.«
»Für einen Sergeanten reden Sie verdammt viel«, sagte Degarmo. »Ein Sergeant, der Schreiberdienst hat, redet meistens verdammt viel«, sagte der Mann am Pult. »Das ist vielleicht der Grund, daß er noch nicht Leutnant bei der Mordkommission ist!«
»Sie sehen, wie wir hier leben«, meinte Degarmo ironisch. »Eine große, liebevolle, glückliche Familie!«
»Mit strahlendem Lächeln auf unsern Gesichtern, beide Arme zum Willkommen ausgebreitet, und einen Gummiknüppel in jeder Hand.«
Degarmo warf den Kopf herum. Wir gingen hinaus.

27

Captain Webber stieß seine scharfgebogene Nase über sein Pult vor, sah mich an und sagte: »Setzen Sie sich.«
Ich setzte mich in den hölzernen Armsessel mit der runden Lehne und legte mein linkes Bein so, daß es nicht die scharfe Kante des Sitzes berührte. Es war ein großes sauberes Eckzimmer. Degarmo saß am Ende des Schreibtisches, kreuzte die Beine, rieb nachdenklich sein Fußgelenk und sah dabei aus dem Fenster.
Webber fuhr fort: »Sie haben Unannehmlichkeiten herausgefordert, und Sie haben sie bekommen. Sie sind fünfundfünfzig Stundenmeilen gefahren im Stadtgebiet, Sie haben versucht, einem Polizeiwagen zu entkommen, der Ihnen mit der Sirene ein Signal gegeben und die roten Stoplichter gezeigt hatte. Sie wurden beleidigend, als Sie angehalten wurden, und haben einen Beamten ins Gesicht geschlagen.«
Ich erwiderte nichts. Webber nahm ein Streichholz vom Tisch, brach es entzwei und warf die Stücke über seine Schulter.
»Oder lügen sie – wie gewöhnlich?« fragte er.
»Ich habe den Bericht nicht gelesen«, sagte ich. »Ich bin wahrscheinlich fünfundfünfzig gefahren – im Stadtgebiet oder jedenfalls innerhalb der Stadtgrenzen. Der Polizeiwagen parkte vor dem Haus, das ich besucht hatte. Er folgte mir, als ich wegfuhr. Ich wußte zuerst noch nicht, daß es ein Polizeiwagen war. Er hatte keinen Grund, mich zu verfolgen, und die Sache machte mir einen schlechten Eindruck. Daraufhin fuhr ich wohl zu schnell. Aber ich versuchte nichts anderes, als in einen besser beleuchteten Teil der Stadt zu gelangen.«
Degarmo bewegte die Augen, um mich wieder leer anzustarren. Webber biß ungeduldig die Zähne zusammen.

»Nachdem Sie wußten, daß es ein Polizeiwagen war, haben Sie mitten im Block gewendet und wieder versucht zu entkommen. Ist das richtig?«

Ich antwortete: »Ja – aber ich müßte ziemlich frei heraus reden, um das zu erklären.«

»Das Frei-heraus-Reden stört mich durchaus nicht«, sagte Webber. »Ich habe eher eine Schwäche für freies Herausreden.«

Ich erklärte: »Diese Polizisten, die mich aufgriffen, hatten vor dem Haus geparkt, in dem Mrs. George Talley wohnt. Sie waren bei ihr, bevor ich hinkam. George Talley ist der Mann, der früher hier in Bay City Privatdetektiv war. Ich wollte ihn sprechen. Degarmo weiß, warum ich ihn sprechen wollte.«

Degarmo zog ein Streichholz aus der Tasche und kaute ruhig darauf herum. Er nickte, ohne jeden Ausdruck. Webber sah ihn nicht an.

Ich sagte: »Sie sind ein Dummkopf, Degarmo. Was Sie auch anfangen – es ist dumm, und Sie führen es noch dazu auf dumme Art aus. Als Sie mich gestern vor Almores Haus zur Rede stellten, wurden Sie grob, obwohl keinerlei Grund zur Grobheit vorlag. Sie machten mich neugierig, obwohl ich überhaupt nicht neugierig gewesen war. Sie ließen sogar Winke fallen, wie ich diese eben erwachte Neugierde befriedigen könnte, wenn die Frage wichtig werden sollte. Wenn Sie Ihre Freunde beschützen wollten, brauchten Sie weiter nichts zu tun, als den Mund zu halten, bis ich von mir aus etwas unternahm. Und das hätte ich niemals getan. Sie hätten sich also alles erspart, was jetzt im Rollen ist.«

Webber knurrte: »Was, zum Teufel, hat das damit zu tun, daß Sie am zwölfhundertsten Block der Westmore Street verhaftet wurden?«

»Es hat mit dem Fall Almore zu tun«, sagte ich. »George Talley bearbeitete den Fall Almore – bis zu dem Augenblick, als er wegen Trunkenheit am Steuer verhaftet wurde!«

»Nun, ich hatte den Almore-Fall nicht unter mir«, fuhr mich Webber an, »und ich weiß auch nicht, wer das erste Messer in Julius Caesars Brust gestochen hat. Bleiben Sie doch bei der Sache, zum Teufel!«

»Ich bin ja bei der Sache! Degarmo weiß Bescheid über den Fall Almore, er liebt nur nicht, daß darüber gesprochen wird. Sogar Ihre Jungens von der Streife wissen das. Cooney und Dobbs hatten keinen anderen Grund, mir zu folgen, als nur den einen: daß ich die Frau des Mannes besuchte, der den Fall Almore bearbeitet hatte! Ich bin keine fünfundzwanzig Meilen gefahren, als sie die Verfolgung aufnahmen. Ich versuchte wegzukommen, einfach weil ich mit Fug und Recht vermutete, sie würden mich zusammenschlagen, weil ich dort gewesen war. Diese Vermutung hat mir Degarmo eingegeben.«

Webber sah schnell zu Degarmo hinüber. Degarmos harte blaue Augen blickten über das Zimmer hinweg auf die Wand gegenüber.

Ich fuhr fort: »Ich habe Cooneys Nase nicht angerührt, ehe er mich mit Drohungen gezwungen hatte, Whisky zu trinken, und mich in den Magen geschlagen hatte, als ich ihn trank, so daß ich ihn über meinen Rock spritzte und nach Whisky roch. Es kann nicht das erstemal sein, daß Sie von diesem Trick hören, Captain Webber!«

Webber zerbrach das zweite Streichholz. Er lehnte sich zurück und betrachtete seine schmalen festen Knöchel. Dann blickte er wieder Degarmo an. »Was haben Sie dazu zu sagen?«

Degarmo antwortete: »Teufel noch mal – dieser Privatspitzel ist an ein paar alberne Tölpel geraten. Sie haben einen Scherz zu weit getrieben, das ist alles. Und wenn so ein Kerl nicht mal einen Spaß versteht...«

»Sie haben also Cooney und Dobbs hingeschickt?«

»Nun... ja, das habe ich«, sagte Degarmo. »Ich sehe nicht ein, wohin wir da kämen, wenn wir diese Schnüffler in unsere Stadt hineinlassen und ihnen erlauben, alten Mist auszuschnüffeln – bloß um sich einen Auftrag zu verschaffen und aus einem Paar alter Trottel ein ordentliches Honorar herauszuholen. Solche Kerle brauchen eine scharfe Lektion.«

»So sieht die Sache also für Sie aus?« fragte Webber.

»Jawohl, genauso sieht sie für mich aus«, entgegnete Degarmo.

»Ich überlege, was dann Kerle wie Sie brauchen«, sagte Webber. »Im Augenblick brauchen Sie, glaube ich, etwas frische Luft. Würden Sie sich bitte damit versorgen, Leutnant Degarmo?«

Langsam öffnete Degarmo den Mund. »Sie meinen... ich soll die Tür von außen zumachen?«

Webber beugte sich plötzlich rasch vor, sein scharfes kleines Kinn stieß in die Luft wie die Nase eines Kreuzers: »Würden Sie bitte so freundlich sein?«

Langsam stand Degarmo auf, eine dunkle Röte überzog seine Backenknochen. Er legte seine harte Hand flach auf den Schreibtisch und blickte auf Webber. Einen Augenblick herrschte drückendes Schweigen. Dann sagte er: »Schon gut, Captain. Aber Sie setzen auf die falsche Karte.«

Webber antwortete ihm nicht. Er wartete, bis die Tür sich hinter Degarmo geschlossen hatte. Dann sagte er:

»Meinen Sie, daß Sie diese Almore-Sache vor anderthalb Jahren mit der Schießerei heute in Laverys Haus verknüpfen können? Oder wollen Sie damit nur ein Verdunklungsmanöver machen, weil Sie ganz genau wissen, daß es Kingsleys Frau war, die Lavery erschossen hat?«

»Die Sache war mit Lavery verknüpft, bevor er erschossen wurde. Nur locker vielleicht und vielleicht mit einem schlechten Knoten. Aber immerhin so weit verknüpft, daß es mich nachdenklich machte.«

»Ich bin der Sache etwas gründlicher nachgegangen, als Sie vielleicht denken«, sagte Webber kalt. »Obwohl ich persönlich nicht das geringste mit dem Tode

von Mrs. Almore zu schaffen hatte und damals nicht Chef der Detektivabteilung war. Wenn Sie gestern früh Almore noch gar nicht kannten, so müssen Sie ja inzwischen allerhand über ihn gehört haben!«
Ich berichtete ihm genau, was ich gehört hatte, sowohl von Miss Fromsett wie von den Graysons.
»Demnach lautet Ihre Theorie, daß Lavery vielleicht Doktor Almore erpreßt hat?« fragte er. »Und daß das etwas mit dem Mord zu tun hat?«
»Es ist keine Theorie. Es ist nicht mehr als eine Möglichkeit. Ich würde schlechte Arbeit leisten, wenn ich diese Möglichkeit übersähe. Die Beziehungen zwischen Almore und Lavery können tief und gefährlich gewesen sein oder auch flüchtig und nur nachbarschaftlich – vielleicht nicht einmal das. Ich weiß nicht einmal, ob sie überhaupt jemals miteinander gesprochen haben. Aber wenn an Dr. Almores Fall nicht etwas faul war: Warum wird er dann so scharf gegen jemanden, der daran Interesse zeigt? Es könnte Zufall sein, daß George Talley für betrunkenes Fahren arretiert wurde, als er gerade den Fall bearbeitete. Es könnte Zufall sein, daß Lavery erschossen wurde, ehe ich ein zweites Mal mit ihm sprach. Aber es ist kein Zufall mehr, daß zwei Ihrer Leute heute abend Talleys Haus bewachten – bereit, willens und in der Lage, mich festzunehmen, wenn ich mich dort sehen ließe.«
»Das gebe ich ohne weiteres zu«, sagte Webber. »Und der Zwischenfall ist für mich keineswegs erledigt. Wünschen Sie Anklage zu erheben?«
»Das Leben ist zu kurz, als daß es Sinn für mich hätte, gegen Polizeibeamte Anklage auf tätliche Beleidigung zu erheben.«
Er zuckte leicht zurück. »Dann wollen wir es vergessen sein lassen«, sagte er dann, »und es nur dem Schatz unserer Erfahrung beifügen. Da ich festgestellt habe, daß Sie nicht einmal eingeschrieben wurden, steht es Ihnen frei, jederzeit, wann Sie wünschen, nach Hause zu gehen. Und wenn ich Sie wäre, so überließe ich es Captain Webber, sich mit dem Fall Lavery zu befassen und ebenso mit jeder entfernten Beziehung, die sich dabei noch zu dem Fall Almore ergeben kann.«
Ich sagte: »Und auch mit jeder entfernten Beziehung, die der Fall zu einer Frau namens Muriel Chess haben kann, die man gestern ertrunken in einem Bergsee nahe Puma Point gefunden hat?«
Er zog die Augenbrauen ein wenig hoch. »Wie meinen Sie das?«
»Nur, daß Sie sie vielleicht nicht als Muriel Chess kennen. Gesetzt den Fall, Sie hätten sie überhaupt gekannt, so kannten Sie sie unter dem Namen Mildred Haviland, Sprechstundenhilfe bei Dr. Almore. Sie brachte Mrs. Almore in jener Nacht zu Bett, als man sie tot in der Garage fand. Und wenn etwas nicht stimmte an Mrs. Almores Tod, so muß sie gewußt haben, wer sie ermordete, sie ist dann bestochen oder so in Angst versetzt worden, daß sie kurz darauf die Stadt verlassen hat.«

Webber nahm zwei Streichhölzer und zerbrach sie. Seine kleinen finsteren Augen waren fest auf mein Gesicht gerichtet. Er sagte nichts.
»Und das ist der Punkt«, fuhr ich fort, »wo Sie auf den wirklichen ursächlichen Zusammenhang stoßen, den einzigen, den ich in dem ganzen Bild ohne weiteres zugebe. Denn diese Mildred Haviland traf einen Mann namens Bill Chess in einem Bierlokal in Riverside; sie hatte ihre Gründe, ihn zu heiraten und mit ihm oben am Kleinen Fawn-See zu wohnen. Der Kleine Fawn-See aber war der Besitz eines Mannes, dessen Frau intime Beziehungen zu Lavery hatte, der wiederum die Leiche der Mrs. Almore fand. Das allein ist es, was ich wirklich ein Zusammentreffen, eine Übereinstimmung nennen möchte. Es ist vielleicht nicht mehr als das, aber es ist doch grundlegend, es ist fundamental. Alles andere geht davon aus.«
Webber stand vom Schreibtisch auf und ging hinüber zum Wasserkühler; er trank zwei Papierbecher voll Wasser. Dann zerknitterte er den Becher langsam in der Hand, drehte einen Ball daraus und ließ ihn in einen braunen Metallkorb unter dem Kühler fallen. Er trat zum Fenster und sah hinaus auf die Bucht. Im Hafen brannten viele Lichter ...
Dann kam er langsam zurück und setzte sich wieder an seinen Schreibtisch. Er fuhr sich mit der Hand ins Gesicht und kniff sich in die Nase. Offenbar faßte er einen Entschluß. Langsam sagte er: »Ich kann nicht begreifen, was für einen Sinn es hat, dies alles mit der alten Geschichte vor anderthalb Jahren zusammenzuwerfen.«
»Mir auch recht«, sagte ich. »Und vielen Dank, daß Sie mir soviel Zeit geschenkt haben.« Ich stand auf, um zu gehen.
»Ist Ihr Bein sehr schlimm?« fragte er, als ich mich bückte und meine Kniekehle rieb.
»Na, nicht gerade gut«, sagte ich, »aber es wird schon besser.«
»Die Polizei«, meinte er freundlich, »Teufel, Teufel, die ist ein Problem. Sie ist nicht viel anders als die Politik. Sie verlangt die besten Typen von Männern und bietet nichts, was die besten Typen anziehen könnte. Deshalb müssen wir mit dem Material arbeiten, das wir besitzen – und wir besitzen Material wie Degarmo und Cooney und Dobbs.«
»Ich weiß«, sagte ich. »Ich habe es immer gewußt. Ohne Bitterkeit. Gute Nacht, Captain Webber.«
»Warten Sie eine Minute«, sagte er, »bitte, setzen Sie sich noch einen Augenblick. Wenn wir den Almore-Fall schon in diese Affäre übernehmen müssen, wollen wir ihn erst einmal ans Tageslicht ziehen und eingehend betrachten.«
»Es ist höchste Zeit, daß das geschieht«, antwortete ich und setzte mich wieder.

Webber sagte ruhig: »Ich vermute stark, viele Leute sind der Meinung, wir seien eine richtige Verbrecherbande hier unten. Sie stellen sich das sicher ungefähr so vor: Jemand bringt seine Frau um, geht ans Telefon, ruft mich an und sagt: ›Hallo, Captain, ich hab' hier im Wohnzimmer einen kleinen Mordfall. Und ich habe gerade fünfhundert Dollar, weiß aber beim besten Willen nicht, was ich damit anfangen soll!‹ Und dann antworte ich: ›Schon gut! Lassen Sie alles, wie es ist – ich komm' gleich mit einem großen Besen und beseitige alles‹.«

»Nun, ganz so schlimm ist es nicht.«

»Was wollten Sie von Talley, als Sie heute abend in sein Haus gingen?«

»Er hatte eine Spur von Florence Almores Tod gefunden. Ihre Eltern engagierten ihn, um diese Spur zu verfolgen, aber er verriet nie, was es war.«

»Und Sie dachten, er würde es Ihnen erzählen?« fragte Webber spöttisch.

»Ich wollte jedenfalls den Versuch machen.«

»Oder interessierten Sie sich nur dafür, weil Degarmo unverschämt zu Ihnen war und Sie ihm das heimzuzahlen wünschten?«

»Das spielte vielleicht etwas mit.«

»Talley war ein erbärmlicher kleiner Erpresser«, sagte Webber verächtlich. »Nicht nur in dieser Geschichte. Für ihn war wirklich jede Methode richtig, die ihn endlich erledigte. Aber ich will Ihnen sagen, was er besaß: er besaß einen Schuh, den er von dem Fuß der toten Mrs. Almore gestohlen hatte.«

»Einen Schuh?«

Er lächelte schwach. »Ja, einen Schuh – einen Tanzschuh. Man hat ihn später in seinem Hause gefunden, wo er ihn versteckt hatte. Es war ein grüner Tanzpumps, der Absatz war mit ein paar kleinen Steinen verziert. Erste Maßarbeit, von einem Mann in Hollywood, der Theaterschuhe und dergleichen macht. Nun dürfen Sie fragen, was denn Wichtiges an diesem Schuh war.«

»Also: Was war denn Wichtiges an diesem Schuh, Captain?«

»Sie hatte zwei Paar solcher Schuhe, völlig gleiche, es war *ein* Auftrag gewesen. Das scheint keine Seltenheit zu sein, für den Fall, daß einer schneller abgetragen ist oder ein betrunkener Flegel seiner Dame zu sehr auf den Fuß tritt.« Er machte eine Pause und lächelte dünn. »Es sah so aus, als sei dieses zweite Paar niemals getragen worden.«

»Ich glaube, ich ahne jetzt, um was es geht«, sagte ich.

Er lehnte sich zurück und trommelte mit den Fingern gegen die Armlehnen seines Sessels. Er wartete.

»Der Weg von der Seitentür des Hauses zur Garage ist – der Wagen wegen – aufgerauhter Beton«, sagte ich. »Ziemlich rauh. Gesetzt den Fall, sie ist diesen Weg nicht *gegangen*, sondern *getragen worden*. Und gesetzt den Fall,

derjenige, der sie trug, zog ihr rasch ein Paar Schuhe an... vielleicht griff er da versehentlich den einen, der ungetragen war!«
»Na und?«
»Weiter: Gesetzt den Fall, Talley bemerkte das, während Lavery den Doktor anrief, der gerade auf Visite war. Dann nahm er den ungetragenen Schuh und sah darin einen Beweis, daß Florence Almore umgebracht wurde!«
Webber nickte mit dem Kopf. »Er wäre ein Beweisstück gewesen, wenn er ihn gelassen hätte, wo er war, und die Polizei ihn fand. Da er ihn an sich genommen hat, wurde er nur ein Beweisstück dafür, daß er eine dreckige Ratte ist.«
»Hat man denn die Monoxydprobe gemacht?«
Webber legte die Hände flach auf den Schreibtisch und betrachtete sie. »Ja«, sagte er. »Und natürlich wurde Monoxyd festgestellt. Also gab sich der untersuchende Beamte mit dem Ergebnis zufrieden. Kein Anzeichen einer Gewalttat! Man war überzeugt, daß Dr. Almore seine Frau nicht ermordet hatte. Vielleicht war das unrichtig. Ich bin der Ansicht, daß die Untersuchung viel zu flüchtig durchgeführt wurde.«
»Und wer ist mit der Untersuchung beauftragt gewesen?« fragte ich.
»Ich glaube, Sie wissen die Antwort darauf selber.«
»Als nun die Polizei kam – fiel da niemandem auf, daß der eine Schuh fehlte?«
»Als die Polizei kam, mein Lieber, fehlte *kein* Schuh. Sie dürfen nicht vergessen, daß Dr. Almore inzwischen nach Hause gekommen war, da Lavery ihn telefonisch gefunden hatte, und zwar, bevor die Polizei gerufen wurde. Alles, was wir von dem fehlenden Schuh wissen, stammt von Talley selbst. Und er konnte auch den ungetragenen Schuh aus dem Hause gestohlen haben. Die Seitentür war unverschlossen. Die Mädchen schliefen. Es wäre ihm durchaus zuzutrauen, daß er so etwas machte. Er ist ein gerissener Bursche. Nur traue ich ihm nicht die Ortskenntnisse und so weiter zu, die dazu gehört hätten.«
Wir saßen und sahen uns an und dachten nach.
»Es sei denn«, sagte Webber sehr langsam, »es sei denn, diese Sprechstundenhilfe Almores steckte mit Talley unter einer Decke und sie hätten zusammen einen Plan ausgeheckt, um Almore zu erpressen. Das ist nicht unmöglich. Es gibt gewisse Dinge, die dafür sprechen. Aber noch andere, die dagegen sprechen. Was für Gründe machen Sie dafür geltend, daß die Frau, die oben im See ertrunken ist, eben dieses Mädchen war?«
»Zwei Gründe – jeder für sich genommen ist nicht sehr überzeugend, aber beide zusammen wiegen ziemlich schwer. Ein brutaler Bursche, der ganz so aussah und sich genauso benahm wie Degarmo, tauchte vor ein paar Wochen oben in Puma Point auf und zeigte eine Fotografie von Mildred Haviland,

die Muriel Chess ziemlich ähnlich sah. Haar und Augenbrauen waren anders, aber die weitgehende Ähnlichkeit blieb doch. Niemand hat ihm geholfen. Er nannte sich De Soto und gab vor, von der Polizei zu sein. Als man es Muriel Chess erzählte, erschrak sie sichtlich. Wenn dieser De Soto tatsächlich Degarmo war, so ist alles leicht bewiesen. Der andere Grund ist der: In einer Schachtel mit Einmachzucker im Blockhaus von Bill Chess fand sich sorgsam versteckt ein goldenes Fußkettchen. Die Rückseite des Herzens, das daran hing, trug die Inschrift: *›Al für Mildred. 18ten Juni 1938. In Liebe!‹«*

»Es gibt noch andere Als«, sagte Webber, »und andere Mildreds.«

»Das glauben Sie in diesem Falle selbst nicht, Captain!«

Er lehnte sich vor und bohrte mit dem Zeigefinger ein Loch in die Luft. »Und was denken Sie sich bei alledem, Marlowe?«

»Ich möchte den Beweis erbringen, daß es nicht Mrs. Kingsley war, die Lavery erschossen hat. Daß Laverys Tod mit dem Fall Almore in Zusammenhang steht. Und mit Mildred Haviland. Und möglicherweise auch mit Dr. Almore. Ich möchte den Beweis erbringen, daß Mrs. Kingsley von der Bildfläche verschwand, einfach weil man sie in größte Angst versetzt hat; daß sie vielleicht Mitwisser ist, vielleicht auch nicht, aber daß sie keinesfalls jemanden ermordete. Wenn ich das beweisen kann, verdiene ich fünfhundert Dollar. Es ist nicht ungesetzlich und nicht unbillig, daß ich zumindest den Versuch mache.«

Er nickte. »Sicherlich nicht. Das ist ganz in Ordnung. Und ich bin der Mann, der Ihnen helfen würde, wenn ich dazu irgendeine Handhabe hätte. Wir haben die Frau nicht gefunden – nun, die Zeit ist sehr kurz. Ich kann Ihnen aber wirklich nicht dabei helfen, einem meiner Beamten etwas anzuhängen.«

»Ich hörte, daß Sie Degarmo ›Al‹ nannten. Aber ich hatte eigentlich an *Al*more gedacht. Er heißt außerdem auch noch *Al*bert.«

Webber betrachtete seinen Daumen. »Aber er war niemals mit dem Mädchen verheiratet«, sagte er ruhig. »Degarmo dagegen war mit Mildred Haviland verheiratet. Wenn Sie wüßten, wie sie mit ihm umgesprungen ist! Vieles, was jetzt schlecht und gemein an ihm erscheint, ist das Resultat dieser Ehe.«

Ich saß sehr still. Nach einer Pause sagte ich: »Jetzt fange ich an, Dinge zu sehen, von deren Existenz ich keine Ahnung hatte. Was für eine Art von Frau war sie denn?«

»Hübsch, gerissen, sehr gewandt und böse. Sie verstand mit Männern umzugehen. Sie brachte sie bis dahin, daß sie ihr die Schuhsohlen ableckten. Dieser große grobe Kerl würde Ihnen noch heute den Kopf abreißen, wenn Sie auch nur ein Wort gegen sie sagten. Sie ließ sich von ihm scheiden, aber für ihn war die Geschichte damit nicht erledigt.«

»Weiß er, daß sie tot ist?«

Webber saß einen Augenblick still, bevor er antwortete: »Aus seinen Worten

ging es nicht hervor. Aber wie sollte er nicht, wenn es dasselbe Mädchen ist?«
»Er hat sie nicht gefunden, als er sie dort oben suchte – soweit wir es wissen, wenigstens.«
Ich stand auf und beugte mich über den Schreibtisch: »Captain, jetzt wollen Sie mich zum besten haben, glaube ich?«
»Nein. Kein bißchen. Manche Männer sind so, und manche Frauen können sie dazu machen. Wenn Sie meinen, Degarmo hätte sie in Puma Point gesucht, um ihr etwas zuleide zu tun, so sind Sie völlig auf dem Holzweg!«
»Das habe ich eigentlich auch nicht gedacht«, gab ich zu. »Es wäre aber möglich gewesen – vorausgesetzt, daß Degarmo das Gelände da oben genau kannte. Denn wer Muriel Chess auch ermordete – er mußte dort Bescheid gewußt haben!«
»Das bleibt alles unter uns«, sagte er. »Es wäre mir lieb, wenn Sie darüber schweigen würden.«
Ich nickte, aber ich versprach ihm nichts. Dann sagte ich nochmals Gute Nacht und ging. Er blickte mir nach, als ich das Zimmer verließ. Sein Gesicht sah gequält und elend aus.
Der Chrysler stand bei den Polizeiwagen auf der einen Seite des Rathauses, der Zündschlüssel steckte, kein Kotflügel war verbogen. Cooney hatte nicht gewagt, seine Drohung wahrzumachen. Ich fuhr zurück nach Hollywood und ging hinauf in meine Wohnung im Bristol. Es war spät, beinahe Mitternacht. Die grün und elfenbeinfarben ausgemalte Halle lag leer und ruhig. Kein Geräusch, außer einer Telefonklingel, die in einem der Apartments anschlug. Sie klingelte beharrlich und wurde lauter, je näher ich meiner Tür kam. Ich schloß auf – es war mein Telefon.
Im Dunkeln ging ich durch das Zimmer zu dem kleinen Eichentisch an der Wand.
Ich hob den Hörer ab. Es war Derace Kingsley.
Seine Stimme klang gepreßt und müde. »Herr des Himmels, wo sind Sie gewesen?« fuhr er mich an. »Seit ein paar Stunden versuche ich, Sie zu erreichen!«
»Schon gut. Jetzt bin ich ja da. Wo brennt's denn?«
»Ich habe etwas von Crystal gehört.«
Ich umklammerte das Telefon und atmete langsam. »Weiter«, sagte ich.
»Ich bin ganz in der Nähe. In fünf oder sechs Minuten kann ich dort sein. Machen Sie sich fertig zum Wegfahren.« Er hängte ein.
Ich stand da und hielt den Hörer zwischen meinem Ohr und der Gabel. Dann legte ich ihn sehr langsam auf und sah auf die Hand, in der ich ihn gehalten hatte. Sie war halb geöffnet, die Finger steif gekrümmt, als hielten sie ihn noch immer.

29

Leises Mitternachtsklopfen ertönte an der Tür. Ich öffnete. Kingsley sah groß wie ein Pferd aus in seinem cremefarbenen Shetland-Sportanzug, mit dem grün und gelb gemusterten Schal um den Hals, unter dem hochgeschlagenen Rockkragen. Er hatte den rotbraunen Sporthut tief in die Stirn gezogen, unter der Krempe sahen seine Augen hervor wie die Augen eines kranken Tieres.
Miss Fromsett war bei ihm. Sie trug helle Flanellhosen, Sandalen, eine dunkelgrüne Jacke und keinen Hut, ihr Haar hatte einen verführerischen Glanz. In ihren Ohren hingen Ohrringe – sehr künstlerisch ausgeführte kleine Gardeniablüten, übereinanderhängend, zwei in jedem Ohr. Gillerlain-Regal, die Königin der Parfüms, flutete mit ihr zur Tür herein.
Ich schloß die Tür, wies auf die Sessel und sagte: »Ein Drink könnte nichts schaden.«
Miss Fromsett setzte sich, kreuzte die Beine und sah sich nach Zigaretten um. Sie fand eine, zündete sie mit einer langsamen, trägen Bewegung an und lächelte dann etwas düster zur Decke empor. Kingsley stand in der Mitte des Zimmers und nagte an seiner Unterlippe. Ich ging in die Küche und mixte drei Gläser, brachte sie herein und bot sie an. Mit meinem begab ich mich zu dem Stuhl am Schachtisch.
Kingsley fragte: »Was haben Sie denn gemacht – und was ist mit Ihrem Bein los?«
Ich antwortete: »Gummiknüppel eines Polizisten. Ein kleines Andenken an die Polizei von Bay City. Es gehört dort zur aufmerksamen Bedienung. Wo ich gewesen bin – nun, im Gefängnis, wegen Fahrens in betrunkenem Zustand. Und wenn ich den Ausdruck Ihres Gesichtes richtig beurteile, dürfte ich bald wieder dort landen.«
»Ich weiß nicht, wovon Sie reden«, fauchte er. »Keine blasse Ahnung. Der Zeitpunkt für Ihre Scherze ist schlecht gewählt.«
»Schon gut – wie es Ihnen beliebt«, sagte ich. »Was haben Sie gehört? Und wo ist sie?«
Er setzte sich mit seinem Glas, fuhr mit seiner rechten Hand in den Rock und zog ein Kuvert heraus, ein langes, schmales Kuvert.
»Sie müssen zu ihr und ihr das hier bringen«, sagte er. »Fünfhundert Dollar. Sie verlangte mehr, aber das ist alles, was ich so schnell auftreiben konnte. Ich habe mir in meinem Nachtklub einen Scheck auszahlen lassen. Es war nicht einfach. Sie muß schleunigst heraus aus der Stadt.«
Ich fragte: »Aus welcher Stadt?«
»Bay City, irgendwo. Ich weiß nicht, wo. Sie will Sie in einem Lokal treffen, das sich Pfauendiele nennt, am Arguello Boulevard, achte Straße, oder in der Nähe.«

Ich blickte auf Miss Fromsett; sie betrachtete noch immer die Decke, als sei sie nur hergekommen, um ein bißchen Auto zu fahren.
Kingsley schob den Umschlag herüber auf den Schachtisch. Ich sah hinein. Er enthielt Geld. Soweit stimmte alles. Ich ließ ihn auf dem kleinen polierten Tisch mit den eingelegten braunen und goldgelben Karos liegen. Ich sagte: »Aber ich denke, sie kann sich ihr eigenes Geld jederzeit auszahlen lassen? Jedes Hotel löst ihr doch einen Scheck ein. Die meisten wahrscheinlich sofort, gegen bar. Ist denn ihr Bankguthaben gesperrt oder dergleichen?«
»Reden Sie doch nicht so«, sagte Kingsley schwerfällig. »Sie ist in irgendeiner schlimmen Situation. In welcher, weiß ich nicht. Wenn nicht schon ein Steckbrief gegen sie läuft ... Wissen Sie das?«
Ich wußte es nicht. Ich hatte nicht viel Zeit übrig gehabt für Polizeianrufe. Ich war ausreichend mit Polizeibeamten beschäftigt gewesen.
Kingsley fuhr fort: »Nun, wahrscheinlich wagt sie es jetzt nicht, einen Scheck auszustellen. Vorher war das ja schön und gut. Aber jetzt nicht.« Er hob die Augen und sah mich mit dem leersten Blick an, den ich mir vorstellen konnte.
»Schon gut. Wir können keine Gründe finden, wo es vielleicht gar keine gibt«, sagte ich. »Sie ist also in Bay City. Haben Sie mit ihr gesprochen?«
»Nein. Miss Fromsett hat mit ihr gesprochen. Sie rief im Büro an. Es war um die Zeit, als mich dieser Captain von dort unten, Webber, glaube ich, aufsuchte. Miss Fromsett wünschte natürlich gerade in diesem Augenblick nicht, daß sie viel sagte; sie bat um ihre Nummer, wir würden anrufen. Aber sie wollte keine Nummer nennen.«
Ich sah Miss Fromsett an. Sie löste ihren Blick langsam von der Decke und heftete ihn auf meinen Scheitel. In ihren Augen aber stand nichts zu lesen. Sie waren wie zugezogene Gardinen.
Kingsley sprach weiter: »Ich wollte nicht mit ihr sprechen. Sie wollte auch nicht mit mir sprechen. Ich wollte sie nicht sehen. Ich glaube, es besteht kein Zweifel darüber, daß sie Lavery erschossen hat. Webber schien seiner Sache ganz sicher zu sein.«
»Das will gar nichts besagen«, meinte ich. »Was er sagt und was er wirklich denkt, steht noch lange nicht auf demselben Blatt. Ich glaube nicht, daß sich ein Mensch zum Vergnügen die Polizeinachrichten am Radio anhören soll. Sie hat also nochmals angerufen. Und wann?«
»Es war schon gegen halb sieben«, sagte Kingsley. »Wir mußten im Büro auf ihren Anruf warten. Erzählen *Sie* weiter.« Er wandte sich dem Mädchen zu.
Miss Fromsett ergänzte: »Ich nahm das Gespräch in Mr. Kingsleys Büro ab. Mr. Kingsley saß neben mir, sprach aber nicht selbst. Sie verlangte, man soll ihr Geld hinunter nach dieser Pfauendiele schicken, und fragte, wer es bringen würde.«

»Klang es, als ob sie Angst hätte?«

»Keineswegs! Sie war absolut ruhig und kalt, ich möchte sagen: eiskalt. Sie hatte alles genau überlegt. Sie war darauf gefaßt, daß vielleicht jemand mit dem Geld käme, den sie nicht kannte. Sie schien es als ausgemacht anzunehmen, daß Derry – daß Mr. Kingsley es nicht selber bringen würde.«

»Nennen Sie ihn ruhig Derry«, warf ich ein. »Ich darf dann dreimal raten, wer gemeint ist.«

Sie lächelte leicht. »Sie wollte also in diese Pfauendiele gehen, und zwar immer fünfzehn Minuten nach jeder vollen Stunde. Ich habe ... ich glaube, ich war es, die vorschlug, daß Sie derjenige sein sollten, welcher. Ich habe Sie genau beschrieben. Und Sie müssen Derrys Schal tragen, den beschrieb ich ihr auch. Er hatte ein paar Sachen im Büro hängen, der Schal fiel mir sofort ins Auge. Er ist unverkennbar.«

Er war unverkennbar. Zweifellos. Wie ein Gericht gegrillter Nieren mit Petersilie auf einem Hintergrund von vielen, vielen Eidottern. Er war mindestens so aufschlußreich, wie wenn ich mit einem großen rot-weiß-blauen Mühlrad in eine Diele gegangen wäre.

»Für ein angstgejagtes Hirn funktioniert das ihre noch recht gut«, sagte ich.

»Ich glaube wirklich, der Augenblick ist nicht für Scherze geeignet!« tadelte Kingsley scharf.

»Sie haben bereits etwas Ähnliches gesagt«, entgegnete ich. »Ich finde, Sie haben eine verteufelte Courage – mir einfach zuzumuten, in die Pfauendiele zu gehen und das Geld zur Flucht einer Person zu überbringen, die, wie ich weiß, von der Polizei gesucht wird.«

Er drehte die Hand auf dem Knie hin und her, sein Gesicht zuckte.

»Zugegeben, es ist ein bißchen reichlich«, sagte er. »Nun, und was meinen Sie dazu?«

»Wenn es herauskommt, stehen wir alle drei als Mitschuldige da. Für den Ehemann der Gesuchten und seine Sekretärin wird es eine Entschuldigung geben – aber was sie mit mir anfangen, das dürfte herzlich wenig Ähnlichkeit mit einer Vergnügungsreise haben!«

»Das will ich ausgleichen, soweit es in meinen Kräften steht«, sagte er. »Und wenn sie nicht schuldig ist – was Sie ja behaupten –, so sind wir drei auch keine Mitschuldigen.«

»Gut, setzen wir das voraus«, erwiderte ich. »Wäre ich von ihrer Schuld überzeugt, so würde ich nicht auf dieser Basis mit Ihnen reden. Im übrigen besteht die zusätzliche Möglichkeit: Sollte ich zu der Überzeugung kommen, daß sie den Mord begangen hat, so könnte ich sie immer noch der Polizei ausliefern.«

»Sie wird es Ihnen kaum anvertrauen«, meinte Kingsley.

Ich griff nach dem Umschlag und steckte ihn ein. »Sie wird viel reden, wenn sie dieses Geld haben will.« Ich sah auf meine Armbanduhr. »Wenn ich jetzt sofort fahre, kann ich den Ein-Uhr-fünfzehn-Termin erreichen. Man wird sie in dieser Diele nach so vielen Stunden auswendig kennen. Das erhöht die Gemütlichkeit der Situation.«

»Übrigens hat sie ihr Haar dunkelbraun gefärbt«, sagte Miss Fromsett. »Das hilft vielleicht.«

Ich zuckte mit den Achseln: »Na, mir verhilft es nicht zu der Überzeugung, daß sie eine zufällige, unschuldige Person ist.« Ich leerte mein Glas und stand auf. Kingsley schluckte den Inhalt des seinen mit einem Zuge, erhob sich gleichfalls, wickelte den Schal von seinem Hals und reichte ihn mir.

»Womit haben Sie sich denn da unten die Polizei auf den Hals geholt?« fragte er.

»In Auswertung der Auskunft, die Miss Fromsett mir liebenswürdigerweise gegeben hatte. Das führte dazu, daß ich mich nach einem Manne namens Talley umsah, der den Fall Almore bearbeitet hatte. Und das wiederum führte zu dem kleinen Rencontre. Die Polizei beobachtete das Haus. Talley war der Privatdetektiv, den sich die Graysons engagiert hatten.«

Auf das große brünette Mädchen sehend, fügte ich hinzu: »Sie sind wahrscheinlich in der Lage, ihm die ganze Geschichte zu erklären; sie ist im Augenblick nicht so wichtig. Ich habe keine Zeit, ihr jetzt nachzugehen. Wollen Sie beide hier warten?«

Kingsley schüttelte den Kopf. »Wir gehen nach Hause zu mir und erwarten dort Ihren Anruf.«

Miss Fromsett stand auf und gähnte. »Nein. Ich bin zu müde, Derry. Ich muß nach Hause und ins Bett.«

»Sie kommen mit mir«, sagte er scharf. »Sie müssen mir jetzt helfen, nicht völlig verrückt zu werden!«

»Wo wohnen Sie, Miss Fromsett?« fragte ich.

»Bryson Tower am Sunset Place. Apartment 716. Weshalb?« Sie sah mich nachdenklich an.

»Es könnte sein, daß ich wissen muß, wie Sie zu erreichen sind.«

Kingsleys Gesicht sah finster und verärgert aus, aber seine Augen waren immer noch die eines kranken Tieres. Ich legte mir seinen Schal um den Hals und ging in die Kochnische, um das Licht auszudrehen. Als ich zurückkam, standen beide in der Tür. Kingsley hatte den Arm um ihre Schulter gelegt. Sie sah sehr müde aus.

»Nun, ich hoffe wirklich ...« fing er an, dann aber machte er einen raschen Schritt auf mich zu und hielt mir die Hand hin: »Sie sind ein famoser Kerl. Danke, Marlowe!«

Ich betrachtete ihn nachdenklich. Sie gingen hinaus.
Ich wartete, bis der Lift heraufkam und hielt, die Tür sich öffnete und zuschlug und der Lift sich wieder in Bewegung setzte. Dann wählte ich selbst die Treppe und stieg hinunter zur Garage, um meinen armen Chrysler wieder zu wecken.

30

Die Pfauendiele befand sich in einem schmalen Haus neben einem Laden für Geschenkartikel, in dessen Schaufenster ein Brett mit kleinen Kristalltieren im Lichte der Straßenlampen schimmerte. Die Pfauendiele hatte eine Vorderwand aus Glas und glasierten Ziegeln, und mattes Licht ergoß sich auf den bunten Pfau aus Glas, der in die Wand eingelassen war.
Ich ging um einen chinesischen Schirm herum in die Bar und setzte mich an das äußere Ende einer kleinen Nische. Das Licht war bernsteingelb, das Leder glänzte chinesischrot, die Nischen hatten polierte, metallgefaßte Tische. In der einen saßen vier Soldaten und tranken stumpfsinnig ihr Bier, die Augen schon etwas glasig; sie waren sichtlich gelangweilt, trotz ihres Biers. Gegenüber von ihnen hatte sich eine kleine Gesellschaft von zwei Mädchen und zwei Talmi-Kavalieren niedergelassen und machte Lärm – den einzigen Lärm im Lokal. Ich sah niemanden, der annähernd so aussah, wie ich mir Crystal Kingsley vorstellen konnte. Der eingeschrumpfte Kellner mit gemeinen Augen und einem Gesicht wie ein abgenagter Knochen legte eine Serviette mit eingedrucktem Pfau vor mich auf den Tisch und stellte mir einen Cocktail hin. Ich trank in kleinen Schlucken davon und sah auf das bernsteingelbe Rund der Wanduhr. Es war eben ein Uhr fünfzehn vorbei. Einer der Männer mit den beiden Mädchen stand plötzlich auf, stakste zur Tür und ging hinaus. Die Stimme des anderen Mannes fragte:
»Warum hast du denn den Burschen so beschimpft?«
Die blecherne Stimme des Mädchens antwortete: »Beschimpft? Das hab' ich gern! Unanständig ist er mir gekommen, der Kerl!«
Die Stimme des Mannes sagte gelangweilt: »Na, das ist doch noch kein Grund, um gleich grob zu ihm zu werden!«
Einer der beiden Soldaten lachte plötzlich ein tiefes Lachen, wischte es dann mit seiner braunen Hand vom Gesicht und versenkte sich wieder in sein Bierglas. Ich rieb meine Kniekehle. Sie war heiß und geschwollen, aber das taube Gefühl wenigstens war weg.
Ein kleiner blasser mexikanischer Junge mit großen schwarzen Augen kam mit den Morgenzeitungen herein und schlenderte an den Nischen entlang; er versuchte ein paar Zeitungen zu verkaufen, bevor der Barmann ihn hinaus-

warf. Ich kaufte eine und sah sie auf interessante Mordfälle durch. Es standen keine darin.

Ich faltete die Zeitung zusammen und blickte auf ein schlankes, braunhaariges Mädchen in schwarzen langen Hosen, gelber Hemdbluse und einem langen grauen Mantel, das plötzlich aus dem Nichts aufgetaucht war und an meiner Nische vorbeiging, ohne mich anzusehen. Ich versuchte festzustellen, ob mir das Gesicht irgendwie bekannt vorkam oder ob es bloß der Standardtyp dieser überschlanken, ziemlich herben Hübschheit war, die ich schon tausendmal gesehen haben mußte. Sie ging an dem Schirm vorbei hinaus auf die Straße. Zwei Minuten später kam der kleine mexikanische Zeitungsjunge zurück, warf einen raschen Blick auf den Barmann, steuerte auf meine Nische zu und blieb vor mir stehen.

»Sie, Mister«, flüsterte er, und seine großen schwarzen Augen glänzten vielsagend. Dann machte er eine winkende Geste und trabte wieder hinaus. Ich trank meinen Cocktail aus und ging ihm nach. Das Mädchen im grauen Mantel, mit gelber Bluse und schwarzer Hose, stand vor dem Laden für Geschenkartikel und betrachtete das Schaufenster. Ihre Augen bewegten sich, als ich herauskam. Ich stellte mich neben sie.

Sie musterte mich nochmals. Ihr Gesicht war weiß und müde. Ihr Haar sah noch dunkler aus als dunkelbraun. Sie blickte weg und sprach ins Schaufenster hinein:

»Geben Sie mir das Geld, bitte.« Die Glasplatte vor ihr trübte sich leicht von ihrem Hauch.

»Ich muß erst wissen, wer Sie sind.«

»Sie wissen doch, wer ich bin«, sagte sie leise. »Wieviel haben Sie mitgebracht?«

»Fünfhundert.«

»Das reicht nicht, nicht annähernd. Geben Sie es mir bitte, rasch. Ich habe eine halbe Ewigkeit gewartet, daß jemand kam!«

»Wo kann ich mit Ihnen sprechen?«

»Wir haben nichts miteinander zu sprechen. Sie geben mir das Geld und gehen Ihrer Wege.«

»So einfach ist das nicht. Was ich jetzt tue, ist ein großes Risiko für mich. Ich will wenigstens die Befriedigung haben, daß ich weiß, was gespielt wird und wie ich mich verhalten muß.«

»Der Teufel soll Sie holen«, sagte sie wütend, »warum ist er nicht selbst gekommen? Ich wünsche nicht, mit jemandem zu reden – ich möchte nur, so schnell ich kann, weg von hier!

»Sie wollten ja gar nicht, daß er selbst käme. Er verstand Sie dahin, daß Sie nicht einmal telefonisch mit ihm reden wollten.«

»Das stimmt allerdings«, erwiderte sie rasch und warf den Kopf zurück.

»Aber mit mir müssen Sie sprechen«, sagte ich. »Ich bin nicht so bequem zu handhaben wie er. Sie sprechen entweder zu mir oder zur Polizei. Sie haben keinen Ausweg. Ich bin Privatdetektiv, ich muß mich selbst sichern.«
»Ach, sieh da – ist er nicht reizend? Privatdetektiv und alles Zubehör!« Ihre Stimme war leise und höhnisch.
»Er handelte, wie er es am besten fand. Es war nicht einfach für ihn, das Richtige zu tun.«
»Und worüber wollen Sie mit mir sprechen?«
»Über Sie selbst und darüber, was Sie getan haben und wo Sie gewesen sind und was Sie zu tun beabsichtigen. Solches und ähnliches. Kleinigkeiten – aber für mich von Wichtigkeit.«
Sie hauchte gegen das Glas des Schaufensters und wartete, bis der kleine Nebelkreis ihres Atems verschwand.
»Ich glaube, es wäre viel besser für Sie«, sagte sie mit derselben kalten, leeren Stimme, »Sie gäben mir das Geld und ließen mich mit den Dingen allein fertig werden.«
»Nein.«
Wieder warf sie einen scharfen Seitenblick auf mich. Dann zuckte sie ungeduldig die Schultern im grauen Mantel.
»Nun gut – wenn's Ihnen so lieber ist ... Ich wohne im ›Granada‹, zwei Blocks nördlich von der Achten, Apartment 618. Geben Sie mir zehn Minuten. Es ist besser, ich gehe allein.«
»Ich habe einen Wagen.«
»Nein, ich gehe lieber allein.« Sie drehte sich um, ging zurück zur Ecke, überquerte den Boulevard und verschwand unter einer Reihe von Pfefferbäumen. Ich begab mich zum Chrysler, stieg ein und gab ihr zehn Minuten Zeit, bis ich startete.
Das »Granada« war ein häßliches graues Gebäude an einer Straßenecke. Die Spiegelglastür lag in gleicher Höhe mit der Straße. Ich fuhr um die Ecke und sah eine erleuchtete Milchglaskugel mit der Aufschrift *Garage*. Die Einfahrt führte eine Rampe hinunter in die harte, gummiriechende Stille reihenweise geparkter Wagen. Ein schlanker Neger kam aus einem verglasten Büro und sah den Chrysler an.
»Was kostet es – für kurze Zeit unterstellen? Ich muß nach oben«, sagte ich.
Er grinste schattenhaft. »Ziemlich spät, Herr. Und gut abgestaubt muß er auch werden; zusammen einen Dollar.«
»Ist das Ihre feste Taxe?« fragte ich.
»Zusammen einen Dollar«, wiederholte er hölzern.
Ich stieg aus. Er gab mir eine Marke, ich gab ihm einen Dollar. Ohne daß ich ihn zu fragen brauchte, sagte er, der Lift sei hinter dem Büro, neben der Herrentoilette.

Ich fuhr zum sechsten Stock hinauf und sah nach den Türnummern. Ich lauschte auf die Stille und roch die Seeluft, die vom Fenster am Ende des Korridors hereindrang. Das Hotel schien ganz anständig zu sein. Natürlich, ein paar leichte Mädchen gibt es ja in jedem Hotel. Daraus erklärte sich der Dollar für den Neger. Ein ausgezeichneter Menschenkenner, der Bursche.
Ich stand vor der Tür des Apartments 618. Einen Augenblick zögerte ich, dann klopfte ich leise.

31

Sie hatte noch immer den grauen Mantel an. Sie stand hinter der Tür. Ich ging an ihr vorbei in den quadratischen Raum mit Doppelbetten an der Wand und einem Minimum an uninteressanten Möbeln. Eine kleine Lampe am Fenstertisch warf ein gedämpftes gelbes Licht. Das Fenster dahinter stand offen.
Das Mädchen sagte: »Also, nehmen Sie Platz – und reden Sie.«
Sie schloß die Tür und setzte sich dann in einen häßlichen Schaukelstuhl an der anderen Seite des Zimmers. Ich ließ mich auf einem Diwan nieder. Eine dunkelgrüne Portiere hing in dem offenen Türrahmen zur Rechten. Dahinter lag wahrscheinlich das Ankleide- und Badezimmer. Am anderen Ende des Diwans befand sich eine geschlossene Tür. Dort war vermutlich die Kochnische. Das war alles.
Das Mädchen verschränkte die Arme und lehnte den Kopf an die Stuhllehne. Sie musterte mich unter langen getuschten Wimpern. Ihre Augenbrauen waren dünn und gebogen und dunkel wie ihr Haar. Ein stilles, verschlossenes Gesicht. Voller Heimlichkeit. Es sah nicht aus wie das Gesicht einer Frau, die einen großen Gefühlsaufwand verschwendet.
»Ich hatte eine ganz andere Vorstellung von Ihnen«, sagte ich. »Nach Kingsleys Beschreibung.«
Ihre Lippen krümmten sich leicht. Sie antwortete nichts.
»Und auch nach Lavery«, fuhr ich fort. »Das beweist nur, daß wir zu verschiedenen Leuten verschiedene Sprachen sprechen.«
»Für solche Redensarten habe ich keine Zeit«, unterbrach sie. »Was wollen Sie wissen?«
»Er hat mich engagiert, um Sie zu finden. Ich habe mich darum bemüht. Ich nahm an, Sie wüßten es.«
»Ja. Von seinem Bürohäschen am Telefon. Sie sagte mir, Sie hießen Marlowe, und gab mir Bescheid wegen des Schals.«
Ich nahm den Schal ab, legte ihn zusammen und schob ihn in die Tasche. Dann sagte ich:

»Ich habe etwas über ihre verschiedenen Aufenthalte in Erfahrung gebracht. Nicht sehr viel. Ich weiß, Sie ließen Ihren Wagen im Prescotthotel in San Bernardino und trafen dort Lavery. Ich weiß auch, daß Sie aus El Paso ein Telegramm sandten. Was haben Sie *dann* getan?«
»Ich will von Ihnen nichts anderes als das Geld, das mir Kingsley schickt. Ich sehe nicht ein, warum meine Handlungen und Wege Sie irgend etwas angehen.«
»Darüber brauche ich mit Ihnen nicht zu streiten«, sagte ich. »Die ganze Frage ist: Brauchen Sie das Geld oder nicht?«
»Also gut – wir fuhren nach El Paso«, erzählte sie mit müder Stimme. »Damals beabsichtigte ich, ihn zu heiraten. Deshalb telegrafierte ich. Haben Sie das Telegramm gesehen?«
»Ja.«
»Nun ja, ich änderte meine Absichten. Ich bat ihn, nach Hause zu fahren und mich allein zu lassen. Er machte mir eine Szene.«
»Und ist er dann ohne Sie gefahren?«
»Ja. Warum nicht?«
»Und was taten Sie dann?«
»Ich ging nach San Barbara und blieb ein paar Tage dort. Insgesamt über eine Woche. Dann nach Pasadena. Dasselbe. Dann nach Hollywood. Und dann kam ich her. Das ist alles.«
»Waren Sie die ganze Zeit allein?«
Sie zögerte etwas, dann sagte sie: »Ja.«
»Nicht mit Lavery zusammen – die ganze Zeit nicht?«
»Nicht mehr, nachdem er nach Hause gefahren war.«
»Und was bezweckten Sie damit?«
»Was ich bezweckte? Womit?«
»Nun, damit, daß Sie nach all diesen Städten gingen und keine Nachricht gaben. Wußten Sie nicht, daß er in großer Sorge sein würde?«
»Ach so – Sie sprechen von meinem Mann«, sagte sie kühl. »Nun, ich gestehe, ich habe mir nicht sehr den Kopf darüber zerbrochen. Er vermutete mich doch in Mexiko, nicht? Und was ich damit bezweckte? Nun, ich mußte einmal nachdenken. Mein Leben war in hoffnungslose Verwirrung geraten. Ich mußte irgendwo ganz allein sein und versuchen, es wieder in Ordnung zu bringen.«
»Vor dieser Zeit«, sagte ich, »verbrachten Sie doch schon einen Monat am Kleinen Fawn-See, wo Sie versuchten, es in Ordnung zu bringen – und damit auch nicht weiterkamen. Stimmt das nicht?«
Sie betrachtete ihre Schuhe, sah dann mich an und nickte ernst. Das wellige braune Haar fiel ihr vorn über die Wangen. Sie hob die linke Hand, schob es wieder zurück und rieb sich mit einem Finger die Schläfe. »Ich dachte, ich

brauche einen neuen, fremden Ort«, sagte sie. »Nicht unbedingt einen interessanten. Nur einen, der mir fremd war. Ohne Verbindungen. Einen Ort, wo ich sehr allein sein würde. Wie in einem Hotel.«
»Nun – und wie weit sind Sie gekommen?« fragte ich.
»Nicht sehr weit. Aber zu Derace Kingsley gehe ich nicht zurück. Will er mich zurückhaben?«
»Ich weiß es nicht. Warum sind Sie hierher gekommen? In diese Stadt, wo Lavery lebt?«
Sie biß sich auf den Fingerknöchel und sah mich über den Handrücken an. »Ich wollte ihn gern wiedersehen. Ich kann ihn mir nicht aus dem Sinn schlagen. Ich liebe ihn nicht, nein – und doch, auf irgendeine Art liebe ich ihn vielleicht. Aber ich glaube nicht, daß ich ihn heiraten würde. Ist das nicht verrückt?«
»Das ist keineswegs verrückt. Das hat schon einen Sinn. Aber von Hause wegbleiben und in schäbigen Hotels herumsitzen – das hat keinen Sinn. Sie lebten doch seit Jahren nicht mit Kingsley, sondern Ihr eigenes Leben, wenn ich recht verstanden habe.«
»Ich mußte aber allein sein – um mir alles zu Ende zu überlegen«, sagte sie verzweifelt und biß sich wieder auf den Fingerknöchel, diesmal sehr fest. »Bitte – wollen Sie mir nicht das Geld geben und weggehen?«
»Selbstverständlich. Sofort. Aber gab es keinen anderen Grund dafür, daß Sie gerade zu diesem Zeitpunkt vom Kleinen Fawn-See weggingen? Irgend etwas, was beispielsweise mit Muriel Chess zusammenhing?«
Sie sah überrascht aus. Aber überrascht aussehen kann jeder. »Gott im Himmel – was könnte denn das sein? Diese dumme kleine Arbeiterfrau? Was hätte ich mit der zu tun?«
»Ich dachte, Sie hätten vielleicht Streit mit ihr gehabt – wegen Bill!«
»Bill? Bill Chess?« Sie schien noch überraschter, beinahe zu überrascht.
»Bill behauptet, Sie hätten ihm nachgestellt!«
Sie legte den Kopf zurück und lachte – ein blechernes unwirkliches Lachen. »Gott behüte – dieser dreckige, ungepflegte Säufer!« Plötzlich wurde ihr Gesicht nüchtern. »Was ist passiert? Was soll diese Geheimnistuerei?«
»Vielleicht mag er ein dreckiger, ungepflegter Säufer sein«, sagte ich. »Und die Polizei hält ihn noch dazu für einen Mörder. Den Mörder seiner Frau. Sie ist im See gefunden worden. Ertrunken. Vor einem Monat.«
Sie befeuchtete die Lippen, legte den Kopf etwas auf die Seite und starrte mich unverwandt an. Es entstand ein sehr tiefes, langes Schweigen. Der feuchte Hauch des Pazifik glitt in den Raum und hüllte uns ein.
»Ich bin nicht überrascht«, sagte sie endlich langsam. »Also zu einem solchen Ende ist es gekommen! Sie haben sich mitunter entsetzlich gestritten. Glauben Sie, daß es etwas mit meiner Abreise zu tun hatte?«

Ich nickte. »Es besteht immerhin die Möglichkeit.«
»Gar nichts hatte ich mit alledem zu tun«, sagte sie ernsthaft, sie schüttelte den Kopf hin und her. »Es war genauso, wie ich es Ihnen erzählt habe. Und nicht anders.«
»Muriel ist tot«, sagte ich. »Im See ertränkt. Es scheint Ihnen nicht sehr zu Herzen zu gehen, oder?«
»Ich habe die Frau kaum gekannt«, erwiderte sie achselzuckend. »Sie hat sehr zurückgezogen gelebt. Und schließlich ...«
»Ich glaube, Sie wissen nicht, daß sie einmal in Doktor Almores Praxis gearbeitet hat?«
Jetzt blickte sie vollkommen verdutzt drein. »Ich war niemals in Doktor Almores Sprechstunde«, zögernd kam es aus ihr heraus. »Ich habe die Almores ein paarmal in ihrem Haus besucht – vor langer Zeit. Ich – über was reden Sie denn überhaupt?«
»Muriel Chess war in Wirklichkeit ein Mädchen namens Mildred Haviland, die bei Doktor Almore Sprechstundenhilfe gewesen war.«
»Das ist ja ein seltsames Zusammentreffen«, meinte sie nachdenklich. »Ich erinnere mich – Bill hatte sie in Riverside getroffen. Ich wußte nicht, wie oder unter welchen Umständen oder woher sie kam. Bei Doktor Almore, sagten Sie? Aber ich wüßte nicht, was das für eine Bedeutung haben soll?«
»Keine«, sagte ich. »Ich glaube, es ist echter Zufall. So etwas kommt vor. Aber Sie sehen jetzt, warum ich Sie sprechen mußte. Muriel wurde im See gefunden, und Sie waren abgereist, und Muriel war Mildred Haviland, die einmal mit Doktor Almore in Beziehung stand – nicht anders als Lavery, wenn auch auf ganz andere Weise. Und Lavery lebt gerade gegenüber von Doktor Almores Haus – nur über die Straße. Hatten Sie den Eindruck, daß Lavery Muriel von früher her kannte?«
Sie dachte darüber nach und biß sich dabei auf die Oberlippe. »Er hat sie oben bei uns gesehen«, sagte sie schließlich, »aber er benahm sich nicht so, als hätte er sie schon vorher gekannt.«
»Und das hätte er sicher getan«, sagte ich, »wenn man bedenkt, was für ein Bursche er in dieser Beziehung war.«
»Ich glaube nicht, daß Chris etwas mit Dr. Almore zu tun hatte«, warf sie ein. »Er kannte seine Frau – aber ich glaube, den Doktor selbst hat er nicht gekannt. Also wird er wahrscheinlich auch seine Sprechstundenhilfe nicht gekannt haben.«
»Nun, ich fürchte, ich finde in alledem nichts, was mir irgendwie weiter hilft«, sagte ich. »Aber Sie verstehen jetzt, weshalb ich Sie gern sprechen wollte. Ich glaube, jetzt kann ich Ihnen das Geld geben.«
Ich zog den Umschlag hervor, stand auf, ging zu ihr hin und legte ihn in ihren Schoß. Sie ließ ihn liegen. Ich setzte mich wieder.

»Sie spielen diese Rolle ganz vorzüglich«, grinste ich, »diese verwirrte Unschuld mit dem kleinen Unterton von Härte und Bitterkeit. Die Leute haben in der Beurteilung Ihrer Person einen bösen Schnitzer gemacht. Sie haben Sie für eine dumme kleine Närrin gehalten, ohne Überlegung und ohne Selbstbeherrschung. Womit sie sich sehr getäuscht haben ...«
Sie riß die Augen auf und starrte mich an. Sie sagte nichts. Dann zog ein kleines Lächeln ihre Mundwinkel hoch. Sie griff nach dem Umschlag, klopfte damit auf ihr Knie und legte ihn neben sich auf den Tisch. Die ganze Zeit über wandte sie den Blick nicht von mir.
»Auch die Rolle der Mrs. Fallbrock haben Sie ausgezeichnet gespielt. Allerdings, rückblickend gesehen, vielleicht etwas übertrieben! Aber im Augenblick bin ich absolut darauf hineingefallen. Der rote Hut, der auf einem blonden Kopf wirklich hübsch gewesen wäre, aber auf diesem stumpfen Braun geradezu schrie – die schlechte Schminke, die aussah, als hätte man sie im Dunkeln mit einer verstauchten Hand aufgetragen – diese hysterisch-kleinbürgerliche Note! Und als Sie mir noch den Revolver in die Hand gaben, da hatten Sie mich, da fiel ich um wie ein Klotz!«
Sie lachte auf und schob die Hände in ihre tiefen Manteltaschen. Ihre Absätze klopften leise auf den Boden.
»Aber warum gingen Sie zurück?« fragte ich. »Warum dieses Wagnis – bei hellem Tageslicht, zu so belebter Stunde?«
»Sie meinen also, ich hätte Chris Lavery erschossen?« fragte sie ruhig.
»Ich meine es nicht. Ich weiß es.«
»Warum ich zurückkam? War es das, was Sie wissen wollten?«
»Ach, so viel macht es mir nicht aus«, lenkte ich ab. Sie lachte wieder. Ein scharfes, kaltes Lachen. »Er hatte mein ganzes Geld. Er hatte mein Portemonnaie sauber ausgeräumt. Er hatte alles herausgenommen, sogar das Silber. Deshalb bin ich zurückgegangen. Es war übrigens gar keine Gefahr dabei. Ich weiß, wie er lebte. Es war geradezu sicherer, noch einmal zurückzugehen. Zum Beispiel, um die Milch und die Zeitung ins Haus zu nehmen. In solchen Situationen verlieren die meisten den Kopf. Ich nicht; ich wüßte auch nicht, warum. Es ist viel sicherer, wenn man es nicht tut.«
»Ich verstehe. Dann haben Sie ihn natürlich nachts zuvor erschossen. Daran hätte ich denken müssen, auch wenn es nicht sehr darauf ankommt. Er hatte sich rasiert. Aber junge Männer mit starkem Bartwuchs und Damenbesuch für die Nacht rasieren sich manchmal, bevor sie zu Bett gehen, nicht?«
»Davon habe ich auch schon läuten hören«, meinte sie fast heiter. »Und was gedenken Sie nun zu unternehmen?«
»Sie sind das kaltblütigste Luder, das ich je gesehen habe. Was ich tun werde? Nun, ich übergebe Sie der Polizei – was sonst? Es wird mir ein Vergnügen sein!«

»Das glaube ich nun wieder nicht.« Sie stieß die Worte heraus, daß sie sich fast überstürzten. »Sie staunten, daß ich Ihnen den leeren Revolver gab. Warum nicht? Ich hatte noch einen zweiten in der Tasche. Genau wie diesen!«
Ihre rechte Hand fuhr aus ihrer Manteltasche.
Ich lächelte. Es mag nicht das herzlichste Lächeln von der Welt gewesen sein, aber es war immerhin ein Lächeln.
»Solche Szenen sind mir immer unsympathisch gewesen«, sagte ich. »Detektiv konfrontiert Mörderin. Mörderin zieht Revolver, zielt auf Detektiv. Mörderin erzählt Detektiv die ganze Geschichte, in der Absicht, ihn zuletzt umzulegen. So geht wertvolle Zeit verloren, selbst wenn zum Schluß die Mörderin den Detektiv erschießt. Aber die Mörderin tut es nie. Immer passiert etwas, was sie daran hindert. Auch die Götter lieben diese Szenen nicht. Sie lassen immer etwas dazwischenkommen – und die ganze Szene ist verpatzt!«
»Aber diesmal«, sagte sie sanft, stand auf und kam leise über den Teppich auf mich zu, »diesmal machen wir es ein bißchen anders. Zum Beispiel: Ich erzähle Ihnen gar nichts, es kommt nichts dazwischen, und ich erschieße Sie!?«
»Auch dann würde die Szene mir nicht gefallen.«
»Jedenfalls fürchten Sie sich anscheinend nicht.« Sie leckte sich langsam die Lippen, während sie sich behutsam näher schob. Ihre Schritte machten keinerlei Geräusche auf dem Teppich.
»Nein, ich fürchte mich nicht«, log ich. »Es ist zu spät in der Nacht, zu still, das Fenster ist offen; der Revolver würde viel zuviel Lärm machen. Die Straße hinunter ist ein zu langer Weg. Und außerdem ist Schießen Ihre schwache Seite. Sie würden vermutlich vorbeischießen. Sie haben Lavery dreimal gefehlt!«
»Stehen Sie auf!« sagte sie. Ich stand auf.
»Ich werde zu dicht vor Ihnen stehen, um Sie zu verfehlen.« Sie drückte den Lauf gegen meine Brust. »So, sehen Sie? So kann ich nicht vorbeischießen, oder? Seien Sie jetzt ganz still. Halten Sie die Hände hoch – in Schulterhöhe, und bewegen Sie sich nicht. Wenn Sie nur den kleinen Finger rühren, geht der Revolver los!«
Ich hob die Hände in Schulterhöhe und sah hinunter auf die Waffe. Meine Zunge fühlte sich gequollen an, aber ich konnte sie noch bewegen.
Ihre tastende Linke fand keine Waffe bei mir. Sie ließ sie sinken und biß sich auf die Lippen. Der Revolver drückte sich gegen meine Brust. »Sie müssen sich jetzt umdrehen«, sagte sie höflich, wie der Schneider bei einer Anprobe.
»Es ist immer eine kleine falsche Note bei allem, was Sie tun«, hörte ich mich sprechen. »Sie sind endgültig ein Stümper im Umgang mit Waffen! Sie stehen viel zu dicht bei mir, und – ich hasse es, das vorzubringen, es klingt so billig, aber es ist wieder der alte Scherz – Sie haben die Waffe nicht entsichert! Auch Sie haben es übersehen!«

Sie ließ sich verleiten, zwei Dinge auf einmal zu tun. Sie machte einen langen Schritt rückwärts und fühlte zugleich mit dem Daumen nach dem Sicherungshebel, ohne die Augen von meinem Gesicht zu nehmen. Es waren zwei sehr einfache Dinge, zu denen man nur eine Sekunde nötig hatte. Aber sie ärgerte sich, daß ich es ihr gesagt hatte. Sie ärgerte sich, daß ich schneller dachte als sie. Diese eine Sekunde der Verwirrung brachte sie aus dem Konzept. Ein kleiner erstickter Ton entschlüpfte ihr – ich zog meine rechte Hand herunter und riß ihr Gesicht hart gegen meine Brust. Meine Linke schmetterte nieder auf ihr rechtes Handgelenk, die Kante meiner Hand gegen ihre Daumenwurzel. Der Revolver flog auf die Erde. Ihr Gesicht wand sich an meiner Brust, ich glaube, sie versuchte zu schreien. Und dann versuchte sie zu stoßen und zu treten und verlor dabei das bißchen Gleichgewicht, das sie noch hatte. Ihre Hände fuhren hoch, sie wollte mich packen. Ich fing ihr Handgelenk auf und begann es ihr hinter ihrem Rücken umzudrehen. Sie war stark, aber ich war viel stärker. Also entschloß sie sich, sich fallen zu lassen. Ihr ganzes Gewicht sackte gegen meine Hand, die ihren Kopf hielt. Mit einer Hand konnte ich sie nicht halten. Sie begann sich niedergleiten zu lassen. Ich mußte mich mit ihr hinunterbücken. Plötzlich vernahm ich ein schwaches Geräusch wie von Schritten neben dem Diwan, ein hartes Atmen. Ob auch eine Diele knackte, wußte ich nicht. Dann glaubte ich einen Gardinenring scharf klirren zu hören – aber ich war nicht sicher, hatte auch keine Zeit, der Frage richtig nachzugehen. Eine Gestalt tauchte zu meiner Linken auf, von hinten, außerhalb meines direkten Blickfeldes. Ich wußte nur, daß ein Mann da war, und zwar ein sehr großer Mann.

Das war aber auch alles, was ich wußte. Die Szene explodierte in Feuer und Dunkelheit. Ich fühlte nicht einmal mehr, daß ich zu Boden geschlagen wurde. Feuer und Dunkelheit – und gerade knapp vor der Dunkelheit ein scharfes Gefühl entsetzlicher Übelkeit.

32

Ich roch Gin. Nicht so nebenbei, als hätte ich an einem Wintermorgen ein paar Schluck getrunken, um leichter aus dem Bett zu kommen. Nein, als sei der Pazifische Ozean aus lauter Gin und ich hätte gerade einen Kopfsprung vom Bootsdeck gemacht. Gin war in meinem Haar und meinen Augenbrauen, auf meinem Kinn und unter meinem Kinn, auch auf meinem Hemd – mein Gott, ich roch wie eine Kröte in Spiritus.

Da stand die Lampe auf dem Tisch – neben dem offenen Fenster. Da stand noch der behäbige grüne Diwan. Und da war auch die Tür mit der grünen Portiere davor. Man soll nie mit dem Rücken vor einer grünen Portiere sitzen. Es geht immer schlecht aus. Immer passiert etwas. Zu wem hatte ich das doch gesagt? Zu einem Mädchen mit einem Schießeisen. Zu einem Mädchen mit einem klaren leeren Gesicht und dunkelbraunem Haar, das eigentlich blond war ...

Ich sah mich nach ihr um. Sie war noch da. Sie lag auf dem heruntergeklappten Bett.

Sie trug ein Paar hellbraune Strümpfe, sonst nichts. Ihr Haar war zerrauft. Auf ihrer Kehle dunkle Flecken. Der Mund war offen, eine geschwollene Zunge quoll heraus. Ihre Augen standen aus den Höhlen, und das Weiße darin war nicht weiß.

Auf ihrem nackten Leib grinsten vier wütende Kratzer blutrot gegen das Weiß ihres Fleisches. Tiefe wütende Kratzer, von vier tollwütenden Fingernägeln gerissen.

Auf dem Diwan lag ein Gewirr von Kleidern, größtenteils ihre. Mein Rock war auch dabei. Ich nahm ihn aus dem Haufen und zog ihn an. Unter meiner Hand knisterte etwas in dem zerdrückten Stoff. Ich holte einen langen Umschlag heraus, das Geld war noch darin. Ich schob ihn in meine Tasche. Marlowe, fünfhundert Dollar. Hoffentlich war es vollzählig. Auf etwas anderes konnte ich kaum hoffen.

Ich bewegte mich vorsichtig auf den Ballen meiner Füße, als schritte ich über sehr dünnes Eis. Ich bückte mich, um meine Kniekehle zu reiben. Dabei überlegte ich, was mir weh tat: mein Knie oder mein Kopf, wenn ich mich bückte, um mein Knie zu massieren.

Schwere Füße kamen die Halle entlang. Ich hörte das Gemurmel harter Stimmen. Die Füße standen still. Eine harte Faust klopfte an der Tür.

Ich stand da und grinste die Tür an, die Lippen fest gegen die Zähne gezogen. Ich wartete nur, daß jemand öffnete. Der Knopf wurde gedreht, aber niemand kam herein. Das Klopfen begann erneut, hörte wieder auf, die Stimmen murmelten. Dann entfernten sich die Schritte. Ich überlegte, wie lange es dauern könnte, bis der Manager mit dem Hauptschlüssel da war. Nicht sehr lange.

Ich ging zu dem grünen Vorhang und schob ihn zur Seite; ein kleiner Korridor führte in ein Badezimmer. Ich ging hinein und drehte das Licht an. Zwei Waschbecken, eine Badematte, über dem Rand der Wanne zusammengefaltet, ein Milchglasfenster oben hinter der Wanne. Ich verschloß die Tür des Badezimmers, stellte mich auf den Rand der Wanne und schob das Fenster auf.

Ich riß ein Handtuch vom Ständer, ließ beide Hälften des Schiebefensters herunter, zog mich auf den Sims, umklammerte fest den Rahmen und schwang mich halbwegs hinüber zum nächsten Fenster. Ich konnte gerade so weit reichen, daß ich es aufschieben konnte, falls es nicht verriegelt war. Aber es war verriegelt. Ich schob meinen Fuß hinüber und schlug damit das Glas über dem Riegel ein. Es machte einen Lärm, den man in der ganzen Stadt hören mußte.

Ich wickelte das Handtuch um meine Linke und langte hinein, nach dem Riegel. Unten auf der Straße fuhr ein Wagen vorbei, aber niemand schrie herauf zu mir.
Ich schob das Fenster herunter und kletterte auf das andere Fenstersims.

33

Ich stieg ins Dunkle und tastete mich durch das Dunkel zu einer Tür, die ich öffnete. Ich lauschte. Streifiges Mondlicht kam durch das nach Norden gelegene Fenster und zeigte mir ein Schlafzimmer mit Doppelbetten, zugedeckt und leer. Keine Wandbetten. Dieses Apartment war größer. Ich ging an den Betten vorbei zu einer anderen Tür und in ein langes schmales Wohnzimmer. Beide Räume waren abgesperrt und rochen muffig. Ich fuhr mit dem Finger über das Holz der Tischplatte. Eine leichte Staubschicht bedeckte sie, wie sie sich in den saubersten Zimmern sammelt, wenn sie abgeschlossen sind.
Ich roch an einer Karaffe, sie enthielt schottischen Whisky. Also bediente ich mich. Mein Schädel brummte noch stärker, aber die übrigen Schmerzen ließen nach. Ich machte im Schlafzimmer Licht und steckte die Nase in die Wandschränke. Der eine enthielt Herrenkleidung, Schneiderarbeit, in rauhen Mengen. Das Etikett des Schneiders in der einen Rocktasche verkündete den Namen des Besitzers: *H. G. Talbot.* Ich ging zur Kommode, inspizierte sie und fand ein weiches blaues Hemd, das nur ein wenig klein für mich schien. Ich trug es ins Badezimmer, zog mein Hemd aus, wusch mir Gesicht und Brust, fuhr gründlich mit einem nassen Handtuch durch mein Haar und zog mir das blaue Hemd an. Ich tat einen tiefen Griff in Mr. Talbots ziemlich zähe Haarpomade und benutzte seine Bürste und seinen Kamm, um mich zu frisieren. Nun roch ich nur noch ziemlich schwach nach Gin – wenn überhaupt.
Der Kragenknopf wollte nicht schließen, also legte ich ihn wieder in die Glasschale. Ich fand einen blauen Kreppseidenschlips, den ich um den Hals schlang. Als ich meinen Rock wieder angezogen hatte, musterte ich mich im Spiegel. Ich sah fast zu akkurat und gepflegt aus für die nächtliche Stunde, sogar für einen so ordentlichen Mann, wie es Mr. Talbot war – seinen Kleidern nach zu schließen. Ich hoffte inständig, so lange zu leben, daß ich ihm noch eine Dankvisite abstatten könnte. Aber ich sah zu nett und zu sauber aus. Ich fuhr mir leicht durchs Haar, zog meinen Schlips etwas schief, ging nochmals zur Whiskykaraffe und tat, was ich konnte, um nicht allzu nüchtern zu erscheinen. Ich steckte mir eine von Mr. Talbots Zigaretten an und wünschte, daß Mr. und Mrs. Talbot, wo sie auch sein mochten, einen netteren Abend verbrachten als ich. Dann ging ich zur Wohnzimmertür, weiter zu einer zweiten, die in die Halle führte, machte sie auf und lehnte mich rauchend in den Türrahmen.

Ich wagte nicht zu hoffen, daß es klappen würde. Aber im Zimmer zu warten, bis sie meine Spur durch das Fenster verfolgten, war in keiner Weise ratsamer.

Etwas entfernt von mir in der Halle hustete ein Mann. Ich steckte den Kopf weiter in den Gang, bis er mich ansah. Er kam rasch auf mich zu, ein kleiner scharfer Bursche in sauber gebügelter Polizeiuniform. Er hatte rötliches Haar und rötliche braune Augen.

Ich gähnte und fragte träge: »Na, was ist denn hier los, Herr Wachtmeister?«

Er starrte mich nachdenklich an. »Kleiner Zwischenfall nebenan. Haben Sie etwas gehört?«

»Ich glaube, ich hörte es klopfen. Ich bin erst vor einer kleinen Weile nach Hause gekommen.«

»Ziemlich spät«, meinte er.

»Ansichtssache«, erwiderte ich. »Zwischenfall – nebenan? Was denn?«

»Eine ›Dame‹ – kennen Sie sie?«

»Ich hab' sie schon gesehen, glaube ich.«

»Tja«, meinte er. »Na, Sie sollten sie jetzt mal sehen ...« Er legte die Hand an den Hals, machte Glotzaugen und gurgelte unangenehm. »Nämlich *so*«, sagte er. »Haben Sie denn nichts gehört?«

»Nichts, was mir aufgefallen wäre – außer dem Klopfen.«

»So. Und wie heißen Sie?«

»Talbot.«

»Einen Augenblick bitte, Mr. Talbot. Warten Sie eine Minute hier!«

Er ging den Korridor entlang und beugte sich in die offene Tür, durch die das Licht herausfiel. »Hallo, Leutnant«, sagte er. »Der Mann von nebenan ist zu Hause.«

Ein großer Mann erschien. Er stand und starrte mich an. Ein großer Mann mit aschblondem Haar und sehr blauen, blauen Augen. Degarmo. Das hatte gerade gefehlt.

»Hier ist der Herr, der nebenan wohnt«, sagte der kleine adrette Polizist diensteifrig. »Sein Name ist Talbot.«

Degarmo sah mich gerade an, aber nichts in seinen kalten blauen Augen verriet, daß er mich schon jemals gesehen hatte. Ruhig kam er den Korridor entlang, legte seine harte Hand gegen meine Brust und schob mich zurück ins Zimmer. Als ich etwa sechs Fuß von der Tür entfernt war, sagte er über die Schulter: »Komm herein, Shorty, und mach die Tür zu.«

Der Kleine kam herein und schloß die Tür.

»Ein übler Bursche«, sagte Degarmo träge. »Halt ihn mit dem Revolver in Schach, Shorty!«

Shorty riß seine Revolvertasche auf und hatte wie der Blitz seinen .38er in der Hand. Er leckte sich die Lippen.
»Junge, Junge!« sagte er leise und pfiff vor sich hin. »Junge, Junge! Wie konnten Sie das wissen, Leutnant?«
»Was wissen?« fragte Degarmo und bohrte seine Augen in die meinen. »Wie hattest du dir's denn gedacht, Kamerad? Wolltest dir wohl 'ne Zeitung kaufen – um festzustellen, daß sie tot war?«
»Junge, Junge!« sagte Shorty wieder. »Ein Lustmörder! Zieht dem Mädel die Kleider aus und erwürgt sie mit bloßer Hand, Leutnant! Wie konnten Sie das bloß wissen!«
Degarmo antwortete ihm nicht. Er stand nur da, wippte ein wenig auf den Hacken, sein Gesicht war leer und hart wie Granit.
»Ja, er ist der Mörder – sonnenklar!« sagte Shorty plötzlich. »Riechen Sie doch bloß die Luft hier, Leutnant! Das Zimmer ist tagelang nicht gelüftet. Und der Staub auf dem Bücherbrett. Und die Uhr auf dem Kamin steht, Leutnant. Er kam durch das Badezimmerfenster ... darf ich mir's mal ansehen, Leutnant?«
Er lief hinaus, ins Schlafzimmer nebenan. Ich hörte seine Bewegungen. Degarmo stand wie aus Holz.
Shorty kam zurück. »Richtig, durchs Badezimmerfenster! In der Wanne unter dem Fenster liegt zerbrochenes Glas. Und irgendwas stinkt nach Gin da drin – einfach scheußlich! Erinnern Sie sich, wie das Apartment nebenan nach Gin stank, als wir reinkamen? Hier ist ein Hemd, Leutnant. Stinkt, als ob's in Gin gewaschen wäre!«
Er hielt mein Hemd hoch. Der Gingeruch durchtränkte die Luft sofort. Degarmo sah es gleichgültig an, trat dann vorwärts, riß meine Rockknöpfe auf und betrachtete das Hemd, das ich anhatte.
»Ich weiß, wie er's machte«, sagte Shorty. »Hat dem Mann, der hier wohnt, eins aus der Kommode gestohlen! Sehen Sie, wie er's gemacht hat?«
»Tja.« Degarmo hielt seine Hand gegen meine Brust und ließ sie langsam niedergleiten. Sie sprachen von mir wie von einem Gegenstand.
»Taste ihn ab, Shorty!«
Shorty lief um mich herum und befühlte mich da und dort, ob ich eine Waffe hätte. »Nichts«, sagte er.
»Bring ihn zum Hintereingang raus«, befahl Degarmo. »Eins zu null für uns, wenn wir es erledigt haben, bevor Webber herkommt. Dieser Esel Reed könnte nicht mal 'ne Motte in 'ner Schuhschachtel finden!«
»Aber Sie sind doch gar nicht zuständig für den Fall?« meinte Shorty zweifelnd. »Hat man heute nicht verlauten lassen, Sie sind suspendiert, Leutnant? Oder so was Ähnliches?«
»Was kann ich verlieren«, fragte Degarmo, »wenn ich suspendiert bin?«

»Na, ich kann jedenfalls diese Uniform verlieren«, meinte Shorty.
Degarmo ließ einen schweren Blick auf dem Kleinen ruhen. Der Kleine errötete, seine munteren rötlichbraunen Augen waren ängstlich.
»Also gut, Shorty. Geh und hole Reed her. Der hat Dienst.«
Der kleine Polizist leckte sich die Lippen. »Sie haben zu befehlen, Leutnant – ich mache mit. Ich brauch' ja gar nicht zu wissen, daß Sie suspendiert sind!«
»Wir bringen ihn zusammen runter, wir beide«, sagte Degarmo.
»Ja, Leutnant, natürlich!«
Degarmo legte den Finger gegen mein Kinn. »Ein Lustmörder«, sagte er ruhig. »Ein Lustmörder, hol mich der Teufel!« Er lächelte mir dünn zu – nur die äußersten Winkel seines breiten brutalen Mundes bewegten sich.

34

Wir traten aus dem Zimmer und gingen die Halle entlang, am Apartment 618 vorbei. Aus der noch immer offenen Tür fiel ein Lichtschein. Zwei Männer in Zivil standen davor und rauchten Zigaretten, die sie in der hohlen Hand verborgen hielten, als wehe ein Sturm im Korridor. Aus 618 drang der Lärm streitender Stimmen.
Wir gingen um die Ecke und kamen zum Lift. Degarmo öffnete den Notausgang hinter dem Fahrstuhlschacht. Wir schritten hallende Betontreppen hinunter, Etage um Etage. An der Tür zur unteren Halle stand Degarmo still, hielt die Hand auf den Türknopf und lauschte. Er sah über die Schulter zurück.
»Haben Sie einen Wagen?« fragte er mich.
»Er ist in der Garage im Souterrain.«
»Großartig!«
Wir stiegen vollends hinunter und kamen in das Untergeschoß. Der hagere Neger trat aus seinem Glasbüro, ich gab ihm meine Nummer. Er sah verstohlen auf Shortys Uniform, aber er sagte nichts und wies auf den Chrysler.
Degarmo stieg ein und setzte sich ans Steuer. Ich setzte mich neben ihn, Shorty nahm den Rücksitz. Wir fuhren die Rampe hinauf und hinaus in die kühle Nachtluft. Einige Blocks vor uns kam uns ein großer Wagen mit doppelten roten Stoplichtern entgegen.
Degarmo spuckte aus dem Fenster und wendete den Wagen nach der anderen Seite. »Das ist sicher Webber«, sagte er. »Kommt mal wieder zu spät zum Begräbnis! Das haben wir um eine Nasenlänge geschafft, Shorty!«
»Mir ... mir gefällt das nicht sehr, Leutnant. Ehrlich. Aber auch gar nicht.«
»Strammhalten, Kleiner! Kann 'ne Beförderung in die Mordkommission geben!«

»Ich bleibe lieber, wo ich bin«, sagte Shorty. »Aber ohne Risiko.« Seine Courage sackte zusammen wie ein angestochener Luftballon.

Degarmo fuhr etwa zehn Blocks, so schnell er konnte, dann verlangsamte er das Tempo. Shorty sagte unsicher:

»Ich will Ihnen nicht hineinreden, Leutnant. Aber das ist sicher nicht der Weg zum Rathaus!«

»Stimmt, mein Sohn!« sagte Degarmo. »Ist's auch nie gewesen!«

Er drosselte den Wagen so herunter, daß er fast kroch, dann drehte er in eine Vorstadtstraße mit netten sauberen Häusern hinter netten sauberen Gärten. Er bremste vorsichtig, fuhr an die Bordschwelle und hielt ungefähr in der Mitte des Blocks. Er warf einen Arm über die Rücklehne des Sitzes und wandte den Kopf, um den kleinen Shorty anzusehen.

»Glaubst du, daß dieser Bursche sie umgebracht hat, Shorty?«

»Ja, Leutnant«, sagte Shorty gepreßt.

»Hast du eine Taschenlampe?«

»Nein.«

Ich sagte: »In der Tasche an der Tür links ist eine.«

Shorty tastete herum, man hörte das Klirren von Metall, dann flammte der weiße Strahl der Taschenlampe auf. Degarmo sagte:

»Wirf mal einen Blick auf den Hinterkopf von dem Kerl da!«

Der Strahl bewegte sich und blieb stehen. Ich hörte den Atem des Kleinen hinter mir und fühlte ihn im Nacken. Jemand betastete meinen Hinterkopf und berührte die Beule. Ich stöhnte. Das Licht erlosch, wieder fiel von der Straße die Dunkelheit herein.

Shorty sagte: »Es sieht so aus – ich glaube, er hat einen schweren Schlag auf den Hinterkopf bekommen, Leutnant. Ich werde nicht klug daraus.«

»Bei dem Mädel sieht's ebenso aus«, sagte Degarmo. »Man sah es nicht so deutlich – aber es war da. Sie hat eins auf den Hinterkopf bekommen und war betäubt, damit er ihr die Kleider ausziehen und sie mißbrauchen konnte, ehe er sie tötete. Darum haben die Kratzer geblutet. Und alles ging ganz leise zu. Und in diesem Apartment ist kein Telefon. Wer hat denn Anzeige erstattet, Shorty?«

»Wie kann ich das wissen, zum Teufel? Ein Kerl rief an und sagte, im Apartment 618 im Granada-Hotel ist eine Frau ermordet worden. Reed suchte ja gerade den Fotografen, als Sie hereinkamen. Der Schreiber am Pult meinte, es war ein Mann mit einer dicken Stimme, wahrscheinlich verstellt. Hat keinen Namen genannt.«

»Na gut«, sagte Degarmo. »Wenn du das Mädel umgebracht hättest – wie wärst du herausgekommen?«

»Na, ich wäre rausgegangen«, sagte Shorty. »Warum nicht? He, Sie!« brüllte er mich plötzlich an, »warum machten Sie nicht, daß Sie rauskamen?«

Ich antwortete nicht. Degarmo sagte tonlos: »Du würdest doch nicht aus einem Badezimmerfenster klettern, sechs Fuß hoch über der Erde, und dann in ein anderes Badezimmerfenster einsteigen – in ein fremdes Zimmer, wo vielleicht Leute schlafen – oder? Du würdest doch nicht behaupten, du wärst der Mieter von nebenan, und würdest auch keine Zeit daran verschwenden, die Polizei zu rufen – oder? Du würdest doch den Vorsprung, den du hättest, nicht aufs Spiel setzen, Shorty – oder?«
»Ich glaube nicht«, sagte Shorty vorsichtig. »Ich glaube nicht, daß ich angerufen hätte. Aber diese Sexualverbrecher tun sonderbare Dinge, Leutnant, sie sind nicht normal wie wir. Und dieser Kerl hier hat vielleicht Hilfe gehabt, der andere Bursche kann ihn dann niedergeschlagen haben, um ihm alles aufzubürden.«
»Erzähl mir nicht, daß du dir dies Stückchen selbst ausgedacht hast«, grunzte Degarmo. »Wir sitzen hier und zerbrechen uns den Kopf, und der Bursche, der alle Antworten weiß, sitzt bei uns und sagt kein Wort!« Er wandte mir seinen großen Kopf zu und starrte mich an. »Was haben Sie da drin gemacht?«
»Ich kann mich nicht erinnern«, sagte ich. »Der Schlag auf den Hinterkopf scheint mein Gedächtnis ausgelöscht zu haben.«
»Wir werden Ihnen behilflich sein, sich zu erinnern«, sagte Degarmo. »Wir werden Sie ins Gebirge bringen, ein paar Meilen weg von hier, da haben Sie dann Ihre Ruhe und können die Sterne ansehen und das Gedächtnis suchen. Sie werden sich schon recht gut noch erinnern!«
Shorty sagte: »Solche Reden dürfen Sie nicht führen, Leutnant. Warum fahren wir nicht einfach zurück zum Hauptquartier im Rathaus und spielen unser Spiel nach den Regeln, die das Reglement vorschreibt?«
»Zum Teufel mit dem Reglement«, sagte Degarmo. »Mir gefällt dieser Bursche. Ich möchte ein langes, zärtliches Gespräch mit ihm haben. Man muß ihm nur ein bißchen schön tun. Er ist zimperlich!«
»Ich möchte aber nicht mitmachen«, sagte Shorty.
»Sondern? Was willst du denn, Shorty?«
»Ich möchte zurück zum Rathaus.«
»Reisende Leute soll man nicht halten, Kleiner. Willst du zu Fuß gehen, he?«
Shorty schwieg einen Augenblick, dann sagte er ruhig: »Ja, es ist mir recht! Ich gehe ganz gern.« Er öffnete die Wagentür und trat hinaus auf die Bordschwelle. »Und ich nehme an, Sie wissen, daß ich über alles Bericht erstatten muß, Leutnant?«
»Gut, mein Sohn«, sagte Degarmo. »Sage Webber, ich habe nach ihm gefragt. Nächstesmal, wenn er ein Diner gibt, soll er nicht vergessen, ein Gedeck für mich auflegen zu lassen.«
»Ich verstehe Ihre Redensarten nicht«, sagte der kleine Polizist. Er machte die

Wagentür zu. Degarmo schlug den Gang hinein, gab Gas und hatte den Wagen schon beim zweiten Block auf vierzig. Beim dritten auf fünfzig. Auf dem Boulevard fuhr er langsamer und wendete nach Osten, dann kreuzte er in vorschriftsmäßiger Geschwindigkeit herum. Ein paar späte Wagen rollten nach beiden Richtungen an uns vorbei, aber zum größten Teil lag die Welt im kalten Schweigen der frühen Morgenstunde.

Nach einer Weile passierten wir die Stadtgrenze. »Na, nun beten Sie mal Ihr Sprüchlein«, eröffnete Degarmo das Gespräch. »Kann sein, wir können was draus machen.«

Der Wagen klomm eine lange Steigung hinan und rollte wieder bergab, wo sich der Boulevard durch parkartiges Gelände wand – es war beim Veteranenhospital. Die großen dreiarmigen Kandelaber vor dem Gebäude hatten Heiligenscheine vom Strandnebel, der während der Nacht aufgekommen war. Ich begann zu sprechen.

»Kingsley kam heute abend in meine Wohnung und sagte mir, er hätte telefonisch von seiner Frau gehört. Sie wollte schnell etwas Geld. Kingsleys Plan war, daß ich ihr das Geld bringen und sie aus den etwaigen Schwierigkeiten, in denen sie sich befinden mußte, befreien sollte. Mein Plan war um ein paar Kleinigkeiten anders. Kingsley hatte sie wissen lassen, wie sie mich erkennen konnte. Ich sollte dann um fünfzehn Minuten nach einer vollen Stunde – je nachdem, wie ich es schaffte – in der Pfauendiele sein, an der Ecke der Achten und der Arguello Street.«

Degarmo sagte langsam: »Und Sie dachten, Sie könnten sie bei der Gelegenheit aushorchen, he?« Er hob leicht die Hände und ließ sie dann wieder auf das Steuerrad sinken.

»Ich fuhr hin – Stunden, nachdem sie angerufen hatte. Mir war gesagt worden, daß ihr Haar braun gefärbt sei. Sie ging an mir vorbei aus der Bar heraus, aber ich kannte sie nicht. Ich hatte sie niemals persönlich gesehen. Ich hatte nicht mehr von ihr gesehen als eine recht gute Momentaufnahme – aber eine Aufnahme kann gut sein und doch keine große Ähnlichkeit verraten. Sie schickte mir einen kleinen mexikanischen Jungen hinein und ließ mich herausholen. Sie wollte das Geld haben und keine langen Unterhaltungen. Ich wollte aber ihre Geschichte. Endlich sah sie ein, daß sie um ein paar Worte nicht herumkäme, und sagte mir, daß sie im ›Granada‹ wohne. Ich mußte zehn Minuten warten, bis ich ihr nach dorthin folgen sollte.«

Degarmo sagte: »Zeit genug, sich einen Trick auszuhecken.«

»Ein Trick wurde allerdings ausgeheckt – aber ich bin nicht sicher, wie weit sie darin verwickelt war. Sie wünschte nicht, daß ich hinaufkäme, wünschte nicht, mit mir zu reden; sie mußte aber wissen, daß sie kein Geld von mir bekam, bevor sie mir nicht eine Erklärung für alles gab; also konnte ihr Zögern vielleicht nur Theater sein, um mich in Sicherheit zu wiegen, daß ich die

Situation beherrschte. Theater spielen konnte sie erstklassig. Das hatte ich bereits erfahren. Immerhin – ich ging hin, und wir sprachen miteinander. Nichts, was sie vorher sagte, hatte viel Hand und Fuß, bis wir auf Lavery kamen – daß er erschossen worden war, und dann hatte alles viel zu schnell ›Hand und Fuß‹. Ich sagte ihr, ich würde sie der Polizei ausliefern.«

Westwood Village (außer einer Nachtdienststation) lag in tiefem Dunkel; nur ein paar ferne Fenster in Mietshäusern waren noch hell. Der Stadtteil glitt nördlich von uns vorbei.

»Da zog sie einen Revolver. Ich glaube, sie beabsichtigte sehr ernstlich, ihn zu benützen, aber sie trat zu dicht an mich heran. Ich konnte sie fassen. Der Revolver fiel zur Erde. Während wir miteinander rangen, kam jemand hinter einer grünen Portiere hervor und schlug mich von hinten nieder. Als ich wieder zu Bewußtsein kam, war der Mord geschehen.«

Degarmo sagte langsam: »Haben Sie keinen Blick auf diesen Jemand werfen können, der Sie niederschlug?«

»Nein. Ich fühlte oder ich sah mit halbem Auge, daß es ein Mann war – und zwar ein großer Mann. Und dann fand ich das da auf dem Diwan, unter meinen und ihren Kleidern.« Ich zog Kingsleys grüngelben Schal aus der Tasche und breitete ihn über Degarmos Knie. »Gestern abend, ein paar Stunden vorher, hatte ich Kingsley mit diesem Schal gesehen.«

Degarmo sah nieder auf den Schal. Er zog ihn unter das Licht am Schaltbrett. »Den kann man allerdings nicht so leicht vergessen«, sagte er. »Der springt einem ja förmlich ins Auge und haut einen um! Kingsley, he? So, so! Hol mich der Teufel! Und was passierte dann?«

»Dann klopfte es an der Tür. Ich war ganz dumm im Kopf, nichts weniger als klar, der Schrecken saß mir noch in allen Gliedern. Ich war über und über mit Gin begossen worden. Man hatte mir Rock und Schuhe ausgezogen. Sicher sah ich aus und roch wie jemand, dem man schon zutrauen konnte, daß er eine Frau nackt auszog und erdrosselte. Deshalb stieg ich aus dem Fenster des Badezimmers und säuberte mich erst einmal, so gut es ging – und das übrige wissen Sie selbst.«

Degarmo fragte: »Warum haben Sie sich nicht einfach schlafend gestellt, in dem leeren Zimmer, in das Sie geraten waren?«

»Was hätte das genutzt? Ich nehme an, auch ein Polizist aus Bay City hätte binnen kurzem meine Spur gefunden. Meine einzige Chance war wegzugehen, bevor diese Spur entdeckt wurde. Wenn nicht gerade jemand da war, der mich kannte, so hatte ich durchaus die Möglichkeit, aus dem ›Granada‹ herauszukommen.«

»Das glaube ich nicht«, meinte Degarmo. »Aber ich kann verstehen, daß Sie durch diesen Versuch Ihre Lage nicht verschlechterten. Und welches Motiv vermuten Sie hinter der Geschichte?«

»Das Motiv, warum Kingsley sie getötet hat. *Wenn* er sie getötet hat, natürlich! Nun, das ist nicht schwierig. Sie hat ihn jahrelang betrogen, hat ihm Unannehmlichkeiten über Unannehmlichkeiten gemacht, hat seine Position gefährdet und schließlich noch einen Menschen erschossen. Außerdem hatte sie Geld, und Kingsley wollte gern eine andere Frau heiraten. Vielleicht hatte er Angst, daß sie mit ihrem Geld alles vertuschen und ihn mehr denn je verunglimpfen konnte. Und wenn sie es nicht vertuschen konnte und verurteilt wurde, so konnte er an ihr Geld erst recht nicht heran. Er mußte sich scheiden lassen, wenn er sie loswerden wollte. Und er fürchtete den Skandal. In jeder dieser Einzelheiten steckt schon ein Motiv für einen Mord. Außerdem war die Gelegenheit günstig, mich zum Sündenbock zu machen. Es würde nicht vorhalten, aber es würde Verwirrung und Verzögerungen geben. Wenn sich die Mörder nicht einbildeten, sie könnten entwischen – lieber Gott, dann würden sehr wenig Morde begangen!«
Degarmo sagte: »Trotzdem – es kann auch jemand anders gewesen sein, jemand, der mit all diesen Dingen nichts zu tun hatte. Selbst wenn Kingsley herkam, um sie zu sehen – es kann doch jemand anders gewesen sein. Und auch Lavery kann von jemand anderem ermordet worden sein.«
»Wenn es Ihnen so besser gefällt ...«, sagte ich.
»Es gefällt mir gar nicht – so oder so. Aber wenn ich diesen Fall herauskriege, so komme ich noch mal mit einer Verwarnung davon. Krieg' ich ihn nicht heraus, so fliege ich und muß die Stadt verlassen. Sie sagten doch, ich bin dumm? Na schön, ich bin dumm! Wo wohnt Kingsley? Etwas versteh' ich wenigstens – nämlich die Leute zum Reden zu bringen.«
»965 Carson Drive, Beverley Hills. Etwa fünf Blocks weiter drehen Sie nach Norden, nach den Vorbergen zu. Es ist auf der linken Seite. Ich war noch nicht da, aber ich weiß, wie die Blocknummern laufen.«
Er gab mir den grüngelben Schal: »Stopfen Sie ihn wieder in Ihre Tasche – bis wir ihn Kingsley unter die Nase halten können!«

35

Wir hielten vor einem zweistöckigen weißen Haus mit dunklem Dach. Helles Mondlicht lag auf den Wänden wie eine frische Farbschicht. Vor der unteren Hälfte der Parterrefenster waren schmiedeeiserne Gitter. Kurzgeschorener Rasen lief bis zur Haustür, die im Winkel einer vorspringenden Mauer lag. Alle sichtbaren Fenster waren dunkel.
Degarmo stieg aus dem Wagen und ging den Gartenweg entlang, um sich nach der Garageneinfahrt umzusehen. Er fand sie und war gleich darauf um die Hausecke verschwunden. Ich hörte, wie die Garagentür geöffnet wurde,

dann den Knall, mit dem sie wieder zufiel. Er erschien an der Hausecke, schüttelte zu mir herüber den Kopf, ging über den Rasen zur Haustür. Er legte den Daumen auf die Klingel und holte mit einer Hand eine Zigarette aus der Tasche, steckte sie zwischen die Lippen und wandte sich von der Tür weg, um sie anzuzünden; der Schein des kleinen Flämmchens schnitt tiefe Furchen in sein Gesicht. Nach einer Weile erschien in der oberen Hälfte der Tür, die eine fächerförmige Glasscheibe aufwies, Licht. Das Guckloch wurde zurückgeschwungen. Ich sah, wie Degarmo sein Polizeiabzeichen hochhielt. Langsam und wie unwillig wurde die Tür geöffnet. Er trat ein.

Er blieb nicht länger als fünf Minuten. Hinter verschiedenen Fenstern flammte Licht auf und erlosch wieder. Dann kam er heraus. Als er zum Wagen zurückschritt, erlosch auch das kleine Licht im Fächerfenster der Haustür, und das Haus lag wieder im Dunkel, wie wir es gefunden hatten.

Er stand neben dem Wagen, rauchte und blickte hinüber nach der Straßenbiegung.

»Nur ein kleiner Wagen ist in der Garage«, sagte er. »Der Koch sagt, er gehört der Frau. Von Kingsley keine Spur. Sie behaupten, sie hätten ihn seit dem Morgen nicht gesehen. Ich war in allen Zimmern. Ich glaube, sie haben die Wahrheit gesagt. Am späten Nachmittag war Webber da mit einem Fingerabdruckmann; das Pulver, das er benutzt hat, liegt noch überall im ganzen Schlafzimmer. Webber brauchte Abdrücke, um sie mit denen in Laverys Haus zu vergleichen. Er hat mir nicht gesagt, was dabei herauskam. Wo kann Kingsley stecken?«

»Irgendwo«, sagte ich. »Auf der Landstraße, in einem Hotel, in einem Türkischen Bad, wo er sich das Nervenzucken wegmassieren läßt. Aber wir müssen es zuerst bei seiner Freundin versuchen. Sie heißt Fromsett und wohnt im Bryson Tower am Sunsetplatz. Das ist etwas weiter unten in der Stadt, in der Nähe von Bullock's Wilshire.«

»Was tut sie?« fragte Degarmo und setzte sich wieder ans Steuer.

»Sie führt in seinem Büro das Regiment, und in der Freizeit führt sie das Regiment über ihn. Aber sie ist kein Bürohäschen – absolut nicht. Sie hat Verstand und viel Stil.«

»Wie die Dinge liegen, wird sie beides gut gebrauchen können«, sagte Degarmo. Er fuhr auf Wilshire zu, wir wandten uns wieder ostwärts. Nach zwanzig Minuten waren wir am Bryson Tower.

Der siebente Stock war still und kühl. Der Korridor schien eine Meile lang. Endlich standen wir vor der Tür mit der 716 darauf – goldene Zahlen in einem kleinen goldenen Blätterkranz. Neben der Tür war ein Klingelknopf aus Elfenbein. Degarmo drückte darauf, man hörte es innen läuten. Gleich darauf wurde die Tür geöffnet.

Miss Fromsett trug einen abgesteppten Morgenrock über ihrem Pyjama.

Ihre Füße steckten in kleinen Pelzpantöffelchen mit hohen Absätzen. Das dunkle Haar war kleidsam und locker nach hinten gestrichen. Offenbar hatte sie gerade die Coldcreme vom Gesicht gewischt und ein ganz klein wenig Puder und Rouge aufgelegt.
Wir gingen an ihr vorüber in einen ziemlich kleinen Raum mit ein paar schönen ovalen Spiegeln und grauen antiken Möbeln mit blauem Damastpolster. Es sah nicht aus wie ein »möbliertes« Zimmer. Sie setzte sich auf ein niedriges Bänkchen, lehnte sich zurück und wartete ruhig, bis jemand etwas sagte.
Ich ergriff das Wort. »Das ist Leutnant Degarmo von der Polizei in Bay City. Wir suchen Kingsley. In seinem Haus ist er nicht. Wir dachten, vielleicht könnten Sie uns einen Anhaltspunkt geben, wo wir ihn finden können.«
Sie sprach zu mir, ohne mich anzusehen: »Ist es sehr dringend?«
»Ja. Es ist etwas passiert.« – »Was denn?«
Degarmo sagte grob: »Wir wollen bloß wissen, wo Kingsley ist, Mädel. Wir brauchen kein großes Theater zu machen.«
Miss Fromsett sah ihn vollkommen ausdruckslos an. Dann wandte sie sich wieder an mich und sagte: »Vielleicht sagen Sie es mir lieber, Mr. Marlowe.«
»Ich ging mit dem Geld nach der Pfauendiele«, sagte ich. »Ich traf sie verabredungsgemäß. Dann ging ich mit in ihr Zimmer, um mit ihr zu sprechen. Während ich dort war, schlug mich ein Mann nieder, der hinter einem grünen Vorhang verborgen war. Ich sah ihn nicht. Als ich wieder zu mir kam, war sie ermordet worden.«
»Ermordet?« – »Ja«, sagte ich, »ermordet.«
Sie schloß eine Sekunde die schönen Augen und zog die Winkel ihres lieblichen Mundes ein. Dann stand sie mit einem raschen Achselzucken auf und ging zu einem kleinen Marmortisch mit Spindelbeinen, nahm eine Zigarette aus einem Kästchen von getriebenem Silber, zündete sie an und starrte mit leerem Blick auf den Tisch. Das Streichholz in ihrer Hand flackerte leicht, bis es ausging und sie es in einen Aschenbecher fallen ließ. Sie wandte sich um und blieb mit dem Rücken gegen den Tisch stehen.
»Ich glaube, ich müßte wenigstens schreien oder so etwas«, sagte sie. »Aber ich scheine überhaupt kein Gefühl mehr zu haben.«
Degarmo sagte: »Wir haben momentan kein Interesse an Ihren Gefühlen, Miss. Wir wollen nur wissen, wo Kingsley ist. Sie können es uns sagen, Sie können es auch bleiben lassen. Auf alle Fälle können Sie Schluß machen mit Ihrem Gehabe. Nun entschließen Sie sich.«
Sie sagte sehr ruhig zu mir: »Dieser Leutnant gehört zur Polizei von Bay City, nicht wahr?«
Ich nickte. Sie drehte sich langsam zu ihm um und sagte mit sehr schöner

verächtlicher Würde: »In diesem Fall hat er in meiner Wohnung ebensowenig Rechte wie irgendein anderer großsprecherischer Vagabund, der versucht, sich wichtig zu machen!«
Degarmo sah sie finster an. Dann grinste er, ging durchs Zimmer und streckte seine langen Beine aus einem tiefen daunengepolsterten Sessel. Er winkte mir mit der Hand.
»Also dann«, sagte er, »reden Sie mit ihr! Ich könnte jede Assistenz von meinen Kameraden in Los Angeles haben, aber bis ich ihnen die ganze Sache erklärt habe, ist es Donnerstag über acht Tage!«
Ich sagte: »Miss Fromsett, wenn Sie wissen, wo Kingsley ist oder wohin er sich gewendet hat, so sagen Sie es uns bitte. Sie werden verstehen, daß er jetzt gefunden werden muß.«
»Warum?« fragte sie ruhig.
Degarmo warf den Kopf zurück und lachte. »Die Kleine ist richtig!« sagte er. »Wahrscheinlich denkt sie, man müßte ihm verheimlichen, daß seine bessere Hälfte ins Jenseits befördert wurde!«
»Sie ist viel klüger, als Sie denken«, sagte ich. Sein Gesicht wurde nüchtern, und er biß sich auf den Daumen. Er musterte sie unverschämt von oben bis unten.
Sie sagte: »Nur deshalb, weil er benachrichtigt werden muß?«
Ich zog den grüngelben Schal aus der Tasche, entfaltete ihn und hielt ihn ihr hin.
»Dies wurde in dem Zimmer gefunden, in dem sie ermordet worden ist. Ich glaube, Sie kennen den Schal.«
Sie sah erst den Schal an, dann sah sie mich an. Beide Blicke waren völlig ausdruckslos. Sie sagte langsam: »Sie verlangen sehr viel Vertrauen, Mr. Marlowe. Besonders in Anbetracht dessen, daß Sie sich nicht gerade als glänzender Detektiv erwiesen haben.«
»Ich verlange es«, antwortete ich, »und ich erwarte, daß es mir gegeben wird. Und ob ich glänzend bin oder nicht, dürften Sie noch nicht ganz beurteilen können.«
»Bravo, bravo«, sagte Degarmo. »Ihr gebt ein nettes Gespann ab, ihr beiden! Fehlen bloß die Akrobaten, die hinterher kommen. Aber im Augenblick ...«
Sie schnitt ihm das Wort ab, als sei seine Stimme gar nicht vorhanden. »Wie wurde sie denn ermordet?«
»Sie ist erwürgt worden – nackend ausgezogen und mißbraucht und zerkratzt.«
»So etwas hätte Derry niemals getan«, sagte sie ruhig.
Degarmo schmatzte mit den Lippen. »Kein Mensch weiß, was der andere gegebenenfalls tun würde! Ein Polizist weiß wenigstens diese Weisheit!«
Sie sah ihn noch immer nicht an. Im selben gleichmütigen Ton fragte sie:

»Sie möchten also wissen, wohin wir gingen, nachdem wir Ihre Wohnung verließen, und ob er mich nach Hause gebracht hat – solche Dinge, nicht wahr?«

»Stimmt«, sagte ich, »das ist schon ein gut Teil der Dinge, die wir wissen möchten.«

»Er hat mich nicht nach Hause gebracht«, sagte sie langsam. »Ich nahm mir am Hollywood Boulevard eine Taxe, keine fünf Minuten, nachdem wir von Ihnen weggingen. Ich habe ihn seitdem nicht gesehen. Ich nehme an, er ist nach Hause gefahren.«

Degarmo sagte: »Gewöhnlich geben sich die Mäuschen mehr Mühe, ihrem Schatz ein Alibi zu verschaffen. Aber es gibt solche und solche, nicht wahr?«

Miss Fromsett sprach weiter zu mir: »Er wollte mich gern nach Hause bringen, aber es war ein großer Umweg für ihn, und wir waren beide todmüde. Ich sage Ihnen das so offen, weil ich weiß, daß es völlig belanglos ist. Hielte ich es für wichtig, so würde ich schweigen.«

»Er hatte also Zeit«, sagte ich.

Sie schüttelte den Kopf. »Ich weiß es nicht. Ich weiß auch nicht, wieviel Zeit dazu nötig war. Ich weiß vor allem nicht, woher er ihre Wohnung wußte. Von mir nicht und von ihr über mich auch nicht. Sie hat es mir nicht gesagt.« Ihre dunklen Augen suchten die meinen, forschend, prüfend. »Ist dies das Vertrauen, das Sie erwarten?«

Ich faltete den Schal zusammen und steckte ihn wieder in die Tasche. »Wir müssen wissen, wo er jetzt ist.«

»Und ich kann es Ihnen nicht sagen, weil ich keine Ahnung habe.« Ihre Augen waren dem Schal gefolgt, den ich in die Tasche gesteckt hatte. Sie blieben dort. »Sie sagen, Sie sind niedergeschlagen worden. Sie meinen, Sie wurden bewußtlos?«

»Ja, von jemandem, der sich hinter einem grünen Vorhang versteckt hatte. Man fällt immer wieder darauf herein. Sie hatte einen Revolver gegen mich gezogen, und ich hatte alle Hände voll zu tun, ihn ihr wegzunehmen. Es gibt keinen Zweifel mehr daran, daß sie Lavery erschossen hat.«

Degarmo stand plötzlich auf. »Sie spielen da eine hübsche, interessante Szene mit der schönen Dame«, sagte er, »aber wir kommen nicht weiter damit. Kommen Sie, wir hauen ab.«

Ich sagte: »Warten Sie einen Augenblick, ich bin noch nicht zu Ende. Gesetzt den Fall, er hatte etwas auf dem Herzen, Miss Fromsett – etwas, was ihm verdammt naheging. So sah er nämlich heute abend aus. Gesetzt den Fall, er wußte von alledem mehr, als wir merkten – oder als *ich* merkte –, gesetzt den Fall, er wußte, daß es eine Katastrophe geben würde. Dann würde er versuchen, irgendwohin zu gehen, wo er absolute Ruhe hätte und alles überlegen könnte, was zu tun wäre. So beurteile ich ihn. Habe ich recht?«

Ich schwieg und wartete, mit einem Seitenblick auf Degarmos Ungeduld. Nach einer Sekunde sagte das Mädchen tonlos: »Er würde nicht weglaufen, und er würde sich nicht verstecken – denn es gibt einfach nichts, wovor er weglaufen oder sich verstecken müßte. Aber Sie haben recht – er würde Zeit zum Nachdenken brauchen – Zeit und Ruhe.«
»An einem fremden Ort, in einem Hotel«, sagte ich, und dachte an die Geschichte der Frau im »Granada« – »oder an einem sehr viel stilleren Platz.«
Ich sah mich nach dem Telefon um.
»Es ist im Schlafzimmer«, sagte Miss Fromsett, die sofort wußte, wonach ich mich umsah.
Ich ging durchs Zimmer zur Tür am anderen Ende. Degarmo blieb dicht hinter mir. Das Schlafzimmer war in Elfenbein und Rosé gehalten. Ein breites Bett ohne Fußwand stand in der Mitte, im Kissen war noch die kleine Rundung eines Kopfes. Auf einem Spiegeltisch glänzten Toilettenartikel. Durch eine offene Tür sah man in ein mattgrün gekacheltes Badezimmer. Das Telefon stand auf dem Nachttisch neben dem Bett.
Ich setzte mich auf den Bettrand und strich leise über die Stelle, wo Miss Fromsetts Kopf gelegen hatte, während ich das Telefon aufnahm und das Fernamt wählte. Als die Vermittlung antwortete, verlangte ich Constable Jim Patton in Puma Point, persönlich, dringend. Dann stellte ich das Telefon zurück und zündete mir eine Zigarette an. Degarmo blickte finster zu mir nieder – breitbeinig, zäh, hellwach, und zu jeder Tätlichkeit bereit. »Was nun?« knurrte er.
»Abwarten und Tee trinken«, sagte ich.
»Wer hat hier eigentlich zu befehlen?«
»In Ihrer Frage liegt die Antwort. *Ich* – es sei denn, Sie überlassen den Fall der Polizei von Los Angeles.«
Er strich ein Zündholz an seinem Daumennagel an, sah zu, wie es brannte, und versuchte dann, es auf Armeslänge mit einem langen, stetigen Atemzug auszublasen. Aber die Flamme bog sich nur. Er warf das Streichholz weg, steckte ein anderes in die Zähne und kaute darauf herum. Gleich darauf läutete das Telefon.
»Ihr Anruf nach Puma Point!«
Aus dem Telefon erklang Pattons verschlafene Stimme: »Ja? Hier Jim Patton – Puma Point!«
»Hier Marlowe, Los Angeles. Erinnern Sie sich meiner?«
»Na klar, mein Junge! Ich bin nur noch halb im Schlaf.«
»Tun Sie mir einen Gefallen«, sagte ich. »Obwohl ich keinen Anspruch darauf habe. Bitte fahren Sie oder schicken Sie jemanden sofort – *sofort* – zum Kleinen Fawn-See, um nachzusehen, ob Kingsley dort ist. Aber er darf nichts davon merken. Vielleicht entdecken Sie seinen Wagen vor dem Haus

oder sehen Licht. Und achten Sie darauf, daß er dort bleibt. Daß er nicht wegfährt! Rufen Sie mich an, sobald Sie Bescheid wissen. Dann komme ich hinauf. Können Sie das tun?«
Patton sagte: »Ich habe keinen Grund, ihn aufzuhalten, wenn er weg möchte.«
»Ich bringe einen Offizier aus Bay City mit, der ihn wegen eines Mordes befragen muß. Nicht Ihr Mord da oben – ein anderer.«
In der Leitung herrschte leise dröhnendes Schweigen. Dann sagte Patton: »Sie machen doch keine schlechten Witze, mein Junge – oder?«
»Nein. Bitte rufen Sie zurück nach Tunbridge 2722, L. A.«
»Eine gute halbe Stunde werd' ich brauchen«, sagte er.
Ich hängte ab. Jetzt grinste Degarmo. »Hat die Kleine Ihnen ein Signal gegeben, das ich nicht kapiert habe?« fragte er.
Ich stand vom Bett auf. »Nein. Ich versuche bloß, ihn von sich aus zu beurteilen. Er ist kein kaltblütiger Mörder. Was da an Feuer war, ist längst in ihm ausgebrannt. Ich vermute, er suchte sich die stillste, entlegenste Stelle, die er finden konnte – nur um mit sich ins reine zu kommen. In ein paar Stunden würde er sich wahrscheinlich selbst stellen. In Ihrem Interesse sieht es besser aus, wenn Sie ihn fassen können, bevor er selbst kommt.«
»Wenn er sich nicht ein Stückchen Blei in den Kopf jagt«, sagte Degarmo kalt. »Solchen Burschen wie ihm ist das zuzutrauen.«
»Sie können ihn auch daran nicht hindern, ehe Sie ihn haben.«
»Das stimmt allerdings.«
Wir gingen zurück ins Wohnzimmer. Miss Fromsett steckte den Kopf aus der kleinen Küche und sagte, sie wollte nur Kaffee machen und ob wir auch einen haben wollten. Dann tranken wir Kaffee und saßen herum wie Leute, die ihre Freunde auf den Bahnhof gebracht haben.
Pattons Anruf kam nach etwa fünfundzwanzig Minuten durch. In Kingsleys Haus brenne Licht, sein Wagen stehe vor der Tür.

36

Im »Alhambra« frühstückten wir und füllten den Tank auf. Dann fuhren wir auf der Autostraße 70 aus der Stadt und ließen die Bahngleise hinter uns. Bald waren wir in welligem Weidegelände. Ich fuhr. Degarmo saß brütend in seiner Ecke.
Die fettgrünen graden Reihen der Orangenbäume flogen vorüber wie die Speichen eines Rades. Ich lauschte dem Knirschen der Reifen auf dem Pflaster und fühlte mich müde und schal – ich hatte zuwenig Schlaf und etwas zuviel Aufregung gehabt.
Wir erreichten den langen Hang südlich von San Dimas, der über den Grat

führt und dann nach Pomona abfällt. Das ist das letzte Stück des Nebelgürtels und der Anfang des wüstenähnlichen Geländes, wo die Sonne am Morgen leicht und trocken ist wie alter Sherry, am Mittag heiß wie ein Hochofen und abends wie ein schwerer glühender Ziegelstein.
Degarmo kaute auf dem Streichholz in seinem Mundwinkel und fauchte höhnisch: »Webber hat mich vielleicht heruntergeputzt, gestern abend! Er sagte, er hätte mit Ihnen gesprochen – und erzählte auch, worüber er mit Ihnen gesprochen hatte.«
Ich schwieg. Er blickte mich an, sah dann wieder weg. Er deutete auf das Land draußen: »In dieser verdammten Wüste möchte ich nicht leben – nicht geschenkt! Die Luft ist schon morgens vor dem Aufstehen schal und verbraucht!«
»Wir werden gleich in Ontario sein. Da kreuzen wir den Foothill Boulevard und fahren dann fünf Meilen durch die schönsten Grevilleabäume der ganzen Welt!«
»Ich könnte sie nicht von einer Föhre oder Fichte unterscheiden.«
Wir fuhren durch die Stadt und wandten uns nordwärts nach Eculid, auf einer herrlichen Parkstraße. Degarmo blickte höhnisch auf die Grevilleabäume. Nach einer Weile sagte er:
»Daß Sie es nur wissen – es war mein Mädel, das da oben im See ertrunken ist. Ich war nicht mehr richtig im Kopf, seit ich es erfuhr. Ich sehe nichts als rot. Wenn ich dieses Vieh, diesen Chess, zu fassen kriege ...«
»Sie haben genug damit angerichtet«, sagte ich, »daß Sie sie beschützten, als sie Mrs. Almore ermordete.«
Ich sah stur geradeaus durch die Windschutzscheibe. Ich wußte, daß er den Kopf wandte und seine Augen sich eiskalt in mich hineinbohrten. Ich wußte nicht, welch ein Ausdruck auf seinem Gesicht lag. Nach einer langen Pause kamen seine Worte; sie kamen durch fest zusammengebissene Zähne, durch fest aufeinandergepreßte Lippen, sie klangen wie verrostet.
»Sind Sie verrückt, Sie Idiot – oder was?«
»Nein«, sagte ich. »Ebensowenig wie Sie. Sie wußten genau – so genau man nur etwas wissen kann –, daß Florence Almore *nicht* aus ihrem Bett aufgestanden und in die Garage gegangen ist. Sie wußten, daß sie getragen wurde. Sie wußten, daß *das* der Grund war, warum Talley ihren Schuh stahl – mit der Sohle, die niemals aufgerauhten Beton betreten hatte. Sie wußten, daß Almore in Condys Spielklub seiner Frau eine Injektion in den Arm machte, gerade genug und nicht zuviel. Er verstand sich auf diese Injektionen ebensogut wie Sie auf die Verhaftung eines armen Kerls, der kein Geld für ein Nachtlogis hat. Sie wußten, daß *nicht* Almore seine Frau mit Morphium getötet hat und daß Morphium das letzte Mittel wäre, zu dem er greifen würde, wenn er sie tatsächlich beseitigen wollte. Sie wußten aber auch, daß

jemand anders es getan hat und daß Almore sie dann zur Garage trug und unter den Wagen legte – technisch noch lebendig, gerade lebendig genug, um das Monoxyd einzuatmen, medizinisch aber bereits so tot und erledigt, als ob sie aufgehört hätte zu atmen. Das alles haben Sie gewußt, Degarmo.«
Leise fragte Degarmo: »Freundchen, wie haben Sie es fertiggebracht, so lange zu leben?«
Ich sagte: »Indem ich nicht in allzu viele Fallen rannte und mich nicht vor berufsmäßig brutalen Kerlen fürchtete. Nur ein Schuft konnte tun, was Almore tat, nur ein Schuft, und noch dazu einer, der in tödlicher Angst lebte, weil er Sachen auf dem Gewissen hatte, die das Tageslicht scheuten. Technisch gesehen war er vielleicht sogar auch des Mordes schuldig. Ich glaube nicht, daß diese Frage ganz geklärt ist. Zum mindesten wäre es ihm verteufelt schwer geworden, den Beweis zu erbringen, daß ihre Betäubung und Vergiftung bereits jenseits einer möglichen Rettung war. Stellt man aber die Frage, wer Florence Almore praktisch getötet hat, so wissen Sie ganz genau: es war dieses Mädchen!«
Degarmo lachte. Es war ein schartiges, häßliches Lachen – nicht nur ohne Heiterkeit, sondern ohne jeden Sinn.
Wir erreichten den Foothill Boulevard und drehten nach Osten ab. Ich fand es noch recht kühl, aber Degarmo schwitzte. Er konnte den Rock nicht ausziehen wegen des Revolvers innen unter dem Arm.
Ich sagte: »Dieses Mädchen, Mildred Haviland, hatte ein Verhältnis mit Almore, und seine Frau wußte es. Sie hatte ihm gedroht. Das erfuhr ich von ihren Eltern. Mildred Haviland verstand sich auf Morphium – woher sie es bekommen konnte und wieviel sie brauchte. Sie war allein mit Florence Almore, nachdem sie sie zu Bett gebracht hatte. Sie hatte die beste Gelegenheit, eine Spritze mit vier oder fünf Gramm zu füllen und der bewußtlosen Frau an genau derselben Stelle eine Injektion zu machen, wo Almore kurz zuvor eine gemacht hatte. Nun mußte die Frau sterben – vielleicht solange Almore noch außer Haus war –, und er mußte kommen und sie tot vorfinden. Die Schwierigkeiten waren dann seine Sache. Er mußte einen Ausweg finden. Kein Mensch auf der Welt wäre auf die Vermutung gekommen, jemand anders als Almore selbst hätte der Frau die tödliche Injektion gemacht. Das heißt niemand, der nicht alle Verhältnisse und Umstände kannte. Aber Sie kannten sie, Degarmo. Ich müßte Sie für einen noch dümmeren Narren halten, als ich es ohnedies schon tue, wenn ich Ihnen glauben würde, daß Sie von nichts wußten! Sie haben das Mädchen geschützt. Denn Sie liebten sie immer noch. Sie haben sie so geängstigt, daß sie aus der Stadt floh, aus Ihrer Reichweite floh, aus der Gefahr floh – aber Sie haben alles verdeckt und haben sie geschützt. Sie ließen Mord Mord sein. So weit hatte Mildred Haviland Sie gebracht. Warum gingen Sie hinauf ins Gebirge und suchten sie?«

»Und woher wußte ich, wo ich sie zu suchen hatte?« fragte er hart. »Es dürfte Ihnen doch nicht schwerfallen, auch hierfür eine Erklärung zu finden!«
»Nicht im geringsten«, sagte ich. »Sie hatte Bill Chess satt – mit seiner Sauferei und seinen Launen und seinen Wutanfällen und seinem Armeleutedasein. Aber sie brauchte Geld, wenn sie weg wollte. Und sie glaubte jetzt sicher zu sein – sicher, und zugleich etwas in der Hand zu haben, was bei Almore unbedingt funktionieren mußte. Sie schrieb ihm um Geld. Er schickte *Sie* hinauf, um mit ihr zu reden. Sie hatte Almore nicht ihren neuen Namen mitgeteilt und keine Angaben gemacht, wo oder wie sie lebte. Ein Brief, an Mildred Haviland, Puma Point, adressiert, würde sie erreichen. Sie brauchte ihn nur auf dem Postamt abzuholen. Es kam aber kein Brief, niemand setzte sich in Verbindung mit Mildred Haviland. Und sie hatten nichts als eine alte Fotografie und Ihre üblichen schlechten Manieren, und damit kamen Sie nicht weit bei den Leuten da oben.«
Degarmo fragte schrill: »Wer sagt Ihnen denn, daß sie versuchte, von Almore Geld zu ziehen?«
»Niemand. Ich brauchte ein passendes Verbindungsglied. Hätten Lavery oder Mrs. Kingsley gewußt, wer Muriel Chess war, und es verraten, so hätten Sie sie ja gefunden und den Namen erfahren, den sie jetzt führte. Beides wußten Sie nicht. Daher konnte alles nur von der einzigen Person ausgehen, die dort oben wußte, wer sie war – und das war sie selbst. Daraus schloß ich, daß sie an Almore geschrieben hatte.«
»Na schön«, sagte er endlich. »Lassen wir das Thema fallen. Es ist inzwischen belanglos geworden. Wenn ich mich in die Tinte gesetzt habe, so ist das meine Sache. Ich würde es unter denselben Umständen wieder genauso tun.«
»Schon gut«, sagte ich. »Ich beabsichtige auch nicht, damit jemandem die Pistole auf die Brust zu setzen; nicht einmal Ihnen. Ich erzähle Ihnen das alles hauptsächlich, um zu verhindern, daß Sie Kingsley einen Mord anhängen, den er nicht begangen hat. Es genügt, wenn er *einen* begangen hat.«
»Und deshalb erzählen Sie es mir?« fragte er.
»Jawohl.«
»Ich dachte aus einem anderen Grunde – aus Haß gegen mich!«
»Ich habe aufgehört, Sie zu hassen«, sagte ich. »Das ist schon wieder verflogen. Ich kann Menschen abgründig hassen, aber nicht sehr lange.«
Jetzt fuhren wir durch das Rebland, das offene sandige Weinberggelände längs der schartigen Seitenhänge der Vorberge. Es dauerte nicht lange, bis wir nach San Bernardino kamen – diesmal fuhr ich durch, ohne anzuhalten.

37

In Crestline, das 5000 Fuß hoch liegt, war die Morgenkühle noch nicht vorbei. Wir hielten an und tranken ein Bier. Als wir wieder in den Wagen stiegen, nahm Degarmo den Revolver aus der Innentasche seines Rocks. Er betrachtete ihn. Es war ein .38er Smith & Wesson auf einem .44er Rahmen, eine bösartige Waffe mit einem Rückschlag wie ein .45er und viel größerer Durchschlagskraft.

»Sie werden ihn nicht brauchen«, sagte ich, »er ist groß und stark, aber er wird keinen Widerstand dieser Art leisten.«

Er steckte die Waffe zurück und grunzte. Wir sprachen nicht mehr. Wir hatten nichts mehr zu sprechen. Wir rollten um die Kurven und an steilen Abhängen vorbei, die durch Feldsteinmauern und schwere Eisenketten gesichert waren. Der Wagen klomm durch hohe Eichenwälder immer weiter bergauf, bis wir in der Höhenlage waren, wo die Eichen nicht mehr so groß werden und die riesigen Föhren sie überragen. Endlich kamen wir zu dem Damm am Ende des Puma-Sees.

Ich hielt, die Wache warf das Gewehr über die Schulter und trat an unser Fenster. »Bitte, schließen Sie alle Wagenfenster, bevor Sie auf den Damm fahren.«

Ich griff nach dem hinteren Fenster auf meiner Seite. Degarmo hielt sein Polizeischild hoch: »Mach keinen Quatsch, Junge. Ich bin Polizeibeamter.« Taktvoll, wie gewöhnlich.

Der Posten sah ihn kalt, fest und ausdruckslos an: »Bitte schließen Sie alle Fenster«, sagte er im selben Ton wie vorher.

»Du bist verrückt«, sagte Degarmo, »total verrückt, du Soldatenlümmel! Laß uns vorbei!«

»Es ist Befehl«, sagte der Posten. Seine Backenmuskeln wurden sichtbar. Seine stumpfen grauen Augen starrten Degarmo an. »Und ich habe den Befehl nicht ausgegeben, Mister. Rauf mit den Fenstern!«

»Und wenn ich mich nicht nach so albernen Befehlen richte?« schnarrte Degarmo.

»Besser, Sie richten sich danach. Ich bin verantwortlich«, sagte der Posten. Er klopfte mit seiner behandschuhten Hand auf den Gewehrkolben.

Degarmo wandte sich um und schloß auf seiner Seite das Fenster. Wir fuhren über den Damm. In der Mitte des Dammes stand wieder eine Wache, am anderen Ende auch. Der erste Wachposten mußte ihnen schon ein Signal gegeben haben. Sie sahen uns fest und sehr aufmerksam an, ohne jede Freundlichkeit im Blick.

Ich fuhr durch die getürmten Granitmassen und über Wiesen mit hartem, kurzem Gras, auf denen Kühe weideten. Dann kamen dieselben Bauernkopftücher wie gestern – und dieselbe leichte Brise, der klare, blaue Himmel, die goldene Sonne, derselbe Geruch der Kiefernnadeln, dieselbe kühle Milde eines Gebirgssommers. Aber gestern ... das war ja vor hundert Jahren ... war kristallisiert in der Zeit wie eine Fliege in Bernstein.

Dann bog ich in die Straße zum Kleinen Fawn-See, wand mich um die großen Felsen und an den schmalen gurgelnden Wasserfällen vorbei. Das Gittertor zu Kingsleys Grundstück war offen. Pattons Wagen stand auf der Straße mit der Nase zum See, den man von uns aus noch nicht sehen konnte. Niemand saß darin. Die Karte auf der Windschutzscheibe trug noch die alte Inschrift: *Wähler, Achtung! Behaltet Jim Patton als Kommandanten! Zur Arbeit ist er zu alt!*

Dicht neben Pattons Wagen stand in entgegengesetzter Richtung ein kleines abgenutztes Kupee. Darin der Hut eines Löwenjägers. Ich hielt hinter Pattons Wagen, zog den Zündschlüssel ab und stieg aus. Aus dem Kupee kroch Andy, stellte sich vor uns hin und starrte uns hölzern an.

Ich sagte: »Das ist Leutnant Degarmo von der Polizei in Bay City.«

Andy sagte: »Jim ist da drüben, auf dem Grat. Er wartet auf Sie. Er hat noch nicht gefrühstückt.«

Andy stieg zurück in sein Kupee, wir gingen zum Bergrücken. Dahinter fiel die Straße hinab zu dem kleinen blauen See. Kingsleys Haus am anderen Ufer schien ohne Leben zu sein.

»Das ist der See«, sagte ich.

Schweigend blickte Degarmo hinunter. Schwer zuckte er schließlich die Achseln. »Den Hund werden wir schon kriegen«, war alles, was er sagte.

Als wir weiterfuhren, kam Patton hinter einem Felsen hervor. Er trug denselben alten Filzhut, die Khakihosen und das Hemd, das fest um seinen dicken Hals geknöpft war. Der Stern auf seiner linken Brustseite war immer noch in der Mitte eingedellt. Er bewegte langsam kauend die Kinnlade. »Hübsch, Sie wiederzusehen«, sagte er, sah aber nicht auf mich, sondern auf Degarmo. Er streckte die Hand aus und schüttelte Degarmos harte Pratze. »Als ich Sie das letztemal sah, Leutnant, trugen Sie einen anderen Namen. Decknamen nennt man das, nicht wahr? Ich glaube, ich habe Sie falsch behandelt. Nicht ganz korrekt, auch meinerseits. Entschuldigen Sie. Ich erkannte natürlich das Foto recht gut, das Sie mir zeigten.«

Degarmo nickte und sagte nichts.

»Wahrscheinlich wäre manches Unglück erspart geblieben, wenn ich in Form gewesen wäre und fair gespielt hätte«, sagte Patton. »Vielleicht wäre sogar ein Leben gerettet worden. Ich hab' ein schlechtes Gewissen – aber ich gehör' nicht zu den Leuten, die sich mit Geschehenem nicht abfinden können. Ich schlage vor, wir setzen uns erst mal, und Sie sagen mir, wobei ich Ihnen behilflich sein soll.«

Degarmo sagte: »Kingsleys Frau wurde in Bay City ermordet. Heute nacht. Deshalb muß ich mit Kingsley sprechen.«
»Heißt das, daß Sie ihn im Verdacht haben?« fragte Patton.
»Und wie!« grunzte Degarmo.
Patton rieb sich den Hals und sah über den See hin. »Hat sich überhaupt noch nicht vor dem Hause blicken lassen. Schläft wahrscheinlich. Ich bin morgens ganz früh ums Haus geschlichen. Ein Radio spielte, und ich hörte ein paar Geräusche, als ob ein Mann sich mit einer Flasche und einem Glas amüsiert. Ich hab' mich ferngehalten. War das in Ihrem Sinne?«
»Wir wollen jetzt hinüber«, sagte Degarmo.
»Haben Sie eine Waffe mit, Leutnant?«
Degarmo klopfte unter seinen rechten Arm. Patton sah mich an. Ich schüttelte den Kopf. Nein, ich trug keine Waffe.
»Kingsley kann auch einen haben«, sagte Patton. »Ich bin nicht für eine wilde Schießerei hier oben, Leutnant. Das würde mir bloß schaden – Revolverschlachten und so was. Solche Sachen sind hier bei uns nicht beliebt. Und ehrlich – Sie sehen mir aus, als ob Sie ziemlich schnell bei der Hand wären mit dem Schießprügel!«
»Ich zögere nicht lange«, sagte Degarmo, »wenn Sie das meinen. Aber bei diesem Kerl liegt mir vor allem daran, daß er spricht!«
Patton blickte erst auf Degarmo, dann auf mich, dann wieder auf Degarmo und spuckte eine Ladung Tabaksaft auf die Seite.
»Ich weiß nicht genug von der Sache, um mich ihm auch nur zu nähern«, sagte er beharrlich und widerspenstig.
Also setzten wir uns hin und erzählten ihm unsere Geschichte. Er lauschte schweigend, zuckte nicht mit der Wimper. Am Schluß sagte er zu mir: »Sie haben eine witzige Art, für Ihre Klienten zu arbeiten, wie mir scheint. Meine persönliche Ansicht ist: Ihr seid gewaltig auf dem Holzweg, ihr Jungens. Wir werden erst mal hinübergehen und die Sachlage eruieren. Ich gehe vor – für den Fall, daß an euren Reden etwas dran ist und Kingsley eine Waffe hätte und verzweifelt genug zu einer Dummheit wäre. Mein Bauch ist groß – gibt eine gute Zielscheibe!«
Wir standen auf und gingen den langen Weg um den See; als wir zu dem kleinen Pier kamen, sagte ich: »Hat die Autopsie schon stattgefunden, Sheriff?«
Patton nickte: »Sie ist richtiggehend ertrunken. Das Gutachten lautet auf diese Todesart. Sie ist nicht erstochen oder erschossen worden, man hat ihr nicht den Schädel eingeschlagen und nichts dergleichen. Es sind Male auf ihrem Körper, aber zu viele, als daß man etwas daraus lesen könnte. Und es ist kein appetitliches Geschäft, sich mit dieser Leiche zu befassen.«
Degarmo war blaß und sah böse drein.

»Oh, das hätte ich nicht sagen sollen, Leutnant«, fügte Patton sanft hinzu. »Abgebrühte Redensarten. Nachdem ich weiß, daß Sie die Dame ziemlich genau kannten.«
Degarmo sagte: »Lassen wir das Reden – tun wir lieber, was wir zu tun haben.«
Wir gingen am Ufer entlang bis zu Kingsleys Haus und die breiten Stufen empor. Patton trat schnell vor die Haustür. Er versuchte den Windfang – er war nicht verschlossen. Also ging er durch und versuchte die Tür. Auch diese war nicht verschlossen. Er öffnete sie noch nicht, hielt nur den Knopf in der Hand, Degarmo machte den Windfang ganz auf. Dann öffnete Patton die Tür, und wir traten ins Zimmer.
Derace Kingsley saß zurückgelehnt in einem tiefen Stuhl beim kalten Kamin, die Augen geschlossen. Ein leeres Glas und eine fast leere Whiskyflasche standen neben ihm auf dem Tisch. Ein Teller war gehäuft voll mit Zigarettenstummeln. Obenauf lagen zwei zusammengeknitterte leere Packungen. Alle Fenster des Raumes waren geschlossen. Es war schon jetzt heiß und stickig hier drin. Kingsley trug einen Sweater, sein Gesicht war erhitzt und schwer. Er schnarchte, die Hände hingen schlaff außen an den Armlehnen herunter, die Fingerspitzen berührten den Fußboden.
Patton ging zu ihm hin. Ein paar Fuß vor ihm blieb er stehen und blickte ihn eine lange Minute schweigend an, ehe er sprach.
»Mr. Kingsley«, sagte er ruhig und fest, »wir müssen etwas mit Ihnen besprechen.«

38

Kingsley fuhr zusammen und öffnete die Augen; er ließ sie von einem zum andern gleiten, ohne den Kopf zu bewegen. Erst sah er auf Patton, dann auf Degarmo, endlich auf mich. Seine Augen waren schwer, aber sein Blick wurde scharf. Er setzte sich langsam im Stuhl auf und rieb sein Gesicht mit beiden Händen.
»Ich habe geschlafen«, sagte er, »bin vor ein paar Stunden eingenickt. Ich war betrunken wie ein Iltis, glaube ich. Jedenfalls viel betrunkener, als es mir lieb ist.« Er ließ die Hände fallen.
Patton sagte: »Das ist Leutnant Degarmo von der Polizei in Bay City. Er hat mit Ihnen zu reden.«
Kingsley sah flüchtig auf Degarmo, dann wandte er seinen Blick zu mir und starrte mich an.
»Sie haben sie also der Polizei übergeben?« fragte er.
Ich antwortete: »Ich hätte es getan – aber ich tat es nicht.«

Kingsley dachte darüber nach und sah auf Degarmo. Patton hatte die Haustür offengelassen. Er zog die braunen Jalousien hoch und machte die beiden vorderen Fenster auf. Dann setzte er sich in einen Sessel neben eines der Fenster und faltete die Hände über dem Magen. Degarmo stand und blickte finster auf Kingsley herunter.
»Ihre Frau ist tot, Kingsley«, sagte er brutal. »Wenn ich Ihnen damit etwas Neues sagen sollte.«
Kingsley starrte ihn an und befeuchtete seine Lippen.
»Er nimmt es ziemlich ruhig auf, he?« sagte Degarmo. »Zeigen Sie ihm mal den Schal, Marlowe!«
Ich zog den grüngelben Schal heraus und ließ ihn herunterbaumeln. Degarmo wies mit dem Daumen darauf. »Ihrer?« fragte er.
Kingsley nickte. Wieder befeuchtete er seine Lippen.
»War leichtsinnig, daß Sie ihn dagelassen haben«, sagte Degarmo. Er atmete hart. Seine Nase sah schmal und weiß aus, tiefe Furchen liefen von seinen Nasenflügeln zu den Mundwinkeln herab.
Kingsley fragte sehr ruhig: »Daß ich ihn wo gelassen habe?« Er blickte kaum auf den Schal. Auf mich sah er überhaupt nicht.
»Im Apartment des Granada-Hotels, auf der Achten Staße in Bay City. Apartment 618. Ist Ihnen das etwas Neues?«
Jetzt hob Kingsley sehr langsam den Blick und sah mich an. »Hat sie dort gewohnt?« fragte er leise.
Ich nickte. »Sie wollte nicht, daß ich hinkäme. Aber ich wollte ihr das Geld nicht geben, bevor sie mir nicht die Wahrheit gesagt hatte. Sie gab zu, daß sie Lavery erschossen hat. Sie zog einen Revolver und wollte mit mir ebenso verfahren. Jemand kam hinter einer Portiere hervor und schlug mich auf den Hinterkopf, ohne daß ich ihn sehen konnte. Als ich wieder zu mir kam, war sie tot.« Dann berichtete ich ihm, wie sie ermordet worden war und wie sie aussah. Ich sagte ihm, was ich getan hatte und was an mir getan worden war.
Er hörte zu, kein Muskel seines Gesichtes regte sich. Als ich geendet hatte, machte er eine kleine Geste nach dem Schal hin. »Und was hat das mit dem Schal zu tun?«
»Der Leutnant betrachtet ihn als Beweis dafür, daß Sie der Mann sind, der hinter dem Vorhang versteckt war.«
Kingsley dachte nach. Er schien die Verwicklungen nicht sofort zu erfassen. Er setzte sich in den Sessel zurück und legte den Kopf gegen die Lehne. »Erzählen Sie weiter«, sagte er endlich. »Ich nehme an, Sie wissen, wovon Sie reden – ich weiß es nämlich nicht.«
Degarmo sagte: »Recht so, spielen Sie nur den Dummen. Sie werden sehen, wie weit Sie damit kommen. Sie können ja damit anfangen, Ihr Alibi beizu-

bringen von dem Augenblick an, als Sie in der Nacht Ihr Liebchen vor dem Apartment-Haus abgesetzt haben.«

Kingsley sagte ruhig: »Wenn Sie von Miss Fromsett sprechen – ich habe sie nicht nach Hause gebracht. Sie nahm eine Taxe. Ich wollte auch nach Hause fahren, tat es dann aber nicht. Ich kam statt dessen hierher. Ich dachte, die Fahrt durch die Nachtluft und die Ruhe hier würden mir helfen, darüber hinwegzukommen!«

»Ach nein, wirklich«, höhnte Degarmo. »Über was denn hinwegkommen, wenn ich fragen darf?«

»Über die Sorgen hinwegzukommen, die ich hatte.«

»Hölle und Teufel«, sagte Degarmo, »und eine Kleinigkeit, wie Ihre Frau zu erdrosseln und ihren Bauch zu zerkratzen, macht Ihnen keine großen Sorgen, nicht wahr?«

»Mein Junge, solche Sachen dürfen Sie nicht sagen«, fiel Patton aus dem Hintergrund ein. »Das gehört sich nicht. So etwas sagt man nicht. Noch haben Sie nichts gegen ihn vorgebracht, was halbwegs nach einem Beweis aussähe.«

»Nicht?« Degarmo warf den Kopf herum. »Na, und der Schal, Dickerchen? Ist der etwa kein Beweis?«

»Er ist kein Glied in einer Kette – nicht daß ich wüßte«, sagte Patton friedlich. »Übrigens bin ich keineswegs dick, sondern nur stattlich!«

Ärgerlich wandte sich Degarmo von ihm ab. Er zeigte wieder mit dem Finger auf Kingsley. »Nun sagen Sie bloß noch, daß Sie überhaupt nicht in Bay City waren!« sagte er grob.

»Nein. Ich war nicht dort. Warum sollte ich auch? Marlowe hatte es für mich übernommen. Und ich verstehe überhaupt nicht, daß Sie so viel Wesens um den Schal machen – Marlowe hat ihn doch getragen.« Degarmo stand wie angewurzelt, blaß vor Wut. Sehr langsam drehte er sich mir zu mit einem finsteren Blick. »Ich verstehe das noch nicht«, sagte er, »ehrlich, ich verstehe es nicht. Ich kann mir nicht vorstellen, daß hier jemand Schindluder mit mir treibt – beispielsweise Sie. Oder?«

Ich sagte: »Ich habe Ihnen kein weiteres Wort über den Schal gesagt, als daß er in dem betreffenden Zimmer war und daß ich ihn vorher abends an Kingsley gesehen hatte. Mehr wollten Sie ja gar nicht wissen. Ich hätte freilich noch hinzufügen können, daß ich später den Schal selbst getragen habe, damit die Frau, die ich treffen sollte, mich daran erkennen konnte.«

Degarmo trat von Kingsley weg und lehnte sich gegen die Wand am Ende des Kamins. Mit Daumen und Zeigefinger seiner Linken zog er an seiner Unterlippe. Seine Rechte hing schlaff herunter, mit leichtgekrümmten Fingern.

Ich sprach weiter: »Ich sagte Ihnen doch alles, was ich jemals von Mrs. Kingsley gesehen hatte, war eine Momentaufnahme. Und einer von uns mußte doch den anderen einwandfrei erkennen können. Der Schal schien

deutlich genug, um jeden Irrtum auszuschließen. Tatsächlich hatte ich sie bereits einmal gesehen, obwohl ich das nicht wußte, als ich hinfuhr, um ihr das Geld zu bringen. Aber ich habe sie auch nicht sofort wiedererkannt«, wandte ich mich zu Kingsley, »Mrs. Fallbrook – in Laverys Haus!«
»Sagten Sie nicht, Mrs. Fallbrook sei die Hausbesitzerin gewesen?« sagte er langsam.
»Das behauptete sie damals. Sie gab sich als Hausbesitzerin aus. Und ich habe es geglaubt. Warum nicht?«
Degarmo räusperte sich. Seine Augen hatten einen irren Blick; ich erzählte ihm von Mrs. Fallbrook, ihrem roten Hut, ihrem hysterischen Gebaren und dem leeren Revolver, den sie in der Hand gehalten und mir gegeben hatte. Als ich schloß, sagte er behutsam: »Ich erinnere mich nicht, daß Sie Webber davon berichteten.«
»Nein, das tat ich auch nicht. Ich wollte nicht sagen, daß ich schon drei Stunden vorher im Haus gewesen war; daß ich bereits Kingsley gesehen und ihm alles erzählt hatte, bevor ich der Polizei Nachricht gab.«
»Die Polizei wird Ihnen dafür zu ewigem Dank verpflichtet sein«, sagte Degarmo mit kaltem Grinsen. »Jesus, was für ein Kindergemüt war ich doch! Wieviel zahlen Sie eigentlich diesem Herrn Privatdetektiv, damit er die Spuren Ihrer Morde verwischt, Mr. Kingsley?«
»Seinen normalen Satz«, sagte Kingsley leer. »Und einen Bonus von fünfhundert Dollar, wenn er beweisen kann, daß meine Frau Lavery nicht ermordet hat.«
»Schade, schade, daß er diese 500 nicht verdienen kann«, höhnte Degarmo.
»Stellen Sie sich nicht dumm«, sagte ich. »Ich habe sie bereits verdient.«
Tiefes Schweigen herrschte im Zimmer. Ein schwergeladenes Schweigen, bei dem man erwartet, daß es mit Donnerkrach auseinanderbricht. Nichts geschah. Das Schweigen blieb, hing schwer und fest in der Luft, stand wie eine Mauer. Kingsley bewegte sich leicht in seinem Stuhl, nach einer langen Minute nickte er mit dem Kopf.
Patton hatte keinen lebhafteren Ausdruck in seinem Gesicht als ein Stück Holz. Er beobachtete Degarmo ruhig. Kingsley sah er überhaupt nicht an. Degarmo starrte auf einen Fleck zwischen meinen Augen, aber nicht, als sei ich im selben Zimmer mit ihm, sondern eher, als blickte er in weite Ferne – wie ein Berg über ein Tal blickt.
Als eine Ewigkeit verstrichen war, sagte Degarmo ruhig: »Ich weiß nicht, warum. Ich weiß überhaupt nichts über Kingsleys Frau. Nach bestem Wissen und Gewissen habe ich sie vorher nie gesehen – erst gestern nacht.«
Er senkte die Augenlider und sah mich brütend an. Er wußte ganz genau, was ich jetzt zu sagen hatte. Ich sagte es trotzdem.
»Und auch gestern nacht haben Sie sie nicht gesehen. Denn da war sie schon

über einen Monat tot. Weil sie im Kleinen Fawn-See ertränkt worden war. Weil die Frau, die Sie im Granadahotel tot liegen sahen, Mildred Haviland hieß, und Mildred Haviland war Muriel Chess. Und da Mrs. Kingsley schon einen Monat tot war, ehe Lavery erschossen wurde, ergibt sich daraus ohne weiteres, daß Mrs. Kingsley ihn nicht erschießen konnte.«
Kingsley umklammerte mit beiden Fäusten seine Stuhllehnen, aber er gab keinen Laut von sich – nicht einen Laut.

39

Wieder herrschte das drückende Schweigen. Patton brach es, indem er mit behutsam langsamer Stimme sagte: »Das ist immerhin eine etwas kühne Beweisführung – nicht wahr? Meinen Sie nicht, Bill Chess hätte seine eigene Frau erkannt?«
Ich sagte: »Nach einem Monat im Wasser? Mit den Kleidern seiner Frau und mit ihren Schmucksachen? Mit wasserdurchtränktem blondem Haar und einem nicht mehr erkennbaren Gesicht? Warum hätte er einen Zweifel hegen sollen? Sie hinterließ einen Brief, der auf Selbstmord deuten konnte. Sie war weggegangen. Sie hatten Streit gehabt, und ihre Koffer und ihr Wagen waren mit ihr verschwunden. Einen ganzen Monat war sie weg. Er hatte nichts von ihr gehört. Er hatte keine Ahnung, wohin sie gegangen war. Und dann taucht aus dem Wasser diese tote Frau auf, in Muriels Kleidern, mit Muriels Kette – eine blonde Frau, ungefähr in Muriels Größe. Natürlich mußten Verschiedenheiten da sein. Wenn man eine Unterschiebung vermutet hätte, so wären diese Verschiedenheiten entdeckt und festgestellt worden. Crystal Kingsley lebte – sie war mit Lavery auf und davon gegangen, hatte ihren Wagen in San Bernardino gelassen, hatte ihrem Mann ein Telegramm aus El Paso geschickt. Sie war wohlbehalten und munter, soweit Bill Chess etwas davon wußte. Er hatte überhaupt nicht an sie gedacht. Sie war gar nicht in den Bereich seiner Gedanken gedrungen. Warum auch?«
Patton sagte: »Daran sollte ich selbst gedacht haben. Aber auch wenn ich das getan hätte – ich hätte den Gedanken ebenso schnell verworfen wie gefaßt. So etwas kommt einem zu weit hergeholt vor.«
»Oberflächlich betrachtet, ja«, sagte ich. »Aber nur oberflächlich. Nehmen wir an, die Leiche wäre ein Jahr lang nicht zum Vorschein gekommen – oder überhaupt nicht, wenn nicht der See abgelassen wurde. Muriel Chess war weggegangen; niemand verwendete viel Zeit darauf, sie zu suchen. Wir hörten niemals wieder etwas von ihr. Mrs. Kingsley war ein ganz anderer Fall. Sie hatte Geld und Verbindungen und einen Mann, der sich Sorgen machte. Nach ihr hätte man gesucht – hat man auch tatsächlich gesucht. Aber

nicht so bald, wenn nicht etwas passierte, was Verdacht erregte. Es hätte Monate dauern können, bis etwas herausgekommen wäre. Man hätte den See trockenlegen können – nachdem man aber ihre Spur verfolgte und feststellte, daß sie tatsächlich das Haus am See verlassen hatte und ins Tal gefahren war, sogar bis San Bernardino, und von dort mit der Bahn nach Osten – gab es keinen Grund, den See abzulassen. Aber selbst wenn es geschah und man die Leiche fand, bestand eine überwiegende Wahrscheinlichkeit, daß sie nicht genau identifiziert werden konnte. Bill Chess wurde wegen Mordes an seiner Frau verhaftet. Meines Erachtens hätte man ihn durch Beweise überführen können, und damit war der Fall der Toten im See erledigt.

Crystal Kingsley blieb vermißt, blieb ein unlösbares und ungelöstes Rätsel. Mit der Zeit hätte man vermutet, daß ihr etwas zugestoßen und sie nicht mehr am Leben sei. Aber was und wann und wie das geschah – das wüßte niemand. Wäre nicht der Mord an Lavery geschehen, so säßen wir nicht hier und sprächen über das alles. Lavery ist der Schlüssel zu der ganzen Sache. Er war im Prescotthotel in San Bernardino – in jener Nacht, in der Crystal Kingsley angeblich von dort weitergereist war. Er traf dort eine Frau, die Crystals Wagen fuhr und ihre Kleider trug. Natürlich wußte er, wer sie war. Aber er brauchte nicht zu wissen, daß da etwas nicht stimmte. Er brauchte nicht zu wissen, daß es Crystals Kleider waren, die diese Frau trug, und Crystals Wagen, den sie in die Hotelgarage stellte. Er brauchte nur zu wissen, daß er Muriel Chess getroffen hatte. Für alles andere sorgte Muriel selbst.«

Ich brach ab und wartete, daß jemand etwas sagte. Aber niemand sprach. Patton saß unbeweglich in seinem Stuhl, seine plumpen, haarlosen Hände geruhsam über den Magen gefaltet, Kingsley legte den Kopf zurück und hatte die Augen halb geschlossen; er rührte sich nicht. Degarmo lehnte neben dem Kamin an der Wand, steif und mit kaltem, weißem Gesicht, ein riesiger, harter, finsterer Mann, dessen Gedanken tief verborgen blieben.

Ich sprach weiter.

»Wenn Muriel Chess sich für Crystal Kingsley ausgab, so hatte sie sie ermordet; das ist die elementare Grundlage. Gut, gehen wir näher darauf ein. Wir wissen, wer sie war und zu welcher Sorte sie gehörte. Sie hatte schon gemordet, ehe sie Bill Chess traf und heiratete. Sie war Doktor Almores Sprechstundenhilfe und Geliebte gewesen. Sie hatte dessen Frau so sauber und raffiniert beiseite geschafft, daß er gezwungen war, den Mord zu decken. Und sie war mit einem Polizeibeamten in Bay City verheiratet gewesen, den sie ebenfalls so windelweich machte, daß er alles vertuschen half. Sie verstand es, die Männer fertigzumachen – so fertig, daß sie tanzten, wie sie pfiff. Ich kannte sie nicht lange genug, um zu wissen, womit sie das erreichte – aber die Tatsachen beweisen es. Auch die Tatsache, wie sie Lavery herumkriegte, beweist es. Also: sie ermordete Leute, die ihr im Wege waren. Und Kingsleys

Frau war ihr im Wege. Ich hatte nicht die Absicht, darüber zu sprechen, aber jetzt kommt es nicht mehr darauf an. Auch Crystal Kingsley verstand es, den Männern den Kopf zu verdrehen, nicht in dem Maße wie Mildred Haviland, aber doch ausreichend. Sie machte Bill Chess verrückt und ließ sich mit ihm ein. Die Frau von Bill Chess aber gehörte nicht zu der Sorte, die so etwas lächelnd einsteckt. Außerdem hatte sie das Leben hier oben tödlich satt – sie muß es satt gehabt haben – und wollte weg. Aber sie brauchte Geld. Sie hatte versucht, von Almore Geld zu ziehen. Deshalb war Degarmo hierhergekommen, um sie zu suchen. Das hatte ihr Angst eingejagt. Degarmo gehört zu den Leuten, bei denen man nie ganz sicher ist, wie sie handeln werden. Und sie hatte recht, Ihrer nicht ganz sicher zu sein, nicht wahr, Degarmo?«

Degarmo bewegte den Fuß auf dem Boden. »Der Sand im Stundenglas läuft gegen Sie, Freundchen«, sagte er grimmig, »beten Sie Ihr Sprüchlein nur fertig, solange Sie Zeit haben.«

»Mildred mußte nicht unbedingt Crystal Kingsleys Wagen und Kleider und Papiere haben – aber sie waren ihr recht nützlich. Das Geld, das Mrs. Kingsley hatte, half ihr sogar sehr. Und Kingsley behauptet, sie pflegte immer eine Menge Geld bei sich zu tragen. Auch ihr wertvoller Schmuck ließ sich in Geld umsetzen. Dies alles machte den Mord an ihr zu einer ebenso rationellen wie erwünschten Angelegenheit. Damit ist die Frage des Motivs erledigt. Wir kommen nun zu den Mitteln und der Gelegenheit.

Die Gelegenheit kam sozusagen aufs Stichwort. Sie hatte sich mit Bill gestritten. Bill war weggegangen, um sich zu betrinken. Sie kannte ihren Bill und wußte, wie schwer betrunken er in solchen Fällen war und wie lange er ausbleiben würde. Sie brauchte Zeit. Zeit war das Wesentliche. Sie mußte sicher sein, daß sie genügend Zeit haben würde. Andernfalls fiel ihr ganzer Plan zusammen. Sie mußte ihre eigenen Sachen packen und in ihrem eigenen Wagen hinauf zum Waschbärensee bringen und dort verstecken, denn ihre Sachen mußten mit ihr verschwunden sein. Sie mußte zu Fuß zurückgehen, denn ihr Wagen mußte fort sein wie ihre Sachen. Sie mußte Crystal Kingsley ermorden, mußte ihr dann Muriel Chess' Kleider anziehen und sie zum See hinunterbringen. Zu alledem war Zeit nötig. Was den Mord selbst anbetrifft – ich nehme an, sie hat sie betrunken gemacht oder durch einen Schlag auf den Kopf betäubt oder sie schon in der Badewanne dieses Hauses ertränkt. Das wäre ebenso logisch wie einfach gewesen. Sie war Pflegerin. Sie wußte genau, wie der menschliche Körper, lebendig und tot, zu handhaben ist. Sie konnte schwimmen. Wir haben von Bill gehört, daß sie eine ausgezeichnete Schwimmerin war. Und ein ertränkter Körper sinkt sofort. Sie hatte ihn nur noch zu lenken – ins tiefe Wasser hinein, wohin sie ihn haben wollte. Das lag keineswegs außerhalb des Bereichs der Kräfte einer guten Schwimmerin. Sie tat es. Sie zog sich selbst Crystal Kingsleys Kleider an, packte von ihren

Sachen, was sie mitnehmen wollte, setzte sich in Crystal Kingsleys Wagen und fuhr ab. Und in San Bernardino passierte das erste Malheur – sie rannte geradewegs Lavery in die Arme.

Lavery kannte sie als Muriel Chess. Wir haben keinen Beweis und keine Anhaltspunkte zu der Annahme, daß er sie in ihren anderen Rollen kannte. Er hatte sie hier oben gesehen. Vermutlich war er wieder auf dem Wege hierher – zu Mrs. Kingsley –, als er ihr begegnete. Das mußte ihr unerwünscht sein. Er würde freilich nur vor ein abgeschlossenes Haus kommen, aber er konnte mit Bill reden – und Bill durfte nicht mit Sicherheit erfahren, daß sie jemals den kleinen Fawn-See verlassen hatte. Damit er gegebenenfalls die Leiche im See identifizieren konnte. Sie warf also sofort sämtliche Köder, die ihr zu Gebote standen, nach Lavery aus. Und mit ihm hatte sie leichtes Spiel. Denn wenn wir von Lavery eins mit Bestimmtheit wissen, so ist es die Tatsache, daß er keine Frau ungeschoren ließ. Je mehr Frauen, desto besser. Für eine so geschickte Frau wie Mildred Haviland war es kinderleicht. Sie wickelte ihn also um den Finger und nahm ihn einfach mit. Sie nahm ihn mit nach El Paso und gab dort das bekannte Telegramm auf, von dem er nichts wußte. Schließlich brachte sie ihn zurück nach Bay City. Das ging wahrscheinlich nicht anders. Er wollte vermutlich nach Hause, und sie konnte ihn nicht zu weit von sich weglassen. Denn Lavery war ihr gefährlich. Lavery allein konnte alle Hinweise zerstören, die darauf deuteten, daß Crystal Kingsley den Kleinen Fawn-See verlassen hatte. Wenn tatsächlich eine Suchaktion nach Crystal Kingsley begann, mußte Lavery gefragt werden. In diesem Augenblick war Laverys Leben keinen roten Heller mehr wert. Seinem ersten Leugnen hätte man keinen Glauben geschenkt, wie es ja tatsächlich der Fall war. Aber wenn er mit der ganzen Geschichte herausrückte, so mußte man ihm glauben, weil alle Beweise da waren. Als nun die erste Suchaktion nach Crystal Kingsley begann, wurde Lavery unmittelbar darauf in seinem Badezimmer erschossen – in der Nacht nach meinem Besuch. Das wäre alles, was davon zu sagen ist. Bliebe die Frage, warum sie am nächsten Morgen in sein Haus zurückging. Aber das ist eins der sonderbaren Dinge, die Mörder zu tun pflegen. Sie sagte, sie hätte ihr Geld geholt – aber das glaube ich nicht. Ich halte es für wahrscheinlicher, daß sie vermutete, er hätte etwas von seinem eigenen Geld vor ihr versteckt; oder daß sie sich den Tatort noch einmal in aller Ruhe betrachten wollte, um sicher zu sein, daß sie nichts übersehen hatte, und gegebenenfalls noch etwas in Ordnung bringen zu können. Vielleicht war es aber tatsächlich so, wie sie sagte: sie wollte nur die Zeitung und die Milch von der Haustür wegholen. Sie kam zurück und fand mich dort. Sie spielte mir ihre Szene vor, auf die ich restlos hereinfiel.«

Patton sagte: »Und wer hat sie nun umgebracht, mein Junge? Ich glaube, Sie wollen es nicht gern auf Kingsley sitzenlassen?«

Ich blickte Kingsley an: »Sie haben, wie Sie mir sagten, am Telefon nicht selbst mit ihr gesprochen. Und Miss Fromsett? War sie überzeugt, daß sie mit Ihrer Frau sprach?«

Kingsley schüttelte den Kopf. »Ich bezweifle es. Miss Fromsett ist nicht so leicht zu täuschen. Sie sagte mir nur, sie käme ihr sehr verändert vor, sehr niedergeschlagen. Dabei hatte ich noch keinen Verdacht. Ich hatte überhaupt keinen Verdacht, bis ich hier ins Haus kam. Als ich gestern nacht ins Zimmer trat, merkte ich, daß etwas nicht stimmte. Es war zu sauber und ordentlich aufgeräumt. Crystal hätte das Haus nie in diesem Zustand zurückgelassen. Wenn Crystal wegfuhr, lag das ganze Schlafzimmer voller Kleider, überall im Haus waren Zigarettenstummel verstreut, die Küche stand voll leerer Flaschen und Gläser. Ich hätte ungewaschenes Geschirr vorfinden müssen und Heere von Ameisen und Fliegen. Ich dachte, vielleicht hat Mrs. Chess nach ihr aufgeräumt. Aber dann erinnerte ich mich, daß das an diesem Tage wohl nicht in Frage kam – denn Mrs. Chess hatte zuviel damit zu tun gehabt, sich mit Bill zu streiten und nachher ermordet zu werden, oder Selbstmord zu begehen – gleichviel, ob so oder so. Aber an all das dachte ich nur verschwommen, halb im Unterbewußtsein. Ich kann nicht behaupten, daß ich mir ein klares Bild machte.«

Patton stand von seinem Stuhl auf und ging hinaus auf die Porch. Er kehrte zurück und wischte sich die Lippen mit seinem braunen Taschentuch. Dann setzte er sich wieder, diesmal mehr auf die linke Hüfte gestützt, wegen der Revolvertasche auf der anderen Seite. Er sah gedankenvoll auf Degarmo. Degarmo stand noch an der Wand, hart und aufrecht, wie eine Figur von Stein. Seine rechte Hand hing an seiner Seite herunter, die Finger leicht gekrümmt.

Patton sagte: »Ich habe immer noch nicht gehört; wer Muriel ermordet hat. Ist das schon ein Teil unserer Szene hier, oder muß das erst noch erforscht werden?«

Ich antwortete: »Muriel wurde ermordet von jemandem, der überzeugt war, daß sie den Tod verdiente; von jemandem, der sie liebte und haßte; von jemandem, der zu sehr Polizeibeamter war, um ihr noch einen Mord durchgehen zu lassen, aber nicht Polizeibeamter genug, um sie zu verhaften und die ganze Geschichte aufzudecken – von jemandem wie Degarmo.«

40

Degarmo löste sich von der Wand und lächelte finster. Seine rechte Hand machte eine rasche, präzise Bewegung und hielt einen Revolver. Er hielt ihn mit lockerem Handgelenk, so daß er mit der Mündung auf den Boden wies. Er sprach zu mir, ohne mich anzusehen.

»Ich glaube nicht, daß Sie eine Waffe haben«, sagte er. »Patton hat eine – aber ich denke, er kann sie nicht schnell herausziehen, sie wird ihm wenig nützen. Vielleicht haben Sie noch einen kleinen Beweis in der Hinterhand für Ihre letzte Behauptung. Oder ist sie Ihnen nicht wichtig genug, sich darüber den Kopf zu zerbrechen?«

»Einen kleinen Beweis habe ich schon«, sagte ich. »Keinen sehr schwerwiegenden. Aber er wird gewinnen. Jemand stand im Granadahotel länger als eine halbe Stunde hinter der grünen Portiere. Er stand so reglos still, wie das nur ein Polizist im Einsatz kann – weil er es gelernt hat. Und zwar jemand, der einen Gummiknüppel hatte. Jemand, der wußte, daß ich mit einem Gummiknüppel niedergeschlagen wurde, ohne daß er vorher meinen Kopf betrachtete. Sie sagten es doch zu Shorty, erinnern Sie sich? Jemand, der wußte, daß auch die tote Frau mit einem Gummiknüppel geschlagen wurde, obwohl es nicht zu sehen war und er keine Zeit hatte, die Leiche so zu untersuchen, daß er es hätte finden können. Jemand, der ihr die Kleider heruntergerissen hat und ihren Körper mißhandelte und zerkratzte, in dem sadistischen Haß eines Mannes, wie Sie es sind, für die Frau, die ihn ruiniert und ihm sein Leben zur Hölle gemacht hatte. Jemand, der noch jetzt, in diesem Augenblick, Hautfetzen und Blut unter seinen Fingernägeln hat – genug jedenfalls, um einem Chemiker den Beweis zu liefern; ich wette, Sie haben keine Lust, Patton die Nägel Ihrer rechten Hand zu zeigen, Degarmo?«

Degarmo hob den Revolver und lächelte. Ein breites, weißes Lächeln. »Und woher wußte ich, wo ich sie finden konnte?« fragte er.

»Almore hatte sie gesehen – als sie in Laverys Haus kam oder als sie Laverys Haus verließ. Das war es, was ihn so nervös gemacht hatte. Deshalb rief er Sie, als er mich herumlungern sah. Wie Sie im einzelnen die Spur nach ihrer Wohnung verfolgten, weiß ich nicht. Ich stelle es mir nicht schwierig vor. Sie konnten sich hinter Almores Haus versteckt haben und ihr gefolgt sein – oder Sie konnten Lavery gefolgt sein. Das ist lediglich Routinearbeit für einen Polizisten.«

Degarmo nickte und stand einen Augenblick schweigend. Sein Gesicht war finster, aber in seinen netallisch blauen Augen stand ein Licht, das fast belustigt aussah. Das Zimmer war heiß und schwer von Unheil, das nicht mehr gutzumachen war. Er schien es weniger zu fühlen als wir anderen.

»Ich möchte weg von hier«, sagte er endlich. »Nicht sehr weit vielleicht – aber ich will nicht, daß ein Polizist Hand an mich legt. Einverstanden?«

Patton antwortete ruhig: »Geht nicht, mein Junge – unmöglich. Sie wissen, daß ich Sie verhaften muß. Es ist zwar noch nichts von allem, was Marlowe sagte, bewiesen, aber einfach weggehen lassen kann ich Sie nicht.«

»Sie haben doch den schönen, dicken Bauch, Patton. Ich bin ein guter Schütze. Wie gedenken Sie mich festzunehmen?«

»Das überlege ich bereits«, sagte Patton. Er rieb sich das Haar unter seinem zurückgeschobenen Hut. »Ich bin aber noch nicht weit gekommen. Ich möchte nicht gern ein Loch im Bauch haben. Aber ich kann Sie nicht hier in meinem eigenen Bezirk Schindluder mit mir treiben lassen. Ich bin nicht gern eine lächerliche Figur.«

»Lassen Sie ihn laufen«, sagte ich. »Er kann nicht heraus aus den Bergen. Das ist der Grund, weswegen ich ihn hierhergebracht habe.«

Patton sagte nüchtern: »Jemand wird bestimmt verletzt, wenn wir ihn verhaften. Und wenn es doch jemand sein muß, so gehört es zu meinen Amtspflichten.«

Degarmo grinste: »Sie sind ein famoser Kerl, Patton«, sagte er. »Sehen Sie her – ich stecke den Revolver unter den Arm, wir fangen auf gleicher Basis an. Auch dann bin ich meiner Sache sicher genug.«

Er steckte den Revolver unter den Arm und stand mit hängenden Armen, das Kinn vorgeschoben, wartend und beobachtend. Patton kaute langsam, seine blassen Augen bohrten sich in Degarmos blaue.

»Ich sitze«, klagte er. »Keinesfalls bin ich so schnell wie Sie. Aber Sie sollen mich nicht für einen Feigling halten.« Er sah mich ärgerlich an. »Warum, zum Teufel, haben Sie mir das ganze Theater hier heraufgebracht? Es geht mich eigentlich gar nichts an. Und nun sehen Sie, wie ich in der Tinte sitze.« Es klang beleidigt und verwirrt und ziemlich schwächlich.

Degarmo legte den Kopf zurück und lachte. Und während er lachte, sprang seine Rechte nach dem Revolver.

Ich sah nicht, daß Patton sich überhaupt bewegte. Das Zimmer dröhnte vom Schuß seines Armeerevolvers.

Degarmos Arm schlug nach der Seite, der schwere Smith & Wesson wurde ihm aus der Hand gerissen und knallte gegen die Zirbelholzwand hinter ihm. Er schüttelte seine betäubte Rechte und blickte sie mit erstaunten Augen an.

Patton stand bedächtig auf. Er schritt langsam durchs Zimmer und stieß den Revolver mit dem Fuß unter einen Stuhl. Er sah traurig auf Degarmo. Degarmo saugte ein wenig Blut von seinem Knöchel.

»Sie haben mir eine Chance gegeben«, sagte er. »Das war verkehrt – einem alten Burschen wie mir eine Chance zu geben! Ich habe schon schießen können, bevor Sie auf der Welt waren, mein Junge!«

Degarmo nickte ihm zu, straffte den Rücken und ging zur Tür.

»Tun Sie das nicht!« befahl ihm Patton ruhig.

Degarmo ging weiter. Er erreichte die Tür und stieß den Windfang auf. Er sah zurück auf Patton, und sein Gesicht war sehr weiß.

»Ich gehe jetzt weg von hier«, sagte er, »und es gibt nur eine Art, mich aufzuhalten. Leben Sie wohl, Dickerchen!«

Patton bewegte keinen Muskel.

Degarmo ging durch die Tür. Schwer klangen seine Schritte auf der Veranda, dann auf den Stufen. Ich trat zum Vorderfenster und sah hinaus. Patton hatte sich immer noch nicht gerührt. Degarmo ging die Stufen herunter und schritt auf das Ende des kleinen Dammes zu.
»Er geht über den Damm«, sagte ich. »Hat Andy eine Waffe?«
»Ich glaube nicht, daß er sie benützen würde – auch wenn er eine hätte«, sagte Patton. »Er weiß nicht, weshalb er schießen sollte.«
»Der Teufel soll es holen«, knurrte ich.
Patton seufzte: »Er hätte mir nie eine solche Chance geben dürfen. Er hat mich herausgefordert. Ich mußte ihm die richtige Antwort geben. Faule Sache. Nützt ihm alles nichts.«
»Er ist ein Mörder«, sagte ich.
»Nein, diese Sorte Mörder ist er nicht«, entgegnete Patton. »Haben Sie Ihren Wagen abgeschlossen?«
Ich nickte. »Jetzt kommt Andy über den Damm«, sagte ich. »Degarmo hält ihn an. Jetzt spricht er mit ihm.«
»Vielleicht wird er Andys Wagen nehmen«, meinte Patton melancholisch.
»Der Teufel soll es holen«, sagte ich wieder.
Ich sah hinüber zu Kingsley. Er hatte den Kopf in die Hände gestützt und starrte auf den Fußboden. Ich wandte mich zum Fenster zurück. Degarmo war hinter dem Bergrücken verschwunden. Andy hatte die Hälfte des Dammes hinter sich, er kam langsam näher, ab und zu über die Schulter zurücksehend. Aus der Ferne vernahm man den Ton eines anspringenden Wagens. Andy sah zum Haus herauf, kehrte dann um und lief den Damm zurück.
Der Ton des Motors erstarb. Als man nichts mehr hörte, sagte Patton: »Wir gehen jetzt lieber in meine Baracke und beschäftigen uns etwas mit dem Telefon.«
Kingsley stand plötzlich auf, ging in die Küche und kam mit einer Flasche Whisky wieder. Er goß sich ein großes Glas voll ein und trank es im Stehen aus. Dann deutete er auf die Flasche und ging schweren Schrittes aus dem Zimmer. Ich hörte, wie die Matratzenfedern knarrten.
Patton und ich tranken nicht. Wir gingen leise aus dem Haus.

41

Patton hatte gerade telefonische Anweisungen gegeben, die Autostraßen zu blockieren, als ein Anruf des Sergeanten vom Dienst durchkam, der die Wachtposten am Pumasee-Damm unter sich hatte. Wir gingen hinaus und stiegen in Pattons Wagen. Andy fuhr sehr schnell die Seestraße entlang, dann durch das Dorf, dann den Uferweg bis zum großen Damm am Ende des Sees. Man winkte uns über den Damm – wir sollten zu der Stelle kommen, wo der Sergeant in seinem Jeep uns neben der Dienstbaracke erwartete. Der Sergeant startete. Wir folgten ihm ein paar hundert Fuß die Straße entlang, bis zu einer Stelle, wo ein paar Soldaten am Rande des Cañons standen und hinabsahen. Mehrere Wagen waren dort stehengeblieben. Eine Gruppe Neugieriger drängte sich um die Soldaten. Der Sergeant stieg aus seinem Jeep. Patton, Andy und ich kletterten aus dem Dienstwagen und gingen zu ihm hin.

»Der Mann hat nicht gehalten, als ihn der Wachtposten anrief«, sagte der Sergeant, und seine Stimme klang bitter. »Hat ihn beinahe vom Fahrweg gestoßen. Die Wache in der Mitte der Brücke mußte beiseite springen, um dem Wagen auszuweichen. Der letzte Posten, an diesem Ende hier, hatte genug; er rief ihm *›Halt‹* zu, aber der Bursche fuhr einfach weiter.«

Der Sergeant kaute auf seinem Gummi und sah in den Cañon hinab.

»Strenger Befehl, in solchem Fall zu schießen«, sagte er. »Der Posten hat geschossen.« Er deutete auf die tiefen Furchen am Rande des Abhanges. »Hier ist er hinuntergestürzt.«

Etwa hundert Fuß unten im Cañon war ein kleines Coupé gegen die Kante eines großen Granitblocks geschleudert. Es lag fast mit den Rädern nach oben, etwas seitlich geneigt. Drei Männer arbeiteten unten. Sie hatten gerade den Wagen weit genug gehoben, um etwas herauszuziehen.

Etwas, das einmal ein Mensch gewesen war ...

Spanisches Blut

Ärger wegen Perlen

Auf Noon Street aufgegriffen

Drei Kurzgeschichten

SPANISCHES BLUT

I

Big John Masters war groß, fett, ölig. Er hatte glatte blaue Wangen und sehr dicke Finger mit Grübchen an den Knöcheln. Sein braunes Haar war gerade aus der Stirn zurückgekämmt, und er trug einen weinfarbenen Anzug mit aufgesetzten Taschen, eine weinfarbene Krawatte und ein lohfarbenes Hemd. Um die dicke braune Zigarre zwischen seinen Lippen war eine breite Bauchbinde mit viel Gold und Rot.

Er krauste seine Nase, linste noch einmal in seine Karten und bemühte sich, sein Grinsen zu unterdrücken. „Langt noch nicht, Dave", sagte er. „Mir mußt du mehr bieten, mehr als auf dem Rathaus."

Eine Vier und ein As kamen hoch. Dave Aage betrachtete sie feierlich auf der Tischplatte, sah in sein eigenes Blatt. Er war sehr groß und hager, mit einem langen knochigen Gesicht und Haar in der Farbe von nassem Sand. Er hielt den Packen Karten in der flachen Hand, drehte die oberste langsam um und schnippte sie über den Tisch. Es war Pikdame.

John Masters riß den Mund weit auf, schwenkte seine Zigarre und griente schadenfroh.

„Zahlen, Dave. Hier hat eine Dame mal das Richtige getan." Er deckte mit einem Schlenkern der Hand seine Karte auf. Es war eine Fünf.

Dave Aage lächelte höflich, ohne sich zu rühren. Gedämpft läutete neben ihm ein Telefon hinter den langen seidenen Portieren, die vor den sehr hohen, oben spitzen Fenstern hingen. Er nahm seine Zigarette aus dem Mund, legte sie vorsichtig auf den Aschenbecher auf dem Tabourett neben dem Spieltisch und griff hinter den Vorhang nach dem Hörer.

Mit kühler, fast flüsternder Stimme sprach er in den Apparat, hörte dann lange zu. Im Ausdruck seiner grünlichen Augen veränderte sich nichts, sein schmales Gesicht zeigte nicht die Andeutung einer Empfindung. Masters rückte unruhig in seinem Sessel hin und her, biß fest auf seine Zigarre.

Nach einer langen Zeit sagte Aage: „Gut. Sie hören von uns." Er legte den Hörer auf die Gabel zurück und stellte den Apparat wieder hinter den Vorhang.

Er nahm seine Zigarette wieder auf und zupfte sich am Ohrläppchen. Masters fluchte. „Was ist denn mit dir, verdammt noch mal. Komm mit meinen zehn Dollars rüber."

Aage lächelte trocken und lehnte sich zurück. Er griff nach seinem Glas, schlürfte daran, stellte es wieder hin. Seine Bewegungen waren langsam, nachdenklich, fast geistesabwesend. Um seine Zigarette herum fragte er: „Sind wir nicht ein paar gerissene Brüder, John?"

„Klar. Die Stadt haben wir in der Tasche. Aber jetzt sind wir hier beim Spiel."

„Es sind gerade noch zwei Monate bis zur Wahl, nicht wahr?"

Masters betrachtete ihn mit gerunzelter Stirn, fischte in seiner Tasche nach einer neuen Zigarre, rammte sie sich in den Mund.

„Und was weiter?"

„Angenommen, unserem schärfsten Feind ist was passiert? Gerade eben? Das wäre für uns doch großartig?"

„Was soll das?" Masters zog seine Augenbrauen hoch, die so dick waren, daß es schien, als ob alle Muskeln in seinem Gesicht mitarbeiten mußten, um sie zu heben. Mißtrauisch überlegte er einen Augenblick. „Es wäre teuflisch, wenn sie den Burschen nicht pronto schnell erwischten. Verdammt, die Wähler würden glauben, wir hätten ihn dazu gekauft."

„Du redest gleich von Mord, John", verwies Aage sanft. „Ich habe kein Wort von Mord gesagt."

Masters senkte seine Augenbrauen und riß sich ein grobes schwarzes Haar aus, das aus seiner Nase herauswuchs.

„Nun schieß schon los."

Aage lächelte, blies einen Rauchring und beobachtete, wie er davonschwebte, sich in dünne Fäden auflöste.

„Eben am Telefon erfuhr ich es: Donegan Marr ist tot", sagte er sehr gedämpft.

Masters bewegte sich langsam. Sein ganzer Körper beugte sich gegen den Spieltisch vor, lehnte sich weit über die Platte. Als sein

Körper nicht mehr weiter vorwärts konnte, streckte sich sein Kinn aus, bis die Kiefermuskeln als dicke Stränge hervorstanden.

„Was?" fragte er rauh. Und noch einmal: „Was?"

Aage nickte, kalt wie Eis. „Aber mit dem Mord hast du recht, John. Es war ein Mord. Ungefähr vor einer halben Stunde. In seinem Büro. Sie wissen nicht, wer es war – noch nicht."

Masters hob die schweren Schultern, ließ sie wieder fallen, sank in seinen Sessel zurück. Mit einem dümmlichen Ausdruck blickte er sich um. Ganz plötzlich begann er zu lachen. Sein Gelächter bellte und dröhnte durch das kleine turmartige Zimmer, in dem die beiden Männer saßen, schallte durch das angrenzende große Wohnzimmer, zwischen einem Gewirr schwerer Möbel, genügend Stehlampen, um einen Boulevard zu beleuchten, einer Doppelreihe Ölgemälde in massiven Goldrahmen hin und her.

Aage saß schweigend. Langsam rieb er seine Zigarette in dem Aschenbecher aus, bis von der Glut nichts mehr vorhanden war und nur eine dicke schwarze Schmierspur zurückblieb. Er wischte die Aschenreste von seinen knochigen Fingern und wartete.

Masters hörte ebenso plötzlich auf zu lachen, wie er angefangen hatte. Das Zimmer war sehr still. Masters sah ermüdet aus. Er wischte sich über sein großes Gesicht.

„Wir müssen etwas unternehmen, Dave", sagte er ruhig. „Fast hätte ich das vergessen. Das muß schnell aufgeklärt werden. Da steckt Sprengstoff drin."

Aage griff wieder hinter den Vorhang und zog das Telefon hervor, schob es über den Tisch und die verstreuten Karten.

„Wir wissen ja, was wir tun müssen, oder nicht?" fragte er ruhig.

Ein gerissenes Glimmern tauchte in Big John Masters' schlammbraunen Augen auf. Er leckte sich die Lippen, griff mit seiner großen Hand nach dem Hörer.

„Ja", antwortete er schnurrend, „das tun wir, Dave. Und ob . . ."

Er wählte mit seinem Finger, der so dick war, daß er fast nicht in die Löcher der Wählscheibe greifen konnte.

II

Donegan Marrs Gesicht sah kühl, ruhig, gefaßt aus, sogar in diesem Augenblick. Er trug weichen grauen Flanell, sein Haar, von der gleichen weichen grauen Farbe wie sein Anzug, war aus seinem rötlichen, jugendlichen Gesicht zurückgebürstet. Die Haut war am Stirnansatz weiß, an den Stellen, über die ihm das Haar fiel, wenn er aufstand. Sonst war er sonnengebräunt.

Er ruhte zurückgelehnt in einem gepolsterten blauen Schreibtischsessel. Die Zigarre in dem Aschenbecher mit einem bronzenen Windhund auf dem Rand war ausgegangen. Seine linke Hand hing neben dem Sessel hinunter, und in seiner rechten auf der Schreibtischplatte hielt er schlaff eine Waffe. Seine polierten Nägel schimmerten in der Sonne, die durch das hohe geschlossene Fenster hinter ihm fiel.

Blut hatte die linke Seite seiner Weste durchtränkt und ließ den grauen Flanell fast schwarz erscheinen. Er saß still und regungslos. Der Tod war schon vor einiger Zeit eingetreten.

Ein großer Mann, sehr braun und schlank und still, lehnte gegen einen Aktenschrank aus braunem Mahagoni und blickte fest auf den Toten. Er hatte die Hände in den Taschen seines ordentlichen blauen Sergeanzugs und seinen Strohhut etwas in den Nacken geschoben. Aber seine Augen oder sein fest geschlossener gerader Mund zeigte nichts Nachlässiges.

Ein großer Mann mit sandfarbenem Haar suchte auf dem blauen Teppich herum, bückte sich hier und dort. Rauh sagte er: „Keine Patronenhülsen, Sam."

Der dunkle Mann rührte sich nicht, gab keine Antwort. Der andere richtete sich auf, gähnte und betrachtete den Mann im Sessel.

„Diese Geschichte wird Staub aufwirbeln, zwei Monate vor der Wahl. Junge, für manchen ist das ein Schlag ins Kontor."

Der Dunkle antwortete langsam. „Wir sind zusammen in die Schule gegangen, waren immer dicke Freunde. Wir machten dem gleichen Mädchen den Hof. Er gewann, aber wir blieben trotzdem gute Freunde, wir alle drei. Er war immer ein großartiger, feiner Kerl . . . Vielleicht eine Idee zu smart."

Der Mann mit dem sandfarbenen Haar ging im Zimmer umher, ohne etwas zu berühren. Er beugte sich vor, schnüffelte an der Waffe auf der Tischplatte, schüttelte den Kopf und sagte: „Nicht damit geschossen – mit der hier." Er krauste die Nase, schnüffelte in der Luft. „Die haben Klimaanlagen hier in den drei obersten Etagen. Wände sind schalldicht. Alles Ia hier. Angeblich soll der ganze Bau elektrogeschweißt worden sein. Nicht eine einzige Niete drin. Hast du das schon mal gehört, Sam?"

Der Dunkle schüttelte langsam den Kopf.

„Wo nur seine Leute waren? Ein so bekannter Mann sollte doch mehr als nur eine Sekretärin haben?" fuhr der Mann mit dem sandfarbenen Haar fort.

Der Dunkle schüttelte wieder den Kopf. „Ich glaube, er hat nur die eine Sekretärin. Sie war zum Essen fort. Er war ein einsamer Wolf, Pete. Scharf wie ein Iltis. Ein paar Jahre noch, dann hatte er die Stadt in der Hand."

Der Sandfarbene stand jetzt hinter dem Schreibtisch, lehnte sich über die Schulter des Toten. Er sah auf einen ledergebundenen Kalender mit Tages- und Stundeneinteilung und sämischfarbenem Papier. Langsam sagte er: „Jemand namens Imlay sollte um zwölf Uhr fünfzehn herkommen. Das ist die einzige Eintragung in dem Kalender." Nach einem Blick auf seine billige Armbanduhr: „Ein Uhr dreißig ist es jetzt. Also lange vorbei. Wer ist Imlay? ... Moment mal. Der District Attorney hat einen Assistenten, der heißt Imlay. Er gehört zur Partei von Masters und Aage und kandidiert als Richter. Kannst du dir denken ...?"

An einer der Türen wurde hart geklopft. Das Büro war so groß, daß die beiden Männer einen Augenblick überlegen mußten, ehe sie herausfanden, von welcher Tür das Klopfen kam. Dann ging der Mann mit dem sandfarbenen Haar auf die entfernteste zu und sagte über die Schulter: „Wahrscheinlich der Gerichtsmediziner. Wenn der seinem Lieblingsreporter von der Geschichte was steckt, wird er arbeitslos. Meinst du nicht auch?"

Der dunkle Mann antwortete nicht. Er trat langsam zu dem Schreibtisch, beugte sich etwas vor und sagte sehr leise zu dem Toten: „Leb wohl, Donny. Mach dir keine Sorgen. Ich kümmere mich darum. Ich sorge auch für Belle."

Die Tür am anderen Ende des Büros wurde geöffnet, und ein flinker Mann mit einer Tasche trat ein, trottete über den blauen Teppich und stellte seine Tasche auf den Schreibtisch. Der Mann mit dem sandfarbenen Haar drückte die Tür vor einer Traube neugieriger Gesichter zu. Er kam langsam zu dem Schreibtisch zurück.

Der Neuankömmling mit den flinken Bewegungen legte den Kopf auf die Seite und musterte den Toten. „Gleich zwei", murmelte er. „Sieht aus wie aus einer Zweiunddreißiger – Stahlmantelgeschosse. Nahe beim Herzen, haben es aber nicht getroffen. Er muß sehr bald gestorben sein. Vielleicht ein oder zwei Minuten später."

Der dunkle Mann grunzte angewidert und ging zum Fenster, stand dort mit dem Rücken zum Zimmer, blickte hinaus auf die Dächer hoher Häuser und einen warmen blauen Himmel. Der Mann mit dem sandfarbenen Haar sah zu, wie der Mediziner dem Toten ein Augenlid emporhob. Er sagte: „Wenn doch der Fingerabdrücker mit seinem Pulver endlich käme. Ich will telefonieren. Dieser Imlay . . ."

Der dunkle Mann wendete mit einem trüben Lächeln etwas den Kopf. „Du kannst das Telefon ruhig benutzen. An dem Fall hier ist nichts Geheimnisvolles."

„Na, ich weiß nicht", sagte der Gerichtsarzt, beugte sich vor und hielt dann seinen Handrücken gegen das Gesicht des Toten. „Vielleicht ist es nicht so verdammt politisch, wie Sie denken, Delaguerra. – Er sieht auch als Toter noch gut aus."

Der Mann mit dem sandfarbenen Haar faßte mit seinem Taschentuch vorsichtig das Telefon, legte den Hörer auf die Schreibtischplatte, wählte, nahm den Hörer mit dem Taschentuch wieder auf und hielt ihn ans Ohr.

Einen Augenblick später sagte er: „Pete Marcus hier. Weck mal den Kommissar." Er gähnte, wartete eine Weile und sagte dann in verändertemTon: „Marcus und Delaguerra, Kommissar, aus Donegan Marrs Büro. Der Fotograf und die Kriminaltechnik sind noch nicht hier . . . Wie? . . . Warten, bis der Polizeichef herkommt? . . . Jawohl! . . . Ja, er ist hier."

Der Dunkle drehte sich um. Der Mann am Telefon winkte ihm zu. „Er will dich sprechen, Spanier."

Sam Delaguerra nahm das Telefon, ignorierte das vorsorgliche Taschentuch, lauschte. Sein Gesicht wurde hart. Ruhig sagte er: „Gewiß kannte ich ihn – aber ich habe nicht mit ihm geschlafen . . . Niemand ist hier, außer seiner Sekretärin. Sie hat uns alarmiert. Auf seinem

Kalender steht ein Name ... Imlay ... eine Verabredung für zwölf Uhr fünfzehn ... Nein, wir haben noch nichts angerührt ... Nein ... Gut, sofort."

Er legte den Hörer so langsam zurück, daß das Klicken des Apparates kaum zu hören war. Seine Hand blieb darauf ruhen, dann rutschte sie plötzlich ab und hing schwer an seiner Seite. Seine Stimme war rauh.

„Der Fall ist mir abgenommen, Pete. Du sollst mit allem warten, bis Polizeidirektor Drew herkommt. Niemand darf hier hinein, ob er weiß, schwarz oder ein Schirokeese ist."

„Weshalb hat man dich abgerufen?" bellte der Mann mit dem sandfarbenen Haar ärgerlich.

„Weiß ich auch nicht. Es ist ein Befehl", antwortete Delaguerra tonlos.

Der Gerichtsarzt unterbrach sich beim Ausfüllen eines Formulars und warf Delaguerra neugierig einen scharfen Seitenblick zu.

Delaguerra ging durch das Büro und verließ es durch eine Verbindungstür zum Nebenraum. Er kam in ein kleineres Büro, dessen Vorderteil als Warteraum abgeteilt war, mit einer Gruppe Ledersessel und einem Tisch mit Zeitschriften. Hinter einer Barriere standen ein Schreibmaschinentisch, ein Panzerschrank, ein paar Aktenschränke. Ein kleines dunkles Mädchen saß an dem Schreibmaschinentisch, das Gesicht in ein zusammengeknülltes Taschentuch gedrückt. Ihre Schultern zuckten, und ihr lautes Schluchzen klang wie ein Keuchen.

Delaguerra klopfte ihr auf die Schulter. Sie sah mit tränenüberströmtem Gesicht und verzerrtem Mund zu ihm auf. Er lächelte in ihre geröteten Augen und fragte freundlich: „Haben Sie Mrs. Marr schon angerufen?"

Sie nickte wortlos, von heftigem Schluchzen geschüttelt. Er klopfte ihr noch einmal auf die Schulter, blieb einen Moment neben ihr stehen, den Mund hart und fest zusammengepreßt, und ging dann mit einem gefährlichen dunklen Schimmern in seinen schwarzen Augen hinaus.

III

Das große Haus im englischen Stil stand von dem schmalen gewundenen Betonband, das „De Neve Lane" genannt wurde, weit zurück.

Das Gras auf dem Rasen war ziemlich hoch und verbarg fast den gewundenen Pfad aus Steinplatten. Über dem Eingang hatte das Haus einen Giebel, und es war von Efeu umrankt. Bäume standen rings um das Haus, einzelne sehr dicht an seinen Mauern, und gaben ihm etwas Dunkles und abgelegen Verwunschenes.

Alle Häuser an der De Neve Lane wirkten in gleicher Weise etwas gewollt vernachlässigt. Aber die hohe grüne Hecke, die den Fahrweg und die Garagen verdeckte, war so sorgfältig beschnitten, wie ein französischer Pudel geschoren wird, und auch die Massen der gelben und flammenfarbenen Gladiolen, die von der anderen Seite des Rasens herüberleuchteten, hatten nichts Dunkles oder Geheimnisvolles an sich.

Delaguerra stieg aus seinem hellen Cadillac-Tourenwagen ohne Verdeck. Es war ein altes Modell, schwer und schmutzig. Der hintere Teil des offenen Wagens war durch ein schweres, gespanntes Segeltuch zugedeckt. Delaguerra trug eine weiße Leinenkappe und eine Sonnenbrille und hatte seinen blauen Sergeanzug gegen einen grauen Sportanzug vertauscht, dessen Jacke mit einem Reißverschluß geschlossen wurde.

Er sah nicht sonderlich nach einem Polizeibeamten aus. Er hatte auch in Donegans Büro nicht sehr wie ein Polizist gewirkt. Langsam schritt er über die Platten des Pfades zum Haus, griff nach dem Messingtürklopfer, klopfte dann aber doch nicht, sondern drückte auf die Klingel, die an der Seite fast unter dem Efeu verborgen lag.

Er mußte sehr lange warten. Es war sehr warm, sehr still. Bienen summten über das warme helle Gras. Aus der Ferne hörte man das Surren eines Rasenmähers.

Langsam öffnete sich die Tür, und ein schwarzes Gesicht blickte heraus, ein trauriges schwarzes Gesicht mit Tränenspuren über dem lavendelfarbenen Gesichtspuder. Das Gesicht lächelte beinahe, sagte dann fast stockend: „Ah, Mister Sam, Sie sind es. Wie gut, daß Sie kommen."

Delaguerra nahm seine Mütze ab, schwang die Sonnenbrille an seiner Seite hin und her. Er sagte: „Guten Tag, Minnie. Es tut mir leid, aber ich muß Mrs. Marr sprechen."

„Gewiß. Kommen Sie nur herein, Mr. Sam."

Das Mädchen trat beiseite, und er ging in die schattige Halle mit dem Fliesenfußboden. „Waren noch keine Reporter hier?"

Das Mädchen schüttelte langsam den Kopf. Ihre warmen braunen Augen waren glanzlos, vom Kummer benommen.

„Es war noch niemand hier. Sie ist auch erst vor kurzem gekommen. Sie hat noch kein Wort gesagt. Sie steht nur auf der Sonnenterasse, da, wo keine Sonne ist."

Delaguerra nickte. „Sprich mit niemandem, Minnie. Sie wollen versuchen, es eine Weile zu vertuschen."

„Bestimmt nicht, Mr. Sam. Von mir erfährt keiner ein Wort."

Delaguerra lächelte ihr zu, ging geräuschlos auf Gummisohlen über die Fliesen der Halle, durch ein weites großes Zimmer, das im rechten Winkel an die Halle anschloß. Er klopfte an eine Tür. Keine Antwort. Er drückte die Klinke herunter und trat in einen langen schmalen Raum, in dem es trotz vieler Fenster düster war. Draußen standen dicht vor den Fenstern Bäume, ihr Laub drückte sich gegen die Scheiben. Einige der Fenster waren von langen Kretonvorhängen verdeckt.

Mitten in dem Raum stand eine große Frau. Sie sah sich nicht nach ihm um. Sie starrte auf die Fenster. Ihre Hände waren fest zusammengekrampft. Sie hatte rotbraunes Haar, auf das sich das ganze Licht in dem Raum zu konzentrieren schien und das einen weichen Schein um ihr kühles schönes Gesicht legte. Sie trug ein sportlich geschnittenes blaues Samtkostüm mit aufgesetzten Taschen. Ein weißes Taschentuch mit blauem Rand ragte aus ihrer rechten Brusttasche, die Spitzen sorgfältig nebeneinander gelegt wie bei dem Taschentuch eines eitlen, stutzerhaften Jünglings.

Delaguerra wartete, ließ seine Augen sich an das gedämpfte Licht in dem Raum gewöhnen. Nach einer Weile sagte die Frau mit tiefer gedeckter Stimme in die Stille hinein: „Jetzt haben sie ihn also, Sam. Schließlich haben sie es doch geschafft. Haben sie ihn wirklich so gehaßt?"

Delaguerra sagte leise: „In seinem Beruf ging es rauh zu, Belle. Ich glaube, er spielte so sauber, wie man nur konnte, aber er konnte nicht vermeiden, daß er sich dabei viele Feinde machte."

Sie drehte ihm langsam den Kopf zu und sah ihn an. Die Lichter auf ihrem Haar verschoben sich. Gold schimmerte darin auf. Ihre Augen waren von einem überraschend lebhaften Blau. Ihre Stimme schwankte ein wenig, als sie antwortete: „Wer hat ihn getötet, Sam? Haben sie schon einen Verdacht?"

Delaguerra nickte langsam, ließ sich in einen Rohrstuhl nieder, schwang seine Mütze und seine Sonnenbrille zwischen den Knien.

„Ja. Wir glauben, wir wissen, wer es war. Ein Mann namens Imlay. Er ist Assistent im Büro des District Attorney."

„Mein Gott", stöhnte die Frau. „Wie weit kommt es in dieser verfluchten Stadt noch?"

Delaguerra sprach ausdruckslos weiter. „Es verlief etwa so ..., falls du es schon jetzt hören willst ...?"

„Ja, Sam. Ich will es wissen. Seine Augen starren mich von den Wänden an, wohin ich auch sehe. Sie verlangen, daß ich etwas tun soll. Er war sehr gut zu mir, Sam. Natürlich hatten wir unsere Schwierigkeiten, und es gab Reibereien, aber ... sie waren bedeutungslos."

„Dieser Imlay kandidiert für das Amt des Richters", erklärte Sam, „und wird von der Gruppe Masters-Aage unterstützt. Er ist Anfang Vierzig, und es sieht aus, als ob er ein Verhältnis mit einer Nachtklubtänzerin namens Stella La Motte hat. Irgendwie, irgendwann, auf irgendeine Weise wurden die beiden zusammen fotografiert. Offensichtlich waren sie sehr betrunken und kaum noch angezogen. Donny bekam diese Aufnahmen, Belle. Sie wurden in seinem Schreibtisch gefunden. Nach einer Notiz auf dem Kalender auf seinem Schreibtisch war er mit Imlay um zwölf Uhr fünfzehn verabredet. Wir nehmen an, daß sie dabei aneinandergerieten und Imlay ihm einen Augenblick zuvorkam."

„Hast du diese Fotos gefunden, Sam?" fragte die Frau sehr still.

Er schüttelte den Kopf und lächelte etwas schief. „Nein, wenn ich sie gefunden hätte, hätte ich sie vielleicht verschwinden lassen. Polizeidirektor Drew fand sie, nachdem man mir die Ermittlungen entzogen hatte."

Ihr Kopf fuhr zu ihm herum. Ihre leuchtenden blauen Augen weiteten sich. „Die Ermittlungen entzogen? Dir? Donnys Freund?"

„Ja. Aber nimm das nicht tragisch. Ich bin Polizist, Belle. Schließlich muß ich Befehle befolgen."

Sie sagte nichts, sah ihn nicht länger an. Nach einer kurzen Pause bat er: „Ich hätte gern die Schlüssel zu eurer Hütte am Puma Lake. Ich habe den Auftrag, dorthin zu fahren und mich umzusehen, festzustellen, ob dort Spuren zu entdecken sind. Donny hatte manchmal dort Besprechungen."

Etwas in dem Gesicht der Frau veränderte sich. Es wurde fast verächtlich. Ihre Stimme war leer. „Ich werde sie holen. Aber du wirst dort nicht das geringste finden. Wenn du helfen willst, Donny Schmutz anzuhängen, damit sie diesen Imlay reinwaschen können . . ."

Er lächelte ein bißchen, schüttelte sanft den Kopf. Seine Augen waren sehr tief, sehr traurig.

„Das ist Wahnsinn, Kind. Ehe ich das täte, würde ich den Dienst quittieren."

„Das sehe ich." Sie ging an ihm vorbei zur Tür, verließ das Zimmer. Er saß völlig ruhig, während sie fort war, sah mit leeren Blicken auf die Wand. Sein Gesicht hatte einen etwas verletzten Ausdruck. Er fluchte leise, unhörbar, vor sich hin.

Die Frau kam zurück, trat vor ihn und streckte ihre Hand aus. Etwas klirrte auf seine Handfläche.

„Die Schlüssel, Polizist."

Delaguerra stand auf, ließ die Schlüssel in seine Tasche gleiten. Sein Gesicht wurde hölzern. Belle Marr ging zu einem Tisch, und ihre Nägel kratzten scharf über das Holz des Zigarettenkastens, als sie eine Zigarette herausnahm. Den Rücken ihm zugekehrt, sagte sie: „Ich glaube nicht, daß du da draußen Glück haben wirst. Sehr bedauerlich, daß ihr ihm bisher nur Erpressung anhängen könnt."

Delaguerra atmete langsam aus, stand einen Moment unschlüssig, wendete sich dann ab. „Danke", sagte er leise. Seine Stimme klang jetzt völlig unbefangen, als ob es ein schöner Tag sei, als ob niemand ermordet worden sei.

An der Tür drehte er sich noch einmal um. „Ich komme wieder her, wenn ich zurück bin, Belle. Vielleicht hast du dich dann etwas gefaßt."

Sie antwortete nicht, bewegte sich nicht. Starr hielt sie die unangezündete Zigarette dicht vor ihrem Mund. Einen Augenblick später sprach Delaguerra weiter. „Du solltest wissen, wie mir zumute ist. Donny und ich standen uns einmal so nahe wie Brüder. Ich – ich habe gehört, daß du nicht besonders gut mit ihm ausgekommen bist . . . Ich bin sehr froh darüber, daß das falsch ist. Aber werde nicht zu hart darüber, Belle. Du hast keinen Grund, hart zu sein – mit mir, meine ich."

Er wartete ein paar Sekunden, starrte auf ihren Rücken. Als sie sich immer noch nicht regte und nichts sagte, ging er hinaus.

IV

Eine schmale steinige Straße zweigte von der Fernverkehrsstraße ab und lief an der Flanke des Hügels oberhalb des Sees entlang. Hier und da tauchten zwischen den Fichten Dächer von Hütten auf. An der Straßenseite stand ein offener Schuppen, in den Hang hineingebaut. Delaguerra fuhr seinen staubigen Cadillac unter das Dach und stieg einen schmalen Pfad zum Wasser hinunter.

Der See war tiefblau, sehr flach. Zwei oder drei Kanus trieben darauf, und aus der Ferne, hinter einer Landzunge, war das Tuckern eines Außenbordmotors zu hören. Er ging zwischen Wänden aus dichtem Unterholz hindurch, auf Fichtennadeln, wich einem Baumstumpf aus und überquerte eine kleine primitive Brücke, die zu der Hütte Marrs führte.

Sie war aus behauenen Baumstämmen gebaut und hatte zum See hin eine breite Veranda. Sie sah sehr einsam und sehr verlassen aus. Der Bach, der unter der Brücke hindurchfloß, beschrieb einen Bogen um die Hütte, und auf einer Seite der Veranda fiel der Hang senkrecht unmittelbar auf die großen flachen Steine hinunter, zwischen denen das Wasser gemächlich hindurchfloß. Im Frühjahr, nach der Schneeschmelze, wurden die Steine von dem Bach überflutet.

Delaguerra stieg hölzerne Stufen hinauf, schloß die schwere Vordertür auf, blieb dann eine kurze Zeit auf der Veranda stehen und zündete sich eine Zigarette an, ehe er hineinging. Es war hier draußen sehr still, sehr angenehm, sehr kühl und klar nach der Schwüle in der Stadt. Ein Bergeichelhäher saß auf einem Baumstumpf und putzte sich das Gefieder. Auf dem See klimperte jemand auf einem Ukulele. Er trat in die Hütte.

Er sah auf ein paar verstaubte Geweihe, einen großen groben Tisch, auf dem Zeitschriften verstreut lagen, einen altmodischen Batterieempfänger, einen kastenförmigen Plattenspieler mit einem unordentlichen Stapel Platten daneben. Hohe Gläser, die nicht gespült worden waren, standen auf einem Tisch neben der offenen Feuerstelle und daneben eine halbe Flasche Scotch. Auf der Straße oberhalb der Hütte fuhr ein Wagen, hielt nicht sehr weit entfernt an. Stirnrunzelnd sah Delaguerra sich um. „Sackgasse", murmelte Delaguerra mit dem Gefühl, unterlegen zu sein, vor sich hin. Es war völlig sinnlos. Ein Mann wie Donegan Marr ließ nichts, das irgendwie wichtig war, in einer Berghütte liegen. Er sah in die beiden Schlafzimmer. Das eine war ein nackter Raum mit ein paar Feldbetten, das andere komfortabler mit einem richtigen Bett, über das ein greller Damenschlafanzug geworfen war, der eigentlich nicht so aussah, als ob er Belle Marr gehörte.

Hinten befand sich eine kleine Küche mit einem Benzinkocher und einem Herd für Holzfeuer. Mit einem anderen Schlüssel öffnete er die Hintertür und trat auf die kleine Küchenveranda hinaus, die auf gleicher Höhe wie das Gelände lag. In der Nähe lag ein großer Stapel Brennholz, und gegen einen Spaltblock lehnte eine doppelschneidige Axt.

Dann sah er die Fliegen.

An dem Haus vorbei führte ein hölzerner Steg zu einem tiefer liegenden Holzschuppen. Ein Sonnenstrahl hatte seinen Weg zwischen den Baumkronen hindurchgefunden und fiel auf den Steg. In der Sonne war ein dichter Schwarm Fliegen, die auf etwas Bräunlichem, Klebrigem saßen und darüber herumschwirrten. Die Fliegen wollten sich nicht verscheuchen lassen. Delaguerra bückte sich, berührte mit der Hand die klebrige Stelle, roch an seinem Finger. Sein Gesicht erstarrte.

Ein weiterer, kleinerer brauner Fleck befand sich ein Stück weiter im Schatten, vor der Tür des Schuppens. Er zog sehr schnell die Schlüssel aus der Tasche und fand den für das große Vorhängeschloß an dem Schuppentor. Er zerrte das Tor auf.

In dem Schuppen lag ein großer Haufen loses Holz — nicht gespaltenes Feuerholz, sondern Stücke von Stämmen. Sie waren nicht gestapelt, sondern regellos aufeinandergehäuft. Delaguerra begann die großen rohen Klötze zur Seite zu werfen.

Nachdem er einen großen Teil zur Seite geschafft hatte, konnte er nach unten greifen und die zwei steifen Knöchel in den Baumwollsocken packen und den toten Mann ans Licht zerren.

Er war schlank, weder groß noch klein, in einem gutgeschnittenen Fischgrätenanzug. Seine kleinen ordentlichen Schuhe waren unter der dünnen Staubschicht gut geputzt. Von seinem Gesicht war nicht viel übriggeblieben. Durch einen furchtbaren Schlag war es zu einer völlig unerkennbaren Masse zerquetscht worden. Die Schädeldecke war aufgeplatzt, und das dünne graubräunliche Haar war mit Gehirn und Blut vermischt.

Delaguerra richtete sich schnell auf, ging in die Hütte zurück, zu der halben Flasche Scotch, die auf dem Tisch im Wohnzimmer stand. Er zog den Korken heraus, trank aus der Flasche, wartete einen Augenblick, trank noch einmal.

Laut sagte er: „Puh", und schauderte zusammen, als der Whisky seine Nerven hochpeitschte.

Er ging zu dem Holzschuppen zurück, und als er sich niederbeugte, wurde irgendwo der Motor eines Wagens angelassen. Er erstarrte. Der Motor dröhnte auf. Dann verklang sein Geräusch schnell, und es wurde wieder still. Delaguerra hob die Schultern, durchsuchte die Taschen des Toten. Sie waren leer. Eine der Taschen war herausgeschnitten. Wahrscheinlich war das Schild einer Reinigungsanstalt darin eingenäht gewesen. Das Firmenschild des Schneiders aus der Innentasche der Jacke war herausgerissen. Die abgerissenen Fäden hingen noch daran. Der Mann war steif. Er mochte vielleicht vierundzwanzig Stunden tot sein, länger nicht. Das Blut auf seinem Gesicht war dick geronnen, aber noch nicht völlig ausgetrocknet.

Delaguerra stand eine Weile neben ihm, starrte auf den Puma Lake hinunter, auf das ferne Glitzern nasser Paddel in der Sonne. Dann suchte er in dem Schuppen eine Weile nach einem schweren Holzblock mit viel Blut daran, fand aber keinen. Er ging in die Hütte zurück, trat zur Vordertür hinaus, ging bis an das Ende der Veranda, starrte in den Abgrund hinunter, dann auf die großen flachen Steine in dem Bach.

„Ja", sagte er leise.

Auf zweien der Steine klumpten sich Fliegen zusammen, sehr viele Fliegen. Vorher waren sie ihm nicht aufgefallen. Der Hang fiel hier zehn Meter senkrecht ab, genug, um einem Menschen den Schädel zu zertrümmern, wenn er richtig aufschlug.

Er setzte sich in einen der großen Schaukelstühle und rauchte ein paar Minuten, ohne sich zu bewegen. Sein Gesicht war vom Nachdenken völlig still und der Blick seiner schwarzen Augen nach innen gekehrt und abwesend. Um seine Mundwinkel stand ein hartes gespanntes, eine Spur sardonisches Lächeln.

Danach ging er still durch das Haus zu dem Schuppen zurück, zerrte den Toten wieder in den Holzschuppen, bedeckte ihn lose mit dem Holz. Er schloß den Schuppen ab, schloß die Hütte ab und stieg den schmalen steilen Pfad zur Straße hinauf und setzte sich in seinen Wagen.

Es war sechs Uhr vorbei, aber die Sonne schien noch hell, als er abfuhr.

V

Ein alter Ladentisch diente in der Bierhalle neben der Straße als Theke. Davor standen drei niedrige Hocker. Delaguerra saß auf dem neben der Tür und sah in das schaumige Innere eines leeren Bierglases. Der Barmann war ein dunkler Junge in Overalls, mit scheuen Augen und glattem Haar. Er stotterte. Er sagte: „Wü-wünschen d-der Herr no-noch ein B-bier?"

Delaguerra schüttelte den Kopf und stand von dem Hocker auf. „Das ist Schieberbier, Jungchen. Schmeckt so schal wie eine Blonde von der Straße."

„P-portala B-bräu, mein Herr. G-gilt als das Be-beste."

„Unsinn. Ist das Schlechteste. Ihr schenkt es nur aus, weil ihr sonst keine Lizenz bekämt. Guten Tag."

Er trat an die mit Fliegengaze bespannte Tür, sah auf die sonnige Straße, auf der die Schatten jetzt schon sehr lang waren. Jenseits des Betonbandes lag eine mit Kies bedeckte Fläche, die von einem Zaun aus weißen Holzpfählen eingefaßt war. Dort parkten zwei Wagen. Delaguerras alter Cadillac und ein staubiger Ford, der schon viel hinter sich hatte. Ein großer magerer Mann in khakifarbenem Cord stand neben dem Cadillac und sah hinein.

Delaguerra zog seine Pfeife und füllte sie halb aus einem mit einem Reißverschluß verschlossenen Tabaksbeutel, setzte sie mit langsamer Sorgfalt in Brand und schnippte das Streichholz in eine Ecke. Dann richtete er sich etwas auf und sah gespannt durch das Fliegengitter.

Der große dünne Mann löste das Segeltuch, das den hinteren Teil von Delaguerras Wagen bedeckte. Er schlug eine Ecke zurück und blickte hinein.

Delaguerra stieß die Gittertür leise auf und ging mit langen, weiten Schritten über das Betonband der Straße. Seine Gummisohlen knirschten auf dem Kies, aber der dünne Mann drehte sich nicht um. Delaguerra trat neben ihn.

„Kam mir schon so vor, als hätte ich Sie hinter mir bemerkt", sagte Delaguerra mürrisch. „Was soll das hier?"

Der Mann drehte sich ohne Hast um. Er hatte ein langes unfreundliches Gesicht, Augen in der Farbe von Seetang. Seine Jacke stand offen und wurde von seiner linken Hand über der Hüfte zurückgeschoben. Dadurch wurde die Waffe sichtbar, die er nach Art der Kavalleristen in einer Tasche, mit dem Griff nach vorn, am Gürtel trug. Er betrachtete Delaguerra mit einem etwas tückischen Lächeln von oben bis unten.

„Ist das Ihr Fahrzeug?"

„Ja. Und weshalb?"

Der dünne Mann zog seine Jacke noch weiter zur Seite und zeigte einen bronzenen Stern auf der Tasche seines Hemdes.

„Weil ich Forstaufseher im Toluca County bin, Mister. Weil Hirsche jetzt Schonzeit haben, und weil Hirschkühe überhaupt nicht geschossen werden dürfen."

Delaguerra wendete seinen Blick sehr langsam zur Seite und sah hinten in seinen Wagen, beugte sich vor, um unter die zurückgeschlagene Leinwand zu sehen. Eine junge Hirschkuh lag dort auf anderen Gegenständen, daneben ein Jagdgewehr. Die sanften Augen des toten Tieres, glanzlos und gebrochen, schienen ihn mit einem leisen Vorwurf zu betrachten. An dem schlanken Hals des toten Tieres war getrocknetes Blut.

Delaguerra richtete sich auf und sagte freundlich: „Das ist verdammt gerissen."

„Haben Sie einen Jagdschein?"

„Ich jage nicht", antwortete Delaguerra.

„Das wird Ihnen nicht viel nützen. Sie haben da doch ein Gewehr."

„Ich bin Polizist."

„So? Polizist? Was Sie nicht sagen. Haben Sie auch einen Stern?"

„Habe ich."

Delaguerra griff in seine Brusttasche und zog einen Polizeistern heraus, rieb ihn über seinen Ärmel, hielt ihn auf seiner Handfläche dem Dünnen hin. Der Forstaufseher starrte darauf herunter, leckte sich über die Lippen.

„Kriminalinspektor sogar. Städtische Polizei, wie?" Sein Gesicht bekam einen fernen und trägen Ausdruck. „Na schön, Inspektor. Wir fahren zusammen mit Ihrem Wagen etwa zehn Meilen. Ich werde zu meinem schon irgendwie eine Fahrgelegenheit zurück zu finden."

Delaguerra steckte seinen Stern wieder ein, klopfte seine Pfeife aus und trat die Glut in dem Kies aus. Er zog die Leinwand wieder zurück, ohne sie zu befestigen.

„Festgenommen?" fragte er ernst.

„Festgenommen, Inspektor."

„Also, fahren wir."

Er setzte sich hinter das Steuer des Cadillacs. Der Forstaufseher ging um den Wagen herum und stieg neben ihm ein. Delaguerra ließ den Wagen an, wendete und fuhr auf die glatte Betonbahn der Straße. Das Tal vor ihnen lag in dichtem Dunst. Über dem Dunst hoben sich Berggipfel riesig vor dem Himmel ab. Delaguerra beschleunigte den Wagen, ohne sich zu beeilen. Die beiden Männer sahen geradeaus, sie sprachen nicht.

Nach einer langen Zeit sagte Delaguerra: „Ich wußte gar nicht, daß es am Puma Lake Hirsche gibt. Weiter war ich nicht gewesen."

„Dort ist ein Schutzgebiet, Inspektor", antwortete der Aufseher ruhig. Er starrte durch die staubige Windschutzscheibe. „Ein Teil des Toluca-County-Forstes. Oder wußten Sie das auch nicht?"

Delaguerra antwortete: „Ich habe es wohl nicht gewußt. Ich habe nie in meinem Leben einen Hirsch geschossen. So brutal bin ich auch durch die Polizeiarbeit noch nicht geworden."

Der Forstaufseher grinste, antwortete nicht. Die Straße führte über einen Sattel, danach lag der Abhang an der rechten Seite der Straße. Links begannen enge Schluchten aufzutauchen, die in die Berge führten. In manche liefen unebene Wege mit halbüberwachsenen Fahrspuren.

Delaguerra steuerte den großen Wagen plötzlich nach links, schoß auf eine Lichtung mit rötlicher Erde und trockenem Gras, trat auf die Bremse. Der Wagen wurde hin und her geschaukelt, kam mit mahlenden Rädern zum Halten.

Der Forstaufseher wurde heftig nach rechts geschleudert, dann vorwärts gegen die Windschutzscheibe. Er fluchte, richtete sich schnell wieder auf, und seine rechte Hand griff an seinen Gürtel nach dem Revolver.

Delaguerra packte das dünne harte Handgelenk und drehte es scharf gegen den Leib des Mannes. Das Gesicht des Forstaufsehers wurde unter der Sonnenbräune blaß. Seine linke Hand fummelte an der Revolvertasche, dann ließ er sie hängen. Er sprach mit scharfer verärgerter Stimme.

„Das macht es nur schlimmer für Sie, Inspektor. Ich bekam in Salt Spring über das Telefon einen Tip. Mir wurde Ihr Wagen beschrieben, gesagt, wo er stand. Und es wurde mir auch gesagt, daß eine junge geschossene Hirschkuh in dem Wagen war. Ich . . . "

Delaguerra ließ das Handgelenk los, riß die Schnalle an der Revolvertasche auf, zog den Colt heraus. Er warf ihn aus dem Wagen.

„Steigen Sie aus, Landbewohner. Suchen Sie sich Ihre Fahrgelegenheit zurück. – Was ist mit Ihnen los? Können Sie von Ihrem Gehalt nicht mehr leben? Sie haben das tote Tier selbst in meinen Wagen gelegt, beim Puma Lake, Sie verdammter, hinterhältiger Schuft."

Der Forstaufseher stieg langsam aus, stand mit ausdruckslosem Gesicht, den Kiefer schlaff und locker, neben dem Wagen.

„Starker Mann, was?" murrte er. „Das wird Ihnen noch leid tun, Plattfuß. Das kostet Sie eine Strafanzeige."

Delaguerra rutschte über den Sitz, stieg auch rechts aus dem Wagen. Er stand dicht vor dem Forstaufseher und sagte sehr gedehnt: „Vielleicht irre ich mich auch in Ihnen. Vielleicht sind Sie wirklich angerufen worden. Es könnte immerhin sein."

Er hob die tote Hirschkuh aus dem Wagen, legte sie auf den Boden und beobachtete den Forstaufseher. Der dünne Mann regte sich nicht, versuchte nicht, sich seiner Waffe zu nähern, die ein paar Schritte entfernt im Gras lag. Seine tangfarbenen Augen waren mürrisch und sehr kalt.

Delaguerra stieg wieder in den Cadillac, löste die Bremse, startete den Motor. Er fuhr rückwärts auf die Straße. Der Forstaufseher rührte sich immer noch nicht.

Der Cadillac schoß vor, raste die Gerade hinunter, war bald außer Sicht. Als er um eine Kurve verschwunden war, hob der Aufseher seine Waffe auf und schob sie wieder in die Halfter, schleifte die Hirschkuh hinter ein Gebüsch und ging über die Straße bergauf davon.

VI

Das Mädchen am Empfangstisch im Kenworthy sagte: „Der Mann hier hat dreimal angerufen, Inspektor, aber er wollte keine Nummer hinterlassen. Außerdem rief eine Dame zweimal an. Sie wollte ihren Namen nicht nennen und gab auch keine Nummer an."

Delaguerra nahm die drei Zettel, las den Namen „Joey Chill" darauf und die verschiedenen Zeiten der Anrufe. Er nahm ein paar Briefe entgegen, legte die Hand grüßend an seine Mütze und ging zum Aufzug. In der vierten Etage stieg er aus, schritt durch den engen stillen Korridor und schloß eine Tür auf. Ohne Licht einzuschalten, ging er zu der hohen Glastür, öffnete sie weit, blieb dort stehen und sah auf den schweren dunklen Himmel, den Schein der Neonröhren, die scharfen Scheinwerferstrahlen auf dem Ortega Boulevard zwei Blocks entfernt.

Er zündete sich eine Zigarette an und rauchte sie halb, ohne sich zu bewegen. Sein Gesicht war in der Dunkelheit sehr lang, scharf gespannt und nachdenklich. Schließlich wandte er sich von dem Fenster ab, ging in das kleine Schlafzimmer, schaltete eine Tischlampe an und zog sich aus. Er duschte, rieb sich trocken, zog frische Wäsche an und ging in die Kochnische und mixte sich einen Drink. Er trank ihn in kleinen Schlucken, rauchte noch eine Zigarette, während er sich fertig anzog. Das Telefon im Wohnzimmer klingelte, als er die Schulterhalfter für seine Waffe anlegte.

Es war Belle Marr. Ihre Stimme war verschleiert und kehlig, als ob sie viele Stunden geweint hätte.

„Ich bin froh, daß ich dich endlich erreiche, Sam. Ich — ich hatte es nicht so gemeint, wie ich es gesagt habe. Ich war verstört und verwirrt, völlig aus der Fassung. Das weißt du doch, Sam?"

„Natürlich, Kind", antwortete Delaguerra. „Denk nicht weiter daran. Trotzdem hast du recht gehabt. Ich bin gerade von Puma Lake zurückgekommen und glaube, man hat mich dorthin geschickt, damit ich aus dem Weg bin."

„Du bist der einzige, der mir bleibt, Sam. Du wirst dir von ihnen nichts antun lassen, nicht wahr?"

„Von wem?"

„Das weißt du genau. Ich bin nicht dumm. Ich weiß, daß es ein

Anschlag war, ein niederträchtiges politisches Komplott, um ihn zu beseitigen.“

Delaguerra umklammerte das Telefon sehr fest. Sein Mund straffte sich starr und hart. Einen Augenblick konnte er nicht sprechen. Dann antwortete er: „Es kann auch genau das gewesen sein, wonach es aussieht, Belle. Ein Streit wegen dieser Fotos. Schließlich hatte Donny das Recht, von diesem Burschen zu verlangen, er solle auf seine Kandidatur verzichten. Das war keine Erpressung . . . und er hatte eine Waffe in der Hand, wie du weißt.“

„Komm zu mir heraus, wenn du kannst, Sam.“ Ihre Stimme verklang mit einem erlöschenden Gefühl, einem wehmütigen Ton.

Er trommelte auf den Schreibtisch, zögerte wieder und antwortete schließlich: „Gewiß . . . Wann war zuletzt jemand am Puma Lake, in der Hütte?“

„Ich weiß nicht. Ich war seit einem Jahr nicht mehr draußen. Er ging immer . . . allein. Vielleicht hat er sich dort mit anderen getroffen. Ich weiß es nicht.“

Er sagte noch etwas Unverbindliches, verabschiedete sich gleich darauf und hängte ein. Er starrte auf die Wand über dem Schreibtisch. In seinen Augen schimmerte ein neues Licht, ein hartes Funkeln. Sein ganzes Gesicht war gespannt, nicht mehr zweifelnd.

Er ging in das Schlafzimmer zurück, um seinen Mantel und seinen Strohhut zu holen. Ehe er das Zimmer verließ, nahm er die drei Telefonzettel mit dem Namen „Joey Chill“ auf, zerriß sie in kleine Fetzen und verbrannte sie in einem Aschenbecher.

VII

Pete Marcus, der große Kriminalbeamte mit dem sandfarbenen Haar, saß seitlich vor seinem kleinen überfüllten Schreibtisch in dem kahlen Büro, in dem zwei gleiche Schreibtische an den gegenüberliegenden Wänden standen. Der andere war ordentlich und aufgeräumt, hatte eine Schreibunterlage mit grünem Löschpapier und ein Schreibzeug aus Onyx, einen kleinen Kalender mit einem Messingrahmen und eine Abalonemuschel als Aschenbecher.

Ein rundes Strohkissen, das wie eine Zielscheibe aussah, war auf einem Stuhl unter dem Fenster aufgestellt. Pete Marcus hatte die linke

Hand voll einfacher Federhalter und schleuderte sie wie ein mexikanischer Messerwerfer nach dem Kissen. Er tat es abwesend und konnte es nicht besonders gut.

Die Tür ging auf, und Delaguerra trat ein. Er schloß sie hinter sich und lehnte sich dagegen und sah Marcus mit hölzernem Gesicht an. Der Sandfarbene schwang seinen Drehstuhl quietschend herum und kippte ihn gegen den Schreibtisch zurück, kratzte sich mit seinem breiten Daumennagel unterm Kinn.

„Na, Spanier? Gute Fahrt gehabt? Der Chef brüllt schon nach dir." Delaguerra grunzte nur, schob eine Zigarette zwischen seine glatten braunen Lippen.

„Warst du in Marrs Büro, als diese Fotos gefunden wurden. Pete?"

„Ja. Aber ich habe sie nicht gefunden. Das war der Direktor selbst. Warum fragst du?"

„Hast du gesehen, wie er sie fand?"

Marcus starrte ihn einen Augenblick an und antwortete dann ruhig und vorsichtig: „Er fand sie wirklich, Sam. Er hat sie nicht unterschoben – falls du daran denkst."

Delaguerra nickte und hob die Schultern. „Was von den Geschossen bekannt geworden?"

„Ja. Keine Zweiunddreißiger, sondern Fünfundzwanziger. Eine verdammt kleine Westentaschenkanone. Allerdings auch eine automatische, und die leeren Hülsen wurden nicht gefunden."

„Daran hat Imlay also gedacht, aber er ging ohne die Fotos, deretwegen er gemordet hat."

Marcus stellte seine Füße auf den Boden, beugte sich vor und blickte unter seinen lohfarbenen Augenbrauen nach oben.

„Es könnte so gewesen sein. Sie geben ihm ein Motiv. Aber die Waffe in Marrs Hand widerlegt das Argument, Imlay hätte vorbedacht geschossen."

„Gute Überlegung, Pete." Delaguerra trat zu dem kleinen Fenster, blieb dort stehen und sah hinaus. Nach einem Augenblick sagte Marcus finster: „Wie du siehst, habe ich keine Arbeit, Spanier."

Delaguerra wendete sich langsam um, trat dicht vor Marcus hin und sah auf ihn hinunter.

„Ärgere dich nicht, Junge. Du bist mein Partner, und ich bin als Marrs Verbindungsmann zum Headquarters abgestempelt. Davon bleibt auch etwas an dir hängen. Du sitzt herum, und ich werde zum Puma Lake in Marsch gesetzt, aus keinem anderen Grund, als um mir eine tote Hirschkuh in den Wagen zaubern und einen Forstaufseher auf den Hals hetzen zu lassen."

Marcus erhob sich sehr langsam, ballte seine knotigen Fäuste an den Seiten. Seine schweren grauen Augen waren sehr weit geöffnet. Seine große Nase war bleich um die Nasenflügel.

„Niemand hier würde so weit gehen, Sam."

Delaguerra schüttelte den Kopf. „Das glaube ich auch nicht. Aber sie konnten einen Wink befolgen, mich dort hinzuschicken. Und einer, der nicht zur Polizei gehört, besorgte den Rest."

Marcus setzte sich wieder. Er nahm einen der Federhalter und schleuderte ihn mit einer wilden Bewegung gegen das Strohkissen. Die Feder blieb stecken, zitterte heftig, brach ab, und der Halter klapperte zu Boden.

„Hör mal", sagte er rauh. „Das hier ist für mich ein Job, mehr nicht. Ein Broterwerb. Ich mache mir keine Illusionen über dieses verdammte Polizeidasein wie du. Sage ein Wort, und ich schmeiße meinen Stern dem Alten in die Fresse."

Delaguerra beugte sich vor und stieß ihn gegen die Rippen. „Laß den Quatsch, Junge. Ich habe so meine Gedanken. Geh nach Hause und trink dir einen an."

Er öffnete die Tür und ging schnell hinaus, durch einen marmorverkleideten Gang bis zu einer Stelle, wo er sich in eine Halle mit drei Türen erweiterte. Auf der mittleren Tür stand *‚Chef der Kriminalpolizei — Eintreten'*. Delaguerra trat in das kleine Vorzimmer, durch das sich eine einfache Holzbarriere zog. Ein Polizeistenograph blickte auf, winkte dann mit dem Kopf nach einer Seitentür. Delaguerra ging durch eine Klapptür in der Barriere, klopfte an die Seitentür und trat ein.

In dem großen Büro saßen zwei Männer. Der Chef der Kriminalpolizei, Tod McKim, saß hinter seinem schweren Schreibtisch und sah Delaguerra mit harten Augen entgegen. Er war ein großer gelenkiger Mann, der schon etwas schwammig geworden war, hatte ein langes ungeduldiges, melancholisches Gesicht. Das eine seiner Augen saß nicht ganz gerade in seinem Kopf.

Der Mann, der sich in dem runden Polstersessel neben dem Schreibtisch zurücklehnte, war stutzerhaft gekleidet, mit Gamaschen. Ein perl=

grauer Hut und graue Handschuhe und ein Ebenholzstock lagen auf einem anderen Sessel neben ihm. Er hatte ein Fülle weichen weißen Haares und ein angenehmes, ausschweifendes Gesicht, das durch ständige Massagen seinen rosa Teint behalten hatte. Er lächelte Delaguerra zu, sah leicht amüsiert und ironisch aus und rauchte eine Zigarette aus einer langen Bernsteinspitze.

Delaguerra nahm gegenüber von McKim Platz. Dann sah er den weißhaarigen Mann kurz an und sagte: „Guten Abend, Polizeidirektor."

Polizeidirektor Drew nickte herablassend, ohne zu antworten.

McKim beugte sich vor und legte stumpfe Finger mit abgekauten Nägeln vor sich auf die glänzende Schreibtischplatte. Ruhig sagte er: „Sie ließen sich Zeit, bis Sie zurückkamen. Etwas gefunden?"

Delaguerra starrte ihn an, ein flaches, ausdrucksloses Starren.

„Es war nicht meine Absicht – falls nicht genau zu diesem Zweck eine tote Hirschkuh hinten in meinen Wagen gepackt worden ist."

In McKims Gesicht veränderte sich nichts. Nicht ein Muskel darin verzog sich. Drew zog einen rosa polierten Fingernagel vor seiner Kehle vorbei und gab mit Zunge und Zähnen ein zischendes Geräusch von sich.

„Das ist keine Art, mit Ihrem Chef zu sprechen, junger Mann."

Delaguerra sah unbeweglich auf McKim und wartete. Langsam, bedrückt sagte McKim: „Sie sind im Dienst sehr geschätzt, Delaguerra. Ihr Großvater war einer der besten Sheriffs, den das County je hatte. Heute haben Sie das Ansehen Ihres Namens befleckt. Sie werden wegen Jagdfrevels beschuldigt, wegen Behinderung eines Beamten des Toluca County in der Ausübung seines Dienstes und wegen Widerstandes gegen die Staatsgewalt. Was haben Sie dazu zu sagen?"

Ausdruckslos fragte Delaguerra zurück. „Ist Haftbefehl gegen mich erlassen?"

McKim schüttelte langsam den Kopf. „Es ist eine interne Beschwerde, keine formelle Anschuldigung. Wahrscheinlich mangels Beweismitteln, vermute ich." Er lächelte trocken, humorlos.

„In diesem Fall nehme ich an, wollen Sie meinen Stern von mir?" erwiderte Delaguerra unbewegt.

McKim nickte schweigend. Drew sagte: „Sie sind ein bißchen hastig, junger Mann. Gerade eine Idee zu schnell mit der Antwort."

Delaguerra zog seinen Stern aus der Tasche, rieb ihn über seinen Ärmel, betrachtete ihn, schob ihn über das glatte Holz der Schreibtischplatte.

„Wie Sie wollen, Chef", sagte er leise. „Ich habe spanisches Blut, rein spanisch. Keine mexikanischen Nigger, keine mexikanischen Indios. Mein Großvater hätte eine derartige Situation mit weniger Worten und mehr Pulverdampf erledigt. Damit will ich nicht sagen, daß ich sie für komisch halte. Ich bin vorsätzlich in einen Hinterhalt gelockt worden, weil ich früher einmal mit Donegan Marr eng befreundet war. Sie wissen und ich weiß, daß das nie auf meinen Dienst einen Einfluß ausgeübt hat. Allerdings mag es sein, daß der Polizeidirektor und seine politischen Hinterleute dessen nicht ganz so sicher sind."

Drew stand plötzlich auf. „Bei Gott, Sie werden sich nicht herausnehmen, in diesem Ton vor mir weiterzureden", fauchte er.

Delaguerra lächelte träge. Er sagte nichts, sah Drew überhaupt nicht an. Drew setzte sich wieder, atmete heftig.

Nach einem Augenblick schob McKim den Stern rasch in die Mittelschublade seines Schreibtisches und stand auf.

„Sie sind bis zum Abschluß eines Disziplinarverfahrens vom Dienst suspendiert, Delaguerra. Behalten Sie Fühlung mit mir." Er ging schnell durch eine Seitentür aus dem Zimmer, ohne zurückzusehen.

Delaguerra schob seinen Sessel zurück, richtete den Hut auf seinem Kopf gerade. Drew räusperte sich, setzte ein versöhnliches Lächeln auf und sagte: „Ich war vielleicht selbst etwas voreilig. Das Irische in mir. Deswegen keine Feindschaft. Die Lektion, die Sie erhalten, ist etwas, das wir alle einmal lernen müssen. Darf ich Ihnen einen Rat geben?"

Delaguerra stand auf lächelte zu ihm hinunter, ein kleines trockenes Lächeln, das nur um seine Mundwinkel erschien und den übrigen Teil seines Gesichts hölzern unbewegt ließ.

„Ich weiß, was es ist. Lassen Sie Ihre Finger vom Fall Marr."

Drew lachte, wieder gut gelaunt. „Nicht ganz. Es gibt keinen Fall Marr. Imlay hat zugegeben, daß er auf ihn geschossen hat, durch seinen Anwalt. Er behauptet, in Notwehr gehandelt zu haben. Er will sich morgen stellen. Nein, ich will Ihnen etwas anderes raten. Fahren Sie zurück und entschuldigen Sie sich bei dem Forstaufseher. Ich glaube, das wäre alles, was erforderlich ist. Sie könnten es versuchen und sehen, was dabei herauskommt."

Delaguerra ging still zur Tür und öffnete sie. Dann sah er mit einem plötzlichen, strahlenden Grinsen zurück, das alle seine Zähne zeigte.

„Ich erkenne einen Lumpen, wenn ich ihn vor mir sehe. Die Bezahlung für seinen Ärger hatte er schon im voraus bekommen."

Er ging hinaus. Drew starrte auf die Tür, die mit einem schwachen Scharren und einem trockenen Klicken zugezogen wurde. Sein Gesicht war wutverzerrt, das Rosa seiner Haut zu einem teigigen Grau geworden. Seine Hände mit der Bernsteinzigarettenspitze flatterten erregt. Asche fiel auf ein Knie neben die makellos messerscharfe Bügelfalte seiner Hose.

„Bei Gott", zischte er in die Stille des Raumes, „er ist vielleicht ein glatter Spanier. Vielleicht so glatt wie eine Spiegelscheibe – aber es ist verdammt viel einfacher, in ihn ein Loch zu bohren."

Er stand auf, schwerfällig in seiner Wut, klopfte dann sorgfältig die Asche von seinem Knie und streckte seine Hand nach seinem Hut und seinem Stock aus. Die manikürten Finger seiner Hand zitterten.

VII

Newton Street, zwischen der dritten und der vierten Avenue, ist eine Gegend mit billigen Konfektionsgeschäften, Pfandleihen, Arkaden mit Spielautomaten, ordinären Hotels, vor denen Männer mit wachsamen, ausweichenden Augen vorsichtig um ihre Zigaretten herummurmeln, ohne die Lippen zu bewegen. Mitten in dem Block ragte von einem Vorbau ein hölzernes Schild in die Straße mit der Aufschrift: Stolls Billard Saal. Eine Treppe führte von dem Bürgersteig nach unten. Delaguerra ging die Stufen hinunter.

Im Vorderteil des Billardraums war es fast dunkel. Die Tische waren zugedeckt, die Queues standen stramm in Reih und Glied in ihren Ständern. Aber im hinteren Teil war es hell, hartes weißes Licht, vor dem sich zusammengedrückte Köpfe und Schultern abhoben. Dort war es laut; Streiten, ausgerufene Wetten. Delaguerra ging auf das Licht zu.

Wie auf ein Signal erstarb plötzlich der Lärm, und durch die Stille erklang das scharfe Klicken der Bälle, der dumpfere Stoß des Spiel=balls gegen die Bande, schließlich das abschließende Klicken von Kugel an Kugel. Dann lebte der Lärm wieder auf.

Delaguerra blieb neben einem der zugedeckten Billards stehen, zog eine Zehndollarnote aus seiner Brieftasche, nahm ein gummiertes Schildchen aus einem Fach der Brieftasche. Er schrieb darauf: „Wo ist Joey?", klebte das Schildchen an den Geldschein und faltete ihn zwei=mal zusammen. Er näherte sich den Leuten um das Billard und drückte sich zwischen ihnen hindurch bis nahe an den Tisch heran.

Ein großer blasser Mann mit einem unbeweglichen Gesicht und ordentlich gescheiteltem Haar kreidete sein Queue und studierte die Lage der Kugeln auf dem Tisch. Er beugte sich vor. Kräftige weiße Finger bildeten eine Brücke. Das Durcheinanderreden der umstehenden Wetter versank wie ein Stein. Der Blasse machte einen glatten mühe=losen Drei=Banden=Stoß.

Ein Mann mit rötlichem Gesicht auf einem hohen Stuhl intonierte: „Vierzig für Chill. Acht Punkte Vorsprung."

Der große Mann kreidete wieder sein Queue, sah sich träge im Kreis um. Seine Augen gingen über Delaguerra hinweg, ohne ein Erkennen zu verraten. Delaguerra trat näher heran. „Wetten Sie auch selbst, Max? Fünf Dollars, daß der nächste Stoß mißlingt", sagte er.

Der große Mann nickte. „Angenommen."

Delaguerra legte die zusammengefaltete Note auf den Rand des Billards. Ein Junge in einem gestreiften Hemd griff danach. Scheinbar versehentlich schob ihn Max Chill beiseite, steckte das Geld in seine Westentasche. „Fünf gelten", sagte er ausdruckslos und beugte sich zum nächsten Stoß über das Billard.

Es war ein sauberer Zickzackstoß quer über den ganzen Tisch, ein Haarlinienstoß. Dafür bekam er viel Applaus. Der große Mann reichte sein Queue seinem Helfer in dem gestreiften Hemd und sagte: „Pause. Ich muß mal 'raus."

Er ging nach hinten ins Dunkle zu einer Tür mit der Aufschrift „Männer". Delaguerra zündete sich eine Zigarette an, betrachtete die üblichen zusammengelaufenen Newton=Street=Gesichter um sich her=um. Max Chills Gegner, ebenfalls groß, blaß und mit unbeweglichem Gesicht, stand neben dem Marqueur und sprach zu ihm, ohne ihn anzu=sehen. Nicht weit von ihnen lungerte allein und hochmütig ein sehr gut aussehender Filipino in einem eleganten lohfarbenen Anzug und paffte an einer schokoladenfarbenen Zigarette.

Max Chill kam zum Billard zurück, griff nach seinem Queue, kreidete es neu. Er griff mit zwei Fingern in seine Weste und sagte gelangweilt: „Bin Ihnen noch einen Fünfer schuldig", und reichte Delaguerra einen zusammengefalteten Schein.

Er machte drei Bombenstöße kurz hintereinander, fast ohne sich zu unterbrechen. Der Marqueur intonierte: „Vierundvierzig für Chill. Vorsprung zwölf Punkte."

Zwei Männer lösten sich von der Gruppe und gingen zum Ausgang. Delaguerra schloß sich ihnen an, folgte ihnen zwischen den bedeckten Tischen zum Fuß der Treppe. Dort blieb er stehen, entfaltete den Schein in seiner Hand, las die Adresse, die auf dem aufgeklebten Schildchen unter seiner Frage geschrieben war. Er drückte die Note in seiner Hand zusammen und wollte sie einstecken.

Etwas Hartes stieß ihm in den Rücken. Eine näselnde Stimme wie eine gedämpfte Banjosaite sagte: „Das borgen Sie mir doch, oder?"

Delaguerras Nüstern bebten, wurden starr. Er sah die Treppe hinauf, auf die Beine der beiden Männer vor sich, die sich scharf von dem grellen Widerschein des Lichtes von der Straße abhoben.

„Mach schon", näselte die Stimme drohend hinter ihm.

Delaguerra ließ sich zur Seite fallen, drehte sich dabei um sich selbst. Wie eine Schlange schnellte sein rechter Arm dabei nach hinten. Seine Hand packte einen Fuß, während er fiel. Ein Schlag mit einer Waffe wischte an seinem Kopf vorbei, traf ihn auf das Schultergelenk und ließ einen scharfen Schmerz durch seinen linken Arm fahren. Er hörte scharfes, heißes Keuchen. Irgend etwas traf kraftlos auf seinen Strohhut. Dicht bei ihm erklang ein dünnes, zischendes Schnarren. Er rollte sich, drehte den Fuß um, zog ein Knie unter sich und schnellte hoch. Wie eine Katze kam er gewandt auf die Füße. Mit aller Kraft stieß er den Fuß von sich.

Der Filipino in dem lohfarbenen Anzug schlug mit dem Rücken auf den Boden. Eine Waffe fuhr hoch. Delaguerra trat sie ihm aus der kleinen braunen Hand, und sie rutschte unter einen Billardtisch. Der Filipino lag auf dem Rücken, seinen Kopf vorgebeugt, der Hut mit der starren Krempe klebte noch auf seinen öligen Haaren.

Die Partie im Hintergrund des Billardsaales ging ungestört weiter.

Falls überhaupt jemand die scharrenden Geräusche bemerkt hatte, veranlaßten sie niemanden, sich danach umzudrehen. Delaguerra riß eine ausziehbare Stahlrute aus seiner Hüfttasche, beugte sich vor. Das hagere braune Gesicht des Filipinos verzerte sich.

„Mußt noch viel lernen, Jungchen. Auf jetzt!"

Delaguerras Stimme war eiskalt, aber gedämpft. Der dunkle Gent rappelte sich auf die Füße, hob seine Hände, seine linke Hand schoß nach seiner rechten Schulter. Die Stahlrute schlug sie herunter, mit einem beiläufigen Schlenkern von Delaguerras Handgelenk. Der braune Mann stöhnte unterdrückt mit dünner Stimme auf. Es klang wie das Miauen einer hungrigen Katze.

Delaguerra hob verächtlich die Schultern. Sein Mund verzog sich zu einem finsteren Grinsen.

„Kleiner Überfall, also? Na schön, Gelbgesicht. Bis zum nächstenmal. Jetzt habe ich zu tun. Verschwinde."

Der Filipino glitt zwischen den Tischen zurück, bückte sich. Delaguerra nahm die Stahlrute in die linke Hand, die rechte griff nach seiner Waffe. So stand er einen Augenblick da und beobachtete die Augen des Filipinos. Dann drehte er sich um und ging schnell die Treppe hinauf und war außer Sicht.

Der braune Mann glitt hastig die Wand entlang, kroch unter die Tische, um seine Waffe zu suchen.

IX

Joey Chill, der die Tür schnell aufriß, hielt einen kurzen, abgegriffenen Revolver ohne Visierkorn in der Hand. Er war klein, ausdauernd, mit einem gespannten, lauernden Gesicht. Er mußte sich rasieren und brauchte ein frisches Hemd. Aus dem Zimmer hinter ihm drang ein strenger, tierischer Geruch.

Er senkte die Waffe, grinste verdrießlich und trat zurück.

„Komm'n Sie 'rein, Mann. Haben sich viel Zeit gelassen."

Delaguerra trat ein, schloß die Tür. Er schob seinen Strohhut weit auf seinem drahtigen Haar zurück und musterte Joey Chill ausdruckslos. „Soll ich die Adresse von jedem kleinen Lumpen in der Stadt kennen?" sagte er. „Ich mußte sie mir erst von Max beschaffen."

Der Kleine murmelte etwas, ging zum Bett und legte sich darauf nieder, schob die Waffe unter das Kopfkissen. Er faltete die Hände hinter dem Kopf und blinzelte an die Decke.

„Haben Se 'nen Hunderter in der Tasche?"

Delaguerra schob sich einen Stuhl vor das Bett und setzte sich rittlings darauf. Er zog seine kurze dicke Pfeife aus der Tasche, stopfte sie langsam, sah mit Abscheu auf das geschlossene Fenster, das abgestoßene Email an der Bettstelle, die schmutzige, zerknitterte Bettwäsche, das Waschbecken in der Ecke, neben dem zwei schmierige Handtücher hingen, die nackte Kommode mit dem fleckigen, trüben Spiegel darüber, auf der auf dem Deckel einer Gideon-Bibel eine halbe Flasche Gin stand.

„Haben Sie sich hier verkrochen?" fragte Delaguerra ohne sonderliches Interesse.

„Ich bin im Druck, Mann. Ich bin wirklich im Druck. Ich habe was, das ist einen Hunderter wert."

Delaguerra steckte langsam seinen Tabaksbeutel fort, gleichgültig hielt er ein brennendes Streichholz an seine Pfeife, setzte sie mit nervenaufreibendem Gleichmut puffend in Brand. Der kleine Mann auf dem Bett rutschte unruhig hin und her, beobachtete ihn lauernd aus den Augenwinkeln. Delaguerra sagte langsam: „Sie sind eine gute Quelle, Joey. Das bestätige ich Ihnen immer. Aber ein Hunderter ist für einen Polizisten ein Haufen Geld."

„Das ist es aber wert, Mann. Wenn Ihnen was daran liegt, den Fall Marr schnell aufzuklären."

Delaguerras Blick wurde fest und kalt. Seine Zähne schlossen sich hart um das Mundstück der Pfeife. Er antwortete sehr ruhig, sehr grimmig:

„Ich werde es mir anhören, Joey. Ich bezahle das, was es wert ist. Aber ich rate Ihnen, daß es auch stimmt."

Der Mann wälzte sich auf einen Ellenbogen. „Wissen Sie, wer das Mädchen ist, das auf den hübschen Bildchen mit Imlay drauf ist?"

„Ich weiß, wie sie heißt", antwortete Delaguerra gleichmütig. „Die Bilder habe ich nicht gesehen."

„Stella La Motte ist nur ein Bühnenname. In Wirklichkeit heißt sie Stella Chill. Meine kleine Schwester."

Delaguerra legte seine Arme auf der Stuhllehne zusammen. „Das ist hübsch. Und weiter?"

„Sie hat ihn 'reingelegt, Mann. Für ein paar kleine Briefchen Heroin von einem schlitzäugigen Filipino hat sie ihn 'reingelegt."

„Ein Filipino?" Delaguerra fragte schnell und rauh. Sein Gesicht war jetzt gespannt.

„Ja, so ein kleiner brauner Bruder. Ein verdammter Dandy. Heißt Toribo. Sie nennen ihn Caliente Kid. Er wohnte auf dem gleichen Gang wie Stella, ihr direkt gegenüber. Er hat sie an das Zeug gewöhnt, es ihr immer verschafft. Dann zwang er sie zu dem Trick. Sie schüttete ein paar Tropfen in Imlays Glas, und er schlief ein. Dann ließ sie den Filipino in ihr Zimmer, um die Aufnahmen zu machen, mit einer Minné=Kamera. Raffiniert, was? .... Und nachher tat's ihr leid, wie jeder kleinen Hure, und sie jammerte mir und Max die verdammte Geschichte vor."

Delaguerra nickte schweigend, fast starr.

Der Kleine grinste plötzlich gezwungen und zeigte seine kleinen Zähne. „Und was tue ich? Ich mache mich hinter dem Filipino her. Ich lebe als sein Schatten, Mann, und nach ein paar Tagen spüre ich ihm nach. Wohin? — Peng! Direkt in Dave Aages Apartment, ganz hoch oben im Vendom . . . Das ist doch wohl was wert?"

Delaguerra nickte langsam, schüttelte etwas Asche aus seiner Pfeife in seine Handfläche, blies sie fort. „Wer weiß das noch?"

„Max. Er wird es Ihnen bestätigen, wenn Sie es richtig anfangen. Er will aber nichts damit zu tun haben. Er spielt diese Spielchen nicht. Er gab Stella Geld, damit sie aus der Stadt verschwinden konnte, und will nichts weiter von der Geschichte wissen. Weil diese Burschen verdammt gefährlich sind."

„Max hat wohl nicht gewußt, wohin Sie dem Filipino nachgeschlichen sind, Joey?"

Der kleine Mann setzte sich plötzlich auf und brachte mit einem Schwung seine Füße auf den Boden. Sein Gesicht wurde verärgert. „Ich erzähle keine Märchen, Mann, habe ich bei Ihnen nie getan."

Delaguerra entgegnete ruhig: „Ich glaube Ihnen ja, Joey. Aber ich hätte gern eine Bestätigung. Was steckt denn dahinter, Ihrer Meinung nach?"

Der kleine Mann grunzte. „Das ist so klar, daß man darüber stolpert. Entweder arbeitete der Filipino schon immer für Masters und Aage, oder er machte mit ihnen ein Geschäft, als er die Fotos hatte.

Dann bekam Marr die Bilder, und es ist offensichtlich, daß er sie nicht bekommen hätte, wenn die beiden das nicht ausdrücklich gesagt hätten. Und Marr wußte nicht, daß die beiden die Bildchen auch hatten. Imlay kandidiert als Richter auf ihrer Wahlliste. Also gut, er ist ihr Lump, aber ein Lump ist er trotzdem. Er ist einer, der trinkt und sich nicht beherrschen kann. Dafür ist er bekannt."

Delaguerras Augen funkelten etwas. Der Rest seines Gesichtes erschien wie geschnitztes Holz. Die Pfeife in seinem Mund hing so ruhig, als sei sie einzementiert.

Joey Chill fuhr mit einem scharfen, knappen Grinsen fort: „So machen sie dann ihr großes Spiel. Sie schanzen die Bilder Marr zu, ohne daß Marr erfährt, wo sie herkamen. Dann bekommt Imlay seinen Tip, wer sie hat, was drauf ist, und daß Marr ihn unter Druck setzen will. Was soll ein Kerl wie Imlay tun? Er geht auf die Jagd, Mann. Und Big John Masters und seine Bande frühstücken die Enten."

„Oder den Hirschbraten", meinte Delaguerra nachdenklich.

„Was? Nun, stimmt alles?"

Delaguerra griff nach seiner Brieftasche, schüttelte Geld heraus und zählte die Noten auf seinem Knie ab. Er rollte sie zu einem festen Packen zusammen und warf ihn auf das Bett.

„Ich hätte gern einen Draht zu Stella, Joey. Wie ist's damit?"

Der kleine Mann stopfte das Geld in seine Hemdtasche und schüttelte den Kopf. „Nichts zu machen. Sie können es noch mal bei Max versuchen. Ich glaube, sie ist aus der Stadt. Ich werde auch verschwinden, jetzt, wo ich den Zaster habe. Denn diese Burschen sind gefährlich, wie ich schon einmal sagte ... Und vielleicht war ich nicht sehr geschickt, als ich den Filipino belauerte ..., denn jetzt schleicht auch hinter mir selbst einer her." Er stand auf und gähnte und fragte: „Einen kleinen Schluck Gin?"

Delaguerra schüttelte den Kopf, beobachtete den kleinen Mann, der zur Kommode trat, die Ginflasche in die Hand nahm und einen kräftigen Schuß in ein dickes Glas füllte. Er leerte das Glas, wollte es abstellen.

Die Fensterscheibe klirrte. Es klang wie ein leichter Schlag mit einem Handschuh dagegen. Ein kleiner Splitter der Scheibe fiel auf den nackten, fleckigen Fußboden neben dem Teppich, fast Joey Chill vor die Füße.

Der Kleine stand zwei oder drei Sekunden lang völlig regungslos. Dann fiel ihm das Glas aus der Hand, knallte auf den Boden, rollte gegen die Wand. Seine Beine gaben unter ihm nach. Langsam rutschte er seitlich nieder, rollte langsam auf den Rücken.

Blut sickerte aus einem Loch über seinem linken Auge träge über sein Gesicht. Dann floß es schneller. Das Loch wurde groß und rot. Joey Chills Augen starrten blicklos zur Decke, als wenn ihn das alles nichts mehr anginge.

Delaguerra glitt lautlos von dem Stuhl herunter auf Hände und Knie, auf den Fußboden. Er kroch neben dem Bett entlang zur Wand unter dem Fenster, streckte von dort die Hand aus, griff unter Joey Chills Hemd. Er drückte seine Finger ein paar Augenblicke gegen das Herz, zog seine Hand zurück, schüttelte den Kopf. Er duckte sich zusammen, nahm den Hut ab und hob den Kopf sehr vorsichtig, bis er aus der untersten Ecke des Fensters spähen konnte.

Er sah auf die hohe nackte Wand eines Lagerhauses auf der anderen Seite des Hinterhofs. Ein paar vereinzelte Fenster waren darin, hoch oben. Keines war erleuchtet. Delaguerra zog wieder den Kopf ein und sagte leise für sich: „Gewehr mit Schalldämpfer wahrscheinlich. Sauberer Schuß."

Er streckte wieder vorsichtig seine Hand aus, zog die kleine Rolle Banknoten aus Joey Chills Hemdtasche. An der Wand entlang schlich er sich zur Tür, immer noch geduckt, griff hinauf, zog den Schlüssel aus dem Schloß, öffnete, richtete sich auf und trat schnell hinaus. Er verschloß die Tür von außen.

Er ging einen langen Korridor entlang und vier Treppen hinunter in die kleine schmale Halle. Die Halle war leer. Auf dem Empfangspult stand eine Glocke, aber niemand war hinter dem Pult. Delaguerra blieb neben der Glastür zur Straße stehen, spähte über die Straße auf die Veranda eines Fachwerkhauses, auf der sich zwei alte Männer in Schaukelstühlen wiegten und rauchten. Sie waren sehr friedlich. Er beobachtete sie ein paar Minuten aufmerksam.

Er trat auf die Straße, suchte mit schnellen Blicken die Straße nach beiden Seiten ab, ging neben geparkten Wagen entlang zur nächsten Ecke. Zwei Blocks weiter begegnete ihm ein Taxi, und er fuhr zu Stolls Billardsaal in der Newton Street zurück.

Jetzt brannten in dem Billardsaal alle Lampen. Bälle klickten und rollten. Spieler wogten in dem dichten Dunst des Zigarettenrauches hin und her. Delaguerra sah sich um, ging dann zu dem Platz, wo der Mann mit dem rötlichen Gesicht auf einem hohen Hocker neben einer Registrierkasse saß.

„Sind Sie Stoll?"

Der Mann mit dem rötlichen Gesicht nickte.

„Wo ist Max Chill hingegangen?"

„Der ist lange fort. Sie haben nur bis zu hundert Punkten gespielt. Wahrscheinlich ist er nach Hause."

„Wo wohnt er?"

Der Mann mit dem rötlichen Gesicht warf ihm einen schnellen flakkernden Blick zu, der wie der Lichtstrahl eines Suchscheinwerfers über Delaguerras Gesicht strich.

„Keine Ahnung."

Delaguerra hob eine Hand zu der Tasche, in der er sonst seinen Stern trug. Er ließ sie wieder sinken – bemühte sich, sie nicht zu schnell sinken zu lassen. Der Mann mit dem rötlichen Gesicht grinste.

„Kriminaler, was? Na gut, er wohnt in Mansfield. Drei Blocks westlich in der Grand."

X

Cefarino Toribo, der hübsche, glatte Filipino mit dem gutgeschnittenen lohfarbenen Anzug, sammelte zwei Zehncent- und drei Eincentstücke von dem Zahlbrett und fletschte der gelangweilten Blondine, die ihn bedient hatte, ein Lächeln zu.

„Geht das sofort ab, Süße?"

Sie sah mit eisigen Blicken auf das Telegramm. „Hotel Mansfield? Ist in zwanzig Minuten da – und das ‚Süße' können Sie sich sparen."

„Danke, Süße."

Toribo wiegte sich geschmeidig aus dem Telegrafenamt. Die Blonde spießte das Telegramm mit einem Ruck auf einen Dorn und sagte über die Schulter: „Bei dem muß nicht alles ganz stimmen. Ein Telegramm in ein Hotel zu schicken, das nur drei Blocks entfernt ist."

Cefarino Toribo schlenderte durch die Spring Street, ließ eine Rauchspur von seiner schokoladenfarbenen Zigarette über seine glatte Schulter hinter sich herwehen. An der Vierten wendete er sich nach Westen, ging drei Blocks weiter, betrat das Mansfield durch den Seiteneingang neben dem Friseurladen. Er stieg über die flachen Marmorstufen in den Zwischenstock hinauf, hinter dem Schreibzimmer vorbei und über die teppichbelegte Treppe in die dritte Etage. Er schlenderte an den Fahrstühlen vorbei bis zum Ende des langen Korridors und betrachtete die Nummern an den Türen.

Er kam den halben Weg bis zu den Fahrstühlen zurück, setzte sich in einer Nische, deren beide Fenster auf den Hof hinausgingen, auf einen der Sessel, die um einen Tisch mit einer Glasplatte standen. An seinem Zigarettenstummel zündete er eine neue an, lehnte sich zurück und lauschte auf die Fahrstühle.

Jedesmal, wenn einer in der Etage anhielt, beugte er sich gespannt vor und wartete auf Schritte. Die Schritte kamen nach etwa zehn Minuten. Er stand auf, drückte sich dicht neben die Ecke zum Korridor. Unter seinem rechten Arm zog er eine lange schlanke Pistole heraus, nahm sie in die rechte Hand, hielt sie zwischen der Wand und seinem Bein an sich gepreßt.

Ein untersetzter, pockennarbiger Filipino in einer Pagenuniform kam durch den Gang. Er trug ein kleines Tablett. Toribo gab einen zischenden Ton von sich und hob die Waffe. Der untersetzte Filipino zuckte herum. Sein Mund klappte auf. Mit vorquellenden Augen starrte er auf die Pistole.

Toribo sagte: „Für welche Nummer?"

Der untersetzte Filipino griente verstört und entgegenkommend. Er trat näher, zeigte Toribo einen gelben Umschlag auf seinem Tablett. Auf das Fenster des Umschlages war mit Farbstift die Nummer 338 geschrieben.

„Leg es da hin", sagte Toribo kalt.

Der Hotelboy legte das Telegramm auf den Tisch. Er wendete seine Augen nicht von der Waffe.

„Verschwinde", sagte Toribo. „Du hast es unter der Tür durchgeschoben. Verstanden?"

Der untersetzte Filipino zog seinen runden Kopf ein, grinste wieder gezwungen und zog sich sehr schnell in Richtung der Fahrstühle zurück.

Toribo schob die Waffe in die Tasche seiner Jacke, zog ein Briefchen aus weißem Papier heraus. Sehr vorsichtig faltete er es auseinander, schüttete etwas schimmerndes weißes Pulver in eine Höhlung auf seiner gestreckten linken Hand, die er zwischen Daumen und Zeigefinger bildete. Er schnupfte das Pulver mit einem scharfen Aufziehen in die Nase, zog ein flammenfarbenes Taschentuch, wischte sich die Nase.

Einen Augenblick blieb er stehen. Seine Augen nahmen die stumpfe Farbe von Schiefer an, und die Haut über seinen hohen Backenknochen schien sich zu spannen. Mit offenem Mund atmete er hörbar zwischen den Zähnen. Er nahm den gelben Umschlag vom Tisch und ging bis an das Ende des Korridors, blieb vor der letzten Tür stehen und klopfte.

Eine Stimme antwortete. Er legte seinen Mund nahe an die Tür, sprach mit hoher gepreßter, sehr ehrerbietiger Stimme:

„Ein Telegramm für Sie, Mister."

Bettfedern knarrten. Schritte kamen zur Tür. Der Schlüssel wurde umgedreht und die Tür geöffnet. Jetzt hatte Toribo wieder seine Waffe in der Hand. Als die Tür aufging, trat er schnell in die Öffnung, seitlich, mit einer eleganten Bewegung seiner Hüften. Er legte die Mündung seiner schlanken Waffe gegen Max Chills Bauch.

„Zurück", knurrte er. Seine Stimme hatte jetzt den metallischen Klang einer gezupften Banjosaite.

Max Chill wich vor der Waffe zurück, quer durch das Zimmer bis zu dem Bett, setzte sich auf die Kante, als er mit den Beinen gegen das Bett stieß. Die Federn knarrten, eine Zeitung raschelte. Max Chills blasses Gesicht zeigte unter dem sauber und gerade gezogenen Scheitel keinerlei Ausdruck.

Toribo drückte leise die Tür zu, drehte mit einem Schnappen den Schlüssel. Max Chills Gesicht sah jetzt krank aus. Seine Lippen begannen zu beben, bebten unaufhörlich.

Höhnisch sagte Toribo mit seiner sirrenden Stimme: „Sie haben mit dem Bullen geplaudert, was? – Jetzt Adios."

Die schlanke Waffe in seiner Hand begann zu zucken, zuckte immer weiter. Ein wenig bleicher Rauch wehte aus der Mündung. Das Geräusch der Pistole war nicht lauter als Hammerschläge auf einen Nagel oder Knöchel, die hart gegen Holz klopfen. Dieses Geräusch machte sie siebenmal.

Max Chill legte sich sehr langsam auf das Bett zurück. Seine Füße blieben auf dem Boden. Sein Blick wurde leer, seine Lippen öffneten sich, und rosa Schaum quoll langsam dazwischen hervor. An verschiedenen Stellen auf seinem Hemd wurde Blut sichtbar. Er lag ganz ruhig auf dem Rücken und starrte zur Decke, mit den Füßen auf dem Boden, und rosa Schaumbläschen blähten sich zwischen seinen blauen Lippen auf.

Toribo nahm die Waffe wieder in die linke Hand, ließ sie unter seinem rechten Arm verschwinden. Er näherte sich dem Bett, blieb davor stehen, sah auf Max Chill hinunter. Nach einer Weile hörte der rosa Schaum auf zu quellen. Max Chills Gesicht wurde zu dem stillen leeren Gesicht eines Toten.

Toribo glitt zur Tür, öffnete sie und wollte, den Blick immer noch auf das Bett gerichtet, rückwärts hinaus. Er spürte eine Bewegung hinter sich.

Er riß seine Hand nach oben, wollte herumfahren. Etwas sauste auf seinen Kopf herunter. Der Boden verschob sich seltsam vor seinen Augen, stürzte ihm gegen das Gesicht. Er nahm nicht mehr wahr, wie sein Gesicht aufschlug.

Delaguerra stieß mit dem Fuß die Beine des Filipinos in das Zimmer, der Tür aus dem Weg. Er drückte die Tür zu, schloß ab, trat mit steifen Schritten an das Bett, schwang die ausgezogene Stahlrute an seiner Seite. Er blieb ziemlich lange neben dem Bett stehen. Schließlich sagte er leise grimmig vor sich hin: „Sie räumen auf. Ja, sie räumen auf."

Er trat zu dem Filipino, rollte ihn auf den Rücken und durchsuchte dessen Taschen. Er fand eine gutgefüllte Brieftasche ohne Ausweispapiere, ein goldenes, mit Granaten besetztes Feuerzeug, ein goldenes Zigarettenetui, Schlüssel, einen goldenen Bleistift und ein goldenes Messer, ein flammenfarbenes Taschentuch, loses Geld, zwei Pistolen, Reservemagazine und in der kleinen Tasche für Kleingeld in der lohfarbenen Jacke fünf Briefchen mit Heroin.

Er ließ alles auf dem Boden verstreut liegen und richtete sich wieder auf. Der Filipino stöhnte mit geschlossenen Augen, ein Muskel in seinem Gesicht zuckte. Delaguerra zog eine Rolle dünnen Drahtes aus der Tasche, fesselte dem braunen Mann damit die Hände auf dem Rücken zusammen. Er zerrte ihn an das Bett heran, setzte ihn mit dem Rücken gegen den Bettpfosten gelehnt auf, schlang ihm eine Drahtschlinge um den Hals und wand das lose Ende um den Bettpfosten. Daran band er das flammenfarbene Taschentuch.

Er ging in das Badezimmer und holte ein Glas Wasser und schüttete es mit aller Wucht dem Filipino ins Gesicht.

Toribo zuckte zusammen, würgte hart, als sich die Drahtschlinge um seinen Hals zuzog. Er riß die Augen auf, öffnete den Mund, um zu schreien.

Delaguerra zog die enge Drahtschlinge um den braunen Hals scharf an. Der Schrei wurde abgeschnitten, als sei er mit einem Schalter abgeschaltet worden. Es folgte nur noch ein krampfhaftes, angstvolles Röcheln. Von Toribos Mund tropfte Speichel.

Delaguerra lockerte die Schlinge wieder und beugte sich zu dem Kopf des Filipinos herunter. Er sprach freundlich zu ihm, mit einer nüchternen, sehr tödlichen Sanftheit.

„Du willst mir was erzählen, Gelber. Vielleicht nicht sofort, vielleicht auch noch nicht sehr bald. Aber nach einer Weile wirst du anfangen zu plaudern."

Der Filipino rollte mit den Augen, zeigte das gelbliche Weiße. Er spuckte aus, dann preßte er fest die Lippen zusammen.

Delaguerra zeigte ein schwaches, grimmiges Lächeln. „Bist du sehr zäh, Junge?" fragte er sanft. Er zog an dem Taschentuch, langsam, immer fester, so daß der daran befestigte Draht in den Adamsapfel des Filipinos schnitt.

Die Beine des Filipinos begannen auf dem Fußboden zu zucken. Sein Körper bäumte sich auf. Das braune Gesicht nahm eine dicke verquollene Purpurfarbe an. Seine Augäpfel drückten sich aus dem Kopf, wurden blutunterlaufen.

Delaguerra ließ die Schlinge wieder locker.

Der Filipino saugte keuchend Luft in die Lungen. Sein Kopf sank nach vorn, wurde wieder gegen den Bettpfosten zurückgerissen. Er bebte wie im Schüttelfrost.

„Si – ich spreche", japste er.

XI

Als es klingelte, legte Ironhead Toomey sehr sorgsam die schwarze Zehn an einen roten Buben an. Dann leckte er sich die Lippen, legte den Kartenpacken auf den Tisch und sah sich durch den Bogen zum Eßzimmer nach der Eingangstür des Bungalows um. Langsam stand er auf, ein großes Biest von einem Mann, mit lockerem grauem Haar und einer großen Nase.

In dem Wohnzimmer hinter dem Bogen lag ein schlankes blondes Mädchen auf einer Couch und las unter einer Lampe mit einem roten Schirm in einer Zeitschrift. Sie war hübsch, aber zu blaß, und durch ihre dünnen, zu einem hohen Bogen ausgezupften Augenbrauen war ihr Gesicht in einem ständigen Staunen eingefroren. Sie legte die Zeitschrift hin, schwang ihre Füße auf den Boden und blickte mit einer scharfen, plötzlichen Angst in den Augen Ironhead Toomey an.

Schweigend machte Toomey mit dem Daumen eine herrische Bewegung. Das Mädchen stand auf und verschwand sehr schnell durch den Bogen und eine Klapptür in die Küche. Sie ließ die Klapptür sehr langsam hinter sich zufallen, damit sie kein Geräusch machte.

Wieder ertönte die Klingel, länger. Toomey schob seine weißbesockten Füße in Filzpantoffeln, hängte eine Brille über seine große Nase und nahm den Revolver von dem Stuhl neben sich auf. Er hob eine zerdrückte Zeitung vom Boden auf, legte sie lose über die Waffe, die er in der linken Hand hielt. Geruhsam schlurfte er zur Eingangstür.

Er gähnte, als er sie öffnete, blinzelte mit schläfrigen Augen durch die Brille auf den großen Mann, der auf der Veranda stand.

„Was gibt es?" fragte er mürrisch. „Was wollen Sie?"

Delaguerra sagte: „Ich bin Polizeibeamter. Ich will Stella La Motte sprechen."

Ironhead Toomey legte einen Arm wie einen Balken quer über den Türrahmen und stützte sich schwer dagegen. Sein Ausdruck blieb gelangweilt und belästigt.

„Falsche Tür, Plattfuß. Hier gibt's keine Nutten."

„Ich komme 'rein und sehe selbst nach", antwortete Delaguerra.

„Einen Dreck werden Sie", sagte Toomey gut gelaunt.

Delaguerra zog mit einer sehr glatten und schnellen Bewegung seine Waffe und schmetterte sie auf Toomeys linkes Handgelenk. Die Zeitung und der große Revolver fielen auf den Boden der Veranda. Toomeys Gesicht war plötzlich etwas weniger gelangweilt.

„Alter Trick", knurrte Delaguerra. „Gehen Sie 'rein."

Toomey schüttelte seine linke Hand, nahm seinen anderen Arm von dem Türrahmen und schlug hart nach Delaguerras Kinn. Delaguerra zog seinen Kopf zehn Zentimeter zurück. Er runzelte die Stirn und gab mit Zunge und Zähnen ein mißbilligendes Schnalzen von sich.

Toomey fuhr in einem Hechtsprung auf ihn zu. Delaguerra trat bei= seite und ließ seinen Revolver auf den grauen Kopf niedersausen. Toomey landete auf dem Magen, halb im Haus, halb auf der Veranda. Er grunzte, pflanzte seine Hände fest auf den Boden und begann auf= zustehen, als ob ihn nichts getroffen hätte.

Mit einem Tritt beförderte Delaguerra Toomeys Waffe außer Reich= weite. Eine Klapptür im Haus gab einen leichten Ton. Toomey war auf ein Knie und eine Hand gestützt, als Delaguerra sich nach dem Geräusch umsah. Er führte einen Schlag nach Delaguerras Magen, landete hart. Delaguerra grunzte und schlug Toomey noch einmal wuchtig auf den Schädel. Toomey schüttelte den Kopf, knurrte: „Das ist bei mir Zeitverschwendung, Junge." Er warf sich seitlich vor, be= kam Delaguerras Fuß zu fassen, riß den Fuß vom Boden hoch. Dela= guerra setzte sich hart auf die Bodenbretter der Veranda, fiel gegen die Tür zurück. Sein Kopf schlug gegen den Türpfosten, daß ihm Fun= ken vor den Augen tanzten.

Eine schlanke Blondine kam mit einer kleinen Pistole in der Hand durch den Bogen gelaufen. Sie richtete die Waffe auf Delaguerra und zischte wütend: „Hände hoch, verdammter Hund!"

Delaguerra schüttelte den Kopf, wollte etwas sagen, aber holte nur tief Luft, als Toomey ihm den Fuß herumdrehte. Toomey biß die Zähne zusammen und drehte an dem Fuß, als ob er mit ihm allein auf der Welt sei und als ob es sein Fuß sei, mit dem er tun könne, was er wolle.

Delaguerra warf wieder den Kopf zurück und stieß gegen den Tür= pfosten. Sein Gesicht wurde weiß. Sein Mund verzerrte sich zu einer schmerzlichen Grimasse. Er stemmte sich hoch, krallte sich mit seiner linken Hand in Toomeys Haaren fest und riß den großen Kopf zurück, bis Toomeys Kinn hoch in die Luft ragte. Delaguerra hieb wuchtig den Lauf seines Colts gegen die Kinnspitze.

Toomey wurde schlaff, eine träge Masse, die Delaguerra quer über die Beine sank und ihn auf den Boden festnagelte. Delaguerra konnte sich nicht rühren. Er stemmte sich mit der rechten Hand auf den Verandaboden, versuchte zu verhindern, von Toomeys Gewicht nieder=

gedrückt zu werden. Er konnte seine rechte Hand mit der Waffe nicht vom Boden lösen. Die Blonde hatte ihn jetzt erreicht, mit weißem Gesicht, wilden, wütenden Augen.

Delaguerra keuchte mühsam. „Machen Sie keine Dummheiten, Stella, Joey — "

Das Gesicht der Blonden war hysterisch verzerrt. Ihre Augen waren unnatürlich, mit winzigen Pupillen, ein fremdes starres Glitzern darin.

„Greifer", schrie sie fast. „Greifer! Mein Gott, wie ich das Pack hasse."

Die Waffe in ihrer Hand krachte. Der Schall des Schusses dröhnte durch den Bungalow, zur offenen Tür hinaus, verklang hinter dem hohen Bretterzaun auf der anderen Straßenseite.

Ein scharfer Schlag, wie mit einem Knüppel, traf Delaguerra am Kopf. Schmerz zischte durch seinen Schädel. Licht blendete auf — grelles weißes Licht, das die ganze Welt ausfüllte. Dann war es dunkel. Er fiel in eine geräuschlose, bodenlose Finsternis.

XII

Das Licht kam als roter Nebel vor seinen Augen wieder. Scharfer, brennender Schmerz riß an der linken Seite seines Kopfes, über sein ganzes Gesicht, bohrte in seinen Zähnen. Seine Zunge war heiß und geschwollen, als er versuchte, sie zu bewegen. Er wollte seine Hände heben. Sie waren weit von ihm fort, waren überhaupt nicht seine Hände.

Dann öffnete er die Augen, und der rote Nebel verschwand, und er sah in ein Gesicht. Es war ein großes Gesicht, sehr dicht vor ihm, ein riesiges Gesicht. Es war fett und hatte glatte blaue Wangen, und eine Zigarre mit einer hell funkelnden Bauchbinde steckte in einem grinsenden, dicklippigen Mund. Das Gesicht kicherte. Delaguerra schloß die Augen wieder. Der Schmerz überflutete ihn, er versank darin. Er verlor das Bewußtsein.

Sekunden oder Jahre vergingen. Er sah wieder in das Gesicht. Er hörte eine belegte Stimme.

„Sieh da, er kommt wieder zu uns. Ziemlich zäh muß der Bursche sein."

Das Gesicht kam näher, das Ende der Zigarre glühte kirschrot. Dann hustete er quälend, würgte am Rauch. Die Seite seines Kopfes schien aufzubersten. Er fühlte, wie frisches Blut über sein Gesicht lief, auf seiner Haut kribbelte, dann über hartes geronnenes Blut floß, das schon auf seinem Gesicht aufgetrocknet war.

„Das bringt ihn wieder zu sich", sagte die belegte Stimme.

Eine andere Stimme mit dem Anklang eines irischen Akzents sagte etwas Freundliches, Obszönes. Das große Gesicht fuhr zu der Stimme herum, knurrte.

Dann war Delaguerra hellwach. Er sah das Zimmer klar und deutlich, er sah die vier Personen darin. Das große Gesicht war das Gesicht von Big John Masters.

Das schlanke blonde Mädchen saß zusammengekauert auf einem Ende des Sofas, starrte ausdruckslos und benommen auf den Fußboden, die Arme steif an den Seiten, ihre Hände außer Sicht unter Kissen vergraben.

Dave Aage lehnte groß und hager neben einem der von Vorhängen verhängten Fenster an der Wand. Sein keilförmiges Gesicht sah angewidert aus. Polizeidirektor Drew saß auf dem anderen Ende des Sofas unter der Lampe mit dem zerfransten Schirm. Das Licht ließ sein Haar silbern schimmern. Seine blauen Augen waren sehr hell, sehr aufmerksam.

In Big John Masters' Hand war eine große glänzende Waffe. Delaguerra blinzelte darauf, wollte aufstehen. Eine harte Hand stieß ihn gegen die Brust, warf ihn zurück. Eine Welle Übelkeit überflutete ihn.

Die belegte Stimme sagte rauh: „Langsam, Greifer, Sie haben Ihren Spaß gehabt. Jetzt wollen wir zur Abwechslung unser Vergnügen."

Delaguerra leckte sich über die Lippen, sagte: „Geben Sie mir einen Schluck Wasser."

Dave Aage löste sich von der Wand und ging unter dem Bogen im Eßzimmer hindurch. Er kam mit einem Glas zurück, hielt es Delaguerra an den Mund. Delaguerra trank.

Masters sagte: „Ihr Mumm imponiert uns, Greifer. Aber Sie verwenden ihn falsch. Sie scheinen einer der Burschen zu sein, die für einen freundlichen Wink kein Verständnis haben. Das ist sehr bedauerlich. Damit sind Sie erledigt. Verstanden?"

Die Blonde hob den Kopf und sah Delaguerra mit trägen Augen an, sah wieder fort. Aage ging zu seinem Platz an der Wand zurück. Drew begann mit schnellen, nervösen Fingern über sein Gesicht zu streichen, als ob Delaguerras blutiger Kopf ihm Schmerzen verursachte. Delaguerra sagte: „Wenn Sie mich umbringen. werden Sie nur noch höher hängen, Masters. Wer einmal danebenhaut, haut immer wieder daneben. Sie haben heute schon zwei Männer ohne jeden Grund umlegen lassen und wissen noch nicht einmal, was Sie eigentlich vertuschen wollen."

Der große Mann fluchte laut, riß seine Waffe hoch, senkte sie dann wieder lauernd. „Gib endlich Ruhe, John", schnauzte Aage ihn an. „Laß ihn auspacken und sagen, was er zu sagen hat."

Delaguerra fuhr im gleichen, unbeeindruckten Ton fort: „Das Mädchen da drüben ist die Schwester der beiden, die Sie umlegen ließen. Sie hat ihren Brüdern gegenüber den Mund nicht halten können, ihnen gestanden, wie sie Imlay hereinlegte, wer die Fotos machte und wie die Bilder zu Donegan Marr kamen. Auch Ihr kleiner Filipino-Lump hat ausgeplaudert, was er wußte. Ich habe jetzt ein klares Bild von allem. Sie konnten nicht sicher sein, daß Imlay Marr töten würde. Vielleicht erwischte Marr Imlay zuerst. Aber beides war für Sie nur nützlich. Nur, falls Imlay Marr erschoß, mußte der Fall sehr schnell aufgeklärt werden. Und das war der Punkt, an dem es schiefging. Sie fingen an zu vertuschen, ehe Sie wußten, was wirklich geschehen war."

Masters sagte rauh: „Schneller Kerl, Sie vergeuden meine Zeit."

Die Blonde hob wieder ihren Kopf und sah auf Delaguerra, dann auf Masters' Rücken. In ihren Augen flackerte plötzlich harter, grüner Haß. Delaguerra hob leicht die Schulter, fuhr fort: „Den Brüdern Chill Ihren Revolvermann auf den Hals zu hetzen, war für Sie nur eine Routinefrage. Es war auch nur eine Kleinigkeit für Sie, daß mir die Ermittlungen im Fall Marr entzogen wurden, daß ich in einen Hinterhalt gelockt und vom Dienst suspendiert wurde, weil Sie glaubten, ich würde von Marr bezahlt. Aber Ihre Routine half nicht weiter, als Sie Imlay nicht finden konnten. Dadurch kamen Sie in Druck."

Masters harte schwarze Augen wurden weit und leer. Sein dicker Hals schwoll an. Aage löste sich von der Wand, trat einen Schritt näher und blieb wachsam stehen. Nach einem Augenblick knirschte Masters mit den Zähnen. Sehr verhalten sagte er: „Das ist ein guter Witz, Greifer. Erklären Sie das mal."

Delaguerra berührte sein Gesicht mit zwei Fingerspitzen, betrachtete seine Finger. Seine Augen waren unergründlich, uralt.

„Imlay ist tot, Masters. Er war schon tot, ehe Marr getötet wurde."

In dem Zimmer war es sehr still. Niemand regte sich. Die vier Menschen, die Delaguerra vor sich sah, waren vom Schock getroffen. Nach einer langen Pause zog Masters laut hörbar die Luft ein, atmete fast stöhnend aus und flüsterte heiser: „Sprechen Sie weiter, Mann. Machen Sie schnell, oder ich werde Ihnen –"

Mit eiskalter Stimme und ohne jede Empfindung schnitt ihm Delaguerra das Wort ab. „Imlay ging zu Marr. Das stimmt. Warum sollte er nicht? Er wußte ja nicht, daß Sie ihn verraten und verkauft hatten. Nur traf er ihn schon gestern abend, nicht erst heute. Er fuhr mit ihm in Marrs Hütte am Puma Lake, um sich ungestört mit ihm auszusprechen. Das war ja doch der Witz, auf den es ankam. Dort oben gerieten die beiden dann aneinander, und dabei wurde Imlay getötet. Er stürzte von der Veranda zehn Meter hinunter und zertrümmerte sich auf den Felsen den Schädel. Er ist tot. Er liegt im Holzschuppen bei Marrs Hütte ... Dort versteckte ihn Marr und fuhr in die Stadt zurück. Heute vormittag wurde er angerufen. Jemand nannte den Namen Imlay, traf eine Verabredung für zwölf Uhr fünfzehn. Was sollte Marr tun? Den Anrufer hinhalten natürlich. Er schickte seine Sekretärin zum Essen, legte sich eine Waffe griffbereit zurecht, daß er sie schnell zur Hand hatte. Er war auf jede Situation vorbereitet. Nur gelang es dem Besucher, ihn zu täuschen, und er kam nicht mehr dazu, die Waffe zu gebrauchen."

Masters sagte rauh: „Teufel, das saugen Sie sich nur alles aus den Fingern. Das können Sie alles gar nicht wissen."

Er drehte sich nach Drew um. Drews Gesicht war grau, straff. Aage kam von der Wand noch etwas näher und blieb dicht neben Drew stehen. Das blonde Mädchen auf dem Sofa regte sich nicht.

Delaguerra sagte mürrisch: „Selbstverständlich ist vieles davon Vermutung. Aber diese Vermutungen stimmen mit den Tatsachen überein. Es muß so gewesen sein. Marr konnte mit einer Waffe recht schnell umgehen. Er war auf alles gefaßt, er war wachsam. Warum kam er nicht zum Schuß? – Weil sein Besucher eine Frau war."

Er hob den Arm und deutete auf die Blonde. „Sie hat Marr erschossen. Sie liebte Imlay, auch wenn sie ihn verkauft hat. Sie ist süchtig, und Süchtige sind nun einmal so. Nachher bekam sie das heulende Elend, und sie ging selbst auf Marr los. Fragen Sie die Puppe nur."

Die Blonde sprang geschmeidig auf. Sie riß ihre rechte Hand unter den Kissen hervor, hielt eine kleine Pistole darin, dieselbe, mit der sie Delaguerra niedergeschossen hatte. Ihre grünlichen Augen waren blaß und leer und starr. Masters fuhr zu ihr herum und schlug mit der großen glänzenden Waffe nach ihrer Hand.

Sie schoß zweimal auf ihn, aus kürzester Entfernung, ohne den Bruchteil einer Sekunde zu zögern. Blut quoll Masters aus der Seite seines dicken Halses und tiefer unten, vorn auf seiner Jacke. Er taumelte, ließ die glänzende Waffe fallen, fast direkt vor Delaguerras Füße. Er stürzte seitwärts, gegen die Wand hinter Delaguerras Stuhl, ein Arm tastete vergeblich nach Halt. Seine Hand rutschte an der Wand herunter, als er fiel. Dumpf schlug er auf den Boden auf, regte sich nicht mehr.

Delaguerra hatte die glänzende Waffe fest in der Hand.

Drew war mit einem Schrei aufgesprungen. Das Mädchen wendete sich langsam zu Aage, schien Delaguerra nicht zu bemerken. Aage riß eine Lueger unter dem Arm hervor, stieß Drew von sich, aus dem Weg. Die kleine Pistole und die Lueger krachten gleichzeitig. Die kleine Pistole verfehlte ihr Ziel. Das Mädchen wurde auf das Sofa zurückgeschleudert, die linke Hand krampfte sich gegen die linke Brust. Sie rollte wild die Augen, versuchte die Waffe noch einmal zu heben. Dann fiel sie seitlich auf die Kissen, und ihre linke Hand wurde schlaff, sank von ihrer Brust herunter. Plötzlich war ihr Kleid vorn rot durchtränkt. Ihre Augen öffneten sich und schlossen sich, öffneten sich wieder und blieben offenstehen.

Aage richtete die Lueger auf Delaguerra. Seine Augenbrauen standen schief zueinander, machten aus seinem Gesicht eine verzerrte, grinsende Maske höchster Anspannung. Sein glattgekämmtes sandfarbenes Haar klebte so dicht auf seinem knochigen Schädel, als wäre es daraufgemalt.

Delaguerra schoß viermal, so schnell hintereinander, daß die Explosionen wie das Rattern eines Maschinengewehres aufeinanderfolgten.

In dem Augenblick, als er fiel, wurde aus Aages Gesicht das hagere leere Gesicht eines sehr alten Mannes, die Augen blicklos wie die eines

Geistesgestörten. Dann knickte seine hohe Gestalt in sich zusammen, die Lueger immer noch in der Hand. Ein Bein gab unter ihm nach, als ob keine Knochen mehr darin seien.

Der Pulvergeruch stand scharf und ätzend in der Luft. Das Zimmer dröhnte von den Schüssen. Delaguerra erhob sich langsam, winkte Drew mit der glänzenden Waffe zu.

„Ihr Spiel, Direktor. Wollten Sie es so haben?"

Drew nickte langsam, mit weißem Gesicht, zitternd. Er schluckte, ging langsam durch den Raum, an Aages ausgestrecktem Körper vorbei. Er sah auf das Mädchen auf dem Sofa, schüttelte den Kopf. Er ging zu Masters hinüber, ließ sich auf ein Knie nieder, berührte ihn. Er stand wieder auf.

„Alle tot, glaube ich", murmelte er.

Delaguerra sagte: „Ausgezeichnet. Was ist aus dem großen Kerl geworden, dem Schläger?"

„Sie hatten ihn fortgeschickt. Ich – ich glaube nicht, daß sie Sie töten wollten, Delaguerra."

Delaguerra nickte schwach. Sein Gesicht begann sich zu entspannen, die harten Linien verschwanden. Die Seite, die keine blutbefleckte Maske war, fing an, wieder menschlich auszusehen. Er betupfte sein Gesicht mit einem Taschentuch. Es war sofort hellrot vom Blut. Er warf es fort und fingerte vorsichtig sein wirres Haar glatt. Ein Teil war steif von geronnenem Blut.

„Einen Dreck wollten sie, das nicht", erwiderte er.

Das Haus war sehr ruhig. Von außen drang kein Geräusch herein. Drew lauschte, schnüffelte, ging zur Haustür und sah hinaus. Die Straße draußen war dunkel und still. Er kam zurück, trat dicht vor Delaguerra. Sehr langsam zwang sich ein Lächeln auf sein Gesicht.

„Es ist schon verteufelt, wenn ein Polizeidirektor seinen eigenen Geheimagenten spielen – und einem anständigen Beamten ein Hinterhalt gelegt werden muß, um ihn vom Dienst zu suspendieren, damit er ihm helfen kann."

Delaguerra sah ihn ausdruckslos an. „Wollen Sie es so spielen?"

Drew sprach jetzt ganz ruhig. Das Rosa war auf sein Gesicht zurückgekehrt. „Im Interesse unserer Behörde, Mann, und dem unserer Stadt – und unserem ganz persönlichen. Es ist die einzige Art, in der die Geschichte erklärt werden kann."

Delaguerra sah ihm gerade in die Augen.

„Mir paßt das auch am besten", sagte er mit ausdrucksloser Stimme, „falls es so gespielt wird, genau so, nicht anders."

XIII

Marcus brachte den Wagen zum Halten und grinste bewundernd auf das große, von Bäumen beschattete Haus.

„Ist ja großartig", sagte er. „Hier würde ich auch gern einen langen Urlaub verbringen."

Delaguerra stieg langsam aus, steif, mühsam, als ob er sehr müde sei. Er hatte seinen Strohhut nicht auf dem Kopf, sondern trug ihn unter dem Arm. Die linke Seite seines Kopfes war teilweise rasiert und der rasierte Teil mit einem dicken Polster aus Verbandgaze und Pflaster bedeckt, dort, wo die Wunde genäht war. Eine Bürste störrischer Haare ragte über den Verband hinaus, sie wirkte beinahe lächerlich.

„Glaube ich dir, Alter – aber ich bleibe nicht hier", antwortete er.

Er ging über den Plattenweg, der sich durch das Gras schlängelte. In der Morgensonne schnitten die Bäume lange Schatten über den Rasen. Das Haus lag sehr still. Die Läden waren heruntergelassen, an dem Messingtürklopfer hing ein dunkler Kranz. Delaguerra ging nicht die Stufen zur Eingangstür hinauf. Er bog in einen anderen Plattenweg ein, der unter den Fenstern entlang führte, ging an den Gladiolenbeeten vorbei um das Haus herum.

Hinter dem Haus standen mehr Bäume, lag ein weiterer Rasen, wuchsen mehr Blumen, war mehr Sonne, mehr Schatten. Ein Wasserbecken war da, mit Wasserlilien darin und einem steinernen Ochsenfrosch daneben. Dahinter standen in einem Halbkreis Liegestühle um einen eisernen Tisch mit einer Kachelplatte. Auf einem der Stühle saß Belle Marr.

Sie trug ein schwarzweißes Kleid, weit geschnitten und unauffällig, auf ihrem kastanienbraunen Haar trug sie einen breitrandigen Gartenhut. Sie saß ganz still, blickte über den Rasen in die Ferne. Ihr Gesicht war sehr blaß. Ihr Make-up hob sich scharf davon ab.

Sie wandte sich ihm langsam zu, lächelte trübe und bedrückt, deutete auf einen Stuhl neben sich. Delaguerra setzte sich nicht. Er zog seinen Strohhut unter dem Arm hervor, schnippte mit dem Finger gegen die Krempe und sagte: „Der Fall ist abgeschlossen. Es wird eine gerichtliche Untersuchung geben, Nachforschungen, Drohungen, eine Menge Leute werden ihren Hals aufreißen und sich vor der Öffentlichkeit wichtig machen, und noch mehr Derartiges. Die Zeitungen werden den Fall eine Zeitlang ausschlachten. Aber im Grunde, für die Akten, ist der Fall abgeschlossen. Du kannst anfangen zu versuchen, alles zu vergessen."

Die Frau sah ihn plötzlich an, ihre leuchtend blauen Augen weiteten sich. Sie wendete sich wieder von ihm ab, blickte wieder über das Gras.

„Schmerzt dein Kopf sehr?" fragte sie leise.

„Nein – alles nicht so schlimm", wehrte Delaguerra ab. „Was ich meine, ist, dieses Mädchen La Motte hat Masters erschossen – und sie erschoß auch Donny. Aage erschoß sie. Ich erschoß Aage. Sie sind alle tot, damit ist alles geklärt. Wie Imlay ums Leben kam, wird wahrscheinlich nie jemand erfahren, aber ich wüßte auch nicht, weshalb es jetzt noch wichtig sein sollte."

Ohne ihn anzusehen, sagte Belle Marr ruhig: „Aber woher wußtest du, daß der Mann in der Hütte Imlay war? In den Zeitungen stand –" Sie brach ab und schauderte.

Er starrte hölzern auf den Hut, den er in der Hand hielt. „Ich wußte es nicht. Ich vermutete, daß eine Frau Donny erschossen hat. Es war naheliegend, daß der Tote oben am See Imlay war. Die Personalbeschreibung paßte auf ihn."

„Woher wußtest du, daß es eine Frau gewesen ist . . ., die Donny getötet hat?" In ihrer flüsternden Stimme lag eine verhaltene Unruhe.

„Ich wußte es eben."

Er trat ein paar Schritte von ihr fort und sah auf die Bäume. Langsam drehte er sich wieder um, kam zurück, blieb wieder neben ihrem Stuhl stehen. Sein Gesicht war sehr erschöpft, als er sagte:

„Wir hatten eine herrliche Zeit zusammen – wir drei. Du und Donny und ich. Das Leben tut manchen Menschen gräßliche Dinge an. Jetzt ist alles vorbei – das, was gut daran war."

Ihre Stimme war immer noch ein Flüstern, als sie erwiderte: „Vielleicht doch nicht alles. Wir müssen uns von jetzt an sehr oft sehen, Sam."

Ein vages Lächeln erschien um seine Mundwinkel, verschwand wie=

der. „Es ist das erstemal, daß ich jemanden decke. Ich hoffe, es wird das letztemal sein", sagte er still.

Belle Marrs Kopf zuckte etwas zurück. Ihre Hände packten die Seitenlehnen des Liegestuhls, erschienen weiß neben dem lackierten Holz. Ihr ganzer Körper schien sich plötzlich zu spannen.

Nach einem Augenblick griff Delaguerra in seine Tasche, hielt etwas Goldschimmerndes in der Hand. Mürrisch sah er darauf hinunter.

„Sie haben mir meinen Stern wiedergegeben", sagte er. „Er ist nicht mehr so fleckenlos, wie er einmal war. Aber vermutlich immer noch sauberer als die meisten. Ich will versuchen, ihn so zu erhalten." Er schob ihn in seine Tasche zurück.

Sehr langsam stand die Frau auf, stand vor ihm. Sie hob ihr Kinn, sah ihn mit einem langen geraden Blick an. Ihr Gesicht war eine gipsweiße Maske neben dem Rouge.

„Mein Gott, Sam – ich fange an zu verstehen."

Delaguerra sah sie nicht an. Er sah an ihrer Schulter vorbei auf einen unbestimmten Punkt in der Ferne. Er antwortete ausweichend, zurückhaltend.

„Gewiß – ich nahm an, es war eine Frau, weil es eine kleine Waffe war, wie Frauen sie verwenden. Aber nicht nur aus diesem Grund. Nachdem ich in der Hütte gewesen war, wußte ich, daß Donny auf Gefahren vorbereitet war, und es wäre für einen Mann nicht leicht gewesen, ihn völlig zu überraschen. Aber die Situation erschien eindeutig, schien unwiderlegbar zu beweisen, daß Imlay der Mörder gewesen war. Masters und Aage nahmen es jedenfalls ohne weiteres an und veranlaßten einen Rechtsanwalt, telefonisch zuzugeben, daß Imlay ihn erschossen hat, und zu versprechen, daß Imlay sich am nächsten Tag stellen würde. Damit mußte natürlich jeder, der nicht wußte, daß Imlay schon tot war, ihn für den Täter halten. Außerdem würde kein Polizist jemals annehmen, daß eine Frau leergeschossene Patronenhülsen aufhebt.

Nachdem mir Joey Chill mitgeteilt hatte, was er wußte, nahm ich an, daß Stella La Motte Donny erschossen hat. Aber als ich das vor ihr sagte, war ich schon nicht mehr dieser Meinung. Es war gemein, daß ich es sagte. Dadurch bin ich an ihrem Tod schuld, wenn sie auch in dieser Gesellschaft nicht mehr viele Chancen hatte."

Belle Marr starrte ihn immer noch an. Ein Lufthauch wehte eine

Strähne ihres Haares hoch, und das war das einzige an ihr, was sich bewegte.

Er wendete seinen in die Ferne gerichteten Blick ihr zu, sah sie einen kurzen Augenblick ernst an, blickte wieder von ihr fort. Er zog einen kleinen Schlüsselring aus der Tasche, warf ihn auf den Tisch.

„Drei Dinge waren schwer zu erklären, ehe ich alles endgültig durch=schaute: Die Notiz auf dem Kalender, die Waffe in Donnys Hand, die fehlenden Patronenhülsen. Dann entdeckte ich es plötzlich. Donny war nicht sofort tot. Er hatte Verstand und Mut und benutzte sie bis zum letzten Augenblick – um jemanden zu decken. Die Notiz auf dem Kalender war etwas zittrig geschrieben. Er schrieb sie nachher, als er allein war, sterbend. Er hatte an Imlay gedacht, und durch die Nieder=schrift seines Namens verwischte er die Spur. Dann zog er seine Waffe aus seinem Schreibtisch, um mit ihr in der Hand zu sterben. Damit blieben nur die Patronenhülsen übrig. Aber das löste ich auch nach einiger Überlegung.

Die Schüsse waren aus kurzer Entfernung abgefeuert worden, und auf der einen Seite des Schreibtisches standen Bücher. Dort fielen die leeren Hülsen hin, blieben auf dem Schreibtisch liegen, wo er sie er=reichen konnte. Vom Boden hätte er sie nicht mehr aufheben können. An deinem Schlüsselring ist auch ein Schlüssel zu seinem Büro. Ich ging spät gestern abend noch einmal hin. Ich fand die Patronenhülsen in einem Zigarrenbehälter. Niemand hat dort nach ihnen gesucht. Man findet schließlich immer nur das, was man zu finden erwartet."

Er schwieg, rieb sich die Seite seines Gesichtes. Nach einem Augen=blick fügte er hinzu: „Donny tat das Beste, was er tun konnte – und dann starb er. Er hat es großartig gemacht – und ich werde ihm nicht in den Rücken fallen."

Belle Marr öffnete langsam den Mund. Zuerst äußerte sie nur un=deutliche Laute, dann formte sie Worte, klare Worte.

„Es war nicht, weil er andere Frauen hatte, Sam, es war die Art dieser Frauen." Etwas schüttelte sie. „Ich werde zur Polizei gehen und mich stellen."

Delaguerra erwiderte: „Nein, das wirst du nicht. Ich sagte gerade, daß ich ihm nicht in den Rücken fallen werde. Die Polizei ist mit der Lösung, die sie gefunden haben, sehr einverstanden. Sie paßt aus=gezeichnet in die Politik. Sie befreit die Stadt von dem Masters=Aage=

Pöbel. Sie hebt Drew für einige Zeit an die höchste Spitze, aber er ist zu schwach, um dort lange zu bleiben. Es spielt also keine Rolle ... Du wirst alles so lassen, wie es ist. Du wirst das tun, was Donny wollte, wozu Donny seine letzte Kraft verbrauchte, um es zu zeigen. Du bleibst draußen. Leb wohl."

Er blickte noch einmal ganz kurz in ihr weißes, erschüttertes Gesicht. Dann drehte er sich um und ging über den Rasen davon, an dem Wasserbecken mit den Lilien und dem Steinfrosch vorbei, am Haus entlang und hinaus zu dem Wagen.

Pete Marcus stieß die Tür auf. Delaguerra stieg ein und setzte sich, stützte den Kopf an die Lehne, ließ sich zusammensinken und schloß die Augen. Ausdruckslos sagte er: „Fahr langsam, Pete. Mein Kopf schmerzt höllisch."

Marcus ließ den Motor an, wendete den Wagen und fuhr langsam über die De Neve Lane zur Stadt. Das von Bäumen beschattete Haus verschwand hinter ihnen. Die hohen Bäume verbargen es schließlich völlig.

Erst als sie ein weites Stück gefahren waren, öffnete Delaguerra wieder die Augen.

ÄRGER WEGEN PERLEN

I

Es ist durchaus richtig, daß ich an diesem Morgen nichts anderes tat, als in der Absicht, einen Brief zu schreiben, auf ein leeres Blatt Papier in meiner Schreibmaschine starrte. Es ist auch durchaus richtig, daß ich an keinem Morgen sonderlich viel zu tun habe. Das ist allerdings noch nicht Grund genug, daß gerade ich auf das Perlenkollier der alten Mrs. Penruddock Jagd machen sollte. Zufällig bin ich nun einmal kein Polizist.

Es war Ellen Macintosh, die mich anrief, und damit sah die Sache natürlich ganz anders aus. „Wie geht es dir, Liebling?" fragte sie. „Hast du viel zu tun?"

„Ja und nein", antwortete ich. „Vorwiegend nein. Mir geht es sehr gut. Was gibt es jetzt schon wieder?"

„Ich glaube, du liebst mich doch nicht, Walter. Und in jedem Fall solltest du etwas arbeiten. Du hast zuviel Geld. Jemand hat Mrs. Penruddocks Perlen gestohlen, und ich wünsche, daß du sie wieder beschaffst."

„Du scheinst anzunehmen, daß du mit der Polizei verbunden bist", erwiderte ich kühl. „Hier ist die Wohnung von Walter Gage, Mister Gage selbst am Apparat."

„Wie du willst. Du kannst Mister Gage von Miss Ellen Macintosh ausrichten", sagte sie, „daß er ein kleines Einschreibepäckchen mit einem Verlobungsring darin bekommt, wenn er sich nicht innerhalb einer halben Stunde hier meldet."

„Das könnte mir nur recht sein", antwortete ich, „denn die alte Krähe lebt doch noch fünfzig Jahre."

Aber sie hatte schon eingehängt. Also setzte ich meinen Hut auf und fuhr hinunter und setzte mich in meinen Packard und fuhr hin. Es war ein schöner Morgen Ende April, falls es Sie interessieren sollte. Mrs. Penruddock wohnte in einer breiten stillen Straße in

Carondelet Park. An dem Aussehen des Hauses hatte sich in den letzten fünfzig Jahren wahrscheinlich nichts geändert, aber das tröstete mich nicht im geringsten darüber, daß Ellen Macintosh weitere fünfzig Jahre darin leben mochte, es sei denn, die alte Mrs. Penruddock starb und brauchte nicht länger eine Pflegerin. Mr. Penruddock war vor wenigen Jahren gestorben, hatte kein Testament hinterlassen, dafür einen sehr verwickelten Besitz und eine Liste Pensionäre, die so lang war wie die Reihe der Streifen auf dem Ärmel eines altgedienten Steuermannes.

Ich drückte auf die Klingel am Haupteingang, und die Tür wurde, nicht allzu bald, von einer kleinen alten Frau in der Schürze eines Stubenmädchens und mit einem zusammengedrehten Knoten grauer Haare oben auf dem Kopf geöffnet. Sie sah mich an, als ob sie mich nie in ihrem Leben gesehen hätte und mich auch jetzt nicht zu sehen wünschte.

„Zu Miss Ellen Macintosh, bitte", sagte ich. „Ich bin Walter Gage."

Sie schnüffelte, drehte sich ohne ein Wort um, und wir gingen in das modrige Innere des Hauses, kamen zu einer verglasten Veranda, die mit Korbmöbeln und dem Geruch eines ägyptischen Pyramidengrabes angefüllt war. Mit einem weiteren Schnüffeln verschwand sie.

Einen Augenblick später öffnete sich die Tür wieder, und Ellen Macintosh betrat die Veranda. Vielleicht machen Sie sich nichts aus großen Mädchen mit honigfarbenem Haar und einer Haut wie die ersten Erdbeerpfirsiche, die der Obsthändler für sich selbst aus der Kiste herauspickt. Wenn Sie das wirklich nicht tun, können Sie mir leid tun.

„Liebling, du bist also doch gekommen", rief sie. „Das ist lieb von dir, Walter. Nun setz dich, und ich werde dir alles erzählen."

Wir setzten uns.

„Mrs. Penruddocks Perlenkollier ist gestohlen worden, Walter."

„Das hast du mir schon am Telefon gesagt. Meine Temperatur ist noch normal."

„Du wirst mir eine berufliche Nebenbemerkung nachsehen", sagte sie darauf. „Sie ist wahrscheinlich unter Normal – chronisch. Das Kollier besteht aus neunundvierzig ausgesuchten rosa Perlen, und Mister Penruddock schenkte es seiner Frau zur goldenen Hochzeit. Sie hat die Perlen in der letzten Zeit kaum getragen, außer Weihnachten vielleicht, oder wenn sie ein paar sehr alte Freundinnen zum Abendessen eingeladen hatte und es ihr gut genug ging, daß sie aufbleiben konnte. Und jedes Jahr gab sie an Thanksgiving allen Pensionären und Freunden, die Mister Penruddock ihrer Fürsorge überlassen hat, ein Dinner, und dann trägt sie die Perlen auch."

„Du wirfst die Zeiten in der Grammatik etwas durcheinander", antwortete ich, „aber in großen Zügen ist klar, was du sagen willst. Fahre bitte fort."

„Nun, Walter", sagte Ellen mit dem, was manche Leute einen verweisenden Blick nennen, „die Perlen sind gestohlen worden. Ja, ich weiß, daß ich es dir jetzt zum drittenmal mitteile, aber es ist etwas Mysteriöses dabei. Sie wurden in einem ledernen Etui in einem alten Safe aufbewahrt, der die halbe Zeit offenstand und von dem ich glaube, daß ein starker Mann ihn mit seinen bloßen Händen öffnen kann, selbst wenn er abgeschlossen ist. Ich mußte heute morgen in dem Safe nach einem Papier suchen und wollte mir bei dieser Gelegenheit auch die Perlen wieder einmal ansehen ..."

„Ich hoffe, deine Anhänglichkeit an Mrs. Penruddock beruht nicht auf der Vorstellung, daß sie dir die Halskette einmal hinterlassen wird", sagte ich steif. „Perlen passen ausgezeichnet zu alten Damen und fetten Blondinen, aber für große schlanke ..."

„Das ist Unsinn, Liebling", unterbrach mich Ellen, „ich würde bestimmt nicht auf diese Perlen warten, denn sie sind falsch."

Ich schluckte mühsam und starrte sie an. „Nun", sagte ich nicht ohne einen gewissen Hohn, „ich habe schon davon gehört, daß der alte Penruddock gelegentlich ein paar schielende Kaninchen aus seinem Zylinder gezaubert hat, aber seiner eigenen Frau ein Kollier falscher Perlen zur goldenen Hochzeit zu schenken, ist etwas mehr, als ich erwartet habe."

„Oh, Walter, stell dich doch nicht so dumm an! Damals waren sie natürlich ganz echt. Tatsache ist, daß Mrs. Penruddock sie verkaufte und sich eine Imitation anfertigen ließ. Einer ihrer alten Freunde, Mister Lansing Gallemore von der Gallemore Jewellery Company, besorgte das ganz heimlich für sie, weil sie natürlich nicht wollte, daß es irgend jemand erfuhr. Und aus diesem Grund wurde auch die Polizei nicht gerufen. Und du wirst die Perlen für sie wiederfinden, nicht wahr, Walter?"

„Wie denn? Und warum hat sie das Kollier verkauft?"

„Weil Mister Penruddock sehr plötzlich starb, ohne Vorsorge für alle die Leute zu treffen, die er unterstützte. Dann kam die Depression, und es war kein Geld vorhanden. Es reichte gerade eben aus, den Haushalt weiterzuführen und die Dienstboten zu bezahlen, die alle schon so lange bei Mrs. Penruddock waren, daß die gute alte Dame lieber hungern wollte, als einen von ihnen zu entlassen."

„Das ist etwas anderes", sagte ich. „Ich nehme meinen Hut vor ihr ab. Donnerwetter, wie soll ich sie finden – und wieso spielt es überhaupt eine Rolle, wenn sie doch falsch sind?"

„Nun, die Perlen – die Imitationen, meine ich – kosteten zweihundert Dollars und sind in Böhmen besonders angefertigt worden, und es dauerte ein paar Monate, und wie die Dinge jetzt dort drüben liegen, ist es vielleicht sogar unmöglich, eine neue Kette mit wirklich guten Imitationen zu erhalten. Und sie ist völlig verstört bei dem Gedanken, daß jemand auf den Gedanken kommen könnte, daß ihre Perlen falsch wären oder daß der Dieb versuchen könnte, sie zu erpressen, wenn er feststellt, daß es Imitationen sind. Und, siehst du, Liebling, ich weiß, wer sie gestohlen hat."

„Was?" entfuhr es mir, ein Wort, das ich selten verwende, da ich nicht der Ansicht bin, daß es in das Vokabular eines Gentleman gehört.

„Der Chauffeur, den wir ein paar Monate hier hatten, Walter – ein gräßlicher, brutaler Riese namens Henry Eichelberger. Er hat plötzlich gekündigt und ist seit vorgestern fort, ohne jeden Grund. Noch nie hat jemand bei Mrs. Penruddock gekündigt. Ihr letzter Chauffeur war ein sehr alter Mann und starb. Aber Henry Eichelberger ging ohne ein erklärendes Wort fort, und ich bin überzeugt, er hat die Perlen gestohlen. Einmal hat er versucht, mich zu küssen, Walter."

„Wie? Das hat er versucht?" Ich hatte plötzlich einen ganz anderen Ton. „Er wollte dich küssen? Wo ist dieser Fleischkloß, Liebling? Hast du eine Ahnung? Er wird bestimmt nicht an der nächsten Straßenecke warten, bis ich komme, um ihm die Nase einzuschlagen."

Ellen senkte ihre langen seidigen Wimpern vor mir – und wenn sie das tut, dann werde ich so weich wie zu dünner Pfannkuchenteig.

„Er ist nicht spurlos verschwunden. Er muß gewußt haben, daß die

Perlen falsch sind und daß er Mrs. Penruddock unbesorgt erpressen kann. Ich habe bei der Arbeitsvermittlung angerufen, von der wir ihn bekommen haben. Er hat sich dort wieder gemeldet und sucht eine neue Stellung. Aber die Agentur sagte, es sei gegen ihre Geschäftsprinzipien, seine Adresse anzugeben."

„Kann denn kein anderer die Perlen gestohlen haben? Ein Einbrecher zum Beispiel?"

„Es kommt niemand anders in Frage. Das Hauspersonal steht über jedem Verdacht. Das Haus wird jede Nacht so fest abgeschlossen wie ein Kühlschrank. Außerdem sind von einem Einbruch keine Spuren zu bemerken gewesen. Übrigens wußte Henry Eichelberger auch, wo die Perlen aufbewahrt wurden, denn er hat einmal gesehen, wie ich sie wegschloß. Das war, nachdem Mrs. Penruddock sie das letztemal getragen hat, als sie anläßlich des Todestages von Mister Penruddock zwei sehr lieben Freundinnen ein Abendessen gab."

„Das muß ja eine ausgelassene Party gewesen sein", meinte ich. „Nun gut. Ich werde zu der Arbeitsvermittlung gehen und mir dort die Adresse beschaffen. Wo ist die Agentur?"

„Sie nennt sich Ada Twomey Agentur, Vermittlung für Hausangestellte, und ist im Block 200 an der Second East. Eine sehr unerfreuliche Gegend."

„Nicht halb so unerfreulich, wie meine Nähe für Henry Eichelberger werden wird", erwiderte ich. „Er hat also versucht, dich zu küssen, wie?"

„Walter", ermahnte sie mich sanft, „die Perlen sind das, worauf es ankommt. Ich hoffe wirklich, er hat noch nicht herausgefunden, daß sie falsch sind, und sie nicht schon ins Meer geworfen."

„Wenn er das getan hat, werde ich ihn zwingen, nach ihnen zu tauchen."

„Er ist einssiebenundachtzig und sehr kräftig und stark, Walter", sagte Ellen zögernd, „aber er sieht natürlich nicht so gut aus wie du."

„Gerade mein Format", entgegnete ich. „Es wird mir ein Vergnügen sein. Auf Wiedersehen, Liebling."

Sie faßte mich am Ärmel. „Merk dir eines, Walter. Ich habe nichts gegen einen kleinen Kampf, weil das männlich ist. Aber du darfst kein Aufsehen erregen, durch das die Polizei aufmerksam wird, verstehst du? Und du bist zwar sehr groß und stark und hast auf dem College beim Rugby rechts im Sturm gespielt, aber in einer Sache bist du doch etwas schwach. Willst du mir versprechen, keinen Tropfen Whisky zu trinken?"

„Diesen Eichelberger will ich, dann brauche ich nichts zu trinken."

II

Die Ada Twomey Agentur, Vermittlung für Hausangestellte, an der Second East erwies sich als alles, was der Name und der Wohnsitz versprachen. Der Geruch des Vorzimmers, in dem ich gezwungen war, eine kurze Zeit zu warten, war durchaus unangenehm. Die Agentur wurde von einer Frau mittleren Alters mit hartem Gesicht geleitet, die sagte, daß Henry Eichelberger bei ihnen als stellungsuchender Chauffeur eingetragen sei und sie ihn veranlassen könne, mich anzurufen oder zu einer Besprechung in ihr Büro zu kommen. Als ich aber eine Zehndollarnote auf ihren Schreibtisch legte und ihr bedeutete, sie seien lediglich ein Beweis meines guten Willens und brauchten nicht auf eine Provision angerechnet zu werden, die ihrer Agentur vielleicht zustehen könne, gab sie nach und nannte mir seine Adresse. Er wohnte draußen im Westen am Santa Monica Boulevard, in der Nähe des Stadtteils, den man allgemein Sherman nennt.

Ohne weiteren Aufenthalt fuhr ich dorthin, denn ich fürchtete, Henry Eichelberger könne die Agentur anrufen und darüber informiert werden, daß ich käme. Die angegebene Adresse erwies sich als ein schäbiges kleines Hotel in bequemer Nähe der Stadtbahn, dessen Eingang unmittelbar neben einer chinesischen Wäscherei lag. Das Hotel befand sich in den oberen Stockwerken. Die Treppenstufen waren stellenweise mit den fragmentarischen Resten eines Gummiläufers bedeckt, die mittels unregelmäßig geformter Stücke unpolierten Messings festgeschraubt waren. Wenn man die halbe Treppe hinaufgegangen war, hörte der Laugendunst der chinesischen Wäscherei auf und wurde durch den Geruch nach Petroleum, Zigarrenstummeln, abgestandener Schlafzimmerluft und fettigen Papiertüten ersetzt. Auf einem hölzernen Regal am oberen Ende der Treppe lag ein Gästebuch. Die letzte Eintragung war mit Bleistift erfolgt, drei Wochen alt und von jemandem mit einer sehr unsicheren Hand geschrieben. Ich schloß daraus, daß die Hotelleitung es nicht besonders genaunahm.

Neben dem Buch war eine Klingel und ein Schild „Manager". Ich läutete und wartete. Schließlich öffnete sich am Ende des Ganges eine Tür, und ohne Eile schlurften Füße in meine Richtung. Ein Mann erschien in abgetragenen Lederpantoffeln und einer Hose von namenloser Farbe, bei der die beiden obersten Knöpfe offenstanden, um dem unteren Teil eines umfangreichen Bauches etwas Raum zu lassen. Er trug auch rote Hosenträger, sein Hemd hatte dunkle Flecken unter den Armen, an anderen Stellen auch, und sein Gesicht hätte gründlich geschrubbt und geschoren werden müssen.

„Alles besetzt, junger Mann", sagte er und grinste höhnisch.

„Ich suche gar kein Zimmer", erwiderte ich. „Ich suche nach einem gewissen Eichelberger, der, wie man mich wissen ließ, hier wohnt, aber der, wie ich bemerkt habe, in Ihrem Gästebuch nicht eingetragen ist. Und das steht, wie Sie natürlich wissen, im Widerspruch zu den gesetzlichen Bestimmungen."

„Ein Klugschwätzer", bewunderte der fette Mann mich unverändert höhnisch. „Hier in dem Gang, Nummer 218." Er wedelte mit einem Daumen in der Farbe und Größe einer angebrannten Pellkartoffel.

„Seien Sie so gütig, mir den Weg zu zeigen", bat ich.

„Meine Güte, der Herr stellvertretende Generalgouverneur persönlich", antwortete er und begann mit seinem Bauch zu wackeln. Seine kleinen Augen verschwanden zwischen gelben Speckfalten. „Na schön, junger Mann. Kommen Sie."

Wir gingen in die düstere Tiefe des Korridors und kamen zu einer hölzernen Tür mit einer holzverkleideten Oberlichtklappe darüber. Der Dicke polterte mit seiner fetten Hand gegen die Tür. Nichts geschah.

„Weg", sagte er.

„Haben Sie die Freundlichkeit, mir die Tür aufzuschließen", sagte ich. „Ich möchte in das Zimmer und dort auf Eichelberger warten."

„Einen Dreck werde ich", sagte der Fette unfreundlich. „Was, zum Teufel, bilden Sie sich ein, was Sie sind?"

Das ärgerte mich. Er war ein Mann respektabler Größe, etwa einsachtzig, aber zu sehr von den Erinnerungen an früher getrunkene Biere erfüllt. Ich blickte in beiden Richtungen durch den Gang. Das Haus schien völlig verlassen zu sein.

Ich schlug den Dicken gegen seinen dicken Bauch. Er setzte sich auf den Boden und rülpste, und sein Kinn kam in eine unsanfte Berührung mit seiner rechten Kniescheibe. Er hustete, und Tränen stiegen ihm in die Augen.

„Lieber Himmel, junger Mann", stöhnte er. „Sie sind zwanzig Jahre jünger als ich. Das ist nicht fair."

„Schließen Sie die Tür auf. Ich habe keine Zeit, mich mit Ihnen zu streiten."

„Ein Dollar", sagte er und wischte sich mit dem Hemdsärmel über die Augen. „Zwei Dollars, und ich halte den Mund."

Ich zog zwei Dollars aus der Tasche und half dem Dicken auf die Füße. Er faltete die beiden Dollars zusammen und zog einen einfachen Hauptschlüssel, den ich überall für fünf Cents hätte kaufen können.

„Junge, Sie haben einen Schlag", sagte er. „Wo haben Sie das gelernt? Die meisten Großen sind schwach in den Muskeln." Er schloß die Tür auf.

„Wenn Sie später unverständliche Geräusche hören", sagte ich, „ignorieren Sie das einfach. Falls irgendwelche Beschädigungen entstehen sollten, werden sie großzügig erstattet werden."

Er nickte, und ich ging in das Zimmer. Die Tür schloß er wieder hinter mir zu, und seine schlürfenden Schritte verhallten. Es herrschte nur Schweigen.

Das Zimmer war klein, ordinär und geschmacklos eingerichtet. Es enthielt eine braune Kommode mit Schubladen, ein kleiner Spiegel hing darüber, einen einfachen Holzstuhl, einen hölzernen Schaukelstuhl, ein Einzelbett, dessen Emaille abgestoßen war, mit einer vielfach geflickten Baumwollsteppdecke. Die Gardinen an dem einzigen Fenster wiesen Fliegenspuren auf, und die Sonnenblende aus grünem Papier hatte unten keine Leiste mehr. In einer Ecke war ein Waschbecken, zwei papierdünne Handtücher daneben an der Wand. Natürlich gab es kein Badezimmer, und es gab auch keinen Schrank. Ein Stück dunklen Stoffes mit Figuren darauf, das von einem Bord herunterhing, bildete den Ersatz für den letzteren. Dahinter fand ich einen grauen Anzug der größten Nummer, die angefertigt wird, was etwa meiner Größe entspräche, wenn ich Konfektionsanzüge tragen würde, was ich nicht tue. Es stand auch ein Paar feste schwarze Schuhe auf dem Boden, mindestens Größe neunundvierzig. Ferner gab es einen billigen Fiberkoffer, den ich natürlich durchsuchte, da er nicht abgeschlossen war.

Ich durchsuchte auch die Kommode und war überrascht, alles darin ordentlich und sauber und anständig zu finden. Aber es war nicht sehr viel darin. Insbesondere keine Perlen. Ich suchte noch an allen anderen möglichen und unmöglichen Stellen in dem Zimmer, aber ich fand nichts von Interesse.

Danach setzte ich mich auf den Bettrand und zündete mir eine Zigarette an und wartete. Es erschien mir jetzt offensichtlich, daß Henry Eichelberger entweder ein sehr großer Narr oder völlig unschuldig war. Das Zimmer und die nicht zu verfehlende Spur, die er hinterlassen hatte, ließen nicht auf einen Mann schließen, der sich damit beschäftigte, Perlenhalsbänder zu stehlen.

Ich hatte vier Zigaretten geraucht, mehr als ich sonst am ganzen Tag rauche, als sich nähernde Schritte hörbar wurden. Sie waren leicht und schnell, aber in keiner Weise heimlich oder gehetzt. Ein Schlüssel wurde in das Schloß geschoben und die Tür unbefangen aufgestoßen. Ein Mann trat durch sie hindurch und sah mich an.

Ich bin einssiebenundachtzig und wiege über zweihundert Pfund. Dieser Mann war so groß wie ich, aber ich hielt ihn für leichter. Er trug einen blauen Sergeanzug, den man ordentlich nennen könnte, weil sich etwas anderes wirklich nicht darüber sagen ließ. Er hatte dichtes, drahtiges blondes Haar, einen Hals wie ein preußischer Unteroffizier auf einer Karikatur, sehr breite Schultern und große harte Hände, und sein Gesicht zeigte, daß er schon viel im Leben eingesteckt hatte. Seine kleinen grünlichen Augen blinzelten mich mit einem Ausdruck an, den ich in diesem Moment für schlechte Laune hielt. Ich erkannte sofort, daß er ein Mann war, mit dem man nicht spaßen konnte, aber ich hatte keine Angst vor ihm. Der Größe und dem Gewicht nach war ich ihm gleichwertig, und geistig, daran zweifelte ich nicht, war ich ihm überlegen.

Ich stand gelassen von dem Bett auf und sagte: „Ich suche einen gewissen Eichelberger."

„Wie kommen Sie hier herein, alter Junge?" Es war eine fröhliche Stimme, etwas tief, aber ihr Klang war nicht unsympathisch.

„Diese Erklärung hat im Augenblick noch Zeit", sagte ich förmlich. „Ich suche einen gewissen Eichelberger. Sind Sie das?"

„Ha!" antwortete der Mann, „ein Bauchaufschlitzer, ein Komödiant. Warte nur, bis ich meinen Gürtel aufgemacht habe." Er kam zwei Schritte in das Zimmer, und ich ging ihm die gleiche Anzahl Schritte entgegen.

„Ich heiße Walter Gage", sagte ich. „Sind Sie Eichelberger?"

„Geben Sie mir einen Groschen", antwortete er, „dann verrate ich es Ihnen."

Ich überhörte es. „Ich bin der Verlobte von Miss Ellen Macintosh", informierte ich ihn kühl. „Ich habe in Erfahrung gebracht, daß Sie versuchten, die Dame zu küssen."

Er kam noch einen Schritt näher auf mich zu, und ich ging ihm gleichfalls noch einen entgegen. „Was heißt hier schon: versucht?" spottete er.

Ich landete mit meiner Rechten einen kräftigen Schwinger sauber auf seinem Kinn. Mir schien es ein guter solider Schlag gewesen zu sein, aber er berührte ihn kaum. Dann versetzte ich ihm zwei harte linke Gerade auf den Hals und landete wuchtig eine zweite Rechte auf der Seite seiner ziemlich breiten Nase. Er schnaufte kurz und schlug mir gegen den Solarplexus.

Ich bückte mich, ergriff das Zimmer mit beiden Händen und wirbelte es um mich herum. Als ich es so richtig im Schwung hatte, ließ ich es sausen und schlug es mir dabei selbst mit dem Fußboden auf den Hinterkopf. Dadurch verlor ich einen Augenblick das Gleichgewicht, und als ich noch dabei war, mir zu überlegen, wie ich es wiedergewinnen könnte, fing ein nasses Handtuch an, mir ins Gesicht zu klatschen, und ich öffnete die Augen. Das Gesicht Henry Eichelbergers war dicht vor meinem und zeigte einen gewissen Ausdruck der Besorgnis.

„Junge", sagte seine Stimme anteilnehmend, „Ihr Magen ist so schwach wie chinesischer Tee."

„Einen Kognak", krächzte ich. „Was ist denn passiert?"

„Sie sind über einen winzigen kleinen Riß im Teppich gestolpert, Jungchen. Müssen Sie jetzt wirklich was trinken?"

„Kognak", krächzte ich noch einmal und schloß die Augen.

„Hoffentlich erwischt es mich nicht dabei", sagte die Stimme mißmutig.

Eine Tür wurde geöffnet und wieder geschlossen. Ich lag regungslos und versuchte zu vermeiden, daß mir schlecht wurde. Langsam strich die Zeit in einem endlosen grauen Schleier vorbei. Dann wurde die Tür wieder geöffnet und geschlossen, und einen Augenblick später wurde etwas Hartes gegen meine Lippen gepreßt. Ich öffnete meinen Mund, und eine scharfe Flüssigkeit lief mir durch die Kehle. Ich hustete, aber der feurige Stoff strömte durch meine Adern und kräftigte mich sofort.

„Danke, Henry", sagte ich. „Ich darf Sie doch Henry nennen?"

„Ohne Steuern dafür zu bezahlen, Mann."

Ich tastete mich auf meine Füße und stand vor ihm. Neugierig sah er mich an. „Sie sehen doch ganz gesund aus", meinte er. „Warum haben Sie nicht gleich gesagt, daß Sie krank sind?"

„Der Teufel soll Sie holen, Eichelberger!" fluchte ich und schlug ihn mit aller Kraft seitlich gegen den Kiefer. Er schüttelte den Kopf, und seine Augen zeigten einen belästigten Ausdruck. Ich brachte drei weitere Schläge auf seinem Gesicht und seinem Kiefer an, während er immer noch den Kopf schüttelte.

„Sie wollen es also genau wissen", schrie er, packte das Bett und schleuderte es nach mir.

Ich wich der Ecke des Bettes aus, bewegte mich dabei aber etwas zu flink, verlor das Gleichgewicht und schob meinen Kopf etwa zehn Zentimeter in das Regal unter dem Fenster.

Ein nasses Handtuch begann mir ins Gesicht zu klatschen. Ich öffnete die Augen.

„Hören Sie zu, Mann. Jetzt haben Sie zweimal losgeschlagen und nichts erreicht. Vielleicht versuchen Sie mal eine andere Tour?"

„Kognak", krächzte ich.

„Whisky tut's auch." Er preßte ein Glas gegen meine Lippen, und ich trank durstig. Dann kletterte ich wieder auf meine Füße.

Zu meiner Überraschung stand das Bett noch an der gleichen Stelle. Ich setzte mich auf seinen Rand, und Henry Eichelberger setzte sich neben mich und klopfte mir auf die Schulter.

„Wir könnten ganz gut miteinander auskommen", meinte er. „Ich habe Ihr Mädchen nie geküßt, wenn ich damit auch nicht sagen will, daß ich's nicht gern tun würde. Sind das alle Ihre Sorgen?"

Er goß sich ein Wasserglas voll Whisky aus der kleinen Flasche, die er besorgt hatte. Nachdenklich schluckte er den Whisky.

„Nein, da ist noch ein anderer Punkt", erwiderte ich.

„Schießen Sie los. Aber fangen Sie nicht wieder an, zu schlagen. Ehrenwort?"

Ich versprach es ihm ziemlich widerwillig. „Warum haben Sie die Stellung bei Mrs. Penruddock aufgegeben?" fragte ich.

Er betrachtete mich unter seinen zottigen blonden Augenbrauen. Dann sah er auf die Flasche, die er in der Hand hielt. „Finden Sie, daß ich besonders gut aussehe?" fragte er zurück.

„Nun, Henry –"

„Reden Sie mit mir nicht drum herum", knurrte er.

„Nein, Henry, ich würde Sie nicht als einen besonders attraktiv aussehenden Mann bezeichnen. Aber ohne jede Frage sind Sie eine kraftvolle, männliche Erscheinung."

Er goß das Wasserglas wieder halb voll Whisky und reichte es mir. „Sie sind dran", sagte er dabei. Ich trank es aus, ohne mir völlig klar darüber zu sein, was ich tat. Als ich den Hustenanfall endlich überwunden hatte, nahm Henry mir das Glas aus der Hand und füllte es neu. Wehmütig nahm er seinen Drink zu sich. Die Flasche war jetzt halb leer.

„Nehmen wir mal an, Ihnen liefe ein Mädchen über den Weg, die alles das ist, wovon man nur träumen kann. Und Sie hätten meine Visage. Ein Bursche wie ich, einer vom Land, der von der schlechten Sorte im Kuhstall allerhand abgekriegt hat, und das war die ganze Schule. Aus Aussehen und Bildung wurde dabei nicht viel. Einer, der nur gelernt hat, sich mit allem herumzuprügeln, außer Walfischen vielleicht und Schienenschweinen – ihr nennt das Lokomotiven. Dann findet der also eine Stellung, wo er dauernd und jeden Tag diesen Engel sieht und genau weiß, da kann er nicht landen. Was täten Sie da, Mann? Ich bin einfach abgehauen."

„Henry, es ist mir ein Bedürfnis, Ihnen die Hand zu drücken."

Lustlos reichte er mir seine Hand. „Deshalb habe ich gekündigt", erklärte er. „Was hätte ich sonst tun sollen?" Er hielt die Flasche hoch und betrachtete sie gegen das Licht. „Mann, das war ein Fehler, daß Sie mich das hier holen ließen. Wenn ich zu trinken anfange, gibt's immer 'ne Weltreise. Haben Sie denn ausreichend Pulver?"

„Deswegen keine Sorge", entgegnete ich. „Wenn Ihnen der Sinn nach Whisky steht, sollen Sie Whisky haben. Ich habe ein hübsches Apartment an der Franklin Avenue in Hollywood, und wenn ich auch nichts an Ihrer eigenen bescheidenen und zweifellos nur vorübergehenden Bleibe aussetzen will, würde ich dennoch vorschlagen, daß wir uns jetzt in mein Apartment begeben, das um einiges größer ist und einem mehr Ellenbogenfreiheit gewährt", endete ich mit einer einladenden Handbewegung.

„Sagen Sie mal, sind Sie betrunken?" fragte Henry, und in seinen kleinen grünen Augen leuchtete Bewunderung.

„Ich bin noch nicht betrunken, Henry, wenn ich auch gern zugebe, daß ich die Wirkung des Whiskys spüre, und das in der angenehmsten Weise. Sie müssen sich an meiner Ausdrucksweise nicht stoßen. Sie ist eine rein persönliche Eigenart, genau wie es Ihre eigene knappe und präzise Redeweise ist. Indessen, bevor wir uns von hier fortbegeben: da ist noch eine weitere, recht bedeutungslose Einzelheit, die der Klärung bedarf. Ich bin bevollmächtigt, die Rückgabe von Mrs. Penruddocks Perlen zu arrangieren. Wenn ich richtig informiert bin, besteht die Möglichkeit, daß Sie sie gestohlen haben könnten."

„Mann, Sie riskieren aber allerhand", antwortete Henry leise.

„Das Ganze ist eine rein geschäftliche Angelegenheit, Henry, und eine klare Ausdrucksweise ist die beste Methode, sie zu bereinigen. Die Perlen sind schlechterdings falsch, und wir sollten sehr leicht zu einer Einigung kommen können. Ich habe nichts gegen Sie und will Ihnen nichts Böses, Henry, und ich stehe wegen der Beschaffung des Whiskys in Ihrer Schuld, aber Geschäft ist Geschäft. Wollen Sie fünfzig Dollars annehmen und die Perlen zurückgeben, und damit wäre die Geschichte aus der Welt geschafft?"

Er lachte schnaufend und unbelustigt kurz auf, aber seiner Stimme nach schien er mir diesen Vorschlag nicht übelzunehmen, als er sagte: „Sie glauben also, ich hätte die Perlen geklaut? Und sitze hier herum und warte, bis ein Schwarm Blauer über mich herfällt?"

„Die Polizei wurde nicht informiert, Henry, und vielleicht wußten Sie gar nicht, daß die Perlen falsch sind. Geben Sie mir etwas zu trinken, Henry."

Er goß mir den größten Teil des Restes aus der Flasche ein, und ich trank den Whisky in bester Laune aus. Dann warf ich das Glas nach dem Spiegel. Unglücklicherweise verfehlte ich ihn aber. Das Glas, das von kräftiger und billiger Bauart war, fiel auf den Boden und zerbrach nicht. Henry Eichelberger lachte herzlich.

„Worüber lachen Sie, Henry?"

„Nichts Besonderes", antwortete er. „Ich dachte nur daran, wie einer dahinterkommen wird, daß er hereingefallen ist – mit den Perlen."

„Sie wollen damit sagen, daß Sie die Perlen nicht gestohlen haben, Henry?"

Er lachte wieder, etwas verdrießlich. „Ja", antwortete er. „Das heißt, nein. Eigentlich sollte ich Ihnen eine schmieren, aber wozu? Jeder kann mal auf einen idiotischen Einfall kommen. Nein, ich habe die Perlen nicht gestohlen, Mann. Wenn es Ersatzmurmeln waren, hätte ich mir nicht die Mühe gemacht. Wenn sie das waren, wonach sie aussahen, das eine Mal, wie ich sie am Hals der alten Dame sah, würde ich mich ganz bestimmt nicht in einem schäbigen Hotel in Los Angeles festsetzen und auf zwei Wagenladungen mit Blauen warten, um mich in die Quetsche nehmen zu lassen."

Ich griff noch einmal nach seiner Hand und drückte sie warm. „Das ist alles, was ich wissen wollte", erklärte ich fröhlich. „Nun habe ich meinen Seelenfrieden. Wir werden uns jetzt in mein Apartment begeben, um Mittel und Wege zu bedenken, wie diese Perlen wieder beschafft werden können. Sie und ich, wir sollten zusammen ein Team bilden, das jeden Widerstand überwindet, Henry."

„Sie wollen mich doch nicht auf den Arm nehmen, was?"

Ich stand auf und setzte meinen Hut auf, verkehrt herum, die Krempe nach oben. „Nein, Henry, ich biete Ihnen eine Stellung an, die Sie, wenn ich recht verstehe, gegenwärtig benötigen, und allen Whisky, den Sie trinken können. Gehen wir. Können Sie in Ihrem Zustand einen Wagen fahren?"

„Warum nicht? Ich bin nicht betrunken", sagte Henry überrascht.

Wir verließen das Zimmer und gingen durch den düsteren Gang. Sehr plötzlich tauchte der fette Manager aus irgendeinem nebelhaften Schatten auf, stand vor uns und rieb sich seinen Bauch und starrte mich mit kleinen gierigen, erwartungsvollen Augen an. „Alles in Ordnung?" fragte er neugierig und kaute auf einem im Lauf der Zeit nachgedunkelten Zahnstocher.

„Geben Sie ihm einen Dollar", sagte Henry.

„Wofür, Henry?"

„Ah, ich weiß nicht. Geben Sie ihm nur einen."

Ich holte einen Dollar aus meiner Tasche und reichte ihn dem Dicken.

„Danke, Freund", sagte Henry. Er stupste den Dicken gegen den Adamsapfel und zog ihm die Dollarnote gewandt aus den Fingern. „Das ist für den Whisky", erklärte er. „Ich verabscheue es, nach Geld zu fragen."

Arm in Arm gingen wir die Treppe hinunter und ließen den Manager zurück, der versuchte, den Zahnstocher aus der Luftröhre hochzuhusten.

III

Um fünf Uhr am Nachmittag erwachte ich aus meinem Schlummer und fand mich auf meinem Bett in meinem Apartment im Chateau Moraine an der Franklin Avenue, in der Nähe der Ivar Street in Hollywood, wieder. Ich drehte den Kopf, der mir schmerzte, und sah, daß Henry Eichelberger in Unterhemd und Hose neben mir lag. Dann bemerkte ich, daß auch ich in der gleichen Weise leicht bekleidet war. Auf dem nahen Tisch stand eine fast volle Flasche Old Plantation Rye-Whisky, und auf dem Boden lag eine völlig leere Flasche der gleichen vorzüglichen Marke. Hier und da waren auf dem Boden Kleidungsstücke verstreut, und eine Zigarette hatte ein Loch in die Brokatbespannung eines meiner bequemen Sessel gebrannt.

Ich betastete mich selbst sorgfältig. Mein Magen war hart und schmerzte, und mein Kiefer schien an der einen Seite leicht geschwollen. Im übrigen schien ich noch ganz verwendbar. Ein scharf stechender Schmerz schoß mir durch die Schläfen, als ich von dem Bett aufstand, aber ich ignorierte ihn und ging mit festen Schritten zu der Flasche auf dem Tisch und hob sie an die Lippen. Nach einem kräftigen Zug von der feurigen Flüssigkeit fühlte ich mich erheblich besser. Eine herzliche und aufgeräumte Stimmung überkam mich, und ich fühlte mich zu jedem Abenteuer bereit. Ich trat an das Bett und schüttelte Henry kräftig an der Schulter.

„Wach auf, Henry", sagte ich. „Die Stunde des Sonnenuntergangs naht, die Rotkehlchen rufen, die Eichhörnchen zetern, und die Morgenblüten rollen sich zusammen, um sich zur Ruhe zu begeben."

Wie alle Männer der Tat erwachte Henry mit geballten Fäusten. „Was war das?" knurrte er. „Ach so. Na, Walter, wie ist es?"

„Mir geht es großartig. Hast du dich ausgeruht?"

„Prächtig." Er schwang seine unbeschuhten Füße auf den Boden und wühlte mit den Fingern in seinem dichten blonden Haar. „Es ging alles gut, bis du umkipptest", sagte er. „Darum legte ich mich schlafen. Ich trinke niemals solo. Bist du in Ordnung?"

„Ja, Henry. Ich fühle mich tatsächlich in bester Verfassung. Und wir haben Arbeit vor uns."

„Sehr gut." Er ging zu der Whiskyflasche und labte sich ausführlich. Er rieb sich mit der flachen Hand über den Magen. In seinen grünen Augen stand ein friedvolles Leuchten. „Ich bin ein kranker Mann", sagte er, „und brauche meine Medizin." Er stellte die Flasche auf den Tisch zurück und sah sich in meinem Apartment um. „Himmel", sagte er, „wir haben den Stoff so schnell in uns 'reingefüllt, daß ich nicht dazu kam, mich hier in der Bude umzusehen. Du hast hier ein hübsches kleines Zuhause, Walter. Sieh mal, sogar eine weiße Schreibmaschine und ein weißes Telefon. Was ist mit dir, Junge, gerade konfirmiert worden?"

„Nur eine törichte Laune, Henry", antwortete ich und winkte beiläufig ab.

Henry trat näher und betrachtete die Schreibmaschine und das Telefon und die silberbeschlagene Schreibtischgarnitur, von der jedes Stück mein Monogramm trug.

„Gut gestellt, was?" fragte Henry und wandte mir seinen grünen Blick zu.

„Es ist erträglich", wehrte ich bescheiden ab.

„Und was nun als nächstes? Hast du schon eine Idee, oder trinken wir erst noch einen?"

„Ja, Henry, ich habe schon eine Idee. Mit einem Mann wie dich zur Unterstützung glaube ich auch, sie verwirklichen zu können. Ich bin der Ansicht, das wir unmittelbar den Weinstock anzapfen müssen, wie man so sagt. Wenn eine Perlenschnur gestohlen wird, weiß es die ganze Unterwelt sofort. Perlen sind schwer zu verkaufen, Henry, da man sie nicht teilen kann und sie von Experten identifiziert werden können, wie ich gelesen habe. Die Unterwelt wird vor Aktivität sieden. Es sollte nicht zu schwierig sein, jemanden zu finden, der eine Nachricht an die richtige Stelle weiterleitet, daß wir willens und bereit seien, gegen Aushändigung der Perlen eine angemessene Summe zu entrichten."

„Du sprichst sehr gewählt – für einen Betrunkenen", lobte mich Henry und griff wieder nach der Flasche. „Aber hast du nicht vergessen, daß die Murmeln falsch sind?"

„Aus sentimentalen Gründen bin ich trotzdem durchaus bereit, für ihre Rückgabe zu bezahlen."

Henry trank etwas von dem Whisky. Das Getränk schien ihm sehr zuzusagen, und er trank noch einen guten Schluck. Höflich winkte er mir mit der Flasche.

„Das ist soweit schon ganz in Ordnung, scheint mir", antwortete er, „aber diese Unterwelt mit all ihrem Sieden, von dem du gesprochen hast, wird sich nicht groß über eine Schnur Glasperlen aufregen. Oder ist das sehr idiotisch von mir?"

„Ich dachte mir, daß auch die Unterwelt einen gewissen Sinn für Humor besitzt, Henry, und das Gelächter allenorts, das ertönen wird, wenn es bekannt geworden ist, wird recht herzlich sein."

„Da ist was dran", gab Henry zu. „Wenn das ein Knacker ist, der herausgetüftelt hat, daß die alte Dame Penruddock ein paar Stücke Muschelabfall hat, die einen Haufen Grünkohl wert sein müssen, und er macht sich die Mühe und knackt den Kasten sauber auf und bleibt dann am Zaun hängen? Ich glaube schon, daß so eine Geschichte sich in den Kneipen herumspricht und daß darüber getratscht wird. Soweit stimmt's, aber weiter auch nicht. Dieser Panzerknacker wird die Murmeln ganz schnell in den nächsten Mülleimer versenken, weil er was am Hals hat, das ihm drei bis zehn Jahre Knast einbringen kann, selbst wenn sie nur einen Nickel zuzüglich Umsatzsteuer wert sind. Soviel steht nämlich auf Einbruchdiebstahl, Walter."

„Indessen, Henry", belehrte ich ihn, „gibt es in diesem Fall noch ein weiteres Element. Wenn dieser Dieb sehr dumm sein sollte, hat dieser Punkt natürlich nicht sehr viel Gewicht. Aber selbst wenn er nur von mäßiger Intelligenz ist, wird er ihn berücksichtigen. Mrs. Penruddock ist eine sehr stolze Dame und lebt in einem der exklusivsten Viertel unserer Stadt. Wenn es bekannt werden würde, daß sie imitierte Perlen getragen hat, und, vor allem, wenn in der Presse angedeutet werden sollte, daß es ausgerechnet die Perlen waren, die sie von ihrem Mann zur goldenen Hochzeit geschenkt bekam – nun, ich bin überzeugt, Henry, du siehst, wo hier der springende Punkt liegt."

„Geldschrankknacker sind nicht besonders helle", meinte er und rieb sein hartes Kinn. Dann hob er den rechten Daumen und biß nachdenklich hinein. Er sah zum Fenster, sah in die Ecke des Zimmers, auf den Boden. Er sah mich aus den Augenwinkeln an.

„Erpressung, was?" sagte er schließlich. „Vielleicht. Aber Ganoven bleiben gern auf ihrer eigenen Linie. Trotzdem, es könnte sein, daß der Kerl weiterplaudert. Eine Chance ist das schon, Walter. Ich würde nicht meine Goldplomben versetzen, um darauf zu wetten, aber eine Chance ist es. Wieviel willst du denn anlegen?"

„Hundert Dollars sollten reichlich genug sein, aber ich bin bereit, bis zu zweihundert zu gehen, was dem tatsächlichen Preis der Imitation entspricht."

Henry schüttelte den Kopf und nahm sich der vernachlässigten Flasche an. „Nicht zu machen. Für den schäbigen Betrag würde der Bursche nicht aus seiner Deckung kommen. Das wäre das Risiko nicht wert, das er eingeht. Er läßt die Murmeln verschwinden und bleibt unbekannt in Sicherheit."

„Wir könnten es wenigstens versuchen, Henry."

„Ja, schon, aber wie? Außerdem wird der Stoff knapp. Vielleicht wäre es das beste, ich ziehe eben mal meine Schuhe an und lauf' schnell neuen holen, was?"

Genau in diesem Augenblick, als sei es die Antwort auf mein ungesprochenes Gebet, erklang ein weicher dumpfer Plumps an der Tür meines Apartments. Ich öffnete und hob die letzte Ausgabe der Abendzeitung auf. Ich schloß die Tür wieder und brachte die Zeitung ins Zimmer und schlug sie dabei auf. Mit dem rechten Zeigefinger deutete ich darauf und lächelte Henry Eichelberger zuversichtlich an.

„Hier. Ich setze eine volle Flasche Old Plantation, daß wir die Antwort auf der Kriminalseite dieser Zeitung finden."

„Da gibt's keine Kriminalseite", knurrte Henry. „Wir sind hier in Los Angeles. Ich verschwinde eben schnell."

Mit nervöser Hast schlug ich Seite 3 der Zeitung auf, denn obwohl ich den Bericht, den ich suchte, schon in einer Frühausgabe der Zeitung gelesen hatte, während ich in der Ada Twomey Agentur, Vermittlung von Hausangestellten, wartete, war ich nicht ganz sicher, ob er in der letzten Ausgabe noch vollständig erscheinen würde. Aber mein Glaube wurde belohnt. Er war nicht herausgenommen worden, sondern erschien wie früher in der Mitte der Spalte drei. Die Meldung, die recht kurz war, trug die Überschrift: „*Lou Gandesi wegen Juwelendiebstahls vernommen.*" „Hör dir das an, Henry", sagte ich und begann vorzulesen.

„*Auf Grund eines anonymen Tips nahm die Polizei gestern abend Louis G. (Lou) Gandesi, den Besitzer einer gut bekannten Spring Street Taverne, fest und vernahm ihn ausführlich über eine Welle von Überfällen auf Abendgesellschaften in einem exklusiven westlichen Viertel unserer Stadt. Bei diesen Überfällen wurden, wie angegeben wird, in den eleganten Privathäusern weiblichen Gästen wertvolle Juwelen im Werte von über zweihunderttausend Dollars mit vorgehaltener Pistole geraubt. Gandesi wurde in den späten Abendstunden wieder auf freien Fuß gesetzt und lehnte es ab, den Reportern eine Erklärung abzugeben. ‚Ich beklage mich nie über die Polizei', sagte er zurückhaltend. Kommissar William Norgaard vom Raubdezernat erklärte, er habe sich davon überzeugt, daß zwischen Gandesi und den Raubüberfällen keine Verbindung bestehe und die Anzeige lediglich ein persönlicher Racheakt sei.*"

Ich legte die Zeitung zusammen und warf sie auf das Bett.

„Du hast recht, du gewinnst", sagte Henry und reichte mir die Flasche. Ich nahm einen tiefen Schluck und reichte sie ihm zurück. „Was nun? Wollen wir uns diesen Gandesi schnappen und ihn durch den Wolf drehen?"

„Vielleicht ist er ein gefährlicher Mann, Henry. Glaubst du, daß wir ihm gewachsen sind?"

Henry schnaufte verächtlich. „Einem Spring-Street-Halunken? Irgendeinem fetten Kerl mit einem falschen Rubinring? Bring mich zu ihm. Ich werde ihn umkrempeln und ihm die Leber ausquetschen. Wir sitzen aber gleich völlig auf dem trockenen. Alles, was wir noch haben, ist vielleicht, na, knapp eine halbe Flasche." Er hielt die Flasche kritisch gegen das Licht.

„Im Augenblick haben wir auch genug, Henry."

„Wir sind doch nicht betrunken? Oder du etwa? Ich habe nur sieben Gläser getrunken, seit ich hergekommen bin, höchstens, na, vielleicht neun."

„Natürlich sind wir nicht betrunken, Henry, aber deine Gläser sind sehr groß, und wir haben noch einen schweren Abend vor uns. Ich meine, wir sollten uns jetzt rasieren und umziehen, und ich meine ferner, wir sollten Abendanzüge anziehen. Ich habe einen zweiten Smoking, der dir großartig passen wird, da wir ja fast gleich groß sind. Es ist zweifellos ein hoffnungsvolles Omen, daß zwei so große Männer wie wir uns zu einem gemeinsamen Unternehmen zusammenschließen. Abendanzüge machen auf diese niedrigen Charaktere immer Eindruck, Henry."

„Prächtig", antwortete Henry. „Sie werden denken, wir sind zwei Kerle, die für eins der großen Tiere arbeiten. Der Gandesi wird so viel Angst kriegen, daß er seine Krawatte frißt."

Wir beschlossen zu tun, was ich vorgeschlagen hatte, und ich legte für Henry den Abendanzug heraus, und während er badete und sich rasierte, rief ich Ellen Macintosh an.

„Oh, Walter, ich bin so froh, daß du anrufst", schrie sie. „Hast du etwas herausgefunden?"

„Noch nicht, Liebling", erklärte ich ihr. „Aber ich habe eine Idee. Henry und ich wollen sie gerade verwirklichen."

„Henry, Walter? Welcher Henry?"

„Nun, Henry Eichelberger natürlich, Liebling. Hast du ihn so schnell vergessen? Henry und ich sind herzliche Freunde, und wir –"

Sie unterbrach mich kalt. „Trinkst du etwa, Walter?" forschte sie mit sehr distanzierter Stimme.

„Ganz bestimmt nicht, Liebling. Henry ist fast Abstinenzler."

Sie schnüffelte scharf. Ich konnte es durch das Telefon deutlich hören. „Hat Henry denn nicht die Perlen gestohlen?" fragte sie nach einer recht langen Pause.

„Henry, mein Engel? Selbstverständlich nicht. Henry hat Mrs. Penruddock verlassen, weil er dich liebte."

„Oh, Walter, dieser Gorilla? Ich bin überzeugt, daß du fürchterlich trinkst. Ich will nie mehr mit dir sprechen. Leb wohl." Und sie legte den Hörer so hart auf die Gabel, daß selbst ich es schmerzhaft im Ohr spüren konnte.

Ich setzte mich in einen Sessel mit der Flasche Old Plantation in der Hand und dachte betrübt und verwundert darüber nach, was ich nur gesagt haben mochte, das als kränkend oder unfein ausgedeutet werden konnte. Ich war nicht fähig, es herauszufinden, und tröstete mich deshalb mit der Flasche, bis Henry aus dem Bad kam und in einem meiner gestärkten Hemden mit einem Klappkragen und einem schwarzen Querbinder außerordentlich würdig und eindrucksvoll aussah.

Es war dunkel, als wir das Apartment verließen, und zumindest ich war voller Hoffnung und Zuversicht, wenn auch etwas deprimiert durch die Art, in der Ellen Macintosh mit mir am Telefon gesprochen hatte.

IV

Mr. Gandesis Etablissement war insofern nicht schwer zu finden, als der erste Taxifahrer, den Henry auf der Spring Street anrief, uns dort hinbrachte. Es nannte sich „Die blaue Lagune", und sein Inneres war in ein unangenehmes, blaues Licht getaucht. Henry und ich betraten es mit festen Schritten, da wir in Mandys Caribbean Grotto ein zum Teil festes Mahl zu uns genommen hatten, ehe wir uns auf die Suche nach Gandesi begaben. Henry sah in meinem zweitbesten Abendanzug, einem weißen Schal mit Fransen um den Nacken, einem leichten schwarzen Filzhut hinten auf dem Kopf (der nur ein kleines bißchen größer war als meiner) und einer Flasche Whisky in jeder der Seitentaschen des Sommermantels, den er trug, fast gewinnend aus.

Die Bar der Blauen Lagune war gut besucht, aber Henry und ich gingen weiter in den kleinen schwach erleuchteten Speiseraum, der dahinterlag. Ein Mann in einem schmutzigen Abendanzug kam uns entgegen, und Henry fragte nach Gandesi. Er deutete auf einen fetten Mann, der allein an einem Tisch in der hinteren Ecke des Raumes saß. Wir gingen zu ihm hin.

Der Mann saß mit einem kleinen Glas Rotwein vor sich da und drehte an einem großen grünen Stein an seinem Finger. Er blickte nicht auf. An dem Tisch standen keine weiteren Stühle. Deshalb stützte sich Henry mit beiden Ellenbogen auf die Platte.

„Sind Sie Gandesi?"

Der Mann sah nicht einmal jetzt auf. Er zog seine dichten schwarzen Augenbrauen zusammen und sagte mit abwesender Stimme: „Si, ja."

„Wir haben mit Ihnen privat zu sprechen", klärte ihn Henry auf. „Wo wir nicht gestört werden."

Jetzt hob Gandesi den Kopf, und seine ausdruckslosen mandelförmigen Augen zeigten sich äußerst belästigt. „So?" fragte er und zuckte mit den Schultern. „Um was handelt es sich denn?"

„Um ein paar Perlen", sagte Henry. „Neunundvierzig an einer Schnur, rosa, zueinander passend."

„Wollen Sie verkaufen? – Oder kaufen?" forschte Gandesi, und sein Kinn begann auf- und abzuwackeln, als ob er sich amüsiere.

„Kaufen", sagte Henry.

Der Mann am Tisch machte gelangweilt einen Finger krumm, und ein sehr großer Kellner erschien an seiner Seite. „Der ist besoffen", sagte der Dicke gelangweilt. „Bringen Sie diese Leute hinaus."

Der Kellner packte Henrys Schulter. Henry griff gleichgültig nach seiner Schulter, faßte das Handgelenk des Kellners und drehte daran. Das Gesicht des Kellners nahm in der bläulichen Beleuchtung eine Färbung an, die ich nicht beschreiben kann, aber sie war eindeutig ungesund. Er stöhnte leise vor sich hin. Henry ließ die Hand fallen und sagte zu mir: „Leg mal einen Hunderter auf den Tisch hier."

Ich zog meine Brieftasche und entnahm ihr eine der zwei Hundertdollarnoten, die ich mir in vorsorglicher Weise von dem Kassierer des Chateau Moraine hatte geben lassen. Gandesi starrte auf den Schein und winkte dem Kellner ab, der sich, seine Hand reibend, die er dabei fest gegen seine Brust drückte, zurückzog.

„Für was?" fragte Gandesi.

„Fünf Minuten Ihrer Zeit ohne Gesellschaft."

„Er ist sehr komisch. Aber gut, einverstanden." Gandesi nahm die Note und schob sie in seine Westentasche. Dann stützte er beide Hände auf die Tischplatte und stemmte sich selbst schwerfällig von seinem Stuhl hoch. Er watschelte davon, ohne uns anzusehen.

Henry und ich folgten ihm zwischen den engstehenden Tischen zur anderen Seite des Speiseraumes und durch eine Tür in die Anrichte und in einen schmalen schlecht beleuchteten Gang, an dessen Ende dieser Gandesi eine Tür öffnete und sie mit einem würdigen Lächeln in seinem olivfarbenen Gesicht für uns aufhielt. Ich trat als erster ein.

Als Henry vor Gandesi in das Zimmer trat, zog der Dicke überraschend behende eine kleine lederbezogene Schlagrute und schlug Henry damit sehr fest über den Kopf. Henry fiel nach vorn auf Hände und Knie. Gandesi schloß die Tür des Zimmers, für einen Mann seiner körperlichen Konstitution sehr schnell, und lehnte sich dagegen, die kleine Schlagrute in der linken Hand. Und dann erschien ebenfalls sehr plötzlich und unerwartet in seiner rechten ein kurzer, aber schwerer schwarzer Revolver.

„Er ist sehr komisch", sagte er liebenswürdig und kicherte für sich.

Was nun im einzelnen genau geschah, konnte ich nicht genau verfolgen. In dem einen Augenblick war Henry auf Händen und Füßen mit dem Rücken zu Gandesi. Im nächsten oder möglicherweise sogar im gleichen wirbelte etwas herum wie ein großer Fisch im Wasser, und Gandesi grunzte. Dann sah ich, daß Henrys dicker Kopf sich in Gandesis Magengrube bohrte und daß Henrys Hände die beiden haarigen Handgelenke Gandesis umklammerten. Dann richtete Henry sich zu seiner vollen Höhe auf, und Gandesi balancierte oben auf Henrys Kopf hoch in der Luft, den Mund weit aufgerissen und das Gesicht dunkelpurpurn. Henry schüttelte sich, wie es schien, nur ganz wenig und leicht, und Gandesi krachte mit einem furchtbaren Schlag mit dem Rücken auf den Boden und blieb keuchend liegen. Dann drehte sich der Schlüssel in der Tür, und Henry stand mit dem Rücken dagegen gelehnt, hielt sowohl die Schlagrute als auch die Pistole in der linken Hand und betastete mit der rechten mißtrauisch die Taschen, die unseren Whiskyvorrat enthielten. All das spielte sich in einer derartigen Geschwindigkeit ab, daß ich mich an die Wand stützen mußte, weil mir im Magen etwas schwach geworden war.

„Ein Bauchaufschlitzer", grollte Henry, „ein Komödiant. Warte nur, bis ich meinen Gürtel aufgemacht habe!"

Gandesi wälzte sich herum und erhob sich sehr langsam und schmerzvoll auf seine Füße, blieb schwankend stehen und strich sich mit der Hand über das Gesicht auf und ab. Sein Anzug war beschmutzt.

„Das ist ein Totschläger", erklärte Henry und zeigte mir die kleine schwarze Schlagrute. „Damit hat er mich doch geschlagen, nicht wahr?"

„Wie, Henry? Weißt du es nicht?" fragte ich verwundert.

„Ich wollte mich nur vergewissern", antwortete Henry. „Man tut so was nicht mit den Eichelbergers."

„Also, was wollen Sie nun eigentlich?" unterbrach Gandesi schroff. Er hatte plötzlich nicht mehr den geringsten italienischen Akzent.

„Ich habe Ihnen gesagt, was wir wollen, Fettkloß."

„Ich glaube nicht, daß ich euch irgendwoher kenne, Jungs", meinte Gandesi und ließ seinen massigen Körper vorsichtig auf einen hölzernen Sessel hinter einem schäbigen Büroschreibtisch nieder. Er wischte sich über das Gesicht und den Hals und betastete sich an den verschiedensten Stellen.

„Sie haben uns mißverstanden, Gandesi. Einer Dame, die in Carondelet Park wohnt, kam vor ein paar Tagen eine Perlenkette mit neunundvierzig Murmeln abhanden. Ihr Safe wurde geknackt. Es war ein Kinderspiel. Unsere Firma hat eine kleine Versicherung auf die Murmeln. Und den Hunderter rücken Sie mal eben wieder 'raus."

Er trat zu Gandesi, und Gandesi griff schnell in seine Westentasche und reichte ihm den Schein. Henry gab die Banknote an mich weiter, und ich legte sie wieder in meine Brieftasche.

„Ich wüßte nicht, daß ich was davon gehört hätte", meinte Gandesi vorsichtig.

„Sie haben mir mit einem Totschläger auf den Kopf gehauen", sagte Henry. „Lauschen Sie noch mal sehr genau."

Gandesi schüttelte den Kopf und winselte dann: „Ich lasse mich nicht mit Geldschrankknackern ein. Auch nicht mit Hehlern. Sie irren sich in mir."

„Lauschen Sie scharf", meinte Henry gedämpft und nachdrücklich. „Vielleicht hören Sie doch was?" Er wippte die kleine schwarze Stahlrute zwischen zwei Fingern der rechten Hand vor sich auf und ab. Der nur etwas zu kleine Hut saß noch auf seinem Hinterkopf, wenn er auch etwas zerdrückt war.

„Henry", sagte ich vorwurfsvoll, „du scheinst heute abend die ganze Arbeit allein tun zu wollen. Hältst du das für sehr fair?"

„Na gut. Übernimm du ihn eine Weile", antwortete Henry. „Die fetten Burschen platzen so hübsch auf, wenn man sie haut."

Inzwischen hatte Gandesi etwas von seiner natürlichen Farbe wiedergewonnen und betrachtete uns aufmerksam. „Versicherung seid ihr?" fragte er zweifelnd.

„Sie sagen es, Fettkloß."

„Habt ihr es schon bei Melachrino versucht?" fragte Gandesi.

„Ha!" brüllte Henry laut los. „Ein Bauchaufschlitzer, ein Ko . . ." Aber ich unterbrach ihn scharf.

„Einen Moment, Henry", sagte ich. Dann wandte ich mich an Gandesi: „Ist dieser Melachrino eine Person?" fragte ich.

Gandesis Augen rundeten sich vor Überraschung. „Natürlich – ein Mann. Ihr kennt ihn wohl nicht, was?" Finsterer Argwohn flackerte in seinen schwarzen Schlehenaugen auf, verschwand aber fast so schnell, wie er erschienen war.

„Rufen Sie ihn an", sagte Henry und deutete auf den Apparat, der auf dem schäbigen Büroschreibtisch stand.

„Telefonieren ist schlecht", gab Gandesi zögernd zu bedenken.

„Etwas mit dem Knüppel wirkt wie Gift", ermunterte Henry ihn und wippte mit dem Totschläger.

Gandesi seufzte, drehte seinen massigen Körper in dem Sessel herum und zog das Telefon an sich. Er wählte mit einem tintenbeklecksten Fingernagel eine Nummer und lauschte. Nach einer Pause sagte er: „Joe . . . Lou hier. Paar Versicherungshengste wollen ein Geschäft mit einer Geschichte in Carondelet Park machen . . . ja . . . nein, Murmeln . . . Du hast keinen Ton davon gehört? . . . So . . . Gut, Joe."

Gandesi legte den Hörer auf die Gabel zurück und schwang sich auf dem Sessel wieder herum. Er musterte uns mit schläfrigen Augen. „Nichts zu machen. Für welche Versicherung arbeitet ihr denn?"

„Gib ihm eine Karte", sagte Henry zu mir.

Ich zog wieder einmal meine Brieftasche und nahm eine meiner Karten heraus. Es war eine gravierte Visitenkarte, und sie enthielt nichts als meinen Namen. Mit meinem Taschenbleistift kritzelte ich „Chateau Moraine Apartments, Franklin, Nähe Ivar", unter den Namen. Ich zeigte sie Henry und gab sie dann Gandesi.

Gandesi las die Karte und biß sich still auf die Finger. Plötzlich erhellten sich seine Züge. „Ihr geht am besten zu Jack Lawler."

Henry musterte ihn scharf. Gandesis Augen schimmerten nun hell und arglos und ohne zu zwinkern.

„Wer ist das?" fragte Henry.

„Besitzt den Penguin Club, draußen am Strip, 86–44 Sunset oder so ähnlich ist die Nummer. Wenn es einer ausfindig machen kann, dann er."

„Danke", sagte Henry ruhig. Er sah zu mir herüber. „Glaubst du ihm?"

„Nun, Henry", erwiderte ich, „ich glaube nicht, daß er wirklich darüber erhaben wäre, uns die Unwahrheit zu sagen."

„Ha", begann Gandesi plötzlich, „ein Bauchaufschlitzer, ein – "

„Schnauze, das ist mein Text", knurrte Henry bösartig. „Das ist doch sauber, Gandesi? Nicht wahr? Das mit Jack Lawler?"

Gandesi nickte heftig. „Absolut sauber. Jack Lawler hat seine Finger in allem Erstklassigen, das angefaßt wird. Aber es ist nicht so einfach, ihn zu sehen zu kriegen."

„Darüber machen Sie sich keine Sorge. Danke, Gandesi."

Henry schmiß die Stahlrute in eine Ecke und öffnete die Trommel des Revolvers, den er die ganze Zeit in der linken Hand gehalten hatte. Er zog die Patronen heraus, beugte sich dann nieder und stieß den Revolver über den Fußboden, bis er unter einem Schrank verschwand. Er klapperte einen Moment träge mit den Patronen in seiner Hand und verstreute sie dann auf den Boden.

„Bis später, Gandesi", sagte er kalt. „Und halten Sie die Schnauze, wenn Sie nicht unter Ihrem Bett danach suchen wollen."

Darauf öffnete er die Tür, und wir beide gingen schnell hinaus und verließen die „Blaue Lagune", ohne von einem der Angestellten belästigt zu werden.

V

Mein Wagen parkte ein kleines Stück entfernt im gleichen Block. Wir stiegen ein, und Henry stützte seine Arme auf das Steuer und starrte bedrückt durch die Windschutzscheibe.

„Nun, was meinst du, Walter?" fragte er schließlich.

„Wenn du meine Ansicht wissen willst, Henry, ich glaube, Mister Gandesi hat uns einen Bären aufgebunden, nur um uns loszubekommen. Außerdem glaube ich nicht, daß er uns für Versicherungsagenten gehalten hat."

„Das glaube ich auch, genau das", sagte Henry. „Ich glaube auch nicht, daß es diesen Burschen Melachrino oder diesen Jack Lawler gibt, sondern daß Gandesi nur eine tote Nummer angerufen und mit ihr leer geschwätzt hat. Ich sollte noch mal 'reingehen und ihm Arme und Beine ausreißen. Zur Hölle mit dem Fettkloß."

„Wir haben das Beste getan, was uns einfiel, Henry, und haben es nach bestem Können durchgeführt. Ich schlage vor, daß wir jetzt in mein Apartment zurückkehren und versuchen, uns etwas anderes einfallen zu lassen."

„Und uns einen antrinken", ergänzte Henry. Er ließ den Motor an und lenkte den Wagen vom Bordstein fort.

„Wir haben uns vielleicht in bescheidenem Maß einen Drink verdient, Henry."

„Ha!" knurrte Henry. „Hingehalten hat er uns. Ich sollte zurückgehen und den ganzen Laden zusammenkloppen."

Er hielt an einer Kreuzung, obwohl um diese Zeit die Verkehrsampeln nicht mehr in Betrieb waren, und hob eine Whiskyflasche an die Lippen. Er war mit Trinken beschäftigt, als ein Wagen sich uns von hinten näherte und in uns hineinfuhr, wenn auch nicht sehr gefährlich. Henry hustete und senkte die Flasche, wobei er etwas Whisky über seinen Anzug verschüttete.

„In dieser Stadt wird es zu eng", knurrte er. „Man kann nicht in Ruhe einen Schluck trinken, ohne daß einem irgendein dummer Esel gegen den Ellenbogen stößt."

Wer auch immer in dem Wagen hinter uns war, er drückte mit einer gewissen Hartnäckigkeit auf die Hupe, da sich unser Wagen noch nicht einen Zentimeter weiterbewegt hatte. Henry stieß die Tür auf, stieg aus und ging nach hinten. Ich hörte Stimmen mit beachtlicher Lautstärke. Die lautere war Henrys. Nachdem er seinem Unmut Luft gemacht hatte, kam er zurück, stieg ein und fuhr weiter.

„Ich hätte ihm was aufs Mundstück schlagen sollen", meinte er, „aber ich blieb sanftmütig." Er fuhr uns schnell den Rest des Weges nach Hollywood und zum Chateau Moraine, und wir gingen in mein Apartment hinauf und setzten uns mit großen Gläsern in unseren Händen nieder.

„Wir haben noch mehr als anderthalb ganze Flaschen von dem Stoff", sagte Henry und betrachtete die beiden Flaschen, die er neben andere, die schon lange leer waren, auf den Tisch gestellt hatte, „das sollte für eine Idee reichen."

„Wenn es nicht reicht, Henry, dort, wo er herkommt, sind noch in reicher Fülle Vorräte vorhanden." Frohgemut leerte ich mein Glas.

„Du scheinst doch eigentlich ganz normal", sagte Henry. „Warum redest du immer so komisch?"

„Anscheinend kann ich meine Sprechweise nicht ändern, Henry. Mein Vater und meine Mutter waren beide strenge Puristen neu=englischer Tradition, und nie kam die Rede in natürlicher Form von meinen Lippen, selbst als ich noch das College besuchte."

Henry versuchte, diese Bemerkung zu verdauen, aber es war deut=lich zu erkennen, daß sie ihm schwer im Magen lag.

Wir unterhielten uns eine Zeitlang über Gandesi und die zweifel=haften Qualitäten seines Rates und verbrachten damit eine halbe Stunde. Dann begann überraschend plötzlich das weiße Telefon auf meinem Schreibtisch zu klingeln. Ich stürzte mich darauf in der Hoff=nung, es sei Ellen Macintosh und daß sie sich von ihrer schlechten Laune erholt habe. Aber es erwies sich als eine männliche Stimme, und mir war sie darüber hinaus auch fremd. Sie sprach knapp mit einem unfreundlichen metallischen Tonfall.

„Sind Sie Walter Gage?"

„Hier spricht Mister Walter Gage."

„Ach gut, *Mister* Gage, wie ich höre, sind Sie an Juwelenge=schäften interessiert?"

Ich hielt das Telefon sehr fest, drehte mich um und schnitt über den Apparat hinweg Henry Grimassen. Er war trübsinnig darin vertieft, sich mit einer weiteren großen Portion Old Plantation zu versorgen.

„Das ist zutreffend", sagte ich in das Telefon und versuchte meine Stimme gelassen und fest klingen zu lassen, obwohl meine Aufregung fast mehr war, als ich meistern konnte, „falls Sie mit Juwelen Perlen meinen sollten."

„Neunundvierzig an einem Strick, Mann. Und der Preis ist fünf=tausend."

„Wie bitte!? Das ist völlig unsinnig", keuchte ich. „Fünftausend Dollars für diese . . . "

Die Stimme unterbrach mich grob. „Sie haben es gehört, Mann. Fünftausend. Heben Sie nur die Hand hoch und zählen Sie Ihre Finger. Für jeden ein Tausender. Nicht mehr, nicht weniger. Überlegen Sie es sich. Ich rufe später noch mal an."

Das Telefon knackte trocken, und zitternd legte ich meinen Hörer auf die Gabel zurück. Ich zitterte wirklich. Ich wankte zu meinem Sessel, ich ließ mich hineinsinken, und ich wischte mir mit dem Taschentuch das Gesicht ab.

„Henry", sagte ich mit leiser erregter Stimme, „es hat geklappt. Aber wie seltsam."

Henry stellte sein leeres Glas auf den Boden. Es war das erstemal, daß ich sah, wie er ein leeres Glas abstellte und es leer ließ. Er starrte mich, ohne zu blinzeln, aus seinen engstehenden grünen Augen an.

„Ja", sagte er freundlich. „Was hat geklappt, Junge?" Er leckte sich mit der Zungenspitze langsam über die Lippen.

„Was wir drunten in Gandesis Lokal vollbrachten, Henry. Gerade rief mich ein Mann an und fragte mich, ob ich am Perlengeschäft interessiert sei."

„Sieh mal!" Henry schob die Lippen vor und pfiff leise. „An dem verdammten Fettkloß ist doch etwas dran gewesen."

„Aber der Preis beträgt fünftausend Dollars, Henry. Das scheint mir außerhalb aller vernünftigen Grenzen zu liegen."

„Was?" Henrys Augen schienen aus ihren Höhlen zu quellen, als wollten sie sich daraus lösen. „Fünftausend für die Nieten? Der Kerl hat ja einen Knall. Du sagst, sie kosten zwei Hunderter, sagst du? Komplett verrückt, das ist der Kerl. Fünftausend? Für fünftausend kann man ja einem Elefanten den Rüssel mit falschen Perlen vollhängen."

Es war klar ersichtlich, Henry war konsterniert. Er füllte still unsere Gläser, und über ihren Rand starrten wir uns gegenseitig an. „Also, was zum Teufel, willst du daraus machen?" fragte er nach einem langen Schweigen.

„Henry", sagte ich fest. „Da gibt es nur noch einen Weg. Richtig ist, daß Ellen Macintosh vertraulich mit mir gesprochen hat. Da sie nicht den ausdrücklichen Auftrag von Mrs. Penruddock hatte, mich über die Perlen aufzuklären, muß ich dieses Vertrauen wohl respektieren. Aber Ellen ist jetzt auf mich wütend und will nicht mit mir sprechen, aus keinem anderen Grund, als weil ich Whisky in erheblichen Quantitäten zu mir nehme, obwohl meine Rede und mein Gehirn noch angemessen klar sind. Dieses letzte ist eine sehr seltsame Entwicklung, und ich bin der Ansicht, daß trotz allem ein naher Freund der Familie um seinen Rat befragt werden sollte. Vorzugsweise natürlich ein Mann, der etwas von Juwelen versteht. Eine günstige Fügung, Henry: Es gibt diesen Mann, und morgen vormittag werde ich ihn aufsuchen."

„Du lieber Himmel“, meinte Henry, „das hättest du auch in neun Worten sagen können. Wer ist der Mann?“

„Er heißt Mister Lansing Gallemore, und er ist Präsident der Gallemore Jewellery Company in der Seventh Street. Er ist ein sehr alter Freund von Mrs. Penruddock, Henry — Ellen hat ihn oft erwähnt —, und er ist in der Tat eben der Mann, der die imitierten Perlen beschafft hat.“

„Aber der wird doch nach der Polizei schreien“, wendete Henry ein.

„Das glaube ich nicht, Henry. Ich bin überzeugt, daß er nicht das geringste tun wird, um Mrs. Penruddock in Verlegenheit zu bringen.“

Henry zuckte mit den Schultern. „Falsch bleibt falsch“, sagte er, „man kann nichts anderes daraus machen. Nicht mal der Präsident einer Juwelen-Company kann das.“

„Dessenungeachtet muß es einen Grund geben, warum für die Perlen so viel gefordert wird, Henry. Der einzige Grund, den ich mir denken kann, ist Erpressung, und das ist mir, offen gesagt, ein wenig zuviel, um es allein zu ordnen, weil ich nicht genügend über die Hintergründe der Familie Penruddock weiß.“

„Na schön“, fügte Henry sich seufzend. „Wenn das deine Idee ist, mußt du dich wohl danach richten, Walter. Und ich mach' mich am besten nach Hause und hau' mich hin, damit ich für die harte Arbeit gut in Form bin, wenn es dazu kommt.“

„Willst du nicht die Nacht hier verbringen, Henry?“

„Danke, alter Junge, das ist nett, aber ich bin im Hotel gut untergebracht. Ich werde nur die Reserveflasche von diesem Tigerschweiß an mich nehmen, um einzuschlafen. Könnte sein, daß morgen ein Anruf von meiner Agentur kommt wegen einer Stellung, und ich mir die Zähne putzen und mich vorstellen gehen muß. Ich werde auch wieder meine Klamotten anziehen, damit ich mich unter dem einfachen Volk wieder zeigen kann.“

Damit ging er ins Badezimmer und trat nach kurzer Zeit wieder in seinem blauen Sergeanzug in Erscheinung. Ich drängte ihn, meinen Wagen zu nehmen, aber er meinte, in seiner Gegend sei er nicht sicher. Er willigte indessen ein, den Mantel zu benutzen, den er getragen hatte, und nachdem er in dessen Tasche sorgfältig eine unangebrochene Flasche Whisky verstaut hatte, drückte er mir herzlich die Hand.

„Einen Augenblick noch, Henry", sagte ich und zog meine Brieftasche. Ich reichte ihm eine Zwanzigdollarnote hin.

„Wozu soll denn das sein?" grollte er.

„Du bist vorübergehend ohne Stellung, Henry, und hast heute abend eine verdienstvolle Arbeit geleistet, so verwirrend auch die Ergebnisse sind. Du sollst belohnt sein, und ich kann mir dieses kleine Entgelt durchaus erlauben."

„Nun danke, alter Junge", sagte Henry, „aber es ist nur geliehen." Seine Stimme war rauh vor Rührung. „Soll ich dich morgen vormittag anrufen?"

„Auf alle Fälle. Aber da fällt mir noch etwas ein. Wäre es für dich nicht ratsam, wenn du das Hotel wechseltest? Angenommen, daß, wenn auch nicht durch meine Schuld, die Polizei von dem Diebstahl erfährt. Würden sie dich nicht zumindest verdächtigen?"

„Teufel auch. Sie würden mich stundenlang auf und ab zappeln lassen", sagte Henry. „Aber wohin wollen sie damit kommen? Ich bin kein reifer Pfirsich."

„Das mußt natürlich du entscheiden, Henry."

„Stimmt. Gute Nacht, Alter, und träume nichts Schlechtes."

Damit verließ er mich, und ich fühlte mich plötzlich sehr deprimiert und einsam. Henrys Gesellschaft war für mich trotz seiner rauhen Redeweise sehr anregend gewesen. Er war bemerkenswert männlich. Ich goß mir selber einen recht großen Whisky von dem Rest aus der Flasche ein und trank ihn schnell, wenn auch bedrückt.

Die Wirkung war, daß ich einen unüberwindlichen Wunsch verspürte, mit Ellen Macintosh zu telefonieren, koste es, was es wolle. Ich ging ans Telefon und wählte ihre Nummer. Nach langem Warten antwortete ein schläfriges Mädchen. Ellen weigerte sich indessen, ans Telefon zu kommen, nachdem sie meinen Namen gehört hatte. Das deprimierte mich noch mehr, und ich leerte den Rest der Whiskyflasche, fast ohne zu bemerken, was ich tat. Dann legte ich mich auf mein Bett und verfiel in einen unruhigen Schlaf.

VI

Das eifrige Klingeln des Telefons weckte mich, und ich sah, daß die Morgensonne mit breiten Strahlen in mein Zimmer fiel. Es war neun Uhr, und immer noch brannten alle Lampen. Ich erhob mich und fühlte mich etwas steif und außer Form, denn ich trug immer noch meinen Abendanzug. Aber ich bin ein gesunder Mensch mit sehr guten Nerven und fühlte mich nicht so elend, wie ich erwartet hatte. Ich ging zum Telefon und meldete mich.

Henrys Stimme fragte: „Wie fühlst du dich, Junge? Ich habe einen Kater, der für zwölf Schweden reicht."

„Danke, es geht, Henry."

„Bei mir hat die Agentur wegen einer Stellung angerufen. Ich muß da also mal hin und mich beriechen lassen. Soll ich später bei dir aufkreuzen?"

„Ja, Henry, unter allen Umständen. Gegen elf sollte ich von dem Besuch zurück sein, von dem ich dir gestern abend erzählt habe."

„Noch ein Anruf von – du weißt schon?"

„Noch nicht, Henry."

„In Ordnung. Abessinien." Er hängte ein, und ich duschte kalt, rasierte mich und zog mich an. Ich legte einen unauffälligen braunen Straßenanzug an und ließ mir Kaffee heraufschicken. Ich veranlaßte den Kellner auch, die leeren Flaschen aus meinem Apartment zu entfernen, und gab ihm für seine Mühe einen Dollar. Nachdem ich zwei Tassen schwarzen Kaffees getrunken hatte, fühlte ich mich wieder wie mein eigenes Ich und fuhr in die Stadt zu dem großen und strahlenden Geschäft der Gallemore Jewellery Company in der Seventh Street West.

Es war wieder ein heller, strahlender Morgen, und es schien, daß an einem herrlichen Tag wie diesem sich alle Dinge von selbst ordnen würden.

Es erwies sich als etwas schwierig, Mr. Lansing Gallemore zu sprechen, so daß ich genötigt war, seiner Sekretärin anzuvertrauen, daß es sich um eine Angelegenheit handele, die Mrs. Penruddock betreffe und höchst vertraulicher Natur sei. Als ihm allerdings diese Mitteilung überbracht wurde, wurde ich sofort in ein großes getäfeltes Büro geführt, an dessen anderem Ende Mr. Gallemore hinter einem massiven Schreibtisch stand. Er streckte mir eine dünne Hand hin.

„Mister Gage? Ich glaube nicht, daß ich schon einmal das Vergnügen hatte."

„Nein, Mister Gallemore, ich hatte noch nicht die Ehre. Ich bin der Bräutigam – oder war es bis gestern abend – von Miss Ellen Macintosh, die, wie Sie vermutlich wissen, die Pflegerin von Mrs. Penruddock ist. Ich komme in einer sehr vertraulichen Angelegenheit zu Ihnen, und es ist leider erforderlich, daß ich Sie bitten muß, diese Angelegenheit auch sehr vertraulich zu behandeln, ehe ich spreche."

Er war ein Mann von vielleicht fünfundsiebzig Jahren und sehr dünn und groß und korrekt mit guter Haltung. Er hatte kalte blaue Augen, aber ein sehr warmes Lächeln. Er war überraschend jugendlich in einen grauen Flanellanzug gekleidet mit einer roten Nelke im Knopfloch.

„Es ist mein Grundsatz, das nie zu versprechen, Mister Gage", antwortete er mit Würde. „Ich halte es für ein fast unfaires Verlangen. Aber wenn Sie mir versichern, daß die Angelegenheit Mrs. Penruddock betrifft und eine wirklich delikate und vertrauliche Angelegenheit ist, werde ich eine Ausnahme machen."

„Das ist sie in der Tat, Mister Gallemore", erwiderte ich und berichtete ihm darauf die ganze Geschichte, verbarg nichts vor ihm, nicht einmal die Tatsache, daß ich gestern bei weitem zuviel Whisky zu mir genommen hatte.

Er betrachtete mich neugierig, als ich meinen Bericht beendet hatte. Seine feingeformte Hand ergriff einen altmodischen weißen Gänsekiel, und er kitzelte sich mit der Feder am rechten Ohr.

„Mister Gage", fragte er, „können Sie nicht erraten, warum fünftausend Dollars für die Perlenschnur gefordert werden?"

„Wenn Sie mir eine Vermutung in einer Frage so persönlicher Natur gestatten wollen, könnte ich es vielleicht wagen, meine Gedanken auszusprechen, Mister Gallemore."

Er kitzelte sich jetzt mit der Feder an seinem linken Ohr. „Sprechen Sie unbesorgt, mein Sohn."

„Die Perlen sind tatsächlich echt, Mister Gallemore. Sie sind ein sehr alter Freund von Mrs. Penruddock – vielleicht sogar ein Jugendgespiele. Als sie Ihnen die Perlen brachte, das Geschenk zu ihrer goldenen Hochzeit, um sie zu verkaufen, weil sie dringend Geld für einen hochherzigen Zweck benötigte, verkauften Sie die Perlen nicht,

Mister Gallemore. Sie gaben nur vor, Sie hätten den Schmuck verkauft. Sie opferten zwanzigtausend Dollars Ihres eigenen Geldes und gaben ihr die echten Perlen zurück und erklärten dazu, es seien die Imitationen aus der Tschechoslowakei."

„Mein Sohn, Ihre Gedanken sind erheblich gescheiter als Ihre Redeweise", antwortete Mr. Gallemore. Er stand auf und ging zu einem Fenster, zog die feinen Netzvorhänge beiseite und blickte auf das Getriebe auf der Seventh Street herab. Er kam zu seinem Schreibtisch zurück, setzte sich wieder und lächelte etwas wehmütig.

„Es ist fast schon etwas peinlich, wie recht Sie haben, Mister Gage", sagte er und seufzte. „Mrs. Penruddock ist eine sehr stolze Frau, sonst hätte ich ihr einfach die zwanzigtausend Dollars als privates Darlehn ohne jede Sicherheit angeboten. Ich war zufällig einer der Mitverwalter des Vermögens von Mister Penruddock und wußte, daß es unter den damaligen Verhältnissen auf dem Finanzmarkt ganz außer Frage stand, genug Geld aufnehmen zu können, ohne den Bestand des Vermögens in einem unvernünftigen Ausmaß zu schädigen, um für alle Verwandten und Pensionäre zu sorgen. Darum verkaufte Mrs. Penruddock ihre Perlen, wie sie glaubte, aber sie bestand hartnäckig darauf, daß niemand es erfahren dürfe. Und ich tat das, was Sie vermutet haben. Es war unerheblich. Ich konnte mir diese Geste erlauben. Ich habe nie geheiratet, Gage, und bin ein recht wohlhabender Mann. Tatsache ist, daß die Perlen damals nicht die Hälfte von dem erbracht hätten, was ich ihr dafür gab."

Ich senkte meinen Blick in der Befürchtung, es würde den alten Herrn in Verlegenheit bringen, wenn ich ihn direkt ansähe.

„Deshalb glaube ich, daß es das beste ist, wenn wir diese fünftausend auf irgendeine Weise aufbringen, mein Sohn", fügte Mr. Gallemore unmittelbar anschließend in geschäftlichem Ton hinzu. „Der Preis ist recht gering, wenn auch gestohlene Perlen erheblich schwieriger abzusetzen sind als gestohlene Edelsteine. Wenn ich Ihnen diese Aufgabe auf Ihr ehrliches Gesicht hin anvertraue, glauben Sie, daß Sie in der Lage sind, sie auch zu Ende zu führen?"

„Mister Gallemore", sagte ich fest, aber ruhig, „ich bin Ihnen ein völlig Fremder, und ich bin nur aus Fleisch und Blut. Aber ich verspreche Ihnen beim Andenken meiner toten, verehrten Eltern, daß ich nicht feige sein werde."

„Nun, Sie verfügen über einen ansehnlichen Bestand an Fleisch und Blut, mein Sohn", sagte Mr. Gallemore freundlich, „und ich fürchte nicht, daß Sie das Geld stehlen werden, vielleicht, weil ich etwas mehr über Miss Ellen Macintosh und ihren jungen Mann weiß, als Sie erwarten. Ferner sind die Perlen versichert, auf meinen Namen natürlich, und eigentlich sollte die Versicherungsgesellschaft den Fall übernehmen. Aber Sie und Ihr seltsamer Freund scheinen ja bisher recht gut weitergekommen zu sein, und ich glaube daran, daß man eine Hand zu Ende spielen lassen soll. Dieser Henry muß ein recht bemerkenswerter Mensch sein."

„Ich habe mich sehr an ihn gewöhnt und bin ihm sehr zugetan, trotz seiner ungehobelten Art", sagte ich aus innerstem Herzen.

Mr. Gallemore spielte noch ein bißchen länger mit seiner weißen Feder, dann zog er ein langes Scheckbuch heraus und schrieb einen Scheck, den er sorgfältig ablöschte und mir über den Schreibtisch reichte.

„Wenn Sie die Perlen bekommen, will ich versuchen, daß mir die Versicherung diesen Betrag ersetzt", sagte er. „Wenn sie auf das Geschäft mit mir Wert legt, wird es deswegen keine Schwierigkeiten geben. Die Bank ist unten an der Ecke, und ich werde auf ihren Anruf warten. Wahrscheinlich wird sie den Scheck nicht einlösen, ohne mich vorher anzurufen. Seien Sie vorsichtig, mein Sohn, und kommen Sie nicht zu Schaden."

Er schüttelte mir wieder die Hand, aber ich zögerte noch. „Mister Gallemore, Sie bringen mir größeres Vertrauen entgegen als je ein Mann zuvor", sagte ich, „ausgenommen natürlich mein Vater."

„Ich weiß, ich benehme mich sehr töricht", sagte er mit einem eigentümlichen Lächeln. „Es ist schon so lange her, daß ich jemanden so sprechen hörte, wie Jane Austen geschrieben hat. Das verleitet mich zu dieser Torheit."

„Danke, Sir. Ich weiß, daß meine Sprechweise ein wenig steif ist. Darf ich es wagen, Sie um eine geringfügige Gefälligkeit zu bitten?"

„Das wäre, Gage?"

„Miss Ellen Macintosh anzurufen, der ich gegenwärtig ein wenig entfremdet bin, um ihr zu sagen, daß ich heute nichts trinken werde und daß Sie mir eine höchst delikate Mission anvertraut haben?"

Er lachte laut heraus. „Das werde ich gern tun, Walter. Und da ich weiß, daß man ihr vertrauen kann, werde ich ihr eine Vorstellung von dem geben, was vorgeht."

Darauf verließ ich ihn und ging mit dem Scheck zur Bank, und der Kassierer zählte mir schließlich, nachdem er mich zuerst mißtrauisch gemustert und sich dann für längere Zeit aus seinem Käfig entfernt hatte, das Geld in Hundertdollarnoten so widerwillig vor, daß man hätte denken können, es sei sein eigenes.

Ich steckte den flachen Packen Noten in meine Tasche und sagte: „Und nun geben Sie mir bitte eine Rolle Vierteldollars."

„Eine Rolle Vierteldollars, Sir?" Er hob die Augenbrauen.

„Genau. Ich benötige sie als Trinkgelder und trage sie natürlich lieber in der Rolle nach Hause als lose."

„Oh, ich verstehe. Zehn Dollars, bitte."

Ich nahm die dicke harte Rolle mit den Münzen, ließ sie in meine Tasche fallen und fuhr nach Hollywood zurück.

Henry wartete schon auf mich in der Halle des Chateau Moraine, drehte seinen Hut zwischen seinen rauhen harten Händen. Die Linien in seinem Gesicht waren etwas schärfer als gestern, und ich bemerkte, daß sein Atem nach Whisky roch. Wir gingen in mein Apartment, und er wandte sich mir gespannt zu.

„Erfolg gehabt?"

„Henry", sagte ich, „ehe wir uns an die Arbeit dieses Tages begeben, wünsche ich über einen Punkt Klarheit: ich werde heute nichts trinken. Wie ich sehe, hast du schon etwas zu dir genommen."

„Nur eine kleine Aufmunterung, Walter", sagte er etwas zerknirscht. „Die Stellung, um die ich mich bewerben sollte, war schon vergeben, als ich hinkam. Was für gute Nachrichten hast du?"

Ich setzte mich, entzündete mir eine Zigarette und sah ihn fest an. „Nun, Henry, ich weiß eigentlich nicht recht, ob ich es dir sagen soll oder nicht. Aber es erschiene mir nach allem, was du gestern abend bei Gandesi vollbracht hast, ein wenig kleinmütig." Ich zögerte noch einen Augenblick, während Henry mich anstarrte und sich in die Muskeln seines linken Armes kniff. „Die Perlen sind echt, Henry. Und ich besitze Anweisungen, die Angelegenheit weiterzutreiben, und habe augenblicklich fünftausend Dollars in bar in der Tasche."

Dann berichtete ich ihm kurz, was vorgefallen war.

Er war zu verwirrt, um gleich Worte finden zu können. „Heiliger

Bimbam!" rief er schließlich aus. „Du willst behaupten, du hast von diesem Gallemore fünftausend Dollars bekommen – ganz ohne weiteres?"

„Eben dieses, Henry."

„Jungchen", sagte er ernsthaft, „an deinem Unschuldslammgesicht und deiner verschrobenen Sprechweise muß doch was dran sein, wenn dir ernst zu nehmende Leute darauf ohne weiteres so viel Geld geben. Fünf Tausender?! Von einem Geschäftsmann?! Ohne jede Sicherheit?! Nun, ich will der Onkel eines Esels sein, der Großvater einer Schlange. Ich will ein mickriger Finne beim Festessen eines Frauenklubs sein!"

Genau in diesem Augenblick, als ob meine Ankunft in dem Gebäude beobachtet worden wäre, klingelte wieder das Telefon, und ich sprang auf, um den Anruf zu beantworten.

Es war eine der Stimmen, auf die ich wartete, wenn auch nicht die, die zu hören ich die größere Sehnsucht empfand. „Was sagen Sie heute morgen zu meinem Vorschlag, Gage?"

„Er sieht annehmbarer aus", antwortete ich. „Wenn ich die Sicherheit bekomme, ehrlich behandelt zu werden, bin ich bereit, ihn zu akzeptieren."

„Sie haben also das Geld?"

„In diesem Augenblick befindet es sich in meiner Tasche."

Die Stimme schien erst einmal tief auszuatmen. „Sie werden Ihre Murmeln schon bekommen, Gage, garantiert – wenn wir den Preis kriegen. Wir betreiben dieses Geschäft schon lange, und wir schummeln nicht. Wenn wir damit anfangen, spricht sich das schnell herum, und es wäre mit unserem Geschäft vorbei."

„Ja, das leuchtet mir ein", antwortete ich. „Fahren Sie mit Ihren Anweisungen fort", sagte ich dann sehr kühl.

„Hören Sie genau zu, Gage. Heute abend Punkt acht sind Sie in Pacific Palisades. Wissen Sie, wo das ist?"

„Gewiß. Das ist ein kleines Wohnviertel westlich der Poloplätze am Sunset Boulevard."

„Richtig. Der Sunset führt direkt hindurch. Dort ist ein Drugstore. Der hat bis neun Uhr offen. Warten Sie dort Punkt acht heute abend auf einen Anruf. Allein. Ich meine, wirklich allein. Keine Bullen, keine starken Männer, Gage. Das ist eine öde Gegend, und wir werden Sie von da weiterdirigieren, wo wir Sie hinhaben wollen, und uns überzeugen, daß Sie allein sind. Alles kapiert?"

„Ich bin kein völliger Idiot", entfuhr es mir ungehalten.

„Keine leeren Päckchen, Gage. Das Geld wird nachgezählt. Keine Waffe. Sie werden durchsucht, und wir sind genug, um Sie von allen Seiten zu decken. Wir kennen Ihren Wagen. Keine verwegenen Scherze, keine gerissenen Tricks. Schnauze dichthalten, und es geschieht keinem was. Das sind unsere Geschäftsprinzipien. In was für Scheinen ist das Geld?"

„Hundertdollarnoten", erwiderte ich, „und nur wenige neue darunter."

„Kluges Kind. Bis acht Uhr also. Seien Sie vorsichtig, Gage."

Das Telefon knackte an meinem Ohr, und ich hängte ein. Fast im gleichen Augenblick klingelte es wieder. Diesmal war es *die* Stimme.

„Oh, Walter", schrie Ellen. „Ich war ja so gemein zu dir. Bitte vergib mir, Walter. Mister Gallemore hat mir alles gesagt, und ich habe solche Angst."

„Es besteht keinerlei Grund zu Befürchtungen", sagte ich sehr herzlich. „Ist Mrs. Penruddock unterrichtet, Liebling?"

„Nein, Liebling. Mister Gallemore sagte mir, ich solle ihr nichts sagen. Ich rufe aus einem Geschäft in der Sechsten an. Oh, Walter, ich habe wirklich Angst. Wird Henry mit dir gehen?"

„Ich fürchte, nein, Liebling. Alle Vorkehrungen sind getroffen, und sie werden es nicht erlauben. Ich muß allein gehen."

„Oh, Walter. Ich fürchte mich schrecklich. Ich kann die Ungewißheit nicht ertragen."

„Dazu besteht wirklich kein Anlaß", versicherte ich ihr. „Es ist eine einfache geschäftliche Auseinandersetzung. Ich bin ja auch nicht gerade ein Zwerg."

„Aber, Walter – oh! Ich will versuchen, tapfer zu sein, Walter. Willst du mir nur eine winzige Kleinigkeit versprechen?"

„Nicht ein Tröpfchen, Liebling", antwortete ich fest. „Nicht den winzigsten einzigen Tropfen."

„Oh, Walter."

In dieser Form ging es noch eine kleine Weile weiter, für mich sehr angenehm unter den Umständen, aber für andere möglicherweise nicht von besonderem Interesse. Schließlich trennten wir uns, nachdem ich versprochen hatte, anzurufen, sobald die Begegnung zwischen mir und den Gaunern stattgefunden hatte.

Ich wendete mich vom Telefon ab und fand Henry tief in eine Flasche versunken, die er aus seiner Hüfttasche gezogen hatte.

„Henry!" rief ich streng.

Er betrachtete mich mit einem rauhen entschlossenen Blick über die Flasche. „Nun hör mal zu, alter Junge", sagte er mit leiser harter Stimme. „Ich habe aus dem, was du sagtest, genug verstanden, um den Plan zu kennen. Irgendwo draußen, wo nur hohes Unkraut wächst, und du sollst allein kommen, und dann verpassen sie dir das übliche Ding über den Kopf, nehmen dir dein Geld ab und lassen dich liegen – und die Murmeln haben sie nach wie vor sicher. Nichts zu machen, Freund! Ich sage – nichts zu machen!" Die letzten Worte schrie er beinahe.

„Henry, es ist meine Pflicht, und ich muß sie erfüllen", entgegnete ich still und gefaßt.

„Ha!" schnarrte Henry. „Und ich sage: Nein! Du hast einen Knall, aber du bist ein feiner Bursche, trotzdem. Ich sage nein. Henry Eichelberger von den Wisconsin Eichelbergers – tatsächlich, ich wäre auch berechtigt zu sagen: von den Milwaukee Eichelbergers – sagt nein. Und er sagt es nachdrücklich und mit beiden Händen." Er trank wieder aus der Flasche.

„Du wirst indessen in keiner Weise eine Hilfe sein, wenn du dich berauschst", hielt ich ihm recht erbittert entgegen.

Er ließ die Flasche sinken. Verblüffung stand auf allen seinen groben Gesichtszügen geschrieben. „Betrunken, Walter?" dröhnte er. „Sagtest du betrunken? Ein Eichelberger betrunken? Hör zu, mein Sohn. Dazu haben wir jetzt nicht genug Zeit. Dazu würde ich vielleicht drei Monate brauchen. Wenn du mal drei Monate Zeit hast und vielleicht fünftausend Gallonen Whisky und einen Schornstein, werde ich froh sein, meine Zeit dranzuwenden, um dir zu zeigen, wie ein Eichelberger aussieht, wenn er betrunken ist. Du wirst es mir nicht glauben, Junge. Von dieser Stadt wäre nichts mehr übrig als ein paar geborstene Säulen und ein Haufen zermalmte Ziegelsteine, in deren Mitte – Himmel, ich fange noch an, ordentlich zu sprechen, wenn ich noch lange mit dir zusammen bin –, in deren Mitte und keiner lebenden Menschenseele in fünfzig Meilen Umkreis Henry Eichelberger, friedlich auf dem Rücken liegend, in die Sonne lächeln wird. Betrunken, Walter, nicht stockbesoffen, nicht mal sinnlos betrunken. Aber du könntest das Wort betrunken gebrauchen, ohne mich damit zu beleidigen."

Er setzte sich und trank wieder. Ich starrte vergrämt auf den Fußboden. Ich hatte nichts weiter zu sagen.

„Aber das soll später mal sein. Jetzt nehme ich nur meine Medizin. Ich bin nicht ich selbst ohne eine leichte Andeutung von Delirium Tremens, wie mal einer sagte. Ich wurde damit großgezogen. Und ich werde mit dir gehen. Wo ist es denn?"

„Es ist unten nahe der Küste, und du wirst nicht mit mir gehen. Wenn du dich betrinken mußt – bitte, betrinke dich, aber du wirst nicht mit mir gehen."

„Du hast einen großen Wagen, Walter. Ich werde mich hinten auf dem Boden unter einer Decke verstecken. Es ist ein Kinderspiel."

„Nein, Henry."

„Walter, du bist ein feiner Bursche", sagte Henry, „und ich werde mit dir zu diesem faulen Geschäft gehen. Hier, riech mal eben dran, Walter. Du siehst ein bißchen erschöpft aus."

Wir stritten uns eine Stunde, und mir schmerzte mein Kopf, und ich begann nervös und müde zu werden. Da geschah es dann, was sich als fataler Fehler hätte erweisen können. Ich erlag Henrys Überredungskunst und nahm eine kleine Dosis Whisky, rein als Medikament, ein. Das ließ mich so sehr wieder aufleben, daß ich mir eine weitere und größere Dosis gestattete. Ich hatte am Morgen nichts gegessen und nur Kaffee getrunken und am vergangenen Abend nur ein sehr leichtes Abendessen eingenommen. Am Ende einer weiteren Stunde war Henry fortgegangen, um zwei weitere Flaschen Whisky zu holen, und ich war so munter und vergnügt wie ein Vogel. Alle Schwierigkeiten schienen jetzt verschwunden, und ich hatte aus vollem Herzen zugestimmt, daß Henry hinten in meinem Wagen unter einer Decke versteckt liegen und mich zu dem Rendezvous begleiten sollte.

Wir verbrachten die Zeit bis zwei Uhr in sehr angenehmer Weise. Um diese Zeit begann ich schläfrig zu werden und legte mich auf mein Bett, worauf ich bald in einen tiefen Schlaf verfiel.

VII

Als ich erwachte, war es fast dunkel. Ich erhob mich mit Panik im Herzen von meinem Bett und empfand gleichzeitig scharf stechende Schmerzen in meinen Schläfen. Es war indessen erst halb sieben. Ich war allein in dem Apartment, und langgestreckte Schatten stahlen sich quer über den Fußboden. Die Schaustellung leerer Whiskyflaschen auf dem Tisch war sehr abscheulich. Henry Eichelberger war nirgends zu sehen. Mit einem instinktiven Stich, dessen ich mich fast sofort schämte, eilte ich zu meiner Jacke, die über einem Stuhlrücken hing, und griff hastig in die innere Brusttasche. Der Packen Banknoten war unangetastet. Nach einem kurzen Zögern und mit einem uneingestandenen Schuldgefühl zog ich ihn heraus und zählte langsam nach. Nicht ein Schein fehlte. Ich steckte das Geld zurück und versuchte, über mich selbst und meinen Mangel an Vertrauen zu lächeln, dann schaltete ich das Licht ein und ging ins Bad, um abwechselnd heiße und kalte Duschen zu nehmen, bis mein Gehirn wieder verhältnismäßig klar war.

Damit war ich fertig und zog gerade frische Wäsche an, als sich ein Schlüssel im Schloß umdrehte und Henry Eichelberger mit zwei eingewickelten Flaschen unter dem Arm eintrat. Er sah mich mit etwas im Blick, das ich für echte Zuneigung hielt, an.

„Einer, der es so wie du wegschlafen kann, ist wirklich ein Star", sagte er bewundernd. „Ich habe mir deinen Schlüssel geklemmt, um dich nicht zu wecken. Ich mußte was in den Bauch bekommen und frischen Stoff anschaffen. Ich habe ein bißchen solo getrunken, was gegen mein Prinzip ist, wie ich dir schon gesagt habe, aber heute ist ein großer Tag. Trotzdem werden wir mit dem Sprit von jetzt an etwas vorsichtiger sein. Wir können uns kein Zittern leisten, bis alles vorüber ist."

Er hatte während dieser Rede eine der Flaschen ausgepackt und goß mir einen kleinen Drink ein. Ich trank ihn dankbar und spürte sofort ein warmes Glühen in meinen Adern.

„Ich wette, du hast den Packen Zaster in deiner Tasche nachgezählt", bohrte Henry grinsend.

Ich fühlte, wie ich errötete, erwiderte aber nichts. „Das ist in Ordnung, Junge, damit hattest du recht. Was weißt du denn schon groß von Henry Eichelberger? Ich habe aber noch etwas getan." Er griff hinter sich und zog eine kurze Pistole aus seiner Hüfttasche. „Wenn diese Kerle scharf spielen wollen", sagte er, „ich habe mir für fünf Dollars Eisenwaren angeschafft, die nichts dagegen haben, daß man scharf damit spielt. Und die Eichelbergers haben noch nicht sehr viele von den Kerlen verfehlt, auf die sie geschossen haben."

„Das mißfällt mir, Henry", sagte ich streng. „Das widerspricht der Vereinbarung."

„Quatsch mit Soße, Vereinbarung", entgegnete Henry. „Die Kerle kriegen ihren Zaster und keine Bullen. Ich sorge dafür, daß sie die Murmeln abliefern und nicht zu schnell auf den Beinen auf und davon sind."

Ich sah, daß es zwecklos war, mit ihm darüber zu streiten, und deshalb zog ich mich fertig an und bereitete mich darauf vor, das Apartment zu verlassen. Wir nahmen jeder noch einen Drink, und dann schob Henry eine volle Flasche in seine Tasche, und wir gingen.

Auf dem Weg durch den Gang zum Fahrstuhl erklärte er mir mit leiser Stimme: „Ich habe vorn ein Taxi, um dir nachzufahren, nur für den Fall, daß diese Burschen auf die gleiche Idee gekommen sind. Du fährst in ein paar stillen Blocks ein bißchen kreuz und quer, damit ich das feststellen kann. Wahrscheinlicher ist es aber, daß sie erst auf dich aufpassen, wenn du nahe am Strand bist."

„Das muß dich alles recht viel Geld kosten, Henry", antwortete ich, und während wir warteten, bis der Fahrstuhl heraufkam, zog ich eine weitere Zwanzigdollarnote aus der Brieftasche und bot sie ihm an. Schließlich nahm er widerwillig das Geld, faltete den Schein zusammen und steckte ihn in seine Tasche.

Ich tat das, was Henry vorgeschlagen hatte, fuhr ein paar der bergigen Straßen nördlich des Hollywood Boulevard auf und ab und hörte schließlich das unverkennbare Signal eines Taxis hinter mir. Ich hielt am Sraßenrand an. Henry stieg aus dem Taxi, bezahlte den Fahrer und stieg neben mir in den Wagen.

„Alles klar", sagte er. „Keine Schatten. Ich werde mich trotzdem etwas zusammenkauern, und es ist vielleicht besser, wenn du irgendwo für ein paar Lebensmittel sorgst, denn falls wir für diese Kerle unsere Kräfte brauchen, wird uns Kohldampf nicht viel nützen."

So fuhren wir also nach Westen und bogen auf den Sunset Boulevard hinunter, hielten schließlich an einem überfüllten Drive=in=Restaurant, wo wir an der Theke saßen und ein leichtes Mahl aus Omeletten und schwarzem Kaffee zu uns nahmen. Dann begaben wir uns wieder auf unseren Weg. Als wir Beverly Hills erreichten, ließ mich Henry wieder kreuz und quer durch eine Reihe stiller Wohn=straßen fahren, während er im Rückspiegel sehr aufmerksam und scharf nach hinten beobachtete.

Restlos zufrieden, fuhren wir schließlich auf den Sunset zurück und ohne Zwischenfall weiter durch Bel=Air und das Randgebiet von Westwood, fast bis zu den Riviera=Pologründen. An diesem Punkt, tief in einer Senke, liegt eine Schlucht, die Maneville Canyon genannt wird, eine sehr stille Gegend. Henry ließ mich ein kurzes Stück hineinfahren. Dann hielten wir an, tranken ein wenig Whisky aus seiner Flasche, und er kletterte hinten in den Wagen und rollte seinen großen Körper in der Enge zusammen, mit einer Decke über sich und seine Pistole und seine Flasche in bequemer Reichweite für seine Hand bei sich auf dem Boden. Nachdem das vollbracht war, nahm ich meine Fahrt wieder auf.

Pacific Palisades ist ein Gebiet, dessen Bewohner sich recht früh zur Ruhe zu begeben scheinen. Als ich den Teil erreichte, den man das Geschäftszentrum nennen könnte, war nichts mehr offen außer dem Drugstore neben der Bank. Ich parkte den Wagen mit Henry darin, der schweigend unter der Decke hinten liegenblieb und von dem außer einem leichten gurgelnden Geräusch, das ich wahrnahm, als ich auf dem dunklen Bürgersteig stand, nichts zu bemerken war. Dann ging ich in den Drugstore und sah auf der Uhr, daß es jetzt fünfzehn vor acht war. Ich kaufte eine Packung Zigaretten, zündete mir eine an und nahm meine Stellung nahe der offenen Telefonzelle ein.

Der Inhaber, ein untersetzter rothaariger Mann unbestimmbaren Alters, hatte ein kleines Radio sehr laut eingestellt und hörte sich irgendeine törichte Hörspielserie an. Ich bat ihn, es leiser zu drehen, da ich einen wichtigen Anruf erwarte. Das tat er, wenn auch nicht besonders freundlich, und zog sich unmittelbar darauf in den hinteren Teil seines Geschäftes zurück, von wo er mich bösartig durch ein klei=nes Glasfenster beobachtete.

Genau eine Minute vor acht nach der Uhr in dem Drugstore begann das Telefon in der Zelle zu schrillen. Ich eilte hinein und zog die Tür hinter mir fest zu. Ich nahm den Hörer ab, und gegen meinen Willen zitterte ich dabei etwas.

Es war die gleiche kühle, metallische Stimme: „Gage?"

„Hier ist Mister Gage."

„Haben Sie getan, was ich Ihnen gesagt habe?"

„Ja", bestätigte ich. „Ich habe das Geld in meiner Tasche, und ich bin ganz allein." Mir gefiel die Empfindung, die ich bei dieser unverfrorenen Lüge selbst einem Dieb gegenüber hatte, gar nicht, aber ich stählte mich selbst gegen diese Anwandlung.

„Dann hören Sie zu. Fahren Sie auf dem Weg, den Sie gekommen sind, etwa hundert Meter zurück. Neben der Feuerwache ist eine Tankstelle, sie ist geschlossen und grün und rot und weiß gemalt. Daneben zweigt ein Feldweg nach Süden ab. Den fahren Sie ungefähr einen Kilometer, bis Sie an einen Zaun aus weißen Pfählen kommen, der fast über den Weg reicht. Links davon können Sie mit dem Wagen gerade noch vorbeikommen. Blenden Sie Ihre Scheinwerfer dort ab, und fahren Sie den Hügel hinunter weiter in eine Senke, in der überall Salbeibüsche stehen. Dort parken Sie, schalten Ihr Licht aus und warten. Kapiert?"

„Vollkommen", entgegnete ich eiskalt, „und ich werde es genauso machen."

„Und noch eins, Mister. Eine halbe Meile im Umkreis ist dort kein Haus, und Leute finden Sie da auch nicht. Sie haben zehn Minuten Zeit, dorthinzukommen. Sie werden von diesem Augenblick an beobachtet. Fahren Sie schnell hin – und fahren Sie allein! Oder Sie handeln sich eine Freifahrt in 'nem Korb ein. Und zünden Sie kein Streichholz an und kein Stäbchen oder 'ne Taschenlampe. Fahren Sie los."

Die Leitung war tot. Ich verließ die Zelle. Ich war kaum aus dem Drugstore heraus, als der Inhaber an sein Radio stürzte und es laut losplärren ließ. Ich stieg in meinen Wagen, wendete und fuhr, wie angewiesen, den Sunset Boulevard zurück. Henry auf dem Boden im Wagen hinter mir war still wie ein Grab.

Ich war jetzt sehr nervös, und Henry hatte den ganzen Whisky, den er für uns mitgenommen hatte. Ich erreichte im Nu die Feuerwache, und durch ihr Vorderfenster konnte ich vier Feuerwehrmänner Karten spielen sehen. Ich bog nach rechts in den Feldweg ein, an der rot und grün und weißen Tankstelle vorbei, und fast sofort wurde die Nacht so still, daß ich trotz des stillen Surrens meines Motors aus allen Richtungen die Grillen zirpen und die Frösche quaken und von einem nahe gelegenen Tümpel das laute heisere Solo eines einsamen Ochsenfrosches hören konnte.

Der Weg senkte sich und hob sich wieder, und in der Ferne war ein gelbes Fenster. Dann erschien vor mir, geisterhaft in der Schwärze der mondlosen Nacht, undeutlich die weiße Barriere über die Straße. Ich bemerkte die Lücke an der Seite, und dann schaltete ich die Scheinwerfer ab und steuerte vorsichtig hindurch und so weiter, eine unebene kurze Neigung hinunter in eine ovale Senke, die von niedrigen Büschen umgeben und von leeren Flaschen, Konservendosen und alten Papierfetzen reich übersät war. Sie war zu dieser späten Stunde indessen völlig verlassen. Ich hielt den Wagen an, schaltete die Zündung ab und das Licht aus und saß, die Hände auf dem Steuer, bewegungslos da.

Hinter mir hörte ich kein Murmeln und keinen Laut von Henry. Ich wartete vielleicht fünf Mnuten, obwohl es mir viel länger erschien, und nichts geschah. Es war sehr still, sehr verlassen, und ich fühlte mich gar nicht glücklich.

Schließlich war das schwache Geräusch einer Bewegung hinter mir zu hören, und ich blickte zurück, um zu sehen, wie der bleiche Schimmer von Henrys Gesicht unter der Decke hervor nach mir spähte.

Seine Stimme wisperte heiser: „Regt sich was, Walter?"

Ich schüttelte wortlos heftig den Kopf, und er zog die Decke wieder über sein Gesicht. Ich vernahm ein sehr gedämpftes Gluckern.

Volle fünfzehn Minuten vergingen, ehe ich es wieder wagte, mich zu bewegen. Inzwischen war ich von der Spannung des Wartens steif geworden. Deshalb öffnete ich kühn die Wagentür und trat hinaus auf den unebenen Boden. Nichts geschah. Die Hände in den Taschen, ging ich langsam auf und ab. Mehr und mehr Zeit verging schleppend. Über eine halbe Stunde war nun vorüber, und ich wurde ungeduldig. Ich trat an das hintere Fenster des Wagens und sprach gedämpft in das Innere.

„Henry, ich fürchte, wir sind in einer sehr billigen Weise an der Nase herumgeführt worden. Ich fürchte sehr, daß es nichts anderes als ein sehr alberner Scherz seitens Mister Gandesis ist als Revanche für die Art und Weise, in der du gestern mit ihm umgesprungen bist. Hier ist niemand, und es gibt nur eine Möglichkeit, hierherzukom=men. Mir erscheint es als ein sehr unwahrscheinlicher Platz für die Art Zusammenkunft, auf die wir uns vorbereitet haben."

„Der Hundesohn!" flüsterte Henry zurück. Und dann wiederholte sich hinten in dem Wagen das gluckernde Geräusch. Dann gab es dort Bewegung, und Henry erschien ohne die Decke. Die Tür drehte sich gegen mich auf, Henrys Kopf reckte sich daraus hervor. Er spähte in alle Richtungen, die in seinem Blickfeld lagen. „Setz dich auf das Trittbrett", flüsterte er. „Ich steige aus. Wenn sie sich hinter den Büschen versteckt haben, sehen sie dann nur einen Kopf."

Ich folgte Henrys Anregung, schlug meinen Kragen hoch und zog meinen Hut tief über die Augen. So geräuschlos wie ein Schatten glitt Henry aus dem Wagen, schloß ohne einen Laut die Tür und stand vor mir und ließ seine Augen über unseren begrenzten Horizont schwei=fen. In einem schwachen Lichtreflex schimmerte die Waffe in seiner Hand. So verharrten wir weitere zehn Minuten.

Henry wurde wütend und schlug alle Vorsicht in den Wind. „Angeschmiert!" knurrte er. „Weißt du, was passiert ist, Walter?"

„Nein, Henry. Ich weiß es nicht."

„Das ist nur eine Probe, nicht mehr als ein Versuch. Irgendwo unterwegs haben diese lausigen Hunde dich kontrolliert, um festzu=stellen, ob du mitmachst, und dann haben sie es noch mal gemacht, als du da hinten in dem Drugstore warst. Ich wette ein paar massive Fahr=räder aus Platin, daß das ein Ferngespräch war, als du in dem Drug=store telefoniert hast."

„Ja, Henry. Jetzt, da du das sagst, bin ich überzeugt davon", bestä=tigte ich bedrückt.

„Da hast du es, Junge. Die Lumpen sind nicht einmal aus der Stadt herausgefahren. Sie sitzen jetzt da, neben ihren mit Plüsch ausge=schlagenen Spucknäpfen, und halten sich den Bauch vor Lachen. Und morgen rufen dich die Halunken wieder an und sagen, alles sehr schön, aber sie müßten ja vorsichtig sein, und sie wollen es heute abend noch mal versuchen, und der Preis sei auf zehntausend gestiegen, wegen der Extraarbeit, die sie dadurch hätten. Ich sollte noch mal hingehen und den Gandesi um seinen eigenen fetten Hintern wickeln, daß er mit dem Kopf durch sein linkes Hosenbein blinzelt."

„Nun, Henry", meinte ich, „schließlich habe ich mich ja nicht genau an ihre Anweisungen gehalten, insofern, als du mitgekommen bist, weil du darauf bestanden hast. Und vielleicht sind sie klüger, als du glaubst. Darum halte ich es jetzt für das beste, in die Stadt zurückzufahren und zu hoffen, daß wir morgen die Chance haben werden, es noch einmal zu versuchen. Und du mußt mir fest und hoch und heilig versprechen, dich nicht noch einmal einzumischen."

„Quatsch", sagte Henry aufgebracht, „wenn ich nicht mit dabei bin, machen sie mit dir das, was die Katze mit dem Kanarienvogel anstellt. Du bist ein guter Kerl, Walter, aber mehr als ein Säugling weißt du auch nicht gerade. Diese Halunken sind Diebe, und sie haben die Schnur mit den Murmeln, die ihnen vielleicht zwanzigtausend einbringen kann, wenn sie es richtig drehen. Sie sind darauf aus, schnell Bargeld in die Finger zu kriegen, aber trotzdem werden sie alles herauspressen wollen, was sie bekommen können. Ich sollte sofort dem Fettwanst Gandesi auf den Hals rücken und mit ihm was anstellen, was noch nicht erfunden worden ist."

„Nun, Henry, nun werde bitte nicht gewalttätig", verwies ich ihn.

„Hach!" knurrte Henry. „Wenn ich an die Halunken denke, bekomme ich Bauchweh." Er hob mit der linken Hand die Flasche an den Mund und trank durstig. Seine Stimme senkte sich um ein paar Töne und klang friedlicher. „Du solltest dich auch stärken, Walter, der Ausflug war eine Pleite."

„Vielleicht hast du recht, Henry", seufzte ich. „Ich bin bereit, zuzugeben, daß mein Magen in der letzten halben Stunde wie ein Blatt im Herbstwind zittert."

Also stand ich kühn neben ihm auf und goß eine reichliche Dosis des feurigen, belebenden Getränks in meine Kehle. Sofort stieg mein Mut wieder. Ich reichte Henry die Flasche zurück, der sie vorsichtig auf das Trittbrett absetzte. Er stand neben mir, fuchtelte mit der kurzen Pistole auf und ab, ließ sie auf seiner Handfläche tanzen.

„Ich brauche kein Werkzeug, um mit der Bande fertig zu werden. Zum Teufel damit." Und er holte mit dem Arm aus und schmiß die Waffe weit weg, zwischen die Büsche, wo sie mit einem dumpfen Ton auf den Boden schlug. Er trat von dem Wagen fort und starrte mit untergeschlagenen Armen an den Himmel.

Ich trat neben ihn und beobachtete sein abgewendetes Gesicht, so=

weit ich in dem schwachen Licht etwas sehen konnte. Eine seltsame Melancholie überkam mich. In der kurzen Zeit, die ich Henry gekannt hatte, war er mir sehr ans Herz gewachsen.

„Nun, Henry", sagte ich endlich, „was tun wir jetzt?"

„Ab nach Hause, denke ich", sagte er langsam und traurig. „Und uns ordentlich einen antrinken." Er ballte seine Hände zu Fäusten und schüttelte sie langsam. Dann wendete er sein Gesicht mir zu. „Ja", sagte er. „Sonst können wir nichts tun. Nichts als nach Hause, Junge, was anderes bleibt uns nicht übrig."

„Nicht ganz, Henry", sagte ich leise.

Ich zog meine rechte Hand aus meiner Tasche. Ich habe große Hände. In meiner rechten Hand ruhte fest die Rolle Vierteldollars, die ich mir heute vormittag in der Bank eingewechselt hatte. Meine Hand bildete um die Rolle Münzen eine große harte Faust.

„Gute Nacht, Henry", sagte ich ruhig und schwang meine Faust mit aller Kraft, die ich im Arm und im Körper hatte. „Du hast bei mir zwei Treffer gelandet, Henry", sagte ich. „Der große steht aber noch aus."

Aber Henry hörte mir nicht zu. Mein Schlag mit dem Gewicht des Silbers dahinter hatte ihn voll und richtig auf die Kinnspitze getroffen. Seine Beine wurden knochenlos, und er fiel gerade nach vorn, streifte meinen Ärmel, als er fiel. Ich trat ihm schnell aus dem Weg.

Henry Eichelberger lag bewegungslos auf dem Boden, so schlaff wie ein leerer Gummihandschuh.

Ein wenig traurig sah ich auf ihn herunter, darauf gefaßt, daß er wieder hochkäme, aber er bewegte nicht einen Muskel. Er lag lang ausgestreckt, völlig bewußtlos. Ich ließ die Rolle Vierteldollars wieder in meine Tasche gleiten, beugte mich über ihn, durchsuchte ihn gründlich und sorgfältig, zerrte ihn wie ein Sack Mehl hin und her, und es dauerte sehr lange, bis ich die Perlen endlich fand. Er hatte sie unter seinem linken Socken um seinen Knöchel gewunden.

„Nun, Henry", sagte ich und sprach zum letztenmal zu ihm, obwohl er mich nicht hören konnte, „du bist ein Gentleman, wenn du auch ein Dieb bist. Du hättest das Geld heute nachmittag ein dutzendmal an dich nehmen können und mir nichts dafür zu geben brauchen. Du hättest es vor kurzem noch nehmen können, als du die Waffe in der Hand hieltest, aber selbst das widerstrebte dir. Du warfst die

Waffe fort, und Mann gegen Mann standen wir einander gegenüber weit von jeder Hilfe, von jeder Einmischung entfernt. Und selbst da zögertest du noch, Henry. Tatsächlich zögertest du für einen erfolgreichen Dieb gerade einen Augenblick zu lange, Henry. Aber als ein Mann mit Sinn für sportliche Haltung kann ich dich deswegen nur um so höher schätzen. Leb wohl, Henry, und viel Glück."

Noch einmal zog ich meine Brieftasche und nahm eine Hundertdollarnote heraus und steckte sie sorgfältig in die Tasche, in der Henry sein Geld trug, wie ich beobachtet hatte. Dann ging ich zu dem Wagen zurück, nahm einen Schluck aus der Whiskyflasche, verkorkte sie fest und legte sie neben ihn, in bequemer Reichweite für seine Hand.

Ich war überzeugt, er würde sie benötigen, wenn er erwachte.

VIII

Es war zehn Uhr vorbei, als ich in mein Apartment zurückkehrte, aber ich ging trotzdem sofort ans Telefon und rief Ellen Macintosh an. „Liebling", schrie ich. „Ich habe die Perlen."

Ich hörte über die Leitung, wie sie tief einatmete. „Oh, Liebling", hauchte sie aufgeregt und erschöpft, „und du bist nicht verletzt? Sie haben dir nichts getan, Liebling? Sie nahmen nur das Geld und ließen dich gehen?"

„Es gab keine ‚sie', Liebling", erklärte ich stolz. „Mister Gallemores Geld ist unangetastet. Es war nur Henry da."

„Henry?" schrie sie mit einer seltsamen Stimme. „Aber ich dachte – Komme sofort hierher, Walter Gage, und berichte mir –"

„Mein Atem riecht nach Whisky, Ellen."

„Liebling, ich bin überzeugt, daß du ihn brauchtest. Komme sofort."

Ich ging also noch einmal auf die Straße hinunter und fuhr eilig nach Carondelet Park und war im Nu im Hause Penruddock. Ellen kam auf die Veranda, um mich zu empfangen, und wir sprachen dort still im Dunkeln, hielten uns an den Händen, denn das Haus war bereits zu Bett gegangen. So einfach, wie es mir möglich war, erzählte ich ihr meine Geschichte.

„Aber Liebling", sagte sie schließlich. „Woher wußtest du, daß es Henry war? Ich dachte, Henry sei dein Freund? Und die Stimme dieses anderen Mannes am Telefon . . . ?"

„Henry war mein Freund", bestätigte ich ein wenig traurig, „und das war der Grund, weshalb er schließlich scheiterte. Was die Stimme am Telefon angeht, das war eine Kleinigkeit und konnte leicht arrangiert werden. Henry war oft genug von mir fortgewesen, um das veranlassen zu können. Da war nur ein einziger kleiner Punkt, der mich Nachdenken kostete. Nachdem ich Gandesi meine Karte gegeben und den Namen meines Apartmenthauses daraufgeschrieben hatte, war es für Henry erforderlich, seinen Komplicen zu verständigen, daß wir bei Gandesi gewesen waren und ihm meinen Namen und meine Adresse gegeben hatten. Denn natürlich, als ich diese törichte oder vielleicht auch nicht so ganz törichte Idee hatte, eine bekannte Unterweltfigur aufzusuchen, um die Nachricht weiterzugeben, daß wir die Perlen zurückkaufen wollten, war das Henrys Gelegenheit, mich glauben zu machen, der Telefonanruf käme als Folge unseres Gespräches mit Gandesi, in dem wir ihm unsere Nöte mitgeteilt hatten. Aber da der erste Anruf in meinem Apartment nach unserem Besuch bei Gandesi bereits kam, ehe Henry eine Möglichkeit gehabt hatte, seinen Komplicen über unser Gespräch mit Gandesi zu informieren, war es offensichtlich, daß ein Trick gebraucht worden war. Dann erinnerte ich mich, daß uns ein Wagen von hinten angefahren hatte und Henry ausgestiegen war, um den Fahrer zu beschimpfen. Und natürlich war dieser Zusammenstoß vorsätzlich erfolgt, und Henry hatte vorsätzlich die Gelegenheit dazu herbeigeführt, denn in dem Wagen saß sein Helfershelfer. So konnte Henry ihm die erforderlichen Informationen geben, während er ihn angeblich beschimpfte."

„Aber, Walter", wendete Ellen ein, die dieser Erklärung etwas ungeduldig zugehört hatte, „das sind doch alles nur Geringfügigkeiten. Was ich wirklich wissen möchte, ist, wie hast du erkannt, daß Henry die Perlen überhaupt hatte?"

„Aber du hattest mir doch gesagt, daß er sie hat", antwortete ich. „Du warst davon fest überzeugt. Henry ist ein sehr · geduldiger Charakter. Es hätte völlig zu ihm gepaßt, die Perlen irgendwo zu verstecken, ohne Furcht zu hegen, was die Polizei ihm antun mochte, sich eine andere Stellung zu suchen und dann vielleicht erst nach sehr langer Zeit die Perlen aus dem Versteck zu holen und diesen Teil des Landes zu verlassen."

In der Dunkelheit auf der Terrasse schüttelte Ellen ungeduldig den

Kopf. „Walter", sagte sie streng. „Du verbirgst etwas vor mir. Du konntest nicht sicher sein und du würdest Henry nicht in dieser brutalen Weise niedergeschlagen haben, wenn du nicht völlig sicher gewesen wärest. Dazu kenne ich dich gut genug."

„Nun, Liebling", räumte ich bescheiden ein, „es gab tatsächlich noch einen weiteren kleinen Hinweis, eine dieser törichten Kleinigkeiten, die selbst die klügsten Männer übersehen. Wie du weißt, benutze ich keinen der regulären Telefonanschlüsse des Apartmenthauses, weil ich nicht von unerwünschten Bittstellern belästigt werden möchte. Das Telefon, das ich verwende, ist ein Privatanschluß, und seine Nummer steht nicht im Telefonbuch. Aber die Anrufe von Henrys Helfershelfer kamen über diese Leitung, und Henry hatte sich viel in meinem Apartment aufgehalten, aber ich war so vorsichtig, diese Nummer Mister Gandesi nicht zu geben, da ich von Anfang an fest überzeugt war, daß Henry die Perlen hatte. Das Problem bestand nur darin, ihn dazu zu bringen, sie aus ihrem Versteck herauszuholen."

„Oh, Liebling", schrie Ellen und schlang ihre Arme um mich, „wie tapfer bist du doch, und ich glaube wirklich, daß du auf deine eigene besondere Weise tatsächlich klug bist. Glaubst du, daß Henry in mich verliebt war?"

Aber das war nun ein Thema, an dem ich nicht das geringste Interesse hatte. Ich ließ die Perlen in Ellens Obhut zurück und fuhr, spät, wie es geworden war, zum Haus von Mister Gallemore, erzählte ihm meine Geschichte und gab ihm sein Geld zurück.

Ein paar Monate später erhielt ich einen Brief, der in Honolulu zur Post gegeben worden war und auf sehr billigem Papier geschrieben war.

Nun, alter Junge, der Sonntagsschwinger von Dir war sein Geld wert, und ich hatte nicht geglaubt, daß Du es in Dir hast, obwohl ich natürlich auch nicht darauf gefaßt war. Aber er hat gesessen und ließ mich eine Woche lang an Dich denken, immer, wenn ich mir die Zähne putzte. Es war zu schade, daß ich verschwinden mußte, weil Du doch ein feiner Bursche bist, obwohl Du eigentlich zu den Doofen gehörst, und ich würde mir jetzt viel lieber mit Dir einen ankümmeln, statt Ölventile abzuwischen, was ich hier mache, aber das ist ein paar tausend Meilen von da, wo der Brief aufgegeben ist. Nur will ich, daß Du zwei Dinge weißt, aber die sind beide koscher. Ich war wirklich schwer in die große Blonde verschossen, und das war der Hauptgrund, daß ich von der alten Dame weg bin. Die Perlen mitgehen lassen, war nur so ein verrückter Einfall, auf den man kommt, wenn man von einer Blonden nicht ganz richtig im Kopf ist. Es war eine Schande, wie sie die Murmeln in dem Brotkasten haben herumliegen lassen, und ich habe mal für einen Franzmann in Djibouti gearbeitet und da genug über Perlen gelernt, um sie von Schneebällen unterscheiden zu können. Aber als es dann da unten im Gebüsch zum Clinch kam und wir zwei nur allein waren und keiner einen hinderte, war ich einfach zu weich, um das Ding fertigzumachen. Sag der Blonden, Du hast bei ihr einen Haken, wo ich sie drum fragen wollte.

Wie immer Dein

Henry Eichelberger (alias)

PS. Was sagst Du dazu, der Halunke, der bei Dir angerufen hat, hat doch versucht, ich sollte mit dem Hunderter halbe=halbe machen, den Du in meine Weste gesteckt hast. Ich mußte ihn erst mal ordentlich durchschütteln.

Dein

H.E. (alias)

AUF NOON STREET AUFGEGRIFFEN

I

Der Mann und das Mädchen gingen langsam eng nebeneinander unter einem trüb erleuchteten Schild mit der Aufschrift: „Surprise Hotel" vorbei. Der Mann trug einen violetten Anzug und einen Panamahut auf seinem glänzenden, glattgebürsteten Haar. Er ging mit weitgespreizten Füßen, geräuschlos.

Das Mädchen trug einen grünen Hut, einen kurzen Rock, reinseidene Strümpfe und zwölf Zentimeter hohe Absätze. Sie roch nach Mitternachtsnarzisse.

An der Ecke beugte der Mann sich zu ihr und flüsterte ihr ins Ohr. Kichernd machte sie sich los.

„Du mußt was zu trinken kaufen, Smiler, wenn du mich nach Hause bringen willst."

„Das nächstemal, Baby, ich bin gerade blank."

Die Stimme des Mädchens wurde schroff. „Dann kannst du dich an der nächsten Ecke verabschieden, Hübscher."

„Denk'ste, Puppe", antwortete der Mann.

Das Licht der Bogenlampe an der Kreuzung fiel auf die beiden. Weit voneinander getrennt überquerten sie die Straße. Auf der anderen Seite griff der Mann das Mädchen am Arm. Sie zerrte sich von ihm los.

„Bleib mir mit deinen Pfoten vom Leib, schäbiger Geizkragen", sagte sie schrill. „Schnorrer interessieren mich nicht. Hau ab!"

„Wieviel mußt du denn zu trinken haben, Baby?"

„Jede Menge."

„Und wo soll ich's herkriegen? Ich bin doch pleite!"

„Du hast doch Hände, oder nicht?" höhnte das Mädchen. Das Schrille aus ihrer Stimme verschwand. Sie schmiegte sich an ihn. „Vielleicht hast du auch einen Revolver, Süßer. Du hast doch einen?"

„Ja, aber keine Patronen drin."

„Das wissen doch die Angeber auf der Central nicht."

„Fang mir nicht damit an“, knurrte der Mann in dem violetten Anzug. Dann schnippte er mit den Fingern und richtete sich auf. „Moment mal, mir kommt eine Idee.“

Er blieb stehen und sah die Straße entlang, zu dem trüb erleuchteten Hotelschild zurück. Mit ihrem Handschuh gab das Mädchen ihm einen leichten, aufreizenden Schlag auf das Kinn. Von dem Handschuh stieg ihm der Duft ihres Parfüms in die Nase – Mitternachtsnarzisse.

Der Mann schnippte wieder mit den Fingern und grinste breit im Halbdunkel. „Wenn dieser Säufer noch bei Doc ist, dann kriege ich was. Wartest du auf mich?“

„Vielleicht zu Hause, wenn du nicht zu lange fortbleibst.“

„Wo wohnst du, Baby?“

Das Mädchen blickte ihn an. Ihre vollen Lippen verzogen sich zu einem halben Lächeln, das in ihren Mundwinkeln wieder erstarb. Ein Windstoß wirbelte ein Zeitungsblatt aus der Gosse auf und wehte es dem Mann gegen die Beine. Wütend trat er danach.

„Calliope Apartments, 4-B, 48ste Ost 246. Wann kommst du?“

Der Mann trat dicht an sie heran, griff zurück und klopfte sich auf seine Hüfte. Seine Stimme war leise und eiskalt. „Warte auf mich, Baby.“

Sie hielt den Atem an und nickte. „Gut, Hübscher, ich warte.“

Der Mann ging über den von Rissen durchzogenen Bürgersteig zurück, überquerte die Kreuzung, schlich an den Häusern entlang bis zu der Stelle, wo das Schild in die Straße hineinragte. Er trat durch eine Glastür in einen schmalen Vorraum, in dem eine Reihe harter brauner Holzstühle vor einer getünchten Wand stand. Es war gerade noch Platz genug, um an ihnen vorbei zum Empfangstisch zu kommen. Hinter dem Tisch lungerte ein kahlköpfiger Farbiger und fingerte an einer Nadel mit einem großen grünen Stein in seiner Krawatte.

Der Neger in dem violetten Anzug beugte sich über den Tisch, und seine Zähne blitzten in einem harten, schnellen Lächeln auf. Er war sehr jung, hatte einen dünnen, scharfen Unterkiefer, eine schmale knochige Stirn und die ausdruckslos glänzenden Augen eines Gangsters. Leise fragte er: „Der Kerl mit der heiseren Stimme, ist der noch hier? Der, bei dem wir gestern gewürfelt haben?“

Der kahlköpfige Portier betrachtete die Fliegen, die um die Deckenleuchte schwirrten. „Ich habe ihn nicht fortgehen sehen, Smiler.“

„Das hab' ich nicht gefragt, Doc."

„Ja, er ist noch da."

„Noch betrunken?"

„Nehme ich an. Er war noch nicht fort."

„3–49 war es doch?"

„Du warst doch oben, oder nicht? Was willst du von ihm?"

„Er hat mich ausgenommen bis auf meinen letzten Cent. Ich muß was wiederhaben."

Der kahlköpfige Farbige wurde nervös. Der Smiler betrachtete mit leuchtenden Augen den grünen Stein in der Krawatte des anderen. „Mach, daß du fortkommst, Smiler. So was wollen wir hier nicht. Wir sind kein Central=Avenue=Bums."

Sehr sanft sagte der Smiler: „Er ist mein Freund, Doc. Er wird mir einen Zwanziger leihen. Du kriegst die Hälfte ab."

Er streckte seine geöffnete Hand aus. Der Portier starrte einen langen Augenblick auf die Hand. Dann nickte er mürrisch, verschwand hinter einer Wand aus undurchsichtigem Glas und blickte scheu zur Eingangstür, als er langsam zurückkam.

Er streckte seine Hand über der Handfläche Smilers aus. Smiler schloß seine Finger um einen Hauptschlüssel und ließ ihn in eine Tasche seines billigen violetten Anzuges gleiten. Das plötzliche, strahlende Grinsen auf seinem Gesicht schien eiskalt.

„Sei vorsichtig, Doc, solange ich oben bin."

„Beeil dich", antwortete der Portier. „Manche Gäste kommen früh nach Hause." Er blickte auf die grüne elektrische Uhr an der Wand. Es war sieben Uhr fünfzehn. „Die Wände sind nicht sehr dick", fügte er hinzu.

Der schlanke junge Bursche zeigte wieder seine blitzenden Zähne, nickte, ging geschmeidig durch den Gang zu dem halbdunklen Treppenhaus. Einen Fahrstuhl gab es im Surprise Hotel nicht..

Eine Minute nach sieben wälzte sich Pete Anglich, Geheimagent der Rauschgiftabteilung, auf dem harten Bett und sah auf die billige Armbanduhr an seinem linken Handgelenk. Tiefe Schatten umränderten seine Augen, und dichte dunkle Stoppeln standen auf seinem breiten Kinn. Er schwang seine nackten Füße auf den Boden und stand in einem billigen Baumwollpyjama da, streckte seine Muskeln, reckte sich, beugte sich mit durchgedrückten Knien ächzend nach vorn, bis er mit seinen Fingerspitzen den Boden berührte. Er ging zu einer abgestoßenen Kommode, trank einen Schluck aus einer Flasche mit billigem Roggen=whisky, verzog das Gesicht, steckte den Korken in den Flaschenhals zurück und rammte ihn mit einem Schlag mit dem Handballen fest.

„Junge, habe ich einen Kater", knurrte er heiser.

Er starrte auf sein Gesicht in dem Spiegel über der Kommode, auf die Bartstoppeln auf seinem Kinn, auf die breite weiße Narbe an seiner Kehle nahe der Luftröhre. Er war heiser, weil die Kugel, die diese Narbe zurückließ, seine Stimmbänder verletzt hatte. Es war eine weiche Heiserkeit, wie die in der Stimme eines Bluessängers.

Er streifte den Pyjama ab und stand nackt mitten im Zimmer. Seine Zehen fummelten an der ausgefransten Kante eines langen Risses in dem Teppich. Sein Körper war sehr breit, und das ließ ihn etwas kleiner erscheinen, als er war. Seine Schultern fielen ab, seine Nase war etwas dick, die Haut über seinen Backenknochen sah wie Leder aus. Er hatte kurzes lockiges schwarzes Haar, äußerst sichere Augen und den kleingeschnittenen Mund des schnellen Denkers.

Er ging in das halbdunkle schmuddelige Badezimmer, trat in die Wanne und drehte die Brause an. Das Wasser war warm, aber nicht heiß. Er stand unter der Brause, seifte sich ein, rieb seinen ganzen Körper, knetete seine Muskeln und spülte sich ab.

Er riß ein schmutziges Handtuch von dem Haken und begann sich zu frottieren, bis sich seine Haut rötete.

Ein schwaches Geräusch drang durch die angelehnte Tür ins Bade=zimmer und ließ ihn erstarren. Er hielt den Atem an, lauschte und hörte das Geräusch wieder: Knarren von Dielen, ein Klicken, das leise Rauschen von Stoff. Pete Anglich griff nach der Tür und zog sie lang=sam auf. Der Neger in dem violetten Anzug und dem Panamahut stand neben der Kommode. Er hielt Pete Anglichs Jacke in der Hand. Auf der Kommode vor ihm lagen zwei Waffen. Die eine war Pete Anglichs abgegriffener Colt. Die Tür des Zimmers war geschlossen, ein Schlüssel mit einem Nummernschild lag nahe davor auf dem Teppich, als ob er aus der Tür herausgefallen oder von außen aus dem Schloß gestoßen worden sei.

Der Smiler ließ die Jacke zu Boden fallen. Er hielt eine Brieftasche in der linken Hand. Seine rechte hob den Colt. Er grinste.

„Alles in Ordnung, weißer Boy, trockne dich ruhig weiter ab nach deiner Dusche", sagte er.

Pete Anglich rieb sich mit dem Handtuch über die Brust. Er trocknete sich völlig ab und blieb nackt mit dem feuchten Handtuch in der Hand stehen. Der Smiler hatte die Brieftasche auf der Kommode ausgeleert und zählte mit seiner linken Hand das Geld. Seine rechte umklammerte immer noch den Colt.

„Siebenundachtzig Dollars. Ganzer Batzen Geld. Ein Teil davon stammt von mir, vom Würfeln gestern, aber ich nehme alles, Freund. Reg dich nicht auf, ich bin hier im Hause gut bekannt."

„Sei anständig, Smiler", sagte Pete Anglich heiser. „Das ist alles, was ich habe. Laß mir ein paar Dollars." Er ließ seine Stimme absichtlich rauh und wie vom Alkohol verquollen klingen.

Der Smiler schimmerte mit seinen Zähnen und schüttelte den schmalen Kopf. „Geht nicht, Alter. Hab 'ne Verabredung und brauch' den Zaster."

Pete Anglich trat einen leichten Schritt vor und blieb mit einem blöden Grinsen vor der Mündung seines eigenen Colts stehen.

Der Smiler griff nach der Whiskyflasche und nahm sie an sich. „Das kann ich auch brauchen. Mein Baby hat großen Durst – und was für einen. Was in deiner Hose ist, kannst du behalten, Alter. Einverstanden?"

Pete Anglich sprang zur Seite, über einen Meter. Der Smiler verzerrte das Gesicht. Die Waffe fuhr herum, und die Whiskyflasche entglitt seiner Hand und fiel ihm auf den Fuß. Er stöhnte unterdrückt, trat wild aus, und seine Fußspitze verfing sich in dem Riß im Teppich.

Pete Anglich schlug mit dem nassen Ende des Badetuches dem Smiler direkt auf die Augen.

Der Smiler taumelte und schrie vor Schmerz. Dann hielt Pete Anglich das rechte Handgelenk des Smilers in seiner harten Linken. Er riß ihm den Arm hoch, drehte ihn um. Seine Hand schob sich langsam über die dunkle Hand des Smilers, über den Colt. Der Lauf der Waffe drehte sich nach innen und berührte die Seite des Smilers.

Ein hartes Knie bohrte sich heftig in Pete Anglichs Unterleib. Er stöhnte, und seine Hand krampfte sich fest um den Zeigefinger des Smilers am Abzug der Waffe.

Der Schuß klang dumpf, durch den violetten Anzug gedämpft.

Der Smiler verdrehte die Augen, daß das Weiße sichtbar wurde, und sein schmaler Kiefer fiel schlaff herunter.

Pete Anglich ließ ihn zu Boden gleiten und stand keuchend mit grünlichem Gesicht über ihn gebeugt. Er packte die zu Boden gefallene Whiskyflasche, zog den Korken heraus und ließ einen Schluck der brennenden Flüssigkeit durch seine Kehle laufen.

Die grünliche Farbe verschwand von seinem Gesicht. Sein Atem beruhigte sich. Mit dem Handrücken wischte er sich die Schweißtröpfchen von der Stirn.

Er fühlte nach dem Puls des Smilers. Der Smiler hatte keinen Puls; er war tot. Pete Anglich nahm ihm den Colt aus der Hand, ging zur Tür und spähte in den Gang hinaus. Leer. Von außen steckte ein Hauptschlüssel im Schloß seiner Tür. Er zog ihn heraus, verschloß die Tür von innen.

Er zog seine Unterwäsche, Socken und Schuhe an, seinen abgetragenen Anzug aus blauem Serge, knotete die schwarze Krawatte um den verdrückten Kragen seines Hemdes, ging zu dem Toten zurück und nahm den Packen Banknoten aus dessen Tasche. Er packte ein paar Kleinigkeiten, Kleidungsstücke und Toilettenartikel, in einen billigen Pappkoffer und blieb lauschend neben der Tür stehen.

Mit einem Bleistift schob er einen Papierfetzen durch den Lauf seines Revolvers, ersetzte die abgeschossene Patrone, trat dann die leere Hülse mit dem Absatz auf dem Boden des Badezimmers zusammen und spülte sie durch die Toilette.

Er verschloß die Tür von außen und ging die Treppe hinunter zur Halle.

Der kahlköpfige Portier riß die Augen auf, als er ihn sah, und senkte sie gleich wieder. Sein Gesicht wurde aschgrau. Pete Anglich lehnte sich über den Tisch, öffnete seine Hand und ließ zwei Schlüssel auf die Platte klirren. Der Portier starrte auf die Schlüssel und schauderte.

Pete Anglich fragte mit seiner gedehnten heiseren Stimme: „Irgendwas gehört?"

Der Portier schüttelte den Kopf und schluckte.

„Feiner Laden hier, was?" meinte Pete Anglich.

Der Portier bewegte mühsam seinen Kopf, verdrehte den Hals in seinem Kragen. Sein dunkler kahler Schädel schimmerte stumpf im Licht der Deckenleuchte.

„Sehr bedauerlich", sagte Pete Anglich. „Unter welchem Namen habe ich mich gestern eingeschrieben?"

„Sie sind nicht eingeschrieben", flüsterte der Portier.

„Vielleicht war ich gar nicht da?" meinte Pete Anglich gedämpft.

„Hab' Sie nie im Leben gesehen, Mister."

„Sie sehen mich auch jetzt nicht. Sie werden mich auch nie wiedersehen — jedenfalls nicht erkennen. Nicht wahr, Doc?"

Der Portier reckte seinen Hals und versuchte zu lächeln.

Pete Anglich zog seine Brieftasche und nahm drei Dollarscheine heraus.

„Ich bezahle immer das, was ich bekomme", sagte er gedehnt. „Das ist für Zimmer 3—49. Bis morgen, ziemlich spät. Der Bursche, dem Sie den Hauptschlüssel gaben, sieht mir wie ein Langschläfer aus." Er machte eine Pause, richtete seine kühlen Augen fest auf das Gesicht des Portiers und fügte nachdenklich hinzu: „Wenn er natürlich Freunde hat, die ihn nach Hause holen wollen, ist es etwas anderes."

Zwischen den Lippen des Portiers zeigten sich Bläschen. Er stammelte: „Er ist doch — er ist doch nicht — "

„Doch", antwortete Pete Anglich. „Er ist. Was sollte er sonst sein?"

Er ging, seinen Koffer in der Hand, zur Eingangstür, trat unter das gemalte Schild, blieb einen Moment stehen und blickte zu dem grellen weißen Lichtschimmer von der Central Avenue hinüber.

Dann ging er in der anderen Richtung davon. Die Straße war sehr dunkel, sehr still. Er kam durch vier Blocks mit Fachwerkhäusern, ehe er Noon Street erreichte. Hier wohnten nur Neger.

Auf dem Weg traf er nur eine Person: ein braunes Mädchen mit einem grünen Hut, mit sehr dünnen Strümpfen und zwölf Zentimeter hohen Absätzen, die unter einer staubigen Palme eine Zigarette rauchte und zum Surprise-Hotel hinüberblickte.

II

Die Imbißstube war ein alter Speisewagen ohne Räder, der mit der Schmalseite zur Straße auf dem Platz zwischen einer Maschinenwerkstatt und einer Pension stand. Der Name „Bella Donna" stand in verblichenen Goldbuchstaben auf der Seite. Pete Anglich stieg die zwei eisernen Stufen an der Schmalseite hinauf und trat in den Geruch von Bratfett.

Der fette weiße Rücken des Negerkochs war ihm zugekehrt. Am hintersten Ende der niedrigen Theke schlürfte ein weißes Mädchen in einem billigen braunen Filzhut und einem schäbigen Polomantel mit hochgestelltem Kragen, die Wange in die linke Hand gestützt, ihren Kaffee. Sonst war niemand da.

Pete Anglich stellte seinen Koffer ab, setzte sich nahe der Tür auf einen Hocker und sagte: „He, Mopsy."

Der fette Koch drehte sein glänzendes schwarzes Gesicht über seine weiße Schulter. Er grinste. Eine dicke bläuliche Zunge erschien wedelnd zwischen seinen wulstigen Lippen. „Wie geht's denn? Was zu essen?"

„Zwei Rühreier, Kaffee, Toast, keine Kartoffeln."

„Das ist kein Essen für einen Mann", verwahrte sich Mopsy.

„Ich war besoffen", knurrte Pete Anglich.

Das Mädchen am Ende der Theke warf ihm einen scheuen mißtrauischen Blick zu, sah auf den billigen Wecker auf dem Regal und auf die Uhr über dem Handschuh an ihrem linken Handgelenk. Sie beugte sich vor und starrte wieder in ihre Kaffeetasse.

Der fette Koch schlug Eier in eine Pfanne, schüttete Milch aus einer Dose hinzu, rührte darin herum. „Wie wär's mit einem Schluck?"

Pete Anglich schüttelte den Kopf.

„Ich muß den Wagen fahren, Mopsy."

Der Koch grinste. Er griff nach einer braunen Flasche unter der Theke, goß einen großen Drink in ein Wasserglas und stellte es neben Pete Anglich.

Pete Anglich griff nach dem Glas, hob es schnell an die Lippen und stürzte den Inhalt hinunter.

„Dann fahr' ich eben ein andermal." Er stellte das leere Glas ab.

Das Mädchen stand auf, kam an dem Hocker vorbei, legte ein Geldstück auf den Bartisch. Der fette Koch drückte auf die Registrierkasse, gab das Wechselgeld heraus. Pete Anglich betrachtete das Mädchen gleichgültig. Ein unscheinbares Mädchen mit unschuldigen Augen, braunen Locken im Nacken, die Augenbrauen sauber ausgezupft und über den Stellen, wo sie gewesen waren, gemalte, erstaunte Bögen.

„Sie haben sich doch nicht verlaufen, Fräulein?" fragte er mit seiner sanften heiseren Stimme.

Das Mädchen hatte ihre Tasche geöffnet, um das Wechselgeld einzustecken. Sie zuckte heftig zusammen, als er sie ansprach, trat zurück. Dabei entglitt ihr die Tasche. Ihr Inhalt verstreute sich auf dem Fußboden. Mit aufgerissenen Augen starrte sie darauf.

Pete Anglich ließ sich auf ein Knie nieder und kramte den Inhalt in die Tasche zurück: eine billige Puderdose aus Nickel, Zigaretten, ein violettes Streichholzbriefchen mit der goldenen Aufschrift „Juggernaut Club", zwei bunte Taschentücher, eine zerknitterte Dollarnote, etwas Silber und Kleingeld.

Er stand mit der geschlossenen Tasche in der Hand auf und reichte sie dem Mädchen.

„Tut mir leid", sagte er leise. „Ich fürchte, ich habe sie erschreckt."

Ihr Atem ging keuchend. Sie riß ihm die Tasche aus der Hand, lief hinaus und war verschwunden.

Der dicke Koch sah ihr nach. „Das Baby hat in unserer Gegend nichts zu suchen", meinte er langsam. Er schob die Eier auf einen Teller, legte Toast dazu, goß Kaffee in eine dicke Tasse und stellte beides vor Pete Anglich hin.

Pete Anglich versuchte die Eier und sagte abwesend: „Allein, und dann Streichhölzer aus dem Juggernaut. Das ist das Lokal von Trimmer Waltz. Du weißt, was aus Mädchen wird, die er in die Finger bekommt."

Der Koch leckte sich die Lippen, griff unter die Theke nach der Whiskyflasche. Er goß sich selbst ein, füllte die gleiche Menge Wasser in die Flasche nach und stellte sie zurück.

„Ich habe nie zu den Harten gehört und will's auch nicht werden", sagte er langsam. „Aber von Weißen wie dem habe ich die Nase voll. Eines Tages erwischt es auch ihn."

Pete Anglich trat gegen seinen Koffer. „Bestimmt. Verwahr mir den Koffer, Mopsy." Er ging hinaus.

Zwei oder drei Wagen flitzten in der frischen Herbstnacht vorbei, die Bürgersteige waren dunkel und leer. Ein farbiger Nachtwächter bewegte sich langsam durch die Straße, versuchte die Türen einer kurzen Reihe winziger Läden. Auf der anderen Seite standen Fachwerkhäuser. In einigen war es laut.

Pete Anglich ging über die Kreuzung. Drei Blocks von der Imbißstube entfernt sah er das Mädchen.

Regungslos stand sie gegen eine Hauswand gepreßt. Etwas weiter hinter ihr strömte trübes gelbes Licht aus dem Treppenhaus eines Stundenhotels. Daneben lag ein kleiner Parkplatz, dessen Front zum größten Teil von Plakatanschlagtafeln verdeckt war. Von irgendwo fiel schwaches Licht auf ihren Hut, ihren schäbigen Polomantel mit dem hochgestellten Kragen und auf die Seite ihres Gesichtes. Er wußte, es war das gleiche Mädchen.

Er trat in einen Hauseingang und beobachtete sie. Als sie ihren Arm hob, glänzte ihre Armbanduhr in einem Lichtstrahl etwas auf. Von irgendwo, nicht weit entfernt, ertönten die acht langsamen Schläge einer Uhr.

Aus einer Seitenstraße schnitten Lichtstrahlen in das Dunkel. Langsam erschien ein großer Wagen, und während er um die Ecke bog, wurden seine Scheinwerfer abgeschaltet. Er kroch den Block entlang, ein dunkler Glanz aus Glas und auf Hochglanz poliertem Lack.

Pete Anglich grinste höhnisch in seinem Hauseingang. Eine Sonderanfertigung eines Duesenberg, sechs Blocks von der Central Avenue entfernt! Gab's das? Er wurde aufmerksam, als das scharfe Geräusch schneller Schritte, klappernder hoher Absätze hörbar wurde.

Das Mädchen kam auf dem Bürgersteig auf ihn zugelaufen. Der Wagen war noch nicht nahe genug, daß der Lichtstrahl seiner abgeblendeten Scheinwerfer sie erfaßt hätte. Pete Anglich trat einen Schritt vor, packte sie am Arm und zog sie mit sich in den Hauseingang. Er hatte seine Waffe mit einer schlangenartigen Bewegung unter seiner Jacke hervorgezogen.

Das Mädchen neben ihm keuchte.

Der Duesenberg glitt langsam an dem Hauseingang vorbei. Keine Schüsse blitzten daraus auf. Der uniformierte Fahrer verlangsamte die Fahrt nicht.

„Ich kann es nicht, ich habe Angst", hauchte das Mädchen Pete Anglich ins Ohr. Dann riß sie sich von ihm los, lief über die Straße, fort von dem Wagen.

Pete Anglich sah hinter dem Duesenberg her. Der Wagen befand sich jetzt neben der Reihe Anschlagbretter, die den Parkplatz abdeckten. Sein Tempo war kaum noch ein Kriechen. Etwas flog aus seinem linken Vorderfenster und fiel mit einem trockenen Klappen auf den Bürgersteig. Geräuschlos nahm der Wagen Geschwindigkeit auf und rollte in die Dunkelheit. Einen Block weiter blendeten seine Scheinwerfer plötzlich grell auf.

Nichts regte sich. Das Ding, das aus dem Wagen geworfen worden war, lag an der inneren Kante des Bürgersteiges, fast unter einer der Anschlagtafeln.

Dann kam das Mädchen zurück, zögernd, Schritt für Schritt. Pete Anglich beobachtete, ohne sich zu bewegen, wie sie näher kam. Als sie ihn erreicht hatte, fragte er leise: „Um was geht es denn? Kann ich Ihnen helfen?"

Mit einem unterdrückten Aufschrei fuhr sie zu ihm herum, als ob sie ihn völlig vergessen hätte. Neben ihm bewegte sich ihr Kopf im Dunkeln. Einen Augenblick glänzten ihre Augen in einem Lichtschein auf, und schwach schimmerrte ihr Kinn. Ihre Stimme war leise, gehetzt, verängstigt.

„Sie sind der Mann aus der Imbißstube. Ich habe Sie dort gesehen."

„Schießen Sie los. Worum geht es? Eine Abrechnung?"

Wieder bewegte sich ihr Kopf im Dunkeln neben ihm. Sie nickte.

„Was ist in dem Paket?" knurrte Pete Anglich. „Geld?"

Ihre Worte überstürzten sich. „Wollen Sie es für mich holen? Bitte, tun Sie es. Ich wäre Ihnen so dankbar, ich würde . . ."

Er lachte. In seinem Lachen lag ein tiefes leises Knurren. „Es für Sie holen, Kindchen? Ich kann auch Geld gebrauchen. Packen Sie aus. Was steckt dahinter? Reden Sie schon!"

Sie wollte sich losreißen, aber er gab ihren Arm nicht frei. Er schob die Waffe wieder unter seine Jacke und hielt sie mit beiden Händen fest. Schluchzend flüsterte sie: „Er bringt mich um, wenn ich es nicht hole."

Sehr scharf und kalt fragte Pete Anglich: „Wer? Trimmer Waltz?"

Sie zuckte heftig zusammen. Beinahe gelang es ihr, sich von seinem Griff zu befreien, aber nicht ganz. Auf dem Bürgersteig wurden Schritte hörbar. Vor den Anschlagtafeln waren zwei dunkle Schatten zu erkennen, blieben aber nicht stehen, um etwas aufzuheben. Ihre Schritte kamen näher. Ihre Zigaretten glimmten auf.

Leise fragte eine Stimme: „Heda, ihr Süßen. Suchst du einen anderen Freund, Schätzchen?"

Das Mädchen duckte sich hinter Pete Anglich. Der eine der Neger lachte freundlich und wedelte mit dem glühenden Ende seiner Zigarette.

„Vorsicht, das ist ein weißes Mädchen", sagte der andere schnell. „Komm weiter."

Feixend gingen sie um die Ecke.

„Da sehen Sie es", knurrte Pete Anglich. „Das sollte Ihnen zeigen, wo Sie sind." Seine Stimme war hart und wütend. „Verdammt noch mal, bleiben Sie hier. Ich hole Ihnen das Zeug."

Er ließ sie stehen und glitt leichtfüßig an den Häuserwänden entlang. An der Ecke vor den Anschlagtafeln hielt er an, spähte durch die Dunkelheit, erkannte das Päckchen. Es war in dunklen Stoff gehüllt, nicht groß, aber groß genug, daß er es erkennen konnte. Er beugte sich nieder und sah unter den Anschlagbrettern hindurch. Dort war nichts zu entdecken.

Er machte vier Schritte, bückte sich und hob das Päckchen auf. Er fühlte den Stoff und zwei kräftige Gummibänder. Er stand ganz ruhig und lauschte.

Aus der Ferne dröhnte leise der Verkehr von der Central Avenue. Auf der anderen Straßenseite brannte in einem Wohnhaus hinter einer Glastür Licht. Darüber stand dunkel ein Fenster offen.

Hinter ihm gellte schrill die Stimme einer Frau.

Er fuhr zusammen, drehte sich rasch um, und grelles Licht fiel ihm blendend in die Augen. Er kam aus dem dunklen Fenster von der anderen Straßenseite. Ein blendendweißer Strahl, der ihn hell vor der Anschlagtafel hervorhob. Er verzerrte das Gesicht, blinzelte in den grellen Schein. Sonst rührte er sich nicht.

Schritte polterten auf dem Beton, und ein kleiner Scheinwerfer richtete sich seitwärts vom Ende der Anschlagtafel auf ihn. Hinter dem Scheinwerfer sagte eine Stimme gleichmütig: „Mit keiner Wimper gezuckt, Bursche. Hier ist überall Polizei."

Männer mit Revolvern kamen von beiden Seiten der Anschlagtafeln auf ihn zu. Weiter entfernt klapperten Absätze auf dem Pflaster. Dann war es einen Augenblick still. Gleich darauf bog ein Wagen mit einem roten Scheinwerfer um die Ecke und fuhr auf die Gruppe Männer zu, in deren Mitte Pete Anglich stand.

Der Mann mit der gleichmütigen Stimme sagte: „Ich bin Inspektor

Angus. Wenn Sie nichts dagegen haben, nehme ich das Päckchen da an mich. Und wenn Sie einen Moment die Hände zusammenlegen würden ..."

Mit einem trockenen Klicken schlossen sich Handschellen um Pete Anglichs Handgelenke. Er lauschte angestrengt nach in der Ferne klappernd davonlaufenden Absätzen. Aber jetzt war es zu laut um ihn herum.

Türen wurden geöffnet, und dunkle Menschen quollen neugierig aus den Häusern.

III

John Vidaury war ein Meter siebenundachtzig groß und hatte das vollkommenste Profil in Hollywood. Er war dunkel, anziehend, romantisch, mit einem interessanten Hauch Grau an den Schläfen. Seine Schultern waren breit, seine Hüften schmal. Er hatte die Taille eines englischen Gardeoffiziers, und sein Abendanzug saß ihm so gut, daß es beinahe weh tat.

Und er sah Pete Anglich an, als sei er im Begriff, sich zu entschuldigen, daß er ihn nicht kenne. Pete Anglich blickte auf die Handfesseln, auf seine abgetragenen Schuhe auf dem dicken Teppich, auf die hohe Standuhr vor sich an der Wand. Sein Gesicht war leicht gerötet, in seinen Augen lag ein Schimmer. Mit glatter, klar modulierender Stimme sagte Vidaury: „Nein, ich habe den Mann nie gesehen." Er lächelte Pete Anglich zu.

Inspektor Angus, in Zivil, lehnte an einem geschnitzten Schreibtisch und drehte seinen Hut an der Krempe zwischen den Fingern. Zwei andere Beamte standen nahe bei Pete Anglich. Ein weiterer saß an einem kleinen Schreibtisch mit einem Stenoblock vor sich.

Angus sagte: „Nun, wir dachten, Sie würden ihn vielleicht kennen, Mister Vidaury. Wir können nicht viel aus ihm herausbekommen."

Vidaury zog die Augenbrauen hoch und lächelte schwach. „Wirklich? Das überrascht mich etwas." Er ging herum, sammelte Gläser ein, brachte sie zu einem Tablett und begann, neue Drinks zu mixen.

„Das kommt vor", meinte Angus.

„Ich dachte, Sie hätten so Ihre Methoden", sagte Vidaury anzüglich, während er Scotch in die Gläser goß.

Angus betrachtete seine Fingernägel. „Wenn ich sage, daß er uns nichts sagt, Mister Vidaury, dann meine ich damit: nichts von Belang. Er sagt aus, daß er Pete Anglich heißt, mal Boxer war, aber seit mehreren Jahren nicht mehr geboxt hat. Bis vor einem Jahr war er Privatdetektiv, ist jetzt aber ohne Arbeit. Er hat beim Würfeln etwas Geld gewonnen, sich danach betrunken und lief ziellos herum. Auf diese Weise war er zufällig in der Noon Street. Er sah, wie das Päckchen aus Ihrem Wagen geworfen wurde, und hob es auf. Wir können ihn wegen Landstreicherei vor den Richter bringen, das ist aber auch alles."

„So könnte es natürlich gewesen sein", gab Vidaury nachdenklich zu. Er brachte den vier Beamten ihre Gläser, immer zwei gleichzeitig, hob sein eigenes und nickte leicht, ehe er trank. Er trank anmutig, mit einer superben Eleganz der Bewegung. „Nein, ich kenne ihn wirklich nicht", wiederholte er. „Offen gesagt, sieht er mir nicht danach aus, als ob er mir Säure ins Gesicht schütten wollte." Er machte eine Handbewegung. „Ich fürchte also, daß Sie ihn hier hergebracht haben ..."

Pete Anglich hob plötzlich den Kopf und starrte Vidaury an. Seine Stimme klang spöttisch.

„Das ist ein großes Kompliment, Vidaury. Unsere Polizei vergeudet nicht oft die Zeit von vier Beamten, um mit einem Festgenommenen Besuche zu machen."

Vidaury lächelte liebenswürdig. „So ist das nun einmal in Hollywood", meinte er freundlich. „Man hat schließlich seinen Ruhm."

„Hatte gehabt", berichtigte Pete Anglich herausfordernd. „Ihr letzter Film tat da weh, wovon man vor Damen nicht spricht."

Angus richtete sich auf. Vidaurys Gesicht wurde weiß. Er stellte langsam sein Glas nieder und ließ seine Hand herunterhängen. Mit elastischen Schritten kam er über den Teppich und blieb vor Pete Anglich stehen.

„Das ist Ihre Ansicht", sagte er schroff, „aber ich warne Sie ..."

„Quatschen Sie nicht, Sie Angeber", unterbrach ihn Pete Anglich. „Sie haben einen Tausender riskiert, weil irgendein Lump Ihnen drohte, Sie mit Säure zu bespritzen, falls Sie es nicht täten. Ich habe den Tausender aufgehoben, aber von Ihrem sauberen Geld nichts bekommen. Sie haben es also zurück. Aber für Sie ist das eine Reklame, die zehntausend wert ist, und die kostet Sie keinen Nickel. Das nenne ich ein gutes Geschäft."

„Nun langt es aber", sagte Angus scharf.

„Auf einmal", höhnte Pete Anglich weiter. „Ich dachte, Sie wollten mich reden hören. Nun, jetzt rede ich, und übrigens finde ich Spieler, die nichts riskieren, widerlich. Ist das klar?"

Vidaury holte tief Luft. Plötzlich ballte er die Faust und schlug Pete Anglich gegen das Kinn. Der Schlag riß ihm den Kopf zurück. Er kniff die Augen zu und öffnete sie wieder weit. Er schüttelte sich und sagte kühl: „Das nächstemal Ellbogen hoch und Daumen nach innen, Vidaury. Wenn Sie so zuschlagen, brechen Sie sich die Hand."

Vidaury trat zurück, schüttelte den Kopf und betrachtete seinen Daumen. Sein Gesicht verlor seine Blässe. Zögernd erschien sein Lächeln wieder.

„Es tut mir leid", sagte er entschuldigend. „Es tut mir wirklich leid. Ich bin es nicht gewohnt, beleidigt zu werden. Da ich diesen Mann nicht kenne, bringen Sie ihn besser wieder fort. – Gefesselt war er auch noch. Nicht sehr sportlich von mir, wie?"

„Das erzählen Sie mal Ihren Poloponys", meinte Pete Anglich. „Aber keine Angst, mir kann man nicht so leicht weh tun."

Angus trat zu ihm und klopfte ihm auf die Schulter. „Machen Sie sich nichts draus, Junge. Gehen wir also. An anständige Gesellschaft sind Sie wohl nicht gewöhnt, wie?"

„Nein, Lumpen sind mir lieber", bestätigte Pete Anglich.

Er streckte sich langsam, schlurfte mit den Füßen auf dem Teppich.

Die beiden Polizisten nahmen ihn in die Mitte und führten ihn durch den riesigen Raum, unter einem Bogen hindurch. Angus und der andere Beamte kamen hinter ihnen her. In der kleinen, abgeschlossenen Vorhalle des Apartments warteten sie auf den Fahrstuhl.

„Was sollte denn das?" brummte Angus unwillig. „Warum haben Sie ihn denn gereizt?"

Pete Anglich lachte. „Ohne besonderen Grund. Er ging mir nur auf die Nerven", antwortete er.

Der Fahrstuhl kam, und sie fuhren in die riesige stille Halle des Chester Towers. Am Ende des marmornen Empfangstisches lungerten die beiden Hausdetektive. Hinter ihnen standen die beiden Empfangschefs aufmerksam auf Posten.

Pete Anglich hob seine gefesselten Hände zum Boxergruß. „Was", höhnte er, „wieder keine Zeitungshaie hier? Diese Geheimniskrämerei wird Vidaury aber gar nicht gefallen."

„Gehen Sie weiter!" schnauzte einer der Beamten und zerrte ihn am Arm.

Sie gingen durch einen Gang und erreichten durch einen Seiteneingang eine enge Seitenstraße, die nach oben fast von Baumwipfeln verdeckt wurde. Jenseits der Baumwipfel dehnten sich die Lichter der Stadt wie ein weiter goldener, mit rot, grün, blau und violett blitzenden Diamantsplittern bestickter Teppich.

Zwei Starter schnarrten. Pete Anglich wurde in den Rücksitz des ersten Wagens gestoßen. Angus und ein anderer Beamter nahmen ihn in die Mitte. Die Wagen glitten den Berg hinab, drehten an der Fountain Avenue nach Osten und rollten Meile um Meile durch den stillen Abend. Die Fountain kreuzte den Sunset Boulevard, und sie fuhren in die Stadt auf den hohen weißen Turm des Rathauses zu. An der Plaza bog der erste Wagen in die Los Angeles Street ein und fuhr nach Süden. Der andere fuhr geradeaus weiter.

Nach einer Weile sah Pete Anglich Angus mit herabgezogenen Mundwinkeln von der Seite an.

„Wo bringt ihr mich hin? Hier geht's doch nicht zum Headquarters."

Angus drehte ihm sein dunkles, finsteres Gesicht langsam zu. Nach einem Augenblick lehnte sich der große Inspektor in die Ecke zurück und gähnte in die Nacht. Er gab keine Antwort.

Der Wagen rollte nach Los Angeles, zur Fünften, ostwärts nach San Pedro, wieder nach Süden. Block um Block, stille Blocks und laute Blocks, Blocks, in denen schweigende Männer auf baufälligen Vorderveranden saßen, und Blocks, wo Halbstarke beider Farben auf den Straßen johlten und sich vor billigen Restaurants und Drugstores und Bierstuben voller Spielautomaten gegenseitig anzügliche Bemerkungen zuschrien.

In San Barbara bog der Polizeiwagen wieder nach Osten ab, fuhr langsam durch die Noon Street und hielt an der Ecke vor der Imbißstube. Pete Anglichs Gesicht spannte sich, aber er sagte nichts.

„Das wär's", knurrte Angus. „Nimm ihm die Handschellen ab."

Der Beamte auf Pete Anglichs anderer Seite grub aus seiner Westen=

tasche einen Schlüssel, schloß die Handfesseln auf und klimperte aufmunternd damit, ehe er sie in seiner Hüfttasche verstaute. Angus stieß die Tür auf und stieg aus.

„'raus!" sagte er über die Schulter.

Pete Anglich folgte ihm. Angus ging ein paar Schritte aus dem Licht der Straßenlaterne, blieb stehen und winkte. Er schob seine Hand unter seine Jacke, zog sie mit einem Revolver hervor. Leise sagte er: „Ich mußte das so drehen, Pete, sonst wäre es bald in der ganzen Stadt bekannt. Pearson ist der einzige, der Sie kennt. Haben Sie eine Ahnung, was hier gespielt wird?"

Pete Anglich nahm seinen Revolver, schüttelte langsam den Kopf, schob den Colt unter seine Jacke und hielt dabei seinen Körper so, daß er zwischen der Waffe und dem Wagen hinter ihm am Straßenrand stand.

„Wahrscheinlich wurde die Falle entdeckt", meinte er langsam. „Hier lungerte ein Mädchen herum. Das kann aber auch rein zufällig gewesen sein."

Angus starrte ihn einen Augenblick schweigend an, ging dann zu dem Wagen zurück. Die Tür wurde zugeschlagen. Der Wagen fuhr an und beschleunigte rasch sein Tempo.

Pete Anglich schlenderte durch die Santa Barbara zur Central, auf der Central weiter nach Süden. Nach einer Weile strahlte eine hellviolette Leuchtschrift auf ihn herab: Juggernaut Club. Er ging über eine breite teppichbelegte Treppe dem Lärm und der Tanzmusik entgegen.

IV

Das Mädchen mußte sich seitwärts zwischen den eng um die kleine Tanzfläche stehenden Tische hindurchzwängen. Mit der Hüfte berührte sie einen Mann an der Schulter, der nach ihr griff und sie grinsend an der Hand festhielt. Sie lächelte mechanisch, zog ihre Hand fort und kam näher.

In dem metallisch bronzeschimmernden Kleid ohne Ärmel und den ihr in den Nacken fallenden braunen Locken sah sie besser aus; besser jedenfalls als in dem schäbigen Polomantel und billigen Filzhut, und selbst besser als mit den hohen Absätzen, nackten Beinen und Oberschenkeln, dem nicht mehr zu verringernden Minimum um die Hüften und dem mattgoldenen, anzüglich auf ein Ohr geschobenen Zylinder. Ihr Gesicht wirkte verhärmt, klein, einfältig. Ihre Augen waren weit aufgerissen.

Die Tanzkapelle übertönte mit scharfen Rhythmen das Geklapper von Geschirr, das Stimmengewirr und das Schlurfen der Füße auf dem Tanzparkett. Langsam trat das Mädchen an Pete Anglichs Tisch und setzte sich. Sie stützte das Kinn auf den Rücken ihrer einen Hand, die Ellenbogen auf der Tischplatte und starrte ihn an.

„Guten Abend", sagte sie mit leicht zitternder Stimme.

Pete Anglich schob ihr die Zigarettenpackung über den Tisch, beobachtete, wie sie eine herausschüttelte und zwischen die Lippen nahm. Er riß ein Streichholz an. Sie mußte es ihm aber aus der Hand nehmen, um ihre Zigarette anzuzünden.

„Was zu trinken?'

„Danke, gern."

Er winkte dem Kellner mit dem wirren Haar und den Mandelaugen und bestellte zwei Sidecars. Der Kellner ging. Pete Anglich lehnte sich in seinem Stuhl zurück und betrachtete eine seiner stumpfen Fingerspitzen.

Das Mädchen sagte sehr leise: „Ich habe Ihren Zettel bekommen."

„Sind Sie gern gekommen?" Seine Stimme klang gleichgültig und gelangweilt. Er sah sie nicht an.

Sie lachte gezwungen. „Wir müssen zu den Gästen höflich sein."

Pete Anglich sah an ihrer Schulter vorbei zur Ecke des Musikpodiums. Ein Mann stand dort neben einem kleinen Mikrophon und rauchte. Er war schwer gebaut, für einen Conférencier schon alt, mit glattem, glänzendem grauem Haar und einer großen Nase und der schwartigen Haut eines Trinkers. Er lächelte über alles und mit jedem. Pete Anglich betrachtete den Mann eine kleine Weile und achtete darauf, in welche Richtung er blickte. Unfreundlich sagte er mit der gleichen gleichgültigen Stimme: „Sie wären also auf jeden Fall gekommen."

Das Mädchen richtete sich auf, sank dann in sich zusammen. „Deswegen brauchen Sie mich nicht zu beleidigen."

Er wendete sich ihr langsam zu, sah sie von unten herauf an. „Sie sind fertig und am Ende, Kindchen, bis zu dem Kinn im Nichts.

Das ist mir auch schon so gegangen. So oft, daß ich die Symptome kenne. Außerdem haben Sie mich heute abend in eine ziemliche Klemme gebracht. Ich bin Ihnen also ein paar Beleidigungen schuldig."

Der Kellner mit dem wirren Haar kam zurück und schob ein Tablett auf das Tischtuch, wischte den Fuß der beiden Gläser mit einer schmutzigen Serviette ab und stellte sie vor die beiden. Er ging wieder.

Das Mädchen legte ihre Hand um ein Glas, hob es schnell an den Mund und nahm einen großen Schluck. Sie schauderte leicht zusammen, als sie es wieder hinstellte. Ihr Gesicht war weiß.

„Erzählen Sie Witze oder sagen Sie sonst etwas, schnell. Sitzen Sie nicht nur stumm da. Ich werde beobachtet."

Pete Anglich nippte an seinem Glas und lächelte sehr betont zur Ecke des Podiums der Kapelle hinüber.

„Ja, das kann ich mir vorstellen. Erzählen Sie mir mehr von der Geschichte auf der Noon Street."

Sie streckte schnell die Hand aus, krallte sich in seinen Arm. Er spürte ihre scharfen Nägel durch den Ärmel. „Nicht hier", flüsterte sie. „Ich weiß nicht, wie Sie mich gefunden haben, und es ist mir auch egal. Sie sahen wie einer aus, der einem Mädchen hilft. Ich hatte schreckliche Angst. Aber sprechen Sie hier nicht davon. Ich tue alles, was Sie wollen, gehe mit Ihnen hin, wohin Sie wollen, aber hier nicht."

Pete Anglich machte ihre Hand von seinem Arm los und lehnte sich wieder zurück. Sein Blick war kalt, aber sein Mund freundlich.

„Ah, ich verstehe. Trimmer steckt dahinter. Hat er Sie beobachtet?"

Sie nickte schnell. „Ich war noch keine drei Blocks weiter, als er mich einholte. Er hielt es für einen klugen Trick, was ich getan hatte, aber wenn er Sie jetzt hier sieht, wird er seine Meinung ändern. Er glaubt dann, daß Sie alles wissen."

Pete Anglich schlürfte an seinem Glas. „Er kommt hierher", sagte er kühl.

Der grauhaarige Conférencier bewegte sich nickend und plaudernd zwischen den Tischen und näherte sich dem einen, an dem Pete Anglich mit dem Mädchen saß. Das Mädchen starrte in den großen Spiegel mit dem vergoldeten Rahmen hinter Pete Anglichs Kopf. Ihr Gesicht verzerrte sich plötzlich angstvoll. Gegen ihren Willen zitterten ihre Lippen.

Trimmer Waltz trat wie zufällig an den Tisch und stützte sich mit einer Hand auf die Platte. Er schob seine große, von Äderchen überzogene Nase vor Pete Anglich. Auf seinem Gesicht stand ein leichtes ausdrucksloses Lächeln. „Na, Pete, dich habe ich auch nicht mehr hier gesehen, seit sie McKinley begraben haben. Wie geht's, wie steht's?"

„Weder gut noch schlecht", antwortete Pete Anglich heiser. „Hab zuviel gesoffen."

Trimmer Waltz' Grinsen wurde breiter. Er wandte es dem Mädchen zu. Sie blickte schnell zu ihm auf und sah wieder fort, fingerte an dem Tischtuch.

Waltz' Stimme war sanft und schmeichelnd. „Kanntest du die Kleine schon? Oder hast du sie dir nur aus der Reihe herausgepickt?"

Gelangweilt zuckte Pete Anglich mit den Schultern. „Ich wollte nur nicht allein trinken, Trimmer, und schickte ihr einen Zettel. Darf man doch?"

„'türlich, völlig in Ordnung." Waltz nahm eins der Gläser auf, schnüffelte daran. Er schüttelte traurig den Kopf. „Ich wünschte, ich könnte besseren Stoff servieren. Aber bei den Preisen ist es nicht zu machen. Wie wäre es mit einem kleinen Schluck aus der richtigen Flasche hinten in meiner Bude?"

„Wir beide?" fragte Pete Anglich freundlich.

„Natürlich beide. In fünf Minuten? Ich muß mich hier noch ein bißchen zeigen."

Er kniff das Mädchen in die Wange und ging mit einem lockeren Schwingen seiner gepolsterten Schultern weiter.

Schleppend, mit hoffnungsloser Stimme sagte das Mädchen: „Sie heißen also Pete. Sie scheinen jung sterben zu wollen, Pete. Ich heiße Token Ware. Dummer Name, nicht wahr?"

„Mir gefällt er", antwortete Pete Anglich sanft. Das Mädchen starrte auf einen Punkt unterhalb der weißen Narbe auf Pete Anglichs Kehle. Langsam füllten sich ihre Augen mit Tränen.

Trimmer Waltz drückte sich zwischen den Tischen hindurch, sprach hier und da mit einem Gast. Er kam bis an die gegenüberliegende Wand, ging dort vorbei bis zur Kapelle, blieb stehen und ließ seine Blicke gemächlich durch den Raum schweifen, bis er direkt zu Pete Anglich hinübersah. Er winkte mit dem Kopf und verschwand hinter einem dicken schweren Vorhang.

Pete Anglich schob seinen Stuhl zurück und stand auf. „Gehen wir."

Mit nervösen Fingern drückte Token Ware ihre Zigarette in dem gläsernen Aschenbecher aus, leerte ihr Glas und erhob sich. Sie wühlten sich zwischen den Tischen hindurch, am Rand der Tanzfläche entlang zur Kapelle hinüber.

Hinter dem Vorhang lag ein trüb erleuchteter Gang mit Türen auf beiden Seiten. Ein abgetretener roter Teppich bedeckte den Boden. Die Wände waren verschrammt, die Türen zeigten Risse.

„Die letzte links", flüsterte Token Ware.

Sie erreichten sie. Pete Anglich klopfte. Trimmer Waltz' Stimme rief „herein". Pete Anglich blieb einen Moment stehen und betrachtete die Tür. Dann drehte er den Kopf und sah mit harten, zusammengekniffenen Augen das Mädchen an. Er stieß die Tür auf und schob sie vor.

Das Zimmer war nicht sehr hell. Eine kleine längliche Leselampe strahlte ihr Licht auf poliertes Holz, aber wenig fiel auf den schäbigen roten Teppich und die langen, schweren roten Vorhänge vor der Außenwand. Die Luft war dumpf, der dicke süßliche Geruch von Alkohol hing in dem Raum.

Trimmer Waltz saß hinter einem Schreibtisch, vor sich ein Tablett, darauf eine geschliffene Kristallkaraffe, ein paar mit goldenen Venen durchzogene Gläser, ein Gefäß mit Eis und ein Siphon Sodawasser. Er lächelte und rieb sich die eine Seite seiner großen Nase.

„Setzt euch, wo es euch bequem ist. Der Scotch hier kostet mich sechsneunzig, sogar im Großhandel."

Pete Anglich schloß die Tür, sah sich langsam in dem Zimmer um, auf die bis zum Boden reichenden Vorhänge an den Fenstern, auf die nicht eingeschaltete Deckenbeleuchtung. Mit einer beiläufigen, unauffälligen Bewegung öffnete er den obersten Knopf seiner Jacke.

„Heiß hier. Sind hinter den Vorhängen Fenster?" fragte er arglos.

Das Mädchen setzte sich in einen runden Sessel am Schreibtisch, gegenüber von Waltz. Er lächelte freundlich auf sie hinunter.

„Gute Idee", meinte Waltz, „willst du eins aufmachen?"

Pete Anglich trat an dem Schreibtisch vorbei auf die Vorhänge zu. Als er hinter Waltz war, schob er die Hand unter seine Jacke und faßte den Griff seines Revolvers. Geräuschlos näherte er sich den roten Vorhängen. Die Spitzen breiter schwarzer Schuhe waren darunter im Schatten zwischen Vorhängen und Wand gerade noch zu erkennen.

Pete Anglich stand davor, streckte seine linke Hand aus, riß den Vorhang beiseite.

Die Schuhe auf dem Boden vor der Wand waren leer. Waltz lachte trocken. Dann sagte eine gutturale, kalte Stimme: „Hände hoch, Mann."

Das Mädchen stieß einen unterdrückten Laut, fast einen Schrei aus. Pete Anglich ließ seine Hände sinken und drehte sich langsam um. Der Neger war riesig groß, wie ein Gorilla und trug einen weiten karierten Anzug, der ihn noch riesiger erscheinen ließ. Auf unbeschuhten Füßen war er lautlos aus dem Wandschrank herausgetreten, und in seiner rechten Hand verschwand der große schwarze Revolver fast.

Auch Trimmer Waltz hielt eine Waffe in der Hand, eine Savage. Die beiden Männer blickten ruhig auf Pete Anglich. Pete Anglich hob seine Hände, mit ausdruckslosen Augen, den Mund zu einer Linie zusammengepreßt.

Der Neger in dem karierten Anzug näherte sich ihm mit langen schwingenden Schritten, drückte ihm seine Waffe gegen die Brust und griff ihm unter die Jacke. Er zog seine Hand mit Pete Anglichs Revolver hervor und ließ den Colt hinter sich zu Boden fallen. Er drehte seinen langen, eigenen Revolver gleichmütig in der Hand um und schlug Pete Anglich mit dem Griff seitlich gegen den Kiefer.

Pete Anglich taumelte und fühlte den süßlichen Blutgeschmack auf seiner Zunge. Er blinzelte und sagte heiser: „Dein Gesicht werde ich mir lange merken, Großer."

Der Neger grinste. „*So* lange auch nicht, Mann."

Er traf Pete Anglich noch einmal mit dem Revolver und schob die Waffe dann in seine Seitentaschen, und seine beiden großen Hände streckten sich aus, umklammerten Pete Anglichs Kehle.

„Zähe Leute quetsche ich gern ein bißchen", sagte der Neger fast sanft.

Daumen, die sich so groß und hart wie Türknöpfe anfühlten, preßten sich seitlich gegen Pete Anglichs Hals. Das Gesicht vor und über ihm wuchs riesig: ein enormes verschwommenes Gesicht mit einem breiten Grinsen in seiner Mitte. Es verschwamm in verdämmerndem Licht – eine unwirkliche, phantastische Grimasse.

Pete Anglich schlug in das Gesicht, kraftlos, mit schwächlichen Schlägen, wie mit einem Kinderballon. Seine Fäuste spürten keinen

Widerstand, als sie in das Gesicht trafen. Der große Mann drehte ihn herum, bohrte ihm ein Knie in den Rücken, beugte ihn über das Knie. Eine Weile konnte Pete Anglich nichts hören außer dem Dröhnen des Blutes, das in seinen Schläfen pochte. Dann schien ihm, als nehme er aus sehr weiter Ferne den dünnen Schrei eines Mädchens wahr, und von noch weiter fort hörte er die Stimme von Trimmer Waltz murmeln: „Jetzt ist's genug, Rufe, vorsichtig."

Eine weite Finsternis, durch die rote Blitze schossen, füllte Pete Anglichs Welt. Die Dunkelheit wurde still. Nichts bewegte sich mehr in ihr – nicht einmal das Blut. Der Neger ließ Pete Anglichs schlaffen Körper auf den Boden sinken, trat zurück und rieb sich die Hände. „Ja", sagte er, „ich quetsche sie so gern."

V

Der Neger in dem karierten Anzug saß auf der Couch und zupfte melancholisch auf einem fünfsaitigen Banjo. Sein großes Gesicht war feierlich und friedlich, ein wenig traurig. Er zupfte langsam die Banjosaiten, mit bloßen Fingern, den Kopf zur Seite geneigt. Eine zerdrückte Zigarette in seinem Mundwinkel sah kaum noch zwischen den Lippen hervor.

Tief aus seiner Kehle stiegen gedämpfte grollende Töne. Er sang.

Eine billige elektrische Uhr auf dem Kaminsims zeigte auf elf Uhr fünfunddreißig. Es war ein kleines Wohnzimmer, mit hellen geschmacklosen Polstermöbeln, einer Bodenlampe mit rotem Schirm, um deren Fuß ein Haufen Stoffpuppen gruppiert waren, einem leuchtenden Teppich mit einem großen Rautenmuster, zwei verhängten Fenstern mit einem Spiegel dazwischen.

Eine Tür an der Rückwand war angelehnt, die andere Tür, die in den Gang führte, war geschlossen.

Pete Anglich lag auf dem Rücken auf dem Fußboden, mit offenem Mund und ausgestreckten Armen. Sein Atem ging in einem rauhen Rasseln. Seine Augen waren geschlossen, und in dem rötlichen Schein der Lampe sah sein Gesicht geschwollen und fiebrig aus.

Der Neger legte das Banjo aus seinen riesigen Händen, stand auf, gähnte und streckte sich. Er ging durch das Zimmer und sah auf einen Kalender über dem Kamin.

„Wir haben doch nicht August", knurrte er unwillig.

Er riß ein Blatt von dem Kalender, rollte es zu einem Ball und warf ihn Pete Anglich ins Gesicht. Er traf den bewußtlosen Mann an der Wange. Der regte sich nicht. Der Neger spuckte den Zigarettenstummel in seine Hand, hielt sie flach ausgestreckt und schnippte den Stummel mit einem Finger in die gleiche Richtung wie den Papierball.

Er trat näher, beugte sich nieder und betastete eine Schramme an Pete Anglichs Schläfe. Er drückte darauf und grinste dabei. Pete Anglich bewegte sich nicht.

Der Neger richtete sich auf und trat dem Bewußtlosen gegen die Rippen. Nachdenklich, nicht sehr fest, immer wieder. Pete Anglich regte sich etwas, gab einen gurgelnden Laut von sich, rollte seinen Kopf auf eine Seite. Der Neger schien zufrieden zu sein. Er ließ ihn liegen und ging zur Couch zurück, brachte sein Banjo zur Eingangstür und lehnte es dort gegen die Wand. Auf einer Zeitung auf einem kleinen Tisch lag ein Revolver. Der Neger verschwand durch die angelehnte innere Tür, kam mit einer kleinen halbvollen Flasche Gin zurück. Er wischte die Flasche vorsichtig mit einem Taschentuch ab und stellte sie auf das Kaminsims.

„Es wird langsam Zeit", dachte er laut. „Wenn du aufwachst, ist dir vielleicht nicht besonders gut, Mann, vielleicht brauchst du einen Schluck . . . Nee, warte mal, ich weiß was Besseres."

Er griff wieder nach der Flasche, ließ sich auf ein Knie nieder und goß Pete Anglich Gin über Mund und Kinn, ließ den billigen Fusel vorn auf das Hemd des Bewußtlosen tropfen. Er stellte die Flasche auf den Boden, nachdem er sie wieder abgewischt hatte, und warf den Glasstopfen unter die Couch.

„Hol ihn dir, Weißer", sagte er leise. „Fingerabdrücke kann's nicht genug geben."

Er nahm die Zeitung mit dem Revolver, ließ die Waffe auf den Teppich gleiten und schob sie mit dem Fuß weiter, bis sie gerade noch außer Reichweite vor Pete Anglichs ausgestreckter Hand lag.

Von der Tür aus überprüfte er die Anordnung sorgfältig, nickte und griff nach dem Banjo. Er öffnete die Tür, spähte hinaus, bückte dann zurück.

„Mach's gut", sagte er leise und grinste. „Für mich wird's Zeit.

Viel ist für dich nicht mehr drin, aber was noch kommt, kommt plötzlich."

Er schloß die Tür, ging durch den Gang zur Treppe und hinunter. Hinter einer geschlossenen Tür war das schwache Geräusch eines Radios zu hören. Die Eingangshalle des Apartmenthauses war leer. Der Neger in dem gewürfelten Anzug trat in die Telefonzelle in einer dunklen Ecke der Halle, warf eine Münze in den Schlitz und wählte.

Eine tiefe Stimme antwortete: „Polizeirevier."

Der Neger brachte seine Lippen nahe an die Sprechmuschel, ließ seine Stimme absichtlich hoch klingen:

„Ist da Polizei? Hören Sie, in den Calliope Apartments, 48ste Ost, 245 hat's eine Schießerei gegeben. Apartment 4-B. Haben Sie verstanden? . . . "

Er hängte schnell ein, kicherte, lief die Stufen vor dem Apartmenthaus hinunter und sprang in einen kleinen schmutzigen Wagen. Er trat auf den Starter und fuhr in Richtung Central Avenue davon. Als er noch einen Block von der Central Avenue entfernt war, bog ihm der rote Scheinwerfer eines Streifenwagens von der Central Avenue in die 48ste Straße East entgegen.

Der Neger in dem Wagen schmunzelte und fuhr weiter. Leise sang er vor sich hin, als der Polizeiwagen an ihm vorbeibrauste.

Im gleichen Augenblick, als die Tür zuklickte, öffnete Pete Anglich seine Augen halb. Langsam drehte er den Kopf, und ein schmerzliches Grinsen verzerrte sein Gesicht und blieb darauf stehen. Aber er drehte seinen Kopf weiter, bis er sehen konnte, daß die eine Seite und die Mitte des Zimmers leer waren. Er drehte den Kopf so weit zurück, bis er den übrigen Teil des Zimmers übersah.

Er rollte sich zu der Waffe und griff nach ihr. Es war sein eigener Revolver. Er setzte sich auf und schnappte mechanisch die Waffe auf. Das Grinsen verschwand, und sein Gesicht erstarrte. Eine Patrone war abgeschossen worden. Der Lauf roch nach verbranntem Pulver.

Er erhob sich mühsam und schlich zu der halboffenen Innentür, den Kopf tief geduckt. Als er die Tür erreichte, beugte er sich noch tiefer und schob sie langsam weit auf. Nichts geschah. Er sah in ein Schlafzimmer mit einem Doppelbett, das aufgeschlagen und mit rotem goldgemustertem Damast bezogen war.

Jemand lag auf dem Bett. Eine Frau. Sie bewegte sich nicht. Das harte gespannte Grinsen erschien wieder auf Pete Anglichs Gesicht. Er richtete sich auf und ging leise auf den Fußspitzen zu dem Bett. Die Tür zum Badezimmer stand offen, aber von dort war kein Laut zu hören. Pete Anglich sah auf das farbige Mädchen auf dem Bett. Er hielt den Atem an, ließ die Luft dann langsam ausströmen. Das Mädchen war tot. Ihre Augen standen halb offen, blicklos. Ihre Hände lagen schlaff auf der Bettdecke. Ihre Beine waren etwas verdreht, und über einem ihrer reinseidenen Strümpfe unter ihrem kurzen Rock schimmerte ihre nackte Haut. Ein grüner Hut lag auf dem Boden. Ihre Schuhe hatten zwölf Zentimeter hohe Absätze. Der Duft von Mitternachtsnarzisse stand in dem Zimmer. Er erinnerte sich: das Mädchen vor dem Surprise-Hotel.

Sie war fraglos tot. Lange genug tot, daß das Blut um das vom Pulver verbrannte Loch unter ihrer linken Brust geronnen war.

Pete Anglich trat ins Wohnzimmer zurück, griff nach der Ginflasche, leerte sie, ohne abzusetzen oder zu husten. Einen Moment stand er schwer atmend da und dachte nach. Die Waffe hing lose in seiner linken Hand. Sein kleiner harter Mund war kaum zu sehen.

Er wischte mit seinen Fingern über die Flasche, warf sie auf die Couch und schob den Revolver in die Halfter unter seiner linken Schulter, ging zur Tür und trat leise in den Gang.

Der Gang war leer und düster, und die Luft war kühl. Ein einziger Wandleuchter schimmerte gelblich über der Treppe. Eine mit Fliegengaze bespannte Tür führte zu dem Balkon über dem Eingang des Gebäudes. Auf eine Ecke des Fliegengitters fiel ein grauer Strahl kalten Mondlichts.

Pete Anglich ging leise die Treppe hinunter, durch die Eingangshalle und legte die Hand auf die Klinke der Glastür.

Ein roter Scheinwerfer traf von der Straße auf die Tür. Sein Licht drang als hartes rotes Leuchten durch das Glas und die schmuddelige Gardine.

Pete Anglich glitt hinter die Tür unterhalb der Füllung, schlich die Wand entlang zur Seite. Seine Blicke schweiften schnell durch die Halle, blieben an der dunklen Telefonzelle haften.

„Menschenfalle", knurrte er leise, kroch zu der Zelle und drückte sich schnell hinein. Er duckte sich, zog die Tür bis auf einen Spalt zu.

Schritte dröhnten auf den Holzstufen außen, quietschend wurde die Haustür aufgestoßen. Die Schritte kamen in die Halle, hielten an.

Eine tiefe Stimme sagte: „Alles so still hier. Vielleicht war es nur eine Täuschung."

Eine andere Stimme sagte: „4=B sollte es sein. Können ja mal nach=sehen."

Die Schritte gingen weiter in den hinteren Teil der Halle, kamen zurück. Er hörte, wie sie die Treppe hinaufgingen, durch den oberen Gang. Behutsam stieß Pete Anglich die Tür der Telefonzelle auf, schnellte zur Eingangstür, duckte sich, blinzelte angestrengt in den ro=ten Scheinwerfer.

Der Streifenwagen am Straßenrand erschien als eine dunkle Masse. Seine Scheinwerfer strahlten über das von Rissen durchzogene Pflaster des Bürgersteiges. Er konnte niemanden in dem Wagen erkennen. Er seufzte, öffnete die Tür und schritt eilig, aber nicht zu eilig die höl=zernen Stufen vor dem Haus hinunter.

Der Streifenwagen war leer. Beide Vordertüren standen offen. Schat=tenhafte Gestalten näherten sich vorsichtig von der anderen Straßen=seite. Pete Anglich trat direkt auf den Streifenwagen zu, stieg ein, zog rasch beide Türen zu. Er drückte auf den Starter, schaltete den Gang ein.

Er fuhr an den sich zusammenrottenden, neugierigen Nachbarn vor=bei. An der ersten Ecke bog er ab und schaltete den roten Schein=werfer aus. Dann fuhr er schnell im Zickzack zwischen den Blocks, fort von der Central. Später drehte er in ihre Richtung zurück.

Als er wieder in der Nähe ihrer Lichter, ihres Lärms und Verkehrs war, hielt er am Rand einer staubigen, von Bäumen gesäumten Straße und ließ den Wagen stehen.

Zu Fuß ging er zur Central Avenue.

VI

Trimmer Waltz legte den Hörer mit seiner linken Hand zurück. Mit dem rechten Zeigefinger strich er über seine Oberlippe, schob die Lippe beiseite und fuhr mit dem Finger langsam über seine Zähne, massierte sein Zahnfleisch. Seine farblosen Augen verrieten nichts, während sie den Neger in dem gewürfelten Anzug hinter dem Schreibtisch an=

blickten. „Großartig", sagte er mit ausdrucksloser Stimme. „Großartig. Es gelang ihm, zu verschwinden, ehe die Polizei da war. Das hast du fein hingekriegt, Rufe."

Der Neger nahm einen Zigarrenstummel aus dem Mund und zerrieb ihn zwischen einem großen flachen Daumen und einem großen flachen Zeigefinger. „Zum Teufel", grollte er. „Er war fertig. Die Streife fuhr an mir vorbei, ehe ich bei der Central war. Er kann einfach nicht mehr weggekommen sein."

„Das war er gerade", entgegnete Waltz leblos. Er zog die oberste Schublade seines Schreibtisches auf, legte seine schwere Savage vor sich.

Der Neger sah auf die Waffe, seine Augen wurden trüb und glanzlos wie Obsidian. Er schob die Lippen vor und muffelte.

„Die Puppe hat mich betrogen, mit drei oder vier anderen", knurrte er. „Sie hat das Ding verdient. Das geht völlig in Ordnung. Und jetzt werde ich mir diesen krummen Hund greifen gehen."

Er wollte aufstehen. Waltz berührte den Griff seiner Waffe eben mit zwei Fingern. Er schüttelte den Kopf, und der Neger blieb auf seinem Platz sitzen. Waltz sagte:

„Er ist entwischt, Rufe. Und du hast die Polizei gerufen, damit sie eine tote Frau findet. Wenn sie ihn nicht mit seinem Revolver schnappen – und die Chance steht tausend zu eins –, gibt's keine Möglichkeit, es ihm anzuhängen. Und dann bleibt es an dir hängen. Du wohnst in dem Haus."

Der Neger grinste und hielt seine trüben Augen auf die Savage gerichtet. „Dann bekomme ich kalte Füße. Meine Füße sind so groß, daß sie sehr kalt werden. Am besten, ich haue ab. Ha?"

Waltz seufzte. Nachdenklich sagte er: „Ja, es ist wohl gut, wenn du hier eine Zeitlang verschwindest. In Glendale können wir den Nachtzug nach Frisko gerade noch schaffen."

Der Neger verzog mürrisch sein Gesicht. „Nix Frisko, Chef. Da hatte ich mal eine Puppe, die hat mich verpfiffen. Frisko ist nichts, Chef."

„Was du nicht sagst", meinte Waltz kalt. Er strich mit einem Finger über die Seite seiner mit Äderchen bedeckten Nase, glättete dann mit seiner Handfläche sein graues Haar. „Du denkst dir was, das sehe ich deinen großen dunklen Augen an. Laß es bleiben, Rufe. Ich werde für dich sorgen. Bring den Wagen in die Seitenstraße. Wir überlegen es uns unterwegs nach Glendale."

Der Neger blinzelte und wischte mit seiner enormen Hand Zigarren= asche von seinem Kinn.

„Und deinen großen schönen Revolver läßt du besser hier", fügte Waltz hinzu. „Er braucht auch mal Urlaub."

Rufe griff hinter sich und zog langsam seine Waffe aus der Hüft= tasche. Mit einem Finger schob er sie über das polierte Holz der Schreibtischplatte. Um seine Augen flackerte ein schwaches schläfriges Lächeln.

„In Ordnung, Chef", sagte er fast träumerisch.

Er ging zur Tür, öffnete sie und verließ das Zimmer. Waltz stand auf, trat an den Wandschrank, setzte seinen dunklen Hut auf, zog einen leichten Mantel und dunkle Handschuhe an. Er steckte die Sa= vage in die linke, Rufes Waffe in die rechte Manteltasche. Dann ging er aus dem Zimmer, durch den Gang auf die Musik der Tanzkapelle zu.

Am Ende des Ganges schob er die Vorhänge gerade weit genug auseinander, daß er hindurchblicken konnte. Das Lokal war gut be= sucht, aber für Central Avenue war es ein stilles Publikum. Waltz seufzte, sah einen Augenblick den Tanzenden zu und ließ den Vor= hang wieder fallen.

Er ging durch den Gang zurück, an seinem Büro vorbei, zu einer Tür, die auf eine Treppe führte. Eine weitere Tür am unteren Ende der Treppe öffnete sich auf eine dunkle Hintergasse.

Waltz schloß die Tür leise und blieb im Dunkeln an der Haus= wand stehen. Das Geräusch eines Motors im Leerlauf drang zu ihm, mit dem leisen Klackern ausgeschlagener Ventile. Er stand in einer Sack= gasse, die auf der anderen Seite im rechten Winkel um das Haus herum zur Vorderfront führte. Lichtschein fiel von der Central Avenue auf eine Ziegelwand in der Quergasse und auf den warten= den Wagen, einen kleinen Sedan, der selbst in der Dunkelheit abge= klappert und schmutzig aussah.

Waltz griff mit der rechten Hand in seine Manteltasche, zog Rufes Waffe heraus und hielt sie in einer Falte seines Mantels verborgen. Geräuschlos ging er auf den Wagen zu, um ihn herum, zu seiner rech= ten Tür und öffnete sie, um einzusteigen.

Zwei riesige Hände streckten sich aus dem Wagen heraus, er= griffen seine Kehle. Harte Hände, Hände, in denen eine enorme Kraft lag. Waltz gab ein schwaches gurgelndes Geräusch von sich, ehe sich sein Kopf zurückbeugte und er mit fast blinden Augen zum Himmel starrte.

Dann bewegte sich seine rechte Hand, bewegte sich, als ob sie nichts mit seinem verkrampften gespannten Körper, seinem gequälten Hals, seinen vorquellenden blinden Augen zu tun habe. Vorsichtig bewegte sie sich vor, tastend, bis die Mündung der Waffe gegen etwas Weiches drückte. Sie tastete das weiche Etwas ab, ohne Hast, schien sich vergewissern zu wollen, was sie vor sich hatte.

Trimmer Waltz sah nichts, fühlte kaum etwas. Er atmete nicht. Aber seine Hand gehorchte seinem Gehirn wie einer unabhängigen Kraft, die außerhalb der Reichweite von Rufes schrecklichen Händen lag. Waltz' Finger drückte auf den Abzug.

Die Hände fielen schlaff von seiner Kehle ab, sanken herunter. Er taumelte zurück, fiel fast quer über die Gasse, stieß mit der Schulter gegen die Wand. Langsam streckte er sich, holte tief Luft in seine gequälten Lungen. Er begann zu zittern.

Er bemerkte kaum, wie der große Gorillakörper aus dem Wagen rutschte und mit einem dumpfen Schlag auf den Beton vor seine Füße fiel. Da lag er vor ihm, schlaff, riesig, aber nicht länger drohend, nicht länger wichtig.

Waltz ließ die Waffe auf den Körper fallen. Eine Weile rieb er sich vorsichtig seine Kehle. Sein Atem ging schwer, stoßend, laut. Er tastete mit der Zunge innen seinen Mund ab, schmeckte Blut. Seine Augen blickten erschöpft auf den indigoblauen Streifen Nachthimmel über der Gasse.

Nach einer Weile flüsterte er rauh: „Das hatte ich mir gedacht, Rufe. Siehst du, genau das hatte ich erwartet."

Er lachte, schauderte zusammen, zog den Kragen seines Mantels gerade, ging um Rufes ausgespreizten Körper herum zu dem Wagen und griff hinein, um den Motor abzustellen. Er ging wieder von dem Wagen weg zur Hintertür des Juggernaut Clubs.

Aus dem Schatten hinter dem Wagen trat ein Mann. Waltz' linke Hand fuhr nach seiner Manteltasche. Metall schimmerte ihm entgegen. Er ließ seine Hand schlaff hängen.

Pete Anglich sagte: „Ich dachte mir, daß der Anruf dich herauslocken würde, Trimmer. Ich nahm an, ich würde dich hier treffen. Hat fein geklappt."

Nach einem Augenblick sagte Waltz heiser: „Er hat mich gewürgt. Es war Notwehr."

„Gewiß. Jetzt tut uns beiden der Hals weh. Meiner tut jedenfalls verdammt weh."

„Was willst du, Pete?"

„Du hast versucht, mir was anzuhängen. Daß ich ein Mädchen umgelegt habe."

Waltz lachte plötzlich auf, fast wie geistesgestört. Dann sagte er still: „Wenn man mich belästigt, werde ich ungemütlich, Pete. Das solltest du wissen. Laß deine Finger von Token Ware."

Pete Anglich bewegte seine Waffe, so daß das Licht auf dem Lauf schimmerte. Er trat an Waltz heran, stieß ihm den Revolver in den Magen.

„Rufe ist tot", sagte er leise. „Das ist sehr bequem. Wo ist das Mädchen?"

„Was geht sie dich an?"

„Stell dich nicht dumm. Ich weiß Bescheid. Du hast versucht, John Vidaury auszunehmen. Ich habe mich vor Token gestellt. Jetzt will ich alles wissen."

Waltz stand ganz ruhig vor der Waffe, die ihm gegen den Magen drückte. Seine Finger verkrampften sich in den Handschuhen. „Also gut", sagte er mürrisch. „Wieviel, damit du den Mund hältst? Aber für immer!"

„Ein paar Hunderter. Rufe hat mich ausgenommen."

„Und was bekomme ich dafür?" fragte Waltz langsam.

„Nicht einen Dreck. Ich will das Mädchen auch."

Waltz sagte sehr sanft: „Fünf Hunderter, aber das Mädchen nicht. Fünf Hunderter sind ein schöner Happen für eine Central-Avenue-Nutte. Sei gescheit. Nimm es und vergiß alles andere."

Die Waffe vor seinem Magen wurde zurückgezogen. Pete Anglich drehte Waltz kurz herum, klopfte seine Taschen ab, nahm die Savage an sich, machte eine Bewegung mit der linken Hand, in der er sie hielt.

„Angenommen", knurrte er. „Was ist ein Weibsstück zwischen Freunden! Komm mit dem Geld 'rüber."

„Ich muß es aus meinem Büro holen", murmelte Waltz.

Pete Anglich lachte höhnisch auf. „Sei vorsichtig, Trimmer, keine faulen Tricks. Geh vor!"

Sie gingen zur Tür in der Sackgasse, die Treppe hinauf. Die Tanzkapelle hinter den fernen Vorhängen jammerte eine Duke-Ellington-Klage: verlorenes, eintöniges, gedämpftes Blech, bittere Geigen, gedämpftes Schlagzeug. Waltz öffnete die Tür seines Büros, knipste das Licht an, trat hinter seinen Schreibtisch und setzte sich. Er schob den Hut in den Nacken, lächelte und schloß mit einem Schlüssel eine Schublade auf.

Pete Anglich beobachtete ihn, griff hinter sich, um den Schlüssel im Türschloß umzudrehen, ging an der Wand entlang zu dem Schrank und blickte hinein, trat hinter Waltz zu den Vorhängen, die die Fenster verdeckten. Er hielt immer noch seinen Colt schußbereit.

Er kam zum Schreibtisch.

Waltz schob ihm einen losen Packen Banknoten hin.

Pete Anglich beachtete das Geld nicht. Er beugte sich über den Schreibtisch.

„Behalte das und gib mir das Mädchen, Trimmer."

Waltz schüttelte den Kopf. Er lächelte immer noch.

„Das Ding mit Vidaury brachte einen Tausender, Trimmer — oder begann mit einem Tausender. Noon Street ist fast dein Hinterhof. Mußt du das Mädchen zwingen, deine Schmutzarbeit zu tun? Ich glaube, du willst sie in deine Hand bekommen, damit sie Onkel zu dir sagen muß."

Waltz kniff ein wenig die Augen zusammen und deutete auf den Packen Banknoten.

Gedehnt sagte Pete Anglich: „Ein heruntergekommenes, einsames, verängstigtes Kind. Wahrscheinlich wohnt sie in einem billigen möblierten Zimmer. Freunde hat sie keine, sonst würde sie nicht in deinem Stall arbeiten. Keiner kümmert sich um sie, außer mir. Willst du sie etwa in eines deiner Bordells bringen, Trimmer?"

„Nimm das Geld und hau ab", sagte Waltz dünn. „Du weißt, was mit Ratten in unserer Gegend passiert."

„Gewiß", sagte Pete Anglich freundlich. „Sie führen Nachtklubs."

Er legte seine Waffe nieder und streckte die Hand nach dem Geld aus. Seine Faust schloß sich, schoß wie zufällig nach oben. Sein Ellenbogen ging mit dem Schlag, die Faust nahm eine Wendung und landete fast zärtlich auf Waltz' Kinnspitze.

Aus Waltz wurde ein formloser Sack Kleider. Sein Mund klappte auf, sein Hut rutschte ihm vom Kopf und fiel zu Boden. Pete Anglich starrte auf ihn und murmelte: „Als ob mir das was nützen würde."

Es war sehr still im Zimmer. Die Tanzmusik war nur gedämpft hörbar, wie von einem leise gestellten Radio. Pete Anglich trat hinter Waltz, griff ihm unter die Jacke in die Brusttasche. Er zog eine Brieftasche heraus, schüttelte sie, streute Geld, einen Führerschein, einen Waffenschein und mehrere Versicherungspolicen auf den Schreibtisch.

Er legte die Papiere wieder hinein, starrte finster auf den Schreibtisch, strich sich mit dem Daumennagel über das Kinn. Vor ihm lag ein glänzender Notizblock. Auf dem obersten Blatt waren Eindrücke einer Schrift zu erkennen. Er hielt ihn seitwärts gegen das Licht, nahm dann einen Bleistift und begann mit weichen Strichen das Papier zu schraffieren. Undeutlich wurden Schriftzüge sichtbar. Als er das ganze Blatt mit weichen Strichen bedeckt hatte, konnte er die Worte entziffern: „4623 Noon Street — frage nach Reno."

Er riß das Blatt ab, faltete es, schob es in die Tasche, nahm seinen Revolver und ging zur Tür. Er steckte den Schlüssel von außen ins Schloß, drehte ihn um, ging zu der Treppe, in die Sackgasse hinunter.

Die Leiche des Negers lag noch, wie er zusammengesunken war, zwischen dem kleinen Sedan und der dunklen Wand. Pete Anglich bückte sich, durchsuchte die Taschen des Toten und fand einen Packen zusammengerollter Banknoten. Im schwachen Licht eines Streichholzes zählte er das Geld, nahm siebenundachtzig Dollars davon an sich. Als er den Rest in die Tasche des Toten zurückschob, flatterte ein Fetzen Papier über das Pflaster. An einer Seite war es ungleichmäßig abgerissen.

Pete Anglich nahm es auf, zündete ein neues Streichholz an und betrachtete das halbe Blatt von einem Notizblock, auf dem neben dem Riß stand: „...t — frage nach Reno."

Er biß grimmig die Zähne zusammen und ließ das Streichholz fallen. „Das ist schon besser", knurrte er vor sich hin.

Er stieg in den Wagen, startete und fuhr aus der Sackgasse.

VII

Die Hausnummer stand auf einem Oberlichtfenster über dem Eingang. Das Fenster war von innen schwach erleuchtet. Es war das einzige sichtbare Licht in dem Haus, einem großen Fachwerkhaus in dem Block, hinter dem die Polizei ihn gefaßt hatte. Hinter den dichtverhangenen Vorderfenstern war Lärm gedämpft hörbar: Stimmen und Gelächter und das hohe schrille Singen einer farbigen Sängerin. Zu beiden Seiten der Straße parkten Wagen.

Ein großer, magerer Neger in dunklem Anzug und einem goldgefaßten Pincenez öffnete die Tür. Eine weitere Tür hinter ihm war geschlossen.

Pete Anglich fragte: „Reno?"

Der große Neger nickte wortlos.

„Ich will das Mädchen holen, das Rufe gebracht hat. Das weiße Mädchen."

Der große Neger stand einen Moment völlig regungslos und sah über Pete Anglichs Kopf hinweg. Als er sprach, klang seine Stimme wie ein träges Rauschen, das ganz woanders herzukommen schien. „Kommen Sie 'rein. Machen Sie die Tür zu."

Pete Anglich trat in das Haus, zog die Außentür hinter sich zu.

Der große Neger öffnete die Innentür. Sie war fest und schwer. Als er sie aufstieß, quollen ihnen Lärm und Licht entgegen; rötliches gedämpftes Licht. Er folgte dem Neger durch die Innentür in einen Gang.

Das rötliche Licht kam durch einen breiten Bogen aus einem langen Wohnzimmer. Es hatte schwere Portieren, Sofas und tiefe Sessel, in der Ecke eine gläserne Bar, und hinter der Bar stand ein Neger in weißer Jacke. Vier Paare lungerten in dem Zimmer trinkend herum. Schlanke, straffhaarige Negerbeaus und Mädchen mit nackten Armen, reinseidenen Strümpfen, ausgezupften Augenbrauen. Das weiche rötliche Licht machte die Szene unwirklich.

Reno starrte vage an Pete Anglichs Schulter vorbei, schlug seine Augen unter den schweren Lidern nieder und fragte mürrisch: „Was wollten Sie noch?"

Die Neger hinter dem Bogen waren still und starrten herüber. Der Barman beugte sich vor und schob seine Hände unter den Bartisch.

Pete Anglich griff langsam mit der Hand in seine Tasche, zog ein verkrumpeltes Stück Papier heraus.

„Das wird wohl helfen."

Reno nahm das Papier, studierte es. Träge griff er in seine Westentasche und brachte ein anderes Stück Papier der gleichen Farbe hervor. Er hielt die Stücke aneinander. Er hob seinen Kopf und sah zur Decke.

„Wer schickt Sie?"

„Trimmer."

„Gefällt mir nicht", sagte der große Neger. „Hat meinen Namen geschrieben. Ich mag das nicht. Das ist ungeschickt. Davon abgesehen, ist es wohl in Odnung."

Er drehte sich um und begann eine lange gerade Treppe hinaufzusteigen. Pete Anglich folgte ihm. Einer der jungen Neger in dem Wohnzimmer kicherte laut.

Reno blieb unvermittelt stehen, drehte sich um, ging die Treppe wieder hinunter und durch den Bogen. Er trat vor den Jungen, der gekichert hatte.

„Das ist geschäftlich", sagte er unwirsch. „Hier kommen keine Weißen 'rein, verstanden?"

Der Neger, der gelacht hatte, sagte, sich entschuldigend: „Schon gut, Reno", und hob sein großes beschlagenes Glas.

Vor sich hin murmelnd kam Reno die Treppe wieder herauf. In dem Gang oben waren viele geschlossene Türen. Flammenförmige Wandlampen gaben einen schwachen rosa Schimmer. Am Ende des Ganges zog Reno einen Schlüssel und schloß die Tür auf.

Er trat beiseite. „Holen Sie sie 'raus", sagte er kurz. „Weiße Ware wird hier nicht gehandelt."

Pete Anglich trat an ihm vorbei in ein Schlafzimmer. Eine Stehlampe mit orangefarbenem Schirm dämmerte in der hinteren Ecke neben einem üppigen, geschmacklosen Bett. Die Fenster waren geschlossen, die Luft schwer und verbraucht.

Token Ware lag auf der Seite auf dem Bett, das Gesicht zur Wand gedreht, und schluchzte still vor sich hin.

Pete Anglich trat neben das Bett und berührte sie. Sie fuhr zusammen und zuckte zurück. Sie drehte ihm den Kopf zu, mit schwimmenden Augen, den Mund zum Schrei halb geöffnet.

„Na endlich", sagte er freundlich und aufmunternd. „Ich habe Sie überall gesucht."

Das Mädchen starrte ihn nur an. Langsam verschwand alle Furcht aus ihrem Gesicht.

VIII

Der Fotograf der *News* hielt seine Blitzlichtlampe in der linken Hand hoch und beugte sich über seine Kamera. „Jetzt das Lächeln, Mister Vidaury", sagte er, „das traurige, das, bei dem die kleinen Mädchen alle außer Atem kommen."

Vidaury drehte sich in dem Stuhl und zeigte sein Profil. Er lächelte dem Mädchen mit dem roten Hut zu, drehte sein Gesicht dann zur Kamera, immer noch mit dem Lächeln darauf.

Das Blitzlicht flammte auf, der Verschluß klickte.

„Nicht schlecht, Mister Vidaury, aber ich habe es schon besser von Ihnen gesehen."

„Ich hatte eine ziemliche Aufregung", sagte Vidaury sich entschuldigend.

„Das glaube ich wohl. Säure in die Schnauze ist kein Spaß", meinte der Fotograf.

Das Mädchen mit dem roten Hut kickste und hustete dann hinter einem Stulpenhandschuh mit rotbesticktem Rücken.

Der Fotograf packte seinen Apparat zusammen. Er war ein älterer Mann in einem glänzenden blauen Sergeanzug und hatte traurige Augen. Er schüttelte seinen grauen Kopf und richtete seinen Hut gerade.

„Ne, Säure in die Schnauze ist bestimmt kein Spaß", wiederholte er. „Nun, ich hoffe, unsere Jungens können Sie morgen sehen, Mister Vidaury."

„Ich werde mich sehr freuen", sagte Vidaury erschöpft. „Sagen Sie ihnen, sie sollten nur von der Halle anrufen, ehe sie heraufkommen. Und trinken Sie etwas, ehe Sie gehen."

„Ich bin ein Wahnsinniger", antwortete der Fotograf. „Ich trinke nicht." Er hängte die Tasche mit seiner Kamera über die Schulter und trottete durch das Zimmer. Ein kleiner Japaner in einer weißen Jacke tauchte aus dem Nichts auf, ließ ihn hinaus und verschwand wieder.

„ ‚Säure in die Schnauze' ", kicherte das Mädchen mit dem roten

Hut. „Ha, ha, ha. Das ist doch einfach quälend, wenn ein anständiges Mädchen so etwas sagen darf. Kann ich was zu trinken haben?"

„Niemand hindert dich daran", knurrte Vidaury.

„Es ist auch noch nie jemandem gelungen, Liebling."

Schwingend bewegte sie ihre Kurven zu einem Tisch, auf dem ein quadratisches, chinesisches Tablett stand. Vidaury sagte halb zu sich selbst: „Das dürften bis morgen alle sein. Das *Bulletin*, die *Press-Tribune*, die drei Nachrichtendienste und die *News*, gar nicht so schlecht."

„Ich würde das einen perfekten Erfolg nennen."

Vidaury sah finster zu ihr hinüber. „Aber niemand wurde verhaftet", murrte er leise, „außer einem unschuldigen Passanten. *Du* weißt doch wohl nichts über diese Erpressung, Irma?"

Ihr Lächeln war träge, aber kalt. „Ich sollte aus dir einen lumpigen Tausender herausquetschen wollen? Zeig lieber, daß du über Vierzig bist. Ich lande nur Volltreffer. Immer!"

Vidaury stand auf, ging durch das Zimmer zu einem geschnitzten Schrank, schloß eine kleine Schublade auf und nahm eine große Kristallkugel heraus. Er ging zu seinem Sessel zurück, setzte sich, beugte sich vor und starrte mit fast leerem Blick auf die Kugel zwischen seinen Handflächen.

Das Mädchen mit dem roten Hut beobachtete ihn über den Rand seines Glases. Ihre Augen weiteten sich, wurden etwas glasig.

„Teufel, er schnappt wegen dem Ding da noch über", murmelte sie für sich. Mit einem scharfen Klappen stellte sie ihr Glas auf das Tablett, glitt an seine Seite und beugte sich vor. Ihre Stimme war schmeichelnd, aber mit einem spöttischen Unterton. „Hast du schon mal etwas von senilem Verfall gehört, Johnny? Das passiert meist Männern mit ungewöhnlich schlechtem Charakter, wenn sie über Vierzig sind. Sie schnappen dann über, wegen Blumen oder Spielzeug, schneiden sich Papierpüppchen aus und spielen mit Glaskugeln . . . So laß es schon, Johnny! Um Himmels willen, so verkalkt bist du doch noch nicht."

Vidaury starrte unbewegt in die Kristallkugel. Er atmete langsam und tief.

Das Mädchen mit dem roten Hut beugte sich noch näher zu ihm. „Laß uns spazierenfahren, Johnny", schmeichelte sie, „ich liebe die Nachtluft. Sie erinnert mich an meine Mandeln."

„Ich will nicht spazierenfahren", sagte Vidaury undeutlich. „Ich – ich spüre etwas – etwas Wichtiges."

Das Mädchen beugte sich plötzlich vor und schlug ihm die Kugel aus den Händen. Mit einem dumpfen Schlag fiel sie zu Boden und rollte langsam über den dicken Teppich.

Vidaury fuhr auf. Sein Gesicht war verzerrt.

„Ich will spazierenfahren, Liebling", sagte das Mädchen kühl. „Es ist eine schöne Nacht, und du hast einen schönen Wagen. Deshalb will ich jetzt spazierenfahren."

Haß in den Augen, starrte Vidaury sie an. Dann zeigte er langsam ein Lächeln. Der Haß verschwand. Er streckte die Hand aus und berührte mit zwei Fingern ihre Lippen.

„Natürlich fahren wir spazieren, Kindchen", sagte er dann.

Er hob die Kugel auf, verschloß sie in dem Schrank und ging durch eine Innentür. Das Mädchen mit dem roten Hut öffnete ihre Handtasche, legte frisches Rouge auf ihre Lippen, rieb sie gegeneinander, schnitt sich selbst im Spiegel ihrer Puderdose ein Gesicht, ergriff einen rauhen beigefarbenen, rotabgesetzten Wollmantel, schlüpfte sorgfältig hinein und warf das Ende des Schalkragens über ihre Schulter.

Vidaury kam in Hut und Mantel zurück, ein Halstuch mit Fransen hing ihm um den Nacken.

Sie gingen zur Tür. „Laß uns hinten herum 'rausgehen", sagte er, „falls sich in der Halle noch mehr Reporter herumtreiben."

„Aber, Johnny." Das Mädchen mit dem roten Hut zog spöttisch die Augenbrauen hoch. „Die Leute haben mich herkommen sehen, sie haben mich hier drin gesehen. Du wirst doch sicher nicht wollen, daß sie denken, deine Freundin sei die ganze Nacht geblieben?"

„Zum Teufel", sagte Vidaury wütend und riß die Tür auf.

Hinter ihm klingelte das Telefon. Vidaury fluchte wieder, nahm seine Hand von der Türklinke und blieb wartend stehen, während der kleine Japaner in der weißen Jacke hereinkam und den Hörer abnahm.

Der Boy nickte, legte den Hörer nieder, lächelte um Verzeihung bittend und machte eine Handbewegung.

„Sie sprechen bitte. Ich nicht verstehe."

Vidaury kam zurück und nahm den Hörer auf. „Ja?" sagte er, „hier John Vidaury." Er lauschte.

Langsam verkrampften sich seine Finger um das Telefon. Sein

Gesicht verzerrte sich, wurde weiß. Dann sagte er heiser: „Einen Augenblick, bitte."

Er legte den Hörer neben sich, stützte die Hände auf den Tisch und beugte sich vor. Das Mädchen trat hinter ihn.

„Schlechte Nachrichten, Liebling? Du siehst wie zerlaufenes Ei aus."

Langsam drehte Vidaury sich ihr zu und starrte sie an. „Geh zum Teufel", sagte er tonlos.

Sie lachte. Er richtete sich auf, trat mit einem einzigen langen Schritt an sie heran und schlug ihr auf den Mund.

„Ich habe gesagt, du sollst zum Teufel gehen", wiederholte er mit völlig toter Stimme.

Sie hörte auf zu lachen und berührte ihre Lippen mit den behandschuhten Fingern. Ihre Augen waren weit aufgerissen, aber nicht erschrocken.

„Aber, Johnny, so kenne ich dich gar nicht", sagte sie verwundert. „Das finde ich einfach großartig. Natürlich gehe ich, wenn du willst."

Mit einem leichten Zurückwerfen ihres Kopfes drehte sie sich rasch um, ging durch das Zimmer zur Tür, winkte und verließ ihn.

Vidaury sah nicht, daß sie winkte. Er nahm das Telefon wieder auf, sobald die Tür hinter ihr ins Schloß gefallen war, und sprach grimmig hinein: „Kommen Sie sofort her, Waltz. Aber beeilen Sie sich."

Er ließ den Hörer auf die Gabel fallen und stand einen Augenblick mit ausdruckslosem Gesicht da. Dann verschwand er wieder durch die Innentür und kam gleich darauf ohne Hut und Mantel zurück. In der Hand hielt er eine kurze schwere, automatische Pistole. Er schob sie mit dem Lauf nach unten in die Innentasche seines Smokings, nahm wieder langsam das Telefon auf. Kalt und fest sagte er: „Wenn ein Mister Anglich nach mir fragt, dann schicken Sie ihn herauf. Anglich." Er buchstabierte den Namen, legte den Hörer vorsichtig wieder in die Gabel und setzte sich in den Sessel.

Er legte die Arme übereinander und wartete.

IX

Der japanische Boy in der weißen Jacke öffnete die Tür, wackelte mit dem Kopf, lächelte und lispelte höflich: „Sie bitte kommen herein, ganz so, bitte."

Pete Anglich klopfte Token Ware auf die Schulter und schob sie durch die Tür in den weitläufigen, hellerleuchteten Raum. Neben den schönen Möbeln sah sie schäbig und hilflos aus. Ihre Augen waren vom Weinen gerötet, ihr Lippenstift verschmiert.

Die Tür hinter ihnen schloß sich, und der kleine Japaner verschwand lautlos.

Sie gingen über einen dicken Teppich, der jeden Laut schluckte, an stillen Leselampen vorbei, an in die Wand eingelassenen Bücher=schränken, Regalen mit Figuren aus Alabaster und Elfenbein, aus Por=zellan und Jade, an einem riesigen Spiegel mit blauem Glasrahmen, der von einem Kranz von Fotos mit herzlichen Widmungen umsäumt war, an niedrigen Tischen mit Sesseln, hohen Tischen mit Blumen, an noch mehr Büchern, an noch mehr Sesseln vorbei, über noch mehr Teppiche. Und Vidaury saß abweisend da, ein Glas in der Hand, und starrte ihnen kalt entgegen.

Er machte eine herablassende Handbewegung, musterte das Mäd=chen von oben bis unten.

„Ah, ja, der Mann, den die Polizei herbrachte. Natürlich. Kann ich etwas für Sie tun? Wie ich hörte, war es ein Irrtum."

Pete Anglich drehte einen Sessel ein wenig, schob Token Ware hin=ein. Zögernd setzte sie sich, saß steif da, leckte sich die Lippen und blickte Vidaury mit erstarrter Faszination an.

Eine Andeutung höflichen Abscheus kräuselte Vidaurys Lippen. Seine Augen waren wachsam.

Auch Pete Anglich setzte sich. Er zog einen Kaugummi aus der Tasche, riß die Hülle auf, schob ihn zwischen die Zähne. Er sah ver=braucht, zerschlagen und müde aus. An der Seite seines Gesichtes und an seinem Hals waren Schrammen und dunkle Flecke. Er mußte sich noch dringender rasieren.

Langsam sagte er: „Das ist Miss Ware. Das Mädchen, das Ihr Geld in Empfang nehmen sollte."

Vidaury richtete sich auf. Seine Hand, die eine Zigarette hielt, begann ruhelos auf die Armlehne seines Sessels zu klopfen. Er starrte das Mädchen an, sagte aber nichts. Sie lächelte halb, errötete dann.

Pete Anglich sagte: „Ich lebe in der Noon Street. Ich kenne die Scharfmacher da, weiß, welche Art Leute dort hingehören und welche nicht. Heute abend sah ich dieses kleine Mädchen in einer Imbißstube an der Noon Street. Sie schien beunruhigt und beobachtete die Uhr. Sie gehörte nicht da hin. Als sie ging, folgte ich ihr."

Vidaury nickte leicht. Ein graues Stück Asche fiel von seiner Zigarette. Er sah flüchtig hin, nickte noch einmal.

„Sie ging die Noon Street entlang", sagte Pete Anglich. „Eine üble Straße für ein weißes Mädchen. Ich fand sie in einem Hauseingang versteckt. Dann kam ein großer Duesenberg um die Ecke mit abgeblendeten Lichtern, und Ihr Geld wurde auf die Straße geworfen. Sie hatte Angst. Sie bat mich, es für sie zu holen. Ich holte es."

Ohne das Mädchen anzusehen, sagte Vidaury unbefangen: „Sie sieht nicht wie eine Erpresserin aus. Weiß die Polizei über sie Bescheid? Ich nehme an, nein, sonst wären Sie wohl nicht mit ihr hier."

Pete Anglich schüttelte den Kopf, mahlte auf dem Kaugummi zwischen seinen Zähnen. „Das der Polizei erzählen? Manchmal ist es besser, man sagt ihr nicht alles. Wie jetzt. Das hier ist ganz unser Fall. Wir wollen unseren Anteil."

Vidaury fuhr wütend auf. Dann wurde er sehr still. Seine Hand hörte auf, auf die Lehne zu klopfen. Sein Gesicht wurde kalt und weiß und grimmig. Er griff in seine Innentasche und zog ruhig die kurze Pistole heraus, stützte sie auf sein Knie. Er beugte sich ein wenig vor und lächelte.

„Erpresser", sagte er dann ernst, „sind immer recht interessant. Wie hoch würde Ihr Anteil sein? – Und was haben Sie zu verkaufen?"

Pete Anglich sah nachdenklich auf die Waffe. Seine Kiefer bewegten sich ungerührt, mahlten den Gummi. Seine Augen verrieten keine Sorge.

„Schweigen", sagte er ernst. „Nur Schweigen."

Vidaury machte plötzlich eine heftige Bewegung mit der Waffe. „Reden Sie", sagte er, „und reden Sie schnell. Ich kann schweigen nicht leiden."

Pete Anglich nickte und sagte: „Die Drohung, Sie mit Säure zu bespritzen, ist reine Phantasie. Sie haben nie eine erhalten. Der Erpressungsversuch war eine Fälschung, ein Reklametrick, das ist alles." Er lehnte sich in seinem Sessel zurück.

Vidaury sah an Pete Anglichs Schulter vorbei in das Zimmer. Er begann zu lächeln, dann wurde sein Gesicht hölzern.

Trimmer Waltz war durch die offene Seitentür eingetreten. Er hielt seine große Savage in der Hand. Langsam kam er geräuschlos über den Teppich. Pete Anglich und das Mädchen sahen ihn nicht.

Pete Anglich sagte: „Es war alles nur Mache, eine bestellte Arbeit, Vidaury. Sie werden sagen, das sei nur eine Vermutung von mir. Gewiß, aber überlegen Sie mal. Wie sanft wurde es zuerst gespielt, und wie hart ging es weiter, als ich auftauchte. Das Mädchen arbeitet für Trimmer Waltz im Juggernaut. Sie ist fertig, steckt im Dreck und war leicht einzuschüchtern. Darum übertrug Waltz ihr diese Aufgabe. Und warum wohl? Weil sie geschnappt werden sollte. Das war alles vorbereitet. Wenn die Kleine Waltz beschuldigt hätte, hätte er nur darüber gelacht und darauf hingewiesen, daß das Ganze fast in seinem Hinterhof stattfand und der Einsatz doch sehr bescheiden sei, denn er verdiene mit seinem Lokal ganz gut. Er hätte darauf hingewiesen, daß dieses dumme kleine Mädchen hier das Geld holen wollte, nicht er, und würde er, ein kluger Geschäftsmann, etwas derart Verrücktes riskieren? Bestimmt nicht.

Das hätten ihm die Polizisten auch halb und halb geglaubt. Und Sie? Sie hätten sich zu einer großen Geste herabgelassen, hätten auf eine Strafanzeige verzichtet. Auch wenn das Mädchen dichtgehalten und nichts von Waltz ausgepackt hätte, denn Ihre Reklame hatten Sie ja dann so oder so. Und die brauchen Sie dringend, Vidaury, weil Sie im Abrutschen sind. Und Ihre Reklame haben Sie bekommen. Waltz hat sein Honorar, mehr kostet die Geschichte nicht. Das bilden Sie sich jedenfalls ein. Klingt das verrückt? Scheint das für einen Hollywood-Lumpen zu weit hergeholt? Dann sagen Sie mir, warum die Bundespolizei nicht mit der Aufklärung beauftragt wurde. Weil diese Jungs so lange weitergegraben hätten, bis sie die Maus fanden, und dann waren Sie wegen Irreführung der Behörden dran. Darum! Die städtische Polizei kümmert sich einen Dreck um solche Hinterhältigkeiten. Die sind von abgekarteten Geschichten vom Film so abgebrüht, daß sie nur gähnen, sich auf die andere Seite legen und weiterschlafen."

Waltz war jetzt halb durch das Zimmer. Vidaury sah nicht zu ihm hin. Er betrachtete mit einem schwachen Lächeln das Mädchen.

„Und nun sehen Sie mal, wie hart es weitergespielt wurde, als ich in der Geschichte auftauchte", fuhr Pete Anglich fort. „Ich ging in den Juggernaut und sprach mit dem Mädchen. Waltz holte uns in sein Büro, und ein Gorilla, der für ihn arbeitet, erwürgte mich beinahe. Als ich zu mir kam, lag ich in einem Apartment mit einer toten Negerin. Sie war erschossen worden, und die Kugel stammte aus meiner Waffe. Der Revolver lag neben mir auf dem Boden, und ich stank nach Gin, und ein Streifenwagen kam um die Ecke gefegt. Und Miss Ware hier, die hatte Waltz in ein Freudenhaus auf der Non Street eingesperrt.

Warum all die scharfen Sachen? Weil Waltz sich eine sehr ergiebige Erpressung an Ihnen ausgeheckt hatte. Er hätte Sie ausgesaugt, bis Sie weißer waren als Engelsflügel. Solange Sie einen Dollar hatten, wäre die Hälfte an ihn gegangen. Und Sie hätten bezahlt und gern bezahlt, Vidaury. Sie hätten Ihre Reklame gehabt, und Sie wären beschützt worden. Aber für welchen Preis!?"

Waltz war jetzt nahe, fast zu nahe. Plötzlich stand Vidaury auf. Die kurze Pistole richtete sich auf Pete Anglichs Brust. Vidaurys Stimme klang dünn. Die Stimme eines alten Mannes. Fast wie in Trance sagte er: „Nehmen Sie ihn mit, Waltz. Dazu habe ich nicht die Nerven."

Pete Anglich drehte sich nicht einmal um. Sein Gesicht wurde zu dem eines hölzernen Indianers.

Waltz legte seine Waffe gegen Pete Anglichs Rücken. So stand er, halb lächelnd, die Pistole gegen Pete Anglich gepreßt, und blickte über dessen Schulter zu Vidaury.

„Dumm von dir, Pete", sagte er trocken. „Für heute abend hättest du genug haben sollen. Hier herzukommen, war sehr dumm. Aber ich dachte mir, du würdest dir die Gelegenheit nicht aus der Nase gehen lassen."

Vidaury trat ein wenig zur Seite, spreizte die Beine, setzte seine Füße fest auf den Boden. Sein anziehendes Gesicht hatte eine seltsame grünliche Färbung angenommen, ein krankhaftes Flackern glomm in seinen tiefliegenden Augen.

Token Ware starrte Waltz an, die Augen, voller Schrecken aufgerissen, zeigten das Weiße um ihre Iris.

„Hier ist nichts zu machen, Vidaury", sagte Waltz, „und ich will ihn nicht allein fortbringen. Holen Sie sich Hut und Mantel."

Vidaury nickte leicht. Sein Kopf bewegte sich gerade noch. Seine Augen hatten immer das krankhafte Flackern.

„Was wird mit dem Mädchen?" fragte er flüsternd.

Waltz grinste, schüttelte nur den Kopf.

Vidaury trat noch einen Schritt zur Seite, spreizte wieder die Beine. Er hielt die schwere Waffe in seiner Hand, sehr ruhig, aber zielte nicht in eine bestimmte Richtung.

Er schloß die Augen, hielt sie einen kurzen Augenblick fest zu, öffnete sie dann weit. Zögernd sagte er deutlich: „Zuerst sah mir Ihr Plan sehr gut aus, Waltz. Genauso hinterhältige, skrupellose Dinge sind in Hollywood schon vorher geschehen. Oft. Ich hatte nur nicht damit gerechnet, daß andere dadurch geschädigt würden. Sogar Tote hat es gegeben. Ich – ich bin kein solcher Schurke, daß ich das weiter mitmache, Waltz. Nun nicht mehr. Stecken Sie Ihre Waffe ein und gehen Sie."

Waltz schüttelte den Kopf. Er zeigte ein seltsam gezwungenes Lächeln. Er trat von Pete Anglich zurück und hielt die Savage ein wenig zur Seite.

„Die Karten sind gegeben", sagte er kalt. „Jetzt spielen Sie auch. Holen Sie endlich Ihren Hut!"

Vidaury seufzte, sackte ein wenig zusammen. Plötzlich war er ein einsamer, verlassener Mann, nicht länger jung. „Nein", sagte er leise. „Ich bin fertig. Den letzten Fetzen eines nicht besonders guten Rufs daranhängen? Nein. Schließlich ist das meine Sache. Ich zahle dabei drauf – auch das ist meine Sache. Stecken Sie die Waffe ein, Waltz, und verschwinden Sie."

Waltz' Gesicht wurde kalt, hart und ausdruckslos. Seine Augen wurden die rücksichtslosen Augen eines Mörders. Er hob die Savage ein bißchen höher.

„Holen Sie Ihren Hut, Vidaury", sagte er sehr deutlich.

„Tut mir leid", antwortete Vidaury und schoß.

Waltz' Waffe flammte im gleichen Augenblick auf, und die beiden Explosionen vermischten sich. Vidaury taumelte nach links, drehte sich halb um und richtete sich wieder auf.

Er blickte fest auf Waltz. „Anfängerglück", sagte er und wartete.

Pete Anglich hatte jetzt seinen Colt in der Hand, aber er brauchte ihn nicht mehr. Waltz fiel langsam auf die Seite. Seine Wange und seine große, von Äderchen überzogene Nase drückten sich in den Teppich. Er bewegte seinen linken Arm etwas, als versuchte er, ihn unter sich herauszuziehen. Er gurgelte, dann lag er still.

Pete Anglich stieß die Savage mit dem Fuß von Waltz fort.

Zögernd fragte Vidaury: „Ist er tot?"

Statt einer Antwort grunzte Pete Anglich. Er sah zu dem Mädchen. Sie stand mit dem Rücken gegen den Telefontisch gestützt, den Handrücken gegen ihren Mund gepreßt, in der konventionellen Haltung höchsten Entsetzens – so konventionell, daß sie lächerlich wirkte.

Pete Anglich blickte zu Vidaury. Er sagte grimmig: „Anfängerglück, wirklich. Aber angenommen, Sie hätten vorbeigeschossen? Er bluffte nur. Er wollte Sie noch tiefer hineinreißen, damit Sie den Mund halten mußten. Ich war Zeuge, wie er einen umgelegt hat."

Vidaury sagte: „Tut mir leid ... Tut mir wirklich leid." Er setzte sich plötzlich, legte den Kopf zurück und schloß die Augen.

„Mein Gott, ist er nicht herrlich?" hauchte Token Ware ehrfürchtig, „und so tapfer."

Vidaury legte seine Hand auf die linke Schulter und drückte sie fest dagegen. Blut quoll langsam zwischen seinen Fingern hervor. Token Ware schrie leise auf.

Pete Anglich sah durch das Zimmer. Der kleine Japaner in der weißen Jacke war plötzlich erschienen und stand schweigend vor der Wand. Pete Anglich blickte wieder auf Vidaury. Sehr zögernd, fast widerwillig sagte er: „Miss Ware hat Verwandte in Frisko. Sie können sie mit einem kleinen Geschenk nach Hause schicken. Das wäre wohl natürlich – und anständig. Sie hat mich auf Waltz' Spur gebracht. So kam ich in die Geschichte hinein. Ich habe ihm gesagt, Sie seien im Bilde, daß er hinter der Erpressung steckt, und er kam her, um Ihnen den Mund zu stopfen. Wie Gangster das so machen. Die Polente wird darüber lachen, aber sie wird sich dabei die Hand vor den Mund halten. Schließlich ist es auch für sie Reklame. Von der abgekarteten Geschichte erfährt keiner was. Einverstanden?"

Vidaury öffnete die Augen und sagte schwach: „Sie sind – Sie sind sehr großzügig. Ich werde es nicht vergessen." Sein Kopf sank zur Seite.

„Er ist ohnmächtig", schrie das Mädchen.

„Das ist er", antwortete Pete Anglich. „Geben Sie ihm einen dicken, langen Kuß, dann kommt er wieder zu sich ... und Sie haben etwas, wovon Sie Ihr ganzes Leben träumen können."

Er knirschte mit den Zähnen, ging zum Telefon und nahm den Hörer ab.

Peter Wright/
Paul Greengrass

Spycatcher

Enthüllungen aus dem
Secret Service

Ullstein Buch 34486

Die Enthüllungen eines Ex-Geheimdienstmannes, die in Großbritannien wie eine Bombe einschlugen und deren Erscheinen die Regierung Thatcher durch einstweilige Verfügung weltweit verhindern wollte. Denn Peter Wright hat den politischen Nerv aufs empfindlichste getroffen.
Spycatcher ist ein Buch, das so manchen Agenten-Thriller in den Schatten stellt.

Ullstein Sachbuch

Sir Arthur Conan Doyle

Das Tal der Furcht

Ullstein Buch 2719

ein Ullstein Buch

Mit allem Nachdruck behauptet Sherlock Holmes, der Mörder des Schloßherrn habe aus dem von Wassergraben und Zugbrücke geschützten Gebäude nicht entkommen können. Wer aber von den Schloßbewohnern könnte ein Motiv für die Tat haben? Stößt Dr. Watson auf eine Spur, als er die Frau und den langjährigen Freund des Toten bei einem sehr vertrauten Gespräch überrascht und die Dame des Hauses fröhlich auflachen hört? Das Raffinement, mit dem Conan Doyle den Knoten schürzt und das Rätsel löst, kann selbst den versierten Leser moderner Detektivgeschichten verblüffen.